AtV

Lisa Appignanesi wurde in Polen geboren, wuchs aber in Frankreich und Kanada auf. Sie war stellvertretende Direktorin am Londoner Institute of Contemporary Art, bevor sie freie Autorin wurde. Neben Romanen hat sie u. a. Bücher über Proust, Simone de Beauvoir und die Frauen Sigmund Freuds geschrieben.

Sie lebt mit ihren beiden Kindern in London.

Im Aufbau-Verlag erschien von ihr zuletzt der Roman »In der Stille des Winters«.

Maria d'Este ist die geborene Verführerin. Kaum hat sie einen Raum betreten, schon schwärmen die Männer für die schöne Frau mit den kupferroten Haaren. Maria ist ohne Vater in Paris aufgewachsen; erzogen wurde sie von einer allzu strengen Mutter, die sich jede Freude und jeden Genuß verbat. Nur Marias Schulfreundin, die schüchterne Beatrice, schien der wortkargen Mutter zu gefallen.

Als in New York eine Affäre grausam endet, kehrt Maria nach Paris zurück. Sie wandelt auf den Spuren ihrer Mutter, forscht nach ihrem Vater, der während ihrer Kindheit als Arzt nach Vietnam gegangen ist, und sie trifft auch Beatrice wieder. Maria hat sich vorgenommen, eine gute Frau zu werden, ohne jede Affäre. Doch dann trifft sie ganz zufällig den Mann, der all ihre guten Vorsätze ins Wanken bringt.

Lisa Appignanesi

Die andere Frau

Roman

Aus dem Englischen
von Wolfgang Thon

Aufbau Taschenbuch Verlag

Die Originalausgabe unter dem Titel »A Good Woman«
erschien 1996 bei HarperCollinsPublishers, London.

ISBN 3-7466-1664-6

2. Auflage 2001

Einbandgestaltung Torsten Lemme
unter Verwendung eines Fotos von Mauritius, Bildagentur
Druck Elsnerdruck GmbH, Berlin
Printed in Germany

www.aufbau-taschenbuch.de

Für meine Mutter Hana
und meine Tochter Katrina

»Das wahre Leben eines Menschen ist häufig das, das er nicht führt.«

Oscar Wilde

Für ihre Hilfe bei den Schlichen des Gesetzes und den Tücken Frankreichs bedanke ich mich ganz herzlich bei John Forrester, Helena Kennedy QC, Hervé Landry, Elisa und Jean Françoise Rebérioux und Roger Salloch. Überflüssig zu betonen, daß sie keinerlei Verantwortung für die Früchte tragen, die ihre Ratschläge trugen.

Teil eins

Ich hätte dieser Geschichte gern ein Happy End gegönnt. Sie wissen schon, was ich meine: Die aufgehende Morgensonne, das Paar wandert untergehakt in die Ferne, in eine vielversprechende Zukunft hinein, und die Vergangenheit ist ausgelöscht. So ist es aber nicht. Obwohl ich manchmal glaube, daß die Zukunft, in der ich jetzt lebe, genau diesem Glück entspricht. Letztlich ist es eine Frage der Perspektive. Und genau die versuche ich zu finden.

Als mir auffiel, daß die Leute alles für bare Münze nahmen, was ich sagte, wußte ich, daß ich New York verlassen mußte. Die zweiten sechzig Sekunden meiner »berühmten fünfzehn Minuten« waren angebrochen. Ich hätte den ausgefallensten Unsinn von mir geben können, wie z. B.: »Heute habe ich ein Pfund Bananen gekauft«, und der Satz wäre sofort auf seine tiefere Bedeutung hin abgeklopft und als ein Schritt auf dem Weg zu einem besseren Leben angesehen worden. Dann ist noch etwas passiert, was meine Abreise dringend notwendig machte.

Als Person öffentlichen Interesses bin ich gänzlich ungeeignet. Es war purer Zufall, daß ich ins Rampenlicht gestolpert bin, denn ich gehöre nicht dorthin. Deshalb bin ich davor weggelaufen. Schnell und weit weg. Bis zu dem Ort, den man als mein Zuhause betrachten könnte.

Und dort fängt diese Geschichte an.

1. Kapitel

Paris ist ganz und gar Himmel, ein kaltes, strahlendes Blau, das die Steine weißt und in den Augen sticht. Nur die reglosen Nymphen am Brunnen der Concorde scheinen immun dagegen zu sein. Sie sitzen hier schon länger als ein Jahrhundert und beobachten das Wetter, den Verkehr, die vorüberziehenden Wolken. Ich dagegen brauche dringend meine Sonnenbrille. Aus mehr Gründen, als mir lieb ist.

Im vornehmen Dämmerlicht des Hotel Intercontinental setze ich sie wieder ab. Der Mann hinter der Rezeption hat eine tadellose Frisur und das passende Lächeln. Er spricht mich höflich an.

»*Bonjour, Madame. Vous avez réservé, Madame?*«

Ich nicke, nenne meinen Namen, das heißt, den Namen, der mir am Flughafen eingefallen ist, als ich von dort das Zimmer gebucht habe. »Maria d'Este.« Der Name meiner Mutter. Warum habe ich ausgerechnet ihn ausgesucht?

Ich kritzle die Buchstaben mit einem ungeübten Schnörkel ins Empfangsbuch des Hotels. Meine perfekten, karminroten Fingernägel heben sich deutlich gegen das Weiß des Papiers ab. Die Oberfläche wirkt merkwürdig elastisch.

Dann lächle ich höflich, während der Mann meinen Personalausweis überfliegt, die Diskrepanz zwischen Maria Regnier und dem Namen in seinem Empfangsbuch bemerkt und sich dann mit sichtlicher Erleichterung auf das Foto stürzt. Ich sehe fast die Phantasien, die sich hinter seiner Stirn abspielen, lüsterne Körper auf zerwühlten Laken, der aufgebrachte Ehemann oder die tobende Ehefrau an der Tür, der Scheidungsdetektiv, der das Empfangsbuch durchblättert. Und tatsächlich, ich schnappe den verstohlenen Blick auf, mit dem er den verräterischen Ehering sucht. Ich kannte nicht umsonst so viele Männer.

»*Vous restez combien de nuits?*« fragt er mich.

Diese Frage überrumpelt mich. Ich habe keine Ahnung,

wie lange ich bleiben will. Zwei, drei Nächte, vielleicht sechs oder sieben … Ich deute gebieterisch auf meine drei prallgefüllten Koffer. Die Relikte meines Lebens, in abgeschabtes Leder gestopft. »Lassen Sie die auf mein Zimmer bringen«, ordne ich an. *»J'ai un rendez-vous.«* Mich erwartet zwar niemand, aber ich muß hier weg, hinaus in das gleißende Blau der Straßen, und sei es nur, um zu lernen, ebenso unberührbar zu werden wie diese steinernen Nymphen.

Während ich mich auf dem Absatz herumdrehe, schenke ich ihm wieder dieses höfliche Lächeln. Meine Mutter hat es mich gelehrt, daran erinnere ich mich wieder … Dieses kurze Kräuseln der Lippen, das *»Bonjour, Monsieur«* und *»Merci, Madame«*, dieses knappe Nicken, eine kleine Neigung des Kopfes, die Andeutung einer Verbeugung, endlos wiederholt beim Metzger und beim Bäcker, in allen Geschäften und an öffentlichen Plätzen, ganz gleich, ob groß oder klein. Während meiner Kindheit hat sie mir wenigstens einmal am Tag einen Vortrag über den Wert sozialer Korrektheit gehalten.

2. Kapitel

Es ist die Stadt meiner Mutter. Mit achtzehn habe ich sie verlassen und seit vierzehn Jahren keinen Fuß mehr hinein gesetzt. Ich wollte niemals zurückkehren. Keine Erinnerungen verfolgen oder locken mich. Trotzdem bin ich jetzt hier.

Ich schlendere durch die Arkaden der Tuilerien und betrachte müßig die Auslagen der Geschäfte. Nutzloser Tand und billige Souvenirs liegen einträchtig neben teurerer Konfektionsware für den vermögenderen Touristen. An einer Säule kauert eine Frau. Um den Kopf hat sie sich einen geblümten Schal gewickelt. Die Augen hält sie geschlossen. Ob aus Müdigkeit oder Verzweiflung, weiß ich nicht. Zwischen den Falten ihres schäbigen braunen Rockes kniet ein kleines Kind. Es hat die Hände gefaltet und den Blick in den Himmel gerichtet. Es sieht aus wie das Gebet eines mittelalterlichen Bittstellers. Ich bleibe stehen.

Ich bin kein guter Mensch. Meinen Blick wende ich eher vom Elend ab, als mich damit auseinanderzusetzen. Mir wäre es lieber, alle Bettler würden in irgendein Heim geschafft, wo sie weit von mir entfernt sind, statt daß ich in den Straßen unserer westlichen Städte über sie stolpere. Aber irgend etwas in der Haltung des Kindes bringt mich dazu, in meine Tasche zu greifen und, in Ermangelung französischen Geldes, einen Zwanzig-Dollar-Schein in ihren Zinnapf zu legen.

Das Kind zuckt nicht einmal mit der Wimper. Seine Augen blicken wie erstarrt gen Himmel. Ich muß den Drang unterdrücken, es zu schütteln, seine Mutter zu wekken und sie zu beschimpfen, weil sie hier herumliegt, statt etwas aus ihrem Leben zu machen. Und aus dem ihres Kindes. Am liebsten würde ich es ihr wegnehmen, es baden und in die Schule schicken.

Rasch gehe ich weiter und biege in eine Seitenstraße ein. Ich zittere am ganzen Körper, als wäre ich in einer dunklen Seitenstraße in New York angefallen worden. Doch diese Furcht hier schmeckt anders. Sie ist subtiler, eher wie eine Vorahnung. Vielleicht habe ich meine Börse nur geöffnet, um diese abergläubische Angst zu besänftigen.

Nein, ich bin kein guter Mensch. Ich bin nicht einmal eine gute Frau. Das weiß ich, weil ich schon früh gelernt habe, was gut ist, selbst wenn ich schon lange nicht mehr darüber nachgedacht habe. Meine Mutter war meine Lehrerin und muß in ihrem Beruf sicher genausogut gewesen sein wie zu Hause. Sie war keine Heuchlerin, die Glaubenssätze herunterleierte. Was sie weitergab, lebte sie auch. Mir wurde beigebracht zu teilen, weil auch sie teilte. Es gab immer eine

Schüssel Suppe, ein Stück Torte für die alte Frau gegenüber oder eine Besorgung, die erledigt werden mußte. Unser freies Zimmer muß auf der Liste irgendeiner Flüchtlingsorganisation gestanden haben. Denn aus allen Ecken und Enden der Welt tauchten sporadisch Fremde auf, aus Argentinien, Chile, Afrika oder Vietnam. Sie blieben eine Woche, einen Monat oder auch zwei. Mit glasigen Augen verfolgten sie die Bemühungen meiner Mutter, ihnen die Grundlagen des Lebens in Paris zu vermitteln oder irgendwelche unverständlichen Formulare für sie auszufüllen.

Sobald ich lesen konnte, hockte ich mit ihr über unseren Etat, der, im nachhinein betrachtet, alles andere als üppig gewesen sein konnte. Daher kannte ich die Summe, die für alle möglichen Wohltätigkeitsorganisationen abgezweigt wurde. Als ich Taschengeld bekam, wurde ich aufgefordert, darüber nachzudenken, wieviel ich davon weggeben wollte. Ich wurde gefragt, vielleicht daran erinnert, aber es wurde mir niemals befohlen.

Ich haßte dieses Schenken. In meiner Phantasie lockte mich jedesmal ein buntes Spielzeug, wenn ich mir die Centimes abrang. Das freie Zimmer war größer als mein Kinderzimmer und nahm in meinem Kopf allmählich palastähnliche Ausmaße an. Ich sehnte mich fast noch mehr nach diesem Raum als nach den gerüschten Partykleidern, die in den Auslagen prangten, oder den glänzenden neuen Fahrrädern, auf denen die anderen Kinder im Jardin de Luxembourg spazierenfuhren. Meine Sachen waren alle aus zweiter Hand.

Ich bin an der Place du Palais-Royal angekommen. Fast hätte ich ihn nicht wiedererkannt. Diesen Teil von Paris haben wir nur selten aufgesucht. Vielleicht habe ich genau deshalb ein Hotel in diesem Viertel gebucht. Auf den Plakaten der Comédie-Française wird für Molières *L'Avare* geworben. Ich bin nicht geizig. Ich bin gierig. Und als wollte ich mir beweisen, wie verschwenderisch ich jetzt bin, wie anders als das kleine Mädchen von früher, setze ich mich in eines dieser Cafés mit den burgunderfarbenen Markisen, esse Croissants und trinke Café au lait. Meine Mutter hielt nichts davon, in Cafés herumzusitzen.

Der Mantel der Erinnerung senkt sich wie von selbst auf meine Schultern. Er wiegt schwer. Ich starre die Passanten an und versuche, ihn abzuschütteln. Ich bin nicht hier, weil ich mich erinnern will, sondern um zu vergessen.

Als mir klar wurde, daß ich New York verlassen mußte, war mein erstes Ziel London. Während ich meine Anteile an der Agentur verkaufte und meine Partner über die Klienten aufklärte, die sie übernehmen sollten, kreisten meine Gedanken nur um London. Schließlich begriff ich, daß ich dort zu viele Menschen kannte, und außerdem versprachen noch mehr, mich dort zu besuchen.

Steve brachte es schließlich auf den Punkt.

»Ich glaube, du willst wirklich abtauchen«, sagte er.

Zum ersten Mal in all den Jahren unserer Zusammenarbeit erwischte ich ihn dabei, daß ich ihm leid tat. Diese Emotion gestattete er sich nur selten, und ich suchte sie nie. Es war uns beiden höchst unangenehm, als wir das Gefühl erkannten.

Hastig sprach er weiter. »Chuck und ich haben uns letztes Jahr eine kleine Wohnung in Paris gekauft. Du könntest dort eine Weile bleiben. Ich gebe die Adresse nicht weiter.«

Paris. Ich kenne hier niemanden, obwohl es meine Geburtsstadt ist. Selbst meine Lippen kräuseln sich merkwürdig bei den fremden Worten, als ich den Kellner um einen weiteren Kaffee bitte. Aber das höfliche Lächeln funktioniert sofort, als hätten sie den Mechanismus verinnerlicht.

Als ich den Mantel überstreife und Geld auf den kleinen, runden Tisch lege, sehe ich mich mit dem sehnsüchtigen Blick des Kellners. Habe ich schon erzählt, daß ich groß und schlank bin, langes, kupferfarbenes Haar und graue Augen habe? Mein erster Chef in New York nannte mich gern »Rita«. Es dauerte einige Wochen, bis mir klar wurde, daß er auf Rita Hayworth anspielte. Ich verrate es lieber jetzt schon, denn mein angeblich hinreißendes Äußeres spielt eine nicht ganz unbedeutende Rolle in dieser Geschichte.

Ich flaniere durch die Galerien des Palais-Royal, dem früheren Palast des raffinierten Richelieu. Dann fällt mir ein, daß in einem dieser Geschäfte Charlotte Corday, ihres Zeichens Revolutionärin, das Messer erstand, mit dem sie Marat erdolchte; Marat, Held für einige und Henker für die anderen.

Mord hat zu viele Gesichter.

3. Kapitel

Ab meinem sechsten oder siebten Lebensjahr schickte meine Mutter mich im Sommer nach England. An der *École Maternelle*, der kleinen Schwesternschule, an der ich meine ersten Jahre verbrachte, gab es eine Lehrerin, die eine Schwester in Kent hatte. Diese Schwester hatte einen Jungen, der nur wenig älter war als ich, und war bereit, mich den Sommer über aufzunehmen.

Madame Pichon, die Lehrerin, brachte mich in diesem ersten Sommer selbst hinüber. Auf der Kanalfähre saß ich neben ihr an Deck und starrte auf die Küste Frankreichs, die sich allmählich entfernte, und auf die Gestalt meiner Mutter, die immer winziger wurde. Sie hatte uns bis nach Calais begleitet. Ich war unruhig, aber gleichzeitig auch merkwürdig aufgeregt. Noch nie war ich auf einem Schiff gewesen, noch nie hatten Wellen unter mir gegen Planken geschlagen. In einem Auto war ich auch nicht oft gefahren.

Stephanie, die Formalitäten wie Familiennamen mit einer Handbewegung abtat, holte uns mit einem Wagen in Dover ab. Dieser viereckige Morris Minor mit seiner polierten Holzverkleidung und dem riesigen Haarknäuel von Hund im Heck schien direkt einer dieser englischen Abenteuergeschichten entsprungen zu sein, die meine Mutter mir als Vorbereitung für diese Reise vorgelesen hatte. Ich lehnte mich an den Hund, der groteskerweise Small hieß, und während wir auf den kleinen Hof zurumpelten, wurden meine Sorgen und Nöte von seinem weichen Fell, den großen, braunen Augen und der feuchten Schnauze vertrieben, die er auf meinen Schoß legte. Small ist mir weit deutlicher in Erinnerung als sein Frauchen.

Hätte meine Mutter in diesem ersten Jahr den Hof gesehen, hätte sie unwillkürlich ihre aristokratische Nase gerümpft. Meine Mutter mochte keinen Schmutz. Und davon gab es auf Millhill Farm reichlich. Außerdem auch Schlamm, Hunde- und Katzenhaare sowie Staub und Fliegen und eine wunderbar baufällige Unordnung, die von der Fülle der Blumen verstärkt wurde, die in jedem verfügbaren Topf und jeder Schüssel wucherten. In diesem ersten Sommer lernte ich all ihre Namen. Rittersporn und Stockrosen, Klematis, Schmetterlingsträucher, Iris, Lilien, Gartenwicken, Prunkwinden, Dahlien und Geranien wetteiferten mit Rosen aller Art.

Ich war hier, um zu lernen. Meine Mutter war Englischlehrerin, und die Beherrschung der englischen Sprache war eine der Kardinaltugenden. Außerdem war es die einzige, in der ich jemals zu glänzen vermochte.

Stephanie warf einen kurzen Blick in meinen penibel gepackten Koffer, zerrte Unterwäsche nebst Socken sowie den einzigen Pullover heraus und klappte den Koffer wieder zu. Dann ließ sie mich einen Moment in dem winzigen Giebelzimmerchen allein. Als sie zurückkehrte, schwenkte sie zwei verwaschene Latzhosen.

»Hier.« Sie wedelte in dieser lässigen, schlaffen Art mit ihrer Hand in meine Richtung, die mir bald so vertraut sein würde. »Die müßten dir passen.«

Nachdem wir die Hosenbeine zweimal umgeschlagen hatten, taten sie das auch. Diesen Sommer habe ich in diesen Latzhosen gelebt. Es waren Robinsons Latzhosen. Und mit ihnen gewappnet lernte ich Robinson kennen.

Er war nur eine Spur größer als ich, ein schlanker Junge mit einer Mähne, die genauso aschblond war wie das Haar seiner Mutter. Ich glaube, irgendwann während des ersten Nachmittagstees in der Küche verkündete Stephanie: »Robinson mag normalerweise keine Mädchen.«

Ich hatte längst aufgegeben, dem englischen Wortschwall zu folgen, der so anders klang als die Rede meiner Mutter, und streichelte hingebungsvoll Small. Er hatte sich mir zu Füßen gelegt. Aber das verstand ich. Als ich Robinson anblickte, war sein Gesicht puterrot.

»Aber er hat versprochen, in deinem Fall eine Ausnahme zu machen«, fuhr Stephanie fort. »Da Small dich anscheinend mag, dürfte es ihm leichter fallen.«

Robinson schob nachdrücklich den Stuhl zurück und murmelte etwas Unverständliches, bevor er mir ein eindeutiges ›Komm mit‹ zuwinkte. Mir war nie erlaubt worden, vor den Erwachsenen vom Tisch aufzustehen oder es ohne ausdrückliche Aufforderung zu tun. Also blickte ich zögernd Stephanie an, die anscheinend nichts daran fand. Sie lächelte nur.

Ich erinnere mich, daß ich manchmal während der ersten beiden Wochen auf Millhill Farm zu Robinson sagte, ich wäre lieber ein Hund als ein Mädchen. Doch bald spielte das keine Rolle mehr. Robinson und ich waren Freunde geworden, ohne es zu merken. Es lag an den Feldern, durch die wir rannten oder in denen wir herumkrochen, während wir uns als unerschrockene Entdecker in einem feindlichen

Land fühlten. Und an dem kleinen Wald, in dem wir von Baum zu Baum hüpften, in ihnen herumkletterten und von ihnen herunterfielen, während wir endlos Verstecken spielten. In dem Fluß, der sich hinter der Farm entlangschlängelte, lernte ich herumzupaddeln und mit einem alten Stock zu fischen. Manchmal ließen wir Blätterboote schwimmen, Piratenschiffe, welche die königliche Flotte angriffen. Wir rannten flußabwärts, um zu sehen, wessen Boot als erstes ans Ufer stieß. Regnete es, kletterten wir in der Scheune herum, sprangen ins stachlige Heu und heckten komplizierte Fallen für den anderen aus. Oder wir lagen einfach da, die Augen fest geschlossen, Small zwischen uns, und versuchten, das Muhen einer besonderen Kuh zu erkennen.

Natürlich fehlte auch das Pferd nicht. Es war eine braune Mähre mit einem gewaltigen Hintern, die faul und unwillig um ein Feld trottete, während wir auf ihrem Rücken hockten. Sie muß Robinson den Namen eingegeben haben, den er mir anhängte: »Mähri.« Das war ich. Und »Mähri« sollte ich auch die folgenden Sommer bleiben.

Manchmal radelten zwei Freunde von Robinson vom Nachbarhof herüber. Die beiden Jungs waren ein bißchen älter als er. Wenn sie kamen, ließ Robinson mich augenblicklich links liegen und tat, als existierte ich nicht. Ich weiß nicht, ob ich mir damals den schelmischen Ausdruck auf seinem Gesicht nur eingebildet habe. Jedenfalls blieb ich mir selbst überlassen, flocht Ketten aus Gänseblümchen oder ersann komplizierte Strukturen aus Zweigen und Steinen im Wald. Ich baute Fallen und schmiedete teuflische Pläne, die darin gipfelten, daß die Jungs hilflos in einer tiefen Schlangengrube hockten oder zu ertrinken drohten und ich sie retten könnte, wenn ich nur wollte. Die beiden anderen Jungen habe ich immer verrotten oder ersaufen lassen, langsam und qualvoll. Und erst im allerletzten Moment habe ich einen ewig dankbaren Robinson gerettet.

Waren die Jungen dann wieder weg, kehrte Robinson zu mir zurück. Ich tat so, als bemerke ich ihn nicht, und spielte weiter. Er trat von einem Fuß auf den anderen oder knurrte und machte sich immer deutlicher bemerkbar. Dann sagte ich, daß ich vollkommen glücklich allein sei und mit niemandem spielen wolle. Daraufhin ging er weg und kam mit immer verlockenderen Vorschlägen zurück. Er bettelte förmlich, bis ich schließlich herablassend nachgab und wieder mit ihm spielte. Am Ende des Sommers durfte ich schließlich bei den Jungs mitmachen. Aber manchmal schloß Robinson mich absichtlich aus. Heute glaube ich, daß er es nur tat, damit wir unsere ritualisierten kleinen Machtspielchen fortsetzen konnten.

Ein Leben so frei von Erwachsenen kannte ich nicht. Wir sahen Stephanie zu den Mahlzeiten, fütterten die Hühner mit ihr oder pflückten Beeren. Einmal in der Woche stiegen wir alle in den Morris Minor und fuhren mit ihr zu einem Einkaufsbummel in die Stadt. Manchmal halfen wir auch Chris und den anderen Männern bei irgendwelchen merkwürdigen Arbeiten. Abgesehen davon lebten wir in unserer eigenen Welt.

4. Kapitel

Chris war Robinsons Vater. Er war ein stämmiger Mann mit einem groben Gesicht, großen Händen und Schmutzrändern unter den Fingernägeln. Er redete nicht viel. Beim Abendessen fragte er uns, was wir den Tag über gemacht hatten, und beim Frühstück erkundigte er sich nach unseren Plänen. Am besten erinnere ich noch seine Hände. Manchmal zerzauste er mir zur Begrüßung das Haar oder hob mich auf Mähre, als wöge ich nicht mehr als ein Gänseblümchenkranz. Und an seinen Geruch erinnere ich mich. Er roch nach Heu und Wind, süß und salzig gleichzeitig.

Chris war der erste Vater, den ich erlebte. Zu Hause in Paris gab es keinen Vater. Sicher, ich hatte natürlich auch mal einen, das hatte meine Mutter mir erzählt, aber ich erinnerte mich überhaupt nicht an ihn, weshalb ich wohl seine Abwesenheit nicht als Verlust empfand. Erst nach dem Sommer in England wurde ich mir dieses Mangels bewußt.

Meine Mutter holte mich in ihrer üblichen weißen Bluse und dem ordentlichen blauen Rock von der Farm ab. Obwohl mir ihre kritischen Blicke peinlich bewußt waren, schien sie von Stephanie und Chris wirklich angetan zu sein. Die erste Trennung verlief sehr tränenreich. Robinson schenkte mir sogar vier seiner besten Murmeln, darunter eine große, glänzend blaue und ein Katzenauge, das schillerte, wenn es rollte. Man verabredete, daß ich nächsten Sommer zurückkommen würde, diesmal allerdings mit eigenen Latzhosen.

Am Vorabend meines ersten Schultages stellte ich meine Mutter zur Rede. Wir saßen in meinem Zimmer mit dem schmalen Bett, dem kleinen Tisch und dem Bild von George Sands Geburtsort Nohant. Meine Mutter legte meine Schulkleidung zurecht und packte meine Bücher in meinen Lederranzen, als ich sie fragte.

»Was ist mit meinem Vater passiert?«

Sie sah mich einen Moment ruhig an. In ihrem Gesicht regte sich nichts außer einem beinahe unmerklichen Zucken der Mundwinkel. Dann schob sie mich in die Küche, setzte Milch auf, fragte mich, ob ich Honig dazu haben wollte, und goß den Trank in eine der großen Frühstücksschüsseln. Sie setzte sich hin und blickte mir erst dann in die Augen.

»Dein Vater hat uns verlassen«, antwortete sie. Sie lächelte, aber es wirkte irgendwie nicht richtig, und an der Art, wie sie nervös die Dinge auf dem Tisch hin und her schob, merkte ich, daß das noch nicht die ganze Geschichte war.

»Du meinst, er ist gestorben.« Sie glaubte wohl, ich wüßte nichts vom Tod. Erwachsene machen immer so ein geheimnisvolles Gewese darum. Vielleicht hatte sie ja Angst, es mir zu sagen. Aber in England hatte ich viele tote Mäuse in den Feldern gesehen und beobachtet, wie Small mit ihnen spielte und sie mit der Pfote hin und her schob.

»Nein, er ist nicht tot.« Sie hielt inne. »Er hat uns nur verlassen, als du etwa zwei Jahre alt warst.«

»Du meinst, er war ein schlechter Mensch«, sagte ich. Unvorstellbar, daß Chris Robinson und Stephanie verließ!

»Nein, ein schlechter Mensch war er nicht. Er war ein guter Mensch.« Sie verschränkte ihre Hände fest vor sich. Sie wollte offensichtlich nicht weiterreden, aber sie würde es tun. Meine Mutter war immer fair.

»Warum hat er uns verlassen?« fragte ich hartnäckig weiter. »Hat er uns gehaßt?«

»Nein. Er hat uns geliebt, sehr sogar. Dich ganz besonders.« Sie lächelte, aber diesmal mißlang es ihr noch gründlicher.

»Warum ist er dann gegangen?«

»Er hatte das Gefühl, er müßte es tun. Und er hatte recht.«

Ich mochte kaum glauben, daß sie den letzten Satz wirklich ernst meinte. »Wolltest du denn, daß er geht?«

»Ja.« Ihre Stimme bebte ein wenig, deswegen wiederholte sie das Wort entschlossener.

»Wohin ist er gegangen?«

»In den Fernen Osten.«

Das war so vage, daß ich mir nicht vorstellen konnte, was sie meinte, aber meine nächste Frage war mir so wichtig, daß ich einfach weitermachte.

»Kommt er zurück und besucht uns?«

Da strich sie mir über das Haar. Es war eine seltene Geste, die sie für die Gelegenheiten reserviert hatte, wenn ich krank war. Ich wußte, was sie sagen würde, bevor sie die

Worte aussprach. »Ich glaube nicht. Es ist sehr weit weg.« Anscheinend sah ich aus, als müßte ich gleich losheulen, denn sie sprach hastig weiter. »Ich versuche es dir besser zu erklären, wenn du älter bist.«

Ich weiß nicht, warum ich diese erste Szene deutlicher erinnere als die anderen, aber es ist so. Ich muß meiner Mutter zugestehen, daß sie Wort hielt, und es mir in den folgenden Jahren immer wieder erklärte, wenn ich fragte. Allmählich bekam ich heraus, daß mein Vater Arzt war und im Krieg im Widerstand gekämpft hatte. Danach wollte er auch weiterhin gute, nützliche Dinge tun. Bekannte fragten ihn, ob er nach Vietnam gehen wollte, wo er aufgewachsen war, um dort im Hôpital Gall, dem französischen Krankenhaus, zu arbeiten. Meine Mutter wollte nicht mitgehen, weil es zu gefährlich für mich war. Außerdem fand ihr Leben hier in Paris statt. Da er nicht bleiben konnte, trennten sie sich. Immer wieder sagte sie, daß er das Recht dazu gehabt hatte, und jedesmal preßte sie bei diesen Worten ihre Lippen fest zusammen.

Sie fing an, mir Geschichten über ihn zu erzählen, kleine Geschichten, zum Beispiel, wie gern er segelte, und daß er einmal ein Boot gehabt hatte, wie sehr er Kohl verabscheute und wie gut er Windeln wechseln konnte. Aber auch Bedeutsameres: Zum Beispiel, daß er für seine Arbeit ausgezeichnet worden war und daß er sich auf Verbrennungen und Hauttransplantationen spezialisiert hatte.

Nur: Je mehr Gutes sie mir über ihn erzählte, desto weniger glaubte ich ihr und desto mehr verabscheute ich ihn. Ich fand, er hatte etwas Unverzeihliches getan, und ihre Geschichten sollten das nur verschleiern, damit wir ihm verzeihen konnten. Vermutlich konnte sie ihm in ihrem Innersten ebenfalls nicht vergeben und verabscheute ihn mit einer beinahe unkontrollierbaren Leidenschaft. Warum sonst paßten ihre Lippen und ihre Augen so wenig zusammen, wenn sie über ihn redete?

Als ich älter wurde und anfing, ihn zu kritisieren, verteidigte meine Mutter ihn unnachgiebig. Was ich auch sagte, sie stand immer auf seiner Seite. Fast wie ein brillanter Anwalt, der fürstlich dafür bezahlt wird, seinen Klienten weiß zu waschen. Insgeheim bewunderte ich sie für ihre Unnachgiebigkeit, aber ich suchte etwas anderes. Wahrscheinlich die Wahrheit.

Nachdem ich das Wort »Scheidung« gelernt hatte, fragte ich sie eines Abends beiläufig, ob sie geschieden war und vielleicht wieder heiraten wollte. Wir machten gerade den Abwasch, sie trocknete ab, und ich spülte. Ich sehe noch, wie ihr ein Glas aus der Hand glitt. Als ich wagte, ihr ins Gesicht zu blicken, wirkte es wie eingefroren. Erst als sie die Scherben zusammenkehrte, antwortete sie mir. Ihre Stimme klang ruhig, wenn auch vielleicht etwas gepreßt. Sie erwiderte, sie wäre schon zu alt, um wieder zu heiraten.

Rückblickend denke ich, daß sie wohl immer auf die Rückkehr meines Vaters gehofft hat. Sie war schon nicht mehr ganz jung, als sie ihn kennenlernte, und die knapp sechs Jahre, die sie zusammenlebten, prägten sie offenbar für ihr ganzes Leben. Als ich mit der Fragerei begann, muß sie Ende Dreißig gewesen sein. Sie war eine schlanke, hübsche Frau mit dichtem Haar, das sie zu einem Zopf zusammenrollte. Manchmal durfte ich es bürsten, dann wunderte ich mich über die weiße Strähne, die an ihrer Stirn begann und sich auffällig durch das glatte, schwarze Haar wand.

Sie hat mir niemals von Briefen erzählt, die sie vielleicht in all den Jahren von meinem Vater erhalten hatte. Aber sie las alle Nachrichten über Vietnam, vielleicht in der Hoffnung, auf seinen Namen zu stoßen. Während des langen Krieges gehörte sie zahllosen Komitees an, die sich für Frieden in Vietnam einsetzten …

Sie blieb eine Frau, die nur einem Mann gehörte. Ganz anders als ihre Tochter. Ob aus Liebe oder aus Haß weiß ich bis heute nicht.

5. Kapitel

Von meinem Hotel Intercontinental aus erkunde ich die Stadt. Außer mit Kellnern und dem Hotelpersonal am Empfang spreche ich mit niemandem. Jeden Tag unternehme ich einen Ausflug in ein anderes Arrondissement. Ist mein Ziel zu weit entfernt, benutze ich auch die Metro. Ich tauche aus ihrem Kokon auf und wandere ziellos durch die Straßen, ohne mich in Museen oder Gallerien zu flüchten. Ich habe keine Pläne, bis auf den, alle Viertel abzugehen. Ich betrachte die Fassaden, verliere mich auf Märkten oder sitze in Cafés und verfolge das endlose Spektakel auf den Straßen.

Am ersten Tag bin ich auf den Eiffelturm gestiegen und habe Stunden damit verbracht, herauszufinden, wo der eine Bezirk anfängt und der nächste beginnt. Dann habe ich mich durch das linke Ufer gearbeitet und mit einem Paris begonnen, von dessen Existenz ich bis jetzt nicht einmal etwas wußte. Vorbei am Quai de Grenelle zu einer neuen Stadt, die aussieht wie ein geschmackvolleres Chicago mit ihren modernen Gebäuden aus Glas und Stahl, einem kleinen Park mit Brunnen und versteckten Gärten, von denen jeder unter einem bestimmten Thema angelegt wurde. Am Samstag bin ich ins siebte Arrondissement gegangen, über die eleganten Straßen hinter der Nationalversammlung. Hier ist das Leben versteckt, spielt sich hinter makellosen Wänden ab. Man erhascht nur einen kurzen Eindruck, wenn die schweren Tore einen Blick auf die prächtigen Höfe gewähren oder wenn man zufällig auf den Boulevard St Germain stößt.

Für die vertrauteren Straßen des sechsten Arrondissements bin ich noch nicht bereit. Ich ändere die Richtung, wandere die Champs Elysées entlang und weiter nach Norden. Dort stoße ich auf die Blumenstände an der Place des Ternes und gelange schließlich in den Parc Monceau. Ich sitze auf einer Bank, beobachte die kahlen Bäume und lausche den Kindern, die nach ihren Kindermädchen rufen.

Erst allmählich und mit einer leichten Gänsehaut traue ich mich auf die Straßen, die ich besser kenne. Wie ein Raubvogel umkreise ich die Orte der Erinnerung, bevor ich es wage, mich hinunterzustürzen.

Am fünften Tag entscheide ich mich, im Speisesaal des Hotels zu frühstücken. Ich sitze kaum am Fenster zu dem überdachten Hinterhof, als eine Stimme meinen Namen ruft. Ihre unter einem Pelz begrabene Besitzerin steht eine Sekunde später vor mir.

»Maria Regnier, das ist ja unglaublich! Dürfen wir uns zu Ihnen setzen?«

Bevor ich antworten kann, wuchtet Sarah Martin ihre füllige Gestalt auf den freien Stuhl an meinem Tisch und weist einem sichtlich verlegenen Jungen den anderen zu. »Wie phantastisch, Sie ausgerechnet hier zu treffen«, schwärmt Sarah. Bevor ich »Hallo« sagen kann, rattert sie schon ihre Bestellung herunter: Ein großes Frühstück mit Kaffee und dazu zwei Spiegeleier, Schinken, bitte sehr knusprig, für den Jungen, den sie gleichzeitig strahlend als ihren Sohn William vorstellt.

William schneidet eine Grimasse, während Sarah redet. Sie redet unaufhörlich. Sie spricht sogar, während sie ißt. Bemerkenswert, wenn man bedenkt, daß sie eine Gourmetjournalistin ist. Allerdings ist Sarah auch eine großartige Journalistin; ihre Kolumne im *New York Magazin* kann den Ruf eines Restaurants schneller festigen oder ruinieren, als ich in mein Zimmer komme. Was ich jetzt am liebsten tun würde. Natürlich geht das nicht. Also bleibe ich sitzen und höre zu, während Sarah mir ausführlich alles berichtet, was sie und William in den letzten Tagen getan und gegessen haben.

Ich habe Sarah kennengelernt, als meine Agentur die Werbung für ihr erstes Buch übernahm. Erwähnte ich schon, daß ich als PR-Agentin in den »Vereinigten Staaten der Werbung« arbeite? Nichols, Regnier & Peele Associates. Ja, die Firma trägt sogar meinen Namen, wenn auch erst an zweiter Stelle. Ich bin Partnerin, das heißt, ich war es, bis ich die Firma verlassen habe. Ich inszeniere Ereignisse oder Images für Leute oder für Firmen, die das brauchen, und verführe die Medien dazu, ausführlich darüber zu berichten.

Bei Sarah war das nicht schwierig. Sie hatte die Hälfte der Strecke selbst geschafft. Wir haben nur eine kleine Party für sie arrangiert, damit wir die Klatsch- und Tratschtanten einladen konnten, und drei ihrer Lieblingsküchenchefs gebeten, sich besondere Gerichte für sie auszudenken. Dem Wunsch kamen sie liebend gern nach. Eine schlankere und theatralisch frisierte Sarah erriet mit verbundenen Augen Zutaten und entsprechende Köche – unter donnerndem Applaus. Ereignis und Buch tauchten in zahlreichen Kolumnen auf, und die großartige kleine Plaudertasche Sarah in ebensovielen Talkshows. Ihr Werk verkaufte sich außergewöhnlich gut.

»Sie leisten uns doch heute abend Gesellschaft, Maria? Wir speisen in diesem kleinen Restaurant in der Nähe von Notre Dame. La Petite Table heißt es. Soll phantastisch sein. Wir fänden es doch toll, wenn Maria mitkäme, nicht wahr, William?«

William mustert mich ziemlich skeptisch, bevor er wieder auf seinen Teller starrt und so etwas wie eine Zustimmung murmelt.

Ich winde mich mit einer angeblichen Verabredung heraus, sehe auf die Uhr und springe auf, bevor Sarah weitere Nachforschungen anstellen kann.

»Ich muß gehen, Darling, tut mir leid.« Ich lüge, ohne rot zu werden.

»Dann vielleicht morgen abend?« Sarah kauft mir alles ab, und als ich verlegen zögere, strahlt sie. »Ah, verstehe, noch eine Verabredung.« Ihre Miene schwankt zwischen biestig und mitleidig. »Das tut Ihnen sicherlich gut«, sagt sie schließlich, und ich kann plötzlich ihre Gedanken lesen. Ich bin gut in meinem Job, einige halten mich sogar für die Beste, und ich könnte ihr vielleicht irgendwann von Nutzen sein. Immerhin kenne ich viele Leute. Sarah wirft mir einen tröstenden Blick zu.

Mit einem flüchtigen Winken verabschiede ich mich. Menschen, die mich bemitleiden, ertrage ich nicht.

Auf dem Zimmer stopfe ich die Kleidungsstücke in die Koffer und rufe die Nummer an, die Steve mir gegeben hat. Während ich darauf warte, daß jemand abhebt, bricht mir der kalte Schweiß aus. Als ich endlich die Stimme höre, kriege ich vor Erleichterung weiche Knie und muß mich aufs Bett setzen.

6. Kapitel

Die Wohnung liegt im fünften Stock eines Hauses an der Rue d'Oudinot, einer unauffälligen kleinen Straße im Siebten Arrondissement. Das Appartement selbst ist bemerkenswert. Ein langer, in einem blassen Ockerton gehaltener Raum macht den größten Teil der Wohnung aus. Die rechte Wand wird von fünf Schiebefenstern durchbrochen, von denen man einen Blick auf einen wunderschönen Garten hat. Rasen, ein Baum, den ich erst identifizieren kann, wenn seine kahlen Äste Blätter bekommen, und ein ovaler Brunnen. Gobelinbezogene Stühle bilden kleine Enklaven in dem Raum. Die zentrale Stelle markiert der Kamin. Über seinem Sims schweben rechts und links zwei plumpe Putten, die Kerzenständer halten. In einer Ecke des Raumes schließt sich eine kleine, wohl ausgestattete Küche an. Auf der anderen Seite mündet eine polierte Leiter in eine Galerie mit einem Schreibtisch und einem Diwan. Am anderen

Ende der Wohnung liegt das Schlafzimmer mit einem zierlichen Himmelbett.

Ich bin verzaubert. Steve und Chuck haben eine Sammlung von Bildern und Figuren zusammengetragen, die überrascht und den Blick fesselt. Ein filigranes Gesims eines gotischen Bauwerks steht neben einer dorischen Halbsäule an einem der Fenster. Über dem Kaminsims hängt ein kleines, wunderbar gemaltes Ölbild, das nur die Waden und Füße einer Frau in Ledersandalen zeigt. Sie geht graziös, aber zielstrebig durch eine offensichtlich antike Landschaft.

Eigentlich möchte ich das Buchregal inspizieren, aber meine Blicke kehren immer wieder zu diesen leicht beschuhten Füßen zurück. Wohin gehen sie? Ich mache es mir auf einem der geschwungenen Stühle bequem und starre das Bild an, bis die Dämmerung mich aus meiner Träumerei schreckt. Ich habe keine Ahnung, wohin der Tag verschwunden ist, aber ich fühle mich merkwürdig ruhig. Ich wüßte keinen Grund, der mich zwingen könnte, dieses Zimmer jemals wieder zu verlassen.

Was ich drei Tage später allerdings doch tue. Ich bin kühn. Und ich weiß genau, wohin ich gehe. In das Viertel, das ich bisher gemieden habe.

Ich spaziere an der Seine entlang, vorbei an Notre Dame und über die Pont de la Tournelle auf die Ile St-Louis. Weder bleibe ich stehen, um mir das Wunder der Strebebögen anzusehen, noch stöbere ich in den kleinen Läden, die über die ganze Insel verteilt sind. Ich fürchte, daß ich meinen Mut verliere, wenn ich eine Pause mache. Rasch überquere ich den Pont Marie, gehe am Quai des Célestins vorbei und biege in die Rue St-Paul ein.

Als ich ankomme, hole ich tief Luft. Das ist das Terrain meiner Kindheit. Hier wurde ich geboren. Nach der Brücke, die ich vor ein paar Momenten überquert habe, wurde ich benannt. Meine Mutter überquerte sie täglich und liebte die Abgeklärtheit ihrer Steine, ihre unregelmäßigen Bögen, die Buketts aus gemeißelten Zitronen. Aber nicht die Jungfrau Maria ist meine Namensvetterin, sondern der Hauptbrückenbauer Henris Quatres, ein gewisser Christophe Marie. Maries Brücke brauchte lange, bis sie endlich vollendet war. Der Grundstein wurde erst gelegt, als Henri Quatre bereits seinem Mörder begegnet war und eine andere Marie, diesmal die überraschend geschäftstüchtige Marie de' Medici, Witwe Henris, designierte Regentin und meine zweite Namensvetterin, begann, sich um die wuchernden Wohnblocks von Paris zu kümmern. Selbst dann dauerte es noch sechsundzwanzig geschichtsträchtige Jahre, sie fertigzustellen. Vielleicht sollte ich mich ja von meiner Brücke ermutigen lassen. Sie hat zwar nur langsam ihr Ziel erreicht, seitdem jedoch unerschütterlich die Jahrhunderte überdauert.

Ich biege um die Ecke in die schmale Rue de Lions-St.-Paul ein und bleibe vor Nummer elf stehen. Es ist das Haus meiner Mutter, in dem ich meine ersten achtzehn Jahre verbracht habe. Ich stoße die große, mit Nägeln beschlagene Tür auf und betrete den gepflasterten Innenhof. Das Klappern meiner Absätze ist in der Stille besonders gut zu hören und beschwört Erinnerungen herauf. Am anderen Ende des Hofs spielt ein kleines Mädchen lustlos Seilhüpfen. Das könnte ich sein. Hier habe ich ebenfalls gespielt. Ich stelle mir die Tochter von Madame de Sévigné vor, eine weitere Marie, wie meine Mutter mir stets erklärte, die hier ebenfalls Seilspringen spielte, allerdings mehr als drei Jahrhunderte früher. Die Tochter wurde hier geboren und errang durch die geschwätzigen Briefe ihrer Mutter Unsterblichkeit. Mit sechs verlor die kleine Marie ihren Vater, und Madame *la mère* wurde mit sechsundzwanzig zu einer sehr fröhlichen Witwe.

Ich blicke zu den oberen Fenstern hinauf und frage mich, wie die Wohnung jetzt wohl aussieht. Als wir dort wohnten, waren die alten Dachbalken im Wohnzimmer teilweise noch freigelegt. An einem war ein uralter Haken befestigt, und ich stellte mir immer vor, daß sich eine arme Seele daran erhängt hatte, statt sich von der Guillotine köpfen zu lassen. Von diesem etwas düsteren Wohnzimmer gingen drei Räume ab. Einer, das Schlafzimmer meiner Mutter, schmiegte sich in den niedrigen Dachboden, den man nur über eine wacklige steile Treppe erreichte.

Bei dem Gedanken an den Boden überlief es mich kalt. Ich erinnere mich an Olivier, aber ich möchte eigentlich nicht an ihn denken. Deswegen bin ich nicht hier. Doch plötzlich steht er vor mir, fast greifbar, mit seiner massigen Gestalt. Ich verlasse den Hinterhof und gehe unwillkürlich schneller. Trotz der Menschenmenge ist er immer noch bei mir, als ich die Rue St. Antoine erreiche. Und als ich mich in dem Eckcafé auf einen Stuhl fallen lasse, nimmt er neben mir Platz.

Als meine Mutter starb, war ich siebzehn. Ich war gerade in die *Classe Terminale* im Lyzeum gekommen, dieses anstrengende letzte Jahr, in dem ich mein Abitur machen würde. Überflüssig zu erwähnen, daß ich Sprachen studierte. Mein Englisch war so fließend, daß meine Lehrer glaubten, ich wäre gelangweilt, und mich mit zusätzlichen Arbeiten überhäuften. Spanisch war da schon etwas schwieriger. Aber meine Probleme hatten nichts mit der Schule zu tun. Der Tod meiner Mutter hatte mich in tiefste Verwirrung gestürzt. Ich wußte nicht, wie ich zur Bank gehen sollte, ganz zu schweigen davon, wie ich Strom oder Telefon bezahlen konnte. Meine Mutter besaß kaum Ersparnisse, und es konnte Monate dauern, bis ich aus ihrer Pension schlau werden würde. Noch wichtiger war, daß ich dem Gesetz nach keine Erwachsene war und keinen Vormund hatte. Also drohte mir der Status eines Staatsmündels, was bedeutete, der erbarmungslosen Gnade einer blinden Bürokratie ausgeliefert zu sein.

Olivier bewahrte mich davor. Er tauchte aus der großen Menge von Trauergästen bei der Beerdigung auf. Meine Mutter hatte zwar viele Kollegen, aber keinen Vertrauten, den ich hätte ausmachen können. Er legte mir sanft den Arm um die Schultern, bevor er mich umdrehte und mich zwang, ihm direkt in die Augen zu sehen. »Mach dir keine Sorgen«, sagte er. »Ich kümmere mich um alles.«

Ich war nur zu gern bereit, ihm mein Vertrauen zu schenken.

Olivier Boucciault war Leiter der historischen Abteilung an dem Lyzeum, an dem meine Mutter unterrichtet hatte. Ich war ihm einige Male begegnet, aber er war kein häufiger Besucher bei uns. Das Leben meiner Mutter drehte sich um ihre Arbeit und ihre Komitees. Zu Hause waren wir, abgesehen von den Durchreisenden, die wir aufnahmen, und den üblichen Besuchen meiner Schulkameradinnen meistens allein. Eine feste kleine Zwei-Personen-Einheit. Am Wochenende gingen wir ins Kino, ins Theater oder ins Museum. Manchmal zusammen mit anderen Freunden. Sehr selten lud sie zum Abendessen ein. Bei einer solchen Gelegenheit habe ich wohl auch Olivier kennengelernt.

Ich hatte ihm niemals besondere Aufmerksamkeit geschenkt. Er war einfach nur eine dieser vagen Existenzen, die zu der Welt meiner Mutter gehörten. Damals muß er um die vierzig gewesen sein, noch gerade in der Blüte seiner Jahre, ein Mann mit einem breiten Kinn, blondem schütterem Haar und einem Gesicht, das man eher einem Boxer denn einem Lehrer zugetraut hätte.

Jedenfalls brachte Olivier mich von der Beerdigung nach Hause und setzte dabei seine Fragen fort. Was wollte ich? Lieber bei einer Familie wohnen oder hierbleiben, wenigstens bis das Jahr vorbei war? Hatte ich Angst davor, auf mich allein gestellt zu sein? Sollte jemand bei mir wohnen, ein Untermieter oder eine Haushälterin vielleicht? Konnte ich meine Schulausbildung weitermachen? Wußte ich, wie man einkauft? Wie man die Wäsche wäscht? Hatte ich Alpträume? Er war sehr sachlich, etwas grob und dabei merkwürdig tröstend.

Seit dem Tod meiner Mutter war ich nur in die Wohnung zurückgekommen, um meine Kleidung zu wechseln. Bis dahin hatte ich bei einer Freundin und ihrer Familie übernachtet, aber das war nur eine Übergangslösung. Am Ende dieses ersten Abends mit Olivier war mir klar, daß ich in der Wohnung meiner Mutter bleiben wollte. Hier kannte ich alle Nachbarn, und sie waren nett. Außerdem fühlte ich mich hier sicher. Es war schließlich mein einziges Heim. Aber war das auch möglich?

Olivier arrangierte es. Er verhandelte mit Behörden, Vermietern und den Bankiers. Er sprach mit der Putzfrau meiner Mutter und verabredete mit ihr, daß sie zweimal in der Woche kommen und auch Lebensmittel einkaufen sollte. Er organisierte eine Sammlung am Lyzeum meiner Mutter, damit ich etwas Geld zur Verfügung hatte, bis die Pension meiner Mutter und die restliche Hinterlassenschaft geklärt waren. Er besuchte mich zwei bis dreimal pro Woche, sprach mit mir über die Schule und das Leben und rief mich jeden Tag an.

Etwa zwei Monate nach dem Tod meiner Mutter kam Olivier mit einem großen Paket an, das in Geschenkpapier eingewickelt war.

»Mach es auf«, sagte er und ließ sich auf das Sofa fallen. Ich fühlte, wie er mich beobachtete, während ich vorsichtig das Paket auspackte, damit das glänzende Papier nicht zerriß.

Es kamen zwei Kleider zum Vorschein. Eine braun-weiß karierte Kombination aus leichter Wolle und eine andere in tiefem Flaschengrün.

»Ich dachte, dir würde vielleicht etwas Neues für Weihnachten gefallen.« Olivier lächelte. »Deine Garderobe ist offensichtlich nicht besonders reichhaltig.« Er hüstelte. »Probiere die Kleider an.«

Es stimmte, daß ich nicht viel anzuziehen hatte. Ich hatte zwei Jeans, ein paar Pullover und dann die Kleidung, die meine Mutter ausgesucht hatte. Irgendwelche ordentliche Röcke und weiße Blusen, die ich immer wieder waschen mußte. Meine Mutter war immer sparsam und achtlos gewesen, was Kleidung anging. Ihrer Meinung nach diente sie dazu, den Körper zu verhüllen, nicht, ihn zur Schau zu stellen. Das karierte Kleid, das ich als erstes anzog, war das genaue Gegenteil, soviel sah ich sofort. Es hatte eine spitz zulaufende Form, ein eng anliegendes Oberteil mit winzigen Knöpfen in der Mitte, die bis zu meinem Hals hinaufreichten. Ich wagte kaum, in den kleinen Spiegel über meiner Kommode zu blicken. Außerdem konnte ich sowieso nur meinen Kopf und Schultern darin sehen. Und meine alltäglichen Stiefel kamen mir plötzlich unpassend vor, aber ich bin trotzdem in ihnen zu Olivier gegangen und habe mich ihm präsentiert.

Er betrachtete mich einen Moment kritisch, trat dann neben mich und zog mir den Reif aus dem Haar, den ich immer noch wie ein kleines Mädchen trug. Obwohl mein Haar länger geworden war, weil meine Mutter es jetzt nicht mehr auf Schulterlänge schnitt.

»So.« Er betrachtete mich erneut von der Seite, fuhr mir dann mit den Fingern durchs Haar und strich es auf die andere Seite.

Ich weiß nicht, ob ich mir damals darüber klargeworden bin, daß er mich in diesem Moment das erste Mal berührte, abgesehen einmal von dem Händedruck auf der Beerdigung. Aber er räusperte sich merkwürdig, und das folgende Schweigen war merkwürdig gespannt und währte zu lange. Um es zu überspielen, strich er über meine Wange. *»Pas mal«*, sagte er. »Nicht schlecht. Du bist richtig hübsch.«

Ich sah ihn an, aber er winkte mich weg. »Probiere auch

das andere an. Dann kannst du dir überlegen, welches du heute abend anziehst, weil ich dich zum Essen ausführe.«

Das grüne Kleid paßte mir noch besser. Ich bürstete mein Haar so, wie er es zu mögen schien. Als ich wieder vor ihn trat, saß er auf dem Sofa und murmelte: »*Très jolie*«, bevor er auf die leere Stelle neben sich klopfte und mich zu sich winkte. Ich setzte mich gehorsam, und er küßte mich kurz, aber fest auf die Lippen.

Kaum zu glauben, wie unschuldig ich damals war. Wir mochten zwar in den antiautoritären siebziger Jahren leben, aber ich war unter den wachsamen Augen meiner Mutter zu einer kleinen, ordentlichen Bourgeoise erzogen und noch nie von einem Mann geküßt worden. Meinen engsten Freundinnen ging es nicht anders. Wenn wir Jungs sahen, schüttelten wir ihnen die Hand, und bei den wenigen gemischten Parties, die ich besucht hatte, war Sex eine Angelegenheit gewesen, über die errötend und in vagen Andeutungen gesprochen wurde. Die offenere Atmosphäre Englands hätte vielleicht mehr Freiheiten gewährt, aber vermutlich schickte meine Mutter mich genau deshalb nicht mehr dorthin, als ich fünfzehn geworden war.

Also war Olivier der erste Mann, der mich geküßt hat.

Nach dem Abendessen küßte er mich erneut. Dieser zweite Kuß war irgendwie anders. Olivier nahm mich in die Arme, strich mir über den Rücken, direkt über dem Po, streichelte mein Haar, während er seine Lippen auf meine preßte und seine Zunge in meinen Mund schob. Ich mochte es. Mir gefielen seine Hände auf meinem Körper genauso wie seine Lippen auf meinem Mund. Danach verabschiedete er sich etwas überstürzt und besuchte mich in dieser Woche nicht mehr. Allerdings rief er regelmäßig an, um sich nach meinem Wohlbefinden zu erkundigen.

Als ich ihn das nächste Mal sah, wirkte er sehr ernst. Er fragte mich nach meiner Arbeit aus, überprüfte alle meine Schulhefte, um sich davon zu überzeugen, daß ich fleißig war, und stand dann feierlich auf. Ich drängte ihn, zu bleiben. Ich hatte mich darin versucht, ein Hähnchen zu braten, und gehofft, daß er vielleicht dablieb und es mit mir zusammen aß. Es war in fünf Minuten fertig. Er blieb, nachdem er zunächst ein Telefonat geführt hatte.

In meiner jugendlichen Kurzsichtigkeit hatte ich niemals daran gedacht, daß Olivier ein Leben außerhalb des Kontaktes führte, den er mit mir hatte. Und es ist mir niemals eingefallen, ihn danach zu fragen. Ich meine, ich wußte vage, daß er Kinder hatte, vielleicht sogar eine Frau, aber sie schienen nicht bei ihm zu leben. Wir sprachen nur über mich oder über Politik und den Zustand der Welt. Darin war ich gut. Ich konnte jeden einzelnen Kabinettsminister aufzählen, erklären, was er tat und was er falsch machte. Ich war nicht umsonst die Tochter meiner Mutter. Aber nach diesem Telefonat fragte ich Olivier, ob er eine andere Verabredung hatte, ob er nach Hause gehen müßte. Er schüttelte abrupt den Kopf. Ich lachte und lief davon, um den Tisch mit der besten Tischdecke und den besten Servietten zu decken.

Beim Abendessen fragte er mich, welche Pläne ich für Weihnachten hätte. Die Feiertage standen mir bevor. Heiligabend war in Ordnung. Ich war von meiner Freundin Annette eingeladen worden, mit ihr und ihrer Familie in die Mitternachtsmette zu gehen und über Nacht zu bleiben. Aber danach lagen die langen, leeren Tage vor mir. Sie kamen mir so lang vor, daß ich sie mit Arbeiten füllen wollte, die ich mir überlegt hatte. Olivier rettete mich. Er fragte mich, ob ich vielleicht mit ihm in den Süden fahren wollte. Er besaß ein kleines Haus in der Provence und fuhr dort immer in den Schulferien hin. Ich war so dankbar, daß ich auf seinen Schoß hüpfte und ihn umarmte. Er hielt mich einen Moment fest und schob mich dann sanft zur Seite.

»Also, in aller Frühe am sechsundzwanzigsten.« Er nahm meine Hand und schien noch etwas sagen zu wollen, aber dann änderte er seine Meinung. »Nimm warme Kleidung mit«, sagte er an der Tür. »Es kann dort sehr kalt werden.«

Wir sind in seinem kleinen Peugeot heruntergefahren. Im Autoradio spielten sie die ganze Zeit Mozartsymphonien, während wir durch die Ebenen um Orléans glitten, vorbei an den Hügeln und Tälern Burgunds und durch die kahlen Weinberge des Beaujolais. Unterwegs machten wir eine Pause in einem Restaurant und aßen zu Mittag. Danach gerieten wir in einen Stau, und ich muß eingeschlafen sein. Als wir ankamen, war ich so erschöpft, daß ich nur noch den Duft der Kiefern und den kalten Wind wahrnahm. Olivier entzündete ein Feuer im Kamin, in dem das Holz schon bereitlag. Ich stand da und sah zu, wie die Flammen bis in den Kamin hochschlugen. Die Tasse heiße Schokolade, die er mir in die Hand drückte, belebte mich ein wenig, aber nur so weit, daß ich den Raum in mich aufnahm und die beiden plumpen, gestreiften Sofas sah. Ich rollte mich sofort auf einem zusammen.

Das nächste, was ich sah, war das Sonnenlicht, das durch ein riesiges Panoramafenster hineinschien. Ich blickte hinaus, erspähte eine Eiche, eine kleine Senke, und in der Ferne das diesige Rot der Luberon Berge. Zum ersten Mal seit Monaten konnte ich frei atmen und wartete nicht auf das Klappern der Slipper meiner Mutter auf dem Parkett.

An diesem Tag wanderten wir von der verschlafenen kleinen Ansammlung von Steinhäusern unseres Weilers durch die knirschende, schneebedeckte Landschaft, durchquerten kleine Wäldchen, an denen Weinberge angrenzten, erklommen steile Berge und marschierten dann wieder durch duftende Kiefernwälder. Als wir zurückkehrten, glühte das Licht der untergehenden Sonne rosa über den Hügeln. In ihrem Schein wirkte das Haus, als wäre es aus dem Boden gewachsen. Von dem Feldweg auf der Rückseite aus betrachtet, war es jedoch nur ein altes Gemäuer, ein umgebautes Waschhaus am Rand des Dorfes. Ich erfuhr, daß Oliviers Eltern es umgebaut hatten, bis es diese längliche, rechteckige Form angenommen hatte. Im Sommer wurde das große Panoramafenster geöffnet, und die efeuberankte Terrasse und die alte Eiche wurden zu einem Teil des Wohnraumes.

An diesem Abend bereiteten wir gemeinsam das Essen zu. Olivier zauberte eine Pasta mit einer duftenden Pilzsauce, während ich einen Salat zubereitete. Ich erinnere mich, daß ich eine Menge Wein getrunken haben mußte. Auf jeden Fall waren wir sehr fröhlich, und mitten in diese Fröhlichkeit verkündete Olivier: »Oh, fast hätte ich es vergessen. Ich habe dir ein Weihnachtsgeschenk mitgebracht.«

»Ich auch«, erwiderte ich lachend und lief in mein Zimmer, das am Ende des Wohnzimmers lag.

Er saß vor dem Kamin, als ich zurückkam. Scheu reichte ihm das sorgfältig verpackte Buch, das ich nach langem Stöbern bei einem Antiquar gekauft hatte. Es behandelte die architektonische Geschichte von Paris. Ich hatte es vor allem wegen seiner wunderhübschen Zeichnungen ausgewählt. Ich wartete ungeduldig darauf, daß er es öffnete, weil ich sehen wollte, ob es ihm gefiel. Es war das erste Mal, daß ich einem anderen Erwachsenen als meiner Mutter etwas schenkte.

»Es ist perfekt.« Olivier lächelte. »Sehr schön.« Er blätterte es kurz durch, während ich neben ihm stand. »Danke.« Dann drehte er sich zu mir um und strich mir durchs Haar. »Und jetzt mach deines auf.«

Es waren zwei Pakete. Ich öffnete das schwerere zuerst. Darin waren zwei Bücher. Eine Ausgabe von Saint-Simons *Mémoires*, Madame de Sévigné's Briefe an ihre Tochter, und eine Biografie über Madame Pompadour.

»Das ist für deinen Geschichtsunterricht«, erklärte Olivier überflüssigerweise.

»Von meinem Lieblingsgeschichtslehrer.« Ich strahlte

ihn an und öffnete hastig das zweite Paket. Als ich sie in dem dunkelblauen Seidenpapier sah, wußte ich zunächst nicht, was diese blaßseidenen Wäschestücke waren. Und als ich es begriff, hätte ich vielleicht einen winzigen Augenblick keuscher Scham empfinden sollen. Doch ich war begeistert. Ich sehnte mich so nach schönen Dingen, daß diese cremefarbenen Bodys, die man diskret direkt auf der Haut trug, für mich der Gipfel des Begehrenswerten darstellten. Ich schlang meine Arme um Olivier und fragte ihn in einer plötzlichen Aufwallung von Kühnheit, ob es ihm gefallen würde, wenn ich einen für ihn anzog. Ich wartete nicht einmal auf eine Antwort, sondern stürmte einfach in mein Zimmer, schlüpfte aus meiner Jeans und erschien kurz darauf in einem Body vor Olivier.

Der Blick, den er mir zuwarf, machte mir zum ersten Mal bewußt, was weibliche Macht bedeutete. Er schwieg einen Moment und winkte mich dann zu sich. »Darf ich?« fragte er. Seine Stimme klang merkwürdig.

Ich blieb reglos stehen, während er mir über den Hals und dann über den Busen strich. Es fühlte sich schön an, und ich hinderte ihn nicht. Genausowenig wehrte ich mich dagegen, als er mich dichter an sich zog, meinen Po, meine Hüften und meine nackten Oberschenkel streichelte. Dann küßte er mich, lange und heftig, und stöhnte dabei eigenartig. Als er mir wieder in die Augen sah, lag in seinem Blick eine Frage, die ich nicht verstand. Aber ich ließ zu, daß er mich zum Sofa führte. Er küßte mich am ganzen Körper, und das gefiel mir auch. Ich mochte sein etwas rauhes Kinn, den sanften Druck seiner Finger, und die Hitze, die er ausstrahlte. Ich glaube, mir gefiel so ziemlich alles in dieser Nacht, außer vielleicht der kurze Schmerz, der Blutfleck auf den weißen Laken des Bettes, in dem wir schließlich landeten, und der klebrige Fleck, den sein Sperma auf meinem nagelneuen Body hinterließ.

Olivier lehrte mich eine Menge in der Woche, die wir gemeinsam in dem Haus am Fuß der roten Berge verbrachten, und ich war wohl auch eine willige Schülerin. Er brachte mir bei, den Penis eines Mannes richtig in die Hand zu nehmen und auch in den Mund. Er lehrte mich, ihm ein Kondom so überzuziehen, daß ihn allein das bereits zum Stöhnen brachte. Er lehrte mich, meinen Rücken unter ihm zu biegen und auf ihm zu sitzen und meine Knie gegen seine Pobacken zu pressen. Und er brachte mir bei, wie man aufhörte, kurz bevor die Lust ihren Gipfel erreichte, damit sie noch intensiver wurde, wenn ich mich dann wieder bewegte. Er lehrte mich, Vergnügen an mir selbst zu haben, während er mir fasziniert zusah. Und er machte mir bewußt, daß ich schön war. Er war ein guter Lehrer, und ich habe keine seiner Lektionen vergessen.

Wieder zurück in Paris besuchte Olivier mich mit derselben Regelmäßigkeit wie vor unserem kleinen Urlaub. Aber jetzt blieb er länger, und manchmal verbrachten wir die Nachmittage im Bett meiner Mutter auf dem Dachboden, das ich übernommen hatte. Mein eigenes Bett war zu klein. Gelegentlich gingen wir auch ins Kino oder ins Theater. Von Zeit zu Zeit brachte er mir ein neues gerüschtes Seidendessous mit, manchmal auch ein Kleid.

Man könnte denken, daß diese Besuche meine schulischen Leistungen beeinträchtigt hätten. Im Gegenteil! Ich arbeitete noch hingebungsvoller, weil ich sicher war, daß Olivier zur festgesetzten Zeit kommen würde. Meine Freundinnen waren ebenfalls fleißig. Und wenn wir uns am Sonntagnachmittag trafen, redeten wir über unsere Arbeit und die Angst vor den bevorstehenden Examen. Ich hatte nie das Bedürfnis, einer von ihnen, nicht einmal meiner besten Freundin, von Olivier zu erzählen.

Im April schenkte mir Olivier zu meinem Geburtstag achtzehn weiße, langstielige Rosen und ein tief ausgeschnittenes schwarzes Kleid. Dazu eines dieser mit Drähten gestützten schwarzen Mieder und passende Strümpfe. Das Kleid war phantastisch. Wir gingen ins La Coupole zum Essen, und ich fragte ihn, ob ich das Kleid für ihn anziehen sollte. Er nickte, also ging ich schnell in mein Zimmer, zog aus, was ich trug, und kleidete mich in meine neuen Errungenschaften. Ich hatte bisher gezögert, aber nun legte ich auch sorgfältig den roten Lippenstift auf, den ich mir selbst geschenkt hatte. Dann bürstete ich mir das Haar, bis es glänzte.

Als ich herauskam, starrte Olivier mich an, als hätte er mich noch nie zuvor gesehen.

»Magst du es nicht?« wollte ich wissen.

Er strich mir das Haar aus dem Gesicht und küßte mich leidenschaftlich. »Ich habe dich nur einfach noch nie in Schwarz gesehen.«

Wir kamen erst sehr spät ins La Coupole, und ich kann mich noch erinnern, daß er mir die Frage stellte, kurz bevor wir das Haus verließen und er mir den Mantel aufhielt. »Magst du mich, Maria, nur ein wenig?«

Die Frage war mir noch nie so direkt in den Sinn gekommen, und ich muß ihn neugierig angelächelt haben, denn er flüsterte: »Die rätselhafte Maria.«

Während wir im Restaurant saßen und aßen und plauderten, betrachtete ich ihn verstohlen, weil ich herausfinden wollte, wie er die Frage gemeint hatte. Olivier hatte freundliche Augen mit kleinen Fältchen darum herum und ein charmantes Lächeln. Wenn er sich auszog, hatte er hübsche, schlanke Beine und eine glatte Haut. Und er war wundervoll großzügig. Natürlich mochte ich ihn, aber irgendwie schien mehr hinter dieser Frage zu stecken.

In dieser Nacht fragte mich Olivier auch, was ich eigentlich nach meiner Abschlußprüfung vorhatte. Ich selbst hatte angenommen, daß ich auf die Universität gehen würde. Das hatte meine Mutter gewollt, und alle erforderlichen Vorbereitungen waren getroffen. Aber da Olivier es als Frage formulierte, erweckte es den Eindruck, es wäre keineswegs selbstverständlich, und das löste ein ungutes Gefühl in mir aus.

Nach diesem Abend schien alles anders zu sein, als hätte sich unsere Beziehung verändert, die von Woche zu Woche enger wurde. Ich weiß nicht, ob es wegen des schwarzen Kleides war oder weil alle Männer in dem Restaurant mich anstarrten, wie Olivier ständig behauptete. Oder einfach nur, weil ich jetzt achtzehn war. Aber die Veränderung war greifbar. Olivier sah mich manchmal mitten in unserem Liebesakt fragend an. Er schüttelte sich heftig, wenn ich seinen Penis in den Mund nahm, und sah mich flehentlich an, wenn es vorbei war. Wenn wir ausgingen, legte er jedesmal besitzergreifend seine Hand auf meinen Arm, wenn ein anderer Mann auch nur in unsere Richtung blickte. Und er lachte weniger. Wenn ich ihm eine Geschichte erzählte, die ich komisch fand, wollte er alles ganz genau wissen, wer, was und wo. Wir gingen weniger zusammen aus, und ich fing an, ihm weniger zu erzählen.

Eines Morgens, als meine schriftlichen Prüfungen gerade vorbei waren, stand eine merkwürdige Frau vor meiner Tür. Sie hatte ein kleines, schnippisches Gesicht mit wäßrigen Augen unter einem dunklen Pony.

»Du bist also die kleine Schlampe«, sagte sie, nachdem sie mich einen Moment angestarrt hatte, hob dann die Hand und schlug mir kräftig ins Gesicht.

Ich war so überrascht, daß ich sie nicht einmal fragen konnte, wer sie war. Statt dessen brach ich in Tränen aus und sah ihr einfach nur hinterher. Es war das zweite Mal seit dem Tod meiner Mutter, daß ich weinte.

Einige Stunden später tauchte ein grimmig blickender Olivier auf. Nach einem Blick auf mich zog er mich an sich und drückte mein Gesicht an seine Brust. »Es tut mir leid, daß du das mitmachen mußtest«, murmelte er. Erst jetzt wurde mir aus seinem unzusammenhängenden Gestammel klar, daß er die ganze Zeit mehr oder weniger mit einer anderen Frau zusammengelebt hatte. Mit dieser Frau, die mich geschlagen hatte.

»Ich habe ihr von dir erzählt. Ich habe ihr gesagt, daß ich dich liebe«, murmelte er und fing an, mich leidenschaftlich, beinahe verzweifelt zu lieben. Ich blieb seltsam passiv in seinen Armen. Plötzlich sagte er: »Ich habe ihr gesagt, daß ich dich heiraten werde, Maria. Willst du mich heiraten?«

Ich glaube, ich habe gelacht. Jedenfalls war mir nach Lachen zumute, während ich ihn küßte. Dann sagte ich: »Nein, Olivier. Ich werde dich nicht heiraten. Direkt nach den mündlichen Prüfungen gehe ich nach New York.« Die Idee war mir erst in diesem Moment in den Kopf geschossen, und ich weiß noch, daß ich ihn ruhig und mitfühlend ansah, weil er vollkommen überrumpelt schien.

Natürlich war das nicht das Ende. Wochenlang bettelte und flehte Olivier mich an. Schließlich half er mir, denn er war wirklich ein guter Mensch. Er gab mir die Adresse eines Freundes in New York, der an der Columbia University lehrte. Er half mir, die Wohnung zu verkaufen. Aber mittlerweile konnte ich solche Dinge bereits sehr gut selbst erledigen.

Während meines ersten Jahres in New York schrieb er mir leidenschaftliche Briefe. Dann hörten sie plötzlich auf. Vermutlich hat er die Frau mit dem Pony geheiratet.

Zu den vielen Dingen, die Olivier mich lehrte, gehörte auch, daß die Männer dich um so mehr lieben, je weniger du ihnen erzählst. Vielleicht habe ich durch ihn auch den Wert eines klaren Schlußstrichs verstehen gelernt. Nur konnte ich diese Lektion nicht immer beherzigen.

7. Kapitel

Gestern abend habe ich von Olivier geträumt. In meinem Traum war er sehr groß und hatte schneeweißes Haar, ich dagegen war sehr klein, noch ein Kind. Meine Mutter und ich bedankten uns für etwas bei ihm, aber ich weiß nicht, was es war. Als ich aufwachte, war ich glücklich, obwohl es regnete und der Himmel eine konturlose graue Masse zu sein schien.

Die Zeit hat plötzlich eine andere Beschaffenheit für mich angenommen. Ich empfinde sie nicht mehr in den stündlichen Unterteilungen meines einst so vollgeschriebenen Terminkalenders, und ich verspüre auch keine Lust, die Gegenwart zu verlassen und in die Zukunft vorauszueilen. Ich bewege mich so frei durch die Vergangenheit, daß ich die Gegenwart manchmal sogar aus den Augen verliere.

In Steves Wohnung habe ich dieselbe Ausgabe der Biografie von Madame Pompadour gefunden, die mir Olivier damals zu Weihnachten geschenkt hat. Ich blättere gelegentlich darin, und das aufregende Leben der königlichen Kurtisane packt mich genau wie früher. Um zu überleben, wurde die Favoritin des Königs eine Meisterin der Ränke und Intrige. Ihr attraktives Äußeres, ihr musisches und schauspielerisches Talent standen ausschließlich im Dienst der übergeordneten Kunst zu gefallen. Besonders wichtig war die äußere Erscheinung, angefangen von der richtigen Plazierung des samtenen Schönheitsflecks bis hin zur Einrichtung von neuen kleinen und größeren Häusern. Außerdem mußte der König unterhalten werden, ›*distrait*‹, wie die Franzosen sagen. Die Fähigkeit zur geistreichen Unterhaltung war ein Muß, ebenso die Organisation von Festen, die Förderung oder die Protektion von Künstlern, Schriftstellern und Intellektuellen.

Ich war damals von Madame Pompadour so fasziniert, daß ich in den Buchregalen nach einem ähnlichen Lesestoff suchte. Davon fand ich überraschend viele, erkennbar an einem Madame im Titel. Trotz ihrer Beteuerung, daß die äußere Erscheinung nichts gelte, schien meine Mutter mein Interesse an diesen Frauen geteilt zu haben, die von ihrem Geist und oft auch von ihrer Schönheit lebten und die die Kunst, zu gefallen, kultivierten. Außerdem fiel mir noch etwas auf: Für diese Frauen waren Ehemänner höchstens zweitrangig. Vielleicht verbarg sich dahinter ja der wahre Grund für das Interesse meiner Mutter.

Eines dieser Bücher trug den verführerischen Titel: *Femmes Fatales.* Es war alt und in Großdruck geschrieben, was meiner Mutter zufolge bedeutete, daß es vermutlich eine billige Massenausgabe war. Ich flog nur so durch das Buch, fasziniert von der sensationellen Prosa, den reißerischen Geschichten von *La Dame aux Camélias* und Lola Montez, an deren wahre Namen ich mich nicht mehr erinnern kann. Nana, Lulu und vielleicht auch Carmen interessierten mich ebenfalls. Es waren Geschichten von verführerischen jungen Frauen, die aus dem Nichts aufgestiegen waren, sich ihren Weg zum Ruhm ertanzt hatten und die Männer versklavten. Sie handelten von leidenschaftlichen Affären mit Künstlern, Bankiers und Königinnen, von Männern, die der Liebe verfielen und für sie starben. Die Frauen starben ebenfalls, allerdings tragisch jung und meist schrecklich. Am Ende der Lektüre wußte ich nicht, ob diese Frauen für die Männer fatal gewesen waren oder vor allem für sich selbst.

Ich erinnere mich jetzt, daß Olivier dieses Buch eines Abends auf meinem Schreibtisch fand. »Du studierst also, ja?« fragte er knapp. Ich wußte nicht, was er meinte, und lächelte, wie immer, wenn ich ihn nicht verstand. Jetzt begreife ich ihn vielleicht.

Die Sonne taucht den Raum in ihr wäßriges Licht. Ich laufe kurz in die Boulangerie hinunter. Mittlerweile lebe ich wieder nur von Brot und Käse, wie damals, in meinem letzten Jahr in Paris. Unterwegs überlege ich es mir jedoch anders. Vielleicht lag es an dem Plakat in einem Fotogeschäft. ›*Une identité qui vous ressemble*‹ verkündet es. ›Eine Identität, die Ihnen ähnelt.‹ Ich finde mich in der Metro wieder, und vertraute Namen fliegen an mir vorbei – Rue du Bac, Solferino, Assemblée Nationale.

Ein junges Pärchen steigt ein und verkündet sardonisch, das Kultusministerium habe sie freundlicherweise geschickt und gebeten, uns zu zeigen, was Kultur ist. Sie singen ein Opernduett, und das Gesicht der Frau fomt so ausdrucksstark Bühnenlächeln und Grimassen, daß man ihr strähniges Haar und ihren zerschlissenen Rock vergißt. Ich suche in meiner Tasche nach Münzen, die ich immer für die Gestrandeten bereithalte, die Straßen und U-Bahnen bevölkern. Aber ein Mann lenkt mich ab, als der Zug in Concorde einfährt. Sein Geschrei übertönt den Gesang des Paares. Ein Schwall von Flüchen und Gehässigkeiten bricht aus ihm hervor, obwohl er ganz unauffällig gekleidet ist und auch nicht betrunken zu sein scheint.

»Wenn ich Musik hören will, gehe ich in die Oper!« brüllt er. »Euer primitiver Gesang interessiert mich nicht.« Er stürmt hinaus, und ich folge ihm. Immer noch schreiend eilt er zur Fahrerkabine. »Kann man in der Metro nicht einmal mehr in Ruhe seine Zeitung lesen?« Er droht dem Fahrer mit der Faust. »Achte gefälligst auf deinen Zug!«

Seine Wut fasziniert mich, aber ich verschwinde durch den Gang mit der Aufschrift ›*Correspondence*‹. Erst im nächsten Zug merke ich, wohin ich fahre. Louvre, Châtelet, Hôtel de Ville, St-Paul. Habe ich jemals so reine und unbeherrschte Wut empfunden wie dieser Mann?

An der Kreuzung von La Bastille steige ich wieder an die Oberfläche. In seiner Mitte steht die Bronzesäule, die Louis Philippe zum Gedenken an die mißlungene Revolution von 1830 hat errichten lassen. Zwar erhebt sich trotzig die geflügelte Freiheit auf ihrer Spitze, aber am Fuß der Säule liegen ihre Opfer begraben. Angeblich zusammen mit zwei ägyptischen Pharaonen, die ein listiger Kurator des Louvre in das Massengrab geschmuggelt hat. Die Mumien zerfielen, als sich diese perfekte Gelegenheit für eine illegale Beseitigung bot.

Diese morbiden Gedanken gehen mir durch den Kopf, während ich mich der Kreuzung nähere, an der meine Mutter getötet worden ist. Sie wurde von einem rasenden Auto erfaßt und bis zur Mündung der Rue de la Roquette geschleudert. Über diese Straße fahren die Leichenwagen, wenn sie zum Friedhof Père Lachaise unterwegs sind.

Das letzte Mal stand ich zwei oder drei Tage nach ihrem Tod an dieser Ecke. Ich war wütend. Ich war so wütend, daß ich wohl laut geschrien habe, denn ein Polizist versuchte, mich zu beruhigen. Ich weiß noch, daß ich meine Mutter vor Wut hätte umbringen können, wenn sie nicht schon tot gewesen wäre. Ich wollte sie schütteln, sie ohrfeigen. Was nützte ihre ganze Güte, wenn letztlich so etwas dabei herauskam? Was sollten Unschuld, die Selbstaufgabe, die Freundlichkeit, die Selbstlosigkeit? Warum war sie nur bei anderen großzügig gewesen? Es war einfach nicht gerecht.

Zu Hause lief ich in ihr Zimmer und stieß mir an der niedrigen Decke den Kopf. Dann machte ich ihren Kleiderschrank auf und riß ihre Kleidungsstücke rücksichtslos heraus. Anschließend fiel ich auf ihr Bett und weinte oder schrie; ich weiß es nicht mehr. Aber ich kann mich noch an meinen Schwur erinnern, niemals so zu werden wie sie. Ich wollte eine Gewinnerin sein, keine Verliererin, egoistisch, nicht selbstlos. Und ich wollte niemals um einen Mann trauern, der mich verließ.

Irgendwann muß ich das ganze Chaos wohl beseitigt haben, denn als Olivier kam und in ihrem Schreibtisch nach Dokumenten suchte, war ihr Zimmer wieder ordentlich.

Ich wühlte nicht gern in ihrem Schreibtisch. Seine Ordnung duldete keine Störung. Also mußte Olivier suchen, auch wenn es nicht viel zu suchen gab. Alles war perfekt beschriftet, und er fand die benötigten Unterlagen sofort. Danach betrat ich den Raum nicht mehr, bis ich nach meiner Rückkehr aus der Provence beschloß, ihn zu meinem Zimmer zu machen. Zu Oliviers und meinem.

Auf dem Marché aux Puces fand ich eine bunte, indianische Tagesdecke und ein paar bedruckte Kissen. Es waren viel zu teure, bizarre Stoffblumen, riesige gelbe Margeriten mit samtenen Köpfen. Ich kann mich noch daran erinnern, wie sie sich anfühlten. Und zu allem Überfluß kaufte ich mir ein Poster aus Matisses Jazzreihe, in einem schillernden Blau. Mit diesen Errungenschaften bewaffnet, machte ich mich daran, das Zimmer meiner Mutter zu verändern. Auf die Briefe und das Tagebuch stieß ich, als ich endlich ihre Sachen sortierte. Kleidung in die Flohmarkttüten und ihre Vorlesungsnotizen in Kartons.

Neben dem Bett stand ein alter Nachttisch aus Eiche mit fünf Schubladen. Zunächst fand ich nichts Interessantes: Zeitungsausschnitte, eine Lesebrille, eine Nachtcreme, eine Schmuckdose mit zwei schlichten, goldenen Ohrringen, eine Kette, uralte Postkarten von mir, ein ungeöffnetes Paket Schmetterlingsbriefpapier, das ich ihr einmal zum Geburtstag geschenkt hatte. In der untersten Schublade stieß ich auf einen blauen Ordner mit diesen Gummizügen, die man über die Ecken spannt. Und daneben, in der äußersten Ecke der Schublade, ein schwarzes Notizbuch.

Als ich diese beiden Dinge sah, hatte ich das Gefühl, daß ich endlich in der Hand hielt, wonach ich mein ganzes Leben gesucht hatte. Aufgeregt schob ich die Bänder von den Ecken des Ordners zurück. In ihm befanden sich einige Briefe, geschrieben auf billigem, gelbem Papier.

»Ma très chère Françoise!« begann der erste. Die Schrift war klein und schwer zu entziffern. Eine typische Doktor-

handschrift, dachte ich und blickte rasch zum Ende des Briefes. *»Je te serre très fort, Guy«.* Guy war mein Vater. Ich zitterte. So lange hatte ich mich darin geübt, meinen Vater zu verachten, und jetzt zitterte ich. Mein erster Gedanke war, ihm zu schreiben, sofort zu ihm zu fahren. Wußte er überhaupt vom Tod meiner Mutter, seiner *très chère Françoise*? Unter seinem Namen stand eine Adresse. Eine lange, komplizierte Adresse. Die Stadt war jedoch klar: Saigon.

Dann fiel mein Blick auf das Datum: 9. Dezember 1962. Mir traten die Tränen in die Augen. Es war schon zu lange her, über sechzehn Jahre. Ich nahm rasch den Stapel Briefe aus dem Ordner und zog den letzten hervor. Er war mit einem stumpfen Bleistift verfaßt und hatte kein komplettes Datum, nur den Monat, Juli, und auch keine Adresse. Auf dem Brief davor befand sich ein Datum, November 1971, aber auch hier keine Adresse. Stand vielleicht eine auf dem Umschlag? Ich hätte schreien mögen! In dem Ordner befanden sich keine Umschläge! Wütend durchwühlte ich die Briefe, beruhigte mich schließlich und begann sie der Reihe nach zu lesen.

Bis zum frühen Morgen las ich sie immer und immer wieder. Nach dem ersten Brief zögerte ich schüchtern. Immerhin war das hier sehr privat, und ich konnte fast die Mißbilligung meiner Mutter spüren. Also überflog ich die Briefe zuerst und suchte meinen Namen. Ich mußte wissen, ob sie von mir schrieben, was er für mich empfand.

In ausnahmslos jedem Brief fand sich ein Bezug auf mich. Zunächst von der Art: »Bitte umarme Maria von mir«, doch mit den Jahren wurden es Fragen. »Wie sieht sie jetzt aus?« »Wie kommt sie mit der Schule zurecht?« Einmal bedankte er sich für ein Bild, das sie ihm geschickt hatte, und bemerkte, wie hübsch ich wäre und wie schön es sein müßte, mich in Fleisch und Blut vor sich zu sehen. Eines Tages, vielleicht. Damals muß ich etwa vier gewesen sein.

Sein Tonfall meiner Mutter gegenüber war immer zärtlich und besorgt, aber auch unterlegt mit einer gewissen Traurigkeit. Insgesamt jedoch wirkten die Briefe merkwürdig unpersönlich, als wenn einiges von ihrem Gefühl von der riesigen Entfernung verschluckt worden wäre, die sie auf dem Weg zu uns hatten überwinden müssen. Und wenn man die lange Zeit betrachtete, waren es auch nicht sehr viele. Im Laufe der Jahre nahm ihre Zahl ab, aber ich fand heraus, daß sie in regelmäßigen Abständen gekommen waren. Zum Geburtstag meiner Mutter, zu den Ferien. Daß er sich überhaupt mitten in dem wachsenden Schrecken, in dem er lebte, damit beschäftigt hatte, war schon ein Wunder. Denn trotz seines knappen Stils brach dieser Schrecken gelegentlich aus den Seiten heraus wie ein Schmerzensschrei. Er schrieb vom Mangel an Vorräten, von abgetrennten Gliedmaßen, schwersten Verbrennungen, vom Mut der Kinder. Diese Briefe wirkten wie Flaschenpost, die man in eine kochende See geworfen hatte. Als habe er gewußt, daß sie nicht mehr entzifferbar wären, wenn sie uns erst erreichten. Aber allein, daß er sie schrieb, war ein Schrei an eine andere Welt, eine Welt der Sicherheit und der Ruhe, wo ein Licht in der Dunkelheit die Geborgenheit eines Heimes anzeigte. Und nicht das Mündungsfeuer eines Gewehres.

Unten in dem Stapel befand sich ein Brief, den ich zunächst nicht verstand. Als ich es schließlich tat, hätte ich meine Mutter vor Wut am liebsten geschlagen und ihr die Haare ausgerissen. Anscheinend war mein Vater in Paris gewesen. Er war in Paris gewesen, und ich hatte ihn nicht gesehen. Offenbar im Juli 1969, während ich in den Ferien in England gewesen war. Aber der Gedanke, daß man mich nicht geholt und sie mich nicht besucht hatten, brachte mich so sehr auf, daß ich nicht wußte, wohin mit meiner Wut. Und meine Mutter war dafür verantwortlich.

Ich habe diesen Brief so oft gelesen, daß er mir Wort für Wort im Gedächtnis geblieben ist. »Ich bin immer noch traurig«, schrieb mein Vater, »daß Du es für besser hieltest, wenn ich Maria nicht sehe. Ich kann zwar Deine Gründe verstehen, daß es sie aus dem Gleichgewicht gebracht hätte und Du sehr gut ohne mich auskommst. Aber sie vielleicht nicht. Es tröstet mich ein wenig, daß Du gut von mir sprichst, wenn sich die Gelegenheit bietet, aber das genügt vielleicht trotzdem nicht, ihren Haß auf mich zu mildern. Ich habe dennoch keine Wahl, als mich Deinen Entscheidungen zu beugen. Die Schuld liegt bei mir, da gibt es keine Frage. Es war auch ein Trost, Dich zu sehen und festzustellen, daß es Dir gutgeht ...«

Für mich jedoch war das kein Trost. Ich war am Boden zerstört. Hätte ich ihn gesehen, hätte ich ihn sicher dazu bringen können, bei uns zu bleiben, davon war ich fest überzeugt. Ich hätte ihm niemals erlaubt, wieder nach Vietnam zurückzukehren. Dann hätte ich einen echten, leibhaftigen Vater gehabt. Jemanden, an den ich mich hätte wenden können, jetzt, nachdem meine Mutter tot war. Ich verachtete meine Mutter dafür, daß sie mir diese Chance genommen hatte. Und meinen Vater ebenfalls, weil er sie nicht einfach von sich aus ergriffen hatte.

Ich weiß noch, wie ich geschluchzt habe, und das Kissen auf ihrem Bett so mit den Fäusten bearbeitete, daß die Federn flogen, bevor ich es durch das Zimmer schleuderte.

Aber noch etwas anderes in den Briefen meines Vater beunruhigte mich. Sie sprachen immer von einem »Wir«. »Wir sind sicher angekommen.« »Wir haben eine Wohnung gefunden.« Und so weiter. Zuerst nahm ich an, daß meine Mutter mich einfach angelogen hatte. Es war also doch eine andere Frau im Spiel, und mein Vater war mit ihr davongelaufen. Unter mein Mitleid mit ihr mischte sich auch eine andere, spöttische Stimme. »Geschieht ihr recht«, sagte sie. »Sie hätte sich besser kleiden sollen, etwas aus sich machen sollen.«

Doch bald war ich mir nicht mehr sicher, daß dieses »wir« eine andere Frau meinte. Es war jemand namens P, und P, so stellte sich heraus, war ein wenig verwirrt, aber ganz fröhlich. Manchmal umarmte auch P am Ende der Briefe meine Mutter und mich. Dann verschwand P aus dieser einseitigen Korrespondenz und wurde nie mehr erwähnt.

Als ich mich schließlich an das schwarze Notizbuch machte, hatte ich das Gefühl, vor der letzten Schwelle zu stehen. Wenn ich sie überschritt, gab es kein Zurück mehr. Würde ich weiter an ihren Geheimnissen rütteln und die Tür zu dieser letzten Kammer öffnen, war meine Mutter für immer verändert. Also zögerte ich. Und sprang schließlich doch.

Die Handschrift war die vertraute Lehrerinnenschrift meiner Mutter. Es waren gerade, ordentliche Buchstaben, die nicht allzu eng zusammenstanden. Nur die Abstände waren unregelmäßig, als läge all ihre Verzweiflung in den Abgründen zwischen den Worten.

Der erste Absatz hat sich in meine Erinnerung eingebrannt.

Heute hat er mich verlassen. Ich fühle mich wie betäubt, als wären alle Körperteile, die er berührt hatte, anästhesiert. Ich habe Maria gerufen und sie an mich gedrückt, in der Hoffnung, daß ihr warmer Körper mich wärmen könnte. Hoffnung. Ich habe das Wort geschrieben, also muß sie da sein. Aber erst gibt es diesen zweiten Tod.

Danach war nur weiße Leere, nichts, zwei Seiten lang.

»Die blutige Tat ist vollbracht«, schrieb sie. Ich brauchte eine Weile, bis ich begriff, was diese blutige Tag war. Sie hatte eine Abtreibung gehabt. Mein Vater hatte sie verlassen, während sie sein Kind unter dem Herzen trug!

Ich las das alles langsam, unter Krämpfen. Es war viel zu schmerzlich, und etwas in mir wollte es nicht wissen. Welches Kind will schon wirklich alle geheimen Turbulenzen des Lebens seiner Eltern erfahren, ganz gleich, wie neugierig es auch sein mag? Aber ich las weiter und erfuhr, daß meine Mutter meinem Vater von dieser zweiten Schwangerschaft niemals etwas erzählt hatte. Sie wollte, daß er aus freien Stücken bei ihr blieb. Kein äußerer Druck, keine Veränderung der Gewichtung bei der Wahl zwischen ihr und dem Leben, das er so unbeirrbar führen zu müssen glaubte. Sie war schließlich eine ehrenhafte Frau. Sie würde ihn nicht von seiner größeren Verpflichtung abhalten, außer, er würde freiwillig bleiben. Dennoch nahm sie es ihm übel, und gleichzeitig empfand sie diesen Widerwillen als falsch. Die Abtreibung wollte sie nicht, aber sie spürte, daß sie nicht allein mit zwei Kindern zurechtkommen würde.

Es gab Sätze, die ich nicht begriff. In einem sprach sie davon, ungeborenes Leben für eines zu opfern, das bereits begonnen hatte. Ich dachte, sie meinte damit, daß mein Vater als Arzt in der Lage war, im umkämpften Vietnam Leben zu retten. Ich spielte auch eine Weile mit dem weit schwülstigeren Szenario, daß mein Vater sie wegen einer anderen Frau verlassen hatte, die sich in irgendeinem Reisfeld vor Sehnsucht nach ihm verzehrte. Ich glaubte mich erinnern zu können, daß sie mir einmal erzählte, er habe eine Weile im Fernen Osten gelebt, bevor sie sich kennengelernt hatten. Das hätte Sinn gemacht. Aber ich habe es trotzdem niemals ergründen können.

Deutlich wurde jedoch der Schmerz meiner Mutter und ihre mutige Art, wie sie ihr Leben in den Griff bekam. Nicht, daß sie es jemals aus der Hand gegeben hätte. Schließlich hätte sie auch mit ihm gehen können. Das Tagebuch prüfte diese Möglichkeit und fällte dann eine eindeutige Entscheidung dagegen. Die geschriebenen Worte unterschieden sich kaum von denen, die sie mir ins Gesicht gesagt hatte. Anders war jedoch ihre Empfindung, diese Entscheidung habe ursprünglich etwas Trotziges, als habe sie eine Wette mit sich abgeschlossen. Wenn sie fest entschlossen bliebe, würde sie ihn zurückgewinnen können. Er würde sich ihrer Vernunft beugen und in Frankreich bleiben. Das tat er nicht, und sie verlor. Jetzt war es zu spät, nachzugeben. Das Problem war nur, daß sie niemals darüber hinweggekommen ist.

Es gab keine Daten in dem Tagebuch, sondern nur Passagen, die von bloßliegenden Gefühlen zeugten. Aber es mußten trotzdem Jahre vergangen sein, denn es gab einen Eintrag, der nur aus der Zeit nach dem Besuch meines Vaters in Paris stammen konnte. Hier machte sie erneut die Gründe geltend, aus denen sie ihm verbot, mich zu sehen. Ich gehörte ihr ganz allein. Es war eine Art Rache. Die Rache des Opfers. Sie liebte ihn immer noch, aber Liebe war noch nie ganz frei von Machtspielchen.

Die letzte Eintragung hat mich wohl am stärksten erschüttert. Sie hatte sie einige Tage vor ihrem Tod gemacht.

Heute ist der Brief gekommen. Der Brief, den ich schon so lange erwartet habe, auch wenn ich gehofft habe, daß er nie kommen würde. Guy ist tot. Anscheinend ist er schon vor längerer Zeit gestorben, aber niemand hat daran gedacht, es mir mitzuteilen. Daß ich noch Hoffnung hatte, habe ich erst jetzt begriffen, da sie verschwunden ist.

Meine Mutter, die letzte Romantikerin. Ich saß vor dem Kaminfeuer, als ich diese Stelle zum x-ten Mal las. Ob sie absichtlich an der Bastille vor diesen Wagen gelaufen war? Ich löschte diesen Gedanken aus meinem Kopf und begann, Seite für Seite des Tagebuchs herauszureißen. Dann legte ich sie Seite für Seite in die Flammen und sah zu, wie sie verbrannten.

Etwa nach der Hälfte bemerkte ich, daß ein Blatt dicker war als die anderen. Tatsächlich waren es zwei, die zusammenklebten. Ich löste sie voneinander. Hatte ich etwas übersehen? Allerdings. Zwischen den Seiten befand sich ein Schwarzweißfoto. Es war von dem Klebstoff etwas angegriffen. Ein Mann und eine Frau waren darauf zu sehen. Sie hielten sich noch in den Armen, bewegten sich aber voneinander fort, als habe die Kamera sie überrascht. Ihre Körper standen sich noch gegenüber, aber sie hatten ihre Gesichter dem Fotografen zugewandt. Ich erkannte sofort meine Mutter, obwohl sie jung und hübsch war und ich diesen Gesichtsausdruck noch nie an ihr gesehen hatte. Der Mann war groß und breitschultrig, hatte einen klaren Blick und ein offenes Lächeln. Mein Vater. Es konnte nur mein Vater sein, auch wenn ich aufgrund des heldenhaften Versuchs meiner Mutter, ihn aus meinem Leben auszulöschen, niemals ein Foto von ihm gesehen hatte. Ich betrachtete das Bild eine Weile, und als ich schließlich alles andere verbrannt hatte, einschließlich der Briefe, warf ich auch das Foto in die Flammen.

Ich bin kein guter Mensch. Die Geschichte meines Lebens ist die Geschichte des Versuchs, nicht so zu sein wie meine Mutter.

8. Kapitel

Nachdem ich mich dem Ort gestellt habe, an dem meine Mutter ums Leben kam, kann ich die Stadt nach Belieben nutzen. Ich kann überall hingehen, kreuz und quer, nach Norden und Süden, Osten und Westen. Nach dem Regen der letzten Tage wird das Wetter wieder schön. Dicke weiße Wolken segeln über den feuchtblauen Himmel. Ich folge ihnen. Und irgendwelchen Menschen, nur um herauszufinden, wo sie hingehen.

Heute lande ich in der Nähe des Cimetière Montparnasse. Ich trete durch die Tore in diese Totenstadt ein, in der auf grauen Steinen Blumen blühen. Es ist eine friedliche Stadt. Ihre Bewohner ruhen dort weit gelassener als die Erinnerungen an sie in den Köpfen der Besucher. Meine Mutter ist hier im Abschnitt siebenundzwanzig von der Avenue de l'Est begraben, nicht weit von Baudelaires Monument entfernt. Während der Poet weise seine eigene, gekrümmte Gestalt betrachtet, liegt meine Mutter unter einem schwarzen Marmorstein, der an der Seite die Worte *Famille d'Este* trägt. Auf der Oberseite taucht sie als Françoise Regnier auf, unter dem Namen ihrer Eltern und Großeltern. Ich habe keinen von ihnen kennengelernt, aber die kleinen Medaillen kenne ich gut, die in Farbe auf dem Stein abgebildet sind. Sie wurden ihrem Großvater im Ersten Weltkrieg verliehen, und auch die Worte, die dem Namen ihres Vaters folgten, kenne ich noch: *Mort pour la France – Membre de Réseau Musée de l'Homme.* Im Tod liegen Familien eng zusammen, mag das Leben sie vielleicht auch auseinandergerissen haben. Baudelaire hat mit seinen Eltern gebrochen, um seinen Blumen des Bösen nachzugehen, und selbst er liegt jetzt sicher unter ihren Fittichen, verborgen unter dem Namen seines verhaßten Stiefvaters Aupick. Vielleicht werde ich auch eines Tages hier enden, neben meiner Mutter. Dann wird mein verschwenderisches Leben von dem größeren Gewicht des Familiensteins ausgelöscht.

Die Versuchung, hier eine Weile zu bleiben, ist so groß, daß ich schnell weglaufe. Meine Eile wirkt auf dem Friedhof unpassend. Als Beweis, daß ich noch lebe, kaufe ich mir in der nächsten Pâtisserie ein rundes zweistöckiges Gebäck, das ausgerechnet *Religieuses* genannt wird. Ich verschlinge es und lasse die Sahne von meinem Kinn tropfen. Auf dem Boulevard Montparnasse mische ich mich unter das geschäftige Volk. Alle scheinen ein Ziel zu haben. Ich folge einem Menschen nach dem anderen in der abergläubischen Hoffnung, daß ihre Zielgerichtetheit ansteckend sein könnte. Aber sie entweichen mir, verschwinden in den Schluchten der Metro oder hinter den Türen der Geschäfte.

Ein Straßenschild kündigt die Rue Falguière an. Es ist eine ruhige Straße, bis Kinder aus einer Schule stürzen. Sie lachen, schreien und drängeln, wie freigelassene Gefangene. Eine gutgekleidete, stämmige Frau mit kurzem, blondem Haar und einem intellektuell wirkenden Gesicht kommt aus der Schule und drängt sich durch die Menge. Die Kinder werden leise, wenn sie vorbeigeht, und lauter, wenn sie fort ist, wie eine Welle. Ich folge ihr, überquere in ihrem Kielwasser wieder den Boulevard und bleibe bis zu der eleganten Rue du Cherche-Midi hinter ihr. Sie bleibt stehen und betrachtet die Auslage eines Antiquitätengeschäftes. Ich bleibe gerade noch rechtzeitig am anderen Ende stehen. Als ich den Kopf hebe, begegnen sich unsere Blicke. Sie betrachtet mich, und mich überkommt plötzlich das Gefühl, daß ich diese Augen kenne. Sie sind ruhig, mittelbraun und ausdruckslos. Die Frau scheint etwas sagen zu wollen. Ich drehe mich unvermittelt um und gehe über die Straße.

Die Augen verfolgen mich. Wem gehören sie? Aber das Bild kommt nicht, so sehr ich es auch versuche.

In der Nähe der Wohnung bleibe ich an einem Zeitungsstand stehen und überfliege die Zeitungen. Das habe ich schon seit Wochen nicht mehr getan. In New York lese ich zwei bis drei Zeitungen am Tag, blättere einen ganzen Stapel mit Magazinen durch und sehe fern. Es gehörte zu meinem Beruf, aber ich war auch süchtig danach. Ich brauchte eine Dosis Druckerschwärze und Bilder in meinen Adern, damit meine geistigen Motoren liefen. Jetzt überfällt mich dieser Hunger erneut. Ich kaufe die *Libération*, *Le Monde*, die *Herald Tribune* und um das Maß voll zu machen noch den *Guardian*. Dann schleppe ich meine Beute in meine Höhle.

Am Aufzug treffe ich den Mann, der unter mir wohnt.
»Vous vous plaisez à Paris?« Anscheinend hält er mich für eine amerikanische Touristin. Meine *Herald Tribune* liegt ganz oben.

»Assez bien«, geht so, antworte ich. Sein Akzent ist nicht französisch, sondern hat etwas Nordisches, Skandinavien vielleicht oder Deutschland. Vielleicht komme ich aber auch nur wegen seiner Größe oder seiner eisblauen Augen darauf.

»Geht so, genau wie bei mir«, sagt er und lächelt, während er seine eigene Fremdheit preisgibt.

Dieses gewisse Lächeln sagt mir untrüglich, was jetzt kommt, und voilà ...

»Vielleicht möchten Sie ja auf eine Tasse Kaffee unter Nachbarn hereinkommen«, sagt er. »Ich will gerade einen zubereiten.«

Die Panik erfaßt mich sofort. »Nein, danke«, murmele ich. »Heute nicht.« Ich versuche, meine Angst zu verbergen.

Warum habe ich soviel Angst davor, mit einem Mann allein zu sein? Vor noch gar nicht so langer Zeit war das nicht weiter schwierig. Ein Gespräch, einige Drinks und danach, wenn man will, ein wenig Spaß. Davor muß man keine Angst haben. Trotzdem habe ich Angst. Als hätte ich, ohne es zu wissen, eine Entscheidung getroffen.

»Dann ein andermal.«

Ich nicke, als er den Aufzug verläßt.

Und warum nicht »ein andermal«? Ich kann doch nicht meine Lippen nur dazu benutzen, Geschäftsinhabern Albernheiten an den Kopf zu werfen. Seit meinem zufälligen Treffen mit Sarah Martin vor einem Monat habe ich nur noch mit meinen Geistern gesprochen.

Sobald sich die Tür meiner Wohnung hinter mich schließt, sucht mein Blick das Bild über dem Kamin, wie zur Beruhigung. Die Frau setzt ihre Füße immer noch sicher auf die braune Erde. Ich setze mich vor sie hin und lege meine Zeitungen auf den Couchtisch. Die geheimnisvollen Abkürzungen in den Schlagzeilen verstehe ich nicht mehr: CEE, FIS, OLP, CNPF, TVA. So kurze Zeit, aber ich bin schon zu lange draußen und scheine aus der Welt gefallen zu sein.

Ich lasse mich von der *Herald Tribune* trösten. Sie versichert mich meiner Verwandschaft mit meinen Mitgeschöpfen. Zu wissen, wofür Abkürzungen stehen, bedeutet Macht und erzeugt ein Gemeinschaftsgefühl. UN, US, GB, IRA, PLO ... Diese Hieroglyphen kann ich entziffern. Die Schlagzeilen berichten von Friedensgesprächen zwischen Israel und der PLO, Bosniern, Kroaten, Serben, IRA und Loyalisten. Andere Schlagzeilen künden reißerisch vom Gemetzel zwischen eben diesen Gruppierungen. Der Zustand der Welt läßt meine eigenen Schwierigkeiten kleiner werden. Vielleicht war meine Mutter deshalb ein Nachrichtenjunkie. Was bedeutete schon ein wohlgenährtes, wenn auch nicht rundum glückliches Leben in diesem Morast des Schreckens?

Nachdem ich mich am Leiden satt gesehen habe, wandert mein Blick zu den Anzeigen. Viele Hosteßagenturen. Belgrader Orchideen, Chic von London, Ferrari International, Suzy von Tokio, Frankfurt und Paris, Gebildet und Elegant. Vielleicht sollte ich meine Dienste auch hier anbieten. Und mich für das bezahlen lassen, was ich am besten kann.

Ich überfliege Sprachenschulen und Wohnungsannoncen und werde plötzlich von einer kleinen, gerahmten Anzeige gefesselt. »Frauen, die töten«, steht da fettgedruckt, und darunter: »Anwalt sucht Ermittler für eine Studie über Mörderinnen. Fließende Beherrschung von Englisch und Französisch ist Voraussetzung, ebenso Schreibmaschinenkenntnisse, die Fähigkeit, sich auszudrücken, Befragungen durchzuführen sowie auf Abruf zu reisen.«

Anscheinend habe ich diese Anzeige eine Weile angestarrt, denn als ich wieder hochblicke, ist es draußen dunkel. Ohne es zu bemerken, habe ich die Lampe neben dem Kamin angeschaltet. Unruhe packt mich. Ich fange an, in der Wohnung herumzulaufen. Doch selbst durch Bewegung kann ich mich jetzt nicht mehr entspannen. Ich starre in den Spiegel. Das Gesicht, das er mir zeigt, ist kaum anders als das, welches ich vor meiner Abreise in New York gesehen habe. Die Wangenknochen sind noch da, die gebogene Nase, die vollen Lippen, die grauen Augen. Vielleicht gibt es ein paar Falten mehr darum. Aber nein, Gesichter verraten nichts. Ich suche in meiner geräumigen Schminktasche herum und fördere einen Maskarastift und einen Lippenstift zutage. Zum ersten Mal seit Wochen lege ich ihn auf und bürste mir heftig das Haar.

Die Straße ist verlassen. Ich gehe um die Ecke in das Café. Ein paar Männer hocken an der Bar. Einge Jungen beschäftigen sich lautstark mit einem Flipper, den eine junge Frau in Jeans mit großem Busen und einem Cowboyhut ziert. Der Lauf der Kugel läßt verschiedene Teile ihrer Anatomie aufleuchten. Ich setze mich an einen Ecktisch und bestelle ein Glas Sauterne. Er ist zu süß, aber ich trinke ihn trotzdem.

»Darf ich?« Mein Nachbar steht plötzlich vor mir.

Noch bevor ich antworten kann, setzt er sich und hält mir die Hand hin. »Björn Johannsen.«

Ich zögere. »Maria d'Este.« Es ist das erste Mal, daß ich diesen Namen sage, seit ich in das Hotel eingecheckt habe.

»Noch ein Glas?«

Ich schüttele den Kopf, ändere meine Meinung aber sofort. Ich bin hier, weil ich nervös bin. Vielleicht hilft eine Unterhaltung ja.

»Einen Kaffee, bitte. *Un petit crème.*«

Er winkt dem Kellner und mustert mich dann. »Sie sprechen wie eine Einheimische.«

»Das bin ich auch.«

»Also sind Sie keine Amerikanerin?«

»Nein. Ich bin mehr Französin.« Ich sage ihm die Wahrheit, auch wenn die Versuchung groß ist, ihn anzulügen.

»Verstehe. Ich dachte, die Wohnung gehört Amerikanern.«

»Das stimmt auch. Ich benutze sie nur für eine Weile.«

Er lächelt mich an, als wäre jetzt alles klar zwischen uns, und erzählt von sich. Er kommt aus Stockholm, arbeitet in Paris für IKEA und mag die Franzosen nicht sonderlich. Wenigstens sind die Nächte hier kürzer, meint er.

Ich lehne mich zurück. In der nächsten halben Stunde brauche ich nicht viel zu tun. Erst kommt die berufliche Lebensgeschichte, die dann allmählich in eine Beichte übergeht.

Männer beichten bei mir immer. Warum, weiß ich nicht. Einer meinte einmal, es läge daran, wie ich meinen Kopf neige und aussehe, als würde mich jedes Wort faszinieren. Außerdem gebe ich immer an den richtigen Stellen ein »Mmmm« von mir. Ein Vielzwecklaut, dessen Bedeutung von der Frage bis zum Kommentar reicht und jeden Gegenüber zum Weiterreden animiert.

Es ist allerdings nicht so, daß ich nichts sage. Ich brauche nur einfach eine Weile. Wenn es nötig ist, kann ich ohne weiteres mithalten. Aber es ist jetzt nicht nötig. Björn Johannsen ist in voller Fahrt. Nachdem er mir seine Eindrücke von Paris vermittelt hat, plaudert er über seine Arbeit, und bei seinem zweiten Glas Bier fängt er davon an, wieso seine Freundin nicht mit nach Paris wollte.

Ich werfe einen Blick auf die Uhr und stehe umständlich auf. »Ich muß gehen. Es wartet noch Arbeit auf mich.«

»Oh.« Er sieht mich mit seinen blauen Augen verführerisch an. »Ich hatte gehofft, Sie würden mit mir essen.« Er legt seine Hand auf mein Handgelenk.

Ich sehe ihm in die Augen. Seine Blicke ziehen mich aus, und ich stelle mir das logische Ende dieser Entkleidung vor.

Ich sehe, wie seine Lippen meine nackte Haut berühren. Ich fühle ihre Berührung. Mir wird schlecht.

»Das geht nicht«, flüstere ich. »Ein andermal. Danke für den Kaffee.«

Als ich in eine dunklere Straße einbiege, erbreche ich mich in einer Gosse. Mit einem Taschentuch wische ich mir den Mund ab und lehne mich zitternd gegen eine Wand. Ich gehe nach Hause und setze entschlossen einen Fuß vor den anderen.

In der Wohnung wird meine gespielte Entschlossenheit real.

Auf der Galerie steht eine altmodische, kleine Schreibmaschine. Ich nehme ein Stück Papier und fange an zu schreiben.

Sehr geehrte Damen und Herren,
Ihre Anzeige in der Herald Tribune interessiert mich. Ich könnte Ihnen eine Menge über mich erzählen, aber im Interesse Ihrer und meiner Zeit beschränke ich mich auf ein paar Zeilen. Ich habe alle verlangten Qualifikationen. Außerdem spreche und lese ich Spanisch.

Anschließend wechsle ich zum Französischen und erwähne, daß ich einige Jahre einen verantwortungsvollen Job hatte und nun eine Veränderung begrüßen würde. Referenzen könnte ich beibringen, aber ich würde lieber niemanden behelligen, bis ich genauer weiß, was mich erwartet.

Während ich das schreibe, umschlingt mich die Vorstellung des Todes wie eine Schlange und drückt mir den Hals zu. Bevor ich den Mut verliere, adressiere ich den Brief und laufe hinunter. Während ich die Klappe des gelben Kastens drücke, schließe ich die Augen, verziehe das Gesicht und denke einen wortlosen Wunsch. Diese Geste kommt mir ganz unwillkürlich. So habe ich es immer gemacht. Auch in meiner ersten Zeit in New York.

Als ich in Manhattan ankam, faszinierte mich die Stadt und schüchterte mich gleichzeitig ein. Doch je mehr sie mich verängstigte, desto aufgeregter wurde ich. Ich sehnte mich nach Leben, hungerte nach Bildern, Gerüchen und Klängen. Es spielte keine Rolle, ob schmierig oder glamourös, Hauptsache, Eindrücke und Erfahrungen wechselten sich mit halsbrecherischer Geschwindigkeit ab. Es war das sorglose Tempo der Jugend, die nur bei Zwang Ungeduld empfindet.

Ein heruntergekommenes Yellow Cab brachte mich vom Busbahnhof zu dem Hotel, das ich wegen seiner günstigen Preise ausgesucht hatte. Das Taxi schien als Fluchtwagen für eine wilde Schießerei in den gähnenden Canyons der Stadt gedient zu haben. Sein korpulenter Fahrer trug ein kurzärmliges Hemd, kaute Kaugummi und nahm ab und zu einen Schluck aus einer Colaflasche. Plötzlich drehte er sich zu mir herum und schnauzte mich in einer Sprache an, die ich kaum verstand. Ich identifizierte das Wort »Englisch«. Ich nickte, und als er meinen Beutel aus dem Kofferraum hob, musterte er mich von oben bis unten und nickte anerkennend. »London, yep?«

Ich stimmte schnell zu, weil es ihn glücklich zu machen schien. Es schien jeden glücklich zu machen, den ich in New York kennenlernte. Also ließ ich die Leute meist in dem Glauben, ich käme aus England. Daß man mich mit einer Engländerin verwechselte, war das einzige an meinem Leben in Amerika, das meine Mutter stolz gemacht hätte.

Das Hotel war ein unauffälliges Gebäude neben dem Lincoln Center. Es roch nach einer Mischung aus Urin und Desinfektionsmitteln, und das einzig Positive daran war, daß es sich in New York befand und entsprechend weit weg von zu Hause. Draußen heulten die Sirenen der Polizei- und Krankenwagen, und übertönten die Geräusche des Fernsehgerätes, in dem ernste Frauen und Männer mit strahlenden Zähnen Päckchen, Flaschen und Tuben hochhielten.

Ich glaube, der Anblick der zehnten Küchenschabe, die hinter der düsteren Spüle hervorgekrochen kam, brachte mich schließlich dazu, Oliviers Freund anzurufen. Ich hielt sieben Tage aus, Tage, in denen ich Ausflüge über den Broadway, ins Village, auf das Empire State Building und ins Museum machte ... dann telefonierte ich.

Charles Delahaye klang, als habe er auf meinen Anruf gewartet, seit er Oliviers Brief erhalten hatte. Er forderte mich auf, unverzüglich zu packen und zu ihm zu kommen. Ein Abendessen und ein freies Zimmer warteten auf mich. Er unterließ es geflissentlich, die anderen Dinge zu erwähnen.

Die Wohnung lag kurz hinter dem Riverside Drive. Es war ein flaches Steingebäude mit einem ruckelnden Aufzug, der sich ächzend in den vierzehnten Stock hochschleppte. Als Charles Delahaye die Tür öffnete, sprühte er von französischem Charme. Er war so übertrieben, wie es nur jemand sein kann, der jahrelang im Ausland lebt. Er hatte dunkles Haar, funkelnde Augen und trug einen Seidenschal um den Hals. Er umarmte mich ein wenig zu fest und küßte mich auf beide Wangen, bevor er mich seiner Frau und seinen Kindern vorstellte. Von deren Existenz hatte ich nichts gewußt, und es wäre wohl auch besser für alle Beteiligten gewesen, wenn es dabei geblieben wäre.

Der Junge war acht und das Mädchen sechs, und sie widmeten sich nach einem kurzen »Hi« sofort wieder ihrem Streit. Dabei jagten sie sich durch das geräumige Wohnzimmer, ohne auf die schrillen, aber wirkungslosen Ermahnungen ihrer Mutter zu achten. Es war von der ersten kurzen Musterung an klar, daß Edith Rosen Delahaye nicht gerade überglücklich über meinen Anblick war.

Das Abendessen verlief seltsam. Charles plauderte ständig auf französisch mit mir. Dabei wurde er gelegentlich von Edith unterbrochen, die ihn tadelte, weil er sich nicht um die Kinder kümmerte. Der Abend verlief eher zäh, was auch die reichliche Verwendung von Wein nicht beheben konnte. Aber mir wurde klar, wie naiv meine Hoffnung gewesen war, mich sofort an der Columbia Universität einschreiben zu können. Selbst wenn Charles seine Beziehungen spielen ließ, um die abgelaufene Frist zu umgehen, gab es noch eine andere Hürde: die in meinen Augen astronomisch hohen Studiengebühren. Und als Ausländerin war ich auch nicht berechtigt, sofort eines der staatlichen Colleges zu besuchen.

Schließlich wurden die Kinder ins Bett gesteckt, und wir tranken auf den gewaltigen Sofas in dem riesigen Wohnzimmer einen Kaffee. Nun wurde die Lösung angesprochen, die anscheinend für alle außer für mich von vornherein auf der Hand gelegen hatte. Bis ich auf eigenen Füßen stehen konnte oder möglicherweise ein Stipendium bekam, konnte ich als Au-pair-Mädchen bei den Delahayes leben. Ein wenig Saubermachen, die Kinder von der Schule abholen, mit ihnen französisch reden, Babysitten und natürlich Kurse besuchen. Voilà, Charles klatschte in die Hände wie ein Zirkuszauberer, der endlich ein Kaninchen aus dem Hut gezaubert hat.

Mein erster Impuls riet mir, wegzulaufen, meine Reisetaschen zurückzulassen, um mehr Bewegungsfreiheit zu haben, und zu gehen. Einfach zu gehen. Aber ich saß da, gelähmt von der Vorstellung, daß Olivier und Charles das genau geplant hatten. Denn alles, was gesagt wurde, klang sinnvoll. Ich nickte sogar höflich, als Edith mit ausgesuchter Höflichkeit fragte: »Ich nehme doch an, Sie wissen, wie man saubermacht?«

Und so wurde mein Schicksal besiegelt, wie das eines Opfers der *lettres de cachets* Louis des XV. Mein Gefängnis hatte keine Gitter, aber Edith, meine Wächterin, umgab mich mit so vielen Regeln und Pflichten, daß sie auch gar nicht mehr nötig waren. Viel später wurde mir klar, daß ihre Abneigung mir gegenüber nicht persönlicher Natur war.

Sie haßte mich einfach nur, weil ich jung, hübsch, unverheiratet und kinderlos war. Ich mußte drei Stunden am Tag saubermachen, durfte anschließend einige Kurse besuchen und mußte mich dann allein um die Kinder kümmern. Offiziell hieß es, sie müsse ihre Doktorarbeit schreiben.

Rückblickend muß ich einräumen, daß vielleicht alles nicht so schlimm gewesen wäre, wenn ich Edith etwas hätte recht machen können. Aber meine Kleidung war falsch, mein Haar stimmte nicht; wenn ich das Spielzeug aussortierte, machte ich Fehler. Wenn sie mit mir sprach, dann um mich zu maßregeln, bis schließlich sogar meine Träume von Verfolgungswahn zeugten. Ich wachte mitten in der Nacht auf, rang nach Luft und wußte nicht, wer mir den Hals zudrückte, mir Knebel in den Mund steckte oder von draußen das Badezimmer abschloß.

Edith tadelte mich nur dann nicht, wenn sie mir Vorträge hielt. Sie hatten nur ein Thema, aber das in vielen Variationen, und vermutlich hatte es etwas mit dieser Doktorarbeit zu tun, die ich sie aber niemals tippen hörte. Das Thema war die Unterdrückung der Frauen durch die Männer seit Anbeginn der Zeiten: die Sünden des Patriarchats. Vieles davon war sehr interessant. Es gab nur ein Manko: Während Edith von den Fehlern der Männer und den Rechten der Frauen referierte, beschlich mich das Gefühl, daß ich das eigentliche Ziel ihrer galligen Bemerkungen war. Obwohl eine Frau wie sie, war ich trotzdem im Unrecht. Ich hatte schuld. Deshalb fühlte ich mich nach diesen Lektionen nicht etwa unterdrückt, sondern verachtenswert, gleichzeitig Objekt des Hasss und des Selbsthasss.

Ihre Vorträge unterschieden sich nicht sonderlich von dem Seminar der Frauenwissenschaften an der Columbia Universität, das Edith für mich ausgesucht hatte und das eine Freundin von ihr leitete. Hier zogen ebenfalls eine lange Reihe schikanierter, ausgebeuteter Frauen und Heldinnen an mir vorüber. Einmal wurde ich ermuntert, etwas zur Diskussion beizusteuern. Ich antwortete, daß es mir schwerfiele, mir diese unterdrückten viktorianischen Frauen vorzustellen. Ich wäre mit starken Charakteren aufgewachsen, Frauen wie Shakespeares Portia oder Lady Macbeth oder Madame de Pompadour oder Madame de Staël, die Geliebte und Freunde vor der Guillotine der Revolution gerettet hatte. Ein drückendes Schweigen folgte meinen Worten. Ausnahmsweise wünschte ich mir, daß meine Mutter hier wäre und alles etwas scharfsinniger erklären könnte. Denn sie war natürlich für die Rechte der Frauen marschiert, einmal sogar neben Simone de Beauvoir. Aber soweit ich mich erinnern konnte, hatte sie immer mehr Wert darauf gelegt, was gewonnen werden konnte. Sie hatte sich nicht so sehr auf den männlichen Feind konzentriert, dessen Opfer frau war und dem frau jeden Gewinn aus den Händen reißen mußte.

Während des Schweigens, das meiner einzigen Äußerung in dem Klassenraum folgte, begriff ich jedenfalls, daß auch sie mein Kleid nicht mochten.

Charles' Vorlesungen über das Frankreich des achtzehnten Jahrhunderts gefielen mir schon besser. Ich fühlte mich hier weder machtlos noch verachtet, und ich schloß sogar einige Freundschaften mit Kommilitonen. Aber den Unterrichtsstoff kannte ich im großen und ganzen schon. Als Charles mich dann in sein Büro einlud, um mit mir über meine Pläne und ein mögliches Stipendium zu reden, wurde schnell deutlich, daß ihm meine Kleider etwas zu sehr gefielen. Er glättete meinen Kragen, richtete eine Schulter oder bemerkte einen offenen Knopf, den ich wohl übersehen hatte. Allmählich fiel mir auch auf, daß er immer an der Tür auftauchte, wenn ich morgens aus der Dusche kam, oder im Flur stand, wenn ich vorbeiging, damit er sich an mich drücken konnte. Vielleicht hätte mich das nicht weiter gestört, wenn ich ihn anziehend gefunden hätte. Ich war schließlich nicht prüde. Aber wo ich Charles sah, sah ich auch Edith, als wären die beiden zu einem einzigen, monströsen Ungetüm zusammengewachsen.

Am Ende meines zweiten Monats in New York bestellte Charles mich in sein Büro. Angeblich, um mit mir dort zu essen und in etwas entspannterer Atmosphäre über meine Zukunft zu sprechen. Aber als ich die Tür zu seinem Büro öffnete und er mich begrüßte, war die Atmosphäre alles andere als entspannt. Sein Haar war zerzaust, als wäre er sich ständig mit den Fingern hindurchgefahren, und seine Augen glänzten merkwürdig. Nachdem er mich hereingebeten hatte, hörte ich, wie er den Schlüssel umdrehte. Bevor ich mich setzen konnte, umschlang er mich und versuchte, mich zu küssen. Sein feuchter Kuß landete nur auf meiner Wange, und als ich versuchte, mich zu befreien, überschüttete er mich mit einem Wortschwall. Er sagte mir, wie schön ich sei, daß er mir nicht widerstehen könne, daß er sich hoffnungslos in mich verliebt habe, daß er den Nachmittag frei habe und daß es in der Stadt ein kleines Motel gebe.

Ich erinnere mich noch an das Gefühl, zu ersticken, und an meine Worte, die ich ihm eisig auf französisch an den Kopf warf: »*Tu es fou!*« Du bist verrückt!

Anscheinend wurden sie mit einem entsprechenden Blick begleitet, denn Charles verstummte unvermittelt. In dem plötzlichen Schweigen ging ich zur Tür, schloß sie auf, eilte in die Wohnung zurück und packte meine Taschen. Dann erst ging ich zu Edith, die sich in ihrem Arbeitszimmer am Ende des Flurs verschanzt hatte.

»Ich habe dir doch untersagt, mich mitten am Tag zu belästigen!« Sie sah mich finster an.

»Ich dachte, es würde Sie interessieren, daß ich Sie überhaupt nicht mehr belästigen werde. Sagen Sie den Kindern auf Wiedersehen von mir.«

Ich war ungehobelt, und ich genoß es. Ich nahm mir nicht einmal die Zeit, ihren stammelnden Fragen zuzuhören. Und ich erklärte nichts. Aber wäre ich eine Minute länger geblieben, hätte ich nicht widerstehen können, ihr den kleinen Fehltritt ihres Gatten unterzujubeln. Vor allem, als sie mich mit Worten wie »undankbar« bedachte.

Nicht, daß ich Charles' Verhalten unmoralisch fand. Ich habe darüber nicht viel nachgedacht. Aber ich wollte einfach nichts mit ihm zu tun haben. Das eine halte ich mir zugute: Ich bin niemals gegen meinen Willen mit einem Mann ins Bett gegangen. Ich weiß, daß heutzutage Männer als Bestien betrachtet werden, die nicht in der Lage sind, ein »Nein« als Antwort zu akzeptieren. Ich habe andere Erfahrungen gemacht. Vielleicht klingt mein Nein ja auch eindeutiger. Vielleicht haben Männer aber auch einfach Angst vor schönen Frauen. Es sind immer die unauffälligeren Frauen, mit denen sie glauben, machen zu können, was sie wollen.

Auf jeden Fall fand ich ein Taxi und ließ mich aus einer Laune heraus zum Gramercy Park Hotel bringen. Es war die einzige Adresse auf der anderen Seite von Manhattan, die mir einfiel. Ich blieb dort zwei Nächte, bis ich wegen meines begrenzten Etats in eine billigere Pension auf der anderen Seite des Platzes zog. Nach zwei Wochen fand ich eine schmutzige Einzimmerwohnung im East Village. Ich hatte außerdem nächtelang in Clubs getanzt, einige Joints geraucht und mit Leuten geplaudert. Und etwa siebzig Briefe auf Jobanzeigen in den Zeitungen geschrieben.

Jedesmal, wenn ich einen Stapel dieser Briefe in den kleinen Briefkasten stecke, schließe ich fest die Augen, verziehe das Gesicht und denke meinen wortlosen Wunsch.

9. Kapitel

An Schlaf ist nicht zu denken. Ich liege im Himmelbett und starre in den Baldachin mit den goldenen Sternen. Mit dreiunddreißig Jahren bin ich auf der *›mezzo del cammino di nostra vita‹*, wie Dante es ausdrückte. Was fange ich also mit dem Rest des Wegs an? Ich habe bereits zwei Leben zu Grabe getragen und treffe jetzt nur noch ihre Schatten. Und was liegt hinter den Schatten?

Als ich mein erstes Leben hinter mir ließ, dachte ich noch nicht an das »Später«. Ich bin einfach gesprungen. Jetzt denke ich weiter, aber diese Gedanken führen mich nur im Kreis, wie die Spiralen der Hölle.

Ich hüpfe aus dem Bett, um mein Selbstmitleid in die Flucht zu schlagen. Diese eleganten Räume in dieser so lebendigen, sprühenden Stadt sind keine übertünchte Hölle. Du bist einfach nur hungrig, sage ich mir. Weil ich vergessen habe, etwas zu essen.

In dem mattgrünen Kühlschrank warten die Reste eines gebratenen Hühnchens auf mich. Ich lege es auf den alten Kieferntisch und esse es direkt aus dem Beutel. Ich knabbere am Schenkel und nage das Gabelbein frei. Der Wunschknochen. Ich verhake meinen kleinen Finger in seiner Zinke und starre das umgekehrte V an. Plötzlich sitzen mir diese sanften, braunen Augen gegenüber, denen ich auf der Straße begegnet bin. Aber nun liegen sie im Gesicht eines kleinen Mädchens. Zwei blonde Zöpfe reichen ihr über die Schultern. Sie sieht erst mich an, dann den Knochen, und dann schließt sie die Augen so fest, daß ihr ganzes Gesicht sich vor Anstrengung verzieht. Sie wünscht. Sie macht das so gut, daß ihr Wunsch bestimmt in Erfüllung gehen wird.

Meine Mutter steht auf der anderen Seite des Küchentischs.

»So ist es richtig, Beatrice«, sagt sie leise. »Jetzt wünsch dir was und zieh. Du auch, Maria.«

Ich sehe Beatrice an und imitiere ihre Geste, aber ich weiß, daß es sinnlos ist. Ich kann das innige Begehren nicht nachmachen, das Beatice in ihren Wunsch legt.

Es knackt, als der Knochen bricht, und dann klatscht meine Mutter in die Hände. »Beatrice hat ihn. Dein Wunsch geht in Erfüllung, Beatrice. Aber du darfst ihn niemandem verraten.«

»Danke, Madame.« Beatrice sieht wieder normal aus, das heißt, ihr Gesicht ist ruhig, beinahe resigniert. Ihre Augen scheinen sich kaum zu bewegen oder zu zwinkern. Sie ähnelt einer dieser Heiligen aus den Büchern meiner Mutter. Selbst wenn man ihr ein Messer in ihre weites Kleid rammte, würde ihre Miene vermutlich nur ernste Dankbarkeit zeigen.

Als ich Beatrice in der Schule sehe, bin ich vom ersten Tag an von ihr fasziniert. Ich bin bald neun, und das Winterschuljahr beginnt. Sie ist neu in die Klasse gekommen und sitzt am Ende der vordersten Reihe. Als der Lehrer sie uns vorstellt, rutscht Beatrice gefährlich nah an den Rand ihres Stuhls und kippelt ihn vor. Ihre Hände krampft sie auf dem Tisch zusammen, aber ihr Gesicht ist ruhig. Sie strahlt eine Ruhe aus, die sie von allen anderen Kindern in der Klasse unterscheidet. Ihr Gesicht ist nicht sonderlich hübsch, aber sie hat etwas an sich, das ich noch nie zuvor gesehen habe.

Das empfinden auch die anderen und meiden sie in den Pausen. Nicht einmal die wildesten Jungen wagen es, an ihren Zöpfen zu ziehen. Sie steht am Rand des Schulhofs und blickt einfach ins Leere. Aber nicht sehnsüchtig. Eher so, als bemerke sie den Krawall und die lauten Schreie um sie herum nicht. Spielen will sie anscheinend auch nicht. Sie ist sich selbst genug.

Am Freitag schließlich verlasse ich meine laute kleine Gruppe und gehe zu ihr. Eine Weile bleibe ich schweigend neben ihr stehen. »Hast du Lust zu spielen?« frage ich sie schließlich.

Beatrice sieht mich an, als drängen meine Worte über einen wogenden Ozean zu ihr. Dann lächelt sie. Ihr Lächeln hat die Reinheit eines einzelnen Sonnenstrahls im Frühling.

Ich hebe die Hände und bedeute ihr, dasselbe zu tun. Dann fange ich mit einem der Backe-Backe-Kuchen-Spielchen an, die im Moment die Runde machen.

»Mein Vater hat 'nen Grünzeugladen,
meine Mutter find't das nett,
und wenn dann bald die Ferien kommen,
geh'n sie beide ins Bett, ins Bett, ins Bett …«

Umständlich und ernsthaft prägt sich Beatrice die Worte ein.

Nach zwei Wochen sind Beatrice und ich enge Freunde. Wir sitzen in der Kantine zusammen, und ich schiebe ihr die Bissen zu, die ich nicht mag. Sie ißt sie pflichtschuldigst. Viel reden tut sie nicht, aber mein Geplapper macht das wett. In den Pausen sorge ich dafür, daß sie zu meiner Gruppe gehört. Meine beste Freundin vom letzten Schuljahr macht sich über sie lustig und reißt Witze über die Flicken auf ihrer Kleidung. Die anderen tun es ihr nach. Mir gefällt es, daß Beatrices Kleider noch geschmackloser sind als meine, daher setze ich mich für sie ein. Da die anderen Mädchen Angst vor mir haben, weil ich größer bin als sie, akzeptieren sie Beatrice allmählich.

Ich nehme sie nach der Schule mit nach Hause. Sie ist schüchtern und sieht meine Mutter erstaunt an, als sie sich zu einer heißen Schokolade zu uns setzt und mit uns über die Schule plaudert.

»Und was ist mit Hausaufgaben?« will meine Mutter wissen. »Warum macht ihr sie nicht fertig? Dann habt ihr viel Zeit zum Spielen.«

Wir holen unsere Schulhefte heraus. Meine Mutter wirft einen Blick über Beatrices Schulter auf ihr Heft. »Du könntest Beatrice helfen, Maria«, sagt sie dann. »Ich glaube, sie muß einiges nachholen.«

Ich helfe Beatrice bei einer langen Aufgabe, aber ich werde ungeduldig. Sie ist langsam und versteht nicht. Meine Mutter löst mich ab, und ich gehe in mein Zimmer. Dort hole ich Spielkarten heraus und beginne eine komplizierte Partie Spit. Schließlich kommt Beatrice zu mir und spielt mit. Aber sie versteht das Spiel ebenso langsam. Mir dämmert es irgendwann, daß sie vielleicht noch nie Karten gespielt hat, also erkläre ich ihr das Spiel und die Reihenfolge der Könige, Damen und Buben.

»Ich freue mich, daß du dich mit Beatrice angefreundet hast«, meint meine Mutter, als sie mir eine gute Nacht wünscht. »Sie ist ein nettes Mädchen«, fügt sie nach einer Pause hinzu.

Das gefällt mir nicht. Meine Mutter hat mir nie gesagt, daß ich ein nettes Mädchen wäre. Aber dann spricht sie weiter. »Du bist so klug. Du kannst ihr helfen. Sie war sicher nicht besonders gut in der Schule.«

Das gefällt mir schon besser. Also helfe ich Beatrice. Sie kommt zwei- oder dreimal pro Woche nach der Schule mit mir nach Hause. Manchmal zusammen mit einer anderen Freundin. Und gelegentlich besucht sie mich auch am Wochenende. Meine Mutter nimmt uns mit ins Kino oder in den Louvre, wo wir uns Bilder mit Leuten ansehen, die viele Kleider anhaben, oder von Frauen, die gar nichts tragen.

Einmal habe ich eine Erkältung und fehle ein paar Tage in der Schule. Als ich wiederkomme, bemerke ich, daß Beatrice eine dicke Beule auf ihrer Wange hat. Ich will wissen, wie sie dazu gekommen ist.

»Ach, das ist nichts.« Sie faßt unwillkürlich an ihre Wange. »Ich bin gefallen.«

Auf dem Spielplatz fragt mich meine andere beste Freundin Rachel: »Hast du schon gemerkt, daß Beatrice stinkt?«

»Sei nicht albern.« Ich bin böse mit ihr.

»Es stimmt. Natalie sagt das auch. Und Simon. Und der sitzt neben ihr.«

»Wie ist Beatrice eigentlich gestürzt?« Ich wechsle das Thema.

Rachel zuckt mit den Schultern. »Frag Simon.«

Das brauche ich nicht. Simons Tricks kenne ich. Sein Bein verhakt sich immer wieder mysteriös zwischen den Füßen anderer Leute.

Mir wird klar, daß die Magie verblaßt, die Beatrice von ihren Klassenkameraden entrückt hat. Ohne meinen Schutz ist sie eine Beute für Gott und die Welt.

»Das zahlen wir ihnen heim«, verspreche ich ihr nach der Schule.

»Das macht doch nichts«, erwidert Beatrice demütig. »Es ist nicht schlimm.« Dann fragt sie mich, wie es meiner Mutter geht.

»Gut.« Irgendwie schaffe ich es, sie zu fragen, ob sie ein Bad nehmen möchte.

»O nein«, sagt sie, aber ich überzeuge sie, indem ich sage, daß ich auch eins brauche.

An diesem Abend erwähne ich meiner Mutter gegenüber, wie merkwürdig es ist, daß Beatrice mich noch nie zu sich nach Hause eingeladen hat.

Meine Mutter bedenkt mich mit diesem besonders geduldigen Ausdruck, der einer Bemerkung über das Leben im allgemeinen vorausgeht. »Nicht jeder hat es so gut wie wir«, erklärt sie. »Ich glaube, Beatrice ist ziemlich arm. Vielleicht schämt sie sich, dir zu zeigen, wo sie wohnt. Manchmal sind die Menschen so. Wahrscheinlich hat sie auch kein eigenes Zimmer. Sie hat eine kleine Schwester und einen Bruder.«

Mir hat sie das nicht erzählt, aber ich gehe nicht darauf ein.

»Ich bin froh, daß ihr so gute Freundinnen geworden seid«, fährt meine Mutter fort. »Beatrice ist ein guter Mensch.«

So wie sie es sagt, klingt es sehr bedeutungsvoll. Allmählich erkenne auch ich, wie gut Beatrice ist. Wenn sie zum

Essen bleibt, springt sie sofort eifrigst auf, sobald es ums Abwaschen geht, statt sich ein wenig Zeit zu lassen. Sie lauscht jedem Wort meiner Mutter, nickt und lächelt. Sie sagt ständig »bitte« und »danke« und *»Oui, Madame«*. Ihre Schulhefte sind so ordentlich, wie ich es niemals hinbekommen werde. Außerdem kann sie ihr Haar in zwei Minuten zu einem Zopf flechten, aus dem nie eine Strähne herausfällt, wie bei mir. Zudem wird sie nie wütend und gibt keine Widerworte. Und sie will keine Rache, nicht einmal, wenn die anderen Kinder sie schrecklich behandeln.

Der Sommer kommt, und ich habe fertig gepackt für Kent und die ausgelassenen Spiele mit den Robinsons. Die goldenen Felder und der weite Horizont lassen Paris verblassen. Als ich wieder in die Schule komme, nehme ich zunächst alles wie durch einen Schleier wahr. Selbst Beatrice. Aber sie begrüßt mich mit ihrem beseelten Lächeln und geht davon aus, daß sie mit zu mir nach Hause kommt. Auf dem Heimweg begreife ich, daß sie meine Mutter diesen Sommer viel öfter gesehen hat als ich.

Einige Monate später hat sich meine Verstimmung in einen ausgewachsenen Ärger verwandelt. Beatrice schenkt meiner Mutter zum Geburtstag eine große und sehr teure Flasche Chanel No. 5. Meine Mutter ist überwältigt. Sie drückt Beatrice. »Wie lieb von dir«, murmelt sie. »Das hättest du nicht tun sollen.«

»Ich wollte aber«, antwortet Beatrice.

Als meine Mutter uns alle mit ihrem neuen Duft einsprüht, denke ich an die beiden Tischdecken, die ich ihr eingedenk unserer Regel der Nützlichkeit geschenkt habe. Am liebsten würde ich das Paket verstecken. Und ich spüre, daß ihre Umarmung und ihr Kuß für mich nicht an die für Beatrice heranreichen.

Am nächsten Tag will ich von Beatrice wissen, wie sie sich ein so teures Geschenk für meine Mutter leisten konnte.

»Ich habe im Sommer viele Botengänge gemacht.« Sie lächelt mich geduldig an und tut die Angelegenheit dann mit einem Achselzucken ab. »Außerdem hat deine Mutter mich gefragt, ob ich über das Wochenende bleiben möchte. Das wär doch toll!«

Ich nicke, aber ich bin nicht gerade glücklich darüber.

Beatrice wohnt während der nächsten Monate mehr oder weniger bei uns. Wenn das freie Zimmer nicht anderweitig vergeben ist, ist sie da. Sie verbringt Weihnachten bei uns. Sie macht sich nützlich, deckt den Tisch, bringt unaufgefordert den Müll hinunter und stellt sich begeistert mit einer Büchse an die Metrostation, um für das Hilfswerk meiner Mutter zu sammeln. Und Mutter hilft ihr so gut bei den Schulaufgaben, wie sie mir geholfen hatte, so daß wir uns mittlerweile ein Kopf-an-Kopf-Rennen um den Rang der Klassenbesten liefern.

Eines Tages sitzen wir zusammen an dem großen Tisch und erledigen unsere Hausaufgaben, als ich das Tintenfaß über Beatrices Schulheft kippe. Schnell richte ich das Fäßchen wieder auf und sehe zu, wie die Tinte sich auf der Seite ausbreitet und durchsickert.

»Tut mir leid.« Eine glatte Lüge.

Beatrice sieht mich sanft an. »Das macht nichts.« Sie findet eine saubere Seite am Ende des Heftes und fängt eifrig von vorn an.

Ab da reitet mich der Teufel. Ich zerbreche Teller und schiebe Beatrice die Schuld in die Schuhe. Ich verstecke ihre Schulhefte, so daß sie ihre Hausaufgaben nicht rechtzeitig abgeben kann. Am nächsten Tag finde ich dann wunderbarerweise das verschwundene Heft irgendwo im Haus. Ich verstecke den schönen Füller meiner Mutter und deute an, daß Beatrice ihn vielleicht genommen hat. Ich fange an, nach der Schule auch andere Freundinnen nach Hause einzuladen, und gehe Beatrice aus dem Weg, wenn die Schulglocke läutet. So ist sie gezwungen, mich zu fragen, ob sie mitkommen darf. Ich weise sie nie zurück, aber allmählich behandeln wir sie wie einen aussätzigen Hund. Schwierig ist nur, daß sie selbst mit diesen Brocken zufrieden ist. Selbst, wenn wir hinter ihrem Rücken Bosheiten so flüstern, daß sie sie hört. Es ändert sich auch nicht, als wir sie eines Tages bei einem Spiel in den großen, grünen Müllcontainer auf dem Platz neben der Schule stecken und sie zudecken. Beatrice beschwert sich einfach nicht. Und meine Mutter singt immer weiter ihr Loblied.

Mir wird klar, daß Beatrice die bessere Tochter meiner Mutter ist.

Kaum habe ich das erkannt, wohnt Beatrice auch schon bei uns. Ich weiß nicht, wie das vor sich gegangen ist, aber es hat etwas mit ihrem gebrochenen Bein zu tun. Sie kommt einige Tage nicht in die Schule, und als sie wieder auftaucht, geht sie auf Krücken. Ein schmutzigweißer Gipsverband ragt unter ihrem Pult hervor.

»Ich bin die Treppe hinuntergefallen«, sagt sie, ohne mir in die Augen zu blicken. Ich vermute, daß jemand sie gestoßen hat, wahrscheinlich ihr Bruder oder ihre Schwester.

»Hat es weh getan?« erkundige ich mich.

Sie nickt.

»Du wirst eine Weile nicht spielen können«, stelle ich fest. »Und du kannst auch nach der Schule nicht mit zu mir nach Hause kommen.« Es sind Feststellungen, keine Fragen.

Beatrice sieht zur Seite. »Nein.« Ihre Stimme klingt merkwürdig. Ich kann sie kaum hören.

Am Abend erzähle ich meiner Mutter von Beatrices gebrochenem Bein. »Sie kann uns nicht mehr besuchen.«

»Ach?« Meine Mutter runzelt die Stirn. Irgendwie wirkt sie besorgt, sogar ein wenig ängstlich. Sie fragt mich, wie das passiert ist, scheint mit ihren Gedanken aber ganz woanders zu sein.

»Sie ist die Treppe hinuntergefallen«, antworte ich. »Wahrscheinlich haben ihr Bruder oder ihre Schwester sie gestoßen. Es reichte ihnen wohl, daß sie immer so lieb ist.«

»Sei nicht dumm«, ermahnt mich meine Mutter.

Als ich am Samstag zum Mittagessen von der Schule nach Hause komme, belegt Beatrice unser freies Zimmer. Ich habe natürlich bemerkt, daß sie morgens nicht in der Schule war, habe mir jedoch nichts weiter dabei gedacht. Meine Mutter erzählt mir weder, wie sie Beatrices Eltern dazu gebracht hat, sie gehen zu lassen, noch, was es für Menschen sind. »Beatrice bleibt bei uns, bis ihr Bein geheilt ist. Ist das nicht schön? Außerdem ist ihr Schulweg dann nicht so weit.«

Ich grunze nur, weil meine Mutter das haßt, aber sie läßt es diesmal durchgehen.

Jedesmal, wenn es Hühnchen gibt und meine Mutter uns den Wunschknochen hinhält, ahme ich Beatrices Gesten nach und wünsche mir inständig, daß sie bald verschwindet. Beatrice wünscht jedoch besser als ich, und mir bleibt immer nur das kleine Ende des Knochens. Aber eines Abends, kurz vor den Sommerferien, halte ich das längere Knochenstück in den Fingern. Ich starre es verblüfft an und habe das Gefühl, als hätte sich ein Wunder ereignet.

Tatsächlich wird Beatrice zwei Tage später der Gips abgenommen, und nach den Sommerferien ist sie verschwunden. Sie hat die Schule verlassen. Ich traue mich kaum, es meiner Mutter zu erzählen, aber sie fängt selbst davon an. »Beatrice ist mit ihrer Familie aufs Land gezogen. Sie schreibt uns, wenn sie eine feste Adresse haben.«

Ich tue, als wäre ich traurig. »Beatrice mag das Land«, sage ich, um mein Lächeln zu erklären, gegen das ich nichts machen kann. »Sie hat immer gesagt, daß sie gern aufs Land ziehen würde.«

»Aha.« Meine Mutter sieht mich skeptisch an.

Beatrice schreibt nicht häufig, aber sie schreibt meiner Mutter und mir getrennte Briefe. Ich beantworte die ersten zwei und höre dann auf. Mein Interesse ist erloschen. Meine Mutter macht offensichtlich weiter, denn sie berichtet mir gelegentlich Neuigkeiten von Beatrice.

Eines Sonntags, ich muß etwa sechzehn gewesen sein, komme ich nachmittags nach Hause. Eine junge Frau sitzt bei meiner Mutter am Tisch. Erst als ich ihr in die Augen blicke, wird mir klar, daß es Beatrice sein muß. Sie sieht nicht gut aus. Ihre Haut ist fleckig und ihr Gesicht aufgedunsen. Ihr Rock wirkt wie ein grober, formloser Sack. Sie scheint Jahre älter zu sein als meine Freundinnen. Aber ihre Augen sind noch dieselben, sanft, gutmütig und heiliger als je zuvor.

Das Gespräch kommt nur schwer in Gang. Wir haben nichts mehr gemeinsam. Eigentlich ist sie gekommen, um meine Mutter zu besuchen, offenbar, um nach einer Empfehlung für einen Job zu fragen. Aber sie fragt mich nach der Schule und nach Freunden. Sie schmeichelt mir. Mich beschleicht das schlechte Gewissen, als wäre ich für das verantwortlich, was aus Beatrice geworden ist. Ich flüchte, sobald ich kann. Ich will mich mit Freundinnen treffen, habe eine Verabredung zum Kino. Sicher, das stimmt alles, aber es bleibt trotzdem eine Flucht.

Meine Mutter erzählt mir nichts mehr von Beatrice. Ich weiß nicht, ob sie sich noch sehen oder nicht. Jedenfalls höre ich nie wieder etwas von ihr.

10. Kapitel

Ich bin von der Vorstellung besessen, daß die Frau, der ich von der Schule in der Rue Falguière bis in die Rue de Cherche-Midi gefolgt bin, Beatrice sein könnte. Zweimal habe ich vor der Schule gewartet, bis die Kinder herausstürmten, aber sie ist nicht aufgetaucht.

Als ich heute morgen aus dem Fenster auf den Garten schaue, packt mich beim Anblick der blühenden Krokusse und der prallen Narzissen die Sehnsucht, aufs Land zu ziehen. Ich ziehe Stiefel und Jacke an und gehe in den Jardin du Luxembourg. Es ist zwar nicht gerade das Land, aber wenigstens gibt es da die Blumen, die ich so gut benennen kann.

Unterwegs bleibe ich an einem Reisebüro stehen und betrachte die Poster. Ein Gepard springt durch hohes Gras. Ein Löwe gähnt majestätisch, während er auf einem Baumstumpf balanciert. Masai-Mara, verkünden die Fotos. Sonnenuntergänge in Siam, steht über einem Bild, auf dem Männer in einem idyllischen Reisfeld schneeweißen Reis harken. Goldene Strände. Martinique, die Ile de la Réunion, Guadeloupe. Werbung für Orte, von denen ich in Amerika nie gehört habe, die aber, laut der ausführlichen Angaben meiner Schulbücher, französische Verwaltungsbezirke waren.

Meinen ersten Job in New York bekam ich in einem Reisebüro. Auf die Hunderte von Bewerbungsschreiben, die ich nach meinem Auszug bei den Delahayes abgeschickt hatte, kam die dritte Antwort von einer gewissen French Affair. Ich wurde zu einem Einstellungsgespräch gebeten. Da es mein drittes war, bereitete ich mich etwas gründlicher vor.

Das Büro lag im fünften Stock eines Häuserblocks zwischen Madison und Fünfzigsten Straße. Es war ein großer Raum, in dem französische Werbeposter jede Menge Platz beanspruchten: die Carnavalet, der Louvre, Matisse im Musée d'Art Moderne. Außerdem befanden sich zwei Schreibtische in dem Raum sowie Regale, auf denen sich ordentlich Broschüren reihten, und einige Stühle. Am Ende ging noch ein weiterer Raum ab. Eine hochschwangere Frau führte mich in dieses Hinterzimmer, in dem Mr. Carruthers bereits auf mich wartete.

Er hatte eine glänzende Glatze und verzog ironisch die Lippen. Irgendwie wirkte er adrett. Seine Fliege war strahlend gelb, sein Hemd tannengrün, und als er aufstand, um mir die Hand zu schütteln, sah ich die perfekte Bügelfalte seiner Hose. Er begrüßte mich auf französisch und stellte mir auch die erste Frage in dieser Sprache. Als ich daraufhin ein wahres Feuerwerk von Worten abschoß, hielt er sich die Ohren zu. »Wow!« rief er.

Ich hielt mitten im Satz inne, und er lachte. »Ich wollte nur überprüfen, ob Sie wirklich die Sprache beherrschen«, meinte er. Von da an unterhielten wir uns auf Englisch weiter. Er erklärte mir, daß die Agentur sowohl mit Privatpersonen als auch mit anderen Gesellschaften zusammenarbeitete, um besondere Reisen zusammenzustellen. Sie waren für Leute gedacht, die Frankreich kennenlernen und nicht nur die üblichen Touristentrampelpfade ablaufen wollten.

Ich bemühte meine Geschichtskenntnisse. »Sie meinen so etwas wie das Frankreich Louis XIV oder Napoleons oder die architektonischen Höhepunkte des achtzehnten Jahrhunderts?«

»Ja, so etwas.« Er sah mich aufmerksam an. »Übrigens keine schlechten Ideen.«

Wir plauderten längere Zeit über Gott und die Welt und auch über die Gründe, aus denen ich in die Staaten gekommen war. Dann erklärte er mir, der Job bestände daraus, mit Kunden zusammenzuarbeiten, um Reiserouten festzulegen und dann auf der französischen Seite Hotels, Zugverbindungen und Leihwagentermine abzustimmen. Er sagte mir auch, daß einige Klienten sehr viel Wert auf Diskretion legten und andere schwierig wären. Dann stellte er mir die heiklen Fragen.

Nein, ich hatte keine Erfahrung. Aber ich würde hart arbeiten, und mein Abschlußzeugnis war gut. Ich log, was meine Schreibmaschinenkenntnisse anging, setzte aber hinzu, daß ich jeden Tag üben würde, bis der Job anfing.

Nein, Referenzen hatte ich auch nicht, aber er könnte sich gern bei meinen Lehrern erkundigen. Meine Verzweiflung wuchs ins Grenzenlose, als er mir die entscheidende Frage über meine Arbeitserlaubnis stellte. Ich glaube, ich habe ziemlich deutlich ein Schluchzen unterdrückt.

»Das dachte ich mir beinahe«, murmelte er. Er sah mich prüfend an und grinste plötzlich wieder. »Na gut, wir können es versuchen. Ich kenne jemanden, der jemanden kennt, der uns vielleicht helfen kann. In der Zwischenzeit können Sie bei uns einsteigen und den Beruf lernen. Für ein Taschengeld.«

Hätte ich nicht auf der anderen Seite des Tisches gesessen, wäre ich ihm sicher um den Hals gefallen.

So stieg ich ins Reisegeschäft ein. Es war Mr. Carruthers, der mich Rita nannte, wenn er mich hochnehmen wollte. Ich blieb über ein Jahr dabei.

Die Beete im Jardin du Luxembourg strahlen im glühenden Rot, dem leuchtenden Purpur und dem Pink der Fuchsien, Stiefmütterchen und Primeln. Ich gehe an dem Palazzo im italienischen Stil vorbei, den meine Namensvetterin sich hat bauen lassen, als der Louvre sie langweilte, und schlage die Richtung zum großen Springbrunnen ein. Kinder lassen ihre kleinen Boote über die Köpfe der Karpfen schwimmen und treiben mit ihren Stöckchen Boote und Fische gleichzeitig voran. ›*L'amiral des voiliers*‹, Admiralin der Segelboote, nannten wir die alte Frau, die uns die kleinen Boote stundenweise vermietete.

Aus der Zahl der Kinder schloß ich, daß heute Mittwoch sein mußte. Einige hatten den Tag ganz frei, andere zumindest den Nachmittag. Meine Mutter schimpfte immer über diesen Tag. Sie meinte, damit wolle man nur den Klerus beschwichtigen. Selbst wenn die staatlichen Schulen weltlich waren, gab es so dennoch genug Zeit, den Kindern eine religiöse Erziehung angedeihen zu lassen, wenn es gewünscht war. »Kompromisse«, knurrte meine Mutter, »die arbeitende Mütter in den Wahnsinn treiben sollen!«

Ich gehe an dem Wäldchen vorbei, in dem einige einsame Enthusiasten ein Tai Chi-Ballet veranstalten, vorbei an den Kinderspielplätzen und setze mich auf eine Bank. In der Mitte des feuchten Rasens vor mir steht Bartholdis Original der Freiheitsstatue. Wurden hier vielleicht meine Träume von Amerika genährt?

Der Frieden des Ortes wird von piepsigen Stimmen unterbrochen. Eine Horde Schulkinder taucht auf. Zwei Frauen sind bei ihnen. Sie ordnen sie in Zweierreihen und versuchen, ihr Geschrei zu dämpfen. Eine der Frauen redet. Ich starre sie aus der Ferne an. Sie ist es. Ich bin ganz sicher. Beatrice. Sie sieht viel besser aus als noch mit sechzehn, aber ihre ruhigen Gesten sind immer noch dieselben. Diese Ruhe umgibt sie immer noch wie eine unsichtbare Wand.

Nachdem den Kindern die Freiheitsstatue erklärt worden ist, schlägt die kleine Gruppe den Weg zu meiner Linken ein. Die Frau, in der ich Beatrice erkenne, sieht nicht zu mir hin. Ich muß ihr einfach folgen. Als wäre sie der Rattenfänger von Hameln und zöge mich mit ihrer Flöte in den Bann. Ich folge der Gruppe bis zur südlichen Spitze des Jardin, wo sie sich an einer Bushaltestelle versammeln. Ich zögere. Bin ich verrückt geworden? Warum bin ich so fest davon überzeugt, daß diese Frau Beatrice ist? Nur weil sie heute so unerwartet im Jardin du Luxembourg aufgetaucht ist? Aber ich beeile mich. Zwar habe ich nicht den Mut, in denselben Bus einzusteigen oder sie mit ihrem Namen anzusprechen, aber ich weiß ja, wo sie hinwollen. In der Rue Falguière hole ich die Kinder ein und sehe zu, wie das Portal der Schule sie verschluckt. Es wird nicht lange dauern, schließlich ist es fast zwölf. Ich bin so gespannt, daß meine Oberarme schweißnaß sind. Ich ziehe meine Jacke aus und warte.

Punkt zwölf öffnen sich die Türen und Beatrice kommt heraus. Sie geht zügig, mit schwingenden Bewegungen ihres ausladenden Beckens. Ihr Kostüm ist ganz hübsch, und auch wenn ihre Beine etwas dick sind, sehen sie in den Strümpfen gut aus. Einen Moment verunsichert mich ihr Anblick, aber ich verfolge sie trotzdem.

Erneut bleibt sie am Fenster des Antiquitätengeschäftes stehen. Ich will sie mit meiner kleinen vorbereiteten Rede ansprechen. ›Ich weiß, es ist merkwürdig, aber Sie erinnern mich so sehr an eine alte Schulfreundin ...«

Unsere Blicke begegnen sich in dem Ladenfenster. Plötzlich dreht sie sich zu mir herum. »Maria Regnier?« fragt sie unsicher.

»Beatrice?« Meine Stimme klingt heiser.

Wir starren uns einen Moment an, dann drückt sie meine Hand. »Wie erstaunlich. Vollkommen erstaunlich. Nach all den Jahren ... Du warst das doch neulich, stimmt's? Ich dachte, du wärst es, aber dann bist du weggegangen.«

Ihre Stimme ist noch genauso sanft wie früher, und aus ihrem strahlenden Lächeln schließe ich, daß sie mir vergeben hat. Oder vergessen? Ich ziehe die erstere Möglichkeit vor.

»Du siehst wundervoll aus«, sagt sie beeindruckt.

»Du auch.« Es stimmt. Ihre stille Schlichtheit beinhaltet jedoch noch etwas anderes, aber ich kann es nicht ganz fassen. Wir betrachten uns eine Weile. »Wollen wir einen Kaffee trinken?« schlage ich vor. »Ein wenig plaudern ...?«

Sie blickt auf die Uhr und nickt. »Viel Zeit habe ich heute leider nicht. Aber da wir uns jetzt wiedergefunden haben ... Ich habe immer wieder an dich denken müssen.«

In einem Café im Carrefour de Croix-Rouge setzen wir die gegenseitige Musterung fort. Sie ist es, die das Gespräch schließlich in Gang bringt. »Also erzähl mir, was du so gemacht hast. Was tust du im Moment?«

»Zur Zeit gar nichts«, erwidere ich mit einem spöttischen Lachen. »Ich habe in New York gelebt und bin erst kürzlich zurückgekehrt.«

»Ich dachte immer, du würdest Lehrerin werden wie deine Mutter.« Vor den letzten Worten macht sie eine kleine Pause.

Ich schüttele den Kopf. »Statt dessen bist du es geworden.«

Sie lächelt. »Ja. Aber ich bin nicht halb so gut.«

»Sie wäre stolz auf dich.«

»Das hätte mir gefallen.« Bearice rührt in ihrem Kaffee, bevor sie mich wieder ansieht. »Ich habe deiner Mutter einmal geschrieben, nachdem ich euch beide das letzte Mal gesehen habe. Aber der Brief kam zurück.« Sie blickt aus dem Fenster, und ihr Gesicht verzerrt sich kurz, als könnte sie es mir nicht verzeihen, daß ich sie von meiner Mutter weggejagt habe. Vielleicht bilde ich es mir aber auch nur ein. Denn als sie mich wieder ansieht, sind ihre Augen wieder sanft. »Daß sie gestorben ist, habe ich erst erfahren, als ich einige Jahre später nach Paris zurückgekommen bin. Es tut mir so leid. Sie war so freundlich und so gut.«

Ihre Worte schnüren mir den Hals zu. Zum ersten Mal scheine ich auch um meine Mutter zu trauern. »Sie war noch recht jung.« Ich lache kurz, vollkommen unpassend.

»Ja.«

Beatrice scheint in Gedanken zu sein, und dann blickt sie wieder auf die Uhr.

»Du warst ihre bessere Tochter«, sage ich. Einerseits, damit sie bleibt, andererseits, weil ich es einfach sagen muß.

»Was für eine merkwürdige Idee.« Sie greift nach ihrer Tasche. »Ich muß gehen. Aber wir sehen uns bald wieder, und dann erzählst du mir von dir.« Sie schreibt ihre Telefonnummer auf eine Serviette. »Bitte ruf an.«

»Ich begleite dich.«

»Wenn du magst. Es ist nicht weit.«

Wir biegen in die Rue de Grenelle ein. An der nächsten Ecke bleibt sie stehen und deutet auf eine schmale Straße. »Wir wohnen da oben.« Sie muß sich auf die Zehenspitzen stellen, um mir zwei Küsse auf die Wangen geben zu können. »Es geht dir doch gut, oder?« Besorgt sieht sie mich an.

»Ja.« Die eine Silbe klingt nicht überzeugend genug. »Ja, natürlich.«

»Es tut mir leid, daß ich dich nicht einladen kann, aber Marie-Françoises Englischunterricht beginnt in fünf Minuten. Außerdem muß ich noch zu meinem SOS-Rassismus-Treffen.«

»Marie-Françoise?«

»Meine Jüngste.« Sie winkt und geht eilig weiter.

Ich sehe zu, wie sie an einer massiven, hölzernen Haustür auf der rechten Straßenseite geht. Einen Augenblick später schlendere ich langsam an dem Gebäude vorbei. Beatrice hat also Kinder. Beatrice ist verheiratet. Beatrice ist Lehrerin. Beatrice lebt in einer Wohnung in einem der begehrtesten Viertel der Stadt. Beatrice gehört Komitees an. Beatrice ist aus dem Nichts gekommen und hat sich ein Leben geschaffen. Ihre Tochter hat sie Marie-Françoise genannt. Ist es ein Zufall, daß dieser Name meinen und den meiner Mutter enthält? Bestimmt nicht. Beatrice hegt keinen Groll. Sie hat sich nicht geändert.

Mir fällt auf, daß ich von ihrer Güte wieder genauso fasziniert bin wie damals als Kind. Aber jetzt würde ich sie gern imitieren. Ob man so etwas lernen kann?

Nachdem Beatrice verschwunden ist, wechsle ich die Straßenseite und gehe hinauf und hinunter, als wollte ich in Beatrices Fußstapfen treten. Ich betrachte die einfachen, klaren Fassaden der Häuser. Im Obergeschoß des gegenüberliegenden Hauses verdeckt ein Schild beinahe das Fenster. *›A Louer‹*. Zu vermieten. Eine Telefonnummer steht daneben. Ohne nachzudenken, kritzle ich sie schnell auf ein Stück Papier.

Ich bin plötzlich unglaublich glücklich.

11. Kapitel

Zwei Tage später überschüttet mich ein Makler förmlich mit Einzelheiten über die Wohnung. Die Quadratmeterzahl, der Zweijahres-Mietvertrag, die neuen elektrischen Leitungen; aber ich höre gar nicht zu. Die Wohnung ist perfekt. Ein Raum ist groß, luftig, ein Eckzimmer strahlend weiß. Seine Fenster gewähren einen Blick auf das gegenüberliegende Gebäude. Senkrecht davon gehen das Schlafzimmer und davor Bad und Küche ab. Von dem verglasten Flur blickt man auf einen kleinen Hinterhof. Ich zücke auf der Stelle mein Scheckheft, aber der Makler bremst mich. Vielleicht ist er mißtrauisch, jedenfalls will er Referenzen und meine Kontonummer. Ich soll in sein Büro kommen.

Mir wird klar, daß er sich in seiner Berufsehre gekränkt fühlt. Ich benehme mich nicht wie ein ordentlicher Kunde. Er würde mir gern noch mehr Wohnungen zeigen.

Ich lächle ihn strahlend an. *»Mais celui-là me convient parfaitement.«* Besser geht's nicht. »Und ich wäre sehr dankbar, wenn Sie die Formalitäten beschleunigen könnten.«

Als ich abends in Steves Wohnung zurückkehre, weiß ich, daß ich in zwei Wochen in einem Appartement lebe, von dem aus ich Beatrices Leben beobachten und daraus lernen kann.

In meine erste wirklich eigene Wohnung bin ich eingezogen, kurz nachdem ich French Affair verlassen hatte. Mein neuer Job brachte mir das nötige Kleingeld, und mein neuer Boß brachte mich auf die Idee.

Er hieß Grant Rutherford und schneite eines Nachmittags ins Büro von Mr. Carruthers, in dem ich mittlerweile schon zwei Monate arbeitete. Rutherford war ein großer Mann, mit einem aschblonden Lockenkopf, einem breiten Kinn und eisblauen Augen. Auch die randlose Brille, die auf seiner Nasenspitze balancierte, konnte den Eindruck nicht mildern, daß er nach draußen gehörte. Das Büro war zu klein für ihn.

»Sie sind neu.« Er musterte mich durch die Brille und betrachtete dann meinen unordentlichen Schreibtisch.

»So neu auch wieder nicht«, erwiderte ich.

»Wo ist Carruthers? Oder Myra?«

»Ich hole Mr. Carruthers.« Ich stand auf und ging etwas steif durch den Raum. Dabei fühlte ich, wie er mich beobachtete. An der Tür zu Mr. Carruthers Büro drehte ich mich noch einmal zu ihm um. Er zwinkerte mir zu.

»Sie sind eine Verbesserung gegen Myra. Eindeutig eine Verbesserung. Engländerin?«

Ich zuckte mit den Schultern und schlüpfte durch die Tür.

Mr. Carruthers und Grant Rutherford saßen eine Weile im Hinterzimmer, bevor Mr. Carruthers ihn mir wieder übergab.

»Kümmern Sie sich um Grant, Maria. Er möchte eine Woche Frankreich, die Hälfte davon in Paris und dann etwas Ruhiges. Intim, aber interessant.«

›Intim‹ war Mr. Carruthers Kode für Liebesnest. Das hatte ich schnell gelernt und schleppte pflichtbewußt meine Intim-Ordner heran. Zwei für Paris und ein halbes Dutzend für das übrige Frankreich. Alles mit Fotos und Beschreibungen.

Rutherford beendete meine Erklärungen nach fünfzehn Sekunden. »Okay, Sie müssen sie mir nicht anpreisen. Sehen Sie mich einfach fünfzehn Sekunden lang an, und suchen Sie mir dann etwas aus.«

Die fünfzehn Sekunden kamen mir sehr lange vor. Schließlich sagte er »Los«, und ich blätterte meine Akten durch. Meine Wahl fiel auf ein kleines, kunstvoll restauriertes Hotel auf der Ile St.-Louis und ein anderes Etablissement am Ufer der Yonne. Es war eigentlich ein Drei-

Sterne-Restaurant, das auch einige Suiten anbot. Alles sehr diskret, aber luxuriös, und es wurde von einem ehemaligen Filmstar geführt.

Er würdigte mich kaum eines Blickes. »Rufen Sie an.«

»Jetzt?« In Frankreich war es nach zehn abends.

»Bitte.« Er kritzelte mir die Daten auf ein Stück Papier.

»Das ist schon nächste Woche«, stellte ich ungläubig fest.

»Das ist New York. Und das ist ein Telefon.« Er drückte mir den Hörer in die Hand.

In Paris hatte ich Glück, bei der zweiten Adresse nicht.

»Gutes Französisch«, sagte er, als ich aufgelegt hatte.

»Kein Glück«, gab ich zurück.

Er lächelte, was den Blick seiner Augen etwas wärmte. »Nicht schlimm, versuchen Sie die nächste Adresse. Und ich möchte eine Opernvorstellung. Und Tickets für diese Paris-Moskau-Ausstellung. Zwei von den besten Restaurants dieses Monats. Eine Liste von Clubs und einen Wagen, der funktioniert. Und das alles bis Freitagnachmittag ordentlich getippt. Während Sie Ihre zweite Wahl anrufen, gehe ich noch mal kurz zu Carruthers. Alles klar?«

»So klar wie die Alpen an einem sonnigen Wintertag«, erwiderte ich.

»Dann klettern Sie mal los.«

Ich plazierte eine Reservierung in einem zweiten, verschwiegenen Landhotel, bis mir auffiel, daß ich zu spät zu meinem Computerkurs kommen würde, wenn ich mich nicht beeilte. Ich hatte meinen Schreibmaschinenkurs bestanden und beschäftigte mich nun dreimal in der Woche mit Computern und Betriebswirtschaft. Außerdem besuchte ich noch einen Literaturkurs.

Als ich im Begriff war, meine Bücher und Notizblocks zusammenzupacken, kam Rutherford aus Carruthers Büro.

»Schon fertig? Wir arbeiten aber schnell hier.«

»Keine Sorge, Mr. Rutherford.« Ich bemühte mein Geschäftslächeln. »Bis Freitag ist alles fertig.«

»Maria hat mich noch nie im Stich gelassen.« Carruthers stand direkt hinter ihm. »Sie hält immer Wort.«

»Schön zu hören.« Rutherford hielt mir die Tür auf. »Uptown? Downtown?«

»Downtown«, erwiderte ich leise.

»Dann kann ich Sie im Taxi mitnehmen.«

Ich akzeptierte, vielleicht etwas zu hastig.

Grant Rutherford war offensichtlich so begeistert von meiner Arbeit, daß ich das fragwürdige Glück hatte, noch zweimal in diesem Jahr eine Reiseplanung für ihn machen zu dürfen. Ich entnahm Mr. Carruthers' diskretem, aber nachdrücklichen Räuspern, daß Grant Rutherford nicht seine Frau auf diese Reisen mitnahm. Rutherford war vorsichtig und traute seinen Sekretärinnen nicht. Die Einzelheiten erledigte er gern selbst. Er war Teilhaber einer Werbefirma und ein sehr wichtiger Klient.

Bei der Planung seines dritten Trips über den Atlantik redeten wir uns mit Vornamen an. Kurz danach rief er mich an. Ob ich mit ihm Mittagessen würde? Im Grillroom des Four Seasons. Ich war aufgeregt. Die Amerikaner, denen ich bisher begegnet war, waren irgendwie viel zu jung für mich gewesen. Nach einigen italienischen Dinners und ein paar kleineren Leibesübungen in kakerlakenverseuchten Schlafzimmern zog ich es vor, meine Kinokarten selbst zu bezahlen und ausschließlich über Bücher oder Betriebswirtschaft zu reden.

An jenem Tag kleidete ich mich sehr sorgfältig. Ein cremefarbenes Wollkostüm, das ich aus Paris mitgebracht hatte und nur zu besonderen Gelegenheiten trug. Eine Seidenbluse, die Olivier mir geschenkt hatte, und ein Schal, der den kupferfarbenen Ton in meinem Haar unterstrich. Als ich die rosenholzgetäfelte Bühne des Grillroom betrat, hatte ich das Gefühl, daß alle Scheinwerfer auf mich gerichtet waren. Das war meine Premiere, und fünfzig Augenpaare folgten meinen Bewegungen. Sie schätzten ab, ob ich erste Wahl war oder die ewige Zweitbesetzung bleiben würde. Die Antwort gab ihnen auch der Status des Mannes, der mich begrüßte.

Grant sah mich abschätzend an. »Waren Sie mal Model?«

Ich schüttelte den Kopf.

»Das würden Sie aber hinkriegen.«

»Das ist nicht mein Ding. Außerdem bin ich jetzt zu alt. Ich bin nicht mehr minderjährig, wissen Sie?«

Er lachte vergnügt. »Nicht zu alt für die teureren Magazine. Sie sehen kostspielig aus.«

»Ich bin einfach nur fremd.« Ich lenkte von mir ab und fragte ihn nach seiner letzten Reise.

»Sehr schön, gut ausgewählt, wie immer.«

»Wenn Sie mir keine ausführlichere Rückmeldung geben, wie soll ich dann auf dem laufenden bleiben?«

»Das müssen Sie vielleicht nicht mehr lange. Ich möchte Ihnen einen Antrag machen.«

Ich hätte mich fast an der Bloody Mary verschluckt, die er für mich bestellt hatte. Weder war ich starke Alkoholika gewöhnt, noch kannten wir uns lange genug für einen Antrag.

»Ich dachte, Sie wollten nur eine ausgebeutete Bürodame zum Mittagessen des Monats ausführen.«

»Das natürlich auch.« Er lächelte und musterte mich durchdringend.

Der Antrag, den Grant Rutherford während des Essens erläuterte, entsprach nicht im geringsten dem, was ich erwartet hatte. Er bot mir einen Job an. Seine Firma hatte drei wichtige französische Klienten, die manchmal etwas heikel waren. Er sagte mir, ich beherrschte nicht nur das Französische perfekt, sondern hätte auch das richtige Taktgefühl. Außerdem war ich diskret, und er glaubte, mir vertrauen zu können, die Beziehungen zu diesen Klienten zu verbessern.

Ich war zwar begeistert, aber noch zögerte ich. Ich schuldete Mr. Carruthers soviel. Grant versicherte mir, daß er diese Angelegenheit zufriedenstellend lösen würde.

Er hielt Wort. Drei Wochen später saß ich in meinem eigenen kleinen Büro, komplett eingerichtet mit einem schicken schwarzen Schreibtisch, mit gerahmten Fotos eines Modehauses, für das die Agentur Rutherford, Owen und Marks arbeitete. Wenn ich meinen Stuhl um 180 Grad herumdrehte, hatte ich einen wundervollen Blick auf den East River.

Ich arbeitete hart und fing an, auch mit harten Bandagen zu kämpfen. Diese beiden Dinge waren oft nicht voneinander zu trennen. Laut Grant war es mein Job, herauszufinden, wer was tat, und sie dazu zu bringen, es für mich zu tun, wenn es nötig war. Ich mußte Journalisten und ihre Fachgebiete kennen, Herausgeber, Fotografen, Restaurateure und Galeriebesitzer, Produzenten, Künstler und Schriftsteller. Ich mußte über die Geschmäcker und Wünsche der Klienten informiert sein und sie in unsere Richtung beeinflussen. Und da beinahe jeder ein möglicher Klient war, hatte ich eine Menge zu lernen.

Grant half mir genau wie die anderen im Team. Mir wurden Einladungen zugeschoben. Ich ging auf Partys, Vernissagen, Lesungen und Wohltätigkeitsdiners. Modemagzine und *Women's Wear Daily* gehörten zu meiner Standardlektüre, so daß ich nach einiger Zeit Designerprodukte mit einem Blick erkannte, ohne erst auf das Etikett sehen zu müssen. Ich lernte, welche Restaurants auf welche Berufszweige spezialisiert waren, merkte mir, wer mit wem aß. Nebenbei schlief ich mit einigen Leuten und lernte ein wenig über amerikanische Männer.

Ich war sehr pflichtbewußt. Ich schrieb genauso eifrig Notizen, wie Madame de Sévigné Briefe geschrieben hatte. Nur nicht in demselben makellosen Stil. Das blaue Notizbuch war für das Büro, für Klienten und enthielt Porträts, kleine Charakterstudien von den Leuten, mit denen ich zusammenarbeitete. Jedem Eintrag folgten zwei Leerseiten, damit die Bilder Kontur gewinnen konnten, je mehr ich über ihre Geschmäcker und Schwächen herausfand. Auf dem roten Notizbuch stand Medien, und es enthielt alles, was ich aus der Presse über unsere Klienten herausfinden konnte. Im grünen Notizbuch hielt ich Einzelheiten über Strategien von Kampagnen fest. Schließlich gab es auch noch ein schwarzes Notizbuch, in dem alles stand, was in die anderen nicht hineingehörte. Das war das eigentliche Tagebuch meiner Arbeit.

Zuerst führte ich die Notizbücher auf französisch, da sie nur für mich bestimmt waren, aber schon bald, ich weiß nicht mehr genau wann, führte ich alle außer das blaue auf englisch. Manchmal überkam mich ein Gefühl von Macht, wenn ich spätnachts meine Eintragungen schrieb. Ich war sicher, daß ich Werbekampagnen genauso gut leiten konnte wie die Besten von ihnen.

Grant war mein Mentor. Er erklärte mir, wie New York funktionierte, und wertete mit mir Treffen und Partys aus. Er riet mir, mein Haar schneiden zu lassen, sagte mir, wo ich meine Kleider und Accessoires kaufen sollte. Falls mich einer unserer Modekunden zufällig sehen sollte, trug ich immer deren Kleider. Dafür zahlte mir die Firma sogar eine gewisse Summe.

Etwa sechs oder sieben Monate nach meinem Wechsel zu Rutherford, Owen und Marks erwähnte Grant, er habe von seiner Sekretärin gehört, daß ich in einer kleinen Einzimmerwohnung in einer recht üblen Gegend der Stadt lebte. »Hätten Sie nicht lieber etwas anderes?«

Ich nickte. »Ich komme einfach nicht dazu, danach zu suchen.«

Ich verdiente zwar etwas mehr Geld, aber die Arbeit nahm mich so in Anspruch, daß schon der Gedanke an eine Wohnungssuche unerträglich war. Ich stellte einfach überall Blumen auf. Blumen hatte ich immer gemocht.

Grant musterte mich streng. Er ging immer streng mit mir um, seit ich für ihn arbeitete, als wäre ich zur Probe angestellt und als könnte jede Lockerheit mich von den Hürden ablenken, die ich überwinden mußte. Außerdem könnte sie uns beide an die zweifelhaften Arrangements erinnern, die ich früher für ihn gemacht hatte. Mir machte das nichts aus. Er war ausgesprochen höflich, wenn auch distanziert. Seine Reserviertheit war typisch Yale, soviel hatte ich gelernt, und sie machte alles, was er mich lehrte, doppelt bedeutungsvoll.

Aber damals hoffte ich auf ein Lächeln und einen aufmunternden Klaps auf die Schulter. Am Anfang der Woche hatte ich es geschafft, einen französischen Klienten wieder zu uns zurückzuholen, der Chef der Käseproduzenten der Normandie war. Er konnte die Werbekampagne, die sich unsere Kreativabteilung ausgedacht hatte, nicht ausstehen. Sie funktionierte nach dem typischen Negativprinzip: »Stinkig, aber ...« Also texteten wir: »Stinkig, aber saftig«, »Stinkig, aber deftig«, »Stinkig, aber himmlisch«. Jacques Perrault haßte die Kampagne. Nur mit viel Überredungskunst und schließlich mit der Trumpfkarte »Landsmann« schaffte ich es, ihn dazu zu bringen, uns noch eine Woche Zeit zu geben, um uns etwas zu überlegen, was ihm gefiel.

Grant sagte nichts von Käse. Statt dessen reichte er mir ein Stück Papier. »Rufen Sie heute abend gegen halb neun Gerry Hynes an. Er will für ein paar Jahre die Küsten wechseln und deshalb untervermieten. Es ist weit billiger als die normale Miete, falls er es sich anders überlegt und nach einem halben Jahr zurückkommen will. Er ist ein alter Freund, und ich bürge für Sie.«

»Das klingt wundervoll.« Ich blickte auf die Nummer und die Adresse. »Aber ich esse heute abend mit Jacques Perrault.«

»Verstehe.« Die blauen Augen blickten mich spöttisch an. »Wenn Sie an der Wohnung interessiert sind, sollten Sie um halb neun unter einen Vorwand losrennen und sich die Nase pudern.«

»Ich renne nicht.«

Er lachte. »Nein, das tun Sie wohl wirklich nicht. Also schreiten Sie. Aber tun Sie's.«

Ich weiß nicht, ob ich noch lächelte, als ich zur Tür ging.

»Und Maria ... Halten Sie Perrault bei Laune. Machen Sie mit Ihrer guten Arbeit weiter.«

Die Wohnung war wundervoll: zwei große Zimmer mit einer Küche, von denen aus man einen Blick über den Central Park hatte, etwa Höhe der Dreiundsiebzigsten Straße. Vier Wochen später zog ich um. Ich erbte Gerrys Bett, einen Küchentisch und sein Fernsehgerät, aber er hatte sich in letzter Sekunde noch entschieden, daß er sich von seinen anderen Besitztümern nicht trennen konnte, und ließ alles nach Westen bringen. Ich brauchte nur eine Taxifahrt, um meine paar Habseligkeiten auf die Westside zu schaffen. Mehr als ein paar Vasen, Teller, Kleider und einige Bücher hatte ich mir seit meiner Ankunft in der Stadt nicht zugelegt. Am nächsten Samstag kaufte ich mir ein riesiges, gepolstertes weißes Sofa, einen gläsernen Couchtisch und fand im Metropolitan eine gerahmte Vergrößerung von Bonnards »Die Terrasse bei Vernon«. Ich weiß nicht genau, warum ich mich dafür entschied. Vielleicht, weil drei Frauen und viele große Blumen im Vordergrund zu sehen waren.

*

Kurz nach diesem Umzug fand die Party statt, die so wichtig für meine Zukunft werden sollte. Die Einladung erhielt ich von einer gewissen Angelika van Helden. Sie führte eine Galerie in Soho. Allerdings war die Einladung nicht an mich direkt gerichtet, sondern an Wayne Masters, den Chef unserer PR-Abteilung. Er fragte mich, ob ich mitkommen wollte, obwohl er normalerweise zurückhaltend war, da ich mehr für Grant als für ihn zu arbeiten schien. Hocherfreut sagte ich zu. Ich glaubte, daß mein Leben bei Rutherford, Owen und Marks auf längere Sicht kompliziert werden könnte, wenn ich Wayne nicht genug Beachtung schenkte. Also zog ich mit ihm los. Wayne war ein Gentleman der alten Schule, etwa Mitte Fünfzig, und steckte immer in einem makellosen Nadelstreifenanzug. Ich benahm mich respektvoll, lauschte seinen Worten und wich ihm nicht von der Seite, während er alte Freunde und Bekannte begrüßte.

Die Party fand zu Ehren eines hochgelobten englischen Schauspielers statt, der in einer Noël Coward-Komödie am Broadway reüssierte. Alle Berühmtheiten New Yorks, die ich kannte, waren da, und viele andere, die ich nicht kannte. Irgendwann am Abend hatte ich einige dieser tödlichen Cocktails zuviel getrunken. Von einem jungen Schriftsteller, den ich schon einmal getroffen hatte, wurde ich von Waynes Seite zur Tanzfläche gezogen.

William Sykes hatte einen jungenhaften Charme und ein schiefes Grinsen, das jedes Stirnrunzeln hinwegfegen konnte. Bevor ich mich versah, kreisten wir Arm in Arm über den Tanzboden. Ein wenig später drückte er mich gegen eine dunkle Säule und küßte mich heftig. Anscheinend erwiderte ich den Kuß, denn ich brauchte eine Weile, bis ich die Stimme erkannte, die aus dem Hintergrund erklang.

»Ich glaube, es wird Zeit zu gehen, finden Sie nicht?«

»Nein, tut sie nicht.« William Sykes antwortete für mich.

»O doch.« Ich löste mich von William und blickte in die düsteren Gesichtszüge von Grant Rutherford. »Ich bin mit Wayne gekommen«, erwiderte ich.

»Das sagte er mir, bevor er ging.«

»Ruf mich an.« William Sykes drückte meinen Arm.

Ich antwortete nicht. Grant führte mich zur Tür. Er hielt mich nicht direkt fest und schob mich auch nicht an den Schultern, aber er führte mich trotzdem den ganzen Weg zu seinem Auto.

»Ich bringe Sie nach Hause.«

Ich protestierte nicht. Mich beschäftigte viel zu sehr die Frage, ob er eine Entschuldigung erwartete. Aber er besaß mich schließlich nicht vierundzwanzig Stunden, also würde ich mich nicht entschuldigen, ob er es erwartete oder nicht. Als ich endlich soweit war, hatten wir schon die halbe Stadt durchquert. Er parkte einen Steinwurf von meiner Wohnung entfernt.

»Bitten Sie mich noch mit hinauf?« Es klang nicht wie eine Frage.

»Aber natürlich, wenn Sie möchten«, antwortete ich vage.

»Wir müssen uns unterhalten.«

Ich versuchte, die unvermeidliche Lektion hinauszuzögern.

»Ich mag die Wohnung«, sagte ich, als ich das Licht anschaltete. »Ich habe mich doch schon für die Vermittlung bei Ihnen bedankt, nicht wahr?«

Er murmelte irgend etwas und sah sich um. »Ein wenig kahl, würde ich sagen.«

»So gefällt es mir. Möchten Sie einen Drink?« Noch während ich es sagte, überlegte ich, was ich im Haus hatte. Dann fiel mir die Flasche Whisky ein, die mir jemand mitgebracht hatte. »Whisky? Kaffee? Mehr habe ich leider nicht.«

»Beides.« Sein Tonfall war immer noch erbarmungslos.

Ich trat den Rückzug in die Küche an und versuchte, mich zusammenzunehmen, während ich Kaffee machte und Eis aus einem widerspenstigen Behälter schlug.

Als ich zurückkehrte, hatte er es sich auf dem Sofa bequem gemacht und starrte vor sich hin. Auf dem Tisch vor ihm lagen meine Notizbücher; ich räumte sie schnell fort, als ich das Tablett abstellte.

»Was ist das?«

»Notizen. Für die Arbeit.« Ich sah ihn an. »Ich muß mir soviel merken.«

Er hätte beinahe gelächelt. »Dann sollten Sie sich das hier

auch merken.« Er stand auf, als ich ihm das Whiskyglas reichte, und begann auf- und abzulaufen.

»Ich habe Sie nicht nur wegen Ihrer Klugheit gebeten, für mich zu arbeiten, Maria«, begann er trocken. »Sondern auch, weil sie eine wunderschöne Frau sind.«

Er musterte mich einen Moment, während ich unbehaglich auf dem Sofa hin und her rutschte. »Sie schmeicheln mir.« Ich imitierte seinen Tonfall, aber ich beherrschte die Kunst der Ironie noch nicht so gut.

»Nein, ich schmeichle Ihnen nicht. Ich schätze Sie ein. So wie ich das sehe, dient aber Schönheit nicht einfach nur dazu, männliches Begehren zu befriedigen. Das ist viel zu einfach. Schönheit muß taktisch genutzt werden, um dieses Begehren zu wecken und es umzuleiten. Schönheit ist ein Werkzeug der Überredung, wie Sprache oder eine eingängige Melodie. Verstehen Sie mich?«

»Sie wollen mir sagen, daß ich die Frau in der Margarinewerbung bin. Sieh mich an und denk, du ißt Butter.«

Das amüsierte ihn. »Fast, aber nicht ganz so schlicht. Ihre Schönheit ist dazu da, die große Maschinerie Gesellschaft zu ölen und dafür zu sorgen, daß sie geschmeidig in Richtung Rutherford, Owen und Marks läuft.«

»Und wann darf ich aufhören, die Mechanikerin zu spielen?«

»Nur im Privatleben.«

Ich mußte plötzlich lachen. »Das erinnert mich an eine Geschichte, die ich einmal über einen Priester im siebzehnten Jahrhundert gelesen habe. Bei der Morgenmesse hat er gegen Frivolität und schöne Kleidung und die fleischlichen Sünden gewettert. Und bei der Abendmette hat er die hübschesten Frauen des Dorfes gebeten, sich an den Türen aufzustellen, weil er hoffte, daß ihr Charme die geizigen Dorfbewohner zu Almosen verleitete.«

»Man unterrichtet auf französichen Schulen aber seltsame Dinge.«

»Nicht seltsamer als das, was ich hier heute abend lerne.«

Wir starrten uns an. Plötzlich trat er auf mich zu und zog mich hoch, so daß sich unsere Gesichter fast auf gleicher Höhe befanden.

»Wenn heute ein Begehren befriedigt werden sollte, wäre es mir lieber, es wäre meines.« Seine Stimme klang etwas heiser, und ich rückte so weit von ihm ab, daß ich seine Augen sehen konnte.

»Ist das eine Frage?«

Er antwortete nicht, sondern küßte mich statt dessen. Es war ein langer, ernster Kuß.

»Hat Will Sykes Ihnen eine Frage gestellt?« fragte er, als er mich losließ.

Ich lachte. »Ehrlich gesagt, kann ich mich nicht mehr daran erinnern.«

»Nun, vielleicht erinnern Sie sich an das hier morgen früh auch nicht mehr.«

Er küßte mich noch einmal, diesmal etwas drängender. Manchmal, sehr selten, hat man das Gefühl, daß zwei Körper zueinander passen. Vielleicht hat es etwas mit der Haut oder mit den Gerüchen des Körpers zu tun; jedenfalls hatte ich dieses Gefühl bei Grant.

»Heißt das, Sie wollen nicht, daß ich mich daran erinnere?«

Er sah mich abschätzend an. Dann öffnete er behutsam den Reißverschluß meines Kleides, so daß es sanft zu Boden glitt.

Als Liebhaber war Grant Rutherford eine Überraschung und anders als alle Männer, die ich bisher in New York kennengelernt hatte. Nicht daß die anderen ihre Sache nicht gut gemacht hätten. Sie hatten alle die Bedienungsanleitung gelesen und waren zumeist schon ein paarmal um den Block gefahren. Aber sie gaben eine Vorstellung und schienen alle auf Zwischenberichte über ihre Tüchtigkeit zu warten. Danach wollten sie wissen, ob es zu einem Platz unter den ersten zehn gereicht hatte, als wären sie Teilnehmer bei irgendeinem Leichtathletikwettkampf.

Grant war anders. Er stellte keine Fragen und fischte auch nicht nach Komplimenten. Am besten aber war, daß er mir nicht das Gefühl gab, mich zu beobachten und auf mich zu warten. Er war selbstsicher, bestimmt und ruhig. Vielleicht paßten wir einfach so gut zueinander, daß Worte überflüssig waren. Wenn wir uns zurücklehnten, um uns zu bewundern oder die Gläser zu füllen, tauschten wir kleine Geschichten von uns aus, Erinnerungen aus der Kindheit, geheime Phantasien.

Ich habe nie an seine Frau gedacht, obwohl ich sie zweimal im Büro gesehen habe. Sie war eine schlanke, zähe Frau mit gebräunter Haut und einem körperlangen Nerzmantel. Vielleicht war sie an diesem Wochenende nicht da, denn er muß sehr lange geblieben sein. Als ich morgens aufwachte, war Grant jedoch fort. Ich sah zu, wie die Sonne über die knospenden Bäume des Central Parks kroch, und döste wieder ein. Die Türglocke schreckte mich hoch. Ein Junge mit einer Baseballkappe stand vor der Tür. Er lieferte mir ein Tablett mit Delikatessen: frische Brötchen, geräucherten Lachs, Sahnekäse und frisch gemahlenen Kaffee. Während ich alles genüßlich aß, klingelte es noch einmal. Es war nicht Grant, wie ich fast erwartet hatte, sondern ein anderer Mann, der einen riesigen Blumenstrauß trug. Die Karte brachte mich zum Lachen. »Für gestillte Begierden. Jedenfalls teilweise.« Eine Unterschrift war unnötig.

Im Büro änderte sich an diesem Montag nichts. Bei der Besprechung verrieten kein Wort und kein Blick, was zwischen uns vorgefallen war. Grant sah mich immer noch streng über seine Brille hinweg an. Er ging mir nicht aus dem Weg, suchte aber auch nicht nach Momenten, um mit mir allein zu sein. Vielleicht wartete er darauf, wie ich mich benahm, und vielleicht benahm ich mich deswegen nicht anders. Außerdem gab es tagsüber soviel zu tun, daß für Vertraulichkeiten wenig Zeit blieb. Zudem genoß ich diese Heimlichkeit. Am Ende der Woche war ich mit einem potentiellen französischen Kunden in seinem Büro, als etwas an der Art, wie Grant sich auf seinem Stuhl zurücklehnte, mich daran erinnerte, wie er sich faul in die Kissen meines Bettes gelehnt hatte. Wie ein großer, zufriedener Kater. Vielleicht ging es Grant auch so, denn er hielt mich nach der Besprechung noch einen Moment zurück.

»Essen wir heute abend? Bei dir. Ich bringe das Dinner mit.« Er schrieb etwas auf seinen Notizblock und sah mich nicht an, während er sprach.

»Ich kann nicht, tut mir leid.«

»Jemand anders?« Er hob die Augenbrauen.

Ich machte eine kleine Pause, bevor ich antwortete. »Ich befolge nur die Befehle meines Chefs. Und öle die große Maschinerie Gesellschaft.« Ich lachte. »An Monsieur Farjeon.«

»Verstehe.« Die Luft zwischen uns knisterte, und ich dachte, er würde mich berühen, um sie zu entladen. »Später?« fragte er statt dessen.

»Zu spät. Ich bin schließlich eine berufstätige Frau.« Ich lachte wieder. Ich hatte nichts dagegen, ihn zu sehen, aber ich wollte bei ihm in Form sein und mich nicht wie ein ausgewrungener Lappen fühlen. »Morgen vielleicht?«

»Vielleicht.« Er imitierte meine Aussprache. Grant war sehr schlagfertig. Das gefiel mir an ihm. Er sah in seinen Terminkalender und überlegte lange, bevor er antwortete. »Gut, morgen, halb neun.«

Unsere Blicke trafen sich. »Ich freue mich darauf.«

Ich mußte mich aber nicht lange darauf freuen, denn kurz nach Mitternacht am selben Abend erschien Grant. Ich wußte, daß er es war, als es an der Tür klingelte. Vielleicht hatte ich an ihn gedacht. Aber ich war nicht uneingeschränkt begeistert, ihn zu sehen.

»Ich wollte gerade ein Bad nehmen«, sagte ich, während ich die Tür öffnete. Ich war schon im Bademantel.

»Perfektes Timing. Ich hätte dich nur sehr ungern aus der Wanne geklingelt.«

So wie er sich umsah, hatte er wohl halb erwartet, jemanden anderen hier zu finden. Ich muß ziemlich ungehalten ausgesehen haben, denn er strich mir sanft über die Wange. »Ich wollte dich sehen«, flüsterte er. »Ich möchte dich sehen. Ich helfe dir beim Bad.«

»Sehe ich aus, als würde ich Hilfe brauchen?«

»Nein. Aber vielleicht gefällt sie dir.«

Und wie sie mir gefiel. Ich mochte es, wie er über meine Brüste strich, als er mir den Bademantel abnahm. Ich mochte es, wie er mich einseifte und meine Haut streichelte, mochte, wie er mich trockenrieb, daß meine Haut kribbelte. Mir gefiel das Gewicht seines Penis, als ich ihn in den Mund nahm, mochte, wie er mich ausfüllte, als wir gemeinsam kamen, und mir gefielen auch seine schnurrenden Laute, die bald in Stöhnen umschlugen.

Während der zwei Jahre, die wir zusammen waren, trafen Grant und ich uns zwei- bis dreimal in der Woche. Manchmal gingen wir ins Theater, oder er führte mich zum Essen aus, aber gewöhnlich trafen wir uns in meiner Wohnung, die sich allmählich mit Dingen anfüllte, die er auf unseren Reisen für mich kaufte. Nun war ich seine Begleitung bei seinen intimen kleinen Kurzurlauben. Aber wir ließen Frankreich aus. Ich durfte aussuchen und entschied mich für Mexico, Rio de Janeiro und dann für eine Nilfahrt. Vermutlich konnte sich mittlerweile jeder im Büro an fünf Fingern ausrechnen, daß da etwas zwischen uns lief. Aber wir gaben uns keine Blöße, und niemand sprach uns je darauf an. Außerdem wurde ich immer besser in meinem Job und wurde nur angemessen belohnt. Besonders freute mich, daß ich nicht mit Grant ins Bett gegangen war, bevor er mir den Job angeboten hate, und daß ich noch dablieb, als es vorbei war. Jedenfalls eine Weile.

Grant und ich lachten viel, und bald tratschten wir auch über andere und schmiedeten Ränke. In diesem Sinn waren wir ein gutes Team. Außerdem gefiel ihm die Tatsache, daß er sich meiner nicht sicher sein konnte. Mir gefiel das Risiko und daß er nicht die ganze Zeit um mich war.

Bei den seltenen Gelegenheiten, bei denen ich Grant und seine Frau auf einer Party oder einer Festlichkeit traf, verdrückte ich mich möglichst in die andere Ecke des Raums. Einmal aber stellte er mich ihr vor. Abgesehen von einer oberflächlichen Höflichkeit, die ich erwiderte, interessierten wir uns nicht füreinander.

Es muß kurz danach gewesen sein; wir hatten uns gerade geliebt, als er nachdenklich sagte: »Du bist eine merkwürdige Frau, weißt du das?« Er streichelte mein Haar.

»Ach?« Ich rückte etwas von ihm ab.

»Du hast mich nie gefragt, wann wir uns das nächste Mal treffen. Du fragst mich nie nach meiner Frau. Und du willst nicht wissen, warum ich dich liebe.«

»Und das ist seltsam?«

Er lächelte. »Das ist seltsam.«

Ich dachte noch einen Augenblick darüber nach. »Deine Frau ist deine Angelegenheit. Du bist hier, und das gefällt uns beiden.« Ich liebkoste die glatte Haut seiner Schulter und fühlte, wie er mich an sich zog. Ich lachte. »Stimmt doch, oder? Und der Rest ... Nun, bestimmte Dinge brauchen keine Worte. Ich will dich schließlich nicht heiraten.«

»Ach nein?« Er wirkte ein wenig verletzt.

Ich lachte wieder. »Ich bin viel zu jung für eine Ehe. Ich werde immer zu jung für eine Ehe sein. Außerdem ...« Ich wurde etwas ernster. »Ich bin nicht sicher, wozu die Ehe dient. Vielleicht weil ich nie zwei Eltern hatte.«

Er küßte mich, als wollte er etwas wiedergutmachen. »Vielleicht bist du einfach nur fremd.«

»Einfach nur?« Ich schlang mein Bein um ihn.

Wir mußten lachten, als sich sein Glied langsam hob. »Und du hast alles, was du von mir willst.«

Ich betrachtete ihn lüstern. »Etwas gibt es noch«, meinte ich.

»Ach ja?«

»Du hast diesen wunderbaren Wein zum Essen mitgebracht ... Ich hätte gern noch ein Glas.«

Er sprang stöhnend vom Bett. »Was auch immer meine Mistress begehrt.«

Während er weg war, dachte ich darüber nach. Eigentlich gibt man so etwas nicht zu, aber es gefiel mir, Mistress zu sein. Vielleicht weil dieses Wort auf französisch noch etwas von seinem alten Rang hat. Eine Mistress ist immerhin etwas Besseres, eine maîtresse, eine Lehrerin. Das Wort hat viel mehr Gewicht als »Weib« oder »femme«, was ebenfalls nur eine Frau ist.

Irgendeine Frau. Der Gedanke blieb haften, und ich sah wieder Amy Burton vor mir. Sie hatte vor ein paar Monaten in der Kreativabteilung gearbeitet. Sie war eine hübsche Blondine, ungefähr in meinem Alter und trug ihre Röcke immer ein wenig zu kurz für ihre leicht drallen Beine. Sie zeigte mir ihr Layout für das Plakat eines französischen Kunden. Es gefiel mir nicht besonders, und das sagte ich auch ziemlich deutlich. Ich erklärte ihr, daß der Stil etwas zu poppig für diesen besonderen Kunden war. Amy stürzte sich auf mich. »Grant Rutherford hat eine echt spitze Zunge, stimmt's?« Sie drehte sich schnippisch um und verschwand.

Erst wußte ich nicht, was sie meinte. Ich war damals noch nicht so vertraut mit sexuellen Anspielungen. Wußte sie, daß ich eine Beziehung mit Grant hatte und mir nur deshalb das Recht herausnahm, ihre Arbeit zu kritisieren? Aber in der Nacht wurde mir klar, daß sie genau das Gegenteil gemeint hatte: Wir waren sozusagen Bettgenossinnen, und ich hatte sie nicht zu kritisieren, weil sie höchst intime Kenntnisse darüber hatte, wie Grant seine spitze Zunge spüren ließ.

Ich hatte Grant nichts davon erzählt und es vergessen, bis jetzt.

Grant kehrte wieder in das Zimmer zurück und balancierte eine offene Weinflasche, Gläser und eine Schüssel mit Nüssen in den Händen. Habe ich schon gesagt, daß er einen außerordentlich schönen Körper hatte? Er war schlank und kräftig, gestählt von den Stunden, die er täglich auf dem Squashplatz verbrachte. Ich bewunderte ihn unverhüllt, während ich an dem Wein nippte. »Grant«, sagte ich schließlich. »Du hast gesagt, ich dürfte dir gern Fragen stellen.«

»Hmm?« Er lachte, etwas nervös.

»Du kennst doch Amy Burton aus der Werbeabteilung?«

Er war so anständig, einen Moment verlegen zu wirken, bevor er mich ansah und lächelte. »Du meinst die kleine Blonde?«

»Was hältst du von ihrer Arbeit?«

»Was hältst du davon?«

»Sie ist ein wenig taktlos«, erklärte ich.

»Ach?« Er musterte mich aufmerksam.

»Mmh. Und einigen ist sie ein wenig zu frech.«

»Ich kümmere mich darum.«

»Ein guter Wein.«

»Ein sehr guter Wein.«

Ich nahm noch einen Schluck und schmiegte mich an seine Schulter. »Grant, stimmt es, daß du eine spitze ... Zunge hast?«

Er lachte. »Hauptsächlich, wenn ich von schlanken, jungen Autoren provoziert werde.«

Mir fiel wieder ein, daß ich vor einigen Wochen eine Party zusammen mit Will Sykes verlassen hatte. Ich hatte nicht gewußt, daß Grant ebenfalls dagewesen war. Vielleicht hatte es ihm aber auch nur jemand gesteckt. Das erklärte also Amy.

»Und ansonsten?«

»Das solltest du wissen.«

Ich berührte ihn. Und wußte es.

Einige Wochen später verschwand Amy aus dem Büro. Ich dachte an Madame de Pompadour und die Macht der Mistressen.

Teil zwei

12. Kapitel

Mein neues Seidensofa hat denselben milchigen Farbton wie mein erstes, das ich mir in New York gekauft habe. Aber ich habe es mit dem weichen Glanz von goldenem Mahagoni kombiniert. Auf der Ecke des langen Eßtisches, den ich als Schreibtisch benutze, steht eine bordeauxrote Schale. Sie hat mich wie ein Fetisch tagelang verfolgt, bis ich in das Antiquitätengeschäft in der Rue du Cherche-Midi zurückgegangen bin, vor dem ich Beatrice getroffen habe.

Die letzten Wochen verbrachte ich damit, den Schauplatz meines neuen Lebens einzurichten. Ich habe ein Bett, einen Kühlschrank, einen Herd und ein Dutzend Grünpflanzen für den verglasten Flur gekauft. Kissen in grellen, afrikanischen Farben und eine gelbe Tagesdecke mit einer gezackten schwarzen Linie. Ich habe Ausstellungen besucht und bin mit zwei Bildern eines Künstlers zurückgekommen, der die Farben Ocker, Sienna und Tizianrot bevorzugte.

Warum ich all das mache, weiß ich nicht. Ich habe nicht vor, jemanden hierher einzuladen. Vielleicht kommt aber eines Tages Beatrice und gibt meinen Räumen ihren Segen. Ich habe sie bis jetzt noch nicht angerufen. Sie soll nicht wissen, daß ich in das Haus auf der anderen Straßenseite eingezogen bin. Statt dessen sitze ich da und schaue aus dem Fenster. Früher oder später werde ich sehen, wie sie in dem Haus gegenüber verschwindet. In dieser Woche sind auf zwei Etagen die Fensterläden vorgeklappt. Von den leeren Straßen in Paris schließe ich, daß Schulferien sind. Beatrice muß fortgefahren sein. Aber sie wird wiederkommen. Und dann wird sie meine Lehrerin werden.

Die Zeit bis dahin vertreibe ich mir mit Lesen. In meiner

Jugend und meiner ersten Zeit in New York war Balzac mein Favorit. Ich habe die wichtigsten Werke aus der *Comédie Humaine* gelesen. *Verlorene Illusionen, Der alte Goriot, Kusine Bette.* Der halsabschneiderische Prunk und die weltliche Heuchelei von Balzacs Figuren faszinierten mich. Meine Mutter meinte zwar, daß ich für diesen pessimistischen Realismus zu jung wäre. Sie drängte mich, die Brontës zu lesen, aber die leidenschaftlichen Sehnsüchte der Schwestern aus Yorkshire waren mir entweder peinlich oder zu albern.

Nun greife ich wieder zu Balzac, aber der alte Reiz ist verschwunden.

Ich blicke auf die Uhr und springe vom Sofa. Es ist fast vier Uhr, und ich habe um fünf ein Vorstellungsgespräch.

Der Brief ist kurz vor meinem Umzug angekommen. Die Pariser Briefmarke verwirrte mich und schürte meine Paranoia. Wer sollte mir in Paris schreiben? Die wenigen Briefe, die ich erhielt, kamen von Steve aus New York. Einmal erhielt ich einen Umschlag von meinen Verlegern, in dem sich einige andere Briefe befanden. Aber Paris? Dann erinnerte ich mich. Die Anzeige. Frauen, die töten. Was hatte mich nur bewogen, darauf zu reagieren? Und warum machte sich da jemand die Mühe, mir zu antworten?

Jedenfalls hatte jemand es getan, und auf dem Blatt Papier bat man mich zu einem Vorstellungsgespräch. Ich konnte mir einen von drei Terminen aussuchen. Maître Arnault würde mir dann zur Verfügung stehen. Ich schlief eine Nacht darüber und rief am nächsten Morgen an. Ich war neugierig.

Paris ist voller nackter Frauen. Sie schmiegen sich träge an die Wände von Metro-Stationen, werfen ihre Köpfe ekstatisch an Straßenecken zurück und springen wie streunende Tigerinnen von Plakatwänden oder stehen stolz und schwanger da. Ihre runden Formen ahmen spöttisch das neueste Automodell nach. Niemand scheint schockiert zu sein. Die weibliche Nacktheit spricht hier immer noch die klangvolle Sprache der Verführung, einer Lingua Franca der Schönheit. In New York ist sie in die Pornoläden der Zweiundvierzigsten Straße verdammt worden.

Ich durchquere Faubourg St-Honoré, ohne die eleganten Boutiquen oder den Designerpomp eines Blickes zu würdigen. Nicht einmal die königliche Fassade der britischen Botschaft interessiert mich. An Nummer 126 prangt ein goldenes Schild, das stolz ein *Cabinet* von Arnault, Foch, Cournot und Meyer ankündigt. Ich hole tief Luft, schwinge mit einer Kopfbewegung mein Haar zurück und lasse mich vom Aufzug in den vierten Stock hinauffahren. Das Büro ähnelt dem sehr gut ausgestatteten Heim eines Dandys aus dem neunzehnten Jahrhundert, der eine Vorliebe für in Leder gebundene Bücher hat. Eigentlich warte ich darauf, daß ein englischer Butler aus der Tür zu meiner Linken auftaucht, meinen Mantel nimmt und mich in den gelbbraunen Chesterfield-Sessel geleitet.

Eine Frau spricht mich jedoch an. Ich folge dem energischen Rascheln ihres makellos geschneiderten Kostüms. Als sie sich an ihrem Schreibtisch zu mir umdreht, stelle ich überrascht fest, daß sie mindestens sechzig sein muß. Das dezente Make-up macht keinen Versuch, ihre Jahre zu verbergen, sie trägt sie gelassen und mit einer Würde, die ihre Attraktivität unterstreicht. Einen Moment bin ich verblüfft. Darauf hat mich New York nicht vorbereitet. Die Frau ist einfach zu alt, um so modisch zu sein, und zu gebieterisch für eine Sekretärin. Sie muß Maître Arnault sein. Ich hatte einen Mann erwartet.

»Ich notiere mir Ihre Daten, wenn es Ihnen nichts ausmacht.« Sie lächelt mich höflich an, den Stift in der Hand.

»Selbstverständlich.« Ich bereue schon, daß ich gekommen bin, und das Gefühl verstärkt sich noch, als den Fragen nach Adresse, Familienstand und Ausbildung ein wahres Verhör über meine Karriere folgt.

Nach einer Viertelstunde bricht sie den Bann. Sie hält inne und sieht mich scharf an. »Sind Sie sicher, daß dies der richtige Job für Sie ist?« Sie klingt etwas vorwurfsvoll.

Ich zucke mit den Schultern. »Entschuldigen Sie, Maître, aber ich bin nicht nur nicht sicher, sondern habe auch keine Ahnung, um was für einen Job es sich handelt.«

»Ach? War denn die Beschreibung, die ich Ihnen geschickt habe, nicht deutlich genug?« Sie ist sichtlich verblüfft.

»In dem Brief, den ich bekommen habe, war keine derartige Beschreibung.«

»Verstehe.« Sie legt den Stift weg. »Ein Versehen.« Plötzlich lacht sie, heiser und bedauernd. »Übrigens, ich bin nicht Maître Arnault. Er empfängt sie, sobald seine Besprechung beendet ist. Es sei denn, dies wäre Zeitverschwendung.« Sie nimmt ein eng betipptes Blatt Papier aus einer Schreibtischschublade. »Sie sollten das vorher lesen.«

Sie beobachtet mich, während ich die Seite überfliege, aber noch bevor ich den ersten Absatz beendet habe, öffnet sich die Tür neben mir.

Meine Interviewerin springt auf, und gleichzeitig tritt ein großer, geschmeidiger Mann in das Zimmer. Er trägt einen dunklen, seriösen Anzug, der sehr locker sitzt, und hat das Hemd am Kragen geöffnet. Sein Haar ist mehr schwarz als grau; es ist zu lang, als habe er vergessen, es schneiden zu lassen. Als er mir die Hand reicht, sehe ich seine Augen unter den dichten Brauen. Sie sind dunkelblau und wirken beinahe schwarz, als sie mich eindringlich fixieren. Ich habe das Gefühl, als wäre mir eine Wahrheitsdroge verabreicht worden, die höchst unangenehmerweise enthüllt, was ich auch zur Verteidigung heranziehe.

Er ist etwa vierzig, aber sein Lächeln ist jungenhaft, beinahe impulsiv. »Paul Arnault.« Er drückt mir fest die Hand. »Und Sie sind ...?«

»Maria d'Este.«

»Natürlich.«

Er bittet mich mit einer Handbewegung durch die Tür in den nächsten Raum. »Gewähren Sie mir eine Minute mit Madame Duval. Dann bin ich bei Ihnen.«

Das Zimmer ist gleichzeitig luftig und merkwürdig überfüllt. Auf einem großen, rechteckigen Tisch häufen sich Akten, aber auf den zweiten Blick scheinen sie in fächerförmigen Mustern geordnet zu sein. Daneben steht eine Statue, ein weinender Mann mit vor Gram verzerrtem Gesicht. Über dem Kamin und im ganzen Zimmer hängen zwischen Bücherregalen numerierte Fotos von Gesichtern, andere zeigen Ohren, Augen, Nasen. Als habe sich ein verrückter Archivar menschlicher Körperteile mit einer Kamera ausgetobt.

Ich wende mich von den zerteilten Gesichtern ab, fühle mich aber von der numerierten Reihe über dem Kamin magisch angezogen. Die ersten vier Reihen zeigen ausnahmslos Frauen, gefangen in der Reglosigkeit viktorianischer Fotografie. Ihr Haar ist bei den meisten in der Mitte geteilt und dann streng nach hinten gekämmt. Ihre Lippen sind grimmig. Für diese Fotos haben sie nicht sonderlich fröhlich Model gestanden.

»Sind Sie an Lombrosos Klassifikation interessiert?« Maître Arnaults Stimme erschreckt mich.

»Lombrosos Klassifikation?« wiederhole ich.

Er lächelt. »Ja, Caesare Lombroso, ein großer italienischer Kriminologe Ende des letzten Jahrhunderts. Bei seiner Suche nach den Ursachen für Verbrechen hat er einen *homo deliquiens* identifizert, den geborenen Verbrecher. Er sah ihn als einen Rückfall in eine weniger entwickelte Spezies. Abweichungen waren für Lombroso ein biologischer Rückschlag zum Primitiven. Und zwar zu dem Primitiven, das die zivilisierte Gesellschaftsordnung bedrohte.«

»Wirklich?«

»Wirklich. Er hat 5907 Kriminelle studiert und 383 Schädel von Kriminellen exakt vermessen. Laut Lombrosos verehrtem Vorgänger, Peter Camper, bestimmt die Größe des Gesichtswinkels von den Linien zwischen Stirn und den oberen Einschnitten, sowie vom Ohr bis zum Kinn den Platz ihres Besitzers auf der evolutionären Leiter. Die klassischen Griechen und natürlich die Europäer haben einen Winkel von achtzig Grad und darüber. Er nimmt immer weiter ab, über die von ihm so genannten gelben Menschen zu den Schwarzen und noch weiter zu den Orang-Utans, die nur achtundfünfzig Grad aufweisen können.« Maître Arnault brummt bedauernd. »Ich brauche Ihnen wohl nicht zu sagen, daß Kriminelle sehr weit unten rangieren. Physiognomie als Schicksal.«

Ich bin schockiert. Bin ich bei einem Verrückten gelandet? »Von diesem Unsinn glaube ich kein Wort!« Während ich das sage, greife ich zu meiner Tasche.

Er lacht laut los. »Na, hoffentlich nicht! Das einzige, woran ich glaube, ist so etwas Ähnliches, wie Gerechtigkeit für meine Klienten zu erreichen. Ich bin Strafverteidiger.« Er sagt es nicht zu mir, sondern zu irgend jemandem draußen oder vielleicht auch nur zu sich selbst. Dann sieht er mich an. »Aber mich faszinieren Klassifikationssysteme. Und wir sollten dem alten Lombroso und seiner Wissenschaft nicht zu hochfahrend begegnen. Wie sehr unterscheidet sich von seinen Experimenten der Versuch, ein zusätzliches Y-Chromosom bei Gefängnisinsassen zu finden oder besondere Fingerabdrücke herauszufiltern?«

»Sie meinen, nur unsere Technologie ist etwas weiter? Zentrifugen statt Zirkel. Aber ansonsten biologische Regeln.«

»Genau.« Er lacht. »Und außerdem findet die Physiognomie immer noch einen Platz in der Kriminologie. Warum sonst hält die französische Polizei Menschen mit einem bestimmten Aussehen häufiger an als andere? Denken wir an Nordafrikaner.« Er deutet auf die Fotos über dem Kamin.

»Nach Lombroso hat der degenerierte Kriminelle hohe Wangenknochen, ein vorstehendes Kinn, wenig Haare im Gesicht und viel auf dem Kopf, eine flache Stirn und schwere Augenlider. Ganz zu schweigen von einem düsteren und heimlichtuerischen Gesichtsausdruck und einem weibischen Aspekt. Und was die Frauen angeht ...« Er macht eine dramatische Pause und untersucht mich plötzlich, als wäre er Lombroso, der mit dem Zirkel in der Hand nach einer anatomischen Genauigkeit sucht.

»Die abweichende, also degenerierte Frau war immer zu männlich, zu groß, zu stark, zu muskulös, mit einem entschlossenen Kinn, hohen Wangenknochen und einer exzessiven Sexualität.«

Ich kriege feuchte Hände. Hat er mein Geheimnis entdeckt? Ich komme mir vor wie ein mutierter Schmetterling an der Wand. »Aber die Frauen auf diesen Fotos haben nur wenig gemeinsam. Außer vielleicht den Mittelscheitel und den Stil des Fotos.«

»Genau. Und die Tatsache, daß sie alle erwischt und verurteilt worden sind.« Da ist wieder das jungenhafte Grinsen. »Aber Klassifizierungssysteme helfen uns dabei, zu sehen, was wir sehen wollen. Lombrosos Kriminelle waren per definitionem alles das, was die gezierte, viktorianische Miss nicht war. Oder nicht sein sollte.«

Er sieht mich an, als warte er auf eine Antwort. Ich habe jedoch keine. Als er weiterspricht, klingt seine Stimme merkwürdig vertraulich.

»Kriminalität ist unsere andere Seite, Miss d'Este. Die wir lieber nicht als zu uns gehörig betrachten. Es ist unser düsterer kultureller Spiegel. Zügellose Begierden der Kindheit, verwobene Traumzustände fließen durch den Spiegel und lauern uns auf, bedrohen uns in dunklen Nächten. Also müssen wie das Kriminelle sorgfältig definieren, es wegschließen, um uns davon zu distanzieren.«

Er macht eine Pause.

Ich räuspere mich unbehaglich.

»Warum wollen Sie im Bereich des Verbrechens arbeiten, Miss d'Este?«

Diese gezielte Frage überrumpelt mich. Erneut habe ich das Gefühl, als wüßte er mehr über mich, als eigentlich möglich ist.

»Sie planen doch hoffentlich keinen Mord?« Er lacht amüsiert. Aber die Frage schwebt in der Luft.

»Nicht daß ich wüßte.« Ich lache auch und reiße mich zusammen. »Und ob ich auf diesem Gebiet arbeiten will, weiß ich noch nicht genau«, sage ich nachdrücklich. Während ich es sage, spüre ich dieses vertraute Kribbeln auf der Haut. ›Der ist es!‹ signalisiert es mir, und ich sage mir entschlossen, daß es kein ›Der ist es!‹ mehr gibt.

»Oh.« Maître Arnault ist verärgert. Er klopft eine Gauloise aus einer Schachtel und zündet sie an. »Habe ich Sie mit meinen Abschweifungen entmutigt?«

Ich schüttele den Kopf. »Eher das Gegenteil. Aber ich muß erst mehr über den Job erfahren. Leider habe ich keine genauere Beschreibung bekommen.«

»Verstehe.« Er wirkt etwas ungeduldig und spricht von dem Buch, das er seit Jahren über das Thema »Frauen, die töten« schreiben wollte. Leider haben seine Fälle ihn davon abgehalten, es zu Ende zu bringen. Jetzt soll er auch noch einen Vortrag über ein ähnliches Thema vor einer Europäischen Kommission halten und dabei besonders die Unterschiede zwischen Frankreich und England hervorheben.

»Ich brauche jemanden mit einem intelligenten Blick und einem schnellen Stift, der einen großen Teil des Materials für mich zusammenfassen kann. Sie müssen Gesetzestexte durchsehen, Zeitungsberichte, Rechtsanwälte befragen und vielleicht sogar Strafgefangene. Das ist das Wesentliche. Die Person muß unabhängig sein und wird vielleicht als Ko-Autor bei dem Buch erwähnt, wenn es gut läuft.« Er sieht mich erwartungsvoll an.

»Ich habe keinen juristischen Hintergrund«, sage ich seltsamerweise. Denn mittlerweile würde ich gern mit dem Mann zusammenarbeiten, ganz gleich, was mir meine Haut signalisiert.

»Ich weiß.« Er lacht. »Madame Duval hat es mir erzählt. Deshalb bin ich ja an Ihnen interessiert. Aus demselben Grund habe ich in der *Herald Tribune* inseriert. Ich wollte einen Außenseiter. Sie sind die erste Kandidatin, deren Verstand nicht von zwei Jahren Studium der französichen Gesetze vernebelt ist.« Er läuft unruhig durch das Zimmer, als wäre es ein Käfig. »Das französiche Erziehungssystem legt soviel Wert auf abstrakte Begründungen, daß Fakten allmählich unter jedermanns Würde zu liegen scheinen. Die Justiz in diesem Land ist nur blind Tatsachen gegenüber. Das ist eines der Hauptprobleme unseres Strafsystems. Ich suche jemanden, der eine Tatsache von einem Hirngespinst eines Richters oder Journalisten unterscheiden kann, ganz zu schweigen von seiner Theorie. Und Ihr Englisch muß nach all den Jahren in Amerika sehr gut sein.«

»Sie haben sehr schnell sehr viel über mich erfahren.«

Er zuckt mit den Schultern und sieht mich an. Zum ersten Mal habe ich den Eindruck, daß er mich als Frau wahrnimmt, und schlage unwillkürlich die Beine übereinander.

»Das ist mein Job«, erwidert er leise. Spielt mir meine Vorstellungskraft einen Streich, oder dreht er genau jetzt ständig den dicken Ehering an seinem Finger?

»Erzählen Sie mir mehr über das Projekt«, sage ich.

»Damit Sie mit mir ein Vorstellungsgespräch führen können?«

»Vielleicht.«

Wir lächeln uns zögernd an. Er berichtet mir, daß er das Material in verschiedene Verbrechenskategorien unterteilt hat: Kindsmord, Mord an Kindern, Ehemännern, Geliebten, Vätern ... Anscheinend ermorden Frauen selten jemanden, dem sie nicht nahestehen. Das halbe Buch ist bereits als Entwurf fertig, und er hat sehr genaue Vorstellungen von dem, was als nächstes untersucht werden muß. Trotzdem gibt es genug Raum für den Ermittler, Überraschungen auszugraben. Abgesehen von aktuellen Fällen, ist er am meisten an Vergleichen zwischen französischen und britischen Untersuchungsmethoden interessiert.

»Um herauszufinden, wessen Justiz am besten funktioniert.« Er bricht ab, als ihm klar wird, daß ich nicht mehr folgen kann. »Aber ich erkläre Ihnen das genauer, wenn Sie anfangen. Sie akzeptieren doch, oder nicht? Ich glaube, wir kommen gut miteinander aus.«

»Darf ich darüber schlafen?« Ich muß mich entscheiden, ob ich überhaupt einen Job annehmen kann. Ich war so lange in meiner eigenen Welt eingeschlossen.

»Schlafen Sie darüber.« Er lächelt charmant. »Aber sehen Sie sich erst einmal das Büro an. Sie können hier oder zu Hause arbeiten, wenn sie nicht in Bibliotheken recherchieren oder reisen. Drei, vier, fünf Tage die Woche, wie Sie wollen. Sie werden entsprechend bezahlt. Das können Sie mit Madame Duval besprechen.« Er wirft mir wieder diesen prüfenden Blick zu. »Obwohl ich mir vorstellen kann, daß Geld nicht Ihr wichtigster Beweggrund ist.«

»Nicht im Moment, jedenfalls«, gebe ich zu. Er öffnet die Doppeltüren zu einem schmalen Flur, und ich folge ihm eine kurze Treppe hinauf zu einem langen Dachboden. Eine Wand ist von dicken Ordnern und Büchern gesäumt. Von den drei Fenstern der anderen Seite blickt man über die Dächer von Paris. Ein rechteckiger Glastisch steht vor den Fenstern. Darauf befindet sich nur ein Notebook.

»Das wäre für Sie.« Er schaltet es ein, und ein Menü taucht auf. »Der Entwurf des Buches ist hier gespeichert, ebenso Ordner für alle Kategorien des Buchs, Einzelheiten über bestimmte Fälle und Instruktionen, wo man das Material finden kann. Zusammen mit einer möglichen Herangehensweise.« Er sagt das alles mit Stolz und Begeisterung in der Stimme, als zeigte er mir die Spielereien in seinem neuen Wagen.

Ich unterdrücke ein Lachen. »Haben Sie Kopien davon?«

»Natürlich. Wir treffen uns einmal in der Woche, gewöhnlich am Freitag. Dann erstatten Sie mir Bericht, und wir können planen und die Ordner kopieren.«

Diesmal kann ich das Lachen nicht verhindern und drücke die Returntaste, um es zu verbergen. Der Unterordner »England« erscheint auf dem Bildschirm. Ein Eintrag ist markiert: »Die Krone vs. Williams.«

»Kennen Sie sich mit dem System aus?«

»Das schaffe ich schon.«

»Ich habe es erst im letzten Monat endlich gelernt«, gesteht er etwas verlegen und fährt dann fort. »Sie sagen also zu?«

»Ich überlege es mir.«

»Wir können eine Probezeit vereinbaren, eine Woche, wenn Sie wollen.« Wir gehen die Treppe hinunter. »Fangen Sie Montag an, und sagen Sie mir am Freitag, was Sie davon halten.«

»Das klingt vernünftig.« Ich drehe mich um und schüttle ihm die Hand. »Ich melde mich morgen.«

»Hier, nehmen Sie die mit.« Er nimmt zwei Bücher aus dem Regal. »Vielleicht helfen die Ihnen bei der Entscheidung.«

»Danke.« Auf dem Einband bemerke ich seinen Namen. »Sie haben also schon einmal ein Buch geschrieben.«

»Aber nicht annährend unter solchen Schwierigkeiten.«

Auf den Straßen drängt sich der Feierabendverkehr. Es ist fast dunkel. Maître Arnault hat mich viel länger aufgehalten, als ich mir vorgestellt hatte. Muß ich ihn Maître nennen, wie Madame Duval es tut, wenn ich für ihn arbeite? Master. Auf Englisch klingt das merkwürdig. Ich habe noch nie einen Mann Meister genannt.

Kurzentschlossen suche ich mir eine ruhige Nische in einem Café. Ich bin mir einen Drink schuldig. Mein erstes Einstellungsgespräch seit Jahren, und prompt bekomme ich den Job angeboten. Trotz seines anscheinend so umfassenden Wissens hält Maître Arnault mich für die, die ich zu sein scheine: eine erfolgreiche, kompetente Frau, die ihr Land für ein anderes verlassen hat und nach einem neuen Aufgabenbereich sucht. Vermutlich denkt er, daß ich wegen eines Mannes hier bin. Männer halten sich gewöhnlich für die treibende Kraft der Dinge. Unbehaglich räume ich ein, daß sie dabei ja auch nicht gänzlich falsch liegen.

Der Wein ist so trocken und kühl wie die Worte auf der Seite von Maître Arnaults Buch, die ich willkürlich aufgeschlagen habe. »Justiz ist nicht Moral«, lese ich. »Sie hat wenig mit dem Guten zu tun, aber viel mit Gerechtigkeit.« Ich quäle mich, lese weiter, aber diese knappe Sprache erfordert mehr Konzentration, als ich aufbringen kann. Ich will gerade das zweite Buch aufschlagen, als mich eine Stimme ablenkt.

»Dürfen wir Ihnen Gesellschaft leisten?«

Es ist Maître Arnault. Er ist in Begleitung eines älteren, grauhaarigen Mannes und einer jungen, etwas schnippischen Blondine.

»Bitte.« Ich mache eine überflüssige Handbewegung und frage mich unwillkürlich, ob das seine Frau sein könnte.

»Meine Kollegen, Maître René Cournot und Tanya Walker, unsere Praktikantin. Maria d'Este überlegt noch, ob sie mit mir bei dem Frauenprojekt zusammenarbeitet.«

»Großartig.« Tanya Walker rutscht auf den Platz mir gegenüber. »Ich fand sowieso, daß Sie eine Frau dafür einstellen sollten.« Sie umarmt mich von Frau zu Frau, aber konzentriert sich ausschließlich auf Paul Arnault.

»Glauben Sie nicht, daß Paul das Thema vernünftig abhandeln könnte?« René Cournot lacht leise und setzt sich neben sie.

»Vernünftig vielleicht.« Sie wirkt etwas verärgert. »Aber nicht exakt dem besonderen Gesichtspunkt einer Frau angemessen.«

Tanya Walker hat einen amerikanischen Akzent. Ich spüre einen deutlichen Drang zur Flucht. Wenn sie mich nun erkennt? Nein. Ich ersticke meine irrationale Angst. Sie stammt aus dem Mittleren Westen. Außerdem ist es sowieso zu spät. Paul Arnault hat sich neben mich gesetzt und versperrt meinen Fluchtweg.

»Immerhin habe ich einige Frauen verteidigt, und das, wie ich hoffe, exakt und angemessen. Auf jeden Fall erfolgreich.«

»Das ist nicht dasselbe«, widerspricht Tanya Walker nachdrücklich. »Frauen morden aus anderen Gründen als Männer. Männer töten sadistisch aus Vergnügen. Oder weil sie abgewiesen worden sind. Oder sind Vertragskiller. Frauen dagegen töten, um zu überleben. Wenn Sie über sie schreiben wollen, dann müssen Sie nachempfinden können, wie es ist, eine Frau zu sein, die tagein, tagaus mit rohen, brutalen Vergewaltigern zu tun hat, die doppelt so stark sind wie sie. Richtig?«

Sie sieht mich beifallheischend an, aber ich verweigere ihn ihr. Ich kenne keine brutalen Vergewaltiger. Ich habe vermutlich weniger von ihnen kennengelernt als Paul Arnault.

»Ich weiß nicht«, antworte ich.

Tanya Walker sieht mich vernichtend an. Ich habe die Solidarität gebrochen.

»Argumente aus eigener Erfahrung sind doch eher begrenzt«, springt Maître Arnault in die Bresche. Seine Ungeduld ist unüberhörbar. »Damit würden Sie mir das Recht nehmen, jemanden zu verteidigen, der andere Erfahrungen hat als ich.«

»Gerichtssäle sind aber keine Bücher.« Tanya hat rosa Flecken auf den Wangen. »Gerichtshöfe und Gesetze sind männlich. Verteidigung heißt, Männer sprechen mit Männern über die Erfahrungen von Frauen, die falsch in männliche Sprache übersetzt worden sind.« Tanya spicht mit mehr Überzeugung, als ich jemals für irgend etwas aufbringe. »Zum Beispiel sind die Gefängnisstrafen für einen Mord an einem Ehemann zweimal so hoch wie für den Mord an einer Ehefrau.«

»In den Vereinigten Staaten«, mischt sich René Cournot ein. »Erinnern Sie sich noch daran, daß gestern vor Gericht alle drei Richter weiblich waren und wir auch eine Staatsanwältin hatten?«

»Das war eine Ausnahme«, erklärt Tanya.

»In diesem Land ist das keine so große Seltenheit.« Paul Arnault lächelt sie an, aber ein Funke höflicher Ärger glimmt in seinem Blick.

»Sie sollten eigentlich mit Tanya zusammenarbeiten«, schlage ich Paul vor.

»Wirklich?« Er sieht mich einen Moment entsetzt an.

»Ich bin Anwältin, keine Ermittlerin.« Ihre Vehemenz erinnert mich an all die Male in meinem Leben, als meine angeblichen Schwestern sich auf mich gestürzt haben, statt auf den Mann, der in der jeweiligen Situation eigentlich ihren Ärger hätte abbekommen müssen. Als haßten sie Männer im allgemeinen und Frauen im besonderen.

»Natürlich. Ich wollte nicht respektlos sein.« Ich habe keine Lust, mich an dem Getümmel zu beteiligen, und ziehe mich zurück. Aber ich spüre die Anspannung der Männer. So müssen die Zuschauer in alten Gladiatorenkämpfen vibriert haben, wenn sie einen antiken Zweikampf erwarteten. Tanya zappelt herum, weil sie nicht weiß, ob ich zutrete oder mich auf den Rücken lege und aufgebe. Sie weiß nicht, daß keins von beidem meinem Stil entspricht.

»Manchmal kann man sich kaum vorstellen, wie schwer eine andere Frau es hat, eine bestimmte Stufe auf der Karriereleiter zu erreichen, und wie hart sie um diese Position kämpfen muß«, sage ich absichtlich umständlich.

Tanya scheint antworten zu wollen, überlegt es sich dann aber anders. Ironie ist nicht ihr Terrain.

»Trotzdem haben sich die Verhältnisse seit Olympe de Gouges glücklicherweise verändert, oder nicht? Sie erinnern sich doch bestimmt. Sie sagte: ›Da man den Frauen die Türen zu Beschäftigung, Ehre und Aufstiegsmöglichkeiten verschließt, zwingt man sie, diejenige zur Kriminalität zu öffnen.‹«

»Olympe de Gouges?« fragte Tanya.

Paul hilft ihr auf die Sprünge. »Eine der Feministinnen unserer Revolution. Die von 1789.«

»Was sie sagt, stimmt immer noch. Jedenfalls was viele Frauen angeht«, knurrt Tanya.

»Ja, vielleicht.« Ich nicke. »In einigen Gebieten gibt es nicht viel Ruhm oder Aufstiegschancen.«

»Darauf können Sie wetten!« sagt Tanya triumphierend. »In den Vereinigten Staaten werden vier Millionen Frauen pro Jahr von ihren männlichen Partnern angegriffen. Pro Tag werden vier Frauen von ihren Ehemännern oder Partnern ermordet. Und alle eins Komma drei Sekunden wird eine Frau vergewaltigt. Kein Wunder, daß Frauen zu Verbrecherinnen werden.«

»Aber stimmt es nicht auch, daß Frauen sehr wenig töten, ganz gleich, welchen Eindruck die Medien vermitteln?« Mir fällt ein Klappentext ein, den ich für jemanden geschrieben habe. Ich zitiere wörtlich. »›Weniger als fünfzehn Prozent aller Morde in den Vereinigten Staaten werden von Frauen begangen. Und von den Täterinnen sind neununddreißig Prozent zuerst von ihren Partnern geschlagen worden.‹«

»Sie kennen sich in den Staaten aus.« Tanya ist verblüfft.

»Ein wenig.«

»Hier sieht es etwas anders aus«, wirft Paul ein.

»Wann waren Sie in den Staaten?«

»Oh, das ist schon eine Weile her.« Ich greife nach meiner Tasche. »Ich muß leider gehen.« Pauls und meine Blicke treffen sich im Spiegel, als wir aufstehen. Das hat etwas so Unerwartetes, daß es sich wie eine Heimlichkeit anfühlt, als würden wir etwas vor den anderen verbergen.

»Kann ich Sie nach Hause fahren?« fragt er mich. Seine Stimme klingt etwas gepreßt. Er hat es also auch gespürt.

Ich schüttele den Kopf. »Ich rufe Sie morgen an.« Mit einem Winken verabschiede ich mich von den anderen.

»Sie können mich absetzen«, sagt Tanya etwas gereizt.

An der Tür des Cafés holt Paul mich ein. »Übrigens, das hätte ich fast vergessen. Ich bin morgen am Gericht. Es ist zwar nur ein unbedeutender Fall, aber vielleicht haben Sie ja Lust vorbeizukommen?« Er reicht mir ein Stück Papier mit einer Adresse. »Wir fangen um eins an. Einverstanden?«

»Ich werde es versuchen«, erwidere ich.

13. Kapitel

Die goldverzierten Geländer des Palais de Justice glitzern im Sonnenlicht wie uralte Hellebarden. Zwei behelmte Polizisten bewachen den Haupteingang und winken mich weiter. Von hier aus gelangt man nicht durch die imposanten, von Steinfiguren umrahmten Portale ins Innere. So einfach ist der Zugang zur Justiz nicht. Man muß Regeln befolgen, Hintertürchen finden, Überprüfungen und Drehkreuze meistern, bevor man in das innere Heiligtum vordringt.

Schließlich stehe ich in dem Korridor des Cour Correctionelle, im Lärm streitender Stimmen und klickender Absätze auf dem Marmorboden. Die Zielstrebigen sehen ehrlich aus, doch die zögerlich Herumstehenden schauen sich eher verstohlen um. Im Tempel von Schuld und Unschuld gehöre ich eindeutig zu den Schuldigen. Ich frage mich, warum ich eigentlich gekommen bin. Was den Job angeht, habe ich mich immer noch nicht entschieden.

Aber ich weiß, warum ich hier bin. Wegen Beatrice.

Sie ist wieder da. Ich habe sie heute morgen gesehen, während ich meinen Kaffee getrunken habe. Sie wohnt in der Wohnung im dritten Stock. In dem weichen Licht strahlte ihr Haar wie ein Leuchtfeuer über ihrem etwas unscharfen Gesicht. Sie saß mit jemandem am Tisch, einer kleineren Person, die nur ein Schatten hinter dem weißen Vorhang war. Ich beobachtete ihre ruhigen, sicheren Bewegungen, wie sie das Tablett mit Geschirr vom Tisch nahm, wegging, wiederkam. Dann muß ein Mann eingetreten sein, denn als nächstes hob Beatrice ihren Kopf, um sich küssen zu lassen. Das Gesicht des Mannes habe ich nicht erkannt, aber er war größer als sie. Anschließend beugte er sich hinunter und küßte die andere Person, vermutlich ihre Tochter.

Ich griff zum Telefon und wählte die Nummer, die Beatrice mir gegeben hatte.

Ihre Stimme klang wohltuend sanft. Sie freute sich, von mir zu hören, bedauerte, daß sie meine Nummer nicht aufgeschrieben hatte, sonst hätte sie schon früher angerufen. Sie wollte sie sofort haben. Ich sah, wie sie vor den Fenstern hin und her ging, während sie sprach. Sie hatte ein schnurloses Telefon. Als sie meine Nummer wiederholte, konnte ich sehen, wie sich ihre Lippen bewegten. Dann blickte sie hoch, und ich sprang hastig zurück. Mein Herz schlug heftig. Ich sagte ihr nicht, daß ich gegenüber wohnte. Das wäre zu früh. Ich gab Steves Adresse an, als sie mich danach fragte. Sie freute sich darüber, wie nah das war. Dann schlug sie ein Café am Boulevard St-Germain vor, in dem wir uns am nächsten Nachmittag treffen konnten.

Beatrice ist zielstrebig, dachte ich, nachdem ich aufgelegt hatte. Sie ist offen. Sie würde nicht lange fackeln, wenn man ihr einen Job anbot. Sie geht dorthin, wo man sie erwartet.

Ein Polizist hält mir die Tür zum Gerichtssaal Sechsundzwanzig auf. Er fragt mich weder nach den Gründen, noch muß ich mich ausweisen. Meine Anwesenheit hier ist vollkommen in Ordnung. Die Publikumsbänke sind gut besucht. Jugendliche machen sich Notizen. Alte Frauen und Männer sehen aus, als wollen sie sich nur kurz ausruhen, als suchen sie Schutz oder Unterhaltung.

Der Gerichtssaal verblüfft mich. Meine Kenntnisse fußen bisher auf amerikanischen Gerichtsserien und uralten Wiederholungen von Perry Mason. Abgesehen von der gedämpften Lautstärke und den Gestalten in Talaren, ist hier alles anders. Auf einem Podest an der Stirnseite des Raumes umrahmen zwei makellos frisierte Frauen einen älteren Mann. Sie alle tragen schwarze Richterroben mit weißem Spitzenkragen. Ebenso wie eine Frau auf dem Podest rechts daneben. Der Mann in der Mitte spricht gerade, und sein Blick zuckt streng von einem dicken Ordner vor ihm auf eine winzige, knabenhafte Frau, die zwischen zwei Polizisten in einer ebenfalls erhöhten Kabine auf der linken Seite steht und unbehaglich von einem Fuß auf den anderen tritt.

»Wer ist das?« flüstere ich dem eifrig schreibenden Jugendlichen neben mir zu und deute auf den Mann.

»Der Vorsitzende? Richter Jacques Delaroche. Die Anklägerin ist Madame Hamon«, erläutert er und zeigt auf die Frau auf dem Podest. »Verteidiger ist Maître Paul Arnault.« Ich folge seiner Hand und sehe Pauls Hinterkopf. Er sitzt an einem Tisch unter der Angeklagten, der kleinen, sichtlich betretenen Frau, die jetzt etwas murmelt. Der Vorsitzende fordert sie auf, lauter zu sprechen.

»Sie sind 1991 von Marseille nach Paris gekommen und haben Arbeit gesucht, stimmt das?« wiederholt der Vorsitzende und wartet kaum auf das zaghafte »Ja«, bevor er verkündet, daß diese Arbeit darin bestand, Männer in unregelmäßigen Abständen auf ihr Zimmer einzuladen.

»Nur meine Freunde, Monsieur le Président«, widerspricht die Frau.

Der Richter hüstelt, und das Publikum lacht. Er unternimmt nichts dagegen. Genausowenig springt ihr Verteidiger auf, um Einspruch zu erheben. Ich bin sowohl von der Geschichte gefesselt, die sich allmählich vor mir abspult, als auch von der Szene. Der Vorsitzende Richter benimmt sich wie ein Ankläger, und was er anklagt, scheint ein Leben, ein Charakter zu sein, nicht ein Verbrechen, von dem bis jetzt jedenfalls noch keine Rede war. Zudem ist dieses Leben eine holperig erzählte Geschichte von einer traurigen Existenz am Rande der Gesellschaft. Prostitution, kleinere Diebstähle, Abstecher ins Gefängnis, schlechte Gesellschaft. Schließlich taucht doch noch der eigentliche Grund für diesen Prozeß auf.

»In der Nacht vom 12. Oktober kam die Polizei zu Ihnen, und suchte nach Ihrem Freund, Moncef Harbi. Er hat keinen festen Wohnsitz?«

»Ja«, haucht die Frau unterwürfig.

»Sie haben aber nur seine Kleidung gefunden, nicht ihn. Außerdem fanden sie sechs Pakete Heroin auf den Dachsparren. Jedes enthielt etwa zwei Gramm, und insgesamt hatten sie einen Wert von etwa 96000 Französischen Francs. Sie haben der Polizei erzählt, daß Sie von diesen Päckchen nichts wußten?«

»Ja.« Die Frau wird plötzlich lebhafter. »Ich wußte es wirklich nicht. Wie auch? Ich bin doch kaum eins fünfundfünfzig groß. Die Decke ist mindestens drei Meter hoch. Monsieur le Président«, fügt sie sicherheitshalber hinzu.

»Auch in Belleville gibt es Leitern«, erwidert der Vorsitzende trocken. Er fixiert sie mit seinem Blick. »Sie haben auch ausgesagt …« Er blättert in dem Aktenordner und liest ab: »›Moncef kann sie da nicht hingelegt haben. Ich hätte es gewußt.‹ Trotzdem behaupten Sie, daß Sie von der Existenz der Päckchen in Ihrer Garderobe nichts gewußt haben. Es war eine Garderobe, die sie mindestens zweimal am Tag geöffnet haben und in der ein Schuhkarton stand, in dem sich einige Spritzen befanden.«

»Die Schachtel habe ich gesehen. Ich dachte, Moncefs Schuhe wären drin.«

Erneut wird im Zuschauerraum gelacht, aber der Richter achtet nicht darauf.

»Und Sie erwarten, daß wir das glauben? Genauso, wie wir Ihnen abnehmen sollen, daß Sie keine Ahnung haben, woher Monsieur Harbi, der offiziell arbeitslos ist, das Geld hergenommen hat, um Ihre Miete zu zahlen und Ihnen teure Geschenke zu machen? Außerdem sollen wir glauben, daß Sie nicht wußten, was in den Päckchen war, die Sie für ihn überbracht haben, wofür er Ihnen große Summen zahlte?«

»Ich habe sie nicht aufgemacht. Und die Umschläge mit dem Geld habe ich auch nicht aufgemacht.«

»Trotzdem erzählt uns Monsieur Harbi, daß Sie nicht nur wußten, was in den Paketen war, sondern daß Sie ihm sogar oft neue Kunden empfahlen.«

Die Frau schweigt einen Moment. Sie zupft an dem Kettchen an ihrem Hals. Dann ruft sie: »Das hat er nicht gesagt! Sie lügen!«

Selbst über die Entfernung sehe ich, wie der Richter vielsagend die Augenbrauen hebt.

»Ich meine, er lügt, Monsieur le Président.«

Sie ist leichenblaß und sieht aus, als würde sie gleich ohnmächtig werden. Der Vorsitzende fordert sie auch prompt auf, sich zu setzen.

Er raschelt mit den Papieren und spricht weiter, hält der

Angeklagten ihre Drogenvergangenheit vor, benennt Zeugen, die nicht auftreten, aber die während der Instruction, der Ermittlungen, ausgesagt haben. Regelmäßig fordert er sie auf, zu bestätigen oder abzustreiten, was er uns schildert. Schließlich schlägt die Stunde der Staatsanwältin. Wie ein Maschinengewehr rattert sie die Einzelheiten des Falles herunter, während die Angeklagte zu Boden schaut.

Ich habe das Gefühl, nicht an einem Prozeß, sondern an einer Inquisition teilzunehmen, in der die Schuld der Angeklagten von Anfang an feststeht. Was wir jetzt noch erwarten ist das Geständnis, damit wir endlich zur Verkündung des Stafmaßes schreiten können.

Eine Erinnerung schießt mir durch den Kopf. Ich gehe mit meiner Mutter an der grimmigen Fassade von Notre Dame vorbei und weiter zum Palais de Justice. Es war noch jemand dabei, und ich muß noch ziemlich klein gewesen sein, denn sie hielten beide meine Hände. Die andere Person, ein Mann, sagt etwas über Jeanne d'Arc und die Inquisition, und ich höre zu, denn ich bewundere Jeanne d'Arc, die von zu Hause weggelaufen ist und ein Junge wurde. Dann spricht der Mann von Notre Dame und ihrem einzigen Nachbarn auf der Ile de la Cité, dem Justizpalast. Er sagt etwas, was ich nicht verstehe, etwas über Richter und Priester, die sich um die Macht streiten oder sie sich teilen.

Plötzlich begreife ich seine Worte. Gerichtliche und religiöse Autoritäten und ihre Formen sind sich mehr als nur ähnlich. Sie äffen sich förmlich nach. Was haben wir eben anders erlebt als eine zeitgenössische Wiederholung der Inquisition? Wozu dienen diese Roben, diese ritualisierten Haltungen und Vorgehensweisen, als den Gerichtshof zu einem ebenso heiligen Ort zu machen wie die Kirche? Ich denke darüber nach. Ist das wirklich nötig? Was würde passieren, wenn all der Pomp, die Zeremonien abgelegt würden? Würde das Gesetz ohne das ganze Drum und Dran untergehen? Es ist schließlich alles nur menschlich. Doch ja, das Drumherum, die formalen Riten sind nötig, um das Gesetz zu würdigen, um es über den Alltag zu erheben.

Paul Arnault steht auf. Er trägt ebenfalls eine Robe, die hinter ihm herweht, als er kurz auf- und abgeht. Dadurch wirkt er größer, als ich ihn erinnere. Als er sich herumdreht und neben die Angeklagte tritt, sehe ich kurz sein Profil. Er sieht nachdenklich aus, als würde er erst jetzt seine Rede vorbereiten. Als er spricht, klingt seine Stimme sanft und gleichzeitig sonor. Sie strahlt eine Autorität aus, die von gelegentlichen leidenschaftlichen Ausbrüchen noch verstärkt wird. Ich vertraue dieser Stimme. Beim Zuhören wird mir klar, daß ich für ihn abeiten werde.

Paul argumentiert, daß es ein Grundsatz des modernen, europäischen Rechts ist, die Unschuld des Angeklagten so lange anzunehmen, bis er der Schuld überführt ist. Und zwar jenseits eines begründeten Zweifels.

»Wir sind nicht hier, um die Moral von Mlle Villiers zu verhandeln oder zu beurteilen, ob sie ein Leben ohne Schuld geführt hat. Das geht das Gericht nichts an. Wir sollen ermitteln, ob sie an ganz bestimmten kriminellen Handlungen beteiligt war. Nehmen wir einmal kurz an, Mlle Villiers hätte nicht diese Vergangenheit, von der wir hier soviel gehört haben. Statt dessen wäre sie eine fleißige Studentin im dritten Semester. Sie ist die Tochter von ordentlichen, aufrechten Eltern, die dem Mittelstand angehören. Wie so viele junge Frauen, hat Mlle Villiers ihre eigene Wohnung und einen Freund, der meistens ihr Bett teilt und der keinen nordafrikanischen Namen trägt. Sie liebt ihn und vertraut ihm. Sie durchsucht weder seine Hose noch seine Schuhkartons. Nette Mittelklasse-Mädchen werden nicht zu so etwas erzogen. Und sie hegt auch keinen besonderen Verdacht, wenn ihr Freund sie bittet, ein Paket abzugeben, weil die Adresse auf ihrem Nachhauseweg liegt. Sie tut ihm diesen Gefallen gern.

Wenn dann eines Abends die Polizei in ihrer Wohnung

auftaucht und dort Drogen findet, ist sie erst verblüfft und dann entsetzt, obwohl sie höflich bleibt. Sie hat damit nichts zu tun, und sie kann sich auch nicht vorstellen, daß ihr Freund etwas damit zu tun hat. Da sie eine nette, höfliche junge Frau ist, dürfen wir davon ausgehen, daß die Polizei ihr glaubt. Wenigstens, was sie selbst angeht. Entweder warnen sie sie davor, weiterhin in schlechter Gesellschaft zu verkehren, oder sie klagen sie einfach wegen des Besitzes von Rauschgift an.

Wie wir nun gehört haben, ähnelt Mlle Villiers Vergangenheit der unserer netten kleinen Bürgerstochter keineswegs. Aber heute steht nicht ihre Vergangenheit vor Gericht. Wenn wir uns nun von dem Spektakel der Moral und der Vorurteile losreißen und einfach nur auf die Beweise in diesem Fall stützen, dann, so behaupte ich, werden wir feststellen, daß es hier nur um das kleinere Vergehen des Besitzes gehen kann, wenn überhaupt. Ich vertraue darauf, Monsieur le Président, daß Sie entsprechend urteilen, was den Rest betrifft.«

»Gute Verteidigung«, sagt der junge Mann neben mir, als wir aus dem Gerichtssaal in den Flur drängen. Es klingt wie ein Kommentar über einen besonders fähigen Fußballer.

»Ist dieser Maître Arnault bekannt?« erkundige ich mich.

Er sieht mich an, als käme ich von einem anderen Stern, auf dem Fußball unbekannt ist.

»Er ist einer der besten.« Er bietet mir eine Zigarette an. »Aber man trifft ihn hier nur selten. Meistens ist er da drüben.« Er deutet vage in die Richtung hinter mir. »Im Court d'Assis. Bei den großen Geschworenenprozessen. Schön, daß er diesen kleinen Fall angenommen hat.«

Allmählich erwärmt er sich für seine Rolle als mein Aufklärer. »Man weiß nie, für welche Verteidigungsstrategie sich Arnault entscheidet. Für die traditionelle Mittäterschiene oder ...«

»Mittäter?«

»Sie wissen schon ...« Er ahmt den ernsten Gesichtsausdruck eines alten Mannes nach. »Werte Richter, wir sind doch alle ehrenwerte Leute und sitzen im selben Boot. Wir müssen doch wirklich versuchen, den armen Mistkerl vom Hafen zu verstehen, der ein so rauhes Leben hatte und unser Bestes für ihn versuchen.«

Ich muß lachen. »Oder?«

»Oder den gewagteren Frontalangriff gegen das Gericht und die Jurisdiktion allgemein.« Er geht in Stellung wie ein Faustkämpfer und schlägt einen Haken in die Luft. »Sie, Herr Vorsitzender, sind ein Reaktionär der Güteklasse A und haben absolut keine Ahnung von Gerechtigkeit oder von der Welt. Die Geschworenen dagegen ...«

Er grinst.

»Ich bin im Bilde. Und Maître Arnault?«

»Arnault schlängelt sich zwischen den beiden hindurch. Es ist wirklich eine Kunst.«

Plötzlich taucht das Subjekt unseres Gesprächs vor uns auf. Meinem Gesprächspartner klappt die Kinnlade herunter, und mir geht es wohl auch nicht anders. Wenigstens habe ich soviel Geistesgegenwart, ihm die Hand zu schütteln.

»Freut mich, daß Sie es geschafft haben«, sagt Paul Arnault leise.

»Mich auch.« Ich fühle mich genauso jung und verlegen wie der junge Mann an meiner Seite, den ich unter etwas falschen Vorzeichen angesprochen habe. »Das ist ...«

»Jean-Michel Courtet, Maître«, erwidert der Jüngling sofort.

»Er hat mich in das Thema eingeführt.« Ich bedanke mich mit einem Lächeln.

»Ach ja?« Paul Arnault schüttelt ihm höflich, wenn auch etwas abgelenkt die Hand, und führt mich dann rasch weg.

»Haben Sie Zeit für einen Drink?«

Ich nicke.

Wir schlängeln uns durch den Flur. Es ist frisch draußen. Das schmutzigbraune Wasser der Seine fließt munter am

Quai des Orfèvres vorbei. Auf dem Boulevard tost der Verkehr, und Arnault redet nicht, bis wir ihn überquert haben und in grünen Weidenstühlen in der Brasserie gegenüber dem Gericht sitzen.

»Fanden Sie es interessant?«

»Sehr.«

Er sieht mich mit seinen eindringlichen blauen Augen an, als erwarte er eine ausführlichere Antwort.

Ich rühre im Schaum meines Kaffees. »Ich nehme den Job an, wenn Ihr Angebot noch gilt.«

Er entspannt sich und lächelt. »Gut. Ich freue mich sehr. Mit den anderen Kandidaten hätte ich auch nicht arbeiten können. Sie fangen an am … ?«

»Montag. Ist sie unschuldig?« Ich wechsle das Thema.

»Unschuldig?« Er wiederholt das Wort, als hätte er es zum ersten Mal gehört. »Wer von uns ist schon wirklich ganz unschuldig?« Er starrt mich an, als wüßte er, daß ich es zum Beispiel nicht bin, und ich senke den Blick. »Meine Aufgabe besteht darin, meine Klienten zu verteidigen, und zwar gegen die spezifischen Anklagepunkte.«

»Also glauben Sie, daß sie gedealt hat.« Ich lasse nicht locker.

Er zuckt mit den Schultern. »Nicht so schwerwiegend, wie die Anklage behauptet hat.« Er betrachtet mich, als wollte er herausfinden, wer ich bin und wo meine Prinzipien anfangen und aufhören. »Mlle Villiers wurde bei einer ganzen Reihe von Verhaftungen in einem bestimmten Bereich der Stadt festgenommen. Man hätte genausogut Gitter um das ganze Gebiet errichten und die Schlüssel wegwerfen können, was die Beweise angeht. Oder die Gerechtigkeit. Ich verteidige einige von denen, die in dieser Nacht zusammengetrieben worden sind. Ein paar sind echte Schurken. Andere dagegen … Na, sagen wir … mitgefangen, mitgehangen.«

Er zeigt mir wieder dieses jungenhafte Lächeln und schaut auf die Uhr. »Eigentlich könnten wir einen ordentlichen

Drink nehmen, finden Sie nicht? Um meine neue Ermittlerin zu feiern.«

»Ihre Ermittlerin möchte, nein, muß jetzt ermitteln, ob Mlle Villiers das böse Mädchen ist, das der Richter beschrieben hat, oder das gute, das Sie uns charakterisiert haben.« Warum bedränge ich ihn so?

»Sie wissen sehr genau, daß die Sache so einfach nicht ist.« Er ist plötzlich ernst.

»Weiß ich das?«

»Schauen Sie, es verhält sich folgendermaßen. Wir stellen eine Tendenz bei einigen Gerichten fest, Frauen in ordentliche kleine Kategorien einteilen zu wollen. Es gibt die guten Mädchen, die Engel, die ihre Blusen unter ihren ordentlichen Kostümen bis zum Hals zuknöpfen, die nach Vorschrift heiraten, für ihre statistischen zweieinhalb Kinder und ihre Ehemänner sorgen und den Richter sittsam ansprechen. Infolgedessen erscheinen sie so rein, daß jedes Gericht Schwierigkeiten hat, sie mit einem Verbrechen in Beziehung zu bringen. Und wenn doch, dann entschuldigen sie sich die ganze Zeit für das, was sie getan haben, so daß die Strafe weniger hart ausfällt. Dann gibt es die bösen Mädchen, die Dämoninnen, die ein wenig zuviel Bein oder Busen zeigen, die aussehen, als würde ihnen die Tiernummer wirklich gefallen oder als würden sie sie auf jeden Fall durchziehen, wenn auch nicht mit irgendwelchen angetrauten Ehemännern. Infolgedessen erscheinen sie wie Monster, die ihre Kinder nicht lieben können und von daher zu jedem Verbrechen fähig sind. Wenn nicht, haben sie trotzdem eine Strafe verdient, weil sie sich dem Gericht gegenüber aggressiv verhalten. Lombrosos geborene Kriminelle. Meine traurige kleine Mlle Villiers.«

»Und wir geben den Opfern schuld an dem Verbrechen«, sage ich nachdenklich. »Aber es gibt wirklich diese unterschiedlichen Frauen. Echte Unterschiede zwischen gut und böse.«

»Unterschiede, natürlich.«

Ich erschrecke, als er sich vorbeugt und den obersten Knopf meiner Bluse öffnet. Anscheinend habe ich ihn unbewußt zugeknöpft, als er geredet hat. Es ist eine so intime Geste, daß wir uns einen Augenblick schweigend ansehen.

»Unterschiede, ja«, fährt er dann hastig fort. »Aber nicht unbedingt moralische Unterschiede, und sie sind schon gar nicht notwendigerweise in den Zeichen sichtbar, die die Gerichte ihnen so stereotyp zuordnen. Keine Französin oder Franzose, der etwas auf sich hält, würde in seinen vier Wänden die Welt so einschätzen. Aber verleiht man ihnen eine repräsentative Funktion im Rechtssystem, lastet plötzlich das Gewicht der Konvention auf ihnen, und sie werden blind, aber nicht im Sinne der Gerechtigkeit, sondern von Voruteilen.«

Ich möchte ihm widersprechen, aber ich weiß nicht wie. Hätte er Beatrice und mich im Alter von zehn Jahren vor einen Richter gebracht, hätte der innerhalb von zwei Minuten sagen können, wer gut und wer schlecht war. Das möchte ich ihm sagen. Meine Mutter wußte es, und sie war nicht in Vorurteilen gefangen.

Er betrachtet meinen Hals, und ich merke, daß ich schon wieder unbewußt mit meinen Knöpfen spiele. Vermutet er, daß ich ein böses Mädchen bin, das versucht, gut zu sein?

Ich lache, um meine Verlegenheit zu überspielen. »Sie meinen also«, sage ich und widerspreche meinen eigenen Gedanken, »eine Mörderin ist nur eine gewöhnliche Frau, die einen Wutanfall hatte?«

»Enid Bagnold.« Er zitiert offenbar die Quelle für diese Meinung und hält kurz inne. »Manchmal. Manchmal auch nicht.«

»Wo fange ich am Montag an?« Er soll aufhören, mich anzusehen.

»Ich glaube, Sie sollten sich besser durchlesen, was ich geschrieben habe. Das gibt Ihnen einen Ansatzpunkt für das, wonach ich suche. Notieren Sie alles, was unklar ist, dann sprechen wir es durch. Außerdem gibt es einige englische Dossiers, Berichte und Bücher, die unbedingt zusammengefaßt und besprochen werden müssen. Danach wartet in einigen Wochen ein Abstecher nach London, zum Old Baileys auf uns. Dort wird ein Fall von einer Frau verhandelt, die ihren Ehemann ermordet hat. Ich gebe Ihnen eine genaue Liste von Dingen, die Sie für diesen Fall recherchieren müssen.«

Ich bin plötzlich so aufgeregt wie schon lange nicht mehr. Es gibt etwas, worauf ich mich freuen kann.

14. Kapitel

Die Terrasse des Deux Magots ist von eleganten Frauen und adretten Männern bevölkert. Sie lassen sich in ihren angeregten Unterhaltungen auch nicht von der alten Glocke von St-Germain stören, die jede Stunde läutet.

Beatrice ist pünktlich. Ich habe kaum Zeit, eine Seite von einem der Dutzend Bücher zu lesen, die ich mir nach meinem Gespräch mit Paul am Freitag gekauft habe. Ich habe die ganze Nacht bis zum Einschlafen und den ganzen heutigen Tag im Schrecken wahrer Verbrechen gebadet, entsetzt und gleichzeitig seltsamerweise entzückt von den Ungeheuerlichkeiten, die Frauen ihren Mitmenschen zufügen können.

Beatrice beschämt mich, als sie auftaucht. Sie trägt ein graues Tweedkostüm und hat ihre Bluse, wie Paul sicher bemerkt hätte, bis zum Hals zugeknöpft. Sie sieht so adrett aus, ich dagegen habe mich absichtlich etwas lässiger in eine alte Jeans und einen weiten Pullover geworfen. Als wollte ich, daß sie mich aussticht.

Sie küßt mich auf beide Wangen und setzt sich neben mich. »So, heute mußt du mir etwas von dir erzählen«, sagt sie ernst, nachdem wir uns begrüßt haben. »Wann bist du nach New York gegangen?«

»1979, kurz nach meinem Abschluß.«

Sie denkt darüber nach, als wäre das eine tiefsinnige Erklärung. »Vor fast fünfzehn Jahren«, sagt sie dann erfreut.

Mir fällt wieder ein, daß Beatrice immer etwas langsam im Kopfrechnen war, und nicke lächelnd.

»Und was hast du da gemacht?«

»Ich hatte verschiedene Jobs, bis ich schließlich Public-Relation-Beraterin geworden bin.«

»Und du warst natürlich sehr erfolgreich.« Es ist keine Frage. Sie sieht mich an. »Du warst immer erfolgreich«, fährt sie leise fort. »Und so selbstsicher. So wunderschön. Es hat mich erstaunt, daß du meine Freundin geworden bist. Erinnerst du dich noch, als Simon meine Kleidung nach dem Schwimmen versteckt hat und ich frierend dastand?«

Ich hatte es vergessen, aber jetzt fällt es mir wieder ein.

»Du hast erraten, was passiert ist und so mit ihm geschimpft, daß meine Sachen nach dreißig Sekunden wieder aufgetaucht sind.«

»Wir waren eine schreckliche Bande.« Ich fürchte, daß sie jetzt meine eigenen Missetaten erwähnt, denn sie hat sie natürlich bemerkt. Ich trinke einen Schluck Wasser und suche nach einem anderen Thema, aber Beatrice ist immer noch auf dem Spielplatz.

»Du meinst, als ihr mich in den Müllcontainer gesteckt habt?« Beatrice sieht mich mit ihren sanften braunen Augen arglos an.

»Wir waren schreckliche Mädchen, mich eingeschlossen.«

»Es hat mir nichts ausgemacht. Bei dir nicht.« Sie lächelt unbeirrt.

Ihre Gelassenheit ist bewundernswert. Im umgekehrten Fall hätte ich ihr diese Kränkung und die Schande niemals vergeben. Nicht einmal jetzt, nach all den Jahren.

»Ich wollte unbedingt zur Clique gehören, koste es, was es wolle«, gibt Beatrice unverhohlen zu. »Und ich muß ziemlich eklig gewesen sein. Vermutlich gehörte ich in den Container«, sagte sie lachend. »Dann hat deine Mutter mich in die Wanne gesteckt.«

Plötzlich schwebt meine Mutter beinahe spürbar zwischen uns. Wir fühlen beide ihre Gegenwart.

»An diesem ersten Weihnachten habt ihr beide mir Bücher geschenkt. Das waren die ersten eigenen Bücher, die ich je hatte. Gedichte von Jacques Prévert und Jules Vernes Voyage. Ich habe die Bücher in dickes Packpapier gehüllt, damit ihnen nichts passiert.«

Ich war gerührt. Wie konnte ich die arme Beatrice nur so sadistisch behandeln? »Und jetzt hast du viele Bücher.«

Sie nickt.

»Und eine Tochter.«

»Zwei Kinder. Nicholas ist vierzehn.«

»Du bist wohl schon lange verheiratet?«

Ich möchte etwas über ihren Ehemann erfahren, aber sie reagiert mit einer Gegenfrage.

»Und du?«

»Ich habe nie geheiratet.«

Zum ersten Mal wirkt sie erstaunt. »Nie?« wiederholt sie. »Aber du hattest sicher viele Männer?«

Ich schlucke. Beatrice nimmt Beziehungen bestimmt nicht auf die leichte Schulter. Sie strahlt so eine Ernsthaftigkeit aus, eine Bedeutungsschwere. »Ein paar.«

»Und jetzt?«

»Jetzt bin ich nach Frankreich zurückgekommen.«

Beatrice lächelt, als wäre das die beste Entscheidung, die ich hätte treffen können.

Wir plaudern bei einer zweiten Tasse Kaffee und einer zweiten Flasche Badoit. Ich erzähle ihr, daß ich zum Gedenken an meine Mutter ihren Mädchennamen angenommen habe. Sie verrät mir ihren neuen Namen nicht. Vielleicht benutzt sie ihn ja nicht. Statt dessen erzählt sie mir von ihrer Arbeit bei SOS-Rassismus und ihrem Einsatz für die Obdachlosen. Sie lädt mich zu einer Versammlung ein. Sie ist betroffen, engagiert sich. Der Schatten meiner Mutter schwebt dichter über ihr als über mir, aber als ich das Beatrice gegenüber erwähne, reagiert sie, als wüßte sie von den guten Taten meiner Mutter gar nichts. »Ich würde aber gern ihr Grab besuchen«, sagt sie und berührt sacht meine Hand. Wir verabreden, bald gemeinsam hinzufahren.

Aber jetzt muß sie ihre Tochter von ihrem Klavierunterricht abholen und fragt mich, ob ich ein Stück mit ihr gehen will, es wäre in der Nähe meiner Wohnung. Einen Augenblick bin ich verwirrt, bis mir einfällt, daß ich ihr Steves Adresse gegeben habe. Soll ich sie nach oben bitten? Oder wird sie mich mit zu sich nehmen? Ich würde sie gern zu Hause erleben, ihren Ehemann kennenlernen. Andererseits habe ich keine besonders guten Erfahrungen mit Ehemännern gemacht. Vielleicht ahnt Beatrice das, denn sie erwähnt nichts dergleichen. Vielleicht hat sie mir aber auch einfach nicht wirklich verziehen. Sosehr sie es auch beteuert, ganz vertraut sie mir nicht. Ich will es wiedergutmachen. Mit ihrer Hilfe werde ich vielleicht zu einer Person, der sie verzeihen kann.

Wir überqueren den Boulevard St-Germain. An einer Verkehrsinsel hält ein Jaguar mit quietschenden Bremsen; der junge Mann hinter dem Steuer bedeutet mir mit einer schwungvollen Geste, daß wir die Straße überqueren sollen. Beatrice bemerkt dieses kleine Intermezzo und sieht mich an, als würde ich den Mann kennen. Dann schlendert sie gelassen über die Straße. Plötzlich beneide ich sie.

Neid. Ich konzentriere mich auf das Gefühl, untersuche es. Warum sollte ich Beatrice beneiden? Ich hatte nie Sehnsucht nach dem soliden Leben einer Ehefrau. Ich habe nie das Abenteuer des Alleinlebens bedauert, das Gefühl, daß jeder Moment etwas Unerwartetes bringen könnte, auf das ich reagieren kann. Ich habe niemals die andere Hälfte von jemandem sein wollen. Diese Nächte, die mit dem Schnarchen des Ehemannes erfüllt sind, und die Tage voller Pflichten, die sich endlos wiederholen. Und ich will auch nicht, daß man in diesem gelangweilten oder herablassenden Ton über mich redet, in den Ehemänner so oft verfallen, wenn sie über ihre Frauen sprechen.

Trotzdem empfinde ich so, während ich Beatrices abgeklärtes Gesicht mustere, ihren gleichmäßigen Gang. Es ist armseliger Neid. Wäre ich genauso schlicht wie Beatrice gewesen, wäre mein Leben sicher vollkommen anders verlaufen. Ich hätte jetzt auch einen Kreis der Lieben um mich geschart. Ich hätte auch Kinder und einen Vater für sie. Und ich wüßte auch, wohin ich gehe, und würde erwartet. Außerdem wäre mein Gewissen beruhigt.

Mit sechzehn widerte mich Beatrices unscheinbare Dumpfheit am schlimmsten an. Doch ihre Schlichtheit zwang sie, etwas aus ihrem Leben zu machen. Sie ist jetzt jemand, mit dem man rechnen muß. Ich dagegen bin trotz meiner Schönheit niemand.

Ich warte vor einem soliden Steinhaus in der Rue de Varenne, während Beatrice ihre Tochter holt. Im Gleichschritt kommen sie über den gepflasterten Hof. Das Mädchen hat dunkle Locken, die sie mit einer Samtspange zurückhält. Sie ist schlank, fast etwas zerbrechlich. Sie hat von Beatrice kaum mehr als den durchdringenden Blick. Erst als ich meine Enttäuschung spüre, merke ich, daß ich auf eine Inkarnation der Beatrice vom Spielplatz gewartet habe.

Zögernd reicht sie mir nach Beatrices Aufforderung die Hand.

»Marie-Françoise ist ein wenig schüchtern«, meint Beatrice und glättet automatisch den weißen Kragen an dem blauen Kleid des Mädchens.

»Wie alt bist du, Marie-Françoise?« will ich wissen.

»Acht.« Sie hat eine hohe Stimme.

»Du bist ganz schön groß für dein Alter, stimmt's?« Ich improvisiere, denn ich habe keine Ahnung von Kindern. Normalerweise interessieren sie mich nicht. Aber an Marie-Françoise bin ich interessiert. Sie ist Beatrices Tochter. Ich will Beatrice in ihr finden. Ich will gut zu ihr sein.

Das Mädchen lächelt mich zurückhaltend an.

»Lauf ruhig voraus«, befiehlt Beatrice.

»Sollen wir irgendwo ein Eis essen? Du magst doch Eis, hab ich recht?«

Das Mädchen wirkt unsicher.

»Marie-Françoise verzichtet in der Fastenzeit auf Eis. Wir sollten auf jeden Fall zurückgehen.«

»Ich komme mit.« Ich will sie nicht ziehen lassen.

»In den letzten Jahren ist sie sehr religiös gewesen.« In Beatrices Stimme schwingt Stolz mit.

Ich kann mich nicht erinnern, daß Beatrice gläubig gewesen wäre. »Ist ihr Vater religiös?«

»Nein.« Beatrice gibt sich keine Blöße. »Es liegt wohl am Alter.« Sie wechselt das Thema und erzählt mir statt dessen von einer Anti-Rassismus-Demonstration am nächsten Tag. Ich könnte ja mitkommen und Freunde mitbringen. Sie nimmt eine Gruppe Kinder aus der Schule mit. Ich sage ihr nicht, daß ich hier keine Freunde habe.

An der Ecke zu der Straße, in der auch meine Wohnung liegt, trennen wir uns.

»Ich spendiere dir nach Ostern ein Eis«, verspreche ich Marie-Françoise. Ihre dunklen Augen blitzen gierig auf, aber sie sieht ihre Mutter an, bevor sie antwortet.

»Mal sehen«, sagt Beatrice nüchtern und sieht mich gelassen an. »Bis morgen, also?« Sie umarmt mich, als wollte sie mich trösten.

Ich nicke und gehe nach St-Germain zurück. Warum suche ich Beatrice in Marie-Françoise? Will ich meine Sünden gegen die Mutter an der Tochter wiedergutmachen?

Ich denke an die wenigen Kinder, die ich kennengelernt

habe. Nur eins war in Marie-Françoises Alter. Michaels Tochter. Michael steckte mitten in einer Scheidung, und an den wenigen Wochenenden, die sie bei ihm war, brachte er seine Tochter Corinne mit. Vermutlich dachte er, daß sie ihm helfen könnte, mich dazu zu bringen, ihn zu heiraten. Aber das Kind verachtete mich, was man ihm nicht verübeln konnte. Corinne sah mich hinter seinem Rücken finster an und drehte das Fernsehgerät so laut, daß wir uns nirgendwo in der Wohnung unterhalten konnten. Ich war von der puren Kraft ihres Hasses fasziniert und experimentierte mit einigen Verführungskünsten, um herauszufinden, ob ich ihn mildern konnte. Natürlich scheiterte ich, und da ich mehr an Corinnes Verachtung denn an Michaels Liebe interessiert war, hielt die Beziehung nicht lange.

Ich suche mir ein ruhiges Café, setze mich an einen Tisch im hinteren Bereich und versenke mich wieder in meine wahren Kriminalfälle. Sie sind so wild und grausam wie die Märchen, die ich als Kind gelesen hatte. Jetzt fällt mir auch ein, daß es niemals das Happy End war, das mich faszinierte. Diese Momente, in denen der Prinz Dornröschen küßt oder Aschenputtel in die wahre Liebe tanzt. Mich fesselten eher die schrecklichen Momente zwischendurch. Der brutale Vater, die vergifteten Äpfel und Kelche, die diese Hexe von Stiefmutter anmischte, die Blendungen und Gefangenschaften und Reisen durch trokkene Wüsten.

Die Geschichte, die ich nun lese, hat alles, was zu einem Märchen gehört. Wir befinden uns auf dem einsamen Neuseeland. Zwei Mädchen, eins untersetzt und schlicht, mit einer Behinderung, sie humpelt, die andere groß und gertenschlank mit dem Gesicht einer englischen Rose, werden nicht die schlimmsten Feindinnen, sondern die besten Freundinnen. Sie heizen ihre Vorstellungen an, reiten zusammen, schreiben gemeinsam Geschichten und schaffen sich eine Welt, die ihnen allein gehört. Dann planen sie eine

Flucht vor dem eintönigen Leben und ihren Eltern. Sie wollen zusammen leben, Prostituierte werden, Kabarettistinnen, und durch die ganze Welt reisen. Aber der Vater der Englischen Rose verkündet, daß er sie umpflanzen will, und die Mutter des anderen Mädchens verbietet ihr, ihre Freundin zu begleiten.

Ein paar Tage später wird die Mutter tot aufgefunden. Sie wurde mit Stöcken und Steinen auf einem einsamen Weg totgeschlagen. Die Mädchen waren so in ihre Phantasiewelt verstrickt, daß sie sie gemeinsam ermordet haben.

Am Ende gibt es keine glorreiche Verwandlung, denn das hier ist Realität und kein Märchen. Das einzige Happy End ist der Gesellschaft vorbehalten und besteht in der Erfüllung des Gesetzes: Trennung, Bestrafung, Einkerkerung. Um ihres Seelenfriedens willen fordert die Gesellschaft ein Urteil und eine Art Vergeltung. Merkwürdig: Ich kann mich an kein Gericht in einem Märchen erinnern.

Während ich meinen Kaffee trinke, denke ich über diese beiden Mädchen nach. Hätte ich sie als potentielle Mörder erkannt? Wäre ich auch zu diesem Verbrechen fähig gewesen? Hätten die Dinge anders gelegen, wären Beatrice und ich dann ebenfalls zu einer derartigen Wildheit in der Lage gewesen? Ich denke an die Boshaftigkeit von uns Kindern auf dem Spielplatz, und alles erscheint mir möglich. Die wilden, gemeinsamen Phantasien, das Gefühl, eine grenzenlose Welt warte auf uns, allein auf uns, und die heftigen Begierden. Alles ist möglich, vielleicht, außer der letzte Schritt zu dem Akt selbst – der Schritt, in dem die brutalen Phantasien in die Realität münden: die Hand, die den Ziegelstein hebt und den ersten Schlag tut, das Blut, der Schrei. Ich kann mir nicht vorstellen, diese Wahnsinnstat wirklich selbst auszuführen.

Beatrice würde mich für verrückt erklären, daß ich überhaupt über so etwas nachdenke. Aber ich würde gern mit jemandem darüber reden. Vielleicht ist das ein Thema, über das ich mit Paul Arnault sprechen kann. Obwohl er sich vielleicht über den reißerischen Lesestoff wundert, in den ich mich zur Vorbereitung für den Job vertieft habe.

15. Kapitel

Der Regen trommelt vernehmlich gegen die Bürofenster. Die Digitaluhr auf dem Regal zeigt 15:58 Uhr an. Ich nehme die Zeit so präzise wahr, weil meine erste Freitagsbesprechung mit Paul Arnault für 16:30 Uhr angesetzt ist.

Ich habe Paul seit unserer Besprechung am Montag nicht länger als fünf Minuten zu Gesicht bekommen. Da hat er mir noch einmal meine Aufgabe nüchtern dargelegt. Im Büro treffe ich nur auf Tanya Walker, die mich sehr distanziert begrüßt, auf Klienten im Wartezimmer und auf René Cournot, der mich höflich Maître Foch vorgestellt hat, einem anderen Partner, mit dem er zufällig plauderte. Meine Hauptstütze ist Madame Duval. Sie nimmt mich am zweiten Tag mit zum Essen und erklärt mir sachlich, wer im Büro wer ist. Allmählich hat sie mich auch allen vorgestellt. Aber die anderen Angestellten sind so weit von meinem Büro auf dem Dachboden entfernt, daß ich sie kaum wahrnehme. Und was Maître Arnault angeht: Sollte seine frühere Hartnäckigkeit mir irgendwelche Flausen in den Kopf gesetzt haben, wie unsere Zusammenarbeit aussehen könnte, sind sie längst verblaßt. Wenn ich ihn nach diesem Montag überhaupt gesehen habe, hat er mich flüchtig angelächelt und mich gefragt, wie die Dinge laufen. Ohne wirklich eine Antwort zu erwarten.

Ich bin nicht unglücklich. Der Entwurf zum ersten Teil des Buches ist fesselnd, ebenso wie das Material, in das ich mich vertieft habe. Aber es geht teilweise recht langsam voran. Ich muß mir ein Juristisches Wörterbuch und eine

Fibel über das Strafrecht kaufen. Um überhaupt einen Überblick zu erlangen, habe ich auch meinen ersten Besuch in einer juristischen Bibliothek hinter mich gebracht.

Außerdem bin ich am Sonntag zu der Demonstration gegangen, aber nicht mit Beatrice. Es gab Straßentheater, Musik, viele Demonstranten. Und mindestens genauso viele Polizisten. Ich habe Beatrice gesehen, aber sie hat mich nicht bemerkt. Sie ging mitten in einer kleinen Gruppe und hielt eine Stange eines Transparents. »Rassist zu sein heißt farblos sein!« stand darauf. Sie hatte diesen gelassenen, strahlenden Gesichtsausdruck. Er erinnerte mich an die Radierungen von Jeanne d'Arc in unseren Geschichtsbüchern. Vielleicht dachte der junge Mann, der die andere Stange hielt, dasselbe, denn er warf Beatrice immer wieder bewundernde Blicke zu, als gebe ihm ihre Haltung Kraft. Es kam mir kurz in den Sinn, aber nein: Er konnte nicht ihr Ehemann sein. Als Vater eines vierzehnjährigen Sohnes war er zu jung. Aber einen anderen Mann, der als Ehemann in Frage kam, sah ich nirgendwo, auch wenn ich mir alle Mühe gab.

Durch die Fenster konnte ich auch nichts Genaueres erkennen, außer dem Flimmern des Fernsehers und einmal Beatrices Profil. Sie zogen abends die Vorhänge zu, und ich war in dieser Woche wenig zu Hause. Trotzdem tröstete mich das Wissen, daß sie so direkt gegenüber wohnte. Einmal wachte ich morgens schlaftrunken auf und dachte, meine Mutter wohnte gegenüber und mein Vater wäre nach Hause gekommen. Als ich den Irrtum meines Traumes bemerkte, war ich glücklich.

Aber ich muß mich auch vor den Morgen hüten. Ich möchte Beatrice nicht begegnen, bevor ich ihr erzählt habe, daß ich hier wohne. Und ich kann mich nicht vorbereiten. Ich sehe ihre Haustür von meinem Fenster aus nicht. Bald schon, sehr bald, wenn ich mich etwas stärker fühle, werde ich es ihr erzählen.

Ich habe meine Garderobe für das heutige Treffen besonders sorgfältig ausgewählt. Ein weiches, schwarzes Wollkleid, Strümpfe und eine Brosche. Die einzige Erklärung dafür, warum ich soviel Wert darauf lege, ist, daß ich mich wie eine Studentin vor einer Prüfung fühle. Ob Maître sich daran erinnert, daß meine Probewoche heute endet?

Wie eine fleißige Studentin kopiere ich die Dateien mit den Notizen, die ich für ihn vorbereitet habe, und gehe noch einmal die Materialliste durch, die ich im Lauf der Woche zusammengetragen habe. Mit meinen Akten bewaffnet, klopfe ich an seine Bürotür.

Sein »Herein« klingt gedämpft, und als ich die Tür öffne, sehe ich, daß er telefoniert. Er lächelt mir automatisch zu und winkt mich zu dem Sessel vor seinem Schreibtisch. Ich versuche, nicht darauf zu achten, was er sagt, oder die ungeduldige Konzentration seiner Miene zu beobachten. Meine Notizen bieten einen Anker für meine Nervosität, aber meine Blicke wandern unablässig über die Ohren, die Nasen, die Schnurrbärte, die Brauen, die an der Wand hängen wie eine Reihe umherwandernder Teile auf der Suche nach einem menschlichen Ganzen.

»Lassen Sie sich nicht von Bertillon beunruhigen, Maria.« Pauls leises Lachen überrascht mich. »Ich glaube nicht, daß Sie sich in dieser Reihe wiedererkennen würden, selbst wenn Sie dort hingen.«

»Bertillon?« Ich streiche mir über den Rock, um mein Unbehagen zu überspielen.

»Alphonse Bertillon, der Erfinder der Polizeifotografie, der Wegbereiter des Erkennungsdienstes. Er hatte die Manie, das menschliche Gesicht zu anatomisieren und winzige Unterschiede zu beschreiben. Das Problem war nur, daß die Versuchspersonen nicht stillhielten, also mußte die Präzision der Messungen und Beschreibungen irgendwie für die Zeit entschädigen, die dabei verstrich. Ansonsten würden die Verbrecher von Gestern vielleicht immer noch mit den Anwälten von heute verwechselt. Oder mit Politikern oder Bäckern oder Ermittlern. Wie sind Sie vorangekommen?« fragt er übergangslos.

Ich reiche ihm die Diskette mit den Dateien. »Das ist die Ausbeute dieser Woche«, sage ich. »Zusammenfassungen der Fälle Ruth Ellis und Myra Hindley.«

Er schiebt die Diskette in das Laufwerk, und sein Gesicht erhellt sich mit beinahe jungenhafter Freude, als auf dem Bildschirm mein Text erscheint. Die Magie der Technik gefällt ihm offenbar. Ich bin nicht sicher, ob das auch für meine Inhaltsangaben zutrifft, aber er liest schweigend, während ich versuche, mich ruhig zu verhalten.

Nach einigen Minuten sieht er mich an. »Ruth Ellis' Anwalt hat ihr nicht viel genützt, hab ich recht?«

Ich weiß nicht, was ich sagen soll. Schließlich bin ich keine Expertin. Wie soll jemand eine Frau angemessen verteidigen, die gesteht, ihren untreuen Geliebten ermordet zu haben, der sie ausgenutzt hat?

»Er mochte sie nicht, wenn Sie das meinen. Sie war kein gutes Mädchen, das ihre Blusen hochgeschlossen trug und sich für alles entschuldigte, was sie getan hat. Und er hat nicht versucht, sie so aussehen zu lassen.«

»Und er hat auch keinen einzigen Zeugen ins Kreuzverhör genommen, wozu einem das britische Recht soviel Platz einräumt. Ihre Zitate aus dem Prozeß machen das klar. Sehr gut. Das haben Sie gut gemacht.« Er lächelt mich kurz an, steht auf und geht auf und ab.

»Ist Ihnen eigentlich klar, daß Ruth Ellis in Frankreich nicht nur nicht gehängt worden wäre? Sie hätte wahrscheinlich nur eine kurze Strafe bekommen und wäre vermutlich eine lokale Berühmtheit geworden. Das *crime passiohnel*. Die sexuelle Leidenschaft ist die einzige Form des Wahnsinns, die französische Geschworene erkennen und verstehen können.«

Seine Miene sagt mir, daß er mich ködern will. Er will

meine Meinung hören, aber ich weiß nicht, was ich antworten soll. Ist Leidenschaft eine Form des Wahnsinns, eine Verrücktheit, ähnlich dem Zustand, in dem Verbrechen begangen werden? Ich will es nicht zugeben, aber vielleicht haben die Schwierigkeiten, die es mir macht, mir den eigentlichen Mord der beiden Mädchen aus Neuseeland vorzustellen, etwas damit zu tun, daß ich es nicht schaffe, mir die Empfindungen des sexuellen Aktes wieder vor Augen zu führen, sobald die Leidenschaft gestillt ist. Ich kann ihm das hier nicht so kühl sagen, in diesem Raum, der mit Akten vollgestopft ist. Also zitiere ich statt dessen den Richter in dem Ellis-Prozeß.

»Richter Havers hat es so ausgedrückt: ›Die eifersüchtige Wut einer verhöhnten Frau ist keine Entschuldigung für einen Mord. So lautet das Gesetz in England.‹«

»So schien es wenigstens.« Paul lacht leise und blickt wieder auf den Bildschirm.

»Aber die Dinge haben sich geändert«, nehme ich sicherheitshalber das Stichwort auf. »Teilweise auch aufgrund der öffentlichen Entrüstung über das Strafmaß gegen Ruth Ellis wurden in England Hinrichtungen durch den Strang einige Jahre später abgeschafft.«

»Gefällt Ihnen die Arbeit, Maria?« fragt er plötzlich.

Ich nicke.

»Also bleiben Sie?«

»Wenn ich die Arbeit so mache, wie Sie wollen.«

»Es ist genau das, was ich brauche. Bei diesem Tempo wird das Buch schneller fertig, als ich zu hoffen gewagt habe.« Er sieht mich auf eine Art und Weise an, die meinen Puls zum Rasen bringen würde. Wenn ich diese Art Puls noch hätte.

»Sagen Sie mir, was Sie von dem Entwurf halten. Sie sind immerhin meine erste Leserin.«

Ich erzähle ihm ganz ehrlich, daß er mich gefesselt hat, obwohl ich einige Dinge nicht ganz begriffen habe. Meine

Notizen liefern mir Fragen, und er erklärt mir verschiedene Mechanismen der Gesetze. Ich lerne, daß die wichtigste Person in jedem Prozeß sehr leicht der *juge d'instruction* werden kann, der hinter den Kulissen arbeitet. Der ermittelnde Richter, der wie ein Chefinspektor mit mehr Befugnissen das Dossier zusammenstellt, auf dem der Prozeß und allzu oft auch die Strafe beruhen. Das Schwurgerichtsverfahren selbst ist nach Pauls Einschätzung meistens nur eine dramatische und spektakuläre Inszenierung, dessen Hauptrolle der Vorsitzende Richter spielt. Er nimmt alle Beteiligten in die Mangel, sitzt der neunköpfigen Jury vor und lenkt ihre Entscheidungen, zusammen mit zwei beisitzenden Richtern.

Wir sprechen dann von den *crimes passionnels*, die Frankreich von 1880 bis in den Ersten Weltkrieg hinein aufrührten. Ich erkläre, wie außergewöhnlich ich es finde, daß so viele Frauen von so vielen Geschworenengerichten so nachsichtig behandelt wurden.

Paul beobachtet mich spöttisch. »Wären Sie härter mit ihnen umgesprungen?«

»Vielleicht.« Mir läuft es kalt über den Rücken, als ich mir vorstelle, wie oft eine eifersüchtige Ehefrau mir wohl eine Waffe an den Kopf gesetzt und abgedrückt hätte, wenn die Jahre im Zuchthaus sie nicht abgeschreckt hätten.

Er zuckt mit den Schultern. »Sie halten Liebe eben für eine wesentliche, dominierende Kraft. Wenn man sich in den Klauen dieser Macht befindet, ist es absurd, von einer vollkommenen Zurechnungsfähigkeit zu sprechen. Nach der Jahrhundertwende kam das Unbewußte in Mode. Ein tiefes, unheimliches Unbewußtes, das als Mechanismus verstanden wurde, der nervöse Aufladungen so machtvoll auslösen könnte, daß sie vorübergehend vollkommen die Kontrolle über die Handlungen jeder beliebigen Person übernehmen und sie in etwas stürzen konnte, was man einen *état passionnel* nannte. Obendrein sprachen die Gesellschaftspsychologen von einem urbanen Wahn, der die Leute packte und sie beherrschte. Die Klaustrophobie, der Lärm, die Intensität des blühenden Großstadtlebens konnte das ohnehin zarte Nervenkostüm einer Frau überladen und sie zum Opfer ihrer gewalttätigen Leidenschaft machen. Also attestierten ihr diese Experten vor Gericht ›keine Zurechnungsfähigkeit‹, was für die Jury sofort bedeutete: Kein Schuldspruch.« Er lächelt. »Obwohl natürlich viel weniger Männer diese Absolution erhielten als die Angehörigen des sogenannten schwachen Geschlechts.«

Mit seinen letzten Worten will er mich provozieren und erwartet gewiß, daß ich mich dagegen verwahre und wie üblich reagiere. Aber wir sprechen nicht von üblichen Situationen. »Frauen sind oft schwächer«, sage ich statt dessen.

Er wirft mir einen provozierenden Blick zu. »Nicht was die Nerven angeht, aber in körperlicher Hinsicht schon, ja. Und das wiederum kann eine sehr konkrete Wirkung auf das Verhalten haben, was die Gerichte, wie unsere hochgeschätzte Tanya Walker mir jeden Tag unter die Nase reibt, nur sehr zögerlich akzeptieren. Eine mißhandelte Frau wird sich zum Beispiel nicht genauso spontan zur Wehr setzen wie ein Mann. Und die Gerichte verstehen einfach nicht, was eine lange unterdrückte, gewalttätige Reaktion bei einer Selbstverteidigung bewirken kann. Ich beziehe mich in solchen Fällen immer auf den Terrorismus. Wenn ein Gefangener sich nach Wochen schwerster Folterung auf seinen terroristischen, schlafenden Wächter stürzt, kommt niemand auf die Idee, das anders als eine legitime Form der Selbstverteidigung zu betrachten.«

Er sieht plötzlich auf die Uhr. »Ich habe gar nicht gemerkt, wie spät es schon geworden ist. Entschuldigen Sie mich einen Augenblick.« Er nimmt den Hörer ab.

Ich gehe auf die andere Seite des Zimmers und betrachte die Buchrücken, während er wählt. Es ist beinahe acht Uhr, und mir wird klar, daß er bei sich zu Hause anruft. Unwillkürlich höre ich zu. Er spricht mit einer gewissen Pauline, die Madame seine Entschuldigung überbringen und ihr ausrichten soll, daß er in spätestens einer Stunde da ist.

»Es tut mir leid, daß ich Sie so lange aufgehalten habe«, sagt er abwesend, während er die Akten auf seinem Schreibtisch überfliegt und zwei herauszieht. »Sorgen Sie bitte dafür, daß Madame Duval Ihre zusätzlichen Stunden aufschreibt.«

»Dafür sorge ich schon.«

Mein amüsierter Tonfall läßt ihn aufblicken.

»Ich meine das ernst.« Er wirkt streng, dann lächelt er. »Wenn Sie nächsten Freitag nichts vorhaben, darf ich Sie vielleicht nach unserer Besprechung zum Abendessen ausführen. Dann haben wir etwas mehr Zeit. Leider kann ich Ihnen heute abend nicht einmal einen Drink anbieten. Ich bin spät dran. Aber ich kann Sie mitnehmen. Sie haben doch denselben Heimweg, in die Rue d'Oudinot, nicht wahr?«

Ich will ihm schon widersprechen, als ich meine Meinung ändere. »Setzen Sie mich einfach irgendwo in St-Germain ab«, bitte ich ihn.

Er beobachtet mich, während ich meine Unterlagen zusammenpacke. Einen Augenblick herrscht eine gespannte Atmosphäre zwischen uns. Ich kenne diese Spannung. Sie hat etwas mit Übergängen zu tun. Übergänge zwischen einer Art von Zeit in eine andere. Von der Arbeit zum Leben. Es sind schmale Passagen, die nur schwierig zu durchqueren sind.

»Eine Verabredung?« erkundigt er sich, während ich gleichzeitig sage: »Ich hole nur meine Jacke von oben.«

Seine Frage beantworte ich nicht.

»Wir treffen uns an der Garageneinfahrt. In zehn Minuten.«

Ich bin vor ihm da, und während ich warte, überlege ich, ob dieser kleine Schritt in eine größere Intimität wirklich klug ist. Aber Paul kommt, bevor ich eine Entscheidung getroffen habe, und kämpft mit zwei riesigen, sorgfältig arrangierten Blumensträußen. Einen reicht er mir. Es sind Lilien, die sich schneeweiß und wächsern von dem glänzenden Grün ihrer Stiele abheben. Durchsetzt sind sie mit dem zuckrigen Weiß von Gipskraut.

»Für die vielen Überstunden«, sagt er.

Ich bedanke mich leise und überlege, was die Wahl der Blumen wohl bedeutet. Der andere Strauß unterscheidet sich sehr von meinem. Es ist ein Gebinde aus Hahnenfuß, rosa und sanft und hübsch wie ein Frühlingsgarten. Seine Frau ist offensichtlich nicht wie ich.

16. Kapitel

Die Äste der Bäume an der nördlichen Allee des Cimetière Montparnasse tragen schon die ersten Knospen. Die Sonne bescheint sie sporadisch, wenn sie durch die Wolkenfetzen dringt, und wird vom Granit und Marmor der Grabmäler reflektiert. Während ich am Tor auf Beatrice warte, fragen mich zwei englische Touristen in schwer verständlichem Französisch nach Baudelaires Grabmal. Beatrice kommt direkt nach ihnen. Sie trägt Schwarz und hat einen großen Topf Narzissen mitgebracht. An Blumen habe ich nicht gedacht. Blumen sind für die Lebenden. Jetzt schäme ich mich ein wenig. Aber Beatrice küßt mich und drückt mir die Hand.

Wir spazieren schweigend zur Grabstätte der Familie d'Este. Eine Gruppe blaugekleideter Nonnen stößt aus einem Seitenweg zu uns. Sie plaudern in ihrer unverständlichen Sprache, und ihre schmucklosen Gesichter leuchten mädchenhaft und lebhaft unter den schneeweißen Bändern ihrer Hauben. Beatrice nickt höflich, und eine von ihnen winkt uns fröhlich zu.

»Hast du dir jemals vorgestellt, wie es wäre, nur unter Frauen zu leben?« frage ich Beatrice, nachdem die Nonnen uns überholt haben.

Sie wirft mir einen neugierigen Seitenblick zu. »Nicht wirklich. Obwohl das nicht das Schlechteste zu sein scheint.«

»Mir könnte es gefallen, glaube ich.«

»Dir?« Meine Bemerkung verblüfft sie.

»Warum nicht ich?«

»Weiß nicht.« Sie nimmt den Topf in den anderen Arm, und jetzt fällt mir auf, wie schwer er sein muß. Ich nehme ihn ihr ab. Sie lächelt und hakt sich bei mir ein. »Erinnerst du dich an Dominique? Den Jungen, der während des Osterhalbjahrs neben mir saß? Er war vollkommen in dich verknallt.«

Dominique habe ich vergessen, aber nun sehe ich sein Gesicht wieder vor mir.

»Er hat dich die ganze Zeit angestarrt und gehofft, daß du ihn einmal ansehen würdest. Und ich habe gesehen, wie er dein Porträt in sein Schulheft gezeichnet hat.«

»Das bildest du dir bestimmt ein, Beatrice.«

»Nein. Hast du es nie bemerkt? Wenn du mit ihm geredet hast, ist er immer knallrot angelaufen. Er war sogar freundlich zu mir, als er merkte, daß wir gute Freundinnen waren. Und er hat uns mittags immer Süßigkeiten angeboten. Die anderen Jungen haben ihn deswegen schrecklich gehänselt. Hast du von den anderen Kindern jemals jemanden wiedergesehen?« fragt sie plötzlich.

Ich schüttle den Kopf. »Du?«

Sie sieht weg. »Niemals.«

Wir sind am Grab meiner Mutter angekommen. Beatrice betrachtet es ernst und bückt sich, um einen schönen Platz für die Narzissen zu finden. In dieser halb knienden Position verharrt sie einen Moment, und als sie aufsteht, laufen ihr die Tränen übers Gesicht.

»Als ich klein war, habe ich deine Mutter mehr geliebt als

jeden anderen Menschen«, sagt sie leise. Sie starrt das Grab eine Weile schweigend an. Beim Anblick ihrer Tränen muß ich auch weinen. Plötzlich drängt es mich, es ihr zu sagen; ich muß es aussprechen.

»Das Datum, 1978«, kommt Beatrice mir zuvor. »Ist sie in diesem Jahr gestorben?«

Warum fragt sie mich das? Es ist doch auf dem Marmorstein eingemeißelt. Ich nicke. »Im Oktober.«

»Nicht lange nach meiner Mutter.«

»Das tut mir leid«, flüstere ich. »Davon habe ich nichts gewußt.« Es ist das erste Mal, daß Beatrice ihre Mutter erwähnt. Ich will nachfragen, aber sie spricht schnell weiter. Sie möchte offensichtlich das Thema wechseln.

»War sie am Ende sehr krank?«

Diese Frage erstaunt mich. Ich hatte irgendwie angenommen, daß Beatrice es wüßte. »Nein, es geschah ganz plötzlich. Sie wurde von einem Wagen erfaßt.«

»Das muß schrecklich für dich gewesen sein«, sagt sie. Sie blickt mich an. Ihre Augen sind sehr groß und sehr dunkel. Jetzt nehme ich ihre Hand.

»Sie hat dich sehr vermißt, nachdem du Paris verlassen hast.« Ich führe sie von dem Grab weg. Ich muß wiedergutmachen, was ich ihr geraubt habe.

»Ich habe sie vermißt.« Beatrices Stimme bricht. »Ich habe euch beide sehr vermißt.«

»Beatrice ...« Ich wünschte, die Sonne hätte nicht ausgerechnet diesen Moment gewählt, um uns in ihren Schein zu tauchen. Mir wäre ein Geständnis in der Dunkelheit eines Beichtstuhls lieber gewesen. »Beatrice, in dem letzten Jahr habe ich dich fort gewünscht. Es tut mir leid ... Ich ...«

»Ich weiß.« Sie unterbricht mich.

»Meine Mutter hat dich einfach zu sehr geliebt.«

»Es hätte ohnehin keinen Unterschied gemacht.« Ihre Stimme bekommt einen bitteren Unterton, den ich nicht an ihr kenne. Sie vergibt mir nicht wirklich.

»Sie hätte sich sicher gefreut, deine Kinder kennenzulernen und zu erleben, wie gut es dir geht.« Der Anblick ihrer eigenen Tochter hätte sie sicher beschämt.

Beatrice spricht erst, als wir die Friedhofstore hinter uns lassen. Und dann klingt sie, als wäre nichts vorgefallen. »Ich könnte eine Tasse heiße Schokolade vertragen. Die Woche war sehr anstrengend. Und zu allem Überfluß gab es auch noch eine Konferenz. So viele Menschen stürmen auf einen ein. In New York hast du davon sicher eine Menge erlebt.«

Am nächsten Abend fällt mir eine Episode mit Beatrice ein, die klar und scharf wie das Licht der Mittagssonne vor meinem inneren Auge emporsteigt. Sie muß sich ereignet haben, bevor Beatrice sich das Bein gebrochen hat. Rachel, meine andere beste Freundin, und ich beschlossen eines Tages, Beatrice von der Schule aus heimlich zu folgen. Wir wollten endlich sehen, wo sie wohnt. Wechselseitig gegen das Kichern ankämpfend, folgten wir ihr durch die engen Straßen und über einen breiten Boulevard, den wir eigentlich nicht überqueren durften, in eine Straße, die von Geschäften gesäumt war. Vielleicht war es die Rue St-Denis. Vor einem der Häuser wurde Beatrice von einer Frau in einem sehr kurzen Rock angehalten. Die Frau küßte sie auf beide Wangen, aber wir konnten nicht hören, was sie zueinander sagten. Dann verschwand Beatrice durch eine Tür.

»Hier wohnt sie also«, sagte ich zu Rachel und musterte etwas enttäuscht das unauffällige Haus.

»Und das muß ihre Mutter sein«, erwiderte Rachel mit einem triumphierenden Unterton. »Sieh dir mal die Strümpfe an.«

Ich sah hin. Es waren Netzstrümpfe, wie Tänzerinnen sie trugen.

»Ihre Mutter ist eine Nutte.« Rachel sprach das verbotene Wort stolz aus. »Eine Prostituierte.«

»Sei nicht albern.«

»Wetten?« Sie zupfte an meinem Arm und zog mich in den Schutz einer Ladentür. »Warten wir einfach ab.«

Wir warteten, und tatsächlich: Kurze Zeit später tauchte ein Mann auf. Nach einem kurzen Gespräch verschwanden die Frau mit den Netzstrümpfen und der Mann durch dieselbe Tür wie Beatrice. Ich fühlte, wie mir die Kinnlade herunterklappte.

»Hab ich's nicht gesagt?«

»Du weißt nicht, ob das ihre Mutter ist.«

»Dann muß es ihre Tante sein. Warum würde sie sie sonst küssen?« meinte Rachel hartnäckig. »Es ist bestimmt ihre Mutter«, wiederholte sie nach einem Moment. »Ich werde sie fragen. Morgen.«

Auf dem Heimweg redeten wir nicht viel. Ich wußte nicht genau, was eine Prostituierte war, auch wenn ich das nicht verraten wollte. Aber ich wußte, daß es etwas Schlimmes sein mußte, und beim Abendessen sagte ich zu meiner Mutter: »Rachel meint, Beatrices Mutter ist eine Nutte.«

Meine Mutter warf mir einen warnenden Blick zu. Ich bekam dabei immer das Gefühl, nach meinem nächsten Wort würde ich eine Welt betreten, aus der es keine Rückkehr gab.

»Wir haben sie gesehen«, fuhr ich fort. Ich wollte nicht aufhören. Vielleicht wollte ich auch herausfinden, wie weit meine Mutter gehen würde, um Beatrice zu verteidigen. »Mit Netzstrümpfen und einem Mann.«

Meine Mutter starrte mich böse an. Ihre Wangen verfärbten sich rosa. »Beatrices Mutter ist eine arme, geplagte Frau, die halbtags in einer Wäscherei arbeitet und halbtags anderen Leuten die Häuser saubermacht. Ich nehme an, Rachel und du haben Besseres zu tun, als euch Lügen über das Leben anderer Leute auszudenken. Zum Beispiel Mathematik. Du hast jetzt genug gegessen, Maria.« Sie schickte mich zur Strafe auf mein Zimmer.

Kurz danach brach sich Beatrice ihr Bein und zog bei uns ein. Eines Nachts fragte ich sie. »Beatrice, weißt du, was eine Nutte ist?«

Sie sah mich mit ihren großen, runden Augen an und dachte einen Moment nach. »Nein. Was ist das?«

»Ich weiß es auch nicht so genau«, murmelte ich und versteckte mich verlegen hinter meinem Buch.

Vielleicht las Beatrice meine Gedanken. »Ich wünschte, meine Mutter wäre wie deine«, sagte sie. »Und ich hätte keinen Vater.«

Aus irgendeinem Grund ärgerte mich das. »Ich habe einen Vater. Er lebt nur nicht in Frankreich.«

»Entschuldige.« Ihre Unterlippe zitterte, wie häufig, wenn ich böse zu ihr war. Das machte mich noch wütender, und ich stürmte aufgebracht vom Tisch. Aber meine Mutter schickte mich Sekunden später wieder zurück, weil sie ganz richtig vermutete, daß meine Hausaufgaben noch nicht fertig waren.

Ich betrachte durch das Fenster die silberne Scheibe des Mondes und denke an Beatrice und meine Mutter. Plötzlich fesselt mich der Anblick eines Pärchens, das sich in einem der Bodenfenster auf der anderen Straßenseite umarmt. Die Leidenschaft in der Haltung der beiden ist so deutlich, daß ich fühle, wie sie auf mich überspringt. Es ist schon lange her, daß ich diese besondere Wärme gefühlt habe. Sie verwirrt mich. Ebenso wie die Intensität, mit der ich die Intimitäten von Fremden ausspioniere. Ich wende den Blick ab, der aber unwillkürlich wieder angezogen wird.

Ich beobachte weiter, sehe, wie die Frau sich aus der Umarmung löst. Der Schwung des Haares um ihren Hals, die Bewegung ihrer Hand überzeugen mich, daß es sich um Beatrice handelt. Beatrice. Diese Erkenntnis erschüttert mich. Trotz meines vielen Nachdenkens über Beatrice bin ich niemals auf die Idee gekommen, sie mit so etwas wie Leidenschaft in Verbindung zu bringen. Ist dieses ehemalige Mädchenzimmer, die chambre de bonne, wo die braven Bürger ihre Dienstmädchen unterbrachten, der Schauplatz, an dem Beatrice und ihr Gatte ihre ehelichen Leidenschaften ausleben? Weit weg von den Augen der Kinder? Ich versuche, das Gesicht des Mannes zu erkennen, aber es bleibt undeutlich. Als hätten sie meine forschenden Blicke bemerkt, ziehen sie einen Vorhang vor das Fenster.

In dieser Nacht kann ich nicht einschlafen, und als ich schließlich doch eindöse, beschwere ich mich bei meiner Mutter bitterlich über Beatrice. Die graue Strähne im Haar meiner Mutter ist verschwunden. Sie ist jung und hat ein glattes Gesicht, aber ihre Stimme klingt unverändert vernünftig. Ich muß noch soviel lernen, sagt sie. Dann läuft sie mit einem fröhlichen Winken davon.

»Ich treffe mich mit deinem Vater!« ruft sie mir zu.

17. Kapitel

Ein Schild verkündet, das Savoy Hotel sei einmal ein Heiratsinstitut für gehobene Ansprüche gewesen, in dem Peter, Earl of Savoy, die schönsten Aristokratinnen des Kontinents mit richtigen Lords zusammenbrachte. Das Hotel strahlt eine altmodische Würde aus, die ebenso tröstlich ist wie ein sonntäglicher Lunch mit Roastbeef und Yorkshire Pudding auf schweren Silbertabletts. Ich mag dieses steife, ein wenig unnahbare London. Paul Arnault hat entschieden, daß ich hier wohne, nahe dem legalen London, nicht weit vom Old Bailey, leider jedoch Meilen von der Bibliothek der Colindale-Zeitung entfernt, wie ich am nächsten Morgen bestürzt feststellen mußte.

Ich bin seit zwei Tagen in London. Und es ist das erste

Mal, daß ich nicht sofort Robinson anrufe. Als ich noch von New York aus hierher geflogen bin, war Robinsons Nummer immer eine der ersten, die ich anrief. Robinson Muir kenne ich seit meiner Kindheit. Er nennt mich immer noch ab und zu »Mähri«, nach dem Pferd, auf dem wir beide in unserer Kindheit auf dem Bauernhof geritten sind. Es ist schon fast zwei Jahre her, seit ich das letzte Mal mit Robinson gesprochen habe. Ich weiß nicht, ob ich den Mut habe, ihn jetzt anzurufen. Das Problem mit ihm ist, daß er einen immer dazu bringt, ehrlich zu sein, besonders zu sich selbst.

Robinson tauchte in New York auf, als ich in meinem dritten Jahr bei Rutherford, Owen und Marks arbeitete. Unser einziger Kontakt beschränkte sich mittlerweile auf die obligatorischen Weihnachtskarten; ich hatte ihn das letzte Mal noch vor dem Tod meiner Mutter gesehen. Er war damals auf Klassenreise nach Paris gekommen. Robinson war ein scheuer, schlaksiger Teenager, der den Mund kaum auftat. Nun war er erwachsen geworden, ein Mann mit einem breiten Kinn, träumerischen Augen und aschblonden Haaren. Er hatte ein Stipendium bekommen und arbeitete für seine Dissertation in Biochemie an der Colombia University.

Wir trafen uns in einer beliebten Bar in Manhattan. Dem ersten Drink folgte schnell ein zweiter, ein dritter und noch einer. Danach ein Dinner, das wir mit einem Kaffee abschlossen. In meiner Wohnung. Wir hatten Jahre nachzuholen, und ein Gespräch mit Robinson ähnelte immer einem willkürlichen Gewaltmarsch, bei dem das Ziel nur den Vorwand für die zahlreichen Umwege bot. Vielleicht hatte er diese Kunst in den Gemeinschaftsräumen von Cambridge erlernt.

In dieser ersten Nacht gingen wir nicht miteinander ins Bett. Vermutlich dachte er, ich wäre beleidigt, wenn er die Dinge überstürzte und sich nicht Zeit nahm, mich als intellektuelles Wesen zu akzeptieren. Robinson besaß Moral und eine sehr fein abgestufte moralische Skala. Es dauerte eine Weile, bis ich mich darauf eingespielt hatte.

Dennoch gingen wir schließlich ins Bett, wenn auch der Anstoß dazu von mir kam. Robinson erwies sich als das fremdartigste Geschöpf, mit dem ich je zusammengewesen war, und gleichzeitig so vertraut wie die Latzhose, in die ich in diesem ersten Sommer auf Millhill Farm wie in eine zweite Haut hineingewachsen war. Mit ihm zu schlafen war wie nach Hause zu kommen. Nicht zu einem Heim, das ich schon kannte, sondern zu der Heimat, die wir alle in uns tragen, von der wir wortlos träumen, die wir unausgesprochen fühlen.

Überflüssig zu erwähnen, daß Robinsons Auftauchen meiner Beziehung mit Grant Rutherford nicht sonderlich guttat. Am Anfang machte es nicht viel aus. Grant und ich gingen mittlerweile routiniert miteinander um, und unser Sex glich einem amüsanten Vorspiel zum eigentlichen Hauptakt, der ernsthaften Besprechung beruflicher Fragen. Aber schon bald wurde das Amüsement abgeschmackt. Mein Körper war nicht mehr bei der Sache.

Eines Sonntags während des Mittagessens blickte Robinson plötzlich auf seine Serviette und sagte: »Es muß viele Männer in deinem Leben geben.« Er sprach diese Worte mit einer Beiläufigkeit aus, hinter der sich deutliches Unbehagen verbarg.

Ich lächelte, geheimnisvoll, wie ich hoffte. Aber er wartete auf eine Antwort, und da es mir einfach nicht gelingen wollte, Robinson ins Gesicht zu lügen, sagte ich: »Einige.«

Da nahm er meine Hand, am hellichten Tag ein sehr seltenes Vorkommnis. »Ich wünschte, es gäbe sie nicht.« Er warf mir einen sanften Blick zu. Seine Miene jedoch wirkte angewidert, als habe er saure Milch getrunken.

Ich drückte seine Hand und nahm mir vor, bei nächster Gelegenheit mit Grant zu reden.

Ein paar Tage später ergab sich diese Gelegenheit. Wir aßen in einem ruhigen, italienischen Restaurant in Little Italy. Als uns der Klatsch ausging, wen wir mit wem gesehen hatten, holte ich tief Luft und sprach es aus.

»Grant, ich glaube, wir sollten uns nach der Arbeit nicht mehr treffen.«

Er warf mir einen forschenden Blick zu. Was er sah, gefiel ihm nicht. Er lockerte seine Krawatte; ein kleiner Muskel in seiner Wange zuckte, der Muskel, der manchmal bei Besprechungen Ärger signalisierte.

Ich versuchte, das Schweigen zu überspielen. »Wir hatten eine gute Zeit, und Sex ist uns längst nicht mehr so wichtig und ...«

»Sprich für dich selbst«, unterbrach mich Grant. Nach einem Moment fragte er: »Wer ist es?« Er begleitete die Frage mit dem strengen Blick. Ich kam mir plötzlich sehr jung und schüchtern vor.

»Ein alter Freund. Ich kenne ihn seit unserer Kindheit.«

»Tatsächlich.« Er hielt inne. »Das hält keinen Monat.«

»Hat es schon.« Sein Ton gefiel mir nicht.

Wir starrten uns an. Das eisige Funkeln in seinen Augen paßte zu seiner Stimme. »Und du willst in der Firma bleiben?«

»Steht das denn zur Debatte?«

»Ach, komm schon.« Grant schob den Stuhl zurück, manövrierte mich aus dem Restaurant und nahm sich gerade noch die Zeit, die Rechnung zu begleichen. »Wir können auch bei dir einen Kaffee trinken.« Das war eine Drohung.

Wir fuhren schweigend zurück. Aus irgendeinem Grund hatte ich Grants Ärger nicht erwartet. »Ich glaube, du solltest nicht mit hochkommen, Grant«, sagte ich, nachdem er eingeparkt hatte. »Nicht heute nacht. Nicht in dieser Stimmung.« Ich versuchte, mit einem Lachen die Atmosphäre aufzulockern. Es sollte zwischen uns weiterlaufen wie bisher. Nur ohne diese bestimmte Kleinigkeit.

Er versuchte, mich zu küssen; ich wehrte mich nicht. Meine Lippen waren kühler als die Novembernacht.

Einen Moment betrachtete er mich in dem dämmrigen Licht der Straßenlaternen. »Verstehe.« Seine Stimme klang mürrisch. »Ich will den Mann kennenlernen.«

Diese Vorstellung entsetzte mich. »Das ist unmöglich!«

»Warum? Schämst du dich?«

»Natürlich nicht.«

»Dann lade ich euch zum Essen ein.« Er blätterte seinen Kalender durch. »Sagen wir nächsten Donnerstag. Du kannst den Termin morgen bei Anita bestätigen.«

Anita war seine Sekretärin; es war das erste Mal, daß eine unserer Verabredungen nach Feierabend über sie lief. Damit signalisierte er mir eine Veränderung. Von nun an mußte ich mich an seine Sekretärin wenden, wenn ich etwas von ihm wollte. Grant hatte ein unnachahmliches Gespür für Hierarchie. Vermutlich hat das unsere Beziehung so lange am Leben erhalten.

»Ich teile Anita mit, wann es mir paßt.« Damit unterstrich ich, daß ich verstanden hatte.

Grant lachte leise. »Du kannst ihr auch den Namen des jungen Mannes nennen. Es sei denn, es gibt Gründe, ihn zu verschweigen.«

»Die gibt es nicht.«

»Also willst du letztendlich doch eine ehrliche Frau werden?« Grant konnte sich diese Spitze nicht verkneifen.

»War ich jemals etwas anderes? Wenigstens Mr. Grant Rutherford gegenüber?«

Ich öffnete die Tür, doch er hielt meine Hand fest und küßte sie mit einem Hauch spöttischer Galanterie.

»Nie«, sagte er ernst. »Und ich vertraue darauf, daß es dabei bleibt.«

»Mein Chef will uns zum Abendessen ausführen«, teilte ich Robinson am Wochenende mit.

»Und? Ist das ein gutes Zeichen?«

Ich mußte lachen. »Weiß ich nicht genau. Aber annehmen müssen wir die Einladung wohl.«

Grant führte uns ins Four Seasons, als wollte er mir den weiten Weg vor Augen führen, den wir seit unserem ersten Dinner hier zurückgelegt hatten. Vielleicht war es auch nur eine untypische Anwandlung von Sentimentalität. Robinson ahnte wohl nicht, daß Grant mehr als nur mein Boß war. Aber als wir uns ihm näherten, legte er ungewohnterweise seinen Arm um meine Schultern.

Zwischen den beiden Männern herrschte eine gespannte, abtastende Höflichkeit, die ich dadurch abzubauen versuchte, indem ich zuviel redete und zu schnell zuviel trank. Schließlich aber verhakten sie doch ihre Geweihe. Grant legte plötzlich ein ungeahntes Wissen über Humangenetik und die Gefahren biotechnischer Manipulationen an den Tag. Robinson sah ausgesprochen gut aus in einem dunklen Anzug, den ich vorher noch nie an ihm gesehen hatte. Er schwärmte geradezu vom Aufstieg von Saatchi und Saatchi, bevor er dann den ruchlosen Klammergriff anprangerte, den die Werbung auf die Politik hatte.

»Da stimme ich Ihnen voll und ganz zu«, überraschte uns Grant. »Aber wenn die Wählerschaft das will ...« Er hob hilflos die Arme und lachte.

»Um zu wissen, was man will, muß man eine echte Wahl, keine miteinander konkurrierenden Slogans, die von denselben manipulierenden Hirnen ausgebrütet worden sind.«

»Meinen Sie Politiker oder Werbeleute?«

Grant war ganz verschleierte Unschuld, während ich krampfhaft nach einer Anekdote suchte, um die wachsende Feindseligkeit einzudämmen. Plötzlich entschuldigte sich Robinson und verschwand kurz. Grant sah mich schweigend und mit kaum verhüllter Ungeduld an. Schließlich ergriff er meine Hand. Es war irgendwie eine väterliche Geste.

»Er ist ein gutaussehender, junger Bursche. Aber du bist viel zu klug für Romantik.«

Mir blieb weder Zeit, nachzudenken, noch, zu antworten, denn Robinson kehrte zurück, und ich mußte Grant meine Hand so unauffällig wie möglich entziehen.

Kurz danach gingen wir.

Robinson bemerkte hinterher nur, daß Grant offenbar ein netter Chef war, wenn er seine Angestellten und deren Partner immer so großzügig bewirtete. Allerdings blieb er an diesem Abend nicht wie sonst bei mir. Und er ließ auch erst eine Woche später wieder etwas von sich hören. Ich war verzweifelt. Außerdem verstand ich sein Schweigen nicht.

Als er mich schließlich anrief, tat er, als wäre nichts gewesen. Erklärungen und Begründungen waren nie Robinsons Stil gewesen. Statt dessen fielen wir ins Bett, und trotz meiner Arbeit und all der anderen Verpflichtungen kam es mir vor, als tauchten wir erst Monate später wieder auf.

Nach ein paar Wochen wurde mir ein Job in einer anderen Firma angeboten. Ich nahm an, froh, Grant und seinen Sticheleien aus dem Weg gehen zu können, seinen ständigen Anspielungen auf das Läuten der Hochzeitsglocken. Einmal sagte er sogar, er wünschte, daß ich die Sache endlich hinter mich bringe, damit wir wieder zusammen sein könnten. Sein Zynismus ärgerte mich, aber insgeheim fürchtete ich, daß er recht haben könnte.

Gegen Ende des Frühlings brachte Robinson selbst das Thema Ehe ins Spiel. Wir machten eine Woche Urlaub in den Adirondacks. Ein Freund hatte uns sein Haus geliehen. Eigentlich war es nur eine Blockhütte, die am Fuß eines bewaldeten Hügels stand. Alles duftete nach Kiefern und Holzfeuern. Wir waren wieder wie die Kinder, liefen zwischen den Bäumen herum, tauchten unsere Füße in das eiskalte Gebirgswasser und rannten, bis wir atemlos waren, um uns wieder aufzuwärmen. Wir liebten uns in der freien Natur. Robinson legte seinen Anorak auf den harten Waldboden, und wir lagen da, blickten durch das Blätterdach in die Sonne und lauschten dem Kreischen der Vögel.

Am Abend vor unserer Abreise saßen wir an dem kleinen Kartentisch, den wir vor der Blockhütte aufgebaut hatten, aßen Käse und Äpfel und sahen zu, wie das Rosa des Himmels langsam verblaßte. Aus dem Nichts heraus sagte Robinson: »Ende September muß ich wieder nach England zurück. Du kommst doch mit, oder? Wir heiraten. Ich liebe dich.«

Er sah mich an, aber seine Worte machten ihn sichtlich verlegen. Ich küßte ihn, auch, um ihn von seiner Verlegenheit zu erlösen. Dann trug er mich in die Hütte, legte mich auf das Feldbett mit der groben, grauen Decke und dem dünnen Kissen. In dieser Nacht hätte ich Robinson allein nach meinem Tastsinn zeichnen können, wenn ich eine Malerin gewesen wäre. Die Mulde seines Fußes, der straffe Bogen seiner Waden, die kleinen Borsten an seinen Schenkeln, bis hinauf zu den Muskelsträngen seines Halses, die präzise Kurve seines Kinns und seiner Lippen, sein dichtes Haar.

Am nächsten Morgen wachte ich in seinem Arm auf, und alles war plötzlich anders. Als hätte das Wörtchen »Ehe« uns in eine andere Zeit versetzt. Wenn ich jemals jemanden »geliebt« hatte, dann Robinson. Aber bei näherer Betrachtung war mir die Bedeutung des Wortes nicht ganz klar. Es schien ein »für immer« zu implizieren. Dieses »für immer« sollte eigentlich eine endlose Gegenwart sein. Wenn jedoch Robinson von Zukunft sprach, redete er von vielen konkreten Dingen.

Er war mittlerweile bei mir eingezogen und schmiedete Pläne für uns, wann immer er eine Gelegenheit fand. Er sprach von einem Haus, das wir uns auf dem Land in der Nähe von Cambridge mieten könnten, auf dem Hang eines einsamen Hügels. Es gab dort einen Weiher, und mit etwas

Glück würden sich vielleicht Schwäne dort niederlassen. Er sprach von einem Hund, der Small bis aufs Haar gleichen sollte. Er schilderte die vielen Kurse an der Universität, die ich vielleicht besuchen könnte. Er sprach sogar von Kindern.

Zuerst versuchte ich, mich in dieser Idylle wiederzufinden. Aber sie war mir unbehaglich. Etwas in mir sperrte sich. Mir wurde klar, daß Robinson nur Lippenbekenntnisse von sich gab, wenn er mich als eigenständige Persönlichkeit akzeptieren sollte. Er konnte meine Entscheidung nicht einsehen, warum ich in New York bleiben wollte und eine Arbeit machte, die ihm bedeutungslos vorkam. Im Lauf dieses Sommers fielen mir noch andere Dinge an ihm auf, die mich verärgerten. Er stellte seinen Stuhl oft so hin, daß er in die Ferne blicken konnte, ohne mich ansehen zu müssen. Außerdem schien er nie zu bemerken, was für Kleider ich trug. Er focht kleine Meinungsverschiedenheiten nicht mit mir aus, sondern zog sich zurück und bestrafte mich, indem er sich mir verweigerte.

Der September kam, und Robinson ging einfach davon aus, daß ich am Ende des Monats mit ihm nach England kommen oder ihm zumindest kurz danach folgen würde. Etwa Mitte des Monats rief Grant mich an und lud mich zum Essen ein. Er wollte ein berufliches Problem mit mir besprechen. Ich hatte ihn länger nicht gesehen. Bei diesem Mittagessen, bei dem wir ununterbrochen scherzten und Komplimente machten, wurde mir klar, daß ich gern die andere Frau war. Die Frau, die über ihre Zeit selbst verfügte.

Ich versuchte, etwas davon Robinson zu erklären, als ich ihm mitteilte, daß ich nicht mitkommen würde. Aber er verstand mich nicht. Vielleicht waren wir noch zu jung, beide um Mitte zwanzig. Er war verletzt. Mit steinerner Miene verkündete er, daß ich zuviel nachdenken würde, als wäre das irgendwie etwas Unanständiges. Dann verschwand er stumm und vorwurfsvoll.

Wenig später bekam ich einen Brief von ihm. Darin stand, daß er heiratete, und ich wünschte ihm beinahe aufrichtig Glück. Etwa zwei Jahre später schrieb er mir wieder. Die Ehe war zerrüttet, und er kam auf eine Stippvisite nach New York. Wir trafen uns, beide vorsichtiger, ein wenig älter und vielleicht auch etwas klüger geworden. Robinson konnte mir manchmal in die Augen sehen, während er meine Hand nahm.

Wir wurden Freunde, und diese Freundschaft hat gehalten. Wenn die Situation stimmt, gehen wir sogar manchmal miteinander ins Bett. Guter Sex mit Robinson ist unvergleichlich. Vielleicht liegt das an dem längst verflossenen Vermächtnis der gemeinsamen Tage in der heißen Scheune. Vielleicht liegt es aber auch nur daran, daß man, wenn man älter wird, sich gern mit jemandem verliert, dessen Gesicht man vertraut, wenn man es wieder wahrnimmt.

Das Badewasser ist kalt geworden. Die Hitze hat sich in mir gespeichert, in einer heißen Sehnsucht nach Robinson. Ich würde gern mit ihm schlafen. Ich würde mich gern verlieren. Was waren diese letzten Monate anderes als der Versuch, das Selbst abzustreifen, zu dem ich geworden bin? Die Sehnsucht ist stärker als die Angst vor der Konfrontation. Ich wickle mich in das große Badetuch des Hotels und gehe zum Telefon. Soll das Schicksal entscheiden.

Robinson ist zu Hause. Ich will mich schon mit Maria d'Este melden, als mir einfällt, daß Robinson mich nur als Maria Regnier kennt. Das bringt mich aus dem Konzept: »Ich bin's, Maria«, stammle ich.

Nach einer Schrecksekunde prasselt Robinsons Zorn auf mich herab. »Maria! Verdammt, wo hast du gesteckt? Ich habe seit Ewigkeiten nichts von dir gehört!«

»Ich war in Paris.« Bloß keine Erklärungen. »Jetzt bin ich ein paar Tage in London. Es wäre schön, dich zu sehen.«

»Ich wünschte, du hättest mir früher Bescheid gesagt.«

Robinsons Stimme hat einen unfreundlichen Unterton, der mir fremd ist.

»Macht nichts, wenn du es nicht einrichten kannst, Robinson. Geht es dir gut?« Ich ziehe das Handtuch fester. Mir ist kalt.

»Vielleicht Donnerstag abend. Wo wohnst du?«

»Im Savoy. Ich reserviere einen Tisch in der Rotisserie, für alle Fälle. Um acht.«

»Ich hinterlasse eine Nachricht beim Empfang.« Nach einer Pause sagt er: »Vielleicht möchtest du ja lieber hierher kommen? Am Samstag?«

»Laß uns das spontan entscheiden«, antworte ich. Dieses Cambridge, in das Robinson mich einpflanzen wollte, habe ich nie wirklich sehen wollen. Und schon gar nicht jetzt. »Ich warte auf deine Nachricht. Bitte unter dem Mädchennamen meiner Mutter. Maria d'Este.«

Irgendwie niedergeschlagen lege ich auf und tröste mich mit dem Gedanken, daß Robinson und ich nie gut am Telefon miteinander sprechen konnten. Wie Kinder und Liebende existieren wir füreinander am besten, wenn wir uns nah sind.

18. Kapitel

Selbst an einem strahlenden Tag wirkt das Ufer der Themse nicht gerade einladend auf Spaziergänger. Die schlammigen Fluten sind zu breit, die Gehwege verlassen, bis auf die Möwen und Tauben, die sich gelegentlich herabstürzen. Ich gehe unter einer Reihe von großen Bäumen entlang und finde den Torbogen zum Allerheiligsten. Hier herrscht plötzlich eine gedämpfte Atmosphäre, als hätte ich eine andere Stadt mit ihrer eigenen Zeitzone betreten. Prachtvolle Rasenflächen fallen von verschlungenen Wegen ab, die von uralten Ziegeln gesäumt werden. Alte Gaslaternen markieren den Weg. Torbögen mit aufgemalten Namen, eine Bibliothek, die heimeligen Steine einer Kirche, Springbrunnen, in deren Wasserstrahlen sich die Sonne fängt. Selbst die zielstrebigen Schritte der dunkel gekleideten Anwälte beeinträchtigen diese beinahe klösterliche Ruhe nicht.

Ich wandere umher und vergesse mich. Als mir einfällt, daß ich nicht zum Spaß hier bin, beschleunige ich meine Schritte. Ich habe eine Arbeit, für die ich gerade jetzt sehr dankbar bin. Denn sie hat mir diesen Ort gezeigt, von dessen Existenz ich keine Ahnung hatte.

Mein Termin ist auf halb elf angesetzt. Ich finde das prachtvolle Portal mit dem Namen der Geschäftsräume gerade noch rechtzeitig. Drinnen ist es ein wenig muffig und dämmrig. Eine steile Treppe führt mich in den ersten Stock in ein Labyrinth aus Türen. Jennifer Walters wartet bereits auf mich. Sie ist etwa in meinem Alter, hat Augen, die wie feuchte Kieselsteine glänzen, und lächelt humorvoll. Ihr Kostüm ist schwarz, aber es ist gut geschnitten, und der Kragen ihrer weißen Bluse hat einen Rand aus Spitze, der zu ihrem dichten, welligen Haar paßt. Als sie aufsteht und mir die Hand schüttelt, sehe ich, daß sie überraschend klein ist. Aber sie steckt voller Energie. Ihre Stimme hat einen herzlichen Klang. Ich mag sie sofort.

»Also haben Sie diese hundert Jahre und wer weiß wie viele Meilen überwunden, um einen kleinen Einblick in die merkwürdigen Mechanismen der britischen Justiz zu gewinnen?« Sie lacht gewinnend. »Ein ziemlich harter Brocken, denke ich.«

»Für mich ist es genauso hart wie auf der anderen Kanalseite.«

»Ah, aber wir haben hier keine Kodebücher mit Tausenden von hübschen, numerierten Einträgen. Sondern nur Tausende von entzückenden, staubigen Präzedenzfällen.« Sie deutet mit einer dramatischen Geste auf die dicken Bände an den Wänden.

»Und wo finde ich die wichtigen Fälle?«

»Hier sind sie.« Sie reicht mir zwei Blätter mit ordentlich geschriebenen Notizen. »Laut der Anordnung des Meisters, oder sollte ich lieber sagen, des Maîtres ...« Sie rollt das R heftig. »Netter Bursche, der Maître. Obwohl sein Englisch manchmal etwas zu wünschen übrigläßt.«

»Deshalb bin ich hier.«

»Trotzdem werden Ihnen die Sachen vielleicht nicht unbedingt glasklar vorkommen.« Sie wirft mir einen prüfenden Blick zu. »Gesetze sind auch nicht unbedingt für ihre Transparenz bekannt.«

»In dem Fall beschränke ich mich auf die Rolle der Übersetzerin mit ihrem Computer.«

»Und bei den anderen Fällen?«

Ich erzähle ihr mehr von Pauls »Frauen, die töten«, als sie wohl seinem Brief entnehmen konnte. Sie hört aufmerksam zu. Dann ist sie an der Reihe. Mit einem gewissen Eifer erklärt sie mir, daß im Moment in Großbritannien darum gekämpft wird, Notwehr auch in Fällen zu akzeptieren, in denen mißhandelte Frauen ihre Ehemänner ermordeten, mit der Tat aber warteten, bis die Männer schliefen oder in einen besinnungslosen Rausch gefallen waren. Die Richter behaupten nur zu gern, daß dies einem Freibrief für Mord gleichkäme, aber die Erfahrung in anderen Ländern beweist das Gegenteil.

»Wie das in Frankreich gehandhabt wird, weiß ich nicht, aber hier neigen die Richter dazu, eher ständige Nörgeleien einer Frau als Provokation für einen Mord anzusehen, als eine langjährige brutale Behandlung durch einen Trunkenbold von Ehemann.«

Jennifer nennt Fälle und Daten, und ich schreibe mir rasch die auf, die ich noch nicht kenne. Dann versieht sie mich mit den nötigen Informationen für das Verfahren, das morgen beginnt und bei dem sie die Verteidigung innehat. Wenn alles vorbei ist, sagt sie, dürfe ich die Unterlagen einsehen.

Als ich aufstehe, um mich nach einer Stunde zu verabschieden, lächelt sie ironisch.

»Vergessen Sie nicht, es gibt bei uns den Habeas Corpus. Nur für den Fall, daß ein britischer Bobby Sie anhält.«

Ich weiß nicht, wovon sie redet, aber als ich krampfhaft versuche, aus dem Lateinischen zu übersetzen, klärt sie mich auf.

»Ja, hier gehören unsere Körper uns selbst. Das heißt, wenn wir an sie herankommen.« Ihre Augen funkeln unmißverständlich, als sie hinzufügt: »Bestellen Sie Maître Arnault meine besten Grüße.«

Erst als ich in der Gerichtsbibliothek sitze, läßt etwas, das ich lese, ihre Worte in einem anderen Licht erscheinen. In Frankreich gibt es keinen Habeas Corpus. Der Bürger gehört dem Staat und kann infolgedessen vor jeder öffentlichen Anhörung festgehalten werden. In England jedoch gehört der Körper allein dem Untertan.

Dann wird mir klar, daß Jennifer Walters mehr als nur die Unterschiede diesseits und jenseits des Kanals erklärt hat. Es war eine Anspielung auf Paul, eine Anspielung darauf, daß mein Körper vielleicht ihm gehört, ihrer jedoch nicht, obwohl er das hätte tun können.

In diesen letzten Wochen habe ich alle erotischen Gedanken an Paul unterdrückt. Unsere freitäglichen Sitzungen dehnten sich zu langen Abenden mit langen Diskussionen aus, die so hitzig waren, daß es für die Entladung dieser Reibereien nur eine einzige Lösung gegeben hätte, wäre ich noch die Frau gewesen, die ich einmal war. Zwei- oder dreimal habe ich in seinen Blicken diese Frage ertappt, aber ich habe mich schnell abgewendet, trotz der Versuchung. All das liegt hinter mir. Es wird keine Abenteuer mehr geben. Ich beschwöre Beatrice herauf, als klammerte ich mich an einen Talisman.

Am Freitag vor meinem Abflug nach London sind Paul und ich zum Dinner im Le Dôme gelandet. Der weinrote Plüsch und die trägen Kurven der Belle-Époque-Einrichtung boten ein völlig unpassendes Ambiente für unser Thema. Wir diskutierten Kindsmord, das Verbrechen, in dem ein Neugeborenes Momente nach seinem ersten Atemzug ermordet wird. Es standen drei Fälle zur Debatte. Im ersten hat eine arbeitslose, völlig verarmte Frau, Mutter von zwei Kindern, ihr neugeborenes Kind allein in einer baufälligen Hütte zur Welt gebracht und dann ohne viel Federlesens in eine Mülltonne geworfen. Im zweiten hat ein siebzehnjähriges Mädchen mit einem strengen Vater und einer schwangeren Stiefmutter Kind und Plazenta die Toilette heruntergespült und ist dann in dem Badezimmer ohnmächtig geworden. Im letzten Fall hat eine Frau vom Land ihr Neugeborenes ermordet, während ihr Mann im Nebenzimmer arbeitete. Es war die Frucht einer verheimlichten Vergewaltigung.

Paul argumentiert, daß in allen drei Fällen die Frauen nicht wußten, was sie taten. Sie waren sich ihrer Schwangerschaften ebensowenig bewußt wie ihrer mörderischen Taten.

»Das Kind hat für sie nicht existiert«, sagt er. »Die Geburt ist wie Bauchschmerzen, wie Erbrechen oder eine Periode, ein reinigender Akt.«

»Das glaube ich nicht!« widerspreche ich. »Natürlich wußten sie es. Und wenn sie es nicht wissen wollten, dann hätte ihnen jemand die Schwangerschaft klarmachen müssen. Hören Sie auf, sich wie ein Strafverteidiger zu benehmen! Wir sind nicht vor Gericht.«

Seine Augen funkeln in dem warmen Licht der zierlichen Lampen über uns.

»Dann hören Sie auf, sich wie ein engstirniger Richter aufzuführen. Versuchen Sie einen Moment, zu verstehen. Wir reden von Frauen, die in der Stille leben. Umringt von

Schweigen. Im Gegensatz zu den meisten anderen Frauen spinnen sie kein Phantasieleben über das Kind in ihrer Gebärmutter. Es existiert für sie nicht. Sie erkennen sein ungeborenes Leben nicht physisch. Sie reden nie darüber, also ist es einfach nicht da. Und weil es vorher nicht da war, ist es auch hinterher kein reales Wesen.«

Ich schüttele hartnäckig den Kopf. »Das kann ich immer noch nicht einsehen.«

»Nun, dann stellen Sie sich die Schwangerschaft wie ein Krebsgeschwür vor. Ein Geschwür kann jahrelang existieren, ohne daß Sie sich seiner bewußt sind. Es ist erst da, wenn Sie es benennen.«

»Ein Geschwür stößt aber kaum mit dem Fuß gegen die Bauchdecke, so daß man Stühle oder Tische wegrücken muß.«

Ich zeige mit einer dramatischen Geste an, wo mein Bauch sein würde, und erhasche einen Hauch von Lüsternheit in seinen Augen.

»Dann sagen die Frauen sich, wenn sie überhaupt darauf eingehen, daß sie ansetzen und Diät machen müssen.«

»Aber all diese Frauen haben mit Ehemännern oder Eltern zusammengelebt. Oder hatten Freunde.«

»Und die waren alle mitschuldig an dem Schweigen. Sehen Sie, wir sprechen hier nicht über Familien oder Paare, die über ihre Probleme reden. Die Siebzehnjährige hatte gerade die Schule gewechselt. Sie hatte keine Freunde. Die Frau vom Lande hatte das demütigende, offenbar traumatische Erlebnis der Vergewaltigung geheimgehalten, sogar vor sich selbst. Daher war das Schweigen über den Rest eine beinahe unvermeidliche Konsequenz. Wenn man Schuld zuteilen will, dann liegt sie ebensosehr bei den Familien wie bei den Frauen.«

»Da gebe ich Ihnen recht«, erkläre ich. »Aber ich glaube trotzdem, daß sie es irgendwie wissen.«

»Irgendwie, aber das Kind existiert nicht in klaren Worten.

Wenn Sie das Schweigen nicht verstehen, Maria, können Sie die Hälfte all dessen nicht begreifen, das wir Verbrechen nennen. Gewalttätigkeiten passieren nicht mit Worten.« Er fixiert mich einen Moment, als würde er in mir lesen. »Ich weiß. Für jemanden, der zu sprechen und sich auszutauschen versteht, ist die innere Stille, in der das Verbrechen geschieht, beinahe unvorstellbar.«

»Ich begreife nicht, warum das, was Sie Schweigen nennen, gleichzeitig die Schuld mindern sollte.« Ich bin immer noch kämpferisch und unnachgiebig. Weil ich viel zu gut verstehe, was er sagt. Ich erkenne es wieder. Deshalb urteile ich so hart darüber.

Paul hebt sein Glas und lacht plötzlich. »Ich bin froh, daß Sie nicht unter meinen nächsten Geschworenen sitzen. Die Hälfte meiner Arbeit besteht daraus, in Worte zu fassen, was noch nie ausgesprochen worden ist. Und es den Geschworenen verständlich zu machen. Dem Irrationalen eine Sprache zu geben. Offensichtlich habe ich bei Ihnen keinen Erfolg. Ich wette, Ihre Eltern haben viel mit Ihnen geredet, als Sie klein waren. Probleme besprochen und all Ihre Marotten kommentiert.«

»Meine Mutter.« Ich korrigiere ihn, weil ich jeden Zentimeter Raum verteidigen will. »Es gab keinen Vater.«

»Ach? Das haben Sie nie erwähnt.«

Versehentlich habe ich den Damm vor einer Flutwelle unerwünschter Fragen niedergerissen. Mit einem aggressiven Unterton drehe ich den Spieß um. »Warum sind Sie so an Mord interessiert, Paul?« Ich will auf keinen Fall mein Leben mit ihm diskutieren.

Sein Gesicht wird ausdruckslos. »Es ist meine Arbeit«, antwortet er schwach und konzentriert sich auf seinen Teller.

Etwas in seiner Haltung läßt mich meine Worte bedauern.

»Entschuldigung. Ich mache es Ihnen schwer«, sage ich leise.

Er sieht mich an und lächelt auf eine Art und Weise, die auch mich zum Lächeln bringt. »Nein, es ist sehr wichtig, diese Dinge zu diskutieren. Deshalb bin ich froh, daß Sie hier sind.« Er lacht. »Die halbe Zeit probiere ich nur Strategien aus.«

Ich erwidere sein Lächeln. »Das habe ich schon gemerkt.«

Paul wird tatsächlich oft sehr lautstark, wenn er Meinungen bekämpft, die seiner Meinung zuwiderlaufen. Mir gefällt das Spiel, das er daraus macht. Und seine Energie.

Ich kann mir vorstellen, daß es Jennifer Walters ebenfalls gefallen hat, ganz gleich, wie gut Pauls Englisch auch sein mag.

19. Kapitel

Bis auf die kupferne Kuppel mit der vergoldeten Justitia auf der Spitze weist Old Bailey, Londons wichtigster Strafgerichtssaal, nichts von der Pracht seines französischen Gegenparts auf. Das Innere ist grau, schäbig und verblichen, die Menschen haben verstohlene Gesichter, als wären Gericht und Warteräume des Gefängnisses zu ein und demselben Gebäude verschmolzen. Ich habe einmal gelesen, daß das riesige Newgate-Gefängnis kaum einen Steinwurf von hier entfernt liegt. Vielleicht hat das ja meinen Blick getrübt.

Der Gerichtssaal, in den ich verwiesen werde, ist fast bis auf den letzten Platz besetzt. Ich drücke mich ans Ende einer Bankreihe neben eine dicke Frau mit einem türkisfarbenen Kleid und blondem, lockigem Haar. Sie wird von einer Wolke billigen Parfums eingehüllt. Ich spiele mit dem Gedanken, mich woanders hinzusetzen, aber sie spricht mich an.

»Seid Ihr das erste Mal hier, Schätzchen?«

Ich nicke.

»Ich auch. Ist ganz schön aufregend. Die arme Martha, was? Kennt Ihr sie?«

Ich begreife erst nach einem Moment, daß sie von der Angeklagten spricht, und schüttele den Kopf.

»Nicht? Armes Ding. Er war ein richtiger Saukerl, hat sie und die Kinder grün und blau geschlagen. Verdient hat er es! Aber sie hätte ihn trotzdem nicht zersägen sollen. War wohl irgendwie nicht ganz bei Sinnen.«

Die Frau gefällt mir. Man denke sich den Akzent weg, flechte ein paar hochtrabende Fachbegriffe ein, und sie würde eine erstklassige Gutachterin abgeben. Selbst ihr Parfum wird allmählich angenehmer. »Sind Sie ihre Nachbarin?«

»War ich. Bis er sie eingesperrt hat. Wollte nicht, daß sie Freunde hatte. Armes Ding.« Sie schüttelt traurig den Kopf.

Am Eingang gibt es Unruhe, und ich stelle fest, daß die Anordnung der Anklagebank, der Richterbank, der Bänke für die Geschworenen und des Zeugenstandes anders ist als in Frankreich. Dafür ähneln sie dem, was ich aus amerikanischen Fernsehserien kenne. Aber im Moment höre ich lieber meiner Nachbarin zu.

»Sind Sie Zeugin?« erkundige ich mich.

»Ich? Nie im Leben. Obwohl der Anwalt auch zu mir gekommen ist«, verkündet sie mit gewissem Stolz. »Ich hab ihm gesagt, daß ich in der Öffentlichkeit nicht gut reden tue, aber wenn Martha mich wirklich braucht ... Ich hab sie im Knast besucht. Da war sie ganz ruhig. Viel zu ruhig. Ich hab ihr angeboten, mich um die Kinder zu kümmern. Ich mochte die beiden Gören, als sie noch kleiner waren. Aber sie haben sie ins Heim gesteckt. Das ist doch nicht richtig, wo sie ihr Bestes versucht hat, um sie vor dem alten Knacker zu beschützen, nicht?«

»Nein, das ist es nicht.«

»Ihr seid wohl nicht von hier?« Sie mustert mich mißtrauisch.

Ich nicke. »Ich bin Französin.«

Das freut sie. »Meine Älteste ist letztes Jahr nach Paris gegangen. Fand es wunderschön. Kennt Ihr Paris?«

Ich nicke, als vorn jemand ruft. »Der Gerichtssaal erhebt sich!«

Aber das kann meine Nachbarin nicht stoppen. »Ich mag Eure Bluse. Und die Brosche auch. Na warte, wenn ich Cyn, meiner Ältesten, erzähle, daß ich direkt neben einer Französin gesessen habe.« Sie strahlt mich an, und ich erwidere das Lächeln.

Der Auftritt des Richters läßt uns verstummen. Er wirkt erhaben wie ein Kardinal, setzt sich mit königlicher Würde hin und nickt in den Raum. Eine Brille klemmt auf seiner Nasenspitze, und er blinzelt uns an wie eine uralte Eule. Dann räuspert er sich. Die Geschworenen werden vereidigt. Es sind ebenso viele Frauen wie Männer. Dann tritt eine kleine, blasse Frau in den Zeugenstand. Sie besteht nur aus Haut und Knochen und strähnigem Haar, sieht aus wie fünfzig, obwohl sie den Unterlagen zufolge vierunddreißig ist. Sie scheint so zerbrechlich, daß ich mir nicht vorstellen kann, woher sie die notwendige Kraft für ihre Tat genommen haben soll. Eine Polizistin stützt sie. Die Handschellen, die sie ihr abnimmt, wirken vollkommen überflüssig. Die Spannung im Saal steigt fühlbar.

»Arme Martha«, flüstert meine Nachbarin und schüttelt den Kopf.

Ich nehme mein Notizbuch und versuche, wichtige Einzelheiten aufzuschreiben, aber bei dem ganzen juristischen Kauderwelsch komme ich anfangs kaum mit. Das monotone Leiern des Staatsanwaltes hilft mir auch nicht weiter, und ich frage mich, ob die Geschworenen ihm besser folgen. Am deutlichsten verstehe ich noch »My Lords« und »Learned Counsels«, »gelehrte Anwälte«. Doch dann treten die Zeugen auf, und die Sache wird allmählich klarer. Im Gegensatz zum französischen Gericht kommen die unentbehrlichen Zeugen zuerst. Man versucht nicht vorher, die Persönlichkeit der Angeklagten oder der Opfer zu beschreiben. Wir befinden uns im Reich der stichhaltigen Beweise: Berichte vom Tatort, Polizeiberichte, die Wäscheleine, mit der der Ehemann ans Bett gefesselt wurde, das Küchenmesser, mit dem sechsmal zugestochen wurde, die Leiche, die einige Tage im Küchenschrank verstaut worden ist, bis sie zerlegt und in den folgenden Wochen Stück für Stück entsorgt wurde.

Diese letzten Punkte sprechen anscheinend am stärksten gegen Martha Roberts. Jennifer Walters springt herum wie ein Gummiball, erhebt Einspruch und nimmt die Zeugen ins Kreuzverhör. Zu meinem Glück redet sie sehr einfach und direkt.

»Inspektor, würden Sie aufgrund Ihrer langjährigen Berufserfahrung sagen, daß eine Frau von der Statur Martha Roberts zu dieser Tat, die man uns hier beschrieben hat, fähig gewesen wäre, wenn sie sich nicht in einem Zustand der Raserei befunden hätte, der sie außer sich geraten ließ? Sehen Sie bitte die Angeklagte an.«

Alle Blicke richten sich auf Martha Roberts.

»Das halte ich eher für unwahrscheinlich.«

»Haben die Geschworenen das gehört?« fragt der Richter, wie immer um das Wohl der Geschworenen bedacht. »Darf ich Sie bitten, Ihre Worte zu wiederholen, Inspektor?«

Der Inspektor wiederholt pflichtschuldigst die Worte und erntet höflichen Dank.

»Haben Sie noch Fragen an den Zeugen, Frau Anwältin? Wenn nicht, unterbrechen wir das Verfahren bis 14:30 Uhr.«

Die Zuschauer erheben sich, als der Richter schweren Schrittes den Gerichtssaal verläßt. Meine Nachbarin versucht, Martha Roberts zuzuwinken, und dreht sich dann zu mir um. »Gegenüber ist ein Pub. Möchtet Ihr einen Happen essen?«

Ich folge ihr zu dem Lokal und erstehe uns zwei Fleischpasteten, deren »Qualität« einen französischen Koch veranlaßt hätte, augenblicklich den Löffel abzugeben. Ich nippe an dem Lagerbier, das meine Nachbarin Lorna Stott ausgegeben hat.

»Es ist wegen der Kinder, nicht?« sagt sie.

Ich kann ihr nicht ganz folgen.

»Wegen der Kinder hat sie's getan. Nichts erzählt, meine ich. Und ihn zerhackt und alles. Wegen der Kinder.«

»Sie meinen, weil er ihnen schreckliche Dinge angetan hat?«

»Das auch.« Sie nickt. »Aber sie wußte auch, wenn Sie's erzählt, gesteht und alles, dann nimmt man ihr die Kinder weg. Also hat sie gesagt, er wär' in Urlaub gefahren. Aber sie konnte nicht damit leben, irgendwie, und hat's schließlich doch erzählt. Arme Martha.«

»Ja, sicher, das ist bestimmt richtig.«

Sie blickt von der Fleischpastete hoch, die sie offenbar genauso ungenießbar findet wie ich, und sagt strahlend: »Wenn mein alter Steve mich so behandelt hätte, wie dieses Schwein von Tom Martha, hätt' ich ihn auf der Stelle verlassen, das sag ich Euch. Aber sie hat's nicht geschafft. Er hat sie grün und blau geschlagen, aber sie hat ihn trotzdem geliebt.«

»O ja«, wiederholt sie, als ich sie hartnäckig ansehe. »In den ersten zwei, drei Monaten war er gar nicht so schlecht. Damals war er ein gutaussehender Kerl. Dann kamen die Kinder, und es war zu spät. Sie saß in der Falle.«

Sie kichert trotz ihrer traurigen Miene. »Vielleicht ist es ganz gut, daß meiner sich aus dem Staub gemacht hat, bevor er zum Schwein werden konnte. Seid Ihr verheiratet?«

Ich schüttele den Kopf.

Sie sieht mich neugierig an. »Ihr seht ja so gut aus. In Frankreich hält man wohl nichts vom Heiraten, was?«

Ich lache. »Einige schon, andere nicht.«

»Man weiß nie, was daraus wird, nicht wahr? Was macht Ihr denn hier?«

Ich erzähle es ihr, und dann müssen wir wieder in den Gerichtssaal zurück. Interessant finde ich an diesem Nachmittag, daß Jennifer Walters Verteidigung uns zu denselben Interpretationen der Ereignisse wie denen meiner klugen Nachbarin führt. Sie sieht und hört genauso aufmerksam zu wie ich und rammt mir immer dann ihren Ellbogen in die Seite, wenn ein Punkt sie besonders aufregt.

Wir hören den Freund, dem Martha die Tat etwa vier Monate nach dem Totschlag gestand. Stanley Moore. Er ist Drucker, ein dünnes Männlein, dessen grauer Kopf viel zu groß für seinen Körper zu sein scheint. Seine Stimme bleibt trotz seiner Nervosität freundlich, als er beschreibt, wie er Martha in der örtlichen Klinik kennengelernt hat, als sie beide auf den Arzt warteten. Sie haben dann gelegentlich einen Drink genommen, einen Film angesehen und sind mit den Kindern in den Zirkus gegangen. An einem Abend hat er davon gesprochen, wie gut sie miteinander auskommen und daß sie vielleicht zu ihr hochgehen könnten. Da hat Martha angefangen zu weinen. Unter Tränen kam dann die ganze Geschichte ans Licht. Erst mochte er es nicht glauben. Es paßte so überhaupt nicht zu ihr. Sie war eine so ruhige, nette Frau, die sich so aufopfernd um ihre Kinder kümmerte. Er hatte sie mehr als einmal überreden müssen, sie ein paar Stunden in der Obhut einer Nachbarin zu lassen.

Dann umriß sie ihm vage ihre Ehe, ließ aber viele schreckliche Einzelheiten aus, denn sie war kein Jammerlappen. Aber den Rest konnte er sich zusammenreimen, und dann glaubte er ihr, verstand, daß sie dazu getrieben worden war. Er riet ihr, zur Polizei zu gehen.

»Sie haben ihr also geraten, zur Polizei zu gehen?« hakt der Staatsanwalt nach, um den Punkt zu unterstreichen.

Mr. Moore nickt und erklärt, daß Martha sofort zugestimmt habe. Mit einer solchen Tat konnte sie nicht leben. Aber es schien das erste Mal gewesen zu sein, daß sie über die ganze Sache nachgedacht hatte, seit es passiert war. Als habe sie es gar nicht getan, nicht wirklich.

»Aber es war Mrs. Roberts, nach ihrer eigenen Aussage«, setzt der Staatsanwalt schnell nach.

Mr. Moore nickt.

»War das ein Ja, Mr. Moore?« ermuntert ihn der Richter sanft.

»Ja, Euer Ehren.«

Jennifer Walter springt auf.

»Als Martha Roberts Ihnen die Tat gestanden hat, Mr. Moore, hatten Sie da den Eindruck, daß sie von jemandem anderen redet, als hätte eine andere Person das Verbrechen begangen? Stimmt das?«

»Ja.«

»Obwohl Martha Roberts also wußte, daß sie selbst das Verbrechen begangen hat, konnte sie sich nicht mehr vorstellen, wie es dazu hatte kommen können.«

Mr. Moore läßt seinen schweren Kopf hängen und blickt dann plötzlich auf.

»Das ist richtig. Man hat ihr fast den Verstand aus dem Leib geprügelt.« Er fuchtelt wütend mit der Hand herum.

Jennifer macht eine bedeutungsvolle Pause. »Sehen Sie die Angeklagte noch, Mr. Moore?«

Mr. Moore blickt auf die Anklagebank, als wolle er Marthas Blick suchen, aber sie sieht zu Boden.

»Ich besuche sie jede Woche«, gesteht er.

Erst als er den Zeugenstand verläßt, sieht sie ihn an. Sie wirkt, als würde sie ertrinken. Ich kann fast hören, wie sie keuchend nach Luft ringt, und stelle mir vor, wie ihr Leben an ihr vorüberzieht und es zu spät ist, eine Wahl zu treffen,

Möglichkeiten zu ergreifen, derer sich ihr ohnehin nicht viele boten. Und ihre letzte Chance, dieser gute, ritterliche Mann, kann sie auch nicht vor dem Untergang bewahren.

Als wir aufgefordert werden, aufzustehen, reagiere ich einen Moment nicht. Meine Nachbarin muß mich anstoßen, damit ich wieder weiß, wo ich bin. Wie schnell dieser erste Tag zu Ende gegangen ist!

Als ich Old Bailey verlasse, werfe ich einen Blick zurück auf die vergoldete Justitia. Das Schwert in der einen, die Waage in der anderen Hand und die Binde um die Augen. Warum ist die Gerechtigkeit blind? frage ich mich unwillkürlich. Vielleicht sind die Unterschiede zwischen arm und reich, Unterschiede in Rang, Hautfarbe und Geschlecht für sie wirklich nicht sichtbar: Sie ist vollkommen unparteiisch. Ihr Schwert durchtrennt genau die Mitte. Aber ihre Blindheit macht ihre Entscheidungen möglicherweise auch willkürlich, unberechenbar, zufällig und impulsiv, wie die der anderen blinden Gestalt aus dem antiken Pantheon – Amor.

Liebe und Gerechtigkeit. Rätsel, die ich durchlebe, aber nicht lösen kann.

20. Kapitel

Nachts strahlt die Themse einen Zauber aus, der ihr tagsüber fehlt. Die funkelnden Lichter rücken die Ufer näher zusammen und errichten eine zweite Stadt auf dem Wasser, weichen die geraden Umrisse der Häuser auf und beleuchten die eleganten Bögen der Brücken.

Während Robinson die Weinkarte studiert, betrachte ich das alles von unserem Tisch in der Rotisserie aus. Ich bemerke, wie gut ihm seine Jahre stehen. Die tieferen Falten in seinem Gesicht lassen ihn nur nüchterner aussehen, seriöser, was besser zu ihm paßt als seine glänzenden Haare und Augen. Das gleichen das dunkelblaue Hemd und der Leinenanzug wieder aus. Er hat sich für die Gelegenheit passend gekleidet, aus Respekt für das Savoy. Ich habe mich ebenfalls entsprechend ausstaffiert.

Vielleicht ist das der Grund für das leichte Unbehagen zwischen uns. Trotz der Herzlichkeit der anfänglichen Umarmung gehen wir so verlegen miteinander um wie Halbwüchsige bei ihrer ersten Verabredung. Wir fragen behutsam, unterbrechen damit das gespannte Schweigen. Das sieht uns nicht ähnlich. Möglicherweise hat Robinson etwas zu verbergen, so wie ich.

»Ist dir ein Bordeaux recht, ein Château d'Issan?« fragt Robinson mit dem Ernst, den er ansonsten für wesentliche Fragen reserviert hat.

»Großartig.« Ich versuche ein Lächeln, das aber zu einem Kichern entgleist. »Ich fange an, okay? Die jährliche Zusammenfassung – oder mehr?«

»Mehr.« Er blickt ernst ins Nichts.

Ich rede einfach weiter. »Ich habe New York den Rücken gekehrt. Und ich habe den Job gewechselt. Das wird dich freuen. Ich mache zur Abwechslung etwas Seriöseres.«

Er lächelt, und einen Moment bin ich versucht, mit ihm über die positiven Seiten des Berufes zu diskutieren, in den ich hineingestolpert bin. Aber ich lasse es und erzähle ihm bei Wein und gegrillten Pilzen von meinem neuen Job und dem Prozeß, den ich heute verfolgt habe.

Robinson hört wie üblich aufmerksam zu, aber seine Schultern sind immer noch angespannt, und er hat mir bisher nicht in die Augen gesehen. Es ist wie am Anfang. Er tut, als sehe er mich nicht. Etwas, was ich gelesen habe, schießt mir durch den Kopf. Etwas über die Distanz, die Menschen trennt, die sich lieber sehen als hören. Ich verliere den Faden.

»Es ist alles ein wenig morbid, nicht wahr?« sagt Robinson leicht angewidert.

Eine Sekunde weiß ich nicht, wovon er spricht.

»Meine Mörderinnen, meinst du?«

Er nickt.

»Deiner Meinung nach wäre ich wohl besser mit meinen ›Mördern an meinem Geiste‹ dran, den bösartigen Werbeleuten und Medienkerlen?«

Er schluckt den Haken jedoch nicht. Statt dessen schneidet er methodisch sein Lammfleisch in kleine, ordentliche Stückchen, wie er es schon als Junge getan hat. Dann packt er ohne Vorwarnung meine Handgelenke, drückt sie auf den Tisch, so daß ich mir seiner Dringlichkeit schon bewußt bin, bevor er sie in Worte faßt.

»Mähri, bist du wütend, weil ich ein Kind habe?«

Ich sehe ihn fassungslos an.

»Ich habe es dir nach New York geschrieben. Du hast nicht geantwortet. Mit keiner Silbe. Ich konnte es nicht glauben. Ich habe wieder geschrieben. Immer noch nichts. Ich habe sogar angerufen. Vergeblich. Und jetzt ...«

Mein Gehirn fühlt sich an wie eine dicke, alte Eiche mit zu vielen Zweigen, Fremdkörpern und Parasiten. Ich finde nicht hindurch, um zu suchen, was ich verloren oder abgesägt habe. Habe ich einen Brief von Robinson mit dieser erschreckenden Neuigkeit bekommen? Habe ich ihn bewußt oder unbewußt unter irgendeiner vergessenen Wurzel begraben?

Ich spüre immer noch Robinsons Hand auf meinem Arm.

»Ich habe niemals Briefe von dir bekommen, Robinson. Ich bin umgezogen. Es war eine schwierige Zeit. Vielleicht sind sie nicht nachgeschickt worden. Oder ... Aber wie wundervoll für dich! Wie herrlich!«

Das »wundervoll« transportiert längst nicht die Begeisterung, die ich ihm gern verliehen hätte, und ich drücke Robinsons Hand.

»Er ist wundervoll. Jamie. Er ist jetzt fast ein Jahr alt, ein zäher kleiner Kerl.« Robinson läßt mein Handgelenk los und sieht mir zum ersten Mal in die Augen. Sie strahlen vor Wärme und vor Stolz, aber da schimmert noch etwas in ihnen. Dankbarkeit. Als hätte er mir ein Geschenk gemacht und als wäre meine unbeteiligte Reaktion ihm unbehaglich gewesen. Er wollte mich erfreuen, mich an seiner Freude über dieses Geschenk teilhaben lassen, und nun endlich nehme ich Anteil. Jedenfalls glaubt er das.

Eigentlich bin ich plötzlich verunsichert, fast schon verärgert. Und auch seltsam bestürzt, als würde die Vorstellung, daß Robinson Vater geworden ist, die natürliche Ordnung der Dinge durcheinanderbringen. Es ist lächerlich. Immerhin muß es nach dieser kurzen Ehe eine Menge Frauen in seinem Leben gegeben haben. Robinson ist mittlerweile sechsunddreißig und reif, Vater zu sein.

Während er sein Loblied auf Jamie singt, grüble ich über mein Unbehagen nach. Als hätte ich das Gefühl genährt, daß Robinson und ich über alle anderen Lieben hinweg irgendwie im Alter zusammenkommen würden, umgeben von Feldern und Blumen. Wie seine Eltern, das einzige echte Paar, das ich in meiner Kindheit jemals näher kennengelernt habe.

»Und Jamies Mutter?«

Robinson errötet. Das kommt bei ihm so selten vor, daß ich weiß, daß es ihm peinlich ist.

»Nina? Habe ich dir nicht von ihr erzählt?« Er spielt mit der Gabel. »Sie arbeitete im Labor. Jedenfalls bis Jamie kam. Sie stammt aus Chile.« Robinson strahlt, als er über Nina spricht. Ich merke mehr an seiner Miene denn an seinen Worten, wie er sie bewundert.

»Das klingt gut«, sage ich schnell. »Lebt ihr zusammen?«

Meine Frage erstaunt Robinson. »Natürlich. Seit Jamie sich angekündigt hat.«

Der älteste Trick der Welt, denke ich und wünsche mir, ich hätte es nicht getan.

»Du mußt uns besuchen und sie kennenlernen. Am Wochenende. Oder am Samstag. Bitte, Mähri.«

Ich schlucke. »Ja, das wäre schön.«

Robinson strahlt. Seine Fröhlichkeit macht mir klar, daß ich ihn in seinem neuen Leben sehen will. Plötzlich ist er vollkommen anders, locker und eifrig, entführt mich aus dem Hotel irgendwo anders hin, wo es gemütlicher ist, in einen Pub vielleicht oder auf einen Spaziergang über die Waterloo Bridge.

Draußen, im Dunkeln, legt er seinen Arm über meine Schultern und zieht mich an sich. Wir gehen schweigend im Gleichschritt nebeneinanderher. Auf der Brücke bleiben wir stehen und betrachten St. Pauls.

»Ich freue mich so, Mähri. Ich dachte, du wärst wütend auf mich. Weil ich es dir nicht früher erzählt habe. Das mit Jamie und Nina, meine ich. Daß du deshalb nicht geschrieben oder angerufen hast. Dann war ich wütend auf dich. Weil du so hart warst. Wir haben immerhin viel miteinander erlebt.« Er küßt mich kurz auf die Stirn. »Und das bedeutet mir viel. Du bedeutest mir viel.«

Das ist die längste Rede über unsere Gefühle, die Robinson mir gegenüber jemals gehalten hat. Ich habe einen Kloß im Hals und drücke seinen Arm.

»Mir bedeutet es auch viel, Robinson.«

Wir stehen schweigend da und lassen uns von der Nähe und den Erinnerungen überwältigen. Dann überrascht Robinson mich wieder.

»Irgend etwas ist mit dir passiert, Mähri. Du hast dich verändert. Ich würde gerne wissen, was es ist. Ich würde gern heute nacht bei dir bleiben. Aber du weißt, daß das nicht geht.«

»Ich weiß.«

»Am Wochenende können wir zusammen spazierengehen. Dann kannst du es mir erzählen.«

»Ich weiß nicht, ob ich das kann, Robinson. Noch nicht.«

Wir gehen langsam zum Hotel zurück. An der Tür küßt Robinson mich leicht auf die Lippen und drückt mir einen Zugfahrplan in die Hand.

»Ruf einfach an und sag, wann du kommst.«

Ich nicke.

»Vielleicht können wir ja auch einen Besuch bei meinen Eltern arrangieren. Ich habe es dir noch nicht erzählen können. Sie haben Kent verlassen und sind in unsere Nähe gezogen. Du möchtest sie doch sicher gern wiedersehen.«

Bei dem Gedanken an Stephanie und Chris wird mir warm.

»Klingt gut.«

Ich sehe Robinson nach, wie er verschwindet, und denke, daß Nina und Jamie ein tolles Paar sein müssen. Sie haben Robinson eine ganze neue Skala von Gefühlen gelehrt. Oder wenigstens die Fähigkeit, sie auszudrücken.

Als ich zur Rezeption zurückgehe, spüre ich, wie gut es war, meinen Mut zusammenzunehmen und Robinson anzurufen. Ein Portier reicht mir mit dem Schlüssel ein zusammengefaltetes Stück Papier. Ich sehe es verdutzt an. Wer kann mir hier etwas hinterlassen? Die Nachricht ist auf französisch. Ich überfliege rasch die Unterschrift. Paul Arnault. Er ist hier. Er traut mir anscheinend nicht zu, den Prozeß allein zu behandeln. Wenn ich vor halb elf zurückkomme, finde ich ihn in der Bar, besagt die Nachricht. Sonst könnten wir morgen gemeinsam frühstücken.

Ich schaue auf die Uhr, gehe kurz in den Waschraum, mehr um meinen Verstand als mein Gesicht zu erfrischen, und mache mich dann auf die Suche nach Paul. Ich sehe ihn, oder vielmehr die Le Monde, hinter der er sich versteckt, beinahe sofort, trotz des gedämpften Lichts in der Bar. Ich betrachte ihn eine Weile. Er strahlt eine merkwürdige Kombination aus, eine Lässigkeit und eine Intensität, als würde er die Zeitung absorbieren, statt sie nur zu lesen. Ich hole tief Luft.

»Hallo. Kontrollieren Sie mich?«

Er erschrickt und springt so hastig aus dem tiefen Sessel auf, daß die Leute an den kleinen Tischen daneben zu uns hochblicken.

»Maria! Ich hatte nicht mehr mit Ihnen gerechnet.« Er sieht mich an, wie er es manchmal tut, als würde er mich mit seinen Blicken aufsaugen, bevor er sich vorbeugt und mich auf beide Wangen küßt.

Die Leute neben uns wenden sich ab. Ich höre fast, wie sie denken: ›Immer diese Franzosen!‹

»Darf ich Ihnen etwas bestellen? Einen Cognac? Einen Whisky?« Er hält sein Glas hoch. »Er ist sehr gut.«

Ich schüttele den Kopf. »Kaffee, denke ich.«

»Gut, Kaffee.« Er macht eine eigenartige Miene, winkt aber sofort dem Kellner und bestellt in perfektem Franglisch. Ich lächle.

»Gefällt Ihnen mein Englisch?« Paul ist schnell von Begriff.

»Sehr.«

»Aber Sie sind nicht sonderlich erfreut, mich zu sehen?«

Ich antworte nicht sofort, und er fährt fort: »Ich habe Ihren Abend gestört, Ihre Pläne durcheinandergebracht?«

In gewisser Weise hat er recht. Ich wäre gern allein gewesen, um über mein Treffen mit Robinson nachzudenken, aber dann wird mir klar, daß seine Frage darauf nicht abzielt. Bevor ich antworten kann, redet er weiter.

»Das tut mir leid. Aber mein einziger Termin morgen ist abgesagt worden. Da dachte ich, ich fliege mal rüber, sehe mir ein wenig von dem Prozeß an und treffe bei der Gelegenheit Jennifer Walters.«

»Und überprüfen, welche Fortschritte ich mache.«

»Unsinn!« Er sieht mich einen Moment finster an. Dann wird seine Miene weich. »Ich wollte einfach nur unsere Freitagsbesprechung nicht ausfallen lassen.«

Darauf fällt mir keine Antwort ein.

»Ist das Essen in der Rotisserie gut?«

»Sehr gut.« Ich sehe ihn erstaunt an, während ich das sage, und begreife, daß er mich mit Robinson gesehen haben muß. Er gibt es im gleichen Augenblick zu.

»Ich habe Sie da drin gesehen. Ich wollte nicht stören. Hatten Sie einen angenehmen Abend?«

»Keine Sorge. Der Abend steht nicht auf meiner Spesenliste.«

»Warum sind Sie so empfindlich, Maria?« Er senkt seine Stimme ein wenig und zwingt mich, ihn anzusehen. »Wenn Sie wieder zu Ihrem Freund zurück wollen, gehen Sie nur. Sie haben frei. Wir können uns auch morgen treffen.«

Ich muß plötzlich lachen und bringe mittendrin ein »Entschuldigung« heraus. »Vielleicht nehme ich jetzt doch den Drink«, sage ich schließlich.

Als er kommt, nehme ich mich zusammen und erzähle Paul ein wenig über das, was ich in dieser Woche zusammentragen konnte. Detaillierter gehe ich auf den ersten Prozeßtag ein. Er unterbricht mich bei jeder neuen Wendung, und dadurch verstehe ich besser, was ich gesehen habe. Als ich meinen Whisky geleert habe, bin ich nicht nur aufgeregt, sondern auch irgendwie dankbar dafür, daß er gekommen ist. Das sage ich ihm auch, und er lächelt mich hinreißend an.

»Das freut mich«, sagt er. »Aber jetzt sollten wir Sie lieber ins Bett stecken. Sonst wird Madame Duval die Überstunden monieren. Sie achtet mit Argusaugen auf meinen Vorteil.«

»Seien Sie nicht albern!«

»Ich bin albern.«

Er drückt mir die Hand, als wir die Bar verlassen und bringt mich zu meinem Zimmer. An der Tür murmelt er: »Ich hatte gehofft ...« Er streicht mir flüchtig übers Haar, und ich blicke in seine dunkelblauen Augen.

»Ach, nicht so wichtig. Schlafen Sie gut.«

Aber seine Finger in meinem Haar sagen mir sehr genau,

was er gehofft hat. Ich bin froh, daß er es nicht ausgesprochen hat. Nicht heute abend.

Zum ersten Mal geht mir auf, daß Maître Paul Arnault ein Experte ist, was Zeichen angeht. Er liest sie sehr gut. Und er ist ein ausgesprochen taktvoller Mann.

21. Kapitel

Wir drängen uns an einem winzigen Tisch in der Ecke einer überfüllten Bar nicht weit vom Old Bailey entfernt. Jennifer Walters, Paul und ich. Irgendwie hat Paul es geschafft, Jennifer abzupassen und dieses kurzfristige gemeinsame Mittagessen zu arrangieren. Vielleicht hat er es schon von Paris aus vorbereitet.

Wir essen Sandwiches, die aus diesem weichen Brot bestehen, das ich so mag. Der Wein ist passabel. Ich bin ein wenig traurig, daß ich Lorna Stott einsam ihrer Fleischpastete überlassen mußte, um als Übersetzerin zu fungieren, falls Jennifers und Pauls Sprachkenntnisse sie im Stich ließen. Das ist natürlich nicht der einzige Grund, aus dem ich hier bin, aber es kommt mir so vor. Sie sprechen so schnell, und es fliegen so viele Worte hin und her, daß ich ihren Sinn nicht mehr verstehe, auch wenn ich sie alle übersetzen könnte. Sie streiten über die Verfahrensfrage, die am Ende der morgendlichen Sitzung aufgetreten ist. Die Geschworenen wurden gebeten, den Saal zu verlassen, während Staatsanwaltschaft und Verteidigung unverständlich vor dem Richter aufeinander einprügelten.

Ich übersetze, was Jennifer gerade gesagt hat. Sie bricht in schallendes Gelächter aus. »Ist das nicht schrecklich, wirklich schrecklich?«

Ich lächle und schüttle verlegen den Kopf. »Ich verstehe kein Wort von dem, was ich sage«, vertraue ich ihr an.

Sie zwinkert mir verschwörerisch zu. »Die anderen hoffentlich auch nicht.«

»Das meint sie nicht so«, mischt sich Paul in seinem besten Franglisch ein. »Es tut mir leid, wenn wir Sie erschöpfen, Maria.«

»Ich habe es Ihnen schon gesagt, Maître. Sie müssen einfach etwas unternehmen, was ihr Rechtsenglisch angeht.«

Ich betrachte die beiden und frage mich erneut, wo ihre berufliche Kameraderie aufhört und etwas anderes beginnt. Obwohl ich eigentlich aus meiner eigenen, langen Erfahrung wissen müßte, daß es da keine klare Demarkationslinie gibt.

»Und Sie mit Ihrem Französisch.«

»Wenn ich das nächste Mal nach Paris komme, wird es besser sein, das verspreche ich.« Sie lächelt uns beide an.

Ich verlasse sie einen Moment und gehe zur Toilette. Als ich zurückkomme, unterhalten sie sich angeregt. Jennifer sieht mich und klemmt sich ihre Tasche unter den Arm. »Leider muß ich mich beeilen. Ich bin mit meinem Anwalt verabredet. Die Staatsanwaltschaft hat vielleicht einen ihrer widerspenstigen Zeugen aufgetrieben.« Sie schaut kurz auf ihre Uhr. »Vermutlich haben Sie noch etwa eine halbe Stunde Zeit. Aber ich weiß nicht, wie interessant dieser Nachmittag wird. Sie sollten mir bei meiner Verteidigung helfen, Paul.«

»Das würde ich gern tun.«

Sie umarmen und küssen sich herzlich. »Jennifer ist eine wunderbare Anwältin«, sagt Paul, nachdem sie gegangen ist.

»Und eine wundervolle Frau.«

»Das auch.«

Meine Neugier ist stärker. Vielleicht ist mir ja der Wein zu Kopf gestiegen. »Sind Sie in sie verliebt? Oder waren Sie es mal?«

Er lacht schallend. »Vollkommen und mit Haut und Haaren. Eine ganze Woche lang.«

»Ich finde, sie hätte mehr verdient«, sage ich so unbeteiligt, wie ich kann.

»Oh, das tut sie auch, aber leider nicht von mir.« Er lächelt ironisch. »Jennifer und ich haben eine, sagen wir, amouröse Freundschaft. Es ist eine dieser wunderbaren Affären des Herzens, für die der Zeitpunkt niemals richtig ist. Und weil sie so wundervoll ist, sorgen wir dafür, daß die Zeit nie reif wird. Wir haben niemals miteinander geschlafen, wenn Ihre Frage darauf abzielt.«

»Das tat sie wohl.«

Es gefällt mir nicht, wie er mich ansieht, also frage ich geradeheraus. »Wegen Ihrer Frau? Oder wegen ihres Mannes?«

Er zuckte nicht einmal mit der Wimper über meine indiskrete Unverfrorenheit, aber er scheint einen Moment nachzudenken. Als er antwortet, lächelt er nicht. »Nein, das glaube ich nicht. Eher, weil es keiner von uns beiden wollte. Wir sind vor allem Freunde. Und wir streiten gern über juristische Fragen.«

Meine Miene muß anscheinend sehr ungläubig gewirkt haben, denn er fährt rasch fort: »Und lassen Sie sich nicht von Jennifer zum Narren halten. Ihr Französisch ist viel besser, als sie tut. Ich habe sie vor einigen Jahren bei einer Konferenz in Paris kennengelernt. Mein Vater lebte damals noch. Er war Richter am Berufungsgericht und hielt die Eröffnungsansprache. Sie hätten hören sollen, wie Jennifer beim Mittagessen auf ihn eingeredet hat.« Er lachte. »Manchmal habe ich den Verdacht, daß sie sich eigentlich in ihn verliebt hatte.«

»Eine amouröse Freundschaft«, wiederhole ich unsinnigerweise.

»Sie wissen sicher, was ich meine.«

»Allerdings.« Aber ich bin plötzlich nicht mehr so sicher, als ich an meine Vergangenheit denke. »Vielleicht doch nicht ganz.«

»Nein. Ich verstehe, warum nicht!« Er betrachtet mein Gesicht.

»Und warum nicht?«

»Das sage ich Ihnen beim Abendessen. Sie essen doch heute abend mit mir, oder nicht?«

»Fliegen Sie nicht zurück?«

»Nicht, wenn Sie mit mir essen gehen.«

Als wir zum Old Bailey zurücklaufen, herrscht eine neue Offenheit zwischen uns. Wir haben eine Linie überschritten. Die Linie zur Intimität. Seltsamerweise hebt das meine Laune beträchtlich.

Lorna Stott hat uns Plätze freigehalten, aber die Zeit reicht nur zu einem kurzen »Hallo«, als der Richter auch schon den Gerichtssaal betritt. Etwas daran, wie er seine Unterlagen durchblättert und uns dann anschaut, läßt mich vermuten, daß er heute nachmittag schlechte Laune hat. Vielleicht ist ihm das Essen nicht bekommen. Kann ein Mittagessen die Mühlen der Justiz beeinflussen? Diese Vorstellung schießt mir durch den Kopf, und ich erinnere mich, daß ich in meinen New Yorker Tagebüchern genau notiert habe, zu welcher Tageszeit welche Redakteure angerufen werden sollten, um sie bei bester Laune anzutreffen. Einer war besonders ungnädig nach dem Lunch, so wie Seine Ehren jetzt. Der böse Blick, den er dem Staatsanwalt zuwirft, als der ihm eine unhörbare Frage gestellt hat, hätte mich bis ins Mark erschüttert. Glücklicherweise zeigen die Gesichter der Geschworenen immer noch dasselbe eifrige Interesse. Die Gerechtigkeit hängt wohl doch nicht von der Verdauung eines einzelnen Mannes ab.

»Das ist der Zeuge, der Jennifer beunruhigt hat«, flüstert Paul mir zu, als ein rotwangiger Mann in einem grell karierten Jackett auf den Zeugenstand zugeht.

Mr. Daniel Carters Stimme hat einen hohen, klagenden Ton, und in seinem Mund blitzen Goldzähne auf, als er redet. Er scheint mir genauso glaubwürdig wie ein Mephistopheles, aber ich versuche, meine Abneigung im Zaum zu halten. Mr. Carter war anscheinend ein enger Freund des Opfers. In den letzten Jahren haben die beiden sich zwei- oder dreimal pro Woche getroffen. Während dieser Jahre hat sein Freund, laut Mr. Carter der beste Kumpel der Welt, gelegentlich anklingen lassen, daß seine Frau ihm das Leben vermieste. Alles, was er verdiente, ging an sie, an das Haus und die Kinder, so daß der arme Tom von Glück reden konnte, wenn er mal ein Pfund in der Woche übrig behielt, um eine kleine Pferdewette zu plazieren. Und sie war eine echte Nervensäge, diese Mrs. Roberts. Anscheinend hat sie immer nur gemeckert. Und dann deutet er auch noch an, daß sie letztes Jahr selbst einen kleinen Seitensprung hatte. Sie war keine einfache Frau, o nein, und neigte zu Jähzorn. Das hatte er selbst erlebt. Als er sich nach Toms Verschwinden nach ihm erkundigt hatte, wollte sie ihn nicht einmal ins Haus lassen. Sie schrie nur durch die Tür, daß Tom in Urlaub gefahren wäre. Natürlich hat er ihr das nicht geglaubt. Tom hätte ihm erzählt, wenn er einen kleinen Urlaub geplant hätte. Und ja, Tom war ein sehr freundlicher Mensch. Konnte keiner Fliege was zuleide tun. Seit er ihn kannte, hatte er noch nie erlebt, daß Tom sich geprügelt hätte.

»Irgendwelche Fragen, Mrs. Walters?« erkundigt sich der Richter.

Jennifer springt sofort auf. »Gehe ich recht in der Annahme, Mr. Carter, daß die Treffen zwischen Ihnen und Mr. Roberts gewöhnlich im *Horse and Groom* stattfanden?«

»Nicht immer«, widerspricht Mr. Carter trotzig. »Manchmal sind wir auch ins *Freemasons* gegangen.«

»Das ist auch ein Pub, ist das korrekt?«

»Ja.«

»Und hat Mr. Roberts jemals eine Runde ausgegeben?«

»Aber ja, er war sehr großzügig.«

»Also dürfen wir wohl daraus schließen, daß er seinen

Lohn nicht bis auf den letzten Penny bei seiner Familie abgeben mußte. Ist das richtig?«

»Ich denke schon.« Mr. Carter ist nicht sonderlich erfreut, das zugeben zu müssen.

»Wieviele Halbe haben Sie am Abend getrunken, Mr. Carter? Vier, fünf, vielleicht sechs oder mehr? Sie sind ein großer Mann.« Ich bin sicher, daß Jennifer ihm einen bewundernden Blick zuwirft. Und der verfehlt auch nicht seine Wirkung.

»So um den Dreh.«

»Und Mr. Roberts konnte mit Ihnen Schritt halten?«

»Mehr als das. Tom war noch größer als ich.«

»Also sechs oder sieben.«

»Das schwankte von Abend zu Abend.«

»Können Sie sich noch erinnern, wieviel er an dem Abend getrunken hatte, an dem er sich über seine Frau beschwerte und Ihnen erzählte, daß sie eine Affäre gehabt habe?«

Mr. Carter zuckt mit den Schultern. »Das ist so lange her. Weiß ich nicht mehr.«

»Sicher nicht.« Jennifer macht eine Pause. »Mr. Carter, haben Sie Mr. und Mrs. Roberts oft zusammen in ihrem Haus besucht?«

»Nein, nicht sehr oft.«

»Wie oft? Dreimal im Monat? Zweimal? Weniger?«

»Kann sein.«

»Wäre es zutreffend, wenn ich behaupte, daß Sie in dem letzten Jahr vor Mr. Roberts Tod kaum dort zu Besuch waren?«

»Ja«, gibt Mr. Carter mürrisch zu.

»Also basiert Ihre Kenntnis des Familienlebens der Roberts größtenteils auf dem, was Tom Robert Ihnen erzählt hat?«

»Tom war kein Lügner, wenn Sie das andeuten wollen!«

»Nein, natürlich nicht. Trotzdem stammt Ihr Eindruck

vom Leben dieser Familie hauptsächlich aus Tom Roberts Schilderungen.« Jennifer sieht die Geschworenen vielsagend an und blickt dann in ihre Notizen. Nach einer kurzen Pause fixiert sie den Zeugen wieder. »Mit vielleicht einer Ausnahme. Mr. Carter, ich möchte Sie nach einer Nacht im Januar vor zwei Jahren fragen. In dieser Nacht hat Mr. Roberts sie eingeladen. Erinnern Sie sich an die Nacht, die ich meine?«

Mr. Carter tritt im Zeugenstand unbehaglich von einem Fuß auf den anderen. Er windet sich. »Ich weiß nicht genau.«

»Dann frische ich Ihre Erinnerung gern ein wenig auf, Mr. Carter. Es muß schon ziemlich spät gewesen sein, weit nach der Sperrstunde, und Mr. Roberts hat Sie nicht nur in sein Haus eingeladen, sondern auch in das Schlafzimmer, in dem seine Frau schlief.«

Mr. Carter fängt an zu stottern. »Ich habe mir nichts dabei gedacht. Wirklich nicht. Tom sagte, seine Alte hätte gern ein wenig Spaß, und sie könnte es genausogut von mir kriegen wie von einem Fremden. Und wir hatten ein wenig getrunken. Und ...« Er hält inne, als er begreift, daß er schon zuviel gesagt hat.

Man hört deutlich, wie die Menschen im Gerichtssaal nach Luft schnappen und Stühle knarren, als sie sich unbehaglich vorbeugen.

Jennifers Stimme ist sehr kühl. »Haben Sie an diesem Abend gesehen, Mr. Carter, wie Mr. Roberts seine Frau geschlagen hat?«

»Er hat gesagt, das gefiele ihr, sie würde gern ein wenig herumgeschubst. Es war schließlich eine Art Spaß, wissen Sie.«

»Sah Mrs. Roberts aus, als hätte Ihr das Spaß gemacht, Mr. Carter?«

Er antwortet nicht sofort.

»Sah sie so aus?« wiederholt Jennifer hartnäckig.

»Das weiß ich nicht.«

»Das wissen Sie nicht. Wenn Sie an ihrer Stelle gewesen wären, hätten Sie es dann gewußt? Oder hätte es Ihnen gefallen?«

Mr. Carter blickt unvermittelt hoch. Seine Gesichtshaut hat eine sehr ungesunde, rot gefleckte Färbung angenommen.

»Hätte es Ihnen gefallen, Mr. Carter?«

»Nein.«

Die Silbe fällt mit der Wucht eines Boxhiebs in das Schweigen im Saal.

»Also sollte es Sie nicht sonderlich überraschen, wenn Mrs. Roberts sie nicht einließ und herzlich umarmte, als Sie sie nach ihrem Ehemann gefragt haben?«

»Nein.«

»Danke, Mr. Carter. Keine weiteren Fragen.«

»Und das war der Zeuge für die Anklage!« Paul ist von Jennifers Vorstellung begeistert.

»Das könnte er immer noch sein«, sage ich vorsichtig, denn mittlerweile ist der Staatsanwalt aufgestanden.

Lorna Stott stößt mich mit ihrem Ellbogen an. »Ich mache mir Sorgen um Martha. Sie sieht ganz komisch aus. Sollte man da nicht was unternehmen?«

Martha hat diese letzte Zeugenbefragung vollkommen reglos verfolgt, aber nun scheint sie zusammenzubrechen. Ich kann ihr Gesicht nicht mehr sehen, sondern nur noch die Polizistin, die sich über sie beugt.

Der Staatsanwalt hat angefangen zu sprechen, und ich mache mir rasch Notizen.

»Mr. Carter, hat Mr. Roberts nach diesem unglücklichen Vorfall an diesem Januarabend jemals erwähnt, daß seine Frau ihm gedroht hat, sich zu rächen?«

Carter sieht den Ankläger ausdruckslos an und scharrt mit den Füßen. »Na ja«, platzt er dann heraus. »Sie hat ihre Rache ja wohl offensichtlich bekommen, oder?«

Der Staatsanwalt ist nicht besonders glücklich. Sein Zeuge hat ihm keinen stichhaltigen Beweis dafür geliefert, daß Martha die Tat lange vorher heimtückisch geplant und dann eiskalt ausgeführt hat.

Jetzt entsteht Unruhe vor den Schranken des Gerichts. Jennifer hat sich dem Richter genährt und flüstert mit ihm. Dann verkündet er, daß der Angeklagten bedauerlicherweise schlecht geworden ist. Da es bereits spät ist, wird die Verhandlung nicht unterbrochen, sondern auf Montag früh vertagt.

Paul und ich gehen spazieren. Der Himmel ist milchig blau und mit Wolken getupft, und die Sonne brennt mir nach dem Dämmerlicht von Old Bailey grell in die Augen. Ich habe das Gefühl, einem Gefängnis entronnen zu sein.

Dessen Schatten uns zunächst verfolgt. Paul redet nur von dem Verfahren. Er will mit mir besprechen, was er vielleicht verpaßt hat. Er ist fasziniert von der, wie er sagt, Unvorhersehbarkeit des englischen Strafprozeßrechts. In Frankreich sei alles vorhersagbar, falls der Ermittlungsrichter seine Arbeit ordentlich gemacht hat. Aber in England lauern hinter jeder Ecke Überraschungen. Das hält einen auf Trab. Und es bedeutet auch, daß die Unschuldsvermutung hier keine leere Phrase ist.

Ich widerspreche ihm. Warum, weiß ich nicht. Ich finde, die Gerechtigkeit ist auch hier eher ein Glücksspiel, wenn der Fall der Angeklagten ausschließlich auf den Schultern eines Anwaltes lastet. Nicht jeder Rechtsanwalt ist so brillant und gut vorbereitet wie Jennifer Walters.

Darüber muß er lachen, und schon bald schütteln wir die Fesseln von Old Bailey ab. Das Sonnenlicht verlangt nach Spiel, also spielen wir Touristen. Wir spazieren am Ludgate Hill vorbei nach St. Pauls und gestehen uns gegenseitig, daß wir noch nie drinnen waren. Also gehen wir hinein und schauen zu der riesigen, faszinierenden Kuppel hinauf, die sich genau dort öffnet, wo sie an ein anderes Firmament stoßen sollte. Wir schlendern durch die gewundenen Straßen der Stadt, verlieren uns in gepflasterten Gäßchen. Wir kehren in einen Pub ein, arbeiten uns lachend zum Ufer der Themse vor und kehren dann wieder ins Savoy zurück. Zum Abendessen kleiden wir uns um. Es ist warm, und aus einer Laune heraus ziehe ich ein ärmelloses, cremefarbenes Kleid mit einer passenden Jacke an. Paul wartet in der Lobby auf mich. Sein Anzug hat genau dieselbe Farbe wie mein Kleid. Wir lächeln uns voller Freude an. Bei Orso bekommen wir einen Tisch in einer Ecke und lachen noch mehr bei einer Flasche gutem Mersault, bei köstlichen, gegrillten Gemüsen und einem Seebarsch mit herben Kräutern. Dann wandern wir weiter, durch die warmen, belebten Straßen des abendlichen Covent Garden.

In einer dieser Straßen, vor einem Posterladen, der eine Reproduktion von Manets strahlender, zurückgelehnter Olympia zeigt, legt Paul zum ersten Mal den Arm um mich. Seine Finger berühren nur sacht meine Schultern. Aber als ich nicht wegrücke, verstärkt sich sein Griff, und er zieht mich an sich, so daß ich die Umrisse seines Körpers fühlen kann. Es paßt. Ich staune immer über dieses Wunder, daß zwei Menschen im wahrsten Sinne des Wortes zusammenpassen.

Paul und ich bleiben eine Weile stehen.

»Ich würde dich gern lieben, Maria«, flüstert er mir ins Ohr. »Bitte sag ja.«

Sein Atem ist warm auf meinem Hals, und seine Hand liegt fest auf meiner Hüfte. Olympia sieht mich an, ihre Augen und ihre Nacktheit sind eine Herausforderung. Ich muß gegen ein Lachen ankämpfen. Ich will nicht nachdenken. Nicht jetzt. Nicht heute. Trotz allem. Nur dieses eine Mal. Als habe sich das Leben nicht verändert.

»Einmal«, sage ich.

Er dreht sich zu mir um und hebt mein Kinn, damit ich

ihm in die Augen blicken kann. Sein Gesicht liegt im Schatten, und sein Ausdruck wirkt hart, aber ich kann den Grund nicht entschlüsseln. »Einmal ist vielleicht nicht genug.«

»Eine Nacht. Hier. Weit weg von allem.« Ich klinge, als schlösse ich einen Handel ab wie eine Hure. Ich will nicht handeln.

Er küßt mich. Seine Lippen sind fest und schmecken süßlich nach dem Mersault. Wir gehen schweigend zum Hotel zurück, ein bißchen schneller, aber nicht zu schnell: Wir müssen unsere verschränkten Arme genießen, dieses neue Drängen auskosten.

Als sich die Tür zu meinem Zimmer hinter uns schließt, bleiben wir stehen und sehen uns gegenseitig an. Wir stehen etwa einen Meter voneinander entfernt, aber etwas in seinem dunklen Blick, seinen gespannten Gesichtszügen läßt mir einen Schauer über den Rücken laufen. Ob aus Erregung oder aus Angst, weiß ich nicht. Ich mache einen Schritt auf ihn zu, und er kommt mir entgegen. Wir bleiben stehen und sehen uns an. Er streckt die Hand aus. Ich ergreife sie, und er zieht mich zu sich. Wir küssen uns, zart, ein wenig schüchtern, berühren uns kaum. Dann vergräbt er seine Hand in mein Haar und stöhnt. Dieser Laut erfüllt das ganze Zimmer.

Fühlt es sich deswegen so neu an, weil es schon so lange her war? Seine Lippen auf meinem Mund, meinem Busen, meine auf seinen Lippen, das Abstreifen der Kleidung, sein Körper unter meinen Handflächen, die rauhe und weiche Haut, sein Kinn zwischen meinen Brüsten ... Ich weine plötzlich. Das hier ist nicht das altbekannte Spiel der Lust. Das trägt den Stempel des Echten. Leidenschaft. Ich erinnere mich nicht an sie. Vielleicht kann man sich an so etwas nicht erinnern.

Wir liegen nebeneinander, jeder auf seinem Kissen. Unser Haar und unsere Haut sind feucht. Wir haben die Finger verschränkt, ansonsten berühren wir uns nicht, sondern schauen uns in die Augen. Die Tränen sind auf meinen Wangen getrocknet. Wir sollten irgendwas sagen. Wir sollten im warmen Schein der Nachttischlampe leise reden. Aber die Worte kommen nicht. Sie sind die gewohnte Münze unseres täglichen Verkehrs, und sie kommen jetzt nicht. Statt dessen zieht er meine Hand an seine Lippen und küßt nacheinander jeden Finger. Jeder Kuß ist wie ein Wort, jede Zärtlichkeit ein Satz, langsam, genüßlich, während meine neue Haut versteht und antwortet, bis wir wieder eng umschlungen sind und ich einfach aufhöre, Bedeutungen entschlüsseln zu wollen.

Anschließend erfüllt mich so etwas wie Bewunderung, und ich suche in seinem Gesicht nach der Quelle. Es ist so schön, wie ich es noch nie gesehen habe. Es hat eine träumerische Ruhe, wo ich vorher nur ein bewegtes Drama gesehen habe. Sein Haar fällt ihm in die Stirn, und seine Augen sind so dunkel und flüssig, daß ich in ihnen unterzugehen drohe, wenn ich mich nicht abwende. Aber es gelingt mir nicht.

Er lächelt.

»Hast du gefunden, wonach du suchst?« fragt er, als könnte er meine Gedanken lesen.

»Vielleicht.« Ich erwidere sein Lächeln. »Aber eigentlich habe ich auf einen Drink gehofft.«

»Wie unaufmerksam von mir.« Er lacht, springt auf und greift nach dem Telefon.

Ich beobachte ihn. Merkwürdig. Auch ohne seine Kleidung wirkt er irgendwie angezogen. Seine Schultern und seine Beine sind muskulös wie die eines Schwimmers, und er hat einen straffen Bauch. Als er die Hose anzieht, greife ich nach meinem Morgenmantel. Ich bedaure einen Moment, daß ich nur diese gestreifte, burgunderfarbene Seide habe, ein Männermantel, den ich mir wegen der Bequemlichkeit und der Farbe gekauft habe. Während ich mir das Haar ausbürste, tadle ich mich für diesen uralten Reflex, unbedingt attraktiv aussehen zu wollen. Es ist nicht nötig. Es wird nur dieses Mal geben. Ich habe es mir versprochen.

Er wartet im Lehnstuhl am Fenster auf mich, und beobachtet mich zurückhaltend. Vielleicht erinnert auch er sich an die Abmachung.

»Der Zimmerservice kommt gleich.«

»Gut, ich bin durstig.«

Unsere Stimmen klingen rauh und ungelenk, als hätten wir vergessen, wie man sie benutzt. Er streckt mir seine Hand entgegen und zieht mich auf seinen Schoß, streichelt mein Haar. Ich schmiege mich an ihn und spüre, daß wir den Zimmerservice nicht mehr hören werden, wenn er nicht bald kommt. Aber Paul hat es nicht eilig. Er redet.

»Darf ich dir sagen, wie schön du bist, oder wäre das zu banal?«

»Du darfst es sagen«, erwidere ich und rücke etwas von ihm fort.

»Du bist schön, fast schöner als Olympia.« Er paßt sich meinem Tonfall an.

Ich muß lachen. »Hast du dir vorgestellt, daß wir hier enden?«

»Gehofft habe ich es. Aber vorgestellt habe ich es mir nicht. Nicht so.« Er berührt meine nackte Haut unter dem Morgenmantel, und ich bebe. »So nicht«, wiederholt er und sieht mir in die Augen.

Der Kellner zerstört den Moment. Er schiebt ein Silbertablett herein. In einem großen Kübel steht eine Flasche Champagner und eine Flasche Wasser. Außerdem eine Schüssel Erdbeeren sowie Gläser und frisch gestärkte Servietten auf weißen Tellern.

Wir lehnen uns gegen die Kissen und bringen eine ganze Reihe komischer Toaste aus, auf das Savoy, auf London, auf die Themse, auf schlanke Akazien und überquellende Mülleimer. Schließlich hebt Paul mit einem Anflug von Ernst das Glas. »Auf die Herald Tribune«, sagt er. »Die dich zu mir geführt hat.« Er trinkt das Glas aus und zieht mich an sich. Ich bin gleichzeitig beschützt und berauscht, sowohl kleines Mädchen als auch begehrenswerte Frau.

Irgendwann in dieser langen Nacht sieht er mir offen in die Augen. »Du weißt, Maria, daß dies hier kein zufälliges Versehen ist, keine Gelegenheit, die sich einfach bietet. Ich wollte dich von Anfang an. Schon in meinem Büro. Du hast Lombrosos Frauen so schuldbewußt betrachtet. Ob du hofftest oder fürchtetest, dich selbst zu finden, konnte ich nicht feststellen.« Er lacht leise, aber ohne eine Spur von Heiterkeit. Seine Stimme zittert. »Ich dachte: Mein Gott, ist sie schön. Ich könnte ihr helfen, wieder sie selbst zu werden.«

Ich brauche einen Moment, bis ich seine Worte ganz begreife. »Glaubst du das immer noch?«

Er schweigt so lange, daß ich schon vermute, er wäre eingeschlafen. »Ich weiß nicht«, sagt er dann. »Wirst du es mir verraten?«

Ich antworte nicht, und er hakt nicht nach. »Warum«, fragt er statt dessen, »hast du vor diesem Manet eigentlich gesagt, ›Nur einmal‹?«

Ich versteife mich, und mein Lachen klingt schrill. »Weil ich eine gefährliche Frau bin.«

»Das sehe ich. Ich kann es fühlen.« Seine Hand gleitet sanft meinen Schenkel empor. »Ich habe keine Angst.«

»Aber ich meine es ernst«, antworte ich und küsse ihn leidenschaftlicher, als ich es mir erlauben sollte.

Als ich aufwache, scheint die Sonne an den Rändern des Vorhangs vorbei ins Zimmer und schneidet den Teppich in helle Streifen. Paul sieht mich an, und sein Blick ist so warm, daß ich meine Augen wieder schließe und mich richtig von ihm wecken lasse. Ich will nicht, daß alles nur ein Traum gewesen ist.

Nachdem wir uns geliebt haben, werden wir plötzlich

scheu. Ich schließe die Tür des Badezimmers ab, während er ein spätes Frühstück bestellt. Während ich mich in der Wanne rekele, nehme ich mir vor, mir jeden Moment unseres Zusammenseins einzuprägen, so großzügig zu sein, wie ich nur kann, damit unsere Zeit hier als ein Talisman bei mir bleibt. Ich werde mich dieses eine Mal gut benehmen.

Aber als ich aus dem Bad komme, ist er nicht mehr da. Ich habe das Gefühl, ins Bodenlose zu stürzen. Kann er mich wirklich so beim Wort genommen haben? Ein Anwalt, der exakt den Vorschriften folgt, die ich aufgestellt habe? Der Kaffee schmeckt scheußlich, und der Toast ist trocken wie Wüstensand. Ich ersticke fast daran. Aber das ist doch, was du wolltest, was du befohlen hast, tröste ich mich. Warum schmeckt es dann so bitter? Ich hätte mir genauer vorstellen sollen, wie es mit ihm sein würde, und der Versuchung einfach aus dem Weg gehen müssen. Ich hätte ein Lebewohl in den Vertrag einarbeiten sollen. »Artikel zwei, Abschnitt sechsunddreißig von Marias allgemeinem Kodex für Liebende, zwanzigste Ausgabe. Sag immer mit einem Lächeln ›Auf Wiedersehen‹, bevor du gehst. Wortlose Abschiede werden von beiden Parteien als Schwerverbrechen geahndet. (Siehe Abschnitt drei.)« Ich versuche ein Lächeln im Spiegel, aber das Glas erwidert es nicht. Also ziehe ich eine weiße Jeans und eine weiße Bluse an und überfliege die Zeitung, die mit dem Frühstück geliefert wurde, ohne etwas wahrzunehmen.

Du hast Glück, sage ich mir, als ich endlich die Schlagzeilen zusammensetze, die vom Leiden der anderen künden. Du bist verwöhnt und hast soviel Glück. Warum fällt dann eine Träne auf die Seiten? Ich werde nach Sarajewo oder Ruanda fliegen und mit den anderen mein Glück und meine Güte teilen. Ich werde in ihren Blicken sehen, für wie selbstlos sie mich halten. Ich werde eine Ärztin ohne Grenzen werden, eine fliegende Krankenschwester, ein Kamerad ihres Elends.

Beatrice taucht plötzlich vor meinem inneren Auge auf. Beatrice spottet nicht, weder über andere noch über sich selbst. Keine Heldentaten. Sie ist einfach nur stille Selbstlosigkeit, hart arbeitende Geduld. Ich muß noch soviel lernen. Das hat mir meine Mutter immer gesagt. Ich stehe erst am Anfang. Aber wenigstens habe ich angefangen. Vielleicht hätte ich mich Paul nicht hingeben sollen. Beatrice wäre niemals mit dem Ehemann einer anderen Frau ins Bett gegangen. Aber es war richtig, »Nur einmal« zu sagen, und außer mir habe ich niemandem damit weh getan.

Ein Klopfen an der Tür reißt mich aus meinen wilden Halbgedanken. Ich mache sie auf und stehe noch verwirrter Paul gegenüber. Sein Haar ist feucht, er ist frisch rasiert und trägt ein frisches Hemd. Dunkelblau zu seinem cremefarbenen Anzug. Ich starre ihn regungslos an.

»Darf ich eintreten und einen Kaffee trinken, oder ist mir jetzt der Zutritt vertraglich verwehrt?«

Ich mache einen Schritt zurück und lasse ihn herein. Er küßt mich leicht auf die Wange und fährt mir durchs Haar.

»Ich dachte, du wärst gegangen«, bringe ich heraus.

»Gegangen?« Er sieht mich bestürzt an. »Ich habe mich geduscht. Und einige Kleinigkeiten gekauft. Ich habe nicht gewagt zu hoffen, daß ich hierbleiben könnte, also war ich nicht ganz vorbereitet.« Er lächelt mich mit dieser Mischung aus Selbstironie und Zärtlichkeit an, so daß ich mich plötzlich in seinen Armen wiederfinde.

»Außerdem habe ich dir etwas mitgebracht«, flüstert er. »Etwas Albernes, damit du dich an London erinnerst.« Er reicht mir ein Paket, das ich mit kindlichem Eifer öffne. In dem weichen Papier liegt ein Seidenschal, schwarz und weiß mit dicken gelben Punkten. Die Farbe formt sich zu einem Bildnis von St. Pauls.

Paul sieht mich vergnügt an. »Ich konnte der Versuchung nicht widerstehen, daß du manchmal vielleicht meinen Namen anlegst.«

»Und dann trage ich dieses wunderschöne Du im Büro oder im Bett?« Die Worte sind ausgesprochen, obwohl ich versuche, jemand anders zu sein. Um meine Verwirrung zu verbergen, binde ich den Schal locker über meine Bluse.

»Beides, hoffe ich. Es sieht hübsch aus.«

Ich weigere mich, Paul in die Augen zu sehen.

Der Kaffee in der Kanne ist noch heiß, und er schmeckt seltsamerweise viel besser als vorher. Als ich meine Tasse geleert habe, steht mein Entschluß wieder fest. Ich muß jetzt nur noch rasch handeln.

»Wann geht dein Flug?« frage ich ihn.

»Sieh mich an, Maria.«

Ich sehe ihn an, aber ich ertrage seine besorgte, verblüffte Miene nicht.

»Ist es nicht gut zwischen uns? Sehr gut?« will er wissen.

»Zu gut.«

»Verstehe.«

Ich weiß nicht, was er versteht. Ich wünschte, ich würde rauchen, dann könnte ich etwas mit diesem Schweigen anfangen. Statt dessen laufe ich herum und starre aus dem Fenster, ohne etwas wahrzunehmen.

Er tritt hinter mich und legt die Hand auf meine Schulter. »Maria, wenn es meine Frau ist, die dir Sorgen macht, das ist nicht nötig. So ist es nicht zwischen uns. Wir haben ein …«

»… stillschweigendes Einvernehmen.« Ich drehe mich herum. »Das sagen sie alle.«

»Natürlich!« Er sieht mich finster an. »Das sagen sie alle.« Seine Stimme ist tonlos, und er wirkt verzweifelt. »Aber das hier ist nicht ›alle‹. Ich bin das. Und du. In den Vorlesungen lehren sie uns, daß jeder Fall einzigartig ist, ganz gleich, wie sehr er anderen Fällen ähnelt.«

»Wir stehen nicht vor Gericht, Paul.« Ich lächle, weil ich diese Verzweiflung nicht ertragen kann. Ich drücke seine Hand. Er küßt mich, viel zu leidenschaftlich. Wir sind hinterher beide atemlos.

»Ich kann dieses ›einmal‹ nicht akzeptieren. Sollte es nicht bei aller Fairneß wenigstens ein ganzes Wochenende dauern?«

Seine Hand liegt auf meinem Rücken direkt über meiner Hüfte. Ich möchte, daß sie da liegenbleibt. »Einverstanden«, flüstere ich. »Ein ganzes Wochenende.«

Erst als er mich geküßt hat, fällt es mir ein. Ich trete einen Schritt zurück. »Aber da gibt es eine kleine Einschränkung.« Ich spiele mit dem Schal, den er mir geschenkt hat, und versuche, eine Tasse Kaffee aus der Kanne zu wringen. »Ich habe versprochen, einen Freund in Cambridge zu besuchen.«

»Was für einen Freund?« Seine Stimme klingt rauh.

»Ein sehr guter alter Freund. Mein ältester Freund. Er … Da gibt es ein Baby, das ich noch nicht gesehen habe.«

Paul mustert mich. »Würde ich da stören?«

Ich denke sorgfältig darüber nach und schüttle dann den Kopf.

Paul lächelt wieder sein jungenhaftes Lächeln. »Ich mag an dir, Maria, daß ich dir einfach unterstelle, daß du ehrlich bist, obwohl du mir nichts erzählst.«

22. Kapitel

Vögel flattern aus den Hecken, in denen Hundsrosen leuchten. Wiesenkerbel weht im Wind, der unser Haar zerzaust und unsere Gesichter streichelt. Ab und zu dringt uns der Duft von Hagedorn in die Nase. Ich bin glücklich, so glücklich wie noch nie zuvor. Meine Hand liegt auf Pauls Schenkel. Er hat sie dorthin gelegt, und wenn ich die Augen schließe, kann ich jede Wendung und Kurve der schmalen Straße in der Anspannung seiner Muskeln fühlen. Ich gebe mich vollkommen diesen Empfindungen hin.

Irgendwie hat Paul es in der kurzen Zeit, die wir uns getrennt haben, geschafft, dieses weiße Cabriolet zu mieten, komplett mit Landkarte und Picknickkorb auf dem Rücksitz. Die Spielzeuge, die ich gekauft haben, ruhen zusammen mit den Taschen im Kofferraum. Wir haben eine Strecke gewählt, die so verschlungen ist, daß die Entfernung von London nach Cambridge einen ganzen Nachmittag dauert und dabei in einem ständigen Kreuz und Quer über Landstraßen führt.

Neben uns liegt ein kleiner Wald, der von der Sonne beschienen wird. Durch die Bäume sehe ich einen Teppich aus schimmerndem Blau. Paul fährt langsamer und hält auf dem schmalen Grünstreifen an.

»Hungrig?« Er berührt meinen Hals.

»Bärenhunger.«

Er lächelt, und ich muß ihn einfach küssen. Etwas passiert bei diesem Kuß. Ich weiß nicht, was es ist, vielleicht einfach nur der Druck seiner Hand, aber unsere Trägheit verschwindet, und plötzlich hasten wir in den schützenden Wald, klammern uns aneinander und fallen auf den moosigen Boden.

Es dringt in mich ein und kommt so schnell, daß er sich anschließend entschuldigt.

»Gib den Glockenblumen die Schuld.« Ich muß lachen und zerzause sein Haar.

»So viele Gefühle, die man in ein ›Einmal‹ quetschen muß«, sagt er leise.

Mir ist schwindlig. Ich will keinen Trübsinn, und will ihm schon Klischees an den Kopf werfen: »Besser geliebt zu haben und verloren …« Doch ich halte inne. Immerhin habe ich vom Verlieren nicht viel mitbekommen. Bis auf dieses eine Mal. Ich schiebe das Bild gewaltsam beiseite, versenke mein Gesicht im Picknickkorb und hole Sandwiches mit Lachs und Gurken hervor und eine Flasche Wein.

Er entkorkt erst den Wein und schenkt uns dann ein Glas

ein. »Und wenn ich mich in dich verliebe, Maria?« fragt er dann. »Mich schon in dich verliebt habe?«

»Sei nicht albern.« Ich lache. »Ich bin nur ein hübsches Gesicht. Lange Beine und ein nettes Gesicht. Ich bin es nicht wert. Und du bist seriös.« Ich bin absichtlich und übertrieben frivol.

Er mustert mich wieder auf seine eindringliche Art. »Sollte ich das nicht besser selbst beurteilen? Ich arbeite jetzt seit etwa zwei Monaten mit dir, streite mit dir, beobachte dich ...«

»Nicht!« Ich lege ihm einen Finger auf die Lippen. Wenn er weiter spricht, muß ich weinen, ganz bestimmt. »Erzähl mir lieber eine Geschichte. Aus deiner Kindheit.«

Er legt einen Arm um mich, und wir lehnen uns an einen Baumstamm.

Er erzählt mir von einem Wald in der Bretagne. Seine Eltern hatten dort ein Landhaus; jedes Jahr ging er mit seinen Brüdern und Freunden in diesen Wald. Plötzlich war der Wald jedoch weg. Man hatte ihn einfach dem Erdboden gleichgemacht. Zwischen den Stümpfen der ausgebrannten Bäume streckten nur noch zwei tapfere Glockenblumen ihre Köpfe heraus. Er fühlte sich mit seinen acht Jahren schon zu alt, um zu weinen, aber in dieser und in den folgenden Nächten weinte er heimlich im Bett.

»Das war mein erster Verlust.«

Tränen treten mir in die Augen. Ich räume rasch die Reste des Picknicks in den Korb. »Wir sollten nicht hier sitzen bleiben. Es macht dich nur traurig.«

»Überhaupt nicht. Ich habe den Wald ja wiedergefunden. Mit dir. Und er ist genauso voller Magie, wie ich ihn erinnert habe. Diese Magie hat mich erst daran erinnert.« Er lächelt. »Und jetzt erzähle mir von deinem ersten Verlust.«

Ich bin verwirrt, und mir fällt so schnell nichts ein. Schließlich murmele ich: »Mein Vater, denke ich. Aber ich erinnere mich kaum an ihn.«

»Verloren und halb wiedergefunden in einer endlosen Reihe von Männern«, behauptet er.

»Eine wahre Brigade.« Ich lache, aber es klingt unecht. Ich sehe ihn an. Die Diagnose ist verblüffend einfach, und trotzdem bin ich nie darauf gekommen. Sie gefällt mir überhaupt nicht.

»Zu einfach«, sage ich und schneide eine Grimasse.

»Viel zu einfach«, stimmt er mir zu. »Bist du sicher«, fragt er dann mit einem merkwürdigen Unterton, »daß es nicht nur ein Zug war?«

»Es war eine Armee.«

Diese Wendung unserer Unterhaltung gefällt mir nicht, deshalb will ich ihn wütend machen.

»Und hast du einen von ihnen geliebt, oder tust du es noch?«

»Alle.«

Eine Serviette liegt auf dem Boden. Ich zerknülle sie und werfe sie nach ihm.

Er fängt sie in der Luft. »Und was hast du an ihnen geliebt?«

»Mal sehen.« Jetzt bin ich richtig aufgebracht. »Tom hatte ein hübsches Grübchen am Kinn; Harrys Haar war so blond und fein wie Wüstensand; Dick hatte einen hübschen Schwanz. Soll ich weitermachen?«

»Bitte.« Er ist gnadenlos.

»Tim hatte Verstand. Josh hatte weiche Haare auf der Brust; Seamus hatte eine Begabung für Metaphern und eine entsprechende Stimme; Grant konnte schnurren wie ein dicker Kater; William hat mir den Rücken in der Wanne geschrubbt, bis alle Gedanken weg waren; Steve hat mich mit seinen geistreichen Bemerkungen zum Lachen gebracht; Arnie konnte wunderbare amouröse Feldzüge schmieden; Leo war ein guter Mensch; Oscars Lachen war so groß wie sein Bauch; Tony, na ja, Tony war einfach Tony und hatte riesige schokoladenbraune Augen mit langen dunklen

Wimpern.« Ich spinne herum wie eine Verrückte und könnte noch tagelang so weitermachen. »Noch mehr?«

Er schüttelt den Kopf. »Ich verstehe allmählich. Humpty Dumpty. Und die kleine Maria konnte die Teile nicht mehr zusammensetzen.« Er macht eine Pause und sieht mich mit seinen dunklen Augen.

»Und ich? Was wirst du an mir mögen, Maria?«

Ich kann nicht anders, ich muß ihm auch weh tun.

»Du? Na, du bist ›Mr. Nur Einmal‹.«

Ich stehe auf und gehe weg. Ich bin bleich vor Wut. Ich gehe immer tiefer in den Wald hinein, laufe, stolpere, wechsle die Richtung. Ich sehe zurück und bemerke, daß er mir nicht folgt.

Als das Wäldchen schließlich in eine Lichtung mündet, hat sich auch mein Verstand geklärt. Die Sonne steht schon tief am Himmel. Er wird mich hier zurücklassen. Ich muß zum nächsten Dorf gehen. Oder per Anhalter fahren. Dann fällt mir ein, daß ich meine Tasche in dem Wagen gelassen habe. Geschieht mir ganz recht, wenn ich die Idiotin spiele. Ich rufe Robinson an, und er holt mich ab. Dann schreibe ich Paul, nein, Madame Duval, eine Kündigung. Es war sowieso zu schön, um wahr zu sein. Ich verdiene das nicht.

Ich gehe um den Wald herum und bin plötzlich wieder auf der Straße. In der Ferne sehe ich Pauls Wagen. Ich gehe langsam darauf zu.

Er hat mich anscheinend im Rückspiegel gesehen, denn er beugt sich vor und macht mir die Tür auf. Wir starren uns an. Er sieht genauso elend aus, wie ich mich fühle.

»Entschuldige.« Wir sagen es gleichzeitig. Er hält mir die Hand hin. Ich nehme sie und küsse sie zärtlich. Ich heule. Mir war nicht klar, wieviel Tränen ich noch übrig hatte.

In Cambridge lassen wir den Wagen stehen und gehen Arm in Arm durch Straßen wie aus Postkarten, durch majestätische Torbögen, in prachtvolle Garten. Die Maibäume stehen in voller Blüte, und der Boden um sie herum ist weiß von Blüten. Wir blicken in die üppigen Zweige hinauf. Der Anblick läßt einen schwindeln. Er hält mich fest, als habe er Angst, daß ich wieder verschwinden könnte. Das will ich gar nicht. Mir ist nicht einmal mehr klar, warum ich eigentlich so wütend gewesen bin.

Wir finden ein Hotel, von dem aus man einen Blick auf den Fluß hat. Ich hätte gern mein eigenes Zimmer, wenn auch nur für eine Stunde, um mich wieder zu sammeln, aber ich wage nicht, es auszusprechen. Er wird mich sicher mißverstehen, denke ich. Kaum haben wir unsere Taschen in das Zimmer gebracht, fragt er mich auf seine unheimliche Art: »Möchtest du vielleicht ein wenig allein sein, Maria? Ich kann im Pub auf dich warten, an dem wir eben vorbeigegangen sind, da unten am Fluß. Bis du soweit bist.« Da klammere ich mich an ihn, küsse ihn viel zu innig, als könnte ich bereits das Leid eines zukünftigen Abschieds schmecken.

Von dem Garten im Pub aus beobachten wir, wie die Enten paddeln und vor den Kähnen flüchten. Das rosafarbene Licht am milchigen Himmel wird allmählich schwächer. Später, beim Dinner, reden wir. Er will alles über mich, über meine Eltern und meine Kindheit wissen. Seine Aufmerksamkeit wiegt mich in Sicherheit und macht mich gesprächig. Ich erzähle ihm Dinge, über die ich zuvor kaum geredet habe. Ich spreche von meiner Mutter, von ihrem geschäftigen, wenn auch einsamen Leben, ihren weißen Blusen, ihrer Tugend, ihrem Mut, von dem Flüchtlingsstrom in dem freien Zimmer, der Ungerechtigkeit ihres frühen Todes.

»Und Monsieur d'Este?« fragt Paul leise.

Einen Moment weiß ich nicht, was er meint.

»Dein Vater? Den du verloren hast.«

»Guy Regnier.« Ich muß lächeln. »D'Este ist der Mädchenname meiner Mutter.

»Du trägst ihn nicht?«

Ich blicke ein wenig nervös zur Seite. »Ich habe ihn früher benutzt, aber ich habe ihn erst vor kurzem geändert, vielleicht zu Ehren meiner Mutter.« Als ich das sage, klammere ich mich daran, daß es wenigstens ein Fünkchen Wahrheit beinhaltet.

»Und was ist mit deinem Vater geschehen?«

Ich erzähle ihm das wenige, was ich weiß. Ich schildere es ihm mit den Worten, die meine Mutter benutzt hat. Ich sage ihm, daß mein Vater uns verlassen hat, als ich zwei Jahre alt war. Oh, nicht aus den üblichen Gründen, sondern um einer größeren Berufung zu folgen, der Medizin, dem Krieg, Vietnam. Meine Geschichte überrascht mich selbst: Meine Eltern erscheinen als heroische Idealisten, groß und gut und so anders als ich, daß mir fast die Luft wegbleibt.

Vielleicht habe ich sogar denselben, gespannten Gesichtsausdruck wie meine Mutter, wenn sie über meinen Vater gesprochen hat, denn als ich fertig bin, sagt Paul: »Das klingt wundervoll. Aber für ein Kind auch wundervoll abschreckend.«

Ich drücke seine Hand, eigenartig froh darüber, daß er das gesagt hat.

»Und hast du jemals versucht, herauszufinden, was aus deinem Vater geworden ist? Das dürfte doch jetzt nicht mehr so schwierig sein.«

Ich starre ihn an. Das wollte ich nur einmal wissen, als mir die Briefe in die Hände gefallen sind. Aber jetzt kommt mir diese Vorstellung sehr verlockend vor. »Glaubst du wirklich?«

»Es wäre einen Versuch wert. Es kann nicht so viele französische Ärzte gegeben haben, die während des Krieges dort geblieben sind. Ich habe einen Freund an der Botschaft. Wenn du möchtest, kann ich ihn fragen ...«

Später liegen wir auf den zerwühlten, feuchten Laken. »Maria«, fragt er. »Was ist das, worüber du nicht reden möchtest?«

»Über alles.« Ich will nicht ernst sein. Ich streichle seine warme Haut und lasse die Hand in der glatten Ausbuchtung liegen, die ich so sehr liebe, da, wo sich Hüfte und Schenkel treffen. Er zieht mich auf sich und zwingt mich so, seinen nachdenklichen Blick zu erwidern.

»Wir haben genug Zeit, nach unserem ›einmal‹ über alles zu reden«, sage ich und schmiege mich an ihn.

»Du kannst das Leben nicht so einfach aufhalten, Maria.«

»Kann ich nicht?«

Es gefällt mir überhaupt nicht, wie meine Stimme klingt.

*

Robinson und Nina wohnen in einem winzigen Dorf kurz hinter Cambridge. Wir fahren zum Lunch hin. Ich habe Robinson angerufen und ihm gesagt, daß Paul mitkommt. Er klingt nicht sonderlich erfreut.

Das Haus ist weiß und alt und an einer Ecke gefährlich schief. Vor dem Haus blühen Lilien, eine wunderschöne Blutbuche steht daneben, und weiter weg grasen auf einer Weide friedlich Pferde.

Ich zögere, bevor ich klingle. Paul drückt meinen Arm. Ich weiß nicht, wie er darauf kommt, daß ich Trost brauche, aber er weiß es. Was er nicht weiß, ist, daß dies hier auch mein Leben hätte sein können.

Robinson öffnet die Tür. Er trägt Jeans und ein Hemd. Ich spüre seine Nervosität, noch bevor ich meine eigene bemerke. Er umarmt mich, vielleicht wegen Paul. Ich lobe das Haus, bevor ich die beiden vorstelle. Sie schütteln sich die Hände und schätzen sich gegenseitig ab. Sie sind fast gleich groß, obwohl Paul größer wirkt und Robinson stämmiger. Sie sind aber so unterschiedlich, der eine blond, der andere dunkelhaarig, der eine wortkarg, der andere redselig, daß schon der Versuch eines Vergleichs grotesk wäre. Ihre einzige Gemeinsamkeit bin wohl ich, und das wissen beide vermutlich auch. Denn als wir durch das Haus in den sonnigen Garten gelangen, hat Paul seine Hand besitzergreifend um meine Taille gelegt. Ich bin froh darüber. Ich bin mir schon wie die altjüngferliche Tante vorgekommen, die unbehaglich die glückliche Familie betrachtet.

Ein Golden Retriever springt auf uns zu. Robinson stellt ihn als »Big« vor. Ich muß grinsen, ohne daß ich es Paul erklären könnte. Ihm folgt eine runde Frau mit lächelnden Augen und dunklen Locken. Ein Kleinkind sitzt auf ihrer Hüfte. Es hat dieselben blitzenden Augen seiner Mutter.

»Willkommen«, sagt sie mit einem lateinamerikanischen Akzent. »Sag unseren Gästen hallo, Jamie.«

Jamie starrt uns an, hebt seinen pummeligen Arm, winkt und versteckt sein Gesicht in einem Anflug von Schüchternheit am Busen seiner Mutter.

Wir lachen und reden alle gleichzeitig.

»Entzückender Junge.«

»Komm zu Papa, Jamie.«

»Möchten Sie einen Drink?«

»Ich habe ein Geschenk für ihn. Im Auto.«

»J'y vais.«

Paul geht zum Wagen, während Nina Weißwein holt.

»Er ist wundervoll«, sage ich zu Robinson.

»Genau wie seine Mutter. Ich weiß.« Robinson lacht. »Aber er hat meinen Charakter.«

»Ach?«

»Vollkommen stur und hartnäckig. Laut Nina.«

Wir sehen uns an und lachen. Es ist in Ordnung. Alles wird gut.

Als Paul mit den Geschenken hereinkommt, herrscht großer Trubel. Da ich nicht wußte, was ich aussuchen sollte, habe ich wie immer auf Quantität gesetzt – eine große Schachtel Legosteine, einen dicken und gelbbraunen Teddy und einen gigantischen Milchwagen, komplett mit Flaschen und Fahrersitz. Für die Erwachsenen gibt es Kuchen und Bordeaux.

»Weihnachten im Mai«, stellt Nina überschäumend vor Freude fest.

»Wie jeden Tag, *j'imagine*, wenn Maria es organisieren kann«, sagt Paul.

Ich bemerke, wie die beiden Männer einen Blick tauschen, den ich nicht entschlüsseln kann. Doch dann sehe ich an der Seite des Gartens neben einer Ligusterhecke zwei alte Menschen. Ich halte die Luft an. Chris und Stephanie.

Bis sie uns erreicht und wir sie begrüßt haben, ist Jamie zweimal aus dem Milchwagen gefallen und wieder beruhigt worden. Stephanie und Chris sind kleiner als ich. Ihre Augen sind immer noch klar und offen, und er legt immer noch sorgsam seine Hände auf den Schoß, als gehörten sie jemandem anderen. Sie begrüßen mich beide mit derselben Herzlichkeit und geben mir das Gefühl, als hätte ich sie erst gestern verlassen. Doch irgendwann, als ich mich über den Tisch beuge und Chris ein Stück Lammfleisch reiche, sagt er: »Wer hätte gedacht, daß aus unserer dünnen Miss Neunmalklug ein so superbes Geschöpf würde!«

Ich werde selten rot, aber ich fühle, wie mir die Hitze in die Wangen steigt.

»War sie wirklich so neunmalklug?« fragt Paul. Sein Englisch ist auf einmal sehr präzise.

Stephanie nickt nachdrücklich. »Und wir dachten immer, daß eines Tages sie und Robbie vielleicht …«

»Mutter!« Robinson schneidet Stephanie das Wort ab.

Nina lacht. »Aber er hat statt dessen diese andere schreckliche Ausländerin gefunden!«

Wir sehen uns an, und mir wird klar, daß sie alles weiß. Aus irgendeinem Grund bin ich nicht verärgert.

»Wir sind wirklich schrecklich.« Ich lächle sie an.

»Entsetzlich.«

Erst nach dem Essen, nachdem Jamie zu seinem Mittagsschlaf mit seinem neuen Teddy ins Bett gesteckt wird, finden Robinson und ich einen Moment für uns. Wir schlendern zum Rand der Weide und sehen den fröhlich herumtollenden Pferden zu.

»Ist Paul für die Veränderung verantwortlich?« fragt Robinson. Seine Neugier macht ihn nervös.

»Ich denke doch eher nicht«, erwidere ich leichthin.

»Willst du denn nie seßhaft werden, Mähri?«

Da er jetzt ruhiger geworden ist, möchte er mich auch unter der Haube sehen. Ehe, Kinder, sie sind wie ein missionarischer Glaube. Sobald Menschen wie Robinson gläubig geworden sind, bestehen sie darauf, daß man zu ihnen überläuft. Oder vielleicht wollen sie einen auch nur in ein Regal stellen, und als ›Unberührbar‹ kennzeichnen.

»Ich mag Nina sehr«, antworte ich. »Und das Haus ist wunderschön.«

»Hättest du hier auch glücklich sein können?« fragt er leise.

Er muß es wissen, und die Frage rührt mich. Ich gewähre ihr die Ernsthaftigkeit, die er in sie hineingelegt hat.

»Nicht so glücklich wie du und Nina, Robinson. Das weißt du genau.«

Erst auf der Autobahn nach London bemerke ich, daß Paul seinen Ehering abgestreift hat. Vermutlich schon heute morgen.

Ich berühre seinen Finger da, wo der Ring gewesen war. »Das war nett von dir.«

Er wirft mir einen Seitenblick zu. »Es sind nette Menschen. Wie eine Familie.«

»Ja.«

Viel mehr gibt es wohl nicht zu sagen. Die Aufregungen und die Anspannungen des Nachmittags haben uns getrennt. Vielleicht ist es besser so. Es macht Pauls Abschied leichter.

»Und Robinson?« fragt er unvermittelt, nachdem wir einige Meilen absolviert haben.

Ich zucke mit den Schultern. »Robinson ist Vergangenheit.«

»Und wie sieht die Zukunft aus?«

Ich antworte ihm nicht. Ich antworte erst, als er die Frage wiederholt. Wir sind wieder im Hotel angekommen, und in wenigen Minuten muß er los nach Heathrow. Wir sitzen beide im Wagen, starren uns an und halten uns an den Händen.

»Ich habe keine große Zukunft, Paul.« Ich küsse ihn zärtlich auf den Mund. »Aber danke für dieses Geschenk der Gegenwart.«

Ich will aussteigen, aber er hält meine Hand noch einen Moment länger fest.

»Ich hoffe, daß dieser Prozeß bald vorüber ist«, sagt er.

23. Kapitel

Das Verfahren dauert noch eine Woche, und danach kehre ich nicht sofort nach Paris zurück. Meine legitime Entschuldigung ist, daß ich noch in der Bibliothek arbeiten muß, aber natürlich ist Paul der Beweggrund für diese Entscheidung. Ich will ihn nicht so bald wiedersehen, auch wenn ich ihn sehr vermisse.

Sobald er fort ist, ziehe ich aus dem Savoy aus und nehme mir ein Zimmer mit Bed and Breakfast. Ich will nicht in dem Bett schlafen, in dem wir zusammen gelegen haben. Und ich kann auch nicht einsehen, warum mein verlängerter Aufenthalt soviel kosten sollte. Ich mag nicht tugendhaft sein, aber ich mißbrauche auch keine Gefälligkeiten.

Nach dem Prozeß treffe ich mich mit Jennifer Walters. Wir besuchen gemeinsam Martha Roberts. Die Frau ist seltsam gefaßt. Die Spannung, die ich vorher in ihr gespürt habe, ist verschwunden. Sie ist in eine andere Dimension gedriftet. Die einzigen Emotionen zeigt sie, als sie Jennifers Hand drückt. Sie beantwortet die wenigen Fragen, die ich ihr stelle, kurz und merkwürdig unbeteiligt.

Anschließend gesteht mir Jennifer, daß es nicht so gut für Martha gelaufen ist, wie es hätte laufen können, aber auch nicht so schlecht. Sechs Jahre: Bei guter Führung wird sie in viel kürzerer Zeit herauskommen. Jennifer bleibt sachlich, auch was ihre eigene Rolle angeht. Obwohl sie ihr Bestes getan hat, konnte sie Martha nicht dazu bringen, sich so gut im Zeugenstand zu benehmen, wie sie es hätte tun können. Martha war kalt. Ihre Tränen waren versiegt. Sie konnte weder weinen noch mit Worten die Gefühle und die Furcht beschwören, die sie zu der Tat getrieben hatten. Deshalb hat sie so hart gewirkt. Geschworene mögen keine harten Frauen. Der Eindruck von Härte erzeugt immer den Verdacht auf Planung, Voraussicht, Vollbesitz seiner geistigen Kräfte. Martha hat es auch nicht geschafft, den Mißbrauch, die Brutalität ihres Ehemannes deutlich zu machen. Vielleicht aus Stolz, vielleicht weil er keine konkrete Bedrohung mehr war. Aufgrund ihres späten Geständnisses und des abgetrennten Kopfs im Schrank brachten die Geschworenen es nicht fertig, sie gänzlich freizusprechen.

»Warum hat sie den Kopf bloß behalten?« Das kann ich auch nicht verstehen.

Jennifer zuckt mit den Schultern. »Ich weiß es nicht. Vielleicht wußte sie nicht, wie sie ihn loswerden sollte. Vielleicht war er auch eine Art Talisman für sie. Vielleicht liebte sie ihn noch, und der Kopf war eine Erinnerung. Vielleicht wollte sie entdeckt und bestraft werden. Möglicherweise von allem etwas. Die Menschen wollen bestraft werden. Sie fühlen sich schuldig, selbst wenn die Tat berechtigt gewesen sein mochte. Hoppla ...« Sie grinst. »Das sollte ich eigentlich nicht sagen.«

Meine Zeit ist um.

»Grüßen Sie den Maître von mir«, sagt Jennifer. »Melden Sie sich bei ihm?«

»Ich schicke ihm wöchentlich Disketten. Manchmal alle zwei Wochen.«

Sie lächelt ironisch. »Ich glaube, er mag sie sehr, Maria.«

»Sie auch.« Ich erwidere das Lächeln und frage mich einen Moment, ob Paul und ich auch eine, wie er es nennt, ›*amitié amoureuse*‹ haben können. Eine amouröse Freundschaft.

Zuerst ruft Paul mich jeden Abend an. Jede Nacht sagt er mir, daß er mich vermißt. Seine Stimme verstärkt meinen Schmerz. Als ich ihm sage, daß ich in London bleibe, will er am Wochenende kommen. Ich weigere mich. Ich bleibe standfest. Ich mache unmißverständlich klar, daß ich kündige, wenn er überraschend auftaucht. Und das will ich eigentlich nicht. Ich möchte zu Ende bringen, was ich angefangen habe. Und ich lerne soviel. Über Verbrechen, über Bestrafung. Vielleicht hilft es mir.

Ich weiß nicht genau, wieso ich bei Paul so unbeirrt bleibe, außer daß ich einen Schwur getan habe und ihn halten will. Als ich vor dem British Museum auf eine englische Bekannte aus der Werbebranche treffe, wird es mir deutlicher. Die Augen der Frau leuchten auf, und sie strahlt dieses sattsam bekannte frohlockende Mitgefühl aus. »Maria!« ruft sie. »Was ist denn aus Ihnen geworden?« Ich möchte mich schlagartig wieder verstecken. Mir fällt wieder ein, wie fruchtbar in amerikanischen Netzwerken der Klatsch blüht und warum ich nach Paris gegangen bin.

Es ist schon merkwürdig, aber je länger es dauert, desto mehr vermisse ich Paul. Die Erinnerungen an ihn, Bilder von ihm spielen sich in einer unendlichen Schleife vor meinem inneren Auge ab und bleiben, wie es ihnen gefällt. Dabei denke ich nicht nur ans Bett. Es ist eine verwirrende, merkwürdige Angelegenheit, diese verwobene Sache aus Sex und Liebe, wo sie sich treffen, wo sie auseinander strömen. Ich kann sie nicht trennen, die Unterscheidungen kommen von außen. Von Wahrnehmungen ohne Moral, durch die Zeit, von Mustern sozialen Lebens, von Experten, die sich Slogans um die Ohren hauen.

Wenn nur alles so einfach wäre wie einige von ihnen es gern hätten, dann wäre ich schon vor Jahren zum Zölibat übergetreten, wäre eine ehrbare Nonne mit einem schwarzen Gewand und einer schicken Haube geworden. Wenn Sex nur eine Sache von Orgasmen wäre, was viele behaupten, hätte ich schon vor Jahren darauf verzichten können.

Nein. Es steckt unglaublich viel mehr dahinter. Zunächst andere Menschen, das Abenteuer, sie kennenzulernen, sie zu entdecken. Die Stimme am Telefon oder neben einem. Körper, die statt Worten agieren, und Worte, die zurückfließen, geheim, intim. Die kleinen Dinge, der Schwung einer Schulter, das Schwanken des Atems; und die großen Dinge, das Kümmern, der Schmerz der Trennung. Spiel und Leidenschaft. Vergnügen und Austausch. Phantasie und Erinnerung.

Paul hat mir wieder ins Gedächtnis gerufen, daß ich einmal ein Geschöpf der hellen Seite war.

Teil drei

24. Kapitel

Ich komme drei Wochen später am Freitagmorgen in Paris an. Meine Koffer sind vollgestopft mit Fotokopien, und die Festplatte des Notebooks ist um ein halbes Megabite voller. Ich bin sehr zufrieden mit mir. Meine Fahrt nach Hause führt mich an Boulevards vorbei, die von Walnußbäumen gesäumt werden, an der formellen Pracht der Place de la Concorde vorbei, dem Schillern des Invalidendoms. Unwillkürlich drängt sich mir die Frage auf, warum ich dies alles jemals für die Wildnis New Yorks verlassen habe.

Ich ziehe mich rasch um und rufe aus einer Laune heraus Beatrice an. Ich weiß, daß sie nicht da ist, aber ich will mich trotzdem bei ihrer Haushälterin oder ihrem Anrufbeantworter melden. Daß Beatrice von meiner Rückkehr weiß, wird mich stärken. Ich hatte ihr zwar gesagt, daß ich wegen einer Recherche verreisen müßte, aber ich habe ihr nicht gesagt, für wie lange oder wohin. Mich beschleicht das Gefühl, daß Beatrice meine Lüsternheit nicht akzeptieren, sondern verdammen, mich nach den Gründen fragen würde.

Beatrices Stimme auf dem Anrufbeantworter ist freundlich und vollkommen gleichmäßig. In ihrer Welt scheint alles gut zu laufen. Ich sage ihr, daß ich wieder da bin, und frage, ob sie Lust hat, bald mit mir essen zu gehen oder etwas zu trinken. Danach fühle ich mich für das Büro gewappnet.

Paul weiß nicht, daß ich komme. Das wollte ich nicht. Er erwartet mich am Samstag zurück und ist vielleicht nicht einmal im Büro.

Als erstes melde ich mich bei Madame Duval, die so perfekt und effizient wie immer ist. Ich gebe ihr eine Liste mit sehr sorgfältig aufgeführten Spesen, zusammen mit drei hübschen Teedosen von Harrod's. Das Geschenk rührt sie sichtlich, und sie fragt mich nach London aus. Doch dann unterbricht sie sich. Maître Arnault wird mich zweifellos sehen wollen. Er hat nur noch eine Stunde Zeit, bis die täglichen Konferenzen beginnen. Nach einer Kunstpause warnt sie mich noch vor, daß er heute nicht gerade beste Laune hat. Immer dasselbe, sagt sie seufzend. Wenn er an einem Fall arbeitet, in den auch Tournier verwickelt ist. Das ist ein Ermittlungsrichter, den er besonders aufreibend findet. Sie ruft ein wenig zögernd bei ihm an und sagt mir, ich soll sofort durchgehen.

Paul sitzt hinter seinem überladenen Schreibtisch. Er ist ungewöhnlich still und sieht viel zu gut aus. Ich hätte nicht erwartet, daß sein Anblick mich so berührt.

Er starrt mich an, als wäre ich ein Geist, steht aber nicht auf. »Ich habe mir schon Sorgen gemacht, daß du nicht mehr zurückkommst«, sagt er leise.

»Ich bin hier.«

Plötzlich scheint er zu explodieren. Er geht auf mich zu, aber ich weiche zurück. Anfassen darf er mich nicht. Ich halte meine Akten wie einen Schutzpanzer vor meine Brust. »Ich habe eine Menge Zeitungsausschnitte und Fotokopien mitgebracht.«

Er hebt die Arme, als hielte ein Polizist ihm eine Waffe vor die Nase. »Gut, keine Umarmung.« Er lacht gepreßt. »Sonst zeigst du mich noch wegen Belästigung an.«

»Sei nicht albern.«

»Wenn Männer jemanden gegen dessen Willen begehren, verhalten sie sich immer lächerlich.«

Ich will ihm sagen, daß es hier nicht um meinen Willen geht, aber er spricht weiter.

»Gut, sehen wir uns an, was du hast.« Er räumt einen Platz auf dem Tisch auf der anderen Seite des Zimmers frei, bittet mich förmlich, ihm gegenüber Platz zu nehmen, und holt Stift und Block. Ich breite meine Unterlagen aus, und wir reden. Wir sind höflich und kühl, aber ich spüre, daß wir explodieren würden, wenn sich auch nur unsere Finger berührten. Wir sind nicht weit gekommen, als das Telefon klingelt.

»Danke«, murmelt Paul. »In fünf Minuten.« Er sieht mich an. »Gehst du heute abend mit mir essen, Maria?«

Trotz des Ausdrucks auf seinem Gesicht schüttle ich den Kopf.

»Also meinst du es ernst?«

»Ich meine es ernst.«

»Wer ...?«

Ich unterbreche ihn hastig. »Es ist nicht so, wie du denkst, Paul. Überhaupt nicht. Es gibt niemanden anderen.«

»Warum dann?«

Er sieht so elend aus, daß ich all meine Vorsätze über Bord werfen und ja sagen würde, wenn er mich noch einmal fragt oder sich morgen mit mir treffen will. Aber ich bin in Frankreich, wo die Rolle der Geliebten stärker reglementiert ist als in New York. Wochenenden gehören nicht dazu. Im großen und ganzen bin ich ganz froh darüber.

»Es ist ein Versprechen, das ich mir gegeben habe«, sage ich leise. »Wir können uns heute nachmittag treffen, wenn Zeit genug ist. Oder am Montag, um den Rest durchzusprechen.«

»Ich kann nicht. Und am Montag bin ich am Gericht. Kommst du?«

»Wenn du möchtest.«

»Ich möchte es.«

Ich packe meine Sachen zusammen und bleibe einen Moment an der Zwischentür stehen, die zu meinem Büro führt. Als ich zu ihm zurücksehe, wird mir klar, daß es viel schwerer ist, tugendhaft zu sein, als ich mir jemals vorgestellt habe. Vor allem, wenn man sein Leben lang egoistisch gewesen ist.

Auf meinem Schreibtisch stapelt sich ein neuer Aktenberg, unter dem sich auch Disketten befinden. »Erbitte so schnell wie möglich Kommentar und Durchsicht. Erst die Disketten«, steht auf einem kleinen Zettel. Sein nüchterner, sachlicher Ton gefällt mir. Vielleicht kommen wir beide doch gut miteinander aus, trotz der schwierigen Begrüßung. Er ist schließlich ein vernünftiger, intelligenter Mann.

Auf der ersten Diskette steht: »Entwurf Kapitel fünf (unvollständig).« Paul hat in meiner Abwesenheit gearbeitet. Das Kapitel behandelt den Abschnitt Ehemänner und Geliebte, und mein Material aus England soll darin eingearbeitet werden.

Ich schalte den Computer an. Ein einzelner Absatz steht in der Mitte. Irgendwie wirkt er fast wie ein erotisches Bild, obwohl seine Quelle die »Nikomachische Ethik« des Aristoteles ist.

»Vergnügungen sind ein Hindernis für die Überlegungen der Vernunft, und das um so mehr, je erfreulicher sie sind. Zum Beispiel die Freuden des Körpers. Es ist unmöglich, an etwas anderes zu denken, solange man sich ihnen hingibt.«

Unten steht eine Anmerkung von Paul. »Wird das auch von deiner Erfahrung bestätigt? Bitte einen Kommentar.«

Ich starre auf das Zitat und weiß nicht, was ich dazu sagen soll. Ich lese weiter, und der Eindruck verstärkt sich, daß Paul diesen Entwurf genutzt hat, um in meiner Abwesenheit mit mir zu sprechen. In den Text sind kleine Anmerkungen für mich eingefügt, forschende Fragen, Bemerkungen. Er versucht zu verstehen – mein Verhalten, mich. Ich fühle mich gleichzeitig geschmeichelt, gerührt und beunruhigt. Ich will nicht bloßgelegt, verstanden werden. Aber ich möchte freundlich sein. Vielleicht würde ich ihm die größte Freundlichkeit erweisen, wenn ich ginge.

Die Lektüre des Entwurfs zieht sich bis zum Ende des Nachmittags hin. Ich gehe wieder zum Anfang zurück und schreibe unter das Zitat von Aristoteles: »Das Vergnügen ist kurzlebig. Das Leben dauert lang. Das Vergnügen des einen Mannes ist der Schmerz der anderen Frau.« Ich möchte mehr schreiben, aber ein Klopfen reißt mich aus meinen Gedanken.

»Bald fertig?« Tanya Walker schiebt ihren Kopf um die Ecke.

»Gleich.« Ich winke sie herein, froh, sie zu sehen, erleichtert, daß es nicht Paul ist.

»Ich wollte hören, wie Ihre Reise war.«

Tanya unternimmt seit einiger Zeit Abstecher in mein Büro. Vermutlich ist sie einsam, und auch wenn ich nicht die ideale Freundin bin, so bin ich wenigstens keine Vorgesetzte, die sie beeindrucken muß. Außerdem hegt sie eine Art politischen Eifer für Pauls Projekt und befürchtet, daß wir die Sache vermasseln, die Morde von Frauen nicht vor dem richtigen Hintergrund beleuchten, die Täterinnen als Monster statt als ganz gewöhnliche Frauen hinstellen, die von Männern zu ihren Taten getrieben wurden. Sie hält mir ständig Vorlesungen über dieses Thema.

Was ich an ihr und ihren Lektionen außergewöhnlich und auch wundervoll widersprüchlich finde, ist der hochtrabende moralische Tonfall und die gleichzeitige Lust an grausamen Details. Sie ist fasziniert und entsetzt von dieser Brutalität, die immer sexuelle Brutalität ist, und ihre Faszination rührt daher, daß es überall möglichen Terror gibt. Sie hält mich mit Geschichten auf dem laufenden, in denen wahnsinnige Männer ihre Frauen überfahren oder sie in Bottichen mit Säure ertränken; sie berichtet mir von Serienmördern, die auf der Suche nach Schulmädchen die Straßen der Städte unsicher machen, oder von eifersüchtigen Liebhabern, die ihre ehemaligen Freundinnen verfolgen, um sie schließlich in Stücke zu hacken. Wenn Frauen dagegen ihre Männer oder Geliebten erdolchen oder sie in Stücke schneiden, nehmen ihre Geschichten einen fröhlich rachlüsternen Unterton an, als bewegten wir uns nun in den Sphären vernünftiger Handlungen.

Tanya erinnert mich an New York, wo sexuelle Gewalt

sowohl Phantasie als auch Alltag ist. Als ich neben ihr sitze und über das ruhige, elegante Paris blicke, fühle ich mich zurückversetzt in meine ersten, verständnislosen Tage in Manhattan, wo die Leute mir rieten, mich vor vielen Dingen zu hüten: Nachts allein auf den Straßen herumzulaufen, die U-Bahn zu nehmen, vor Fremden und vor Männern im allgemeinen. Um sich vor der Gewalt in der Nachbarschaft zu schützen, eine Gewalt, die immer auch einen sexuellen Anstrich hat. Das verblüffte mich. Ich bin in dem Glauben erzogen worden, daß Gewalt etwas sei, was die Polizei gegen Nordafrikaner anwendet oder was ungerechte Staaten mit ihren Einwohnern machen.

Trotz all meiner Jahre in Amerika bin ich im Grunde immer noch die Tochter meiner Mutter. Wenn ich den seltenen Drang verspüre, allgemeiner über Gewalt zu sprechen, denke ich nicht an Sex. Ich sehe einfach die Gewalt, die Männer Frauen gegenüber an den Tag legen, nur in Begriffen von individueller Psychologie. Ich vermute, daß Tanya mir aus diesem Grund Vorlesungen hält. Es gefällt ihr nicht, daß ich es nicht allgemeiner sehe.

Aber heute belehrt Tanya mich nicht. Sie hört meinen Schilderungen der Einzelheiten über Martha Roberts' Verfahren zu, und dabei verzieht sich ihr hübsches, gleichmäßiges Gesicht.

»Klingt großartig. Ich wünschte, ich wäre dabei gewesen. Ich wollte auch hinfliegen, aber Paul hat es mir ausgeredet. Er meint, das wäre nicht mein Fachgebiet. Läuft zwischen euch beiden eigentlich etwas?« fragt sie lebhaft.

»Da geht wohl Ihre Phantasie mit Ihnen durch.« Ich lache und bemerke erst jetzt, daß der verräterische Absatz immer noch auf dem Bildschirm leuchtet. Ich schalte das Gerät rasch ab.

»Sie sind wohl fertig. Haben Sie Lust auf Kino? Ich könnte ein wenig Abwechslung gebrauchen.«

»Großartige Idee.« Es ist schon so lange her, daß ich einfach nur mit einer Arbeitskollegin einen Film angesehen habe, daher packe ich die Gelegenheit gern beim Schopfe.

Als wir Madame Duvals Büro durchqueren, steht Paul an ihrem Schreibtisch. Er hält einen Packen Papiere in der Hand und sieht uns stirnrunzelnd an.

»Fahrt ihr ins Wochenende?« fragt er. Seine Stimme klingt höflich, aber etwas gepreßt.

»Wir gehen ins Kino«, verkündet Tanya. »Wollen Sie mitkommen?« Sie ist ziemlich kühn.

»Geht nicht.« Er fährt sich sehnsüchtig durchs Haar. »Ich muß hier erst alles fertigmachen.«

»Zu schade. Vielleicht ein andermal.«

Sie ist so zufrieden mit sich, daß sie noch grinst, als wir schon längst auf der Straße sind. »Das habe ich noch nie gewagt«, sagt sie. »Sie machen mir Mut.«

»Sicherheit durch zahlenmäßige Überlegenheit«, erkläre ich leise.

»Ich glaube, daß seine langweilige Frau ihn ganz schön unter der Fuchtel hält.«

»Kennen Sie seine Frau denn?« Die Worte sind heraus, bevor ich es verhindern kann.

»Ich habe sie bei René Cournot getroffen«, prahlt Tanya. »Er veranstaltet jedes Jahr vor Weihnachten eine Party.«

Ich versuche, sie abzulenken, indem ich ein wundervoll geschnittenes Kleid in einem Schaufenster betrachte. Aber Tanya läßt nicht so schnell locker.

»Sie ist eine kleine graue Maus. Und er behandelt sie mit ausgesuchter Aufmerksamkeit. Sie muß entweder sehr reich sein, oder er hat ein sehr schlechtes Gewissen.«

»Und Sie würden ihn gern noch ein wenig schuldbewußter machen.«

»Sie etwa nicht? Wofür sind Männer sonst da?« Sie lacht fröhlicher, als ich sie je erlebt habe.

»Ich glaube, diesbezüglich habe ich meinen Beitrag für die Gesellschaft bereits geleistet.«

Sie wirft mir einen kritischen Blick zu. »Das glaube ich Ihnen aufs Wort.«

Auf den Champs Elysées holt Paul uns ein. Sein Schlips hängt etwas schief, und sein Haar ist zerzaust. Er ist gelaufen. Und seine Stimme ist ein wenig zu fröhlich.

»Ich habe meine Meinung geändert. Ein Film in Begleitung zweier wundervoller Frauen ist genau das Richtige, bevor ich mich am Wochenende mit meinem Manuskript vergrabe.«

»So, so.« Tanya lächelt, während ich versuche, meine Fassung wiederzugewinnen.

Wir sitzen im Dunkeln und sehen zu, wie das Leben eines englischen Butlers abläuft, eingesperrt in der Ethik des Dienens. Paul sitzt zwischen uns. Irgendwann faßt er meine Hand. Sie ist warm, weich und gespannt zugleich. Ich ziehe meine nicht weg. Dafür heule ich. Ich weine, weil der Butler festgestellt hat, daß er sein Leben an sinnentleerte Formalitäten verschwendet hat. Sein Dienst wird bedeutungslos, pervertiert, als sich sein Herr dem Faschismus zuwendet. Er ist ein Relikt von gar nichts. Und auch für die Liebe, die ihn gestreift hat, ist es zu spät.

Ich weine auch, weil Paul meine Hand hält und ich es gerne habe, es aber nicht zulassen darf.

Anschließend sitzen wir auf der Terrasse eines Cafés im Schatten von Napoleons Triumphbogen. Ich bin wütend, weil uns der Butler leid tun soll, weil wir ihm uns überlegen fühlen sollen. Weil wir angeblich alle wissen, daß das Leben Vorrang hat und das Leben Liebe ist.

»Aber der Butler hat niemandem weh getan.« Ich bin streitlustig und sehe Paul finster an.

»Er hat aber auch nicht gelebt, keine Entscheidungen getroffen.«

»Weil das Leben einigen schnellen Nummern gleicht. Leidenschaftliche schnelle Nummern im Heu.«

Er zuckt mit den Schultern. »Quickies sind keine Liebe.«

»Und warum soll es keine Liebe sein zu dienen?«

»Faschisten zu dienen?« wirft Tanya ein.

Ich schüttle heftig den Kopf. »Nein, sondern einfach nur, unser eigenes, kleines Ich in die zweite Reihe zu stellen. Was ist denn so heilig an unserem Egoismus? Unserer vielgerühmten Individualität?«

»Maria wird gerade neugeboren.« Tanya lacht.

»Das meine ich nicht. Meine Mutter ...« Ich stehe unvermittelt auf. »Es war ein langer Tag. Ich rede Unsinn. Wahrscheinlich bin ich erschöpft.«

Paul springt sofort hoch. »Sollten wir Sie nicht lieber nach Hause bringen?«

»Nein, mir geht's gut.« Ich stoße ihn zurück, mache einen wenig eleganten Abgang und springe in ein Taxi, bevor sie mir folgen können.

Sonntag morgen treffen Beatrice und ich uns vor dem Musée d'Orsay. Sie umarmt mich und küßt mich ganz überschwenglich.

»Du weißt ja gar nicht, wie aufregend das für mich ist«, sagt sie. »Ich war erst einmal hier, seit es geöffnet hat. Es tut mir gut, daß du wieder in Paris bist.«

»Nur einmal?«

»Ja.« Sie sieht ein wenig verlegen aus. »Ich habe immer soviel zu tun, so viele Aufgaben, die vorgehen. Und sonntags sind die Kinder da. Sie haben nie Lust, ins Museum zu gehen und alte Bilder anzusehen. Aber an diesem Wochenende sind sie bei ihrem Vater. Und ich habe keinen einzigen Termin.« Sie klatscht wie ein Mädchen in die Hände.

Sie ist heute ganz und gar mädchenhaft, denke ich, als ich sie genauer betrachte. Sie trägt einen dieser kleinen, runden Hüte mit einem hochgeklappten Rand gegen die Sonne. Er ist marineblau, wie ihr Kostüm mit dem Faltenrock. Eine weiße Bluse mit einem runden Kragen lugt unter ihrem Jackett hervor. Sie trägt auch ihr Haar anders. Um ihre

Wange kräuselt sich eine Haarlocke, und sie betrachtet strahlend die Bilder.

»Erinnerst du dich noch? Deine Mutter hat uns immer mit ins Museum genommen. Niemand hat mir Bilder so gut erklären können wie sie. Vielleicht kannst du das ja jetzt übernehmen?«

Ich lache, aber ich erfülle ihr den Wunsch, erläutere, so gut ich kann, und erzähle ihr Geschichten über das Leben der Künstler. Sie hat wieder diese verzückte Miene, die ich so gut kenne. Fällt mir der sehnsüchtige Ausdruck ihrer Lippen wirklich erst jetzt auf?

Wir stehen vor Manets »Olympia«. Vor dem Original. Ich will eigentlich nicht stehenbleiben, aber Beatrice hat sich bei mir untergehakt und will nicht weitergehen.

»Sie ist so wunderschön«, sagt sie leise. »Es muß schön sein, so wundervoll zu sein, so trotzig in seiner Nacktheit.«

»Obwohl sie gar kein so wunderschönes Leben geführt hat. Sie war vermutlich eine Prostituierte.« Meine Stimme zittert, als ich den Blick bemerke, den Beatrice mir zuwirft. Plötzlich erinnere ich mich an die Rolle, die das Wort »Prostituierte« in meiner Kindheit spielte, als ich Beatrice nachspioniert habe. Rasch spreche ich über Manets brillantes Widerspiel aus Licht und Schatten, über seine Ablehnung durch die Akademie, seine Enttäuschung, nur als der Kopf der Impressionisten gesehen zu werden.

»Ich glaube immer noch, daß es wundervoll sein muß«, sagt Beatrice leise.

Vielleicht liegt es an Beatrices großen, stillen Augen, jedenfalls erinnere ich mich plötzlich an eine andere Olympia, eine kindliche Olympia, die Manet vielleicht ebenfalls kannte. »Kennst du die Geschichte vom Sandmann?« frage ich Beatrice. »Dieser böse Dämon, der den Kindern die Augen stiehlt, wenn sie etwas ansehen, was sie nicht ansehen sollen? Da gibt es auch eine Olympia.«

Beatrice schüttelt den Kopf.

Ich lächle. »Diese Olympia ist das schönste Geschöpf der Welt. Und der Held mit Namen Nathaniel verliebt sich bis über beide Ohren in sie, als er sie durch ein Fenster sieht. Dann entdeckt er eines Tages, daß seine hinreißende, schweigsame Olympia nur eine Puppe ist, ein Automat, der von dem Mann geschaffen wurde, den Nathaniel immer für ihren Vater gehalten hat, und einem Optiker. Der hat ihr diese wundervollen, hypnotischen Augen gemacht. Die beiden zerlegen sie gerade. Nathaniel will seine Geliebte retten. Aber es ist zu spät. Olympias Augen liegen blutend auf dem Boden. Der Optiker stürzt sich auf ihn und sagt ihm, daß es eigentlich Nathaniels Augen sind, die ihm in seiner Kindheit vom Sandmann gestohlen worden sind. Und dieser Sandmann ist der verkleidete Optiker.«

»Wie schrecklich.« Beatrice schüttelt sich.

»Ja, das ist schrecklich.« Wir entfernen uns endlich von dem Bild, aber ich habe jetzt bis zum Ende unseres Besuchs das Gefühl, daß ich zuviel mit Nathaniel gemein habe, daß Beatrice die Puppe ist, der ich nachspioniere, ein Relikt aus meiner Kindheit, die mittlerweile ihr eigenes Leben führt. Meine Augen werden mir auch weggenommen werden, weil ich heimlich dem Verbotenen hinterherspioniert habe.

Beim Lunch in der Brasserie gegenüber vertraut Beatrice sich mir an.

»Ich war in den letzten Wochen zweimal am Grab deiner Mutter. Ich spreche gern mit ihr. Sie tröstet mich.«

»Wofür brauchst du Trost, Beatrice?«

Sie zuckt mit den Schultern und sieht zur Seite. »Manchmal für die Verantwortung, die auf mir lastet.«

»Aber Verantwortung ist gut. Sie verankert dich.«

Sie lacht. »Das kannst du nur sagen, weil du frei bist. Erzähl mir lieber von London. Hast du deinen Liebhaber getroffen?«

Die Frage verstört mich genauso wie der Tonfall, in dem Beatrice sie stellt. Er ist lebhaft, beinahe begierig und paßt nicht zu Beatrice. Ich muß sie wohl merkwürdig angestarrt haben, denn sie redet schnell weiter.

»Entschuldige. Du bist so viel länger geblieben, als du gesagt hast, also dachte ich … Es ist sehr indiskret von mir. Aber ich habe nur so wenige Freunde, Freundinnen, mit denen ich über so etwas reden kann. Und du bist eine Freundin.« Sie lächelt mich schüchtern an und senkt dann rasch den Blick. Ihre Gabel schwebt mitten in der Luft.

»Ich habe einen alten Freund getroffen«, gebe ich zu. Ich möchte ihr im Gegenzug für ihr Vertrauen auch etwas von mir verraten. »Aus meinen Tagen in New York. Es war sehr schön.«

»New York?« Sie sieht mich wieder mit ihren sanften, braunen Augen an. »Wo warst du in Amerika? Bist du jemals nach Hollywood gekommen?«

Sie ist etwas atemlos, und ich erinnere mich, daß wir bei unserem letzten Gespräch viel über die Vereinigten Staaten geredet haben. Zuerst schimpfte sie über die amerikanische Außenpolitik, Bosnien, Frankreich. Doch dann veränderte sich plötzlich etwas, und sie stellte nur noch Fragen. Über das alltägliche Leben in Manhattan, über den Grand Canyon, über die Everglades. Und nun Hollywood. Ich berichte ihr von meinem Besuch in einem Studio bei einem Produzenten, den wir einmal vertreten hatten, über Venice und Malibu, von den silbernen Stränden.

Beatrice hat ihre Mahlzeit vollkommen vergessen. »Es wäre schön, eines Tages dort zu leben«, sagt sie und seufzt.

»Paris ist schöner. Aber wenn du willst … Heutzutage ist nichts mehr wirklich weit weg.«

»Ich weiß. Ich habe nur … ich spreche kein Englisch. Und …« Sie zuckt verzagt mit den Schultern.

»Das ist kein Problem. Ich kann es dir beibringen. Wir können sofort anfangen.« Ich lache, halte Messer, Gabel und Löffel hoch und lasse Beatrice alle Dinge auf dem Tisch auf englisch benennen. Wir kichern wie die Schulmädchen damals an unserem Küchentisch, bevor meine Gemeinheit uns trennte.

Beim Kaffee beendet Beatrice den Englischunterricht. »Du wärst eine gute Lehrerin«, sagt sie. »Du könntest uns bei den Flüchtlingskindern aushelfen. Ich gebe ihnen Französischunterricht. Im Dreizehnten Arrondissement. Immer mittwochs am Spätnachmittag. Kannst du das einrichten?«

»Warum nicht?«

Beatrice nimmt ein Blatt Papier aus ihrer Tasche und schreibt eine Adresse für mich auf. »Vier Uhr. Vielleicht kommst du ein wenig früher, dann kann ich dich einweisen.«

Auf der Straße dreht sie sich noch einmal um. »Außerdem wird es wirklich Zeit, daß du meinen Ehemann und meine Familie kennenlernst. Jetzt, da wir Freundinnen sind.«

Ihre Miene ist so bittend, daß mich plötzlich das Gefühl beschleicht, sie habe Angst. Ich weiß nicht, ob sie fürchtet, daß ihre Familie mich befremden oder mich ihr entfremden würde. Ich hake mich bei ihr ein, ein Versprechen gegen beides.

»Du liebst sie sehr, nicht wahr?«

Sie drückt meinen Arm. »Wir geben eine kleine Party. Zum Geburtstag meines Mannes. Am nächsten Samstag. Du mußt kommen.«

»Das wäre schön.«

Plötzlich werde ich neugierig, wie damals, als es um Beatrices Eltern ging. Die Stärke dieses Gefühls ist mir unangenehm, und ich merke nicht, daß wir die Rue d'Oudinot entlang gehen und Beatrice vor Steves Wohnung zögert. Ich wollte ihr heute erzählen, daß ich eine Wohnung direkt gegenüber der ihren gefunden habe, aber jetzt ist es zu spät. Dieses Geheimnis mißfällt mir, und es beunruhigt mich auch. Wenn ich sie nach oben einlade, wird ihr bestimmt auffallen, wie unbewohnt die Wohnung aussieht.

»Ich muß noch um die Ecke, ein paar Sachen besorgen.« Ich versuche, mich zu retten. »Dann kannst du gern auf einen Tee mit hinaufkommen.«

»Gut.« Beatrice ist nicht mißtrauisch. »Wir können aber auch hier von etwas trinken.« Mit einem Lächeln hält sie die Geschenke hoch, die ich ihr und Marie-Françoise aus London mitgebracht habe. »Und ich kann nur einen Moment bleiben.«

Die Wohnung riecht etwas muffig, sieht aber gar nicht so schlecht aus. Ich öffne rasch ein paar Fenster.

»Ich hatte noch keine Gelegenheit, ordentlich zu lüften, seit ich wieder da bin«, erkläre ich.

»Es ist schön hier.« Beatrice geht anerkennend im Wohnzimmer herum. »Es ist verblüffend, wie schnell du so viele schöne Dinge in so erstaunlich kurzer Zeit findest.«

»Oh, das gehört alles einem amerikanischen Freund.« Ich ergreife die Chance. »Ich muß mir dringend eine eigene Wohnung suchen.«

»Warum machst du dir die Mühe?« Beatrice lächelt, als hätte ich ihr gerade eine Intimität anvertraut. »Das hier ist so hübsch.« Sie bleibt vor meinem Lieblingsbild stehen, tut einen Schritt zurück, um besser sehen zu können, und stößt gegen ein kleines Tischchen. Ein kleiner Stapel Briefe droht herunterzufallen. Der *Gardien* muß sie in den Wochen meiner Abwesenheit gesammelt haben.

»Du hattest ja noch nicht einmal die Gelegenheit, deine Post zu öffnen.« Beatrice fängt die Briefe auf. »Ich halte dich wirklich auf.«

»Nur Werbesendungen«, sage ich. »Es lohnt sich nicht einmal, sie aufzumachen.«

Ich weiß nicht, ob es sie genauso überrascht wie mich, aber wir fangen beide gleichzeitig an zu lachen.

Nachdem Beatrice gegangen ist, mache ich es mir auf dem Sofa gemütlich und sehe die Post durch. Es sind tatsächlich zumeist Werbesendungen, aber darunter befinden sich auch zwei große Umschläge von dem Büro in New York. In jedem liegen mehrere Briefe. Mir fällt ein, daß ich Steve immer noch nicht meine neue Adresse mitgeteilt habe.

Ein Brief von Steve liegt zuoberst, und ich lese ihn zuerst. Er gibt mir eine kurze Zusammenfassung vom New Yorker Klatsch, Geburten, Heiraten, Todesfälle, wer mit wem wo gegessen und wen dabei verdrängt hat. Er sagt mir, wie sehr ich vermißt werde und daß mich offene Arme und klopfende Herzen erwarten würden, wenn ich jemals zurückkommen sollte. Außerdem steht da, daß Chuck und er Ende Juni nach Paris kommen wollen.

Sein Brief geht mir nahe. Denn unter dem Geplapper und der vordergründigen Oberflächlichkeit hat sich Steve als loyaler Freund gezeigt. Ich kann ihn beinahe lachen hören, wenn ich ihm schreibe, was ich jetzt wieder mache.

Die beiden nächsten Briefe stammen von meinen Verlegern. Der erste enthält einen nicht unerheblichen Scheck, und in dem zweiten fragen sie mich, ob ich in Anbetracht meines Erfolges nicht ein zweites Buch schreiben möchte. Sie machen einige Vorschläge. Ich gebe mich einem Moment Tagträumen hin, dann fällt mein Blick auf den nächsten Umschlag. Er wurde vom Verlag an mein Büro zurückgesandt. Ich kenne die Handschrift – plump, kindlich, mit grüner Tinte und einem dicken Strich unter meinem Namen. Ich will den Brief nicht lesen.

Mir bricht der kalte Schweiß aus. Sie haben mich gefunden, die Schreiben, die mich seit Monaten verfolgen, ein Brief am Tag, bösartig, wütend, außer sich. Sie schlingen sich ständig um meine Gedanken, um mein Leben wie eine Nemesis. Sie treiben mich in die Falle, weil jedes ihrer gehässigen Worte im Kern zutrifft.

Ich will den Brief nicht öffnen, aber meine Finger zerreißen schon den Umschlag. Während ich das tue, erscheint der erste Riß in dem gut bewachten Zaun, den ich rund um einen bestimmten Teil meines Lebens errichtet habe. Über der Mauer und dem Stacheldraht verkündet ein schlichtes Schild »Betreten Verboten«. Aber der Spalt weitet sich, droht, mich zu verschlingen. Dann bin ich durch. Ich schließe die Augen und stürze mit rudernden Armen auf die andere Seite.

25. Kapitel

Die bunten Herbstblätter tanzen in düsteren Braun- und Grautönen über Manhattans Straßen. In meinem Büro sorgen die laut stöhnenden Heizungen für ein fast tropisches Klima. Die Pflanzen bedanken sich. Ihre Ranken klettern über Bilder, Stühle und Antiquitäten. Es ist Oktober 1991, und Nichols, Regnier und Peele Associates belegen mittlerweile ein ganzes Stockwerk dieses umgebauten Kaufhauses aus den Anfängen des Jahrhunderts. Steve Nichols sitzt im Büro neben mir. Er hat mich vor beinahe drei Jahren in die Firma geholt. Harold Peele ist für die Buchhaltung der Firma zuständig und führt unser kleines Reich vom anderen Ende des langen Korridors aus. Trotz des Crashs an der Wallstreet von 1987 geht es uns ganz gut. Die Leute scheinen Werbung vor allem dann in Anspruch zu nehmen, wenn das Geld knapp wird.

Ein ungeschriebenes Gesetz unserer Firma verlangt, daß einer der Partner einmal im Jahr seinen Rat und seine Dienste einem Projekt oder einer kleinen wohltätigen Stiftung, die sich würdig erweist, mehr oder weniger kostenlos zur Verfügung stellt; »Gewissens«-Konto nennen wir das intern. Es ist Steves Idee. Er hat seit Jahren verschiedenen Aids-Gruppen geholfen, auch wenn er auf seine vorlaute Art diese »Gewissens«-Aufträge damit begründet, keine andere Werbung würde unseren Ruf so aufpolieren.

Dieses Jahr bin ich dran. Aus dem Stapel mit Bittbriefen,

der sich regelmäßig bei uns ansammelt, haben wir drei ausgesucht, die unser Gewissen und unseren Geschmack gleichermaßen ansprechen. Der letzte Kandidat stellt sich heute nachmittag vor, es ist eine Gruppe, die Unterkünfte für die Obdachlosen in Spanish Harlem bauen wollen.

Punkt drei Uhr kündigt mir der Empfang die Leute von dem sogenannten »Hundreds«-Projekt an. Statt der erwarteten zwei Personen kommen vier in mein Büro, zwei Frauen und zwei Männer. Sie sind etwa in meinem Alter, aber sie fühlen sich offenbar jünger. Bis auf einen tragen alle Jeans, und bis auf diesen einen betrachten mich alle mit einem Mißtrauen, das schon an Feindseligkeit grenzt. Die Ausnahme in beiden Fällen trägt einen ordentlichen, marineblauen Cordanzug und hat eine große, rechteckige Mappe unter dem Arm. Er sieht aus wie einer dieser Stummfilmhelden und lächelt herzlich. Er heißt Sandro Jiménez.

Ich erwarte, daß Sandro Jiménez die Präsentation übernimmt. Doch kaum hat Valeria, eine der Frauen, ihren dicken Pullover ausgezogen, fängt sie auch schon an zu reden. Sie wird von der zweiten Frau unterbrochen, der wiederum der zweite Mann ins Wort fällt. So geht es eine Weile hin und her.

»Vielleicht könnte einer von Ihnen mir klarmachen, was Sie eigentlich erreichen wollen«, sage ich schließlich, als die drei Luft holen müssen.

»Darf ich?« Sandro Jiménez sieht seine Kollegen an, dann mich und deutet auf die Mappe neben seinem Stuhl.

»Bitte.«

Er stellt sie auf eine Staffelei und zeigt mir Fotos. Große, beeindruckende Schwarzweißfotos von Straßen im East-Hundreds, aufgegebene, heruntergekommene Gebäude, bewachsene Häuser; Menschen, die im Freien schlafen und sich mit Zeitungen zudecken, in Torbögen hausen; Kinder, die in der Einöde spielen, junge Männer mit Händen, die zu groß sind für ihre Körper, alte Männer mit toten Augen unter seltsamen Hüten, die sich an irgendeiner Missionsküche für Suppe anstellen. Mittlerweile redet er leise von einem Block im unteren East Hundreds, der nach Neuaufbau verlangt. Kleine, helle Räume mit viel Platz für junge, obdachlose Menschen, die selbst mithelfen könnten, das Baugeschäft lernen und in einem Nachbarschaftsprojekt mitarbeiten würden, das allmählich zu ihrem eigenen würde. Ein Gutschein für Nahrung und Obdach statt Bargeld für Drogen. Die Fotos werden von Zeichnungen ersetzt, Illustrationen von fertigen Häusern, bunt, frisch, heimelig.

»Wie weit sind Sie?« will ich wissen.

Die drei reden gleichzeitig los. Ich hebe verzweifelt die Hände und höre Sandros Stimme, seine ruhige Autorität. »Carmen, bitte erkläre ihr das mit den Kirchen.«

Einen Moment herrscht Schweigen, dann schildert mir Carmen, daß zwei Kirchen in der Gegend dem Projekt ihre Unterstützung zugesagt haben, daß sie kurzfristig denen, die daran mitarbeiten, Nahrung und Unterkunft bieten. Auf ein aufmunterndes Nicken von Sandro erklärt der andere Mann, José, daß sie nach langer Überzeugungsarbeit alle notwendigen Bewilligungen und eine kleine Beihilfe von den entsprechenden Behörden bekommen haben. Schließlich berichtet mir Valeria, daß sie angefangen haben, die Verläßlichsten unter den herumstreunenden Jugendlichen in dem Gebiet zusammenzutrommeln, mit ihnen über das Projekt geredet, Interesse geweckt und ihnen Versprechen entlockt haben.

Schließlich bekomme ich ein einigermaßen zusammenhängendes Bild und lächle Sandro dankbar an.

»Und wer sind Ihre Architekten?«

Er lächelt schüchtern und deutet auf sich.

»Verstehe. Und die Firma?«

»Es gibt keine Firma. Nur mich.«

»Sandro ist ein phantastischer Architekt«, schwärmt Carmen.

»Wunderbar«, stimmt Valeria mit ein.

»Das bezweifle ich auch nicht. Aber das genügt vielleicht nicht. Was haben Sie schon gebaut, Mr. Jiménez?«

Er hebt mit einer dramatischen Geste die Hände. »Was habe ich noch nicht gebaut! Ich habe Sandsteinhäuser gebaut, Bürohäuser, Kaufhäuser, Bungalows, Swimmingpools, Appartements.« Er neigt sich zu mir, als wolle er mir ein Geheimnis anvertrauen. »Aber dies hier ist das erste Mal, daß ich es von Anfang bis Ende geplant habe.«

Sandros Hände fallen mir auf. Sie sind dick, rauh und haben rissige Nägel, sie passen so gar nicht zu dem Anzug, den er trägt. Dann spricht José.

»Sandro hat auf dem Bau gearbeitet, seit er fünfzehn ist. Und er hat letztes Jahr die Architektenschule abgeschlossen. Er kommt aus dem Viertel.« Er sagt das, als wäre es das endgültig entscheidende Zeugnis. »Sie sollten sich ansehen, was er mit meiner Wohnung gemacht hat.«

»Verstehe.« Ich schweige einen Moment, und Sandro sieht mich an, während die anderen wieder durcheinander reden.

»Sie glaubt nicht an uns«, murmelt Sandro. »Wenn sie uns nicht glaubt, *amigos*, dann haben wir einen harten Kampf vor uns. Und eine Menge Fleißarbeit.«

Ich glaube, diese letzte Bemerkung ist es, die mich endgültig überzeugt.

»Was wollen Sie von uns?« frage ich, obwohl ich das ganz genau weiß.

»Dollars«, rufen sie alle gleichzeitig. »Wir sind so weit gekommen, wie es geht«, fährt Sandro dann drängend fort. »Jetzt brauchen wir Hilfe. Wir wissen, daß wir Publicity brauchen, um Geld zu bekommen, aber wir wissen nicht, wie wir diese Publicity erreichen sollen.«

»Sie brauchen erheblich mehr als Publicity«, sage ich leise. »Sie brauchen eine Organisation. Sie müssen jemanden an die Spitze der Gruppe stellen, der Charme und Biß hat. Sie brauchen einen Vorgehensplan und Kalkulationen. Sie müssen bestimmte Phasen klar definieren und mit klar kalkulierten Zahlen untermauern.« Ich nehme ein buntes Diagramm von meinem Schreibtisch und wedele damit vor ihren Nasen herum. »Sie brauchen begeisterte Briefe von Ihren städtischen und kirchlichen Beratern und den örtlichen Beamten. Sie brauchen einen Bericht über die Zustände in dem Gebiet, und wie vorteilhaft das ist, was Sie da vorhaben. Und das ist nur der Anfang.«

»Das letzte haben wir schon«, sagt José etwas beleidigt.

»Gut.« Ich halte inne und sehe sie der Reihe nach scharf an. »Und Sie werden nicht nur schwerer arbeiten müssen als bisher, sondern Sie müssen lernen, denen zu vertrauen, die Ihnen helfen wollen.«

»Ich vertraue Ihnen«, sagt Sandro leise. Er dreht sich zu den anderen um. »Sie wird uns helfen.«

»Das ist noch nicht sicher«, unterbreche ich ihn brüsk. »Ich muß das mit meinen Partnern besprechen, und bevor ich das mit genügend Zuversicht tun kann, brauche ich sämtliches Material, das Sie mir zur Verfügung stellen können.«

Sandro zögert, als die anderen hinausgehen. Er starrt mich mit diesen dunklen, feuchten Augen an, als hoffe er, mich damit zu hypnotisieren. Es bleibt nicht ohne Wirkung.

»Sie müssen den anderen vergeben. Sie wollten gar nicht mitkommen. Ich mußte sie überreden. Sie mögen Publicity nicht besonders. Ich weiß, wie wichtig sie ist. Wir lernen noch. Aber sie sind hundert Prozent engagiert. Das Projekt bedeutet uns alles. Uns und unserem Viertel.«

Ich habe das Gefühl, daß er seine Hand auf meinen Arm legen möchte, um meine Zustimmung zu erzwingen, aber er zieht sie zurück. »Bis wann wollen Sie die Berichte?«

»Bis Freitag.«

»Okay.« Er räuspert sich. »Wenn Sie die Zeit finden, wäre

es gut, wenn Sie es sich vor Ort ansehen würden. Wenn Sie dorthin kommen würden.« Sein Blick ist so eindringlich, daß ich einen Moment nicht mitbekomme, was er sagt. »Und Ihre Partner auch, wenn sie wollen.«

Ich blicke rasch auf meinen Terminkalender. »Diese Woche ist es schwierig. Vielleicht Samstag morgen. Rufen Sie mich Freitag an.«

»Gut.« Seine Augen lächeln. Seine Lippen auch. Er hat einen unschuldigen Charme, als er meine Hand schüttelt, und ich sehe ihn einen Moment wie andere Klienten und denke, daß die Kameras ihn lieben werden.

*

Am Samstagmorgen holt Sandro mich in einem heruntergekommenen Pontiac ab. Er bringt mich in einen Teil der Stadt, den ich bisher nur durch Taxischeiben wahrgenommen habe, wenn die Fahrer den Verkehr in der Stadt umgehen wollten, weil sie mich schnellstens zum Flughafen bringen mußten. Wir halten vor einer Mission, die wie alles um uns herum schon bessere Tage gesehen hat. Rechts befindet sich eine Baulücke, in der sich brennende Mülltonnen und Einkaufswagen mit Pappkartons und Plastikbeuteln stapeln. Ein paar Männer hängen herum, ebenso reglos wie der Müll, der sie umgibt. Sandro öffnet mir schnell mit altmodischer Höflichkeit die Tür, vielleicht weil er Angst hat, daß ich nicht aussteigen mag. Plötzlich sind seine Worte und Gesten schüchterner, und ich fühle mich wie ein zerbrechliches Figürchen, das er seiner Familie und seinen Nachbarn vorstellen will. Er ist nervös. Einer von uns beiden könnte den Test nicht bestehen.

Drei Männer undefinierbaren Alters sitzen auf den Stufen der Mission, rauchen Zigaretten und lassen eine Flasche reihum gehen. Sie sehen uns nicht an, als wir näher kommen. Erst als Sandro sie mit Namen begrüßt, kommt Leben in die glasigen Augen und rissigen Lippen. Als wir die dunkle Mission betreten, trifft mich der süßliche Geruch von zusammengedrängtem Elend mit der Wucht eines Nahverkehrszugs. Ich brauche eine Wand, aber da keine griffbereit ist, stütze ich mich auf Sandros Arm.

»Okay?«

Ich nicke, ziehe den Mantel enger um mich und versuche, flach zu atmen. Sandro führt mich an einer Schlange schlurfender Männer vorbei. Einige scheinen ihn zu kennen, begrüßen ihn, sehen mich neugierig an, sagen »Hübsche Lady« oder grunzen nur feindselig »Prinzessin auf Besuch«. Die meisten sind nicht einmal mehr neugierig und blicken teilnahmslos zu Boden. Am Ende der Schlange steht ein Mann, der beinahe hinter einer riesigen Kaffeekanne verschwindet.

»Padre, das ist die Freundin, von der ich Ihnen erzählt habe.«

Die Augen des Priesters leuchten in seinem gelblichen, runzligen Gesicht so blau wie die einer Porzellanpuppe. Er hält lange meine Hände, während er mich einschätzt und sein Willkommen entbietet. Seine Lobrede auf die Hundreds werden nur von Bemerkungen an jeden der Männer unterbrochen, die von ihm einen Pappbecher mit Kaffee bekommen. Mir wird klar, daß alle ja einen Namen haben. Eine Geschichte, auch wenn ich sie nicht unbedingt hören möchte.

Zwischen den Grüßen, den Fragen und den tröstenden Worten schafft der Padre es, mir zu erklären, daß dieses Hundreds Projekt der Anfang einer wirklichen Veränderung der Gegend sein könnte, wie es Hoffnung schaffen könnte, Arbeit, einen Zufluchtsort. Er sagt mir, daß er Sandro von klein auf kennt und ihm und seinem Team vollkommen vertraut. Mitten im Gespräch kommt plötzlich ein Junge in einer Lederjacke zu uns, der einen kleinen Streit in einer Ecke geschlichtet hat. Sandro legt ihm den Arm um die

Schultern und stellt ihn stolz als einen der zukünftigen Arbeiter vor. Der Junge lächelt mich schief an und redet rasch auf Spanisch mit Sandro, bevor laute Stimmen ihn in eine andere Ecke des Raums rufen. Während ich ihm hinterhersehe, muß ich mich bemühen, die Szenerie vor mir nicht wegzudrücken. Ein Zucken mit der Wimper, und dieser Tunnelblick der Großstädter, den ich seit Jahren geübt habe, würde all die Häßlichkeit und das Elend unsichtbar machen.

Vielleicht weiß Sandro das, denn einen Augenblick später stehen wir wieder in der frischen Luft. Wir gehen zur Seite der Mission, wo Sandro eine Tür mit der Aufschrift: »Hundreds Projekt« öffnet und mir ein kleines, vollgestopftes Büro zeigt. An den Wänden hängen Checklisten und die Pläne der Gruppe für die Gegend. Das beruhigt mich, wie mich auch schon das Material etwas entspannte, das ich am Freitag bekam. Es war professioneller, als ich nach der ersten Begegnung mit Sandros Kollegen annehmen konnte. Wir bleiben nur kurz und setzen dann die Besichtigungstour fort. Unterwegs redet Sandro leise und überzeugend auf mich ein. Allmählich löscht seine Stimme die ausgebrannten Hausruinen, das Elend der umzäunten Gebäude und die heimtückische Armut aus. Stein um Stein fange ich an, die Struktur seines Traumes zu erkennen. Einfache, funktionale Häuser, grüne Parks und gut ausgestattete Sport- und Spielplätze. Aber wie ein zynischer Journalist will ich mich dem Traum nicht ergeben. Ich sage ihm, daß ich mir Gebäude und Parks vorstellen kann. Nur kann ich mir nicht denken, daß diese gebrochenen Menschen, die wir in der Mission gesehen haben, angelernt werden können und arbeiten würden. Und welche Garantien gibt es, daß sie uns nicht übers Ohr hauen und Sabotage begehen würden, lieber alten Gewohnheiten nachhängen, während guter Wille und finanzielle Mittel verschwinden?

Während wir darüber reden, sitzen wir in einem heruntergekommenen kleinen Coffee-Shop, in den nur ein zerfetztes

Strandposter etwas Farbe und Sandro etwas Schönheit bringt. Aber der Blick, den er mir zuwirft, ist hart. Wenn die Nachbarschaft nicht mitmacht, nicht stolz auf dieses Projekt wäre, sagt er, würde nach einem Jahr das, was neu geschaffen worden wäre, wieder genauso aussehen wie der Rest. Nein, es ist nicht einfach, und die Rekruten sind bis auf wenige Ausnahmen keine Laufkundschaft der Mission. Das Team habe bei der Auslese sehr aufmerksam hingesehen, und die Kriterien sind genau durchdacht. Es werden zudem erfahrene Männer angestellt, die andere anleiten können.

Er trinkt einen Schluck von dem wäßrigen Kaffee und wirkt plötzlich vollkommen verzweifelt, als habe er eine tragische Theatermaske aufgesetzt.

»Doch Sie haben recht. Es gibt keine Garantien. Je länger es dauert, desto wahrscheinlicher wird es, daß unsere Vorarbeiten hier umsonst gewesen sind. Noch weniger sogar. Viele haben auf Apfelkuchen gehofft und müssen dann wieder aus Mülleimern essen.«

Mehr sagt er nicht, und ich weiß nicht, ob es in diesem Moment geschieht oder später, als er mich schweigend durch die zerbröckelnden Straßen fährt … Plötzlich glaube ich an seinen Traum, bin von seiner Notwendigkeit, seiner Vitalität und seiner Dringlichkeit überzeugt.

»Gut, Sandro. Gehen wir es an. Ich werde mit meinen Partnern reden, und Ihr Team sollte sich darauf vorbereiten, einige beträchtliche Hürden überwinden zu müssen.«

Der Wagen schwankt, als Sandro einen Jubelschrei ausstößt. Der Griff, mit dem er mein Handgelenk packt, läßt keinen Zweifel an seiner Erfahrung auf dem Bau. »Ich wußte, daß ich Ihnen vertrauen konnte, als ich Sie das erste Mal vor Augen hatte.«

»Ein Glück, daß ich Ihnen nicht zuerst in die Hände gefallen bin«, sage ich und reibe mein Handgelenk, aber wir lächeln beide.

Bei mir, das heißt, in einem Loft in Soho, das ich von

einem nach Rom ausgewanderten Maler übernommen habe, entwerfen wir einen Vorgehensplan. Als es dunkel wird, hat er mit seiner kleinen, genauen Handschrift vier Seiten beschrieben.

Erst als ich die Lampen anschalte, sieht Sandro sich um. »Eine schöne Wohnung haben Sie. Haben Sie die selbst entworfen?«

Ich schüttle den Kopf. »Sie war im großen und ganzen so, als ich sie übernommen habe. Bis auf die Möbel.« Ich versuche mir vorzustellen, wie diese Wohnung auf ihn wirken muß. Ich befinde mich entgegen der vorherrschenden Mode in meiner bunten Phase. Nach meinem Einzug hatten mich die Größe und das strahlende Weiß der Wohnung eingeschüchtert. Ich habe sie mit soviel Farben angefüllt, wie man auf einer Leinwand von Fauve findet. Zwei Polstersofas, eins korallenrot, das andere leuchtendblau, stehen sich gegenüber. In der anderen Ecke des Raums schwelgt mein Büro in einem provenzalischen Gelb. Cremefarbene, unregelmäßig Steinsäulen markieren den Eingang zur Küche, die von einem langen Eichentisch und erneut von gelben, roten und blauen Farbtupfern dominiert wird. Nach dem Dämmerlicht der Mission scheinen wir in die Lebendigkeit des Mediterrané gesprungen zu sein. Das Klima paßt gut zu Sandro. Sein Gesicht leuchtet, als er einen Gobelin und eine Skulptur berührt.

»Ich versuche mich auch ein wenig in Bildhauerei, wenn ich Zeit dazu finde«, verkündet er. »Vielleicht haben Sie ja Lust, sich das einmal anzusehen.«

»Gern.«

Er wirft mir einen dankbaren Blick zu, wandert noch ein wenig herum und betrachtet die Wohnung mit, wie mir scheint, beruflichem Interesse, während ich Drinks hole.

»Vielleicht schenke ich Ihnen eine Plastik. Es gibt eine, die ganz gut aussehen würde, genau hier, an der Stelle.«

»Sie sollten sie nicht verschenken. Verkaufen Sie sie.«

»Warum? Ich mache es zu meinem Vergnügen. Und dieses Vergnügen möchte ich gern teilen. Mit Ihnen.«

Ich antworte nicht sofort.

»Leben Sie allein hier?« fragt er dann.

»Leider ja. Eine ziemliche Verschwendung, nicht?«

»Das hatte ich nicht gemeint.«

Der Blick, den er mir zuwirft, erinnert mich daran, daß Tom Abrams, mein derzeitiger Beau, jede Minute eintreffen muß. Ich sage absichtlich Beau, weil Tom und ich kein Liebespaar sind. Tom ist ein Familientyp, dessen Familie ihn verlassen hat, worunter er immer noch leidet. Vermutlich würde er gern mit mir eine neue Familie gründen, aber er ist vorsichtig, weil ich nicht gerade signalisiere, daß ich der Familientyp bin. Außerdem hat er sich gerade erst selbst überzeugen können, daß er mich liebt. Und besonders vorsichtig ist er, was Aids angeht. Tom träumt von Gesprächen bei einem Brandy am Kamin, während die Kinder oben brav in ihren Bettchen schlummern. Er ist älter als ich, und ich mag ihn und auch die Gespräche mit ihm, die sich meistens darum drehen, bis wohin er es im Leben geschafft und wo er Fehler gemacht hat. Die Gefühle liegen dabei immer sehr klar zutage. Er bekommt mir im Moment ganz gut, gibt mir Ruhe nach der letzten Affäre, in der ich beinahe vor das Scheidungsgericht zitiert worden bin. Außerdem ist auch Grant Rutherford wieder in meinem Leben aufgetaucht. Er hat nie aufgehört, meinen Werdegang zu verfolgen, sowohl beruflich als auch privat, und er hat eine Neuauflage seiner, wie er das gern nennt, unsterblichen französischen Affäre gestartet.

Zwischen diesen beiden Männern und einem Haufen Arbeit bleibt mir mal wieder zuwenig Zeit für mich selbst.

»Leider erwarte ich gleich einen Freund«, sage ich zu Sandro. »Und ich sollte mich eigentlich umziehen.«

»Natürlich, kein Problem.« Sandro leert hastig sein Glas.

»Warten Sie eine Minute. Mir fällt da etwas ein. Tom ist

Architekt. Sie sollten mit ihm reden. Wir brauchen eine bekannte Firma, die das Projekt überprüft und vielleicht als Schirmherr fungiert. Tom hat möglicherweise einige gute Ideen.«

Sandro wird blaß. »Wir brauchen keine Prüfer. Und auch keine Schirme. Meine Dächer sind dicht.«

Ich bin zwar nicht unerfahren, was männlichen Stolz angeht, aber Sandro benimmt sich, als wäre er Placido Domingo, dem ich einen Kleinstadt-Tenor aus Kansas als Lehrer empfohlen hätte. Er streckt das Kinn vor und zieht die Schultern zusammen.

»Wir reden hier nicht von löchrigen Dächern, Sandro«, sage ich schließlich. »Wir reden von viel Geld von vielen Leuten. Was bedeutet, viele Freunde. Einschließlich viel Vertrauen. Sie könnten Mies van der Rohe sein, aber in diesem Stadium würde ich ihm dasselbe empfehlen, okay?«

Einen Augenblick gibt er nicht nach, doch dann entspannt er sich.

»Na gut, aber nicht heute.«

»Wie Sie wollen.« Ich zucke mit den Schultern. Aber es ist schon zu spät. Es klingelt, und Tom steht vor der Tür. Er sieht Sandro überrascht an. Ich stelle die beiden vor, werfe Sandro einfach ins tiefe Wasser und lasse die beiden allein, um mich umzuziehen. Als ich wieder zurückkomme, sind sie in ein intensives Gespräch vertieft. Tom stellt Fragen, und Sandro beantwortet sie. Sie bemerken mich nicht einmal. Das freut mich. Ich setze mich auf das andere Ende des Sofas und sehe ihnen zu. Sandros Eifer ist in jeder seiner Gesten zu erkennen. Ich mache mir mentale Notizen. Er muß seine Überempfindlichkeit in den Griff bekommen, seine Neigung, Fragen als störend oder beleidigend zu betrachten. Aber das ist nur eine kleine Modifikation. Das Feuer ist gut. Und sein Stolz auch.

»Ich muß gehen.« Er steht plötzlich auf und sieht mich an. »Ich störe Ihren Abend.«

»Vielleicht kann Maria es einrichten, daß ich einen Blick auf Ihre Pläne werfen kann.«

»Natürlich. Irgendwann nächste Woche.«

»Ein interessanter junger Mann«, bemerkt Tom, nachdem Sandro gegangen ist. »Wo hast du ihn gefunden?«

»Ich glaube eher, daß er mich gefunden hat.« Ich lache. »Vielmehr die Agentur.«

In den nächsten Monaten arbeite ich mit der Hundreds-Gruppe härter, als ich für möglich gehalten hätte. Mit Toms Hilfe finden wir ein bekannteres Architektenbüro, das die Zahlen überprüft, für das Projekt bürgt und zustimmt, daß ihr Name als Berater auftaucht. Leitende Architekten schreiben einzeilige Beurteilungen. Wir fassen die Ziele des Projekts mit Steves Hilfe auf einer Seite dichtgedrängter Prosa zusammen, und mit seinem unnachahmlichen Talent übersetzt und würzt er es uns für verschiedene Märkte. Für die Journalisten, die Philantropen, die Behörden, die Wirtschaft. Wir ersinnen eine Sammelkampagne, um Mittel zusammenzukratzen, komplett mit Anschauungsmaterial, das sich auf die Zahl Einhundert konzentriert, und schließlich in Hunderte von Hunderten Dollars mündet. Eine andere Tafel zeigt Gebäude, die in hundert Tagen erstellt wurden, zusammen mit der Geldsumme, die für jedes Stadium benötigt worden sind. Wir suchen Firmen, die Material zur Verfügung stellen, wenn sie als Schutzherren erscheinen. Sie hoffen, daß diese Spenden irgendwann zu Aufträgen werden. Ein aufstrebender Modedesigner erklärt sich bereit, Uniformen für die Ausbilder anzufertigen, leuchtend grüne Overalls, die eine dicke Einhundert auf dem Rücken tragen. Wir nehmen reihenweise Filme mit Bildern aus dem Leben auf, suchen die besten für eine Publicity-Mappe aus und verschicken sie an alles und jeden.

Zusammen mit Sandro wähle ich die fünf zukünftigen Ausbilder aus und übe mit ihnen Interviews. Dasselbe mache ich mit der Kerngruppe, besonders mit Sandro und Carmen. Ich zeige ihnen, wie man Ziele deutlich, leidenschaftlich und prägnant darstellt, schärfe ihnen ein, sich nicht von Abschweifungen oder Feindseligkeiten der Interviewer überrumpeln zu lassen, erkläre ihnen, wie man Statistiken richtig nutzt, wie man lächelt und charmant ist, wie man einen Nerv trifft und ruhig sitzen bleibt. Ich fordere Gefallen ein: Bringe Berühmtheiten dazu, mit ihren Namen das Projekt zu unterstützen, rede mit Journalisten und fange an, die Werbetrommel zu rühren ... Ein Feature über die Gegend, ihre Krankheiten und die möglichen Lösungen hier, ein Profil von Sandro, seiner Gegend und seinen Träumen da, ein paar Radiointerviews, eine Sendung in einem lokalen TV-Sender, ein kleiner Artikel in einer Architekturzeitung. Sandro selbst braucht nicht viel Anleitung. Er ist ein Naturtalent. Vor allem die Journalistinnen lieben ihn.

Ich nehme Sandro mit auf Partys und an Orte, wo er die Leute kennenlernen kann, die er braucht, die Großen, die Guten und die Reichen. Eines Abends taucht er zur verabredeten Zeit nicht auf. Und ruft auch nicht an. Ich bin sauer. Vor allem, weil es ein Dinner war und ich es geschafft hatte, ihn neben der Frau eines Firmenchefs zu plazieren, die schon viel Gutes für Stadtentwicklung getan hat. Am nächsten Tag hinterlasse ich eine wütende Nachricht auf dem Anrufbeantworter des Projekts.

Als ich aus dem Büro nach Hause komme, wartet Sandro vor meiner Tür. Im Licht der Laternen ist sein Gesicht aschfahl.

»Entschuldigung«, murmelt er. »Ich konnte gestern abend nicht kommen. Ich hatte einen Unfall bei der Arbeit.«

»Was ist passiert? Kommen Sie mit hoch.«

Während der Aufzug uns quietschend nach oben transportiert, mustere ich sein zerkratztes Gesicht. Ich habe Bilder vor Augen, wie er auf einer dieser öden Baustellen zusammengeschlagen und tot zurückgelassen wird, und meine Knie werden weich.

»Was ist passiert?« wiederhole ich, als wir die Tür hinter uns zumachen.

»Nichts Ernstes. Aber ich mußte ins Krankenhaus, und das hat endlos gedauert.« Er scheint sich zu schämen.

Erst als er seinen Mantel auszieht, merke ich, daß seine Hand bandagiert ist und er seine Schulter schont. Er streckt die Hand vor. »Ich habe mir den Daumen gebrochen.« Er lächelt.

»Bei einem Kampf?«

»Nein. Wie kommen Sie darauf? Ich gehe Kämpfen aus dem Weg.«

»Wie dann?«

»Sagte ich doch. Auf der Arbeit.«

»Im Büro?«

Er sieht mich an, als käme ich von einem anderen Planeten.

»Auf einer Baustelle. Eine Palette Ziegel.« Er deutet mit der Hand einen Sturz an.

»Ich wußte nicht, daß Sie schon angefangen haben.«

»Was angefangen?«

»Die Arbeit auf dem Bau. Sie hätten noch warten sollen. Wir hätten eine kleine Einweihungsfeier machen sollen. Solche Feiern sind wichtig.« Da er nicht tot in einer Baulücke liegt, bin ich wieder wütend.

»Wovon reden Sie denn? Ich arbeite auf einer Baustelle in der Stadt. Wovon soll ich Ihrer Meinung nach leben? Von Partys? Ich habe vor drei Wochen angefangen. Ich hatte kein Geld mehr und mußte wieder arbeiten.«

Jetzt ist er wütend, und ich schäme mich wegen meiner Naivität.

»Diese verdammten Anzüge, die ich mir auf Ihren Rat hin kaufen mußte, haben auch ein ganz schönes Loch gerissen.«

»Das hätten Sie sagen sollen«, erkläre ich leise und biete ihm einen Drink an.

Wir sehen uns kurz an, und plötzlich lacht er. »Es tut mir wirklich leid wegen gestern abend. Carmen hat mir gesagt, daß Sie ziemlich sauer gewesen sein müssen. Ich schreibe Ihrer Gastgeberin eine Entschuldigung. Sie können Sie diktieren.«

»Tut es weh?«

»Nur wenn ich mich bewege.«

»Also können Sie nicht schreiben.«

»Es ist die andere Hand. Aber ich kann für einige Wochen nicht arbeiten. Also stehe ich Ihnen zur Verfügung.«

»Brauchen Sie Geld?«

»Das übernimmt die Unfallversicherung.« Er wird plötzlich förmlich.

»Was halten Sie von einem Abendessen?«

Er lächelt. »Das klingt verlockend.«

»Mit Tom. Wir treffen uns in einer Stunde.«

»Nein, geht doch nicht. Ist mir gerade eingefallen. Ich kann den Termin nicht absagen … Ich muß wieder zurück.«

Ich rufe Tom an und sage ab.

Drei Wochen später gelingt es mir nach vielen Mühen, Sandro zu überreden, sich auf der Baustelle fotografieren und interviewen zu lassen. Das Feature erscheint unter der Schlagzeile: »Arbeiter auf dem Bau – Architekt der Träume.«

Im April veranstalten wir eine Party, um Geld zu sammeln. Mit der beeindruckenden Gästeliste gelingt es uns, ein Hotel dazu zu bringen, uns den Festsaal zu überlassen und ein nicht ganz so aufwendiges Buffet zu stellen. Die Wände sind mit Fotos über das Projekt gepflastert. Nachdem Harold Peele einige Fäden gezogen hat, erklärt sich der Bürgermeister bereit, zu sprechen. Carmen berichtet über das Ausbildungsprogramm. Sandro spricht die Schlußworte. Er ist gut, und mit seiner Fliege und in seinem Dinnerjackett sieht er genauso strahlend aus, wie sich seine Worte anhören. Ich beobachte die Gäste, während er spricht, und spüre dieses Prickeln des Adrenalins, wie immer, wenn ich weiß, daß etwas funktioniert. Wir haben bereits zwei versprochene Zuwendungen, und sobald sie ihre Spenden bekanntgeben, folgen ihnen andere. José und Valeria stehen an der Tafel und plazieren mit etwas unsicherem Pathos grüne Sticker neben die steigenden Hundert-Dollar-Zahlen. Blitzlichter zucken, Applaus brandet auf, und am Ende des Abends haben wir genug für den ersten Bauabschnitt gesammelt. Sandro bedankt sich bei unserer Firma und nicht zuletzt bei mir und verspricht, daß die Namen aller Spender in die Wand des Gebäudes eingelassen werden.

Wir sind voller Euphorie. Als sich der Saal leert, umarmt Steve mich, Sandro, Carmen, Valeria und José. Ich umarme ebenfalls alle, einschließlich unserer fünf Jugendlichen, die in ihren grünen Overalls angetreten sind. Aber als ich Sandro umarme, passiert etwas Seltsames. Vielleicht weil er mich so dicht an sich drückte. Oder weil mein Kleid rückenfrei ist. Vielleicht ist es auch nur die allgemeine Aufregung, aber wir lassen uns nicht sofort wieder los. Ein kleiner Kreis aus Schweigen bildet sich um uns, als die anderen zusehen und wir uns einfach nicht trennen können.

Sandro bringt mich nach Hause. Er redet nicht. Bei jeder roten Ampel packt er meine Hand. Ich bin diejenige, die plötzlich losplappert, ihm sagt, wie wundervoll er war, wie wundervoll alle waren, daß er dafür sorgen muß, die Ausbildung und die Bauarbeiten zu fotografieren, daß die Kampagne am Laufen gehalten werden und in acht Monaten eine weitere Sammelaktion gestartet werden muß. Mein Gerede macht mich atemlos, genau wie der Druck seiner Hand und das, was da zwischen uns entsteht. Er ist verschlossen, das sehe ich, als ich verstohlen sein Profil betrachte.

Als die Tür des Loft sich hinter uns schließt, sieht er mich zum ersten Mal an, seit wir die anderen verlassen haben. Er zieht mich an sich und küßt mich. Es ist ein inniger Kuß, und obwohl ich im Augenblick nicht viel merke, nehme ich wahr, daß er schon lange in uns geschlummert hat. Noch bevor er vorbei ist, haben wir uns ausgezogen, und Sandro betrachtet mich mit diesen sanften, braunen Augen.

Dieses erste Mal schaffen wir es nicht über die wacklige Treppe ins Schlafzimmer. Wir fallen statt dessen auf das blaue Sofa. Mit dem letzten Funken Verstand ziehe ich ein Kondom aus der Tasche. Sandro ist nicht sonderlich erfreut, aber er legt es selbst an, erlaubt mir nicht, ihn zu berühren.

Später im Bett sagt er mir, daß er mich liebt. Ich lächle ihn an, schmiege mich an ihn, streichle seine braune, glatte Haut und sage ihm, daß er mir das nicht sagen muß. »Aber es ist wahr«, erklärt er ernsthaft. »Ich liebe dich.« Ich lächle noch, als ich aufwache und er fort ist. Ich weiß, daß er es kaum erwarten kann, wieder zu seinem Projekt zu kommen und allen zu sagen, daß sie anfangen können. Ich pfeife ein albernes Lied, während ich mich anziehe. Irgendwie komme ich mir merkwürdig jung vor und habe Lust, nach East Harlem zu fahren, ihn zu sehen, seine Lippen zu berühren.

Gegen Mittag ruft er in meinem Büro an und fragt mich etwas verlegen, ob wir uns heute abend sehen können. Etwas später, gegen neun, weil soviel zu tun ist. »Ich mache etwas zu essen«, biete ich an, aber als er kommt, ist das Essen vergessen. Irgendwann später in dieser langen Nacht murmelt er: »Du hast mich erschaffen, Maria. Mich neu erschaffen. Wie eine Göttin.«

Ich mache Scherze, sage ihm, daß ich keine Anbetung will, aber mir fällt in dieser Nacht auf, daß Sandros Sex einer Anbetung gleicht.

Als ich einige Tage später eine Stippvisite auf der Baustelle mache, bin jedoch ich es, die Ehrfurcht empfindet. Die Straße brodelt vor Aktivitäten. Es mag zwar überall staubig und schmutzig sein, aber es wirkt zielstrebig. Das Gerüst steht bereits, Zementmischer drehen sich, und überall rennen Jugendliche in grünen Overalls herum. Ein großes Plakat kündet von dem Projekt. Irgendwo über mir höre ich Sandros Stimme und sehe ihn hoch oben auf einem Dach sitzen. Ich winke und werfe ihm eine Kußhand zu. Vielleicht zum ersten Mal in meinem Leben habe ich das Gefühl, zu etwas wirklich Realem beigetragen zu haben.

Ich sehe Sandro nicht jeden Tag. Wir arbeiten beide wie die Besessenen; er, um das gute Wetter bestmöglich auszunutzen, ich, um die Arbeit nachzuholen, die während meines Engagements für die Hundreds-Kampagne liegengeblieben ist. Aber allmählich sammelt sich seine Kleidung in meiner Wohnung an, und irgendwann gebe ich ihm mit unmerklichem Zögern den Schlüssel. Es macht vieles einfacher, wenn ich abends spät nach Hause komme. Obwohl Sandro mich oft begleitet. Vor allem, seit ich ihm gesagt habe, daß er nicht nur die Kontakte festigen muß, die er bereits gewonnen hat, sondern auch neue knüpfen muß. Wenn ich manchmal sehe, wie geschickt er bei Versammlungen von seinem Charme Gebrauch macht, muß ich ihn einfach anfassen, um mich davon zu überzeugen, daß er keine Phantasie ist, die ich mir ausgemalt habe, um meine Lust und meine Eitelkeit zu befriedigen.

An einem Nachmittag im Juli, als es in meinem Teil von New York bereits allmählich ruhiger wird, ruft Sandro mich an und will wissen, ob ich Lust hätte, ihn nach der Arbeit im Projekt zu treffen. Als ich dort ankomme, ist er allein, und wir fallen uns in die Arme.

»Weißt du, Maria«, sagt er leise. »Ich wollte dir schon lange etwas schenken. Ich bin dir so dankbar. Für alles. Aber ich bin immer so pleite. Ich dachte … Vielleicht … Komm mit.« Er nimmt mich an der Hand und führt mich nach hinten in eine Art Lagerraum. Was ich in dem Dämmerlicht sehe, sind aber keine alten Tische und gestapelten Stühle, obwohl ein Feldbett in der Ecke steht. Statt dessen umgeben mich planlose Figuren, roh in Stein gemeißelt. Männer, Frauen, die beten, Engel mit plumpen Flügeln, wie Begräbnismauerwerk, aber unvollendet, Schatten in Stein gefangen. Ich schüttle mich unwillkürlich.

»Hier unten gibt es eine natürliche Klimaanlage.« Sandro nimmt mich in den Arm. »Was denkst du? Das ist die Figur, die ich mir in dem Loft gut vorstellen kann.« Er deutet auf einen muskulösen, knienden Mann, der seine Arme in den Himmel streckt, aber von den Felsmassen zu seinen Füßen niedergehalten wird. »Nachdem ich dich kennengelernt habe, habe ich den hier angefangen.« Er deutet auf eine der Engelfiguren. Sie hat eine gewisse Grazie. Ihr Mantel ist halb geöffnet, aber ihre Flügel sind zu schwer zum Fliegen, und mir drängt sich die Vorstellung auf, wie sie unter ihrem Gewicht umfällt. Erst nach einer Weile begreife ich, daß diese Statue mich darstellen soll, aber ich habe schon zu lange geschwiegen. »Du magst sie nicht«, stellt Sandro finster fest.

»Das ist es nicht.« Ich drücke seine Hand. »Es ist nur ein wenig viel auf einmal. Du weißt ja, wie es mit der Kunst ist.« Ich halte inne und beginne, ihn mit Fragen nach den Statuen zu überfallen. Ich erfahre, daß Sandros Vater Steinmetz war und gestorben ist, als Sandro dreizehn war. Er hat sein Werkzeug geerbt. Am Ende sage ich zu Sandro, daß ich die männliche Statue sehr gern mag.

»Du hast recht«, gibt er ein wenig enttäuscht zu. »Deine stimmt irgendwie nicht so richtig.«

Als ich nach diesem heißen Abend einschlafe, meine Hand auf Sandros Brust, wird mir klar, daß ich eigentlich gar nichts von ihm weiß. Sicher, ich weiß einen Haufen über sein Projekt. Ich weiß, daß Sandro sich unbehaglich fühlt, weil ich soviel mehr Geld verdiene als er, so daß er lieber zu Hause ist, weil er dann die Lebensmittel mitbringen kann. Ja, ich weiß, daß er von der sprichwörtlich falschen Seite der Straße kommt. Und ich weiß von seinem Vater. Aber von Sandros Leben selbst weiß ich nur wenig. Trotzdem bin ich darüber nicht unglücklich. Ich freue mich auf die Überraschungen.

Später in der Woche diskutiere ich mit Sandro über die Wohltat, der Hitze von New York ans Cape entfliehen zu können und einen dringend notwendigen Kurzurlaub zu machen. Er kann nicht weg und ist mürrisch, weil ich gehe.

»Hör mal«, sagt er plötzlich schüchtern. »Ich habe da so eine Idee. Ich dachte, du könntest vielleicht ein Buch schreiben. Ein Handbuch. Über Public Relation. Mit all den Millionen Einzelheiten. Für Menschen wie uns. Nimm das Projekt doch als Beispiel. Es würde uns nichts schaden und könnte Hunderten anderer Gruppen nutzen. Und du könntest jetzt anfangen, in der ruhigen Saison.«

Ich blicke Sandro an und weiß, daß ich nirgendwohin gehe, wenn er mich berührt. Er muß mich nicht überzeugen. Außerdem finde ich seine Idee interessant.

»Ich könnte auch in einem schönen ruhigen Hotelzimmer mit Meerblick schreiben«, necke ich ihn.

»Aber da könnte ich dir nicht helfen.« Sandro bleibt ernst. Mit Neckereien kommt er nicht zurecht. »Es muß klar und einfach sein.« Er schlingt seine Arme um mich und hebt mich aus dem Sofa. »Bleib, Maria, bitte.«

Ich bleibe. Ich entwerfe ein mögliches Buch und fange an, einige kurze Probekapitel zu schreiben. Ich probiere sie an Sandro aus, der Wort hält und mir Fragen stellt, Dinge klärt. Ich arbeite jeden Tag, oft von zu Hause aus. Gelegentlich rufen Freunde an, auch Grant, um sich nach meinem Befinden zu erkundigen, aber meistens schreibe ich. Und ich kaufe Lebensmittel, um Abendessen für Sandro zu kochen. Er kommt fast jede Nacht. Nur manchmal ruft er an und sagt, daß er unmenschlich müde ist oder daß er wirklich den Abend mit dem Team verbringen muß. Es macht mir nichts aus. Ich bin glücklich. Mir wird klar, wie eine Ehe läuft, wenn sie gut ist. Und dann begreife ich auch, daß vielleicht die Zeit gekommen ist, vor der mich meine Freunde immer gewarnt haben, wenn ich so etwas denke. Daß ich jetzt bereit bin, mich niederzulassen. Oder einfacher ausgedrückt: Ich habe den richtigen Partner gefunden. Wie eine sentimentale Siebzehnjährige, die ich nie war, verfalle ich in einen Tagtraum von einer gemeinsamen Zukunft für uns beide. Ich bin verliebt.

Mit dem September ändert sich auch der Lebensrhythmus. Ich habe wieder mehr zu tun, aber ich versuche, einige Abende für das Buch freizuhalten. Steve hält es nicht nur für eine brillante Idee, sondern glaubt, es könnte sogar der Agentur helfen. Er liest den Text durch, den ich bis jetzt geschafft habe, und zeigt einen Abschnitt einigen Verlegern. Am Ende des Monats halte ich einen recht passablen Vertrag in den Händen. Ich biete Sandro die Hälfte als Vorschuß, der sich abwendet, als hätte ich ihn geschlagen.

»Aber es war doch deine Idee. Und die Idee ist die halbe Arbeit«, flehe ich ihn an.

»Rechne es für meinen Mietanteil an der Wohnung an.«

»Was? Für die nächsten fünf Jahre?«

»Wenn es so lange dauert.«

Etwas bedrückt Sandro, aber ich weiß nicht, was es ist, und er will es mir nicht sagen. Erst am Ende des Monats gesteht er mir, daß drei seiner ursprünglichen Ausbilder Ende August mit einer großen Menge Material und Werkzeug weggelaufen sind. Er mußte den Verlust mit Außenarbeitern ersetzen, was das Budget des Projekts durcheinandergebracht hat. Ich bedränge ihn, seinen Stolz herunterzuschlucken, zu den beratenden Architekten zu gehen und Wege zu suchen, die Dinge wieder ins Lot zu bringen. Außerdem muß man sich versichern. Mir wird allmählich klar, daß Sandro nicht besonders gut mit Geld umgehen kann. Vermutlich hat ihn seine Mutter nicht schon mit jungen Jahren in ihre Finanzen eingeweiht. Ich weiß, daß sie es nicht getan hat. Ich habe nach vielen bohrenden Fragen herausbekommen, daß Sandros Mutter ein Jahr nach seinem Vater gestorben ist und daß sich sein älterer Bruder kurz darauf eine Überdosis gespritzt hat. Er kommt nicht gerade aus einer vorzeigbaren Mittelklassefamilie. Um so mehr schätze ich, was Sandro erreicht hat, und sage ihm das auch, ohne zu zögern.

Bevor ich im November geschäftlich nach London muß, gebe ich Steve das komplette Buch, damit er es redigiert. Steve führt uns aus, um angemessen zu feiern, und ich weiß nicht, ob es Steves Gegenwart ist oder der Champagner, jedenfalls sind wir alle genauso munter wie in der Nacht des Wohltätigkeitsdinners.

»Ich sollte öfter verreisen«, sage ich lächelnd in dem Moment, in dem er sagt: »Ich wünschte, du würdest nicht fliegen.« Wenn er mich so ansieht, will ich ihn auch nicht verlassen.

Als ich von London zurückkomme, hat er überall in dem Loft Blumen verteilt und drückt mich ganz fest. Bemerkenswerterweise hat er auch Essen gekocht und den Tisch mit Kerzen und Tischtuch gedeckt.

»Ich liebe Feiern«, sage ich, während ich ihm die Geschenke gebe, die ich gekauft habe.

»Ich wollte, daß dies ein besonderer Abend wird«, murmelt er und streicht mir über das Haar. Erst jetzt bemerke ich, daß er mich seltsam ansieht.

»Ist alles in Ordnung, Sandro?«

Er nimmt meine Hand. »Ich wollte dich heute fragen, ob du mich heiraten willst.«

»Ist das ein Antrag?« Mein Magen schlägt einen Purzelbaum vor Freude.

»Aber sie gibt mich nicht frei. Sie willigt nicht in die Scheidung ein.« Er blickt über meinen Kopf hinweg.

Ich starre ihn an. »Wer läßt dich nicht gehen?«

»Sie. Meine Frau.« Er stöhnt und schlägt die Hände vor das Gesicht.

Ich schaue verständnislos auf diese großen Hände, die ich so gut kenne. Meine Stimme hat plötzlich eine andere Tonlage. »Willst du damit sagen, daß du die ganze Zeit verheiratet warst, Sandro? Daß du es mir über ein Jahr verschwiegen hast?«

Ich schiebe den Stuhl heftig vom Tisch zurück, wobei ich ein Weinglas umwerfe.

»Es ist nicht so, wie du denkst, Maria.« Er steht hinter mir. »Ich rede kaum noch mit ihr. Sie ist eine Katholikin. Sie will sich nicht scheiden lassen. Ich sehe sie nur noch wegen Juanito.«

Er legt mir die Hand auf die Schulter und will mich zurückhalten. Ich drehe mich zu ihm um. »Juanito? Es gibt auch ein Kind?« Ich klinge erstickt. Ich weiß nicht, warum ich mich so fühle. Diese Situation ist kaum neu für mich. Dennoch empfinde ich so. Sandro hatte andere Hoffnungen in mir geweckt.

»Ein Junge. Er ist fast vier.« Er sieht mich kläglich an. »Er liebt mich. Ich muß ihn sehen.«

»Und du hast es mir nicht erzählt.«

»Ich dachte, wenn ich es dir sage, dann würdest du dich nicht mehr mit mir treffen. Ich dachte, ich erzähle es dir, sobald ich geschieden wäre und dich heiraten könnte.«

Ich sitze jetzt auf dem Sofa, und er vergräbt seinen Kopf in meinen Schoß. Er weint. Seine Schultern beben unter seinem Schluchzen. Ich weiß nicht, wie lange er weint und wie lange wir da sitzen. Irgendwann merke ich, daß ich ihm übers Haar streichle und daß meine Lippen sich bewegen. »Es macht nichts«, sage ich. »Es macht nichts.«

Es macht doch etwas. Diese Lüge, die er über die vielen Monate durchgehalten hat, bedeutet etwas. Ich kann sie schmecken. Sie schmeckt bitter, faul, tückisch, wie eine verfaulte Frucht. Die vom Wissen verdorben wurde, daß der Gedanke an eine Hochzeit in mir gereift ist, so perfekt und zart auf ihrem Zweig wie eine frühe Blüte.

Ich glaube daran ersticken zu müssen und stehe auf. »Ich muß gehen«, sage ich. »Ich brauche frische Luft.«

Sandro folgt mir. Er legt mir wieder die Hand auf die Schultern, als ich an der Tür stehe. »Nein«, sagt er in einem mißglückten Versuch, edel zu sein. »Ich muß gehen.«

Wir sehen uns an. Seine Miene verrät seine vollkommene Verzweiflung. Ich weiß nicht, wer sich zuerst bewegt, aber plötzlich liegen wir uns in den Armen, und die ignorante Chemie unserer Körper übernimmt das Ruder. Unsere Leidenschaft ist wild, ist Verzweiflung mit Wunden und Narben. Danach starrt er an die Decke. »Ich schaffe das, Maria. Das verspreche ich. Schon bald.«

Ich lache. »Ehe hat mich noch nie interessiert, Sandro«, sage ich. »Noch nie.« Er sieht mich merkwürdig an, und ich lache weiter.

Später entlocke ich ihm die Geschichte seiner Ehe. Sie kommt in schmerzhaften Brocken. Es ist eine vorhersagbare Geschichte von zwei Teenagern, einer heißen Liebe, überstürzter Hast und einer Fehlgeburt.

»Dann, nachdem Juanito gekommen ist ...« Sandros Stimme bricht, und er drückt sein Gesicht in das Kissen.

»Was?« dränge ich sanft.

»Sie wollte mich nicht mehr.«

»Das ist nicht ungewöhnlich.« Ich bleibe sachlich. »Also schlaft ihr nicht mehr miteinander?«

»Nicht, nachdem du und ich ...« Er packt meinen Arm und starrt mich wild an.

Am Morgen sage ich mir auf dem Weg ins Büro, daß sich im wesentlichen nichts geändert hat. Ich wußte seit Monaten, wie stolz Sandro ist und wie geheimnisvoll er tut. Aber der bittere Geschmack in meinem Mund bleibt.

Und auch während der Feiertage bleibt dieser bittere Geschmack. Trotz der Tatsache, daß das Projekt gut läuft und alles fast erreicht ist. Es ist eine neue Buchhalterin da und ein so guter Polier, daß Sandro sich beinahe überflüssig vorkommt.

Er feiert Weihnachten mit seiner Familie. Ich sage ihm, daß es mir nichts ausmacht. Ich besuche Freunde. Die Nacht vor dem Heiligen Abend verbringen wir zusammen im Loft. Ich koche Lachs, kühle Champagner, lege eine Sonate von Brahms auf. Wir tauschen unsere Geschenke aus. Sandro schenkt mir eine aufwendige viktorianische Halskette, für die er nicht soviel Geld hätte ausgeben sollen. Ich schenke ihm einen Stapel Architekturbücher mit dicken Hochglanzseiten. Seit meinem letzten Ausflug zu Paul Smith nach London habe ich kein Händchen mehr dafür, ihn anzuziehen.

»Ich möchte dir ein Kind schenken, Maria«, sagt Sandro, als wir in dieser Nacht im Bett liegen.

»Da fallen mir aber andere Geschenke ein, die mir lieber wären.« Ich weiß, daß er verletzt ist. Aber ich denke, daß er mich eigentlich bittet, ihn nicht mehr zu begehren, wie seine Frau nach dem Kind aufgehört hat, ihn zu begehren. Denn ich begehre ihn immerzu. Das ist der Haken.

In dieser Nacht schlafen wir nicht noch einmal miteinander.

Am Silvesterabend gehen wir zusammen auf eine Party zu Nachbarn. Eine Salsa-Band spielt, und viele meiner Freunde sind da. Ich tanze mit Sandro und wünsche mir, daß sein eleganter Körper den bitteren Geschmack in meinem Mund auslöschen würde. Ich tanze auch mit anderen. Dabei fühle ich, wie sich seine Blicke in meinen Rücken bohren. Er steht am Rand einer Gruppe und verfolgt jede meiner Bewegungen. Seine Miene ist umwölkt. Ich kenne diesen Blick. Gelächter steigt langsam in mir hoch. Es lindert die Bitterkeit in meinem Mund, und platzt heraus, als ich die Wachsamkeit in Sandros schwarzen Augen sehe. Als der Bandleader den Jahreswechsel anzählt, stehe ich zwischen Grant und Sandro. Mit dem letzten Schlag drehe ich mich um und küsse Grant zuerst. Es ist ein freundlicher Kuß, aber aus Zuneigung dauert er einen Augenblick zu lang. Als ich Sandro die Lippen hinhalte, ist seine Miene verzerrt. Er drückt mich viel zu fest. »Nutte!« zischt er.

Erneut muß ich lachen. Ich gehe weg, verschwinde in der Menge und verteile großzügig meine Küsse. Sandro läßt mich nicht aus den Augen. Sie sind schwarz vor Schmerz. Der Schmerz der Eifersucht.

Dieser Schmerz macht mich froh. Meine Zunge schmeckt süß. Als ich tanze, gebe ich diesem süßen Gefühl einen Namen. Ich nenne es Vergeltung. Aus irgendeinem Grund muß ich an meine Mutter denken und frage mich, ob sie dieses süße Gefühl jemals gekostet hat. Es hätte ihr sicher gutgetan. Und es wäre meinem Vater recht geschehen.

Ich verlasse die Party mit einem Fremden. Wir gehen in eine Bar und trinken, aber ohne Sandros provozierende Blicke bin ich nicht interessiert. Ich verabschiede mich an einer Straßenecke von ihm. Als ich rasch nach Hause gehe, springt mich eine Gestalt aus dem Schatten an und zerrt mich in eine Toreinfahrt. Erst als er mich gegen die Wand drückt, erkenne ich Sandro. Ich unterdrücke meinen Schrei und lasse zu, daß er mich küßt. Ich genieße den Kuß, genieße den herben Geschmack der Verzweiflung, der sich in seine Leidenschaft geschlichen hat.

Später fragt Sandro mich nach den Männern aus, mit denen ich gesprochen und gelacht habe. Er kann nicht anders. Genausowenig wie er davon Abstand nehmen kann, mich in den nächsten Wochen zu verfolgen, mich zu fragen, mit wem ich in der Vergangenheit geschlafen habe oder mit wem ich vielleicht jetzt noch schlafe.

»Ich schulde dir nichts, Sandro«, erwidere ich. »Schon gar nicht die Wahrheit.«

Dabei gefällt es mir nicht wirklich, grausam zu Sandro zu sein. Dennoch bereitet es mir eine merkwürdige Befriedigung. Ich sollte damit aufhören, alles abblasen, ihn auffordern, zu packen und zu verschwinden. Aber so einfach ist das nicht. Ich will nicht, daß er geht. Ich will ihm weh tun. Und ich warte auf etwas. Vielleicht will ich noch einmal den Heiratsantrag hören, diesmal ohne Einschränkung. Ich weiß es nicht.

Außerdem sind unsere Leben so miteinander verschlungen. Der zweite Teil der Kampagne hat begonnen, und ich fühle mich für den Erfolg verantwortlich. Es steht viel Geld auf dem Spiel, viel guter Wille und viel zu viele Träume. Außerdem soll mein Buch Ende März erscheinen. Es ist Sandro gewidmet. Wir sind beide in einem gewaltigen Medientrubel gefangen, werden Seite an Seite auf der Baustelle fotografiert, werden mit der Kerngruppe abgelichtet, wie wir Bäume pflanzen, über die Möglichkeit zukünftiger Renovierungsprojekte befragt. Plötzlich bin ich eine vollkommen öffentliche Person. Ein Foto von mir erscheint im People Magazin. Ich werde hier und da wie ein Star gefeiert.

Mir wird klar, daß ich es hasse, selbst im Rampenlicht zu stehen. Aber ich spiele mit, flirte mit der Kamera und auch mit dem Fotografen, damit ich das Leid in Sandros Blick sehen kann. Es ist jetzt das Leid, das uns zusammenhält. Ich sehe es glasklar auf den Fotos, die uns zusammen zeigen. Er steht da wie ein rassiges, eingesperrtes Raubtier, in einer Pose, die zwischen Wut und Leidenschaft schwankt, und hat nur Augen für mich.

In irgendeiner Nacht kann er nicht. Ich sage ihm, es machte nichts, wir wären beide müde. Aber er ist so bestürzt, daß ich versuche, ihn mit dem Mund aufzupäppeln. Ich habe das bei Sandro noch nie zuvor gemacht, und er schlägt mich, ohrfeigt mich und bedenkt mich mit allen möglichen wenig schmeichelhaften Begriffen.

Ich stehe auf und ziehe mich rasch an. Ich koche vor Wut. Ich bin so wütend, daß ich am liebsten Sandros Geschenk, die Skulptur, mit einem Hammer zertrümmern würde, als mein Blick zufällig auf sie fällt. Diese nackte Wut ist eine neue Erfahrung.

»Wohin gehst du?« fragt mich Sandro. Ich antworte, daß ich mich wie eine Nutte benehmen kann, wenn er mich schon so schimpft. Ich sage ihm auch, daß er keine Ahnung von Sex hat, daß er nur ein halber Mann ist, daß er niemals ein Künstler werden würde, wenn er kein Mann zu sein versteht. Ich weiß nicht, was ich ihm noch sage, aber er antwortet nicht. Sandro war nie so beredt wie ich. Und er hält mich auch nicht auf, als ich davonlaufe.

Aus irgendeinem atavistischen Impuls fahre ich zum Gramercy Park Hotel. Ich liege im Bett, doch ich kann nicht schlafen. Ich versuche, meine Gedanken zu ordnen, aber sie verweigern sich jeder Klarheit, obwohl mein Zorn verraucht ist. Ich bin einfach kalt und teilnahmslos. Als ich am Morgen immer noch nicht schlafen kann, rufe ich im Büro an und schütze Unwohlsein vor. Ich sage alle Termine ab. Ich bleibe noch ein wenig liegen und denke, daß es allerhöchste Zeit wird, mit Sandro Schluß zu machen. Dann glaube ich, daß ich es schon längst getan habe. Vielleicht hat er seine paar Habseligkeiten eingepackt und ist wieder zu seiner Frau zurückgekehrt, froh, die Hure loszuwerden. So hat er mich genannt. Das facht meinen Ärger wieder an und entzündet auch das ständig lauernde Begehren. Ich werde nicht gern verlassen. Es erinnert mich an meine Mutter. Ich verlasse lieber.

Aus Ratlosigkeit rufe ich Grant an. Zum Glück hat er Zeit und speist mit mir im Hotel. Ich freue mich so, der Falle zu entkommen, die Sandro und ich uns irgendwie gebaut haben, daß ich bereits nach einem Glas Wein betrunken bin.

»Hältst du mich eigentlich für eine Hure, Grant?« frage ich ihn plötzlich.

Er sieht mich prüfend an. »Das Liebesleben gerät etwas außer Kontrolle, hm? Die Fallgruben der Leidenschaft und dergleichen?«

Ich antworte nicht.

Er lacht. »Du nimmst kein Geld. Du nimmst nicht einmal Ehemänner. Also würde ich nach reiflicher Überlegung sagen: Nein. Außerdem dachte ich eigentlich, daß man sowas heute eine selbständige, freie Frau nennt.«

»Ich fühle mich aber nicht sehr frei.«

»Die Schwierigkeit mit dir ist, daß sich alle in dich verlieben. Du bist gefährlich. Du hältst Sex nicht nur für einen Decknamen für Vergewaltigung. Oder für Macht. Wenn du eine Amerikanerin wärst, hättest du uns alle längst wegen sexueller Belästigung am Arbeitsplatz angezeigt.« Er zwinkert mir zu. »Obwohl ich annehme, daß der Mann, der dir augenblicklich Kummer macht, nicht dein Boß ist.«

»Bist du in Schwierigkeiten, Grant?« Ich mache mir plötzlich Sorgen um ihn.

»Nein. Außerdem werde ich allmählich zu alt dafür. Außer für dich.« Er sieht mich fragend an.

Ich zögere, aber als ich den Blick erwidere, wird mir klar, daß ich mich nur neben einem Mann im Bett vorstellen kann. Sandro. »Ich bin zu müde, Grant. Selbst für dich.«

»Ich bezahle auch.«

»Sei nicht albern!«

»Siehst du. Du bist keine Hure. Nur eine verdammt tolle Verführerin.«

Es überrascht mich, wie sehr mich dieses Treffen mit Grant beeinflußt. Als hätte es mich an einen anderen Teil von mir erinnert, daran, daß sich eine Ehe »jetzt und immerdar« nicht in meinem Repertoire befindet. Doch als ich mich zwischen die Laken rolle, sehne ich mich nach Sandro. Ich weiß nicht mehr, warum ich grausam zu ihm war. Ich weiß gar nichts mehr außer, daß ich ihn will und er vielleicht nicht mehr da sein könnte.

Bei Tagesanbruch rase ich zum Loft zurück. Sandro ist auf dem Sofa eingeschlafen. Sein Gesicht ist freundlich, wie das eines Kindes. Ich berühre ihn sanft an der Wange, und er öffnet langsam die Augen. Sie sind wie dunkle Becken voller Leiden. »Vergib mir, Maria«, murmelt er. »Vergib mir.«

Ich nehme seine Hand und halte sie fest. Wir bleiben ruhig einen Moment sitzen, und als wir miteinander schlafen, ist es so süß, daß keiner von uns sagen kann, ob es ein Trauergesang oder eine Hymne auf die Wiedergeburt ist.

Am nächsten Tag umkreisen wir uns wie Rekonvaleszenten. Ich habe das Gefühl, daß wir beide unsere Kräfte schonen. Das Wohltätigkeitsdinner für die Sammlung ist schon nächste Woche, und wir wissen, wie wichtig es ist, sind uns bewußt, daß wir als Team handeln müssen.

Am Tag vor dem Dinner kommt der erste Brief. Er befindet sich unter dem Berg Post, die mir meine Assistentin am Morgen aushändigt. Ich hätte an ihrem merkwürdigen Blick merken sollen, daß irgend etwas nicht stimmt. Aber ich denke mir nichts dabei. Seit mein Buch erschienen ist, habe ich so viele Briefe erhalten, daß Andrea diejenigen aussortiert, auf die sie antworten kann, bevor sie mir den Rest gibt. Dieser Brief jedoch ist anders. Er fragt nicht um Rat. Er springt mich mit einer boshaften Kraft an. Erst denke ich, daß ich es mit den Ausfällen eines Wahnsinnigen zu tun habe. Es schüttelt mich, als ich begreife, daß dieser Brief, der als Anrede das Wort »Miststück!!!« mit drei fetten Ausrufungszeichen trägt, von Sandros Frau stammt.

Ich habe Sandro in eine Marionette verwandelt, behauptet Louise Jiménez, ich ziehe die Fäden, die ihn von ihr entfremden. Nicht seine Arbeit oder sein neues Leben, wie er ihr erzählt hat. Ich habe ihn dazu gebracht, das Kind zu verlassen. Ich, die reiche Schlampe, die ihn nicht einmal halb so sehr lieben kann, wie sie es tut.

Ich starre das Wort »Marionette« an, das in diesem Kontext so merkwürdig wirkt, und frage mich, ob das stimmt. Habe ich Sandro in eine Marionette verwandelt, ihm sein unabhängiges Leben geraubt?

Was mich jedoch noch mehr verstört sind die Informationen, die ich dem wirren Brief entnehmen kann. Laut Louise Jiménez geht Sandros Heimlichtuerei weiter, als ich erwartet habe. Angeblich ist sie nur aufgrund der Fotos von uns beiden in der Presse dahintergekommen, daß sie betrogen wurde. Sie hat unsere Affäre durch die Blicke geschlossen, die er mir auf den Fotos zuwirft, nicht aus einem Geständnis ihr gegenüber.

Außerdem gibt es da noch diese Drohung. Louise Jiménez schreibt, wenn ich nicht aufhöre, wird sie uns bloßstellen. Sie geht zum Padre, will sich an die Zeitungen wenden, sie wird es vom Empire State Building herunter schreien. Ich weiß nicht, warum mir das angst macht, wo doch mein ganzer Bekanntenkreis von meiner Beziehung mit Sandro weiß. Aber trotzdem macht es mir angst. Es gibt einen Unterschied zwischen Wissen und Skandal.

Sandro zeige ich den Brief an diesem Abend nicht, auch wenn ich das gern tun würde. Wir müssen noch eine Hürde nehmen, und ich bin ein Profi. Aber ich schlafe nicht mit ihm. Ich schütze Müdigkeit vor, Nervosität, Kopfweh. Er schläft auf dem Sofa und nimmt es stoisch hin. Es gibt nicht einmal eine Szene. Vielleicht ist er ja ganz froh.

Am Abend des Wohltätigkeitsballs ziehe ich mich besonders sorgfältig an. Wir geben diesmal ein Bankett mit bezahlten Plätzen. Die Hälfte davon kommt dem Projekt zugute. Ich sitze am Kopfende der Tafel und muß so gut wie möglich aussehen. Ich trage ein neues Kleid, ein schlichtes Schwarzes mit klassischen Linien, das Schultern und Hals frei läßt. Darüber eine bunte japanische Seidenjacke. Ich versuche im Spiegel ein natürliches Lächeln. Beinahe habe ich Erfolg. Sandro sieht mich an, als brauche seine Eifersucht keinen äußeren Anlaß mehr, und legt mir die schwere Kette um den Hals.

Es ist bald vorbei, sage ich mir.

Wie von einem Autopilot gesteuert, manövriere ich mich durch den Abend. Es glitzert und funkelt, aber wir erreichen nicht ganz unser Ziel. Vielleicht haben wir es zu hoch gesteckt, vielleicht hat auch Sandros Rede nicht ganz den zündenden Funken wie im Jahr zuvor. Etwas ist in ihm erloschen. Ich wage nicht, ihn anzusehen, deshalb weiß ich es nicht genau. Auf jeden Fall haben wir Dreiviertel des Weges erreicht, und das muß als Erfolg gewertet werden. Aber als sich die Kerngruppe umarmt und verabschiedet, kann ich nur daran denken, daß es letztes Jahr mit Sandro hier angefangen hat und daß es nun hier endet.

»Wir müssen miteinander reden, Sandro«, sage ich, sobald wir zu Hause sind.

»Nicht jetzt, Maria, bitte.« Er streicht mir sanft über das Haar. »Laß den Abend heute so, wie er ist.«

Ich weiche seinem Blick aus, bereite uns heiße Schokolade zu, stelle die beiden Becher auf den Tisch und lege den Brief seiner Frau daneben.

»Lies das«, sage ich.

Er wirft einen Blick darauf und verzieht das Gesicht. Dann sieht er mich fragend an.

»Lies es«, wiederhole ich. Meine Stimme klingt gegen meinen Willen grausam.

Er überfliegt den Brief und zerknüllt dabei die Seiten. Ich warte darauf, daß er etwas sagt, und als nichts kommt, werde ich wütend.

»Du hast gelogen, Sandro. Von vorne bis hinten. Uns beide hast du angelogen. Es war eine einzige große Lüge.«

Sein Schweigen macht mich wild. Ich werfe Dinge auf den Boden, seine Sachen, alles, was mir in die Hände fällt. Hemden, Rasierzeug, Zahnbürste. Und ich fluche dabei.

»Nach allem, was ich für dich getan habe! Warum? Sag

mir, warum, und dann verschwinde. Nimm deine häßliche Skulptur und verschwinde!«

Er starrt mich regungslos an. Sein Gesicht ist eine Maske. Dann schlägt er mit der Faust auf den Tisch. So hart, daß ich zusammenzucke und erstarre.

Als er dann spricht, klingt seine Stimme heiser, als hätte er die ganze Zeit geschrien.

»Weil sie meinen Sohn hat«, sagt er. »Warum sonst? Und du ...« Er vergräbt sein Gesicht in den Händen.

Ich betrachte ihn eisig. »Nun, dann geh besser zu ihm. Zu deinem Sohn und deiner ungebildeten Frau. Vielleicht bringt sie dir ja diesen scheinheiligen Respekt entgegen, auf den du so stehst. Hier ...« Ich reiße mir die Halskette herunter und werfe sie auf den Haufen. »Biete ihr das an und verschwinde. Geh! Sofort!«

Er steht langsam auf und geht zur Tür. Erst als er sie geöffnet hat, dreht er sich noch einmal herum.

»Ich wollte nicht, daß es so endet, Maria. Das wollte ich nie«, sagt er und ist verschwunden.

Ich bleibe sitzen und starre auf die geschlossene Tür. Irgendwie kann ich nicht glauben, daß er fort ist. Ich will ihm noch mehr sagen. Ich lache, jedenfalls glaube ich das, aber als ich mein Gesicht berühre, ist es tränenüberströmt.

*

Am nächsten Tag ruft ein Sender im Büro an und will Sandro und mich um sechzehn Uhr auf der Baustelle interviewen. Ich sage ihnen, daß Sandro abkömmlich ist, aber daß ich es nicht schaffe. Sie sind sauer, bis ich ihnen anbiete, daß Steve mich vertritt. Mürrisch akzeptieren sie das, und ich bitte Andrea, Sandro zu benachrichtigen. Steve frage ich selbst, und er willigt ein.

Als Steve wieder von der Baustelle zurückkommt, stürmt er in mein Büro und läßt sich in den Sessel fallen.

»Was ist los? Chefarchitekt Sandro hat sich nicht blicken lassen.«

»Ach? Vielleicht hat er genug von Kameras.« Ich kritzle auf meinem Notizblock herum.

»Er war weder im Büro noch auf der Baustelle. Das hat Carmen mir erzählt. Sie hat statt dessen das Interview gegeben.« Steve mustert mich prüfend und betrachtet dann meine Strichmännchen. »Ist zwischen euch etwas vorgefallen?«

»Es ist vorbei.« Ich zucke mit den Schultern.

»Ach ja? Zu schade.«

Er wartet darauf, daß ich ihm mehr erzähle, was ich allerdings unter keinen Umständen tun will. Aber Steve hat eine Art zu warten, die einen dazu zwingt, mit ihm zu reden. »Er hat mir nicht gesagt, daß er eine Frau hat, und seiner Frau hat er nichts von mir gesagt.«

»Oh. Also nichts Ernstes. Nur ein weiteres unsterbliches Dreieck.« Der Witz mißlingt jedoch, als ich nicht darauf einsteige. »Heh ...« Er tritt neben mich und umarmt mich.

»Mir geht es gut. Aber seine Frau droht mit einem Skandal. Mit einem Kulturkampf. East Harlem versus reiche Miststücke.«

Steve pfeift. »Du bist reich?«

»Das hängt davon ab, wie man es sieht.«

»Ich sag dir was. Chuck und ich führen dich in den nächsten Tagen ein wenig aus.« An der Tür dreht er sich noch einmal um. »Das Timing für Schwierigkeiten ist dafür nicht sonderlich gut.«

Ich weiß nicht, ob das ein Rüffel ist oder nicht. »Ist es schon seit Monaten nicht«, erwidere ich.

Als ich am späten Abend zum Loft zurückkomme, bin ich vollkommen erschöpft. Der Aufzug funktioniert nicht, und ich muß auch noch zu Fuß die Treppe hoch. Die Schatten jagen mir Angst ein. Ich beschwöre Sandros Gestalt herauf und wünsche mir plötzlich, daß er oben auf mich wartet, als wäre ich ein Kind, das Trost braucht. Dann könnte ich mich neben ihm zusammenrollen.

Aber er ist nicht da, obwohl er überall seine Spuren zurückgelassen hat. Das ertrage ich nicht. Ich muß weg und weiß nicht, wie ich mit dieser Verlassenheit klarkommen soll, selbst wenn ich sie herbeigeführt habe.

Ein paar Tage später fahre ich zu Marthas Vineyard. Ich steige in einem kleinen Hotel ab und spaziere am Strand entlang. Das Wasser ist klar und mild. Ich atme tief, als gäbe es nicht genug Luft für meine Lungen in diesem Universum. Ich lese Geschichten, drei gleichzeitig, so daß sich die Stränge in meinem Kopf verwirren. Ich will nicht nachdenken und habe allmählich Erfolg damit. Als ich eines Morgens in das kleine Eßzimmer komme, fühle ich mich anders. Es liegt daran, weil ich in dieser Nacht nicht mit meiner Hand nach Sandro getastet habe. Freiheit scheint wie ein Silberstreif auf. Ich schmecke sie, und sie gefällt mir. Ich versuche, ihren Geschmack zu konservieren. Ich leihe ein Fahrrad und radle energisch um die Insel. Aus dem Wind in meinen Haaren versuche ich mir ein neues Leben zu phantasieren, weit weg von der Hitze Manhattans.

Ich lasse mich in den Sand sinken und betrachte den Himmel, sehe den Wolken nach, die schnell vorüberziehen. Ich lächle. Es fühlt sich neu an, ungeprobt. Ich schließe die Augen und sage mir, daß alles gut wird. Gut.

Ich weiß nicht, wieviel Zeit verstrichen ist oder ob ich eingeschlafen bin, aber ich fühle plötzlich, wie sich ein Schatten auf mich legt. Ich fröstele und schlage die Augen auf. Sandro steht da und sieht mich an.

»So wunderschön.« Er streckt die Hand aus und will mein Gesicht berühren. Ich zucke zurück.

Er hockt sich neben mich. »Du hattest recht«, sagt er. »Ich kann nicht ohne dich leben. Ich kann es nicht.« Er starrt auf das Meer hinaus. »Es ist aus. Ich habe sie verlassen.«

Ich sehe ihn an und erkenne seine Stimme kaum wieder. Irgend etwas stimmt nicht mit seinen Schultern. Und er hat seine Schuhe ausgezogen. Seine Füße sind merkwürdig blaß.

Als ich meine Lippen wieder bewegen kann, weiß ich nicht genau, was sie aussprechen werden. Sie sagen: »Es ist zu spät, Sandro. Und es ist besser so. Es sollte nicht sein.«

»Nein!« Er packt meinen Arm mit einer Kraft, die mich erschreckt. »Nicht das. Niemals!«

Ich zucke mit den Schultern und rücke von ihm weg, aber er läßt mich nicht los. Er wirft sich auf mich, und seine Stimme klingt in meinem Ohr genauso dumpf und hartnäckig wie das Rauschen der Wellen.

»Es sollte sein. Alles. Wir werden zusammen sein. Für immer. Du wirst mein Baby bekommen, Maria. Das wirst du. Mein Baby.«

Ich liege steif unter ihm. Ich will sein Baby nicht. Ich ringe nach Luft und mache mich von ihm frei.

»Nein, Sandro. Es ist vorbei. Das wissen wir beide.«

Einen Moment rührt er sich nicht, sondern sieht mich nur an. Seine Augen sind so dunkel, daß ich fürchte, in ihnen zu ertrinken. Dann steht er auf. Er bewegt sich langsam und schwer. Und braucht endlos. Aber schließlich steht er da, düster, stumpf und gekrümmt. Und starrt mich an. Aber er bewegt sich nicht und sagt kein Wort.

»Wirklich«, sage ich. »Du wirst schon sehen. Es ist das beste so.«

Er kommt auf mich zu, und ich beginne zu zittern. »Dann leb wohl«, sage ich, aber meine Beine sind wie angewurzelt. Er hat mich in eine seiner Steinfiguren verwandelt. So wie sich selbst auch.

Mühsam breche ich den Bann. Ich reiche ihm die Hand zum Lebewohl, aber eigentlich will ich nur verhindern, daß er mir zu nah kommt.

Er packt mein Handgelenk und zieht mich grob an sich.

Ich zittere so stark, daß ich nicht einmal merke, wie meine Hand hochfliegt und ich ihn ohrfeige. In der folgenden Schrecksekunde drehe ich mich um und laufe weg. Ich laufe und sehe nicht zurück. Ich renne zu meinem Fahrrad und radele um mein Leben.

Im Hotel verschließe ich die Zimmertür. Ich sitze auf den gestärkten Laken und atme konzentriert. Als das Klopfen beginnt, rühre ich mich nicht. Ich sage: »Geh weg, Sandro. Ich will dich nicht sehen. Nie mehr.«

Vielleicht sage ich es auch nicht. Auf jeden Fall hört das Klopfen auf, und als ich am nächsten Morgen aufwache, ist alles ruhig. So ruhig, daß ich mich am späten Nachmittag aus meinem Zimmer wage. Ich hole tief Luft und verlasse das Hotel. Ich gehe spazieren und ertappe mich dabei, wie ich über die Schulter sehe. Ich schelte mich deswegen. Dann setze ich mich hin und blicke aufs Meer hinaus. Ich versuche zu lesen, aber die Buchstaben verschwimmen vor meinen Augen. Also beobachte ich die Wellen.

Dann sehe ich den alten Mann. Er geht allein am Strand entlang. Seine Schultern sind leicht gekrümmt, und seine Hose hat er hochgekrempelt. Die Flut zieht an ihm, rauscht, zieht und ist soviel riesiger, stärker. Dann verschwindet der Strand und die blassen, schwankenden Füße. Mir wird plötzlich die Verletzlichkeit des Mannes bewußt. Ich möchte zu ihm laufen, seinen Arm nehmen und ihn von den feindseligen Wassern wegführen.

In dieser Nacht verfolgt mich der alte Mann im Traum, und am nächsten Tag werde ich unwillkürlich zur selben Stelle des Strandes gezogen. Ich warte. Ich habe Angst, weil ich mir vorstelle, das Meer könnte ihn schon verschluckt haben. Aber nach einer Weile taucht er wieder auf. Seine Hose ist immer noch aufgekrempelt, und seine Füße scheinen noch ein wenig blasser zu sein. Erneut beschleicht mich das merkwürdige Gefühl, und plötzlich drängt sich mir ein Bild von Sandro auf, der im Sand hockt.

Ich bin unruhig. Ich gehe zum Hotel zurück und versuche, das Gefühl abzuschütteln, aber es will nicht weichen. Am nächsten Morgen ist es immer noch da. Ich muß mich noch einmal mit Sandro treffen, ihm alles so gut wie möglich erklären. Ich will ihm nicht weh tun. Nicht wirklich. Ich liege am Strand und überlege, was ich sagen könnte. Am späten Nachmittag wird das Gefühl plötzlich drängender, und ich kann nicht mehr nachdenken. Mein Verstand ist eigenartig schlaff. Aber meine Glieder bewegen sich wie von selbst. Sie bringen mich nach New York zurück.

Ich komme kurz nach dreiundzwanzig Uhr an. Mein Taxi schiebt sich ungeduldig durch den dichten Verkehr. Die Spring Street ist vollkommen verstopft. Ich bezahle den Fahrer. Den einen Block gehe ich zu Fuß. Ich glaube, ich weiß es schon, als ich die Sirenen heulen höre. Ich zittere am ganzen Leib und laufe los. Vor meinem Wohnblock hat sich eine kleine Menschenmenge versammelt. Rücksichtslos bahne ich mir einen Weg durch die Menge. Dann sehe ich ihn. Er liegt auf dem Bürgersteig, die Glieder merkwürdig verdreht, den Kopf in einem unnatürlichen Winkel abgebogen und eine Hand wie flehentlich ausgestreckt. Die empfindliche Schale seines Körpers ist zerbrochen.

An die folgenden Stunden kann ich mich kaum noch erinnern. Die Hast der Sanitäter, Sandro unter der grauen Decke neben mir, endlose Fragen, Steve, der plötzlich auftaucht und die Sache in die Hand nimmt. Vielleicht habe ich ihn angerufen. Er nimmt mich mit zu sich, in eine Oase bernsteinfarbenen Lichts unter einer weißen Decke. Hellere Streifen, die den Morgen ankündigen, der Kaffee verbrüht meinen Gaumen, meine Füße sind zu weiß auf dem Boden, meine Knochen zu spröde, als daß ich mich bewegen könnte. Sandros Leichnam auf der Erde. Das Leben ist so zerbrechlich wie das Porzellan in meiner Hand.

Irgendwann höre ich, wie Steve redet. Steve glaubt an

Worte, an die heilende Kraft der Rede. Er erzählt mir eine Geschichte. Eine tragische Geschichte. Das Wort Tragik spricht er in großen Lettern. Es ist eine Geschichte von einem jungen, talentierten Mann voller Träume, Ehrgeiz und Feingefühl, der von der erbarmungslosen Geschwindigkeit dieser Stadt aufgefressen worden ist, nicht mit der Realisierung seines Traums leben konnte, von dessen Erfüllung zerrissen, sich selbst entfremdet wurde. Der neue und ungewohnt schillernde Druck verdrängt die alten, vertrauten Probleme. Steve erzählt mir eine Geschichte von Entfernungen, die überquert wurden, wie eine Immigration aus einem fremden Land in das Gelobte Land, das aber unerträglich reich ist. Steve redet, und ich glaube ihm nicht, er redet, und ich fange an, ihm zu glauben, denn Steve weiß, wie man reden muß. Irgendwann dämmert es mir, daß Steve mir eine Geschichte an die Hand gibt, die ich brauche, wenn ich die Fragen beantworten will, die mir mit Sicherheit gestellt werden.

Steve und Chuck wollen in mein Loft gehen und Sandros Dinge ausräumen. Sie werden alles in Ordnung bringen, mir frische Kleidung holen. Ich habe Angst, mit ihnen zu gehen, aber ich werde unwiderstehlich wie eine Motte zur Flamme hingezogen. Ich habe die Nachricht schon gesehen. Der Polizist, dem ich meine Schlüssel gegeben habe, hat sie mir in der Nacht gezeigt. Sie lag direkt auf dem Bürgersteig, und ich sollte bestätigen, daß es Sandros Handschrift war. Viel stand nicht darin. Sieben Worte. »Zu spät. Besser so. Habe dich geliebt.« Sie alle wurden von einem riesigen X ausradiert, das alles vernichtete, ihn selbst, sein Leben, mich. Aber sieben Worte mehr, als Steve sehen soll. Auch mehr, als ich sehen will, genauso wie ich das zynische Schulterzucken des Polizisten nicht ertragen konnte.

Als ich die Tür öffne, sieht mein Loft genauso aus, wie ich es verlassen habe. Ich erwarte fast, daß Sandro mich mit seinem schüchternen, erwartungsvollen Lächeln begrüßt.

Doch als ich mich meiner Büroecke nähere, sehe ich den Unterschied. Die Skulptur: Jemand hat auf sie eingehackt, ihr das Gesicht genommen, sie zertrümmert. Die Nase fehlt, das Gesicht ist zerstört, Finger und Penis sind weg. Steinbrocken liegen auf dem Boden. Hinter dieser verstümmelten Skulptur bauschen sich die Vorhänge. Niemand hat daran gedacht, das Fenster zu schließen. Ich drehe mich um und sage zu Steve, daß ich unten warte. Er schüttelt sacht den Kopf. Hierher werde ich nie wieder zurückkehren können.

Am Montag will ich unbedingt ins Büro gehen. Steve erklärt mich für verrückt. Ich soll ausruhen, mir Zeit zum Trauern nehmen. Ich kann nicht mehr weinen und sage ihm, daß ich nicht allein sein will, daß ein Haufen Arbeit auf mich wartet und daß ich vorübergehend eine neue Bleibe finden muß. Das Zeug aus dem Loft muß irgendwo untergestellt werden. Ich weiß nicht genau, was ich ihm alles erzähle. Mein Verstand funktioniert nicht ganz klar. Ich werde von einem Gefühl verschlungen, das ich nicht erkenne. Erst später gebe ich ihm einen Namen: Schuld.

Ich sitze in meinem Büro und starre aus dem Fenster. Es regnet. Die Tropfen prasseln auf das Fensterbrett und sammeln sich zu kleinen Bächen, bevor sie verschwinden. Wohin schwimmen sie? Ich möchte sie in meiner Hand fangen, aber mein Fenster läßt sich nicht öffnen. Warum mußte das Fenster in meinem Loft aufgehen? Ich wende mich ab und durchwühle die Unterlagen auf meinem Schreibtisch. Mir fällt auf, daß das Telefon noch kein einziges Mal geklingelt hat. Ich frage Andrea danach, und sie umarmt mich liebevoll, sagt mir, daß sie meine Anrufe abgewimmelt und die wichtigen zu Steve durchgestellt hat. Sie sieht mich traurig an, und ich habe nicht das Herz, sie dafür zu tadeln. Ich versuche, mich mit der Post der letzten Woche zu beschäftigen, aber mein Verstand läuft leer.

Am nächsten Morgen kommt Steve in mein Büro.

»Ich belästige dich nicht gern. Aber wir müssen uns darüber unterhalten.« Er legt eine offene Zeitung auf den Schreibtisch. »Mach dich auf einiges gefaßt.«

Ich sehe auf die Schlagzeile, auf die er zeigt. »›Architekt Ermordet‹, Behauptet Ehefrau!« Ich lese den Artikel. Louise Jiménez sieht in mir ein Monster, glaubt, daß ich ihren Ehemann genauso vorsätzlich umgebracht habe, als wenn ich ihn mit einem zwanzig Zentimeter langen Fleischmesser abgestochen hätte. Ich erfahre, daß Sandro Jiménez ein treusorgender Ehemann und liebevoller Vater war, ein pflichtbewußter Mann und guter Katholik, ein großartiger Architekt und daß ich ihre Familie zerstört, ihn ihr entrissen und dann ermordet habe. Ich starre das Foto mit der Unterschrift »Louise Jiménez« an und sehe eine kleine, hübsche Frau mit dramatischen Augen und dicken, schwarzen Haaren.

»Sie hat recht«, sage ich leise. »Ich bin eine Mörderin.«

Steve hämmert mit seiner Faust auf den Schreibtisch. »Na klar, und ich bin Napoleon.« Er ist so wütend, wie ich ihn noch nie gesehen habe. »Hör zu, ich habe dir alles vom Leib gehalten, aber du wirst dich morgen der Presse stellen. Ich denke, zwei strategisch richtig plazierte Interviews sollten genügen. Es ist wichtig für uns alle.« Er deutet vage auf das Büro und geht hin und her, als würde er damit meine Aufmerksamkeit binden. »Nur weil Mrs. Jiménez einmal zuviel ›Gefährliche Leidenschaft‹ gesehen und den Monster-Mythos mitsamt Haken, Leine und Blinker geschluckt hat, mußt du das nicht auch wiederkäuen, klar? Sandro war ein Macho, für den das Spiel ein wenig zu hart geworden ist, verstanden?«

Ich nicke, und er setzt sich wieder, etwas ruhiger. »Wichtig ist, daß du deine Jessica Rabbit nicht vergißt.«

»Jessica Rabbit?« Ich mache mir Sorgen, daß Steve genauso merkwürdig redet, wie ich mich fühle.

»Erinnerst du dich? Rogers Ehefrau.« Er umreißt mit den Händen eine perfekte Sanduhr in der Luft und drückt seine Brust komisch vor. »Jessica hat die unsterblichen Worte geäußert: ›Ich bin nicht wirklich böse. Ich neige nur ein wenig dazu.‹ Du darfst Signora Jiménez und dieser netten, skandalsüchtigen Presse nicht erlauben, dich in eine Ecke zu stellen. Du mußt dein eigenes Bild von dir zeichnen. Und hier ist das Bild, wie ich es vor meinen sehr weit geöffneten Augen sehe.«

Steve erzählt mir dieselbe tragische Geschichte wie vor ein paar Tagen, aber diesmal kommt auch die Liebe mit ins Spiel. Sie klingt bei ihm wirklich überzeugend, und wenn ich die hübsche Lady in der Hauptrolle nicht so gut kennen würde, müßte ich vor Rührung weinen. Er unterstreicht, daß Sandro mir niemals von seiner Ehe erzählt hat, daß ich versucht habe, mich freizumachen, daß sich der arme Mann gefangen fühlte, daß wir beide gelitten haben. »Und vergiß nicht das Gute, was daraus erwachsen ist. Die Pläne zum Wiederaufbau. Die meisten Leute erreichen soviel nicht einmal in ihrem völlig belanglosen langen Leben. Kapiert?« Er starrt mich an und legt seine ganze Willenskraft in den Blick.

Ich nicke, aber ich kann nur an das unterbrochene Leben denken und daran, wie ich es beendet habe.

In den nächsten Tagen spiele ich die Rolle, die Steve für mich entworfen hat. Offenbar mache ich meine Sache gut, denn Steve ist sehr erfreut über das Ergebnis. Ich lese weder die Artikel noch die Exklusivberichte noch irgendwelche anderen Zeitungsberichte. Ich tue auch sonst nicht viel, außer wenn Steve es mir sagt. Meistens starre ich aus dem Fenster. Ich fühle mich wie betäubt. Manchmal stelle ich mir vor, wie es ist, zu springen. Ich sehe auf meine Hände, meine Füße und kann nur Sprödigkeit erkennen.

Bei der Beerdigung trage ich einen Schleier und halte mich an Steves Arm fest. Am liebsten wäre ich unsichtbar.

Ich wollte nicht kommen, weil ich es nicht ertragen kann, mir Sandros Körper in dieser Kiste vorzustellen. Genauso wenig wie ich die vorwurfsvollen Blicke ertrage, die mitleidigen oder mißtrauischen Mienen. Es gibt zwei deutlich voneinander getrennte Gruppen auf dem Friedhof. Die Leute von dem Projekt und die aus unserem Viertel. Ein paar Freunde, einige Förderer, ein paar Journalisten. Ich mag die Blicke nicht, die mir beide Gruppen zuwerfen. Valeria und José können ihre Feindseligkeit kaum zügeln und eilen hocherhobenen Hauptes an mir vorbei. Carmen bleibt stehen, drückt kurz meinen Arm, geht dann aber rasch weiter. Warum, wird mir sofort klar, als eine kleine Frau sich vor mir aufbaut und mir den Schleier wegreißt. »Das ist sie!« schreit sie. »Mörderin! Nutte!« Sie trommelt mit den Fäusten auf meine Brust. Ich weiß nicht, ob es ihre Fäuste oder das Klicken der Kamera auslösen, jedenfalls stoße ich sie heftig zur Seite, als wäre ich wieder ein Mädchen auf dem Schulhof. Ein Kind schreit, und ich sehe ein schmales Gesichtchen. Sandros Gesicht, das auf einem pummeligen Körper sitzt, der von einem alten Mann festgehalten wird. Da zieht Steve mich weg und schiebt mich zum Wagen.

Zwei Tage später kommen die ersten Briefe. Sie sind wütend, tobend, unzusammenhängend, aber was sie bezwecken, ist klar. Die Briefe beschuldigen mich des Mordes.

Meine Träume bestätigen diese Behauptung. In einem nichtssagend möblierten Atelier, das ich gemietet habe, träume ich von Sandro. Wir stehen im Loft. Ich hacke mit einem Hammer langsam auf die Skulptur ein, die er mir geschenkt hat. Er sieht mich traurig an, geht dann zum Fenster, setzt sich auf den Rand und streckt seine Hand nach mir aus. Ich kann sie nehmen, ihn retten. Aber ich tue es nicht. Ich gehe drohend auf ihn los und rufe ihm zu: »Spring!« Dieser Traum kehrt in vielen Variationen wieder.

Manchmal hängt Sandro am Fensterbrett, und ich biege seine Finger auf, einen nach dem anderen, bis er fällt. Manchmal umklammert seine Hand mein Gelenk, und er zieht mich mit sich. Aber ich erwische die Feuerleiter und trete ihn weg von mir, sehe ihm nach, wie er fällt. Einmal küsse ich ihn liebevoll und lächle, bevor ich sage: »Geh!« Ich erwache zitternd und in Schweiß gebadet aus diesen Träumen. Und ich weine. Ich weine, wie ich noch nie zuvor geweint habe.

Im Büro warte ich nur auf diese Briefe, lese sie und zerreiße sie dann in kleine Fetzen, als wenn das den Mord ungeschehen machen könnte. Ich kann nicht arbeiten. Ich habe weder Mut noch Zuversicht, um in irgendeiner Weise überzeugend zu wirken. Wenn Steve mich dazu zwingt, mit ihm zu Eröffnungen oder Feiern zu gehen, bin ich nur der Stimmen gewahr, die hinter meinem Rücken tuscheln, die geheuchelten kleinen mitleidigen Seufzer, die Finger, die zu glatt über meinen Arm streicheln.

Eines Tages sagt mir Steve, daß ich Ferien nehmen soll, eine Luftveränderung brauche. Ich sehe ihn eine halbe Ewigkeit an. »Du hast recht, Steve«, sage ich schließlich. »So bin ich niemandem nütze. Ich glaube, ich muß weg, irgendwo anders hingehen. Du mußt dir jemanden anderen suchen und mich auszahlen.«

»Ist das dein Ernst?«

»Das ist mein Ernst.«

Er versucht mich umzustimmen, aber nachdem ich es einmal ausgesprochen habe, ist es das einzige, was ich wirklich genau weiß. Ich muß New York verlassen.

Es dauert einige Monate, bis ich meine Angelegenheiten geordnet habe, aber das Wissen, daß ich bald weggehen werde, ermöglicht es mir, wieder aktiv zu sein. Und diese Aktivität baut Stein um Stein eine Mauer um mein Leben mit Sandro, begräbt einen Teil von mir mit ihm zusammen.

Er ist tot, unerreichbar, weil ich es mir nicht erlauben kann, danach zu greifen. Kurz bevor alles geregelt ist und ich wegziehen kann, besuche ich noch einmal sein Grab. Es ist in aller Herrgottsfrühe, weil ich niemanden sehen will. Die Luft ist kalt. Die Blätter wirbeln sorglos und farbenfroh herum wie an dem Tag, als Sandro zum ersten Mal mein Büro betreten hat.

Das Grab besteht aus einem einfachen Stein. Und wie aus einer makabren Ironie hat jemand die geflügelte Gestalt darauf plaziert, die Sandro nach meinem Bild geschaffen hat. Sie sieht mir immer noch nicht ähnlich, aber sie erdrückt dieses Grab genauso, wie ich sein Leben bedrückt habe. Ich stehe da und starre das Grab an. Ich glaube, ich habe laut »Entschuldigung« gesagt. Aber ich weiß, daß ich einen Schwur getan habe. Ich werde Buße tun. Es wird keine gefährlichen Abenteuer mehr für mich geben.

Als ich nach Hause komme, sende ich dem Padre der Mission einen Brief zusammen mit einem Scheck. Ich bitte den Priester, die Summe an Sandros Familie weiterzuleiten. Aber sonderlich wohler fühle ich mich dadurch nicht. Ein Scheck läßt sich leicht ausstellen. Das Leben zu bewältigen ist erheblich schwieriger.

26. Kapitel

Die Sonne scheint durch das Fenster und fällt auf die Füße von Passanten. Der Einfallswinkel des Lichts sagt mir, daß es Spätnachmittag sein muß. Ich weiß nicht, wie lange ich hier gesessen habe, herumgelaufen bin und von meinem Leben mit Sandro geträumt habe. Ich trage einen weißen Bademantel und kann mich nicht erinnern, daß ich ihn angezogen habe. Die Taschen sind mit feuchten Papiertüchern vollgestopft, und auf dem Tisch vor mir steht ein halb leerer Kaffeebecher. Das heißt also, irgendwann muß ich geweint und Kaffee gemacht haben. Das Bett ist zerwühlt, also habe ich wohl geschlafen.

Auf dem Boden neben dem Sofa liegt der Brief von Louise Jiménez. Wie eine mächtige Kraft hat sie mich in meinem weit entfernten Zufluchtsort aufgestöbert. Die Verteidigungslinie, die ich mit Andrea gegen alle Umschläge mit dieser unnachahmlichen Schrift und der Aufschrift: »Bitte nachsenden, Adresse unbekannt«, errichtet habe, ist durchbrochen worden. So leicht kann ich meiner Vergangenheit nicht entfliehen.

Ich nehme den Brief und blicke auf den allzu vertrauten Eröffnungsfluch, lese die ersten Zeilen erneut. »Ein Jahr. Dreihundertfünfundsechzig Tage, seit Du ihn umgebracht hast. Und Du glaubst bestimmt, Du kommst damit durch. Aber das werde ich nicht zulassen. Niemals.«

Plötzlich wünschte ich mir, ich könnte etwas tun, um Louises Schmerz zu lindern, der nach all der Zeit immer noch so heiß brennt. Würde es etwas ändern, wenn ich ihr antworte? Einen Waffenstillstand anbiete? Ihr sage, daß nicht sie allein gelitten hat, sondern daß auch mein Leben zerstört worden ist? Nein. Ich lasse den Brief aus den Fingern gleiten. Worte bringen Sandro nicht zurück, Juanitos Vater, wie sie ihn oft nennt. Und vielleicht braucht Louise mich, um mich zu hassen, damit sie sich nicht selbst haßt.

Ich sinke in den Sessel, und erneut überwältigen mich die Erinnerungen an Sandro. Ich weiß nicht mehr, ob ihre betäubende Rührseligkeit wirklich die Wahrheit ist. Das Ende formt den Anfang und auch die Mitte. Am Ende bleibt nur Sandros zerschmetterter Körper, sein so jäh beendetes Leben. Ganz gleich, in welchen Teil der Geschichte ich mich auch vertiefe, ich stoße unausweichlich auf diese eine Wahrheit. Und auf meine Schuld, die von Louise Jiménez und den öffentlichen Geschworenen von der Presse befunden wurde, nie jedoch in einem Gerichtssaal. Vielleicht wäre ein Gerichtssaal besser gewesen.

Ich döse und muß eingeschlafen sein, denn ich träume. Ich klettere die Fassade eines Gebäudes hinauf, Stein um Stein. Meine Hände sind blutig, die Haut aufgeschürft. Ich will nicht wieder dort oben hin, wo ich einmal gelebt habe. Niemand kann mir helfen, nicht einmal der Mann, der mir seine Hand durch ein Fenster hinhält.

Das Geräusch des Türsummers reißt mich aus dem Halbschlaf. Einen Augenblick glaube ich, daß ich wieder im Loft bin und Sandro vor der Tür steht. Damals, als er noch keinen Schlüssel hatte. Erst als ich aufstehe und der Türdrücker nicht da ist, wo er sein sollte, begreife ich, daß ich in Paris bin und es keinen Grund für dieses Klingeln gibt. Aber es klingelt weiter, und um es abzustellen, murmele ich »Oui« in die Muschel.

»Maria? Endlich.«

Ich erkenne Pauls Stimme erst nach einer Weile. Und dann scheine ich meine nicht mehr wiederzufinden.

»Laß mich rein.«

»Geht nicht.«

»Was ist los?«

»Nichts. Mir geht's gut. Wirklich.«

Niemand antwortet, und ich seufze vor Erleichterung. Dann höre ich den Aufzug, und Sekunden später klopft er an meine Haustür. Ich mache sie auf. Er starrt mich an.

»Du bist krank.«

Ich stelle mir vor, wie ich mit meinem zerzausten Haar, meiner roten Nase und in Steves altem Bademantel aussehen muß, und nicke.

»Warum hast du nicht angerufen?« Er schließt die Tür hinter sich und mustert mich mit seinen intelligenten Augen. »Ich habe mir Sorgen gemacht und schon befürchtet, daß du weggegangen wärst. Ich dachte ... Ich habe angerufen, Madame Duval hat angerufen. Keine Antwort. Seit Tagen.«

»Tagen?«

Ich hätte das nicht sagen sollen, denn erneut starrt er mich an und sieht sich dann in der Wohnung um. Er legt mir den Arm um die Schultern.

»Drei Tage, Maria«, sagt er leise und so mitfühlend, daß mir wieder die Tränen in die Augen treten.

»Drei Tage«, wiederhole ich. »Ich hatte keine Ahnung. Entschuldige. Es tut mir leid.« Ich weine wieder und muß in meiner Tasche nach diesen feuchten Tüchern wühlen. »Kann ich dir Kaffee anbieten? Etwas zu trinken?« stammele ich unter Tränen und verstecke mein Gesicht.

»Ich bediene mich schon.« Er führt mich zum Sofa, sammelt die verstreut herumstehenden Tassen auf, die Briefe, die auf dem Boden liegen. Den Brief. Bilde ich es mir ein, oder überfliegt er ihn kurz, bevor er ihn ordentlich auf den Haufen legt? Ich höre, wie er in der Küche Schränke öffnet und den Kühlschrank zuschlägt. »Hier gibt es keinen Happen zu essen!« ruft er. »Hast du etwa auch nichts gegessen?«

Als er wiederkommt, hat er eine Flasche Brandy, Gläser, einen Krug mit Wasser und eine Packung Erdnüsse dabei. Er reicht mir ein Glas und geht zum Telefon. Ich höre, wie er seinen Namen nennt, meine Adresse angibt und einen Berg von Lebensmitteln bestellt.

Dann setzt er sich mir gegenüber hin. »Okay, und nun erzähl mir, was passiert ist.«

»Ich habe eine Erkältung.«

»Eine Erkältung? Im Mai? Probier's noch mal.«

»Vielleicht ist es ja Heuschnupfen.«

Er sieht mich skeptisch an. »Maria, ich bin zwar kein Arzt, aber ich weiß sehr genau, welche Umschreibungen der Wahrheit näher kommen als andere. Also bleibe ich hier sitzen, bis du mir etwas auftischst, das ich annähernd glauben kann.«

»Warum?«

»Was meinst du mit ›Warum‹?«

»Warum machst du das?«

»Das weißt du genau.« Er sieht mich so offen an, daß ich eine Gänsehaut bekomme. »Weil du mir wichtig bist«, sagt er leise.

»Kann ich eine haben?« frage ich, als er ein Päckchen Zigaretten herauszieht.

»Altes Hausmittel gegen Heuschnupfen, hm?« Er lehnt sich auf dem Sofa zurück. »Also?«

Von der Zigarette wird mir schwindlig. Ich drücke sie aus und huste. »Entschuldigst du mich eine Minute?«

Ich gehe ins Bad, wasche mir das Gesicht und bürste mein Haar. Ich betrachte mich im Spiegel. Ich sehe schrecklich aus. Schnell lege ich Lippenstift auf, sehe meine Kleider auf einem Haufen im Schlafzimmer liegen, ziehe sie an und sehe immer noch schrecklich aus. Gut, denke ich. Ich gehe zu ihm zurück und setze mich. »Gut«, wiederhole ich. »Du willst eine Geschichte, die du glauben kannst? Hier ist eine. Ich habe einen Mann getötet. Und bin ungeschoren davongekommen.«

Ich sehe, wie er mich beobachtet. Wie lange, weiß ich nicht, aber ich kann seine Miene nicht deuten. »Welche Waffe hast du benutzt?« fragt er mich schließlich.

Ich habe vergessen, daß ich es mit einem Anwalt zu tun habe, und lache. »Spielt das eine Rolle?«

»Eine große, wenn ich dir glauben soll.«

»Ich habe Liebe benutzt.« Meine Stimme ist hart und schmerzt selbst in meinen Ohren. »Und dann Liebesentzug.«

Sein Blick weicht nicht von meinem Gesicht. »Eine sehr wirkungsvolle Waffe in den richtigen Händen«, räumt er ein. »Aber in diesem Fall gibt es viel zu viele Mörder. Mütter, Väter, Ehemänner, Ehefrauen, Geschwister ... Wir könnten aus dem ganzen Land ein Gefängnis machen. Ein Glück, daß die Richter keine Metaphern verurteilen.«

»Ich meine das nicht metaphorisch, Maître Arnault. Ich

rede von echten Leichen. Vor allem von einer echten Leiche.« Plötzlich versagt mir die Stimme, und ich weine. Er sitzt neben mir und streichelt mein Haar, als wäre ich ein Kind.

»Selbstmord«, murmelt er.

»Aber mit einer sehr aktiven Komplizin«, schluchze ich unter Tränen.

»Ich weiß, manchmal fühlt es sich so an.«

Er schweigt, während er mir die Augen abtupft. Dann fährt er fort: »Und manchmal soll es sich auch so anfühlen. Ein gewalttätiger Akt, nicht nur gegen sich selbst, sondern auch gegen diejenigen um einen herum.« Er sieht mich an, aber ich erwidere seinen Blick nicht, also spricht er weiter. »Selbstmord wurde vor noch gar nicht so langer Zeit als ein Verbrechen angesehen. Aber soweit ich weiß, wurden dabei nie irgendwelche Komplizen genannt.«

»Diese Komplizin wurde genannt.« Ich weiß nicht, warum ich plötzlich wütend bin, aber ich bin wütend. Ich nehme Louises Brief und werfe ihm das Papier in den Schoß. »Da«, fahre ich ihn rüde an. »Damit kannst du dein Englisch aufpolieren.« Ich stürme aus dem Zimmer. Erneut lasse ich mir kaltes Wasser über das Gesicht laufen. Ich bleibe auf dem Bettrand sitzen und warte. Plötzlich wünsche ich mir, daß er mir nachkommt und mich ohrfeigt.

Doch als ich ins Wohnzimmer gehe, ist es leer. Mein Gesicht prickelt, als wäre ich tatsächlich geschlagen worden. Maître Arnault hat mich abgeurteilt. Ich bin das Geständnis nicht wert, das er mir abgerungen hat. Ich sollte erleichtert sein. Ich lache laut und lasse mich auf das Sofa fallen.

Ich erschrecke, als sein Gesicht plötzlich in der offenen Küchentür auftaucht. »Es gibt etwas zu essen. Wenn du soweit bist.«

Ich springe auf. »Ich dachte, du wärst gegangen«, sage ich.

»Ich habe dir schon einmal erzählt, daß ich gut erzogen bin und mich normalerweise verabschiede, bevor ich gehe.«

Er beobachtet mich, sieht mir zu, während ich das Essen

auf dem Tisch mustere, das keine Wünsche offenläßt. Geräucherter Lachs, Langusten und kleine Hefemuscheln mit grüner Füllung.

»Ich vermute, du hast seit Tagen nicht mehr ordentlich gegessen.«

Ich lächle und setze mich. Jetzt erst spüre ich meinen Heißhunger.

»Nicht zu schnell.« Er sieht mich besorgt an. »Es ist noch ein Gang im Ofen.«

Ich esse langsamer und sehe ihn an. »Und?«

»Und ...« Er weiß, was ich meine. »Wenn mein Englisch mich nicht im Stich läßt, dann sind eine Frau und ein Kind in den Fall verwickelt. Was eine Menge erklärt.« Er sieht mich an, und ich werde rot und bleibe einen Moment ganz ruhig sitzen. »Eine ganze Menge. Aber trotzdem habe ich nur ein Bruchstück der Geschichte gelesen. Ich würde gern den Rest hören.«

Wir schweigen. Ich kann mich kauen hören und schlucke vernehmlich. Das Essen in meinem Mund kommt mir plötzlich genauso geschmacklos vor wie meine Geschichte, aber ich fange trotzdem an, sie ihm zu erzählen. Ungeschminkt und kalt, damit ich schnell zum Ende komme. Und wenn er mich am Ende haßt, ist es auch gut. Ich sehe ihn nicht an, während ich rede. Ich erzähle ihm von Sandro, der sich in eine schillernde Schaufensterpuppe verliebt hat, die ihm hilft, seine Träume umzusetzen. Ich erzähle ihm wenig über das Projekt und noch weniger über meine Arbeit, sondern nur, wie grausam die schillernde Puppe ist. Wie sie nicht mit den Schwierigkeiten und Ablehnungen klarkommt, nachdem Sandro sich von seiner Familie losgesagt hat. Ich schildere, wie ein bereits gebrochener Sandro aus einem Fenster gestürzt ist. Ich sitze da und warte darauf, daß Paul etwas sagt, aber er schweigt lange.

»Also?« Ich halte die Stille nicht mehr aus.

»Nun, als Mordgeständnis zieht das nicht, Maria. Kein

Staatsanwalt würde dich anklagen.« Er lächelt mich ein wenig schief an. »Und als persönliche Beichte zieht es überhaupt nicht. Ich finde dich nicht in dem Bild. Du warst doch dabei, oder nicht?«

Ich stehe auf und klappere mit den Tellern in der Spüle. Paul redet einfach lauter weiter; ich würde ihn am liebsten daran hindern. »Du hast den Mann geliebt, habe ich recht? Also, wann fing es an, schiefzulaufen? Hat er etwas getan? Hast du etwas getan? Hat er dich geschlagen? Hast du mit anderen Männern geschlafen? Hast du ihm gesagt, daß er seine Arbeit schlecht macht? Hast du ihn verhöhnt? Hast du ihm vorgeschlagen, sich umzubringen? Das Fenster geöffnet? Ihn gestoßen?«

»Alles«, murmele ich. »Das alles habe ich getan. Er hat mich hintergangen, mich betrogen. Mich angelogen. Über seine Frau. Und er hat angefangen, mich zu hassen. Warum, wußte er nicht, aber er haßte mich. Und sich. Und ich haßte ihn auch, wollte Rache. Er hat mich auf einen Sockel gestellt, und wir haben so lange darauf eingeschlagen, bis er umgekippt ist.« Ich schreie und versuche, mich zusammenzunehmen. »Es war alles unentwirrbar miteinander verbunden. Liebe und Haß und Eifersucht. Eine Falle. Und ich wollte, daß er verschwand.« Ich stürme aus der Küche.

Paul ist direkt hinter mir und legt mir die Hand auf die Schulter. »Schuldgefühle sind ein sehr bitteres Gefühl, Maria«, flüstert er. »Bestrafung lindert sie manchmal. Hast du dich nicht schon genug bestraft?«

Ich sehe ihm in die Augen. Sie sind dunkel. Sie verstehen zuviel. Mir wird klar, daß dies meine Strafe ist. Ich möchte Paul so gern lieben. Ich möchte sein Gesicht streicheln, mich mit ihm ins Bett legen, mich an ihn schmiegen und seine glatte Brust spüren. Aber das kann ich nicht. Sandro hat einen Teil von mir geraubt und ihn mit ins Grab genommen. Den wagemutigen Teil, der das Schicksal herausfordert, der sich nicht um das Morgen kümmert. Er hat es gestohlen und mir statt dessen Furcht dagelassen, das Bewußtsein von Sterblichkeit. Ich bin wütend auf ihn. Ich will nicht wissen, wie zerbrechlich die Dinge sind.

Vielleicht weiß Paul es, denn er hält mich einen Augenblick ganz fest.

»Danke, daß du gekommen bist und mich gefunden hast«, sage ich.

Er nickt und küßt mich leicht auf die Stirn. »Sei ruhig weiter wütend. Manchmal hilft das. Und wenn du morgen nicht im Büro auftauchst, hole ich dich mit der Feuerwehr.«

»Nicht morgen«, bitte ich ihn. »Das schaffe ich noch nicht. Freitag.«

»Also Freitag.« Er sieht mich an, und ich erwarte, daß er mich küßt und ich zurückweichen muß. Aber das tut er nicht. Er sieht mich einfach nur an und streicht mir das Haar aus dem Gesicht. Dann lächelt er traurig. »Geh nicht zu hart mit dir ins Gericht«, sagt er. Im nächsten Moment ist er fort.

In dieser Nacht träume ich nicht von Sandro. Statt dessen träume ich von Paul. Aber es ist nicht Paul, sondern ein Richter in einer roten Robe, und ich sitze auf der Anklagebank. Aber als ich mich im Gerichtssaal umsehe, finde ich mich auch am Tisch der Staatsanwaltschaft. Ich weiß, daß ich es bin, auch wenn ich Beatrices Gesicht habe und Worte spreche, die ich nicht höre. Ich rede lange, bis der Richter mich unterbricht. »Ungenügende Beweise«, verkündet er, und ich stehe in der Anklagebank auf. Im Gerichtssaal bricht Unruhe aus. Ich sehe, daß ich nur ein weißes Badetuch trage, das ich mich plötzlich mit den aufreizenden Bewegungen einer Stripperin ausziehe und Paul zuwerfe. Aber er ist schon gegangen, und der Ankläger sowie alle anderen deuten auf mich. Ich habe Angst. Ich lache. Oder weine.

Ein Geräusch weckt mich auf. Ich bleibe im Bett liegen, bis der Traum sich verflüchtigt hat. Auch dann stehe ich nicht sofort auf und versuche erneut, die einzelnen Punkte auf meiner Liste abzuhaken. Ein Kontobuch meiner Mutter kommt mir in den Sinn, und ich liste Soll und Haben auf. Auf der Habenseite steht die Arbeit, die mich fasziniert, daß ich Beatrice wieder als Freundin gewinnen konnte, eine entzückende Wohnung, ein tägliches Leben, das mehr als nur erträglich ist. Und Paul, der auch ein Freund ist, vor dem ich mich entblößt habe, der mich beurteilt und nicht zu einem Monster erklärt hat. Das ist eindeutig ein Pluspunkt. Auf der Minusseite steht dagegen eine enorme Schuld, die ich niemals angemessen begleichen kann. Aber vielleicht kann ich durch meine Arbeit eine Art Buße tun.

Plötzlich fühle ich mich befreit. Ich springe aus dem Bett und erinnere mich an kleinere, aber wichtige Schulden. Zum Beispiel Steve gegenüber, dessen Wohnung ich saubermachen muß, bevor er zurückkommt. Ich werde das heute erledigen und ihm ein Geschenk kaufen, etwas, das ihn bei seiner Ankunft erfreut. Meine Schuld Beatrice gegenüber, deren Sprachkurs ich gestern vollkommen vergessen habe. Ich werde sie anrufen, mich entschuldigen, sie ins Theater einladen. Vielleicht biete ich ihr an, einen Tag auf Marie-Françoise aufzupassen, damit sie ein wenig Zeit für sich hat.

Als ich die Bettwäsche wechsele, Staub wische und aufräume, treffe ich eine Menge Entscheidungen, und diese Entscheidungen erfüllen mich wieder mit Energie. Während ich dusche, überlege ich, daß ich vielleicht Jura studieren könnte, wenn mein Job bei Paul zu Ende ist. Ich werde mit Tanya darüber reden, mit Beatrice, vielleicht sogar mit Paul. Ich stecke voller Pläne. Ich sehe mich selbst als eine Jennifer Walters, mit einem Aktenkoffer unter dem Arm.

Am Nachmittag funkelt das Appartement geradezu. Ich kann nach Hause gehen. Auf dem Heimweg stöbere ich in Buchläden und Boutiquen herum, suche nach einem Geschenk für Steve. Der Tag kommt mir wie ein Feiertag vor. Es ist warm, und die Terrassen der Straßencafés sind voller Menschen. Vor einem Herrenausstatter bleibe ich stehen.

Die Schaufensterpuppe in dem Fenster trägt einen Tropenanzug, ein helles Beige mit weißen Streifen, einer weiten Hose und einem Panamahut. Ich habe den unwiderstehlichen Drang, den Anzug anzuprobieren, und gebe dem Wunsch nach. Trotz des überraschten Gesichts des Angestellten. Der Anzug und der Hut machen mich glücklich. Ich stecke mein Haar unter den Hut. Ich lache, posiere vor dem Spiegel, entscheide mich noch für eine gelbe Bluse. Man sagt mir, daß Hosenbeine und Ärmel innerhalb einer Stunde gekürzt werden können.

Ich sitze in einem Kaffee und löffele schaumige Milch, trinke Kaffee und mache mich dann auf, noch einige Boutiquen abzuklappern. In der Rue du Dragon stoße ich auf einen Laden mit einem bizarren Sammelsurium von Dingen, unter denen ein grünes Rentier aus Eisen mir besonders auffällt. Es ist etwa fünfzig Zentimeter hoch, und sein Geweih endet in Kerzenhaltern. Ich weiß sofort, daß Steve und Chuck es lieben werden. Sie haben ein Faible für kunstvollen Kitsch. Während der Ladeninhaber das Rentier einpackt, entdecke ich ein kleines Bronzefigürchen, das eine Waage in der einen und ein Schwert in der anderen Hand hält. Es ist Justitia, aber ohne die Augenbinde. Das Gesicht ist weise, friedlich, und die ganze Figur ist rundlich und charmant. Eine weiche, nachgiebige Justitia. Ich nehme sie in die Hand. Sie ist kaum größer als meine Handfläche. Für Paul, der ein so gnädiger Richter war. Ich schleppe meine Pakete zu dem Herrenausstatter zurück, probiere meinen Anzug an und beschließe, ihn gleich anzubehalten. Als ich mein Scheckbuch aus der Tasche ziehe, berühre ich den Seidenschal, den mir Paul in London geschenkt hat. Ich binde ihn mir um den Hals. Es ist ein Glücksbringer.

Auf der Straße steigt gerade jemand aus dem Taxi, und ich springe rasch hinein. Das Rentier kann ich sofort in Steves Wohnung bringen. Ich weiß sogar schon genau, wo es stehen muß.

Als ich aussteige, wartet ein Mann mit einem riesigen Blumenstrauß vor der Eingangstür. Ich erkenne Paul erst, als er auf mich zukommt.

»Noch eine Viertelstunde länger, und es wäre Zeit für die Feuerwehr gewesen.«

Ich lächle. »Ich war unterwegs.«

»Das sehe ich. Und ich dachte, du wärst da und wolltest niemanden hereinlassen.« Er schneidet eine Grimasse und lächelt, als er mir die Aufzugtür aufhält. »Hallo. Du siehst phantastisch aus.«

»Ich fühle mich auch besser. Danke. Für gestern, meine ich.«

»Danke, daß du das hier trägst.« Er berührt den Schal um meinen Hals.

Unsere Blicke begegnen sich, und in dem engen Aufzug ist unser gegenseitiges Begehren genau zu spüren. Ich sehe rasch weg.

»Du hast gearbeitet«, stellt er fest, als wir die aufgeräumte Wohnung betreten.

»Es tut mir leid, daß du sie gestern in so einer Unordnung gesehen hast.«

»Mir nicht.« Er drückt meine Schulter. »Die Unordnung kann man nicht vom Rest trennen, Maria.«

Ich weiß, daß er mir damit etwas sagen will, aber ich möchte im Moment nicht darauf eingehen. Ich nehme den Hut ab und schüttle mein Haar aus.

»Und presto! Sie ist wieder eine Frau.« Er verbeugt sich übertrieben und reicht mir den Blumenstrauß.

»Hast du daran jemals Zweifel gehabt?« Ich lache, als ich das Papier aufreiße und meine Nase in einen duftenden Strauß von Rosa, Weiß und Dunkelrot stecke.

»Nicht in diesem Punkt.« Seine Stimme klingt rauh. »Maria, ich ...«

»Ich habe auch etwas für dich.« Ich wühle in meiner Tasche und hole das kleine Päckchen heraus. »Und wir brauchen etwas zu trinken. Und eine Vase.« Ich flüchte rasch in die Küche. Ich fühle mich so offen, ihm so ausgeliefert, daß die Prüfung, die seine Gegenwart für meine Entscheidungen bedeutet, beinahe unerträglich ist. Ich möchte ihn festhalten, festgehalten werden. Ich hole tief Luft, atme noch einmal durch und gehe wieder ins Wohnzimmer. Er betrachtet die Figur.

»Magst du sie?«

»Sie ist sehr schön. Und es ist gut, ihr in die Augen sehen und mit ihr streiten zu können. Eine versöhnliche Justitia.« Er lacht. »Die Muse der Strafverteidiger.«

»Du hast mich gestern so phantastisch vor mir selbst verteidigt.«

»Also weißt du, daß es kein Lebenslänglich ist? Du kannst aus dem Gefängnis heraus, wann immer du willst.«

Ich reiche ihm ein Glas. »Ich würde heute lieber nicht darüber reden.«

»Einverstanden.« Er lächelt mich an. »Hast du Lust, ein wenig zu arbeiten? Ich bin auf ein Gedicht gestoßen, das mir Jennifer vor längerer Zeit geschickt hat. Ich würde es gern benutzen. Glaubst du, daß du mir bei der Übersetzung helfen kannst?«

»Ich kann es versuchen.«

Er reicht mir zwei Fotokopien. »Es ist von W. H. Auden. ›Law Like Love‹. Lies es mir vor. Ich würde gern hören, wie es klingen sollte.«

Ich sehe ihn an und begreife, daß dieses Gedicht eine andere, verstecke Nachricht ist wie das Kapitel des Buches, das ich letzte Woche gelesen habe.

»Mach nur«, drängt er mich, und ich lese. Ich lese die launischen Verse der brillanten Kommentare von Auden über ein Gesetz, das auf verschiedenartige und interessante Arten und Weisen umrissen wird, von Gärtnern als ›die Sonne‹, von ›impotenten Großvätern‹ als ›Weisheit der Alten‹, von ihren Enkeln als die ›Sinne der Jungen‹, von einem

Priester mit Worten aus seinem priesterlichen Buch, vom Richter ...«

»Lies die Strophe mit dem Richter noch einmal.« Paul lacht leise.

»Das Gesetz, sagt der Richter von oben herab,
Mit klarer Stimme und feierlich,
Das Gesetz ist, wie ich schon sagte,
Das Gesetz ist, wie ihr wohl wißt,
Das Gesetz, ich erkläre es gerne noch mal,
Das Gesetz ist Das Gesetz.«

»Das klingt genau wie mein Vater«, sagt er lächelnd. »Und jetzt die nächste, über die Gelehrten.«

»Doch gesetzestreue Gelehrte schreiben,
Das Gesetz ist weder falsch noch richtig,
Das Gesetz besteht nur aus Verbrechen,
Die von Ort und Zeit bestraft wurden,
Das Gesetz ist die Kleidung, die die Menschheit trägt
Immer und überall,
Das Gesetz ist Guten Morgen und Gute Nacht.«

Zwei Strophen weiter ändert sich plötzlich der Ton des Gedichtes. Es ist immer noch ironisch, aber nun wird es lyrisch, als der Liebende seine Geliebte anspricht, und scheu, ironisch einen wundervollen Betrug riskiert, eine weitere Definition, die sicherlich genauso gut ist wie die anderen.

Gesetz ist Liebe, sage ich,
Und wie bei der Liebe wissen wir nicht, wo oder
  warum,
Und wie bei der Liebe können wir es nicht
  erzwingen oder ihm entfliehen,
Und wie bei der Liebe weinen wir oft,
Und wie bei der Liebe können wir es selten
  einhalten.«

Ich habe mich so auf das Gedicht und die Übersetzung konzentriert, daß ich nicht gemerkt habe, wie Paul immer näher gekommen ist, seinen Arm um mich gelegt hat.

Ich sehe ihn an. »Du verstehst das alles sehr genau«, sage ich leise. »Es ist nur ein Trick.«

»Kein Trick. Ich will nur, daß du es auch verstehst. Es mit mir teilst.«

Er küßt mich, und es kommt mir vor, als hätte er nicht aufgehört zu sprechen. Aber der Geschmack ist stärker, wie die letzte Strophe des Gedichts; ich muß antworten, die Möglichkeit zum Widerspruch ist zu verlockend. Und dabei entsteht etwas, was ich nicht erkenne, etwas Frisches, wie kleine, pralle grüne Knospen. Vielleicht Hoffnung.

Als ich schließlich den Kuß unterbreche, hält Paul mich fest an sich gedrückt. »Ich bin froh, daß du noch hier bist, Maria«, flüstert er. »Ich fürchtete gestern, letzte Woche, in all den Wochen, die du fort warst … daß ich dich verloren haben könnte.«

»Ich werde nicht …«

Er legt mir einen Finger auf die Lippen. »Hör zu. Ich habe über das nachgedacht, was du mir gestern erzählt hast. Ich habe es von allen Seiten gedreht und gewendet und versucht nachzuempfinden, was du empfunden hast. Du darfst dich nicht verurteilen. Du darfst das Leben erst aufgeben, wenn es dich aufgegeben hat. Oder die Liebe. Du behauptest, du bist zu gefährlich, für andere und auch für dich. Aber nicht jeder ist Mr. Jiménez. Ich jedenfalls nicht. Und ich würde dich niemals so verletzen. Vertrau mir.«

Seine Logik ist genauso verlockend wie seine Berührung. Aber ich will nicht, daß sie bei mir funktioniert. Nicht hier, wo der Geist von Sandro in den letzten Tagen so gegenwärtig war. Und auch nicht jetzt. Ich habe meine Schulden noch nicht zurückgezahlt. Und diese unsichtbare dritte Partei lauert in den Schatten, um so drohender, weil ich weiß, daß Paul mir schon viel zu viel bedeutet.

»Es wäre mir lieber, wenn du jetzt gehen würdest, Paul.« Meine Stimme klingt brüchig.

»Warum?«

»Es ist noch zu früh.«

»Gut.« Er sammelt langsam die Kopien ein und wiegt die kleine Statue in der Hand, als wolle er ihr Gewicht prüfen. Dann sieht er mich sehnsüchtig an. »Laß es nicht immer zu früh sein, Maria. Das Leben ist nicht so lang.«

Ich will mich abwenden, damit ich seinen traurigen Blick nicht ertragen muß, aber er hält mich am Arm fest. »Es ist wegen meiner Frau, hab ich recht? Du hast Angst.«

»Das auch.«

»Natürlich. Diese Frau muß dir das Leben zur Hölle gemacht haben.« Er sieht sich in dem Raum um, als überlege er etwas, und blickt mich dann wieder an. »Wenn wir einmal viel Zeit haben, dann erzähle ich dir von meiner Frau, Maria. Sie ist bemerkenswert. Und auch von unserer Beziehung. Dann wirst du wohl einsehen, daß jede Geschichte einzigartig ist. Aber vielleicht muß ich dir erst ein wenig mehr vertrauen.«

Ich zucke zusammen, doch dann wird mir klar, daß es auch keinen Grund gibt, aus dem er mir vollkommen vertrauen sollte. Ich habe seine Liebe genommen und ihn dann weggeschickt. Ich habe sein Verständnis, seine Freundschaft akzeptiert und ihn im Gegenzug nur unglücklich gemacht.

»Ich würde mir gern dein Vertrauen verdienen«, sage ich.

Er fährt mir durchs Haar und lächelt. »Das dürfte kaum eine unüberwindliche Aufgabe sein.«

Ich küsse ihn. Seine Lippen sind warm, schmecken nach Leben. Ich brauche Leben. Ich habe viel zu lange mit Schatten gelebt. Und als ich ihm in die Augen blicke, sind sie lebhaft und wach. »Bald«, sage ich leise.

Er drückt mich an sich, und die Erleichterung ist seiner Miene deutlich abzulesen. Er lacht. »Ich habe das Gefühl, als hätte ich gerade den zweitwichtigsten Fall in meinem Leben gewonnen.«

»Nur den zweitwichtigsten?« Ich necke ihn, genieße fröhlich diese neue Stimmung. »Was war der wichtigste?«

»Ich versuche mich daran zu erinnern, wenn das ›bald‹ kommt.« Er paßt sich meinem Tonfall an.

Als wir an der Tür stehen und uns verabschieden, überrasche ich mich selbst. »Paul, glaubst du, ich bin zu alt für eine Ausbildung? Als Anwältin, meine ich.«

Er anwortet nicht sofort, und ich rede weiter. »Eine alberne Vorstellung, nicht wahr?«

Er lacht jungenhaft. »Ganz und gar nicht. Es ist eine brillante Idee. Selbst wenn es deine Blickweise trüben wird.« Er blinzelt mir zu. »Du bist vom Justizfloh gebissen worden. Das ist wunderbar. Ich suche dir die Unterlagen heraus. Morgen, wenn ich Zeit habe. Wir treffen uns wie üblich um drei, einverstanden?«

Ich nicke.

Er sieht mich einen Moment besorgt an. »Es geht dir gut hier? Du bekommst keine Panik? Du wirst schön träumen?«

Ich lächle ihn an. »Es geht mir gut. Ich werde von Mr. Auden und seinem Gedicht träumen und in einen schwarzen Talar mit einem kleinen Spitzenkragen hineinwachsen.«

Er drückt meine Hand. »Das hört sich sehr gut an. Trotzdem wäre ich lieber bei dir.«

27. Kapitel

Ich begrüße den Freitagmorgen, als wäre ich eine Achtzehnjährige, für die es nur die Gegenwart und eine endlose Zukunft gibt. Die Straßen schimmern noch feucht vom morgendlichen Reinemachen. Die Kastanien tanzen in ihren dunkelgrünen Roben, und als ich den Fluß auf dem Pont du Carrousel überquere, spielt ein Leierkastenmann eine fröhliche Melodie. Ich gebe ihm mein ganzes Wechselgeld, damit er sich genauso beschwingt fühlen kann wie ich.

Im Büro kümmert Madame Duval sich so rührend um mich, als hätte ich mich gerade von einer schweren Krankheit erholt. »Sorgen Sie dafür, daß der Maître sie nicht zu hart arbeiten läßt!« sagt sie in einem für ihre Verhältnisse fast schon verschwörerischen Ton. »Wenn das Buch ein paar Monate länger braucht, macht das auch nichts. Männer sind immer so besessen.«

Ich nicke eifrig. »Außerdem verspätet er sich heute selbst«, fügt sie hinzu. »Er hat angerufen und gesagt, daß er noch ein paar Besorgungen machen muß. Er kommt erst heute nachmittag.« Sie wirft einen Blick auf ihren Terminkalender. »Sie haben um drei einen Termin. Also sorgen Sie lieber dafür, daß Sie vorher etwas in den Magen bekommen.«

Am Ende des langen Tischs, den ich als Schreibtisch nutze, steht ein Topf mit Margeriten, dahinter finde ich eine kurze Notiz von Madame Duval. »Um unsere Untertanin ein wenig aufzumuntern.« Ich habe bei Madame Duval offensichtlich einen Stein im Brett, ohne zu wissen, womit ich mir das verdient habe. Trotzdem bin ich froh und gehe mit mehr Energie ans Werk als sonst. Ich kann mich vollkommen auf die vor mir liegende Aufgabe konzentrieren. Selbst Tanya fällt das auf, als wir zusammen ein Baguette zu Mittag essen.

»Sie sehen viel besser als letzten Freitag aus. Hat Ihnen jemand einen dicken Scheck gegeben? Oder haben Sie ausgeschlafen?«

»Angenehme Träume.« Ich lächle sie an. »Besuchen Sie mich doch Sonntag in meiner neuen Wohnung.«

Die Einladung scheint sie noch mehr zu überraschen als mich. Ich hatte keine Ahnung, wie heimlichtuerisch ich geworden bin.

»Gern. Obwohl es mir nächsten Sonntag besser paßt. Ich hatte eigentlich einen Ausflug nach Chantilly geplant.«

»Dann nächsten Sonntag.«

Ich gebe Tanya die Adresse, und mir fällt ein, daß ich sie auch Paul und Madame Duval geben muß. Ich will mich nicht mehr verstecken.

Paul erscheint pünktlich um drei. Er trägt einen dunkelblauen Anzug, der seine Augenfarbe unterstreicht. Er stellt einen Stapel Bücher auf meinen Schreibtisch und umarmt mich. »Ich weiß, nicht im Büro. Aber nur heute. Heute ist etwas Besonderes. Weil du hier bist. Weil du Entscheidungen getroffen hast. Weil ...«

»Weil du einen Haufen Arbeit für mich hast.« Ich lache ihn an.

Er küßt mich. Ich weiß, daß ich es nicht tun sollte, aber ich erwidere den Kuß; es fühlt sich gut an, wundervoll. Und ich denke, daß seine Frau wirklich bemerkenswert sein muß und daß mir bestimmt ist, die andere Frau zu sein. Und dann denke ich gar nichts mehr, bis wir uns voneinander lösen.

»Wir sollten ein paar Tage verreisen, Maria. Irgendwohin, wo es warm ist. In die Sonne.«

Ich stelle ihn mir unter Kieferndüften vor, beim Zirpen der Zikaden, auf langen Spaziergängen bei Mondlicht, beim leisen Rauschen der Wellen.

»Bald.« Ich bin heiser und habe einen Kloß im Hals. »Erst muß ich ja wohl diese Bücher durcharbeiten, die du da auf meinem Schreibtisch aufgetürmt hast?«

Er lacht. »Das, meine zukünftige Anwältin, ist Arbeit für dich, nicht für mich. Obwohl ich dir gern helfen kann, wenn du möchtest.«

Ich blicke auf den obersten Band. *Faculté de Droit*, ist in großen, schwarzen Buchstaben darauf geprägt. »Über das Jura-Studium? Wie nett von dir.«

»Warte, bis du es gelesen hast. Bis dahin ...«

»Bis dahin müssen wir eine Menge Zeug durcharbeiten.«

»Beeile dich nicht zu sehr. Ich möchte nicht, daß du wieder aus meinem Leben verschwindest.«

»Ich habe nicht vor, zu verschwinden.«

Wir sehen uns schweigend an, bis ich mich mit einem Ruck wieder meiner Liste zuwende.

»Bist du zufällig dazu gekommen, die Notizen durchzusehen, die ich über den Prozeß gegen Martha Roberts gemacht habe, Maître?« frage ich in dem Versuch, Madame Duvals energische Effektivität nachzuahmen.

»Kaum. Sollen wir damit anfangen?«

Ich nicke, und wir beginnen zu arbeiten, als die Aufregung über das Material uns packt. Nun fühle ich mich bei ihm seltsam frei: Ich kann alles sagen, weil er alles weiß, was es über mich zu wissen gibt.

Irgendwann ist er beinahe richtig wütend und schreit. »Warum bist du so scharf auf Bestrafung und verweigerst dich allen Vernunftgründen? Ist eine Ächtung, ein zerbrochenes Leben nicht schon Strafe genug? Du wirst noch als Anklägerin enden, wenn du nicht aufpaßt!«

Ich erröte. »Aber Jennifer Walters hat selbst gesagt, daß ...«

Das Telefon klingelt, und ich nehme ab. »Madame Duval für dich.«

Er nimmt den Hörer und wirft mir einen spöttischen Kuß zu.

»Oh, natürlich. Schicken Sie sie herauf.« Er legt auf und dreht sich lächelnd zu mir um. »Ich habe nicht bemerkt, wie spät es geworden ist. Meine Kinder sind da. Ich möchte, daß du sie kennenlernst.«

Mir fällt beinahe die Kinnlade herunter.

Er lacht. »Keine Angst, Maria. Sie sind sehr nett. Jedenfalls meistens.«

Ich komme nicht mehr dazu, etwas zu sagen, weil es an der Tür klopft. Dann tritt ein dünner, blonder Junge in

Jeans und Jeansjacke herein. Er ist in diesem schwierigen Alter, bleibt stehen, sieht uns an und weiß nicht genau, ob er über die Schwelle treten oder weglaufen soll.

»Komm herein, Nicolas«, ermuntert ihn Paul.

»Warte auf mich!« piepst eine Stimme auf der Treppe. Ein kleines Mädchen stürmt in das Büro.

Ich starre sie ungläubig an, blinzele und starre weiter. Dunkles Haar, ein herzförmiges Gesicht, ein marineblaues Kleid mit einem weißen Kragen.

Wie durch Watte bemerke ich, daß Paul den Jungen umarmt.

»Das ist Maria d'Este«, höre ich ihn sagen. Ich schüttle Nicolas' Hand, lasse jedoch das Mädchen keine Sekunde aus den Augen.

»Ich kenne Maria schon«, erklärt das Mädchen schüchtern und wirft sich ihrem Vater in die Arme.

»Hallo, Marie-Françoise.« Ich bin nicht sicher, ob meine Stimme selbst diese wenigen Worte herausbringt.

Sie küßt mich zart auf die Wangen und geht dann zu ihrem Vater zurück.

»Ihr kennt euch?« Paul lächelt noch erfreut.

»Ich habe Maria mit Maman kennengelernt. Sie hat mir ganz leckere Schokoladenkekse aus London mitgebracht. Und ich habe mich dafür noch gar nicht bedankt. Und sie hat gesagt, daß sie mit mir ein Eis essen gehen will.«

»Verstehe.« Jetzt malen sich Erstaunen und Angst auf Pauls Miene ab. Ich weiß nicht, was mein Gesicht verrät, aber ich spüre, daß ich gleich in Tränen ausbrechen werde.

»Ja«, sage ich und räume blindlings meine Unterlagen zusammen, damit ich ihn nicht ansehen muß. »Beatrice ist meine älteste Freundin. Aus meiner Schulzeit.«

»Wie außergewöhnlich. Ich hatte keine Ahnung.«

»Ißt Maria mit uns zu Abend?« fragt Marie-Françoise. »Das wäre schön. Weil Maman ja nicht kommen kann.«

»Warum laden du und Nicolas sie nicht einfach ein?«

Pauls Stimme klingt merkwürdig. »Es wäre großartig. Wenn sie Zeit hat.«

»O ja, bitte, kommen Sie.« Marie-Françoise ist weit mitteilsamer als bei unserer letzten Begegnung. »Papa hat Geburtstag, und wir führen ihn immer in sein Lieblingsrestaurant aus.«

»Ich glaube nicht, daß ich …«

»O bitte. Wenn Sie mitkommen, hat es mehr von einer Party. Frag du sie, Nicolas.«

Der Junge tritt von einem Fuß auf den anderen und sieht mich verlegen an. »Wir gehen ins Colbert. Tolles Essen.« Er stammelt die Worte rasch hinaus.

»Gut, also ist das beschlossene Sache.« Paul übernimmt plötzlich das Kommando. »Und jetzt lauft ihr wieder runter und plaudert mit Madame Duval, während ich hier zu Ende arbeite. Noch fünf Minuten. Nicht länger.«

Er wartet, bis die Tür ins Schloß fällt, dann nimmt er meine Hand. »Ich weiß nicht, was ich sagen soll. Beatrice hat dich niemals erwähnt. Ich … Sie kommt niemals hierher. Sie mag Anwälte nicht besonders.« Er lacht gepreßt.

Ich entziehe ihm meine Hand. Ich habe das Gefühl, als würde die Welt gerade langsam, Stein um Stein zusammenbrechen. Steine, die ich so sorgsam aufgeschichtet habe. Wie einer dieser überhohen Türme von Kindern, deren Fundament nicht solide genug ist. Beatrice und Paul. Meine Freundin und der Mann, den zu lieben ich mir erlaubt habe. Es sind keine getrennten, stützenden Säulen meines Lebens, sondern eine einzige. Und ich kann nicht einmal böse sein. Beatrice verdient diesen gutaussehenden, leidenschaftlichen und mitfühlenden Mann.

»Beatrice ist deine Schulfreundin.« Paul denkt laut nach. »Und ihr habt all die Jahre in Kontakt gestanden. Merkwürdig, daß sie nie etwas von dir erzählt hat.«

Ich weiß nicht, ob ihn die Enthüllung mehr schockiert oder die Tatsache, daß Beatrice mich nie erwähnt hat. »Wir haben uns erst dieses Jahr wieder getroffen«, erkläre ich leise und blicke aus dem Fenster. Das Sonnenlicht funkelt auf den silbrigen Dächern. In der Ferne sehe ich die blau uniformierten Wachtposten vor dem Elysée Palast. Die Welt dreht sich weiter.

»Du weißt doch, daß es vorbei ist, Paul. Es muß aufhören. Ich muß gehen. Der Job. Du. Ich kann das Beatrice nicht antun. Deiner wunderbaren Frau. Meiner Freundin.« Ich lache erstickt.

»Nein.« Er packt meine Handgelenke und zwingt mich, ihn anzusehen. Er sieht müde und mitgenommen aus. Genauso fühle ich mich. »Nein, das ist nicht nötig. Aber jetzt ist nicht der richtige Moment für Entscheidungen. Und außerdem habe ich Geburtstag.« Er versucht zu lächeln, aber es mißlingt ihm.

»Ich weiß. Ich komme morgen abend zu deiner Party.«

»Also bist du die geheimnisvolle alte Freundin, die zwischen Albert und Jean-François sitzt. Beatrice wollte dich wohl als Überraschung für mich aufheben. Ich werde es ihr sagen ...«

»Nein! Ich werde es ihr sagen. Ich rufe sie an, sobald ich zu Hause bin.«

»Was erst nach dem Essen sein wird.«

Ich will protestieren, aber er unterbricht mich. »Nein, bitte, Maria. Zunächst einmal für Marie-Françoise. Sie war in letzter Zeit etwas unglücklich, auch wenn ich nicht weiß, warum. Es ist das erste Mal seit langer Zeit, daß sie so fröhlich ist. Dann um meinetwillen. Weil ich es nicht ertragen könnte, wenn du weggingst, dich elend fühltest und mich hassen würdest. Und auch um Nicolas' willen. Er redet nicht gern viel mit mir, und wenn eine wunderschöne Frau dabei ist, freut er sich vielleicht. Und schließlich ...«

»Bist du noch nicht fertig, Papa?« Marie-Françoise stürmt herein. »Es sind schon viel mehr als fünf Minuten vorbei.«

»Ja, meine kleine Dame, wir sind fertig.«

»Gut.« Sie klatscht in die Hände. »Und Maria kommt auch mit.«

Ich begleite sie. Was sollte ich sonst tun? Marie-Françoise hält meine Hand fest und zählt mir begeistert die Schokoladensorten auf, die sie am liebsten hat. Zuerst kommt diejenige, die ich ihr mitgebracht habe, dann die weiße Schokolade mit den kleinen Nüssen und dem Knusper in der Mitte. Dann Pralinen. Wir sind schon am Palais-Royal und immer noch mit der Liste beschäftigt. Paul und Nicolas gehen voraus. Der Junge schlendert befangen daher und mustert verstohlen sein Bild in den Schaufenstern. Er weicht aus, wenn sein Vater ihm die Hand auf die Schultern legt.

»Und da jetzt die Fastenzeit vorbei ist, darfst du diese ganzen Schokoladen wieder essen?«

Marie-Françoise verzieht ihr Gesicht. »O nein. Maman erlaubt es mir nicht. Sie sagt, ich wäre zu gierig. Und es gefällt mir auch gar nicht, die Fastenzeit einzuhalten, aber sie sagt, ich muß, weil ich zu gierig bin.«

»Verstehe. Na ja, deine Zähne werden es dir danken.«

»Ich könnte mir falsche machen lassen. Wie Oma. Ich hab sie mal in einem Glas neben ihrem Bett gesehen.«

Wir haben den Eingang des Palais-Royal mit seinen verschieden großen Säulen erreicht. Plötzlich läßt Marie-Françoise meine Hand los und läuft zu Paul.

»Papa, du mußt dir etwas wünschen. Zum Geburtstag.«

Paul fängt das Kind in seinen Armen und hebt es über seinen Kopf. Ich bemerke Nicolas' grimmige Miene und gehe zu ihm. »Ich glaube, wir könnten alle einen Wunsch gebrauchen.« Ich öffne meine Tasche.

Paul stützt meine Hand und legt eine Menge kleiner Münzen hinein. »Gut, alle zusammen. Die Wünsche gehen in Erfüllung, wenn eine Münze auf der Säule landet.«

Es ist nicht leicht. Zuerst prallen unsere Münzen ab und fallen in den Fluß darunter. Dieses Wünschen erfordert

Geschicklichkeit und Geduld. Dann schaffen Paul und ich und Nicolas es nacheinander, eine Münze auf die Säule zu werfen. Ich sage Marie-Françoise, daß sie meinen Wunsch teilen kann, und wir schließen alle unsere Augen. Dabei denke ich an die anderen Wünsche, die ich gehabt habe, und Beatrices Rolle dabei und weiß, daß der Kreis meiner Wünsche sich geschlossen hat. Diesmal kann ich jedoch Beatrice nicht weg wünschen, selbst wenn ich das gern wollte. Das ist die Vergeltung. Beatrice und Paul zusammen. Ich bekomme am Ende doch, was ich verdiene. Das ist meine Strafe. Und meine Sühne. Also wünsche ich mir so ehrlich wie möglich, daß sie beide glücklich werden sollen, und drücke ganz fest Marie-Françoises Hand.

Als ich meine Augen öffne, sehe ich, wie Paul mich sehnsüchtig anschaut. Vermutlich ahnt er meinen Wunsch, aber ich gehe rasch mit Nicolas fort. Wegen der Kinder bin ich schließlich hier. Ich versuche, ein Gesprächsthema zu finden, das den Jungen aus der Reserve lockt. Ich erinnere mich an meinen ersten Spaziergang durch diesen Park, als ich vor all den Monaten gerade in Paris angekommen war. Ich erzähle ihm, daß Charlotte Corday das Messer eben in diesen Arkaden gekauft hat, mit dem sie Marat ermordete. Ich weiß nicht, ob die Namen ihm etwas sagen, aber bei dem Wort Mord leuchten seine Augen auf. Er will wissen, ob ich »Reservoir Dogs« gesehen habe. Seine Eltern wollen ihm den Film nicht erlauben. Ich weiß jetzt, daß ich für wenigstens fünf Minuten seine ungeteilte Aufmerksamkeit habe. Doch dann ruft uns Paul und fordert uns auf, noch einmal zum Springbrunnen zurückzusehen.

Eine paar Jungen scharen sich um den Brunnen. Einer hat einen Stock mit einem Band, an dessen Ende sich wohl ein Magnet befinden muß. Damit kann er die Münzen herausfischen.

»Ausgleichende Gerechtigkeit am Werk.« Paul lacht.

Ja, denke ich. Genau das passiert. Zwischen Beatrice und

mir. Und vielleicht auch durch Beatrice an Louise Jiménez und all den Frauen, denen ich Leid zugefügt habe. Die Gerechtigkeit wird endlich ausgleichender verteilt. Diesmal werde ich nicht weglaufen. Ich werde meine Schulden bezahlen. Und in dieser neuen Ordnung der Dinge werde ich endlich lernen, als ich es am wenigsten will, was es bedeutet, meine eigenen Wünsche hintanzustellen.

Das Restaurant ist groß, hat Kugellampen und weiße Tischdecken. Altmodische Ventilatoren drehen sich langsam an der Decke. Ich sitze neben Paul, aber ich sehe ihn nicht an. Ich sitze Nicolas und Marie-Françoise gegenüber und strenge mich an, fröhlich zu sein, werbe mit Geschichten um sie, werde von Marie-Françoise mit Kichern und von Nicolas mit einem widerwilligen Lächeln belohnt. Er ist ein sehr in sich gekehrtes Kind, und es ist ein wenig wie ein Kampf bergauf, auch wenn Marie-Françoise zu ihm durchdringt.

Irgendwann verkündet sie zu niemandem im besonderen, daß Nicolas mit Faxgeräten reden kann. »Zeig es ihnen, Nicolas.« Sie stößt ihren Bruder an.

»Sei nicht albern.« Er ist absichtlich grob mit ihr.

»Komm schon.«

»Ich würde es gern hören.« Ich lächle ihn an.

Er zuckt mit den Schultern und stößt plötzlich ein schrilles Quietschen aus, das so unheimlich in seinen klagenden Variationen ist, daß es mir vorkommt, als habe er sich in eine Maschine verwandelt. In seinem verzückten Gesichtsausdruck erkenne ich Beatrice wieder, Beatrice als Kind, das den Schulhof um sich herum vollkommen vergessen hat.

»Das reicht, Nicolas«, sagt Paul. »Du machst uns noch wahnsinnig.« Mir fällt auf, wie hart er zu dem Jungen ist. Er ist zu streng und verbessert ihn zu schnell, was dazu führt, daß Nicolas sich noch weiter in sich selbst zurückzieht.

Marie-Françoise klatscht in die Hände und sieht mich triumphierend an. »Manchmal macht Nicolas das auch am Telefon, wenn es geklingelt hat. Dann denken die Leute, sie haben sich verwählt.«

»Tust du das, Nicolas?« fragt Paul streng.

Ich lache. »Vielleicht sollte ich das lernen. Es könnte nützlich sein.«

Der Junge sieht von mir zu seinem Vater. »Maria hat ›Reservoir Dogs‹ gesehen«, sagt er provozierend.

»Maria ist Maria, und du bist vierzehn Jahre alt.«

»Und du bist heute vierzig«, erklärt Marie-Françoise jubilierend und deutet hinter uns.

Ein Geburtstagskuchen taucht auf, mit einer dicken Kerze in der Mitte. *»Joyeux anniversaire«*, singt das Mädchen, und wir stimmen ein. »Jetzt mußt du dir noch etwas wünschen«, sagt sie lachend.

»Auf Paul.« Ich hebe das Glas und ermuntere die Kinder, dasselbe zu tun. Ich halte es hoch, als er die Kerze ausbläst und die Augen schließt, um zu wünschen. Ich frage mich, was er sich wohl wünscht, und weiß es, als ich seine warmen Finger auf meinem Schenkel spüre. Aber die Berührung erschreckt mich so sehr, daß mir das Glas aus der Hand rutscht und in tausend Scherben auf dem Boden zerspringt. Ich starre die Bruchstücke an, den Fleck Rotwein, als wäre es ein Omen. Plötzlich sehe ich das Gesicht meiner Mutter vor mir, wie sie mich angesehen hat, als damals das Glas auf unserem Küchenboden zersprungen ist. An dem Tag hatte ich sie nach meinem Vater gefragt. Mir ist in dem Moment absolut klar, daß mein Vater sie wegen einer anderen Frau verlassen hat.

»Das macht nichts«, sagt Paul leise, als ich aufstehe und auf die Toilette flüchte.

Marie-Françoise folgt mir und erzählt mir eine lange, verwickelte Geschichte, wie sie einmal einen Teller hat fallen lassen und ihre Mutter sehr wütend war. Ich denke nur daran, daß ich hier weg muß und allein sein will. Dann packt mich die Panik, als mir klar wird, daß ich nicht in meine Wohnung kann und wie unmöglich diese ganze Situation ist. Ich will weglaufen, aber ich kann nicht weglaufen, nicht schon wieder.

»Ich muß jetzt gehen«, sage ich mit einem gespannten Lächeln, als wir zum Tisch zurückgehen. »Ich hatte keine Ahnung, wie spät es ist. Ich komme zu spät zu meinen Freunden.«

»Bis morgen. Auf der großen Party.« Marie-Françoise lächelt mich ein wenig schüchtern an, weil ich gehe.

»Ja, morgen.«

»Möchten Sie denn Ihren Kuchen nicht?« Nicolas' Frage überrascht mich.

Ich schüttle den Kopf. »Du kannst meine Portion haben.«

Ich gehe, genauso verunsichert, als wäre ich in Nicolas' heranwachsendem Körper eingesperrt.

An der Tür holt Paul mich ein. »Ich muß dich sehen, Maria. Allein. Später. Wir müssen reden.«

Ich blicke in seine Augen und verliere mich beinahe in ihnen. Als ich wieder auftauche, sehe ich meinen Schmerz und meine Panik darin. Ich schüttle den Kopf. »Da gibt es nichts zu bereden, Paul.« Ich versuche, das Zittern in meiner Stimme zu unterdrücken. »Ich hab doch gesagt, daß ich gefährlich bin. Laß es uns dabei bewenden und uns an unsere guten Zeiten erinnern. Wir hatten schließlich London.«

»Nein!«

Ich drehe mich auf dem Absatz um, gehe ein paar Schritte und drehe mich dann noch einmal um. Er steht immer noch da. Ich weiß nicht warum, aber ich gehe noch einmal kurz zu ihm zurück. »Und sei lieb zu Nicolas«, sage ich. »Er braucht dich mehr als ich.«

Erst später geht mir auf, wie grausam diese Worten waren. Aber da bin ich schon in meiner Wohnung und habe Beatrice eine aufgeregte Nachricht auf dem Anrufbeantworter hinterlassen. »Du wirst es nicht glauben, Beatrice. Ich habe heute Marie-Françoise und deinen Nicolas getroffen. Und da stellt sich doch heraus, daß ich die ganze Zeit für deinen Mann gearbeitet habe. Ist das nicht wundervoll? Ruf mich doch mal an!«

Ich bleibe sitzen, während es dunkel wird, und starre aus dem Fenster. Ich kann meinen Blick nicht von dem Haus gegenüber losreißen. Beatrice lebt da, das weiß ich. Jetzt muß ich mich an die Vorstellung gewöhnen, daß auch Paul dort wohnt. Warum habe ich ihn bloß in dieser ganzen Zeit kein einziges Mal zu Gesicht bekommen? Liegt es einfach daran, daß ich nicht damit gerechnet habe, ihn zu sehen, und daß ich ihn nur erkenne, wenn ich ihn erwarte? Nein. Ich erinnere mich an die Nacht, als ich Beatrice in den Armen eines Mannes gesehen habe, dort oben in dem Zimmer auf dem Dachboden. Es ist jetzt dunkel, wie ihre Wohnung. Beatrice und Paul. Mein Magen zieht sich zusammen.

Plötzlich schießt mir durch den Kopf, daß ich Louise Jiménez anrufen und ihr erzählen könnte, was mir passiert ist. Es würde sie sicher freuen, von meinem Elend zu erfahren, zu sehen, wie ich schließlich doch bestraft werde.

Die Lichter in der Wohnung gegenüber flammen auf. Ich sehe Beatrices Umrisse durch die Fenster. Ich ziehe meine Vorhänge vor. Aber sie geht mir nicht aus dem Kopf. Ich stelle mir vor, wie sie auf den Anrufbeantworter drückt und zuhört. Aber ich kann mir ihre Reaktion nicht ausmalen. Ich bleibe in der Dusche stehen und lasse lange das Wasser über meinen Körper laufen. Ich versuche, nicht in Panik zu verfallen. Beatrice ist immer noch meine Freundin und plötzlich ein noch viel besseres Vorbild, da ich jetzt weiß, mit wem sie zusammen ist. Ich sage mir, daß ich verantwortungsbewußt sein kann und die Arbeit für Paul zu Ende bringe, auch wenn ich ihn nicht mehr allein sehen kann. Wir können schließlich über den Computer miteinander kommunizieren. Ich brauche nicht ins Büro zu gehen. Er braucht die Auseinandersetzungen mit mir nicht. Er braucht nur meine Notizen. Ich sage mir, daß ich weder Beatrice noch Paul verraten muß, daß ich hier gewohnt habe, daß ich durchaus die Wohnung untervermieten und eine andere auf der anderen Seite von Paris suchen kann. Ich sage mir, daß ich im Oktober mit der Ausbildung anfangen will und endlich ein nützliches Mitglied der Gesellschaft werde. Ich rede mir all das ein und glaube nur sehr wenig davon. Schließlich weine ich.

Ich komme mir sehr klein vor, wie ein Kind. Ich wünsche mir plötzlich, daß meine Mutter da wäre und mir über das Haar streichen würde, wie sie es getan hat, wenn ich krank war. Paul hat mein Haar so gestreichelt. Aber Paul ist bei Beatrice. Und meine Mutter ist tot.

Teil vier

28. Kapitel

Die schwere Eichentür gibt dem Klicken des Kodes nach. Ich stemme sie auf und gehe hindurch. Dahinter erwartet mich eine Überraschung. Eine grüne Hinterhofidylle, in deren Mitte eine Magnolie mit glänzenden Blättern und gelben Rosen, die an drei Spalieren emporranken. Das Klingelbrett rechts von mir führt die Namen der Bewohner auf. Und da steht es, deutlich in fetter schwarzer Schrift: Arnault. Hätte Beatrice mich schon bei unserem ersten Zusammentreffen eingeladen, wäre alles ganz anders gekommen. Und ich würde diese Klingel jetzt nicht so nervös und beklommen drücken.

Beatrice hat mich heute morgen angerufen und geweckt. Sie lachte arglos. »Und ich dachte, ich könnte dich für mich allein behalten. Meine ganz eigene Freundin. Als Überraschung zu seinem Geburtstag.«

»Paul wird sich schrecklich langweilen, daß er mich jetzt auch noch außerhalb des Büros sieht. Ich erinnere ihn bestimmt an die Arbeit. Vielleicht sollte ich lieber nicht kommen.«

»Nein. Du mußt kommen. Schon meinetwegen. Und mach dich schick. Nicht, daß Paul sagt, du sähest aus wie eine meiner schlampigen Kolleginnen aus meiner Schule. Ich möchte mit dir angeben.«

Ich habe Beatrices Wunsch erfüllt. Ich trage mein Lieblingssommerkleid, ein enganliegendes Teil aus Rohseide in einem Elfenbeinton und im fernöstlichen Stil. Mein Haar trage ich mit einem Kamm hochgesteckt. Ein pflaumenfarbener Lippenstift und etwas Rouge vervollständigen meinen Aufzug. Niemand, flüstert mir mein Spiegel ein, würde vermuten, daß du dich nicht phantastisch fühlst.

Eine Fremde in einem schwarzen Kleid öffnet die Tür. Erst nach einer Weile begreife ich, daß sie das Dienstmädchen sein muß. Sie führt mich durch eine viereckige Empfangshalle und reicht mir ein Glas Champagner, während wir einen rechteckigen Raum mit einer hohen Decke betreten. Er wirkt noch größer durch den verglasten Balkon, von dem aus man den Hinterhof überblickt. Das Zimmer ist unerwartet prächtig. Niedrige Sofas, altes, glänzendes Holz, ein paar gute Ölbilder und am anderen Ende ein gewaltiger Tisch, der mit weißem Damast und funkelndem Silber gedeckt ist. Menschen stehen in kleinen Grüppchen herum, und aus einer löst sich Beatrice. Sie trägt ein gerüschtes, kanariengelbes Kleid, das ihr überhaupt nicht steht.

»Schön, daß du gekommen bist. Ich habe mir schon Sorgen gemacht.« Sie küßt mich, und ich umarme sie.

»Entschuldige meine Verspätung.«

»Es hat sich gelohnt. Du siehst wundervoll aus.«

»Du auch.«

»Nein, sag das nicht. Es funktioniert nicht richtig.« Sie lacht etwas atemlos. »Komm, ich möchte dich jemandem vorstellen.« Sie drückt meine Hand. »Ich hasse diese Formalitäten«, flüstert sie.

Ich halte mich an Beatrice, versuche, ihre unschuldige, warmherzige Begrüßung zu genießen und mich nicht nach Paul umzusehen. Ich schüttle würdigen Herren und gestylten Frauen die Hand, einem Politiker, einigen Anwälten, einem Ökonomen, der wie ein Maschinengewehr redet, einem hochrangigen Beamten. Mich beschleicht das Gefühl, daß ich unter die ENArchie geraten bin, diese Gruppe von Staatsbeamten, die in der ENA ausgebildet wird, die die herrschende Schicht des Landes hervorbringt. Maître Cournot ist auch da und begrüßt mich überschwenglich. Dann stellt er mich seiner Frau vor, einer schlanken, grauhaarigen Dame. Während ich mit ihr rede, fühle ich, wie jemand an meinem Arm zupft. Als ich hinunter blicke, sehe ich Marie-Françoise.

»Hallo.« Sie hält mir die Wange hin.

»In zehn Minuten gehst du ins Bett, Marie-Françoise. Ohne Widerworte«, erinnert Beatrice sie.

»Darf ich Maria erst mein Zimmer zeigen?« Das Kind ist schüchterner als gestern.

»Das mußt du sie selbst fragen.«

»Gern«, antworte ich.

»Aber du mußt wirklich erst Paul begrüßen. Da ist er.« Beatrice schlingt ihren Arm durch meinen. »Weißt du, daß er die ganze Sitzordnung durcheinandergebracht hat, als er herausgefunden hat, wer du bist? Und er hat noch jemanden eingeladen. Das ist das Problem bei Männern wie Paul. Sie übernehmen immer die Kontrolle. Und ich will nicht, daß er dich auch übernimmt. Mir wegnimmt.«

Ich drücke ihr beruhigend den Arm und hoffe inständig, daß sie meine Miene nicht entschlüsseln kann. »Dafür kennen wir uns schon viel zu lange, Beatrice.«

Sie strahlt mich glücklich an.

Paul unterhält sich an der anderen Seite des Zimmers angeregt mit einem kleineren Mann, dessen Gesicht ich nicht sehen kann.

»Sieh mal, wer da ist«, kündigt Beatrice mich an. Er dreht sich abrupt um.

»Maria, wie schön.« Seine Stimme ist vollkommen korrekt, aber ich kann ihm nicht in die Augen sehen.

»Maître Arnault.« Ich reiche ihm die Hand. Er schüttelt sie höflich, läßt sie dann aber sofort wieder los, als hätte er sich verbrannt.

»Paul, schon vergessen? Nun also ...« Sein Blick gleitet von Beatrice zu mir und wieder zurück. »Kaum vorzustellen, daß Beatrice und Sie sich schon kennen, seit sie in Marie-Françoises Alter waren.«

Beatrice lacht fröhlich, aber ich weiß nicht, ob ich diese Farce noch eine Sekunde länger durchhalte.

»Ich möchte Ihnen Monsieur ...«

»Patrick Morin.« Ein großer Mann mit blauen Augen und einem breiten Lächeln stellt sich vor, bevor Paul seinen Satz beenden kann. »Ich habe manchmal das Gefühl, daß unsere großzügigen Gastgeber mich von ihren schönsten Gästen fernhalten wollen. Versuchen Sie etwa, mich für sich selbst aufzusparen, Beatrice?«

»Dafür ist Beatrice viel zu großzügig«, antwortet Paul an ihrer Stelle. Seine Stimme ist freundlich, aber sein Gesicht wirkt düster.

Wieder zieht jemand an meiner Hand, und ich sehe Marie-Françoises erwartungsvolles Gesicht. »Kommen Sie jetzt mit?« fragt sie leise.

Ich nicke, beinahe erleichtert. »Sie entschuldigen mich. Ich habe versprochen, mir Marie-Françoises Zimmer anzusehen.«

»Nicht allzu lange, hoffe ich«, scherzt Patrick Morin. »Ich möchte, daß Sie mir Ihre Seele ausschütten.«

»Leider habe ich meine Seele zu Hause gelassen«, gebe ich zurück und drehe mich zu Marie-Françoise um, die Beatrice gerade einen Gute-Nacht-Kuß gibt.

»Ich komme gleich und bringe dich ins Bett!« ruft Paul uns nach.

Marie-Françoise hält meine Hand so fest, als habe sie Angst, daß man mir gleich wieder auflauert. »Ich kann Ihnen auch die ganze Wohnung zeigen, wenn Sie wollen.«

Ich bin neugierig. Schließlich befinde ich mich jenseits der Fenster. Ich bin in der Wohnung, die ich ausspioniert habe, als könnte ich darin meine Rettung finden. Mir wird klar, daß ich einen unvollständigen, fehlerhaften Eindruck davon hatte. Denn nur ein Raum dieser Wohnung liegt zur Straße heraus.

»Das ist der *Petit Salon.*« Marie-Françoise führt mich herum wie die stolze Besitzerin eines Eigenheims. »Hier essen wir, wenn Papa nicht da ist.«

Ich sehe jetzt ganz, worauf ich durch das Fenster nur

einen flüchtigen Blick erhaschen konnte: einen runden Tisch mit einer massiven, cremefarbenen Marmorplatte, dahinter den Tresen, der ihn von der Küche trennt, in der gerade eine junge Frau die Speisen auflegt. Am anderen Ende zwei große Sofas, von denen man den Fernseher gut im Blick hat. Das Gerät selbst verschwindet unauffällig in einer Ecke neben Bücherregalen und einer Stereoanlage. Kurz, ein gemütliches Wohnzimmer, über das Beatrice herrscht. Lag es an dem Licht, oder war es ein akuter Anfall von Kurzsichtigkeit, daß ich Paul hier nie gesehen habe?

Marie-Françoise zieht mich schnell durch den vollen Grand Salon in einen Flur, der an der anderen Seite des Hofs entlang führt. »Das ist das Zimmer meiner Eltern.« Sie öffnet die Tür, und ich sehe ein Bett mit einer blauen Decke, einen alten Sekretär, eine Kommode, alles irgendwie nüchtern und makellos ordentlich, bis auf einen Schlips, der über dem Bettrand hängt. Sein Knoten ist schief. Hastig mache ich die Tür wieder zu.

»Das ist Mamans Ankleidezimmer.« Marie-Françoise öffnet die nächste Tür. Dahinter verbirgt sich ein kleineres Zimmer mit einem einzelnen Bett und eingebauten Wandschränken. Ich trete über die Schwelle und atme Beatrices Parfum ein. Hier herrscht eine andere Atmosphäre. Die Tapete zeigt auf Rosa und Weiß kleine Rosenknospen, auf dem Bett liegen eine Tagesdecke mit einem weißen Spitzenrand und passende Kissen. Der Stuhl vor dem geschwungenen Schminktisch mit Spiegel ist mit demselben Stoff bezogen. Etwas an dem Raum stört mich, anders als bei dem ersten. Ich weiß nicht genau, was es ist. Vielleicht das Mädchenhafte, das an eine Epoche erinnert, in der es noch keine Popstars und knallige Farben gab. Vielleicht ist es auch nur der Kontrast zu meinem Geschmack. Reinheit, denke ich. Beatrices Reinheit, wie das winzige Kreuz, das über dem Bett hängt.

Marie-Françoise ist ungeduldig und öffnet die Tür zum

angrenzenden Bad, von dem aus eine zweite Tür zu dem anderen Schlafzimmer führt.

»Jetzt zeig mir dein Zimmer.« Ich weiche den unerwünschten Gedanken aus.

»Nein, meines kommt zuletzt«, sagt sie.

»Damit du das Schlafengehen noch etwas hinauszögern kannst«, meine ich lachend.

Sie sieht mich vorwitzig an. »Papa stört das nicht. Hier ist Nicolas' Zimmer.« Sie zögert und beschließt dann, nicht zu klopfen.

»Marie-Françoise!« tadelt eine Stimme sie, die aber nicht Nicolas gehört, sondern einer schlanken, großen Frau, die sich kerzengerade hält und deren Eleganz ihrem Alter in nichts nachsteht. »Du mußt lernen, anzuklopfen. Dein Bruder ist mittlerweile ein junger Mann. *Excusez-moi, Mademoiselle.*« Sie reicht mir ihre beringte Hand. »Aber die Kleine wird von Tag zu Tag unmöglicher.« Ihr Lächeln und die Art, wie sie Marie-Françoise durch die Haare streicht, mildern ihre Worte. Außerdem verrät mir das Lächeln des Kindes, daß es keineswegs beleidigt ist.

»Das ist *Mémère*«, verkündet sie stolz. »Und das ist Maria.«

»Monique Arnault«, stellt sich die Frau vor und streicht eine Strähne ihres makellos frisierten silbergrauen Haares von ihrer gebogenen Braue zurück. »Sie müssen Maria d'Este sein. Mein Sohn hat von Ihnen gesprochen.«

Ich erröte unwillkürlich.

»Sie helfen ihm, das Buch zu beenden, das er besser nie angefangen hätte. Nicht, daß es mich etwas anginge.«

Ich glaube, daß sie mir zublinzelt, aber das paßt so wenig zu diesem hageren Gesicht, daß ich es nicht ganz glauben mag.

»Sie wollten bestimmt Nicolas besuchen, nicht mich. Ich glaube, dieses Spiel, das ich vergeblich zu verstehen suche, ist sowieso gleich zu Ende.«

Nicolas beugt sich über einen Computerbildschirm, auf

dem ein muskelbepackter Rambo sich mit übermenschlichen Hürden und verwirrenden Fallen herumschlagen muß und gleichzeitig gegen irgendwelche Monster kämpft.

»Jaa!« ruft er. Aha, der epische Kampf ist wohl vorbei.

»Wieviel Punkte hast du geschafft?« frage ich ihn.

Er wirft mir das erste echte Lächeln zu, das ich bisher auf seinem Gesicht gesehen habe. »2063.«

»Hast du deinen Rekord eingestellt?«

»Nicht ganz, aber fast.«

»Sie verstehen etwas davon?«

»Nicht wirklich.« Ich muß über Madame Arnaults Verblüffung lächeln. »Aber ich habe einmal die Public Relation für eine Firma übernommen, die einige solcher Spiele in Amerika herausgebracht hat. Man muß sie sich wie mythische Kreuzzüge oder Feldzüge vorstellen, die für den Bildschirm neu geschaffen worden sind. Held gegen Cyber-Monster statt gegen die vielköpfige Hydra.«

»Es wäre nett, wenn diese Helden etwas mehr Hirn als Muskeln gebrauchen würden«, murmelt Madame Arnault. »Wir wollen doch keine neue Generation von eher schlichten Kriegern, oder, Nicolas?«

»Es ist nur ein Spiel«, erwidert er verlegen. »Ich mache schließlich auch noch andere Sachen.«

»Hoffen wir, daß dich bald die Mädchen ablenken. Geh bloß besser mit ihnen um als mit diesen Monstern.«

Nicolas wird rot. Marie-Françoise zerrt an meiner Hand. »Jetzt kommen Sie mit in mein Zimmer, sonst kann ich Ihnen gar nicht mehr alles zeigen.«

»Bis später dann.« Ich nicke Madame Arnault zu und winke Nicolas.

Marie-Françoise öffnet die nächste Tür mit einer dramatischen Geste.

»Du wohnst also am Ende.« Ich lächle sie an.

»O nein. Das hier ist das Gästezimmer, in dem Mémère übernachtet, also gehen wir nicht hinein. Und es gibt noch ein Zimmer auf dem Dachboden, in dem Maman in Ruhe arbeiten kann, aber da oben bin ich nicht so gern.«

»Oh.« Mein Puls schlägt schneller.

»Sehen Sie!« Marie-Françoise deutet mit einer großen Geste in das Zimmer. Es ist apfelgrün, mit einem Etagenbett weit oben unter der Decke und einem kleinen Schreibtisch darunter. Jeder freie Zentimeter zwischen den Regalen und Schränken ist mit Hundepostern zugehängt. »Hoffentlich mögen Sie Hunde.«

»Ich sehe jedenfalls, daß du Hunde magst.«

Sie verzieht das Gesicht. »Maman sagt, es wäre grausam, Hunde in der Stadt zu halten. Deshalb habe ich die Poster. Welchen mögen Sie am liebsten?«

Ich sehe an ihrer Miene, daß diese Frage sehr wichtig ist, also betrachte ich die Poster eins nach dem anderen.

»Den hier«, sage ich und deute auf einen vorwurfsvollen Spaniel, dessen Ohren viel zu tief hängen.

Sie nickt begeistert. »Das ist Mr. Kim. Das hier ist mein Lieblingshund.« Sie zeigt auf einen weißen Husky mit hellblauen Augen. »Sie heißt Sturm.«

»Sturm. Das ist ein schöner Name.«

»Aber manchmal ist Sturm böse, dann ist Peluche mein Liebling.« Sie deutet auf einen Golden Retriever.

»Also magst du große Hunde lieber.«

»Je größer, desto besser«, erwidert sie ernst. »Hatten Sie jemals einen Hund?«

Ich schüttle den Kopf. »Nein, aber ich habe früher einmal die Sommerferien auf einem Bauernhof in England verbracht. Die hatten einen großen, alten Hund, der Small hieß. Petit.«

»*Mémère* hat einen Hund auf dem Land. Er heißt Rabelais, weil er soviel frißt.« Sie kichert. »Aber wir könnten auch Arnold in Petit umbenennen.« Sie stellt sich auf die Zehenspitzen und deutet auf eine große, dänische Dogge.

»Gute Idee.«

»Sie haben nicht zufällig Schokolade mitgebracht?«

»Doch, zufällig.«

»Toll.« Sie klatscht in die Hände, und ich ziehe einen kleinen, perlenbestickten Beutel aus meiner Tasche, in den ich ein paar einzeln verpackte Schokoladenriegel gestopft habe. Sie wirft einen Blick hinein und verstaut ihn dann vorsichtig in einer Schublade.

»Ich hätte sie beinahe vergessen.«

»Das liegt daran, weil Sie heute abend so hübsch sind.« Marie-Francoise berührt zart mein Kleid. »Danke.«

Ich weiß nicht, woran es liegt, aber beinahe hätte ich bei ihrer Bemerkung und ihrer Berührung losgeweint. Was mache ich hier? Ich rede mit einem kleinen Mädchen, obwohl ich gar keine Kinder mag, und bin in einer Wohnung, in der ich nichts zu suchen habe, unter Menschen, die ich hintergehe, unabsichtlich oder nicht. Am liebsten würde ich das Mädchen umarmen, ihm eine gute Nacht wünschen und weglaufen.

»Immer noch nicht im Schlafanzug?« Pauls Stimme läßt mich zusammenzucken. »Komm, mein Schatz. In fünf Minuten steht das Essen auf dem Tisch. Und du kannst Maria nicht die ganze Nacht hierbehalten.« Er wirft mir einen so sehnsüchtigen Blick zu, daß es mich heiß überläuft. Dann bückt er sich, und im Nu hat er dem Kind das Kleid aus und das Nachthemd angezogen. »Und jetzt ab, Waschen und Zähneputzen. Maria und ich warten hier und geben dir einen Gute-Nacht-Kuß.«

Das Kind läßt uns allein. Ich würde ihr am liebsten folgen und kann mich doch nicht bewegen. Ich möchte mich in seine Arme stürzen, irgendwo anders sein, auf einem Planeten, wo weder Gewissensbisse noch Verlangen existieren.

»Es ist unmöglich, das verstehe ich jetzt«, sagt er so tonlos, daß ich seine Stimme kaum wiedererkenne. »Ich habe mit Beatrice gesprochen und begreife es jetzt. Aber es geht hier nicht um Schuld, Maria. Niemand hat Schuld. Hole sie nicht von woanders hier herein. Hier gibt es nur Schmerz.« Ich erwidere seinen Blick, und ich spüre den Schmerz ebenfalls. Ich muß mich setzen.

»Ich bringe alle Unterlagen am Montag zurück«, sage ich genauso tonlos wie er.

»Nein.« Er klingt, als hätte ich ihn geschlagen. »Ich will dich nicht verlieren, Maria. Bleib. Vielleicht ...« Er beendet den Satz nicht.

»Was hast du Beatrice erzählt?«

»Nichts. Ich habe nur zugehört. Sie hat mir gesagt, daß du früher ihre einzige Freundin warst. Sie mag dich, bewundert dich. Deine Mutter. Deshalb ... Du willst nichts mehr erzählen, nein?«

Marie-Françoise hüpft ins Zimmer. »Sauber.«

Irgendwie zwinge ich mich zu einem Lächeln. »Wunderbar sauber.« Ich küsse sie, sehe zu, wie Paul sie ins Bett hebt, und reiße mich zusammen.

Die Besucher nehmen ihre Plätze bei Tisch ein, als wir zurückkommen. Beatrice stürmt auf mich zu.

»Ich wußte es. Meine Familie nimmt dich schon viel zu sehr in Beschlag«, sagt sie mit ihrem heiteren Lächeln. »Jetzt komm, ich habe die Sitzordnung wieder umgestellt, und du sitzt hier. Bei mir. Patrick sitzt zwischen uns. Paul wird wahrscheinlich stinksauer sein.«

»Wird er oft wütend?«

Sie denkt einen Augenblick nach. »Nein«, sagt sie und lacht merkwürdig. »Er ist fast zu bedächtig.«

Ich leere ein Glas, das mir jemand hingestellt hat, lache zuviel, beginne zu schweben, reagiere schlagfertig wie eine gut geölte soziale Maschine. Ich blicke nur hin und wieder zum anderen Tischende, an dem Paul sitzt. Manchmal treffen sich unsere Blicke trotzdem. Während des Essens scherze ich mit Patrick Morin, spiele mit der Sprache der ironischen Verführung. Das kann ich im Schlaf, und Patrick Morin ist offensichtlich ebenfalls ein Meister dieses Fachs.

Für mich ist es nicht mehr als ein geschicktes Zwischenspiel, aber als ich irgendwann Beatrices Blick auffange, wird mir klar, daß sie es für das eigentliche Drama hält. Ich weiß nicht, ob sie entsetzt oder fasziniert ist. Vielleicht beides, aber ich wende mich von Patrick ab und höre dem Gespräch der anderen Leute zu.

Ihr Ton ist erheblich ernsthafter. Sie sprechen über den Krieg im ehemaligen Jugoslawien und dem Kriegstribunal in Den Haag, das unter der Schirmherrschaft der UNO allmählich seine Arbeit aufnimmt. Einer der Anwälte, den ich kenne, schildert, daß dies ein bisher noch nie dagewesenes Prozedere im Internationalen Recht ist. Es ist kein Militärtribunal, wie in Nürnberg, sondern ein Zivilgericht, das jedes Mitglied der Gesellschaft verurteilen kann, das sich irgendwelche Greueltaten hat zuschulden kommen lassen. Neue Kodexe werden die Folge sein, neue Konventionen, die Bürgerkriege betreffen.

»Aber das ist unmöglich!« ruft die Frau neben ihm. »Eben weil es ein Bürgerkrieg ist. Wenn man erst einmal damit anfängt, muß man die Hälfte der männlichen Bevölkerung hinter Gitter bringen, vielleicht sogar mehr. Serben, Kroaten, Moslems. Eine ganze Generation junger Männer zwischen achtzehn und fünfundzwanzig. Und was passiert, wenn sie dann wieder herauskommen und nach Rache dürsten, weil sie eingesperrt waren und andere nicht? Noch mehr Haß, noch mehr Morde.«

»Ja.« Patrick nickt traurig. »Wir reden hier über die Emotionen der Rache. Rache pflanzt sich selbst immer weiter fort. Es ist besser, für den Frieden zu kämpfen und eine neue, emotionale Ordnung allmählich entstehen zu lassen.«

»Was meinen Sie damit?« Es bricht aus Beatrice heraus. Ihre Stimme ist schrill und ihr Gesicht zu einer Maske verzerrt. »Rache ist lebenswichtig. Wenn Sie bei den Kindern gewesen wären, deren Eltern getötet, vor ihren Augen verstümmelt wurden, wenn sie mit den dreizehnjährigen Mädchen geredet hätten, die von diesen betrunkenen Bestien vergewaltigt wurden, wie ich das getan habe, dann wüßten Sie, daß sie Rache brauchen. Ohne sie könnten sie nicht überleben. Die Alpträume würden nie aufhören. Rache ist notwendig.«

Beatrices Worte und ihre Stimme sind so aufgeladen, daß alle am Tisch unbehaglich verstummen. Die Gäste schieben ihren Hummer auf den Tellern herum und tupfen sich stumm die Lippen mit den Servietten ab.

Schließlich bricht Pauls Stimme das Schweigen. Beatrice habe recht, sagt er. Sie habe uns den Grund für das Kriegsverbrechertribunal genannt und sogar für die Existenz von Gesetzen. Rache, ja, Rache sei nötig, wenn auch nicht die feudale Rache des Auge-um-Auge. Aber Vergeltung durch das Gesetz, diese unparteiische dritte Kraft. Ihre Urteile mögen vielleicht nicht die Vergangenheit ungeschehen machen, aber sie könnten einige Wunden schließen. Damit die soziale Ordnung wenigstens wieder humpeln könne.

Die Gäste stimmen ihm murmelnd zu. Pauls Mutter wirft ihm einen stolzen Blick zu. Die Leute finden ihre Stimmen wieder. Ich beobachte Beatrice. Sie steht auf und wirkt leicht benommen, während sie etwas vom nächsten Gang murmelt. Ich folge ihr in die Küche, frage sie, ob ich ihr helfen kann. Sie antwortet nicht sofort, sondern betrachtet verzweifelt die Platten, die das Mädchen vom Partyservice zusammenstellt. Plötzlich fährt sie zu mir herum. »Ich trete immer ins Fettnäpfchen, wenn seine Freunde da sind.«

»Was redest du da, Beatrice? Du bist nicht ins Fettnäpfchen getreten!«

»Doch. Es ist immer dasselbe. Ich kann es einfach nicht richtig machen. Selbst wenn ich nichts sage.«

»Mir kam es nicht so vor. Außerdem sind es doch auch deine Freunde, oder nicht?«

»Nicht wirklich. Sie tun nur so.«

»Er nicht. Er hört dir zu.«

Sie wendet sich von mir ab. »Ja.« Ihre Stimme klingt tonlos, dann tritt sie ans Fenster und starrt hinaus auf das Haus gegenüber. Einen Moment komme ich mir vor, als schwebte ich aus meinem Körper in die Wohnung gegenüber, als würden wir uns furchtsam von der anderen Straßenseite in die Augen blicken.

Beatrice redet beinahe träumerisch weiter. »Weißt du noch, Maria, als deine Mutter uns Abendessen gekocht hat? Ich habe da gesessen und zugesehen, was ihr beide tut, damit ich euch nachmachen konnte und bestimmt alles richtig mache. Aber ihr habt das gar nicht bemerkt. Ihr habt mich einfach akzeptiert. So wie ich war.« Sie sieht mich an. »Bei seiner Mutter fühle ich mich nie so. Für sie mache ich immer nur alles falsch. Selbst wenn ich nur den kleinen Finger bewege.«

Ich lache. Zum ersten Mal bin ich wirklich amüsiert. »Sie ist deine Schwiegermutter, Beatrice. Dafür ist sie da. Sonst hätte sie keinen Job mehr.«

Beatrice verzieht das Gesicht. »Glaubst du wirklich?«

»Ich weiß es sogar.«

Sie lächelt, und ihre Miene entspannt sich wieder.

»Ich wünschte, ich wäre mehr wie du, Maria. So locker, so gelassen.«

Ich lache und komme mir einen Moment heroisch vor, wie eine diese Heldinnen von Racine, die zwischen Pflicht und Leidenschaft schwanken. Dann deute ich auf das Fenster. »Da fällt mir etwas ein. Ich bin neulich einer amerikanischen Freundin begegnet. Sie hat mich gebeten, eine Weile auf ihre kleine Wohnung achtzugeben. Sie liegt irgendwo hier in der Straße. Wir könnten eine Weile Nachbarinnen sein.«

Beatrice klatscht in die Hände. »Wie wunderbar! Ich helfe dir gern beim Umzug, wenn du willst. Und dann kann ich nach der Schule bei dir vorbeikommen.« Sie kichert und bricht abrupt ab. »Wenn du da bist, natürlich. Was arbeitest du eigentlich für Paul?«

Ich sehe sie erstaunt an. »Ich stelle Nachforschungen für sein Buch an. Und übersetze. Weißt du das denn nicht?«

Sie zuckt mit den Schultern. »Wir sprechen nie über seine Arbeit. Ich interessiere mich nicht wirklich dafür. Menschen begehen Verbrechen und werden dafür bestraft oder nicht. Immer und immer wieder ... Es ist einfach zu langweilig.« Sie strafft die Schultern. »Wir sollten wohl besser wieder reingehen.«

Wir essen. Als Dessert gibt es wunderbares Eis. Patrick leiert mir ein Zugeständnis aus den Rippen, daß ich mit ihm essen gehe. Die Unterhaltung dreht sich mittlerweile um die neuesten Finanzskandale und die Aussichten des Vereinten Europa. Pauls Mutter klopft mit dem Löffel an das Glas und hält eine kurze, humorige Rede zu Ehren des Vierzigsten ihres Sohnes. Paul zuckt nicht mit der Wimper. Er bedankt sich nur mit leichter Ironie, daß sie es vierzig Jahre mit ihm ausgehalten hat. Dann fährt er sich durchs Haar und bringt einen Toast auf Beatrice aus, die sie alle zusammengebracht hat, seine ältesten und engsten Freunde. Sein Ton ist respektvoll, sein Blick herzlich. Beatrice errötet, und ich habe ein komisches Gefühl in der Magengrube.

Als wir vom Tisch aufstehen, kommt Paul zu mir. Er ist verlegen, und ihm ist sichtlich unwohl, als er mich in eine ruhige Ecke des Zimmers führt. »Ich hatte dich eigentlich jemandem vorstellen wollen, Maria. Ich habe ihn vor allem deinetwegen eingeladen, aber Patrick hat dich vollkommen mit Beschlag belegt. Mein Freund kann jetzt leider nicht mehr lange bleiben. Und ich bin nicht sicher, ob jetzt der richtige Moment ist. Also ich weiß nicht ...«

Ich lache. »Wenn du noch mehr herumstotterst, komme ich noch auf die Idee, daß du mich unter die Haube bringen willst. Ein perfektes Heilmittel für meine verlorenen Lieben. Der Zustand als Ehefrau. Nachher bin ich noch genauso bemerkenswert wie Beatrice.« Der Wein hat meine Zunge gelockert.

Er packt mich derb am Arm, besinnt sich dann jedoch und läßt mich los. Wir sehen uns unglücklich an. »Darum geht es nicht, Maria.« Er holt tief Luft. »Obwohl ich sicher bin, daß dies genauso einfach arrangiert werden könnte. Auch wenn du wohl kaum einen Vermittler brauchst.« Er wendet den Blick ab. »Ich versuche dir zu sagen … Erinnerst du dich noch daran, daß ich dir von meinem Freund in der vietnamesischen Botschaft erzählt habe? Nun, er ist hier. Und ich habe ihn nach deinem Vater gefragt. Er kannte ihn. Nicht gut, aber …«

Ich lehne mich an die Wand, weil ich nicht genau weiß, ob Paul stark genug ist, um mich festzuhalten.

»Was machst du mit dieser armen Frau?« Patrick taucht plötzlich auf.

»Nicht jetzt, Patrick.« Paul wirft ihm einen finsteren Blick zu und baut sich wie ein Leibwächter vor mir auf. Ich schließe die Augen. Ich rieche einen Wald mit Glockenblumen, schmecke seinen Körper. Wir haben von Verlust gesprochen. Von meinem Vater. Vater. Ein merkwürdiges Wort. »Papa«, sagt Marie-Françoise. »Bring mich ins Bett, Papa.« Ihre Augen sind rund, gebieterisch und gleichzeitig voller Zärtlichkeit.

»Ich würde ihn gern kennenlernen. Auch wenn es nur einen Moment dauert.«

Paul nickt. »Er ist wohl nebenan.« Er führt mich nach vorn.

Auf dem Sofa sitzt ein kleiner, adretter Mann undefinierbaren Alters neben Madame Arnault. Er steht auf, als Paul mich vorstellt, und begrüßt mich so leise, daß ich ihn beinahe bitten muß, die Worte zu wiederholen.

»Sie sind also die Tochter von Guy Regnier.«

»Regnier?« fragt Madame Arnault nach. »Ich kannte einen Guy Regnier, das heißt, mein Vater kannte ihn. Er war Arzt, richtig? Er ist in Asien aufgewachsen, vor dem Krieg ausgebildet worden, bevor er danach wieder zurückging.«

Ich schaue sie verblüfft an, und sie lacht leise. »Sehen Sie mich nicht so an, junge Dame. Das ist keine Hexerei. In meiner Familie waren alle Ärzte. Selbst ich war eine. Und mein Vater hat viele ausgebildet, also ist das kaum überraschend. Die Welt ist klein.«

Ich setze mich und muß wohl merkwürdig ausgesehen haben, denn sie sehen mich alle besorgt an. Paul steht neben mir und hält meine Hand.

»Maria kann sich einfach nicht mehr an ihren Vater erinnern«, erklärt er. »Sie hat schon lange niemanden mehr getroffen, der ihn kannte.«

»Ich bin ihm einige Male begegnet.« Monsieur Tran sieht an mir vorbei und blickt mir dann kurz in die Augen. »Er war als ›*Ông bâc si tôt lám*‹ bekannt, der gute Doktor.«

Pauls Hand fühlt sich sehr warm an, also muß meine kalt sein. Ich halte mich an ihr fest.

»›*Ông bâc si tôt lám*‹« wiederhole ich wie ein Kind. »Der gute Doktor.«

»Ja.« Monsieur Tran lächelt. Sein Gesicht ist so glatt wie Porzellan, und ich begreife, daß er noch sehr jung gewesen sein muß, als er diesen guten Doktor kennengelernt hat.

»Wenn ich mich an die Gerüchte richtig erinnere«, mischt sich Madame Arnault ein, »war Guy Regnier eine Art ›Arzt ohne Grenzen‹, lange bevor diese Organisation überhaupt existierte.«

Monsieur Tran nickt höflich. Mir kommen viele Fragen in den Sinn, ohne Ordnung und vollkommen wahllos, so daß ich nicht weiß, womit ich anfangen soll. Dann kommt Beatrice ins Zimmer. Paul springt so heftig hoch, daß alle ihn anstarren.

»Entschuldigung.« Er geht zu Beatrice und folgt ihr nach einem kurzen Wortwechsel hinaus.

Monsieur Tran räuspert sich. »Leider muß ich Sie ebenfalls verlassen. Aber in einigen Wochen kommt ein Kollege von mir aus Vietnam hierher. Er kann Ihnen erheblich mehr über Ihren Vater erzählen als ich.« Er greift in seine Tasche und reicht mir eine Karte. »Rufen Sie mich an. Sonst bitte ich ihn, sich bei Ihnen zu melden. In Maître Arnaults Kanzlei, richtig?«

Ich nicke. »Oder zu Hause«, füge ich rasch hinzu und kritzele meine Nummer auf ein Blatt Papier. »Danke. Ich danke Ihnen sehr.« Ich lehne mich auf dem Sofa zurück. Wann ich Madame Arnaults kritischen Blick bemerke, weiß ich nicht genau. Ich versuche, sie anzulächeln.

»Es muß merkwürdig sein, sich nicht an seinen Vater erinnern zu können. Ich kann mich noch sehr gut an meinen erinnern, obwohl es schon sehr lange her ist. Ich sehe immer noch vor mir, wie er Äpfel schälte und in ordentliche, saubere Stücke teilte.« Sie unterbricht sich. »Und Ihre Mutter? Wer ist sie? Ich hoffe, meine Fragen stören Sie nicht?«

»Françoise Regnier. Sie ist gestorben, als ich siebzehn war.«

»Verstehe. Nein, ich glaube nicht, daß ich sie jemals kennengelernt habe. Ihr Vater war jedoch ein sehr attraktiver Mann, wenn ich mich nicht täusche.« Ihre Augenbrauen heben sich, und ich sehe plötzlich die flirtende junge Frau vor mir. »Ja, nach dem Krieg haben einige meiner Freundinnen ihr Herz an ihn verloren, daran kann ich mich noch erinnern. Verzeihen Sie bitte mein Geplapper. Sie wollen sicher wieder zu den jungen Leuten zurück.«

Ich rühre mich nicht. »Erzählen Sie mir mehr.«

»Nun, viel mehr weiß ich nicht. Er ging weg, ziemlich plötzlich. Vermutlich konnte er das Nachkriegsfrankreich nicht ertragen. Es war keine gute Zeit. Etwa '49, richtig? Ich bin mir nicht ganz sicher. Sie sind also drüben geboren worden?«

»Nein, in Paris.«

»Also ist er zurückgekommen. Aber damals muß ich wohl gerade meine Kinder bekommen haben. Außerdem war mein Vater gestorben. Guy Regnier war sein Freund.« Sie sieht mich neugierig an. »Oder ist Ihre Mutter ohne ihn zurückgekommen? Sehr vernünftig von ihr.«

»Nein. Er ist nach Frankreich zurückgekommen, aber dann wieder nach Vietnam gegangen. Als ich zwei war.«

Sie seufzt tief. »Verstehe. Aber ich behellige Sie mit so vielen Fragen. Wollen wir wieder nach nebenan gehen?«

»Ich glaube, ich verabschiede mich. Ich ...«

Sie tätschelt meine Hand. »Sicher, meine Liebe.«

»Richten Sie Paul und Beatrice meinen Dank aus?«

Sie nickt und sieht mich an, als ich aufgestanden bin. »So was. Guy Regniers Tochter. Ja, ich erkenne ihn in Ihnen wieder.«

Ich bin schon fast draußen, als Paul mich einholt. Seine Miene ist ernst und müde. »War das in Ordnung? Geht es dir gut?«

»Ich fühle mich nicht unbedingt sonderlich selbstbewußt, wenn du das meinst.«

Wieder tritt dieser sehnsüchtige Ausdruck in seinen Blick. Aber er berührt mich nicht. Ich küsse ihn auf die Wange, und er tritt zurück, als hätte ich ihn geschlagen. »Herzlichen Glückwunsch zum Geburtstag.« Ich täusche Fröhlichkeit vor und bin doch nur verwirrt. Ich wende mich ab.

»Maria.« Er ruft mich zurück. »Bitte erwähne Monsieur Tran und all das nicht vor Beatrice.«

»Warum denn das nicht?« Ich bin plötzlich wütend. »Wie viele Dinge soll ich Beatrice gegenüber denn noch verschweigen?«

»Bitte. Wir sehen uns nächste Woche.« Er macht die Tür so schnell zu, daß ich plötzlich das glatte Holz vor der Nase habe. Ich balle die Hände zu Fäusten und wünschte, ich könnte darauf loshämmern, auf ihn einschlagen.

Ich renne die Treppe hinunter, als wäre ich Aschenputtel, die vor dem Ball flieht. Aber kein Prinz verfolgt mich, und wenn ich meinen Schuh verlöre, würde er ihn zweifellos seiner Frau auf einem Silbertablett servieren und ihr einreden, es wäre ihrer. Ich laufe über die Straße und blicke verstohlen zu dem hellen Fenster gegenüber hoch.

In meiner Wohnung lasse ich das Licht ausgeschaltet, bleibe im Dunkeln stehen und spähe in Paul und Beatrices erleuchtetes Heim. Meine Wut legt sich nicht. Ich weiß, woher der Ärger stammt. Ich bin verlassen worden. Man hat mich für eine andere verlassen. Ist es das erste Mal? Paul hat mich für Beatrice aufgegeben. O nein, nicht ohne Schwierigkeiten. Davon gibt es immer noch ein bißchen. Aber aufgegeben hat er mich trotzdem. Und er hat versucht, meinen Vater an seine Stelle zu setzen. Ein kurzer Zaubertrick, damit ich nicht mit leeren Händen dastehe.

Nicht mit leeren Händen. Sondern mit den Toten. Mein Vater, dessen Gesichtszüge ich von einem undeutlichen Foto heraufbeschwören muß. Meine Mutter, die mir seit meiner Rückkehr nach Paris fast deutlicher vor Augen steht als in meiner Kindheit. Und auch Sandro, ja, Sandro, den ich in den Tod getrieben habe.

Ich ziehe den Vorhang vor und denke an meine Toten.

29. Kapitel

Als ich noch klein war, haben meine Mutter und ich unsere eigene Version von Geographie gespielt. Sie hat, so schnell es ging, den Globus gedreht, der in einer Ecke meines Zimmers stand. Wenn die Erde dann nur noch ein blauer Nebel war, habe ich die Augen geschlossen, einen Finger irgendwo auf die kühle Oberfläche gelegt und ihn angehalten. Das Land, auf dem mein Finger landete, war das Thema. Wir haben erkundet, wie lange es dauert, dorthin zu reisen, ob mit dem Flugzeug, der Eisenbahn, dem Boot, einem Fahrrad oder dem Kamel. Wir haben über das Klima zu dieser besonderen Jahreszeit geredet, über die Lebensmittel, die dort wuchsen, die Fische, die da lebten, die Sprache, die die Menschen sprachen. Als ich älter wurde, haben wir das

Lexikon herausgeholt und mehr über Könige und Königinnen und Kriege herausgefunden, über Rohstoffe und Religionen, über die Mischung der Menschen.

Eigenartig, daß mein Finger niemals auf Vietnam gelandet ist.

Jetzt gehe ich in die Bibliothek auf dem Boulevard Raspail und lese alles über Vietnam. Ich erfahre einiges über die Van Lang-Dynastie, die acht Jahrhunderte vor Christus regiert hat und von Au Lac abgelöst wurde. Ich erfahre von der chinesischen Vorherrschaft, den Unabhängigkeitskämpfen im zehnten Jahrhundert und den Feudalkriegen, die das Land in Nord und Süd teilten. Als ich das neunzehnte Jahrhundert und die Periode der französischen Kolonialisierung erreiche, scheint sich ein Muster zu verfestigen, das mit der rasenden Entwicklung der industriellen Technologie immer mehr Geschwindigkeit entwickelt. Das zwanzigste Jahrhundert fügt die ideologische Karte hinzu. Ich erfahre, daß die Franzosen 1954 nach einem langen und blutigen Krieg vertrieben worden sind, daß die Genfer Konvention, die das Land hätte vereinen können, von den Amerikanern blockiert wurde, die die tyrannische und unbeliebte Regierung Südkoreas unterstützten. Ich lese von der blutigen Unterdrückung der Buddhisten und der anwachsenden amerikanischen Präsenz. Schließlich erfahre ich viel von dem brutalen und schrecklichen Krieg. Der Krieg, der meine Kindheit überschattete, das Thema halb verstandener Schlagzeilen und lauter Diskussionen der Erwachsenen. Einige waren Bewohner unseres freien Zimmers. Ich lerne und wundere mich, wie Monsieur Tran seine ruhige Miene und sein freundliches Lächeln behalten kann. Während ich lerne, denke ich über den Mann nach, der mein Vater war. Ich wünschte, daß ich ein besseres Ziel für meine jugendliche Grausamkeit gefunden hätte als den Ofen, in dem ich seine Briefe verbrannte.

Aber zuerst mache ich etwas anderes. Ich rufe Beatrice

an, um mich für die Party zu bedanken. Dann verkünde ich, daß ich schon in die neue Wohnung eingezogen bin, kaum einen Steinwurf entfernt. Ich lade sie ein, herüberzukommen, wann immer sie will. Außerdem sage ich ihr, daß ich in ein paar Tagen meine alte Telefonnummer bekomme und ihr am Mittwoch bei ihrer Sprachenschule helfen werde. Anschließend benachrichtige ich Madame Duval von meinem Umzug. Ich sage ihr, daß ich den größten Teil der Woche zu Hause und in der Bibliothek arbeiten werde. Ich komme nur ins Büro, um Unterlagen abzuholen und abzugeben. Sie meint, ich soll mir keine Sorgen machen. Der Maître wäre in den nächsten Wochen soviel am Gericht, daß sie ihn selbst kaum zu sehen bekäme. Für die Arbeit an seinem Buch dürfte er kaum Zeit haben.

Mir hat Paul das nicht gesagt. Ich weiß nicht, ob er es in dem Durcheinander vergessen hat oder ob er es absichtlich nicht getan hat. Etwa in der Mitte der Woche vermute ich letzteres. Paul zieht eine klare und schnelle Demarkationslinie zwischen uns. Meine Rolle sieht vor, weiter zu arbeiten. Ich brauche nichts über seine Pläne und Aufenthaltsorte zu wissen, und Madame Duval fungiert großartig als Verbindungsglied.

Ich sitze im Dunkeln, sehe aus dem Fenster und versuche, einen Blick auf das Leben zu erhaschen, das nicht das meine ist. Mit dem Rest an Ironie, der mir noch geblieben ist, prüfe ich meine Lage. Es ist das erste Mal, daß ich die Ehefrau dem Ehemann vorgezogen habe. Aber das ist auch das erste Mal, daß der Ehemann mich so willig aufgegeben hat. Das sollte auch so sein. Trotzdem tut es weh. Ich schaue morgens in den Spiegel und sehe den Schmerz. Der Spiegel lacht mich aus, er sagt mir, daß ich mich endlich verändere. Die Metamorphose, nach der ich mich so gesehnt habe, hat begonnen. Das bessere Ich. Sühne. Es scheint mich zwar nicht sehr glücklich zu machen, aber Glück gehört wohl auch nicht in diese Gleichung.

Ich mache Pläne. Wenn ich durcharbeite, kann ich bis zum Sommer mit dem Material fertig sein, das Paul mir bereits gegeben hat. Sollte er mehr wollen, Reisen nach Spanien oder Italien, muß er sich eine andere Ermittlerin suchen. In der Zwischenzeit werde ich Juravorlesungen besuchen und mich für Oktober einschreiben, falls es nicht schon zu spät ist. Ich überprüfe mein Konto und beschließe, eine Teilzeitarbeit anzunehmen, wenn ich gewissenhaft sein will. Dann könnte ich vielleicht doch noch die Studentin werden, die ich nie wirklich gewesen bin.

Ich rufe Steve in New York an. Es baut mich auf, seine Stimme zu hören. Ich sage ihm, daß ich eine eigene Wohnung habe und es kaum erwarten kann, ihn und Chuck zu sehen. Ich verspreche, Opernkarten zu besorgen und sie zum Essen auszuführen. Er teilt mir mit, daß ihn verschiedene Leute nach meiner Nummer gefragt haben, unter anderen Grant Rutherford. Kann er sie jetzt weitergeben? Ich stimme sofort zu. Er erzählt mir auch, daß er neulich in East Harlem gewesen ist. Das zweite Gebäude des Hundreds-Projekts ist eröffnet worden. Es sieht gut aus, und das Team hat sich verstärkt und ist guter Dinge. Er macht eine vielsagende Pause. »Das neue Gebäude haben sie nach Sandro benannt.«

»Großartig.« Meine Stimme ist zwar heiser, aber sie zittert nicht mehr. Und mir bricht auch nicht mehr der kalte Schweiß aus. Ich bitte Steve, ihnen herzlich zu gratulieren, und sage, daß ich dem Team selbst schreiben werde.

Als ich den Hörer auflege, wird mir klar, daß ich mich tatsächlich verändert habe. Ich habe keine Angst mehr, laufe nicht mehr weg und verstecke mich nicht mehr. Ich denke an Sandro, und mir drängt sich nicht sofort das Bild seines zerschmetterten Leichnams auf, den ich mit durch ein Fenster gestoßen habe. Statt dessen denke ich, wie sehr sich Sandro freuen würde, daß ein Haus nach ihm benannt worden ist und wie stolz sein Sohn auf ihn sein wird, wenn er erwachsen geworden ist.

Als ich meinen Computer anstelle und Pauls Texte lese, erkenne ich, wie sehr er mir geholfen hat, bis zu diesem Punkt zu gelangen. Ist es wirklich erst eine Woche her, daß ich in Steves Wohnung gesessen habe, völlig isoliert, und nur vom Elend und meinen Gespenstern umgeben war? Paul hat mir geholfen, das durchzustehen, hat um mich geworben, mich dazu gebracht, anders zu denken und zu empfinden, hat mir Hoffnung gegeben, mich geöffnet, mir Liebe geschenkt. Mich dazu gebracht, zu lieben. Ihn zu lieben. Und nicht nur dann, sondern während der ganzen Monate. Es war ein Prozeß, durch den ich langsam wieder ins Leben zurückgekehrt bin. Wenn auch nicht in das Leben, das ich mir kurz erhofft hatte.

Als ich das Kapitel durchgehe, gerate ich in eine Zeitschleife. Er hat es geschrieben, als ich noch in London war. Pauls Randbemerkungen sind wunderbare kleine Sonden, Versuche, mich zu verstehen, oder Anmerkungen über die Macht und die Notwendigkeit und manchmal auch die Verrücktheit der Liebe, kodierte Nachrichten an seine scheue Geliebte. In der Zwischenzeit hat diese Geliebte ihre Schüchternheit vollkommen abgelegt und muß nun feststellen, daß der Maître entschieden hat, seine Liebe aus dem Angebot zu nehmen. Natürlich ist dies nur ein Teil der Geschichte, aber während ich es lese, kommt es mir wie die Wahrheit vor. Und dieses Gefühl ärgert mich. Ich setze kleine giftige Kommentare in Klammern in Pauls Text, datiere sie und zitiere den letzten Vers von ›Law Like Love‹: »Wie bei der Liebe können wir es selten einhalten.« Damit will ich sagen, daß das Gesetz viel mehr der Ehe ähnelt. Wie sie kommt es daher mit Verträgen und einem Kodex, befaßt sich mit Respekt und Kontrolle, gewährt gelegentliche Lizenzen für Leidenschaften am Rand und zieht Strafen nach sich, wenn es gebrochen wird.

Am Mittwochnachmittag gehe ich ins Büro, um Bücher und Disketten abzugeben und mir neue abzuholen. Vielleicht hätte ich meine bissigen Bemerkungen am Rand der Bücher ausradiert, wenn Paul dagewesen wäre oder mich wenigstens angerufen hätte. Aber er ließ mir nur eine Nachricht von Madame Duval überbringen, die wiederholte, was sie selbst mir schon gesagt hatte. Also hinterlegte ich die Diskette bei ihr.

Vom Büro aus laufe ich in die Schule im Dreizehnten Arrondissement, wo Beatrice die Flüchtlingskinder unterrichtete. Die Schule ist ein heruntergekommenes Gebäude aus den sechziger Jahren. Beatrice ist schon da und schreibt mit ihrer runden Handschrift Sätze an die Tafel. Sie umarmt mich herzlich. Dann weist sie mich ein und geht mit mir den Stoff durch, den sie mit den Kindern schon durchgenommen hat. Sie schärft mir ein, daß sie Umgangssprache üben müssen, die in Bussen und Zügen, in Geschäften, auf dem Spielplatz, beim Arzt und in der Apotheke gesprochen wird. Und alle grammatischen Probleme, die sich daraus ergeben. Sie zeigt mir den benachbarten Klassenraum, in dem ich eine Stunde geben werde.

Als wir in den ersten Raum zurückgehen, haben sich die Kinder bereits dort versammelt. Ein Blick sagt mir, daß ich mich nicht sorgfältig genug vorbereitet habe. Ich habe nicht mit solchen verlorenen, gehetzten Blicken gerechnet, solch ausgezehrten Gesichtern. Und auch die amputierten Gliedmaßen nicht einkalkuliert, die zerbrechlichen, vernarbten Körper, Mienen, die sowohl flehentlich als auch abwesend oder wütend sind. Ich sehe Beatrice hilfesuchend an, aber sie begrüßt die Kinder bereits und stellt mich vor. Ich zwinge mich zu einem Lächeln, schüttele zwei Müttern die Hand, die sich zu dieser Stunde durchgerungen haben, eine dünn und von einer hageren Arroganz, die andere klein und schüchtern. Beatrices Ausbruch bei der Dinnerparty fällt mir wieder ein.

Es sind insgesamt ein Dutzend Kinder, und Beatrice wählt sechs von ihnen aus, die mit mir gehen sollen. Eine der Mütter gehört offenbar zu einem der sechs. Wir begeben uns in den benachbarten Klassenraum. Ich fange an, indem ich ihnen von mir erzähle, meinen Namen, mein Alter, woher ich komme. Dann ermuntere ich sie der Reihe nach, dasselbe zu tun, auch die Mutter. Sie stammen alle aus Bosnien, und vier kommen direkt aus Sarajewo. Ich schlucke und versuche, eine wichtige Lehrermiene aufzusetzen. Wir tun, als wären wir auf einem Spielplatz, ich dramatisiere, lasse sie Sätze wiederholen, schreibe sie an die Tafel, suche einen Jungen aus, der etwa zehn sein muß und etwas fließender spricht als die anderen. Ihn verwickle ich in einen gespielten Dialog. Er hat eine Augenklappe, und aus der Art, wie er gegen Tische und Stühle stößt, entnehme ich, daß er mit dem anderen Auge auch nicht gut sieht. Ich sage ihm, daß ich ein böses Mädchen bin und er ein guter Junge und daß ich ihn bei seinem Spiel störe. Wir fangen an.

»*Salut.*«

»*Salut.*«

»Was spielst du da?«

»Ball.«

»Kann ich mitspielen?«

»Sicher. Fang auf.«

»Au. Das war zu fest.«

»Nein, das war es nicht.«

»Doch, war es. Ich werd's dem Lehrer sagen.«

»Nein, wirst du nicht.«

»Wohl. Versuch doch, mich daran zu hindern.«

Plötzlich stößt der Junge stotternde Laute zwischen den Zähnen hervor und zielt mit einem eingebildeten Maschinengewehr auf mich. Die hagere Frau, seine Mutter, schreit etwas, was ich nicht verstehe. Eines der kleineren Mädchen fängt an zu weinen. Meine Lehrmethoden lassen wohl doch erheblich zu wünschen übrig. Ich fahre dem kleinen Mädchen über den Kopf und bedanke mich bei meinem Dialog-Partner. Es war wundervoll, sage ich ihm, bis auf die Sache mit dem Maschinengewehr.

Am Ende der Stunde kommen Mutter und Sohn zu mir. Sie hat ihm anscheinend die Leviten gelesen, denn er sagt: »Sorry, Miss.« Auf englisch.

»Sprichst du Englisch?« antworte ich in derselben Sprache.

»Ein bißchen.« Er nickt.

»Ich auch«, mischt sich die Mutter ein. »Ich entschuldige mich für Jasha. Er hat seine Manieren vergessen.«

Ich lächle. »Meine waren auch nicht besonders gut.«

Die Frau erwidert plötzlich das Lächeln und schüttelt mir die Hand. »Danke. Bis nächste Woche.«

Ich gehe mit ihnen zu Beatrices Klassenzimmer und frage die Frau, ob sie auch Französischunterricht nimmt. Die Alliance Française ist ihr zu teuer, sie bringt es sich aus einem Buch selbst bei. Sie lacht, aber mit einem bitteren Unterton. »Und sie haben uns in ein Haus gesteckt, in dem nur Bosnier sind. Deshalb können wir mit niemandem üben. Aber wenigstens können wir hier zusammen leben, Moslems, Serben, Kroaten. Kein Problem.« Sie reckt die Hände in die Luft. »Was für eine Geschichte!«

»Was für eine Geschichte!« wiederhole ich.

Sie sieht mich neugierig an. »Sind Sie Lehrerin?«

Ich schüttele den Kopf. »Ich helfe nur aus. Und Sie?«

»Ich war Zahnarzthelferin. Jetzt bin ich ein Nichts.« Sie lacht. »Nein, nicht ganz. Manchmal bin ich Putzfrau. Brauchen Sie eine Putzfrau? Ich bin eine gute Putzfrau.«

»Vielleicht«, sage ich ausweichend und sehe ihr dann ins Gesicht. »Wollen Sie, daß ich Ihnen bei Ihrem Französisch helfe? Wir könnten eine Stunde nach dem Unterricht mit den Kindern üben. Oder Sie kommen zu mir. Mit Jasha.«

Ich kann ihre Miene nicht entschlüsseln. Nach einem Moment sagt sie: »Sie haben keine Angst, daß wir Ihnen mit unserem Elend zu nahe kommen?«

Ich schüttele den Kopf. »Hier.« Ich kritzele meinen Namen und meine Nummer auf ein Blatt Papier. »Rufen Sie mich einfach an, dann verabreden wir etwas.«

Sie nimmt das Blatt Papier und blickt darauf. »Sie wissen, daß wir bosnische Serben sind?« Ihre Stimme klingt irgendwie trotzig, und sie hält das Papier, als erwarte sie, daß ich es ihr wieder abnehme.

»Und wie heißen Sie? Ich habe Ihren Namen nicht verstanden.«

Sie sieht mich immer noch an. »Vesna Dimic.« Sie lächelt, was sie jünger wirken läßt. »Ich rufe Sie an.« Sie fährt ihrem Sohn durchs Haar. »Und Jasha ist auch nicht so übel. Er ist einfach nur ein bißchen durcheinander.« Sie deutet auf seine Augen und schneidet eine Grimasse. »Es wäre besser, wenn er vorher nicht hätte sehen können. Nicht jetzt, wenn er es muß. Sag *au revoir* und *merci*, Jasha.«

»Schlimm, nicht?« fragt mich Beatrice auf dem Heimweg.

Ich nicke.

»Kommst du wieder?«

»Ja, natürlich.«

Sie hakt sich bei mir ein. »Das freut mich.«

»Aber jetzt mußt du dir meine neue Wohnung ansehen.«

»Auf eine Tasse Kaffee. Die brauche ich. Übrigens, hat Patrick dich angerufen?«

»Zweimal.« Ich verziehe das Gesicht.

»Das habe ich gewußt«, sagt sie triumphierend. »Und wirst du mit ihm ausgehen?«

»Vielleicht.«

»Er ist ein sehr guter Journalist, weißt du.«

Es wirkt fast so, als wollte sie ihn mir andienen. Einen Augenblick frage ich mich, ob Beatrice zwei und zwei zusammengezählt hat, was Paul und London und mich angeht.

»Und du wirst mir doch alles erzählen, nicht wahr? Ich meine, wenn du ... Wenn du mit ihm ins Bett gehst?« Es platzt aus ihr heraus, und sie errötet. Mich beschleicht das Gefühl, daß so etwas neu für sie ist, als würde sie mit den Worten experimentieren wie ein Kind, das fluchen übt.

Wir sind in unserer Straße. Ich gehe auf die Frage nicht

ein. Statt dessen bleibe ich vor der Haustür stehen und tippe den Türkode ein.

»Du wohnst ja direkt gegenüber, Maria. Das ist wundervoll. Und auch wunderhübsch«, sagt sie kurz darauf, als ich sie in die Wohnung führe. »Einfach perfekt.« Sie streicht über das Sofa, berührt den Holztisch, riecht an den Blumen und öffnet die Tür zum Schlafzimmer. »Genau so würde ich auch wohnen wollen, wenn ich allein wäre.« Sie seufzt und läßt sich in einen Sessel sinken.

»Wirklich ein glücklicher Zufall, nicht wahr?«

»Du hast immer Glück. Und mir bringst du auch Glück.« Sie lächelt mich selig an. Ich muß mich schnell abwenden und kümmere mich um den Kaffee. »Eines Tages werde ich dir alles erzählen«, sagt sie verträumt.

»War Paul mit seiner Party zufrieden?« frage ich so beiläufig wie möglich.

»Ich glaube schon.« Beatrice lacht und nimmt ein Stück Zucker in den Kaffee. »Ehrlich gesagt, ist er in letzter Zeit so beschäftigt, daß ich kaum dazu komme, mit ihm zu reden. Und am Freitag fährt er mit den Kindern zu einem langen Wochenende in die Bretagne.«

»Fährst du nicht mit?«

»Er bringt seine Mutter nach Hause«, sagt sie, als wäre das Erklärung genug. »Wenn du hier bist, können wir etwas unternehmen, irgendwo hingehen.«

»Vielleicht in die Miró-Ausstellung.«

»Ja.« Sie steht auf. »Ich muß jetzt nach Hause. Marie-Françoise wartet sicher schon.« Sie schiebt den Vorhang zurück und späht hinaus.

»Sie ist ein entzückendes Kind.«

»Maria, sieh mal.« Beatrice ist plötzlich aufgeregt. »Du kannst ja von hier aus in unser Wohnzimmer sehen. Ich winke dir morgens beim Frühstück zu. Wir sind beinahe so nah zusammen wie damals, als ich bei dir gewohnt habe. Erinnerst du dich noch? Als ich mir das Bein gebrochen hatte.«

Ich stelle mich neben sie und blicke hinaus. »O ja.« Ich gebe meiner Stimme einen überraschten Unterton und fühle mich wie eine ertappte Betrügerin. »Ist das nicht verblüffend?«

Am nächsten Morgen stehen Beatrice und Marie-Françoise am Fenster und winken mir zu. Ich mache mein Fenster auf und winke zurück. Als ich mich wieder meinem Frühstück widme, habe ich das deutliche Gefühl, daß hier ein Rollentausch stattfindet. Diese Empfindung hält sich während der nächsten Tage. Ich fühle mich beobachtet, heimlich und leidenschaftlich, obwohl ich nicht weiß, wer der Beobachter ist. Immer häufiger ziehe ich die Vorhänge zu.

Marie-Françoise kommt nach der Schule von sich aus vorbei. Sie möchte, daß ich ihr die Wohnung zeige. Es ist ihr wichtig, und ich tue ihr den Gefallen mit dem gebührenden Ernst. Ganz offensichtlich will sie nicht gehen, bis ich sie frage, was los ist. Erst schüttelt sie den Kopf, dann zuckt sie mit den Schultern. »Maman hat schlechte Laune«, beichtet sie mir.

»Oh.«

»Sehr schlechte Laune.«

Ich lächle sie an. »Vielleicht ist sie müde. Oder es macht ihr Schwierigkeiten, daß *Mémère* noch da ist. Manchmal fällt Müttern das schwer.«

Marie-Françoise denkt darüber nach und nickt, während ich erleichtert registriere, daß auch so himmlische Wesen wie Beatrice schlechte Laune haben können.

»Das Problem ist nur, ich habe eine Zwei in meinem Diktat, und Madame Delfort sagt, daß Maman mein Schulheft unterschreiben muß«, sagt Marie-Françoise leise.

»Eine Zwei von zehn möglichen?«

»Ja.« Sie runzelt die Stirn und kämpft tapfer gegen die Tränen.

»Und warum?«

»Ich habe wohl nicht aufgepaßt.«

»Dann mußt du deiner Mutter einfach sagen, daß du geträumt hast und es das nächste Mal besser machen wirst.«

Darüber denkt sie nach. »Einverstanden.«

»Und ich glaube, du solltest jetzt besser nach Hause gehen, sonst macht sie sich bestimmt Sorgen.«

»Oh, ich habe ihr erzählt, daß ich bei Ihnen vorbeikommen würde. Darf ich nächste Woche wiederkommen? Nach den Ferien?«

»Wann immer du möchtest und ich hier bin.«

»Danke, daß ich bleiben durfte«, sagt sie mit ihrer Kleinmädchenstimme.

Ich lächle. »Danke für deinen Besuch, Marie-Françoise.«

Nachdem sie gegangen ist, sage ich mir, daß logischerweise jetzt eigentlich Nicolas kommen und mich ausforschen müßte. Gefolgt von Paul. Aber dann wird mir klar, daß diese Einschätzung mehr auf Wunsch als auf Logik fußt. Paul weiß vermutlich nicht einmal, daß ich hier wohne, und wenn doch, ist ein Besuch bei mir vermutlich das letzte, was er vorhat. Das Problem ist nur, daß ich ihn vermisse. Selbst meine Nachforschungen sind weniger verlockend, da ich nun nicht mehr mit ihm darüber diskutieren kann.

Am Samstag früh ruft Beatrice mich an. Sie klingt etwas verlegen, atemlos. »Du hast doch vorgeschlagen, daß wir in die Miró-Ausstellung gehen könnten. Ehrlich gesagt würde ich lieber einkaufen gehen. Sag einfach nein, wenn du es für Zeitverschwendung hältst. Ich brauche neue Sommerkleider, und du könntest mir beim Aussuchen helfen. Du hast so einen guten Geschmack.«

»Du hast auch einen guten Geschmack, Beatrice«, erwidere ich bescheiden. »Aber wenn du gern möchtest ...«

Wir schlendern durch die Straßen von St Germain, gehen bis zum St-Placide und dann die andere Seite wieder hinunter. Es ist nicht leicht für mich. Beatrice scheint ein Bedürfnis nach hellen Farben und grellen Mustern zu haben. Ich tue so, als wäre ich wieder in New York und müßte eine Klientin fürs Fernsehen anziehen. Ich überrede sie zu cremefarbenen, braunen Kleidern und zu klassischem Schwarz. Irgendwann frage ich mich, ob wir beide falsch liegen. Ich versuche, sie in das liebe, bescheidene Mädchen meiner Kindheit zurück zu verwandeln, während sie zu einer dramatischen Person werden will, die es mit ihrer Schwiegermutter aufnehmen kann. Schließlich einigen wir uns irgendwo in der Mitte. Zwei schlichte, gut geschnittene Kleider, aber mit einem gemusterten afrikanischen Schal und einer dicken, glänzenden Kette als zusätzlichem Effekt. Beatrice betrachtet sich, als ich ihr zeige, wie sie den Schal unterschiedlich arrangieren kann und so verschiedene Wirkungen hervorruft. Das scheint sie sehr zu freuen.

Die Tage verstreichen. Tanya besucht mich und erzählt mir, daß sie Pauls aktuellen Fall verfolgt. Sie ist sogar ins Gericht gegangen und hat ihm bei der Arbeit zugesehen. »Er ist ziemlich gut«, gibt sie mürrisch zu. »Manchmal sogar sehr gut. Aber ich glaube, daß sein Klient trotzdem verliert. Junge, Junge, er hat mir fast den Kopf abgerissen, als er mich dort gesehen hat. Meinte, ich hätte da nichts zu suchen, wenn ich es ihm nicht vorher ankündigen würde. Also habe ich ihm meine Meinung gesagt und ihm erzählt, daß er nicht mein Herr und Meister ist, nicht mal mein Boß. Und wissen Sie, was? Er hat sich entschuldigt.«

Ich wünschte, ich könnte Paul auch meine Meinung sagen. Ich weiß nur nicht genau, wie die aussieht.

Die Zeit verstreicht weiter. Ich gehe mit Patrick Morin zum Essen, gebe geistreiche Bemerkungen von mir, lasse ihn jedoch nicht über meine Schwelle. Vesna Dimic ruft an und kommt mit Jasha vorbei. Sie ist abwechselnd schüchtern und feindselig, bis ich eine Kassette mit einem Kindersprachkurs und französischen Liedern für den Jungen herauskrame und ihm Kopfhörer aufsetze. Dann vertraut sie mir an, daß es ihr am liebsten wäre, wenn er ein Musikinstrument lernen würde, Klavier oder Gitarre. Er mag Musik, und er wird sie brauchen, sagt sie. Er wird zwar in der nächsten Woche wieder am Auge operiert, aber niemand weiß, wieviel Sehkraft er wiederbekommt. Vesna Dimic sagt mir nicht, wie er sein Augenlicht verloren hat. Über den Krieg redet sie so gut wie gar nicht. Und ich dränge sie nicht. Manchmal braucht man Geheimnisse, auch vor sich selbst. Um weitermachen zu können. Das kenne ich. Statt dessen gehen wir alle Kleidung durch und alle möglichen Speisen. Diese phantastische Völlerei belustigt sie, und sie verabschiedet sich mit einem Lächeln, Jasha im Schlepptau. Zusammen mit den Bändern und dem Walkman, die ich ihr geliehen habe. Ihr Dank ist nicht gerade überschwenglich. Vermutlich bedankt man sich leichter, wenn man selbst etwas zu geben hat. Dafür kündigt sie an, daß Jasha mir das nächste Mal Cevapcici mitbringen wird, eine jugoslawische Spezialität.

Ich arbeite. Ich bringe Disketten ins Büro, hole Akten ab und gehe in Bibliotheken. Ich treffe mich mit Beatrice und Marie-Françoise, die sogar eines Tages ihren Bruder mitschleppt. Er ist so verlegen, daß er nur drei Sätze herausbringt. Aber er schenkt mir eines seiner seltenen Lächeln, als er geht.

Während ich all das tue, warte ich. Worauf genau, ist nicht klar. Vielleicht einfach nur auf eine Konfrontation mit Paul. Irgendwann kommt mir der Gedanke, daß für ihn diese Konfrontation schon vorbei ist. Dann würde ich vergeblich warten. Doch ich kann dieses Warten nicht loswerden.

Eines Abends, nach einem Besuch von Nicolas, sitze ich am Tisch im Vorderzimmer und lese. Da überkommt mich das Gefühl, beobachtet zu werden. Ich sehe hinaus und erkenne Pauls Umrisse hinter dem Fenster. Irgendwo hinter ihm brennt eine Lampe, und zum ersten Mal bin ich sicher, daß er es ist. Ich sehe einen Moment hin, und dann überkommt es mich plötzlich. Ich ziehe die Vorhänge nicht zu, sondern fange an, mich langsam auszuziehen. Ich knöpfe meine Bluse auf, ziehe mir die Hose aus, schüttele mein Haar. Ich schreite vor dem Fenster hin und her, lasse meinen Büstenhalter fallen, mein Höschen und werfe sie schamlos ans Fenster. Ich vollführe einen Striptease wie in meinem Traum, aber viel genüßlicher, viel methodischer. Und ich rede mir ein, daß ich es nur tue, weil ich das Warten so hasse.

Am nächsten Tag ruft Madame Duval an. Sie sagt mir, daß der Maître mich am Freitag gern sehen würde. Der Prozeß ist endlich vorbei. Ich sage ihr, daß mir Freitag nicht gut paßt, und bitte sie, mir beim Maître einen Termin für nächste Woche zu besorgen. Sie will zurückrufen.

Einige Minuten später klingelt das Telefon. Ich nehme triumphierend ab, weil ich sicher bin, daß es Paul ist. Aber die Stimme gehört nicht Paul, und ich brauche einen Moment, bis ich sie erkenne.

»Hallo, meine Schöne. Ich bin gerade gelandet. Hast du Zeit für ein Dinner heute abend?«

»Grant?«

Er lacht leise. »Also, vertröste alle Beaus und laß mich dich ausführen.«

Ohne Widerspruch lasse ich mich ausführen.

Wir sitzen in dem Art-Deco-Ozeanriesen, zu dem der Speisesaal des Hotels Lutetia ausgebaut ist, und reden über unser Leben. Bis auf das Grau, das allmählich den Kampf gegen das Braun in seinem Haar gewinnt, hat Grant sich kaum verändert. Er mustert mich immer noch offen über seine Brille hinweg.

»Merkwürdig, dich in deiner angestammten Umgebung zu sehen«, sagt er, nachdem ich ihn über New York ausgefragt habe. »Du wolltest nie hierher, als wir noch zusammen verreist sind.«

Ich lache. »Schillert mein Gefieder hier etwa weniger?«

»Nein, das nicht. Aber du bist ruhiger.«

»Vielleicht habe ich ja niemanden, mit dem ich Lärm machen kann.«

Er lacht. »Ich weiß nicht, ob du mir leid tun solltest oder nicht. Aber du gibst dich doch immer noch nicht den einfachen Verführungen der Verzweiflung hin, oder?«

Ich denke darüber nach. »So einfach finde ich das gar nicht«, erwidere ich schließlich.

»Nein, natürlich nicht. Das war auch ein bißchen kraß.« Er nimmt meine Hand.

»Aber ich bin aus der Grube geklettert.«

»Also ist Mr. Jiménez ordentlich begraben.«

»Und wird ehrenvoll erinnert. Das ist vielleicht genauso wichtig.«

Wir schweigen einen Moment. »Du fühlst dich hier zu Hause? Hast du daran gedacht, zurückzukommen? Nach New York, meine ich.«

Die Frage kommt plötzlich. Ich muß darüber nachdenken. Schließlich schüttele ich den Kopf, sage Grant, was ich gerade mache, und erzähle ihm von der Idee, die daraus erwachsen ist, Jura zu studieren. Ich verrate ihm nichts von Paul, aber ich muß an ihn denken. Ob meine Entscheidung eigentlich nur etwas mit ihm zu tun hat? Plötzlich ist mir ungeheuer wichtig, wie Grant auf meine Pläne reagiert.

Als ich fertig bin, pfeift er leise. Ich erwarte, daß er ironisch reagiert und meine Pläne mit einer spöttischen Bemerkung über verspätete Jugend torpediert. Aber so reagiert er nicht. »Ich nehme alles zurück«, sagt er und sieht mich ernst an. »Keine Verzweiflung. Du hast einen langen Weg hinter dir.«

Beim Kaffee fragt er mich, ob ich vielleicht gelegentlich für ihn von hier aus arbeiten würde, ein bißchen Beratung bei französischen Klienten. Wir könnten uns an einem der nächsten Tage treffen. Er würde dafür sorgen, daß ich gut bezahlt werde. Und es sollte sich nicht mit meinem Studium überschneiden.

»Willst du mir etwa damit aushelfen?« frage ich.

»War ich jemals so großzügig? Nein. Ich habe seit Monaten versucht, dich zu erwischen. Du hättest mir diese Reise ersparen können.«

»Abgemacht.« Ich lächle. »Der Zeitpunkt könnte nicht besser sein.«

Später bringt er mich nach Hause. Es kümmert ihn nicht, daß es nur fünf Minuten zu Fuß und die Straßen sicher sind. Außerdem möchte er ohnehin mein neues Heim inspizieren, sagt er. Ich protestiere nicht. Ich mag Grants beschützenden Arm um meine Schultern, und ich zeige ihm auch gern die Wohnung. Mir ist so, als würden sich meine verschiedenen Leben zusammenfügen.

»Nett«, sagt er und sieht sich um. »Sehr nett.« Er macht es sich auf dem Sofa gemütlich. »Jetzt brauchst du mir nur noch einen Drink anzubieten und mich zu bitten, zu bleiben. Dann wäre ich vollkommen glücklich. Wer schläft übrigens sonst noch hier?« fragt er mich, bevor ich eine Chance habe, ihm zu antworten.

Ich drehe ihm den Rücken zu und beschäftige mich mit den Drinks. »Niemand.«

Er wartet, bis ich mich gesetzt habe. »Gehört das zu deinem neuen Ich?« Er mustert mich.

Ich muß lachen. »Das weiß ich nicht genau.«

Wir sehen uns einen Moment an. Dann steht er auf und zieht mich aus dem Sessel. »Wollen wir probieren, ob es zwischen uns noch funktioniert, Maria?« Er küßt mich. Es ist ein zärtlicher Kuß, ein herzlicher, vertrauter Kuß. Ich denke an Paul, verdränge ihn aus meinen Gedanken und ziehe Grant dichter an mich. Plötzlich habe ich ein eigenartiges Gefühl, als würden sich Blicke in meinen Rücken bohren. Jemand beobachtet mich, davon bin ich überzeugt. Ich trete ans Fenster, ziehe die Vorhänge zu und spähe hinaus. In der Wohnung der Arnaults brennt kein Licht. Vielleicht habe ich mir das nur eingebildet.

Ich gehe mit Grant ins Bett. Ich schlafe mit ihm, um mir zu beweisen, daß ich noch eine begehrenswerte Frau bin, und um mir zu beweisen, daß ich Paul nicht mehr liebe. Aber das Bett ist meistens kein guter Platz für Beweise oder Tests, und ich falle auch prompt mit Pauken und Trompeten durch.

Am nächsten Morgen kurz nach neun klingelt das Telefon.

»Maria.«

Ich erstarre.

»Madame Duval hat mir gesagt, daß du heute nicht kommen kannst. Wirklich nicht? Wir könnten uns irgendwo anders treffen, wenn es dir leichter fällt. Ich muß einige Dinge mit dir besprechen.« Paul fragt mich nicht, wie es mir geht. Er ist formell und kühl.

»Du findest alles, was ich gemacht habe, bei Madame Duval.« Ich stehe seinem Ton in nichts nach. »Und leider habe ich keine Zeit. Ein Freund aus den Staaten ist zu Besuch.«

»Einer aus deiner Armee?« Seine Stimme verändert sich.

»Ihr General.« Ich lege auf und bebe am ganzen Körper. Einen Augenblick später klingelt es wieder, und ich schaffe es nicht, den Hörer liegen zu lassen.

»Es tut mir leid. Es fällt mir sehr schwer, Maria. Ich versuche alles, aber es fällt mir sehr schwer. Laß uns spazierengehen. Wir könnten uns vor dem Jeu de Paume treffen. Wann du willst. Jetzt.« Ich höre, wie er schluckt.

»In einer Stunde.«

»In einer Stunde.«

Er wartet bereits, als ich ankomme, und geht vor der Tür der Galerie auf und ab. Irgendwie wirkt er düster, und diese Ausstrahlung verfliegt auch nicht, als er mich sieht. Er winkt nicht, sondern bleibt einfach nur stocksteif stehen. Wir sehen uns über die Treppe hinweg an, und ich fange an zu zittern. Dann kommt er auf mich zu, packt meine Hand und drückt sie, bis sie weh tut. Wir gehen in die Tuilerien und halten uns fest an der Hand. Als ich ihn verstohlen anschaue, sehe ich, wie verschlossen sein Gesicht ist.

»Warum hast du das getan, Maria?«

»Was?« Ich befreie meine Hand und höre meine eigenen Gedanken in seiner Frage. »Mit Grant geschlafen? Deinetwegen. Um mich von dir zu befreien. Es ist so, als schlösse man eine Tür. Werfe sie ins Schloß. So wie du es gemacht hast.«

Er umklammert meinen Arm. »Und jetzt ist die Tür unwiderruflich verschlossen?« Ich sehe ihm in die Augen. Er küßt mich. Als er mich losläßt, muß ich mich hinsetzen. Ich sinke auf eine Bank und starre die monumentalen Kurven der Skulpturen in dem umzäunten Garten vor mir an. Ihre Flanken scheinen viel zu weich, zu zart zu sein, als daß sie wirklich aus Stein gehauen sein könnten.

»Das habe ich nicht gemeint, Maria.« Paul setzt sich neben mich. Seine Stimme ist leise und hart, wie der Stein. »Ich weiß, daß ich nicht dein Hüter bin. Ich habe keine Rechte. Es gibt keinen Vertrag zwischen uns. Nicht einmal ein Versprechen. Wie du so prägnant in deinen spitzen Bemerkungen zu meinem letzten Kapitel angemerkt hast. Ich meinte, warum bist du eingezogen? Gegenüber. Jetzt?

Er nimmt meine Hand und streicht mir über die Finger. Einen nach dem anderen. »Es ist wie eine langsame Folter, dich so nah zu haben. So sichtbar. Und so unerreichbar.« Er legt seine Hand auf meine.

Ich will lügen, aber das kann ich nicht. Nicht vor ihm. Und ich weiß nicht, wie ich es ihm erklären soll. »Beatrice, für Beatrice«, sage ich.

»Du meinst, sie hat dich darum gebeten? Von der Wohnung erzählt?«

Ich schüttele den Kopf. »Ich wünschte, es wäre dunkel«, sage ich leise. »Laß uns gehen.«

Er geht steif neben mir her, zuckt dann nach einem Moment mit den Schultern und legt seinen Arm um meine

Taille. Ich weiche nicht aus. Wir schlendern eine Weile im Gleichschritt dahin. Die Sonne bricht immer wieder durch die Blätter und wird dann von dem Baldachin gedämpft. In diesem Dämmerlicht erzähle ich es ihm.

»Ich bin dort eingezogen, bevor ich dich kennengelernt habe. Ich bin nur manchmal in die andere Wohnung gegangen, in diejenige, die du kennst. Deshalb konntest du mich damals dort telefonisch nicht erreichen.«

Ich warte auf seinen entsetzten, mißtrauischen Blick, auf tadelnde Worte, aber er sagt nur: »Erzähl weiter.«

»Beatrice wußte es auch nicht, bis nach deiner Party. Es war zu schwierig, es ihr zu sagen, nachdem ich es nicht sofort getan habe. Ich wurde Gefangene meines eigenen Geheimnisses.« Meine Stimme klingt sehr bitter.

»Aber warum?«

»Damals kam es mir richtig vor. Als ich nach all den Jahren Beatrice zufällig wieder begegnet bin. Beatrice war immer noch so gut, so freundlich, so ... Alles, was ich nicht war. Ich wollte ihr einfach nur nah sein. Vielleicht hoffte ich, etwas zu lernen. Über das Leben. Nach Sandro. Ich weiß es nicht. Mir kommt das jetzt selbst verrückt vor. Ich werde bald umziehen.«

Er hält mich fester. »So funktioniert das nicht, Maria. Ich kann anscheinend nicht ... Fahr mit mir weg. Über das Wochenende. Irgendein Wochenende.«

Ich bin froh, daß er mich das fragt. Ich wollte, daß er mich fragt. Aber jetzt weiß ich, daß ich es nicht kann. So sehr ich das auch bedauern werde, wenn ich allein bin. Ich kann es Beatrice nicht antun. Ich halte trotzdem seine Hand, genieße seine Nähe.

»Es macht alles nur noch schwerer.« Ich schüttele den Kopf.

»Noch schwerer kann es kaum werden.«

Wir stehen vor einem dieser kleinen Cafés, die den Garten säumen. Ich lächle ihm zögernd zu. »Kaffee?«

Er nickt, lächelt aber nicht. »Dann eine Woche. Oder zwei, im Sommer. Wir könnten ans Meer fahren. In den Midi. Oder vielleicht nach Italien.« Er sieht mich an, und in dem Sonnenlicht, das plötzlich durch die Blätter dringt, wirken seine Augen so blau, als wäre das Meer schon darin.

»Es hat nichts mit der Zeitspanne zu tun. Es geht um Beatrice. Sie vertraut mir. Und dir ja wahrscheinlich auch.«

»Wir fahren oft getrennt in Urlaub«, sagt er.

»Im Juli bin ich mit meiner Arbeit für dich fertig. Und dann verschwinde ich aus deinem Leben.«

Ich kann seine Miene nicht entschlüsseln. Es spiegeln sich zu schnell zu viele Emotionen in seinem Gesicht. Der Kellner kommt, und wir bestellen Kaffee. Ein kleines Mädchen läuft den Weg entlang. Sie geht auf Zehenspitzen und hat braune Locken. *»Glace!«* ruft sie immer wieder. »Eis!« Neben unserem Tisch stolpert sie und schreit wie am Spieß. Ich hebe sie auf und klopfe den Staub von ihrem Kleid. *»Glace?«* frage ich sie. Ihr Geschrei bricht unvermittelt ab, und ihr offener Mund lächelt, während sie nickt. *»Veux une glace!«*

»Unsere Eiscremelady«, sagt Paul. Er ruft noch einmal den Kellner. Während das kleine Mädchen sich für eine Sorte entscheidet, eilt eine junge Frau den Weg entlang. »Véronique!« ruft sie. »Was machst du da?«

»Ronique!« wiederholt das Kind fröhlich.

Die Frau sieht das Mädchen streng an, entschuldigt sich bei uns, erklärt uns, daß sie sich gerade mit einer Freundin unterhalten hat, als das Kind weggelaufen ist. Sie will sie wegziehen, aber Véronique kreischt sofort wieder los. Nur das Auftauchen der Eiscremetüte kann sie besänftigen. Dann winkt sie uns fröhlich zu und geht mit ihrer Aufpasserin davon.

»Vielleicht erreiche ich ja auch etwas, wenn ich so hartnäckig heule«, meint Paul und lacht.

»Nur bei deiner Mutter.« Das Kind hat unsere Stimmung aufgelockert.

»Bei der ganz bestimmt nicht. Ich dachte eher an dich.«

»Ich mag deine Mutter.«

»Ihr hast du auch gefallen. Sie hat während des ganzen Abendessens über deinen Vater gesprochen. Hast du eigentlich noch etwas herausgefunden?«

»Hast du mir nicht gesagt, daß ich vor Beatrice nicht darüber reden sollte?«

Seine Miene verändert sich. Er blickt zur Seite. »Beatrice ist nicht da.« Er trinkt seinen Espresso mit einem Zug aus. »Maria, ich weiß, daß ich an dem Abend gesagt habe, daß es nicht möglich ist. Zwischen uns. Aber ich will, daß es möglich ist. Ich weiß nicht, wie, aber ich will es. Und ich möchte nicht, daß du verschwindest.«

Ich kann seine Offenheit nicht ertragen und beschwöre rasch ein Bild von Beatrice herauf. »Ist das ein Hilferuf?« sage ich so locker, wie ich kann.

»In gewisser Weise.« Er sieht mich finster an. »Willst du mir weiter zuhören?«

»Das weiß ich nicht genau.«

»Liegt dir eigentlich etwas an mir, Maria?« Ich stelle mir vor, daß er diesen ausdruckslosen Ton auch seinen Klienten gegenüber benutzt. Er wirkt ungemein nüchtern. Ich will schon zickig reagieren, doch dann erinnere ich mich daran, wie es in den letzten Wochen gewesen war, wenn die Geschäftigkeit, die ich mir selbst verordnet hatte, vorbei war und ich allein zu Hause saß. Ich versuche, seinen Ton zu treffen.

»Die Antwort darauf solltest du eigentlich kennen.« Ich blicke ihm in die Augen und bereue es sofort. Sie verdrängen Beatrices Bild, und ein kleiner Teufel in mir will wissen, warum ich mich eigentlich so um Beatrice kümmere. Aber Paul selbst holt sie wieder zurück.

»Beatrice und ich schlafen nicht miteinander.« Die Worte sind leise und undeutlich. »Auch wenn das wohl nichts ändern wird.«

Mir ist nicht bewußt, daß ich ihm glaube. Ich denke an die Szene in dem Dachbodenzimmer, die ich zufällig beobachtet habe. Männer sagen immer solche Dinge zu ihren Geliebten, damit sie ihnen leid tun sollen und sofort und dankbar ihre Bedürfnisse erfüllen. »Du und ich schlafen auch nicht zusammen«, sage ich und lache. »Die arme Beatrice. Ich wünschte, du hättest es mir nicht erzählt. Du mußt sie Tausende Male betrogen haben. Eine ganze Brigade von Frauen, die im Keller lauert.«

»Eine Armee. Unterschätze mich nicht.« Aber seine Ironie mißlingt. Er häuft das Wechselgeld auf den Tisch und steht auf. Während er das tut, erinnere ich mich an diese Worte, nur daß sie das letzte Mal andersherum benutzt worden sind. Ich bin damals wütend weggelaufen und weiß, daß er jetzt dasselbe tun wird.

»Heute hat es keinen Zweck.« Er sieht mich kurz an. »Genieße dein Wochenende mit Grant. Wir sehen uns im Büro. Montag um drei, richtig?« Er dreht sich um und geht, ohne auf meine Antwort zu warten.

Ich sehe ihm nach, wie er raschen Schrittes den Weg zwischen den Bäumen entlang geht. Er biegt um die Ecke und verschwindet. Etwas stimmt nicht mit meinem Magen. Vielleicht ist es Trostlosigkeit. Da laufe ich los, hinter ihm her, aber als ich um die Ecke biege, ist er nirgendwo mehr zu sehen. Der Park ist voller Spaziergänger, die ihre Mittagspause nutzen, und ich kann ihn nicht entdecken. Ich muß heulen und werde langsamer. Es funktioniert heute nicht, und es wird nie zwischen uns funktionieren. Und heute funktioniert es nicht, weil es kein Morgen gibt. Kein echtes Morgen. Nur gestohlene Zeit, heimliche Wochenenden. Ich habe nie zuvor an das Morgen gedacht. Sandros Vermächtnis. Es ist nicht gut mit Paul, weil Beatrice über uns und all diese Morgen schwebt. Beatrice, mit der er angeblich nicht schläft.

Und wenn er nicht mit der Wahrheit jongliert, denke ich, sondern mir eine Intimität anvertraut hat, auf die ich mit atemberaubender Oberflächlichkeit reagiere? Ich könnte Beatrice fragen. Sie würde es mir erzählen. Der Gedanke schießt mir durch den Kopf, und ich verachte mich selbst. Trotz aller albernen Bemühungen bin ich offensichtlich der Erlösung ferner denn je. Meine einzige Fähigkeit ist Selbstmitleid.

Ich bin blindlings weitergegangen, so daß ich nun erst bemerke, daß ich den Pont de la Concorde überquere. Also haben meine Füße entschieden, daß ich Paul nicht ins Büro folge und mich entschuldige. Ich bleibe stehen und blicke über den Fluß, folge dem eleganten Schwung der Seine, mit dem sie sich um die Ile de la Cité windet. Ich sehe die Kuppel des Justizpalastes, die Zwillingstürme von Notre Dame. Ich warte auf die Freude, die dieser Anblick immer in mir auslöst, aber sie stellt sich nicht ein. Nicht heute.

Als ich mich abwende, sehe ich ihn. Ich weiß nicht, wie lange er schon dort gestanden hat, aber er ist da, lehnt sich an das Geländer und blickt den Fluß entlang, wie ich es eben auch getan habe. Er ist vollkommen in seine Gedanken versunken und bemerkt mich erst, als ich neben ihm stehe und seine Hand berühre.

»Maria! Ich bin so froh!« Seine Melancholie ist wie weggeblasen. Er nimmt meine Hand sacht in seine. »Ich habe einen Wunsch gedacht, und schon bist du da.« Er sieht mich sehnsüchtig an. »Wollen wir trotzdem zusammen essen?«

Ich nicke.

»Kannst du deine früheren Verabredungen verschieben?«

»Es waren nur Ausflüchte.«

Er drückt meine Hand und läßt mich dann los. »Linkes oder rechtes Ufer?«

»Linkes.«

Wir gehen nebeneinanderher. Er berührt mich nicht, und wir schweigen, bis wir den Fluß überquert haben und auf dem Boulevard sind. »Ich habe den Fall verloren«, sagt er. »Das hat meine Laune auch nicht gerade gehoben. Ich weiß nur nicht, ob ich ihn sowieso verloren hätte oder ob ich gescheitert bin, weil ich nicht aufmerksam genug war. Es tut mir leid, wenn ich vorhin so barsch war.«

»Soweit ich weiß, hat Tanya den Fall schon vor Tagen abgeschrieben.«

»Wie schön, daß man im Büro über mich tratscht. Hat sie dir auch verraten, daß ich sie angeblafft habe?«

»Das hat sie.«

Ich fühle, wie er mich ansieht. Und ich trete auf den Zebrastreifen, ohne auf den Verkehr zu achten. Er packt mich fest an der Schulter und zieht mich hastig zurück. »Das hier ist nicht London, weißt du!«

Ich lache. Ob es die Erwähnung von London ist oder sein Körper an meinem weiß ich nicht, jedenfalls sage ich hastig, bevor ich es mir anders überlegen kann: »Ich hab da diese kleine Wohnung in der Rue d'Oudinot. Es ist dort sehr ruhig, und wir können ungestört reden. Wir müssen nur unser Essen mitbringen.«

Ich glaube, er versteht mich nicht sofort, und als er dann kapiert, sieht er mich aufmerksam an. Dann geht alles sehr schnell. Wir kaufen rasch einige Dinge in einem Traiteur in irgendeiner kleinen Straße und fahren die kurze Strecke mit dem Taxi. Ich nehme nur die Nähe unserer Körper wahr, seine Hand auf meinem Knie und mein Höschen, das immer feuchter wird. Dann stehen wir vor dem Bild meiner wandernden Frau mit den Sandalen an den Füßen, und ich gestehe ihr, daß mich meine Füße aufs Geratewohl zu ihr zurückgebracht haben und ich nicht mehr über das Morgen nachdenken will. Ich mag mein Ich, das über das Morgen nachdenkt genauso wenig wie das Ich, das es nicht tut. Dann steht er hinter mir und nimmt mich in die Arme. Ich drehe mich in ihnen herum und sage: »Noch einmal.« Aber er unterbricht mich mit seinen Lippen, und darüber bin ich froh. Ich habe es satt, daß meine Gedanken in meinem Kopf ständig um sich selbst kreisen, wie Motten, die in einem kleinen

Raum eingesperrt sind, und das Licht sich auf der anderen Seite des Glases befindet. Ich verliere mich in dem Licht.

Es ist so lange her, daß ich vergessen habe, wie gut wir zusammenpassen, wie wunderbar seine Haut ist. Irgendwann, ich glaube, ich sitze auf ihm, weil seine Augen unter mir sehr blau sind, irgendwann flüstere ich: »Vergiß nicht, ganz gleich, was morgen passiert, heute liebe ich dich.« Vielleicht habe ich mir auch nur vorgestellt, daß ich es sage und er es zu mir sagt.

Später sind wir albern, wie die Kinder. Er füttert mich mit Eiskrem direkt aus der Schachtel. Er nennt mich *Notre Dame des Glaces*, und wir suchen Musik im Radio. Dann lieben wir uns langsam, unendlich langsam, als gehörte uns alle Zeit der Welt.

Noch später ziehen wir uns an. Ich komme zu spät zu meiner Verabredung mit Grant, und Paul muß längst nach Hause. Wir sind beide traurig und sitzen an dem niedrigen Tisch, an dem wir einst ein Gedicht zusammen gelesen haben und er mein Leben wieder zusammengesetzt hat. Wir trinken Kaffee. »Es stimmt, was ich dir vorher erzählt habe, Maria«, sagt er. »Ganz gleich, was du über mich und Beatrice denkst.« Er sieht mich eindringlich an, bannt mich mit seinem Blick und läßt mich nicht wegsehen. »Wir nehmen ihr nichts weg, wenn wir zusammen sind.«

»Das kannst du nicht wissen.«

Er zuckt mit den Schultern. »Ich werde versuchen, es dir zu erklären. Eines Tages. Bald. Wenn wir viel Zeit haben. Wir werden viel Zeit haben.«

Ich weiß nicht, ob ich das wissen will. Das Gefühl, jemanden zu betrügen, brennt in meinem Magen.

»Vielleicht solltest du mir das nicht sagen. Oder vielleicht sollte ich Beatrice nicht mehr treffen.«

»Nein.« Er schreit es fast.

Ich starre ihn an, und er sieht zur Seite.

»Sie wäre unglücklich, wenn sie dich verlöre«, sagt er leise.

»Unglücklicher als du?«

Er sagt nichts, sondern fährt sich mit der Hand durchs Haar. »Anders unglücklich«, sagt er dann und versucht zu lächeln, aber das klappt nicht ganz. »Du mußt es einfach mit uns beiden aushalten.«

Ich schüttele nicht den Kopf, aber ich habe so ein merkwürdiges Gefühl, das mir den Rücken hinaufläuft. Ich weiß, daß dies nicht geht.

Er will mich unbedingt bis zu meiner Haustür begleiten, sagt, daß er auch mit hinaufkommt, schließlich arbeiten wir zusammen, kein Problem. Aber ich fühle mich wie eine Diebin, die um Ecken schleicht, habe das Gefühl, daß Türkodes zu gut für mich sind. »Maria.« Er geht mit mir in das Haus und läßt die Tür hinter sich zufallen. »Danke.« Er nimmt meine Hand, läßt sie nicht los. Ich küsse ihn schnell auf die Wange. Er räuspert sich. »Wenn ... heute nacht ... Wenn ... Bitte, zieh die Vorhänge zu«, beendet er den Satz barsch.

Ein Schmerz durchzuckt mich, als ich begreife, was er meint. »Hältst du wirklich so wenig von mir?« Ich bin wütend. »Wirklich?«

Er starrt mich eindringlich an. »Es geht nicht darum, was ich von dir halte, Maria. Es ist nur so, daß ich leider keine Rechte habe.«

»Und du denkst, es geht hier um Rechte? Du glaubst, wenn du ein förmliches Recht hättest, durch einen Ehevertrag, ein Stück Papier, würde es anders sein?« Ich bin so wütend, daß meine Stimme plötzlich ansteigt.

»Nein, natürlich nicht«, entgegnet er verlegen. »Versteh das bitte nicht falsch. Es ist einfach so, daß ich bei dir sein möchte.«

Ich sehe ihn an, wenig überzeugt. Er nimmt meine Hand und hält sie wieder fest. »Verstehst du das nicht, Maria? Ich versuche nur, Gefühle in die Anwaltssprache zu übersetzen. Das paßt nicht gut zusammen. Eine schlechte Ko-Existenz.« Er hebt ironisch die Augenbrauen. »Ich will dir einfach nur klarmachen, daß ich eifersüchtig bin. Das ist alles. Und mit diesem Gefühl bin ich nicht sonderlich vertraut.« Er schneidet eine Grimasse.

Ich mag diese Ironie, es gefällt mir, daß er über Eifersucht spotten kann. Er ist so anders als Sandro. Ich lächle. »Also wenn du das nächste Mal einen Verbrecher aus Leidenschaft verteidigst, kannst du das mit etwas mehr Überzeugung tun. Du hast das Motiv selbst erlebt.«

Er lächelt auch. »Solange ich die Verteidigung übernehmen kann und nicht selbst der Angeklagte bin.«

Wir umarmen uns kurz, und dann verschwindet er.

Nun erst öffne ich meinen Briefkasten und halte den Brief mit dem Stempel der vietnamesischen Botschaft in der Hand.

30. Kapitel

Ich sitze in einer Nische in einem vietnamesischen Restaurant in der Nähe der Avenue du Maine. Papierlaternen hängen an der Decke. Die Spiegel sind alt und werfen ein welliges Spiegelbild. Die Kellnerin geht und redet so leise, daß eine andächtige Stille in der Luft liegt. Sie redet aber nicht mit mir, sondern lächelt schüchtern und spricht mit dem Mann, dem ich gegenüber sitze und der unser Essen bestellt. Für einen Vietnamesen ist er groß und trägt einen groben, blauen Baumwollanzug. So hat er sich auch am Telefon beschrieben, als wir uns verabredet haben. Ich habe ihm gesagt, daß ich auch ziemlich groß wäre und kupferrotes Haar hätte. Er lachte. »Sie können sonst nach meinem Namen fragen«, sagte er. »Pham Ngog Thuan.« Ich wiederhole ihn schwerfällig, aber sein Französisch ist weit besser als meine vietnamesische Aussprache dieses Namens.

Dann frage ich ihn verwirrt, ob ich ihn Monsieur Pham oder Monsieur Thuan nennen soll.

Er lächelt. Es ist ein nettes Lächeln, ein bißchen traurig vielleicht, denn es erreicht seine Augen nicht. Er hat etwas Katzenartiges, eine flinke Grazie, und er bewegt rasch seine Hände. Sie sind klein, beinahe zierlich für seine breiten Schultern.

»Warum nennen Sie mich nicht bei meinem französischen Namen?« fragt er. »Pierre.«

»Das schaffe ich. Nennen Sie mich bitte Maria.«

»Maria. Maria Regnier. Dr. Guy Regniers Tochter.« Er wirkt nachdenklich. »Er hatte ein Foto von Ihnen in seinem Büro. Darauf waren Sie noch ein kleines Mädchen. Ich hätte Sie niemals erkannt.«

Daß mein Vater mich vor Augen hatte, ganz gleich, wie groß ich gewesen sein mag, ist merkwürdig. Ich habe also für ihn existiert. »Sie haben mit ihm gearbeitet?«

Pierre schüttelt den Kopf. »Dieses Privileg hatte ich nicht.«

»Erzählen Sie mir von ihm.«

»Vermutlich wissen Sie bereits vieles von dem, was ich Ihnen erzählen kann.«

»Ich weiß gar nichts.« Meine Worte klingen wie ein Aufschrei, deshalb reiße ich mich zusammen. »Meine Mutter hat nicht viel von ihm gesprochen. Was nicht heißt, daß sie ihn aufgegeben hätte«, verteidige ich sie schnell. »Aber sie hat nichts erzählt. Was ich über ihn weiß, reicht nicht einmal für einen Nachruf. Und ich würde gern so ziemlich alles wissen. Hat er viel gelächelt? Neigte er zum Jähzorn? Welche Blumen mochte er? Hat er nach meiner Mutter eine andere Frau gefunden?« Ich hebe die Stimme. »Ich möchte ihn mir als Mann vorstellen können.«

Pierre sieht mich ernst an. Mittlerweile stehen kleine Schüsseln mit Klößen, Frühlingsrollen und winzigen Krebsen auf dem Tisch. Er fordert mich höflich auf, zu essen, füllt mir den Teller und kaut bedächtig.

Nach einem Moment sagt er: »Vielleicht ist es am einfachsten, wenn ich Ihnen eine Geschichte erzähle.«

»Bitte. Wie Sie wollen.«

Er nickt. »Guy Regnier war im Hôpital Grall tätig, dem großen französischen Krankenhaus in Saigon. Meistens arbeitete er in der Chirurgie. Er war auf Verbrennungen spezialisiert, auf Hauttransplantationen. Das Krankenhaus hat zum größten Teil Franzosen versorgt, aber vor allem nach 1954 auch wohlhabende Vietnamesen. Nur keine Amerikaner, die hatten ihr eigenes Krankenhaus.« Er sieht mich forschend an. »Kennen Sie die neuere Geschichte Vietnams?«

»Sehr wenig.«

Pierre lächelt wieder, ohne seine Augen daran teilhaben zu lassen. »Sie wissen aber, daß der Krieg gegen die Amerikaner hauptsächlich auf dem Land stattgefunden hat, nicht in Saigon. Obwohl es in der Stadt auch blutig genug war. Guy Regnier war kein besonders politischer Mensch, eher ein Humanist. Aber er wußte, daß die Regierung in Saigon brutal und korrupt war, und seine Sympathien während des Krieges gegen die Amerikaner gehörten dem Vietcong. Weil er eine tiefe Loyalität zu dem vietnamesischen Volk empfand, unter dem er aufgewachsen war.«

Er macht eine Pause, als wollte er mir Gelegenheit geben, zu fragen oder zu protestieren. »Reden Sie weiter«, dränge ich ihn.

»Nun, eines Tages, es muß etwa 1967 gewesen sein, nahm ihn einer der reichen vietnamesischen Patienten beiseite. Er war ein regelmäßiger Patient und fragte ihn, ob er vielleicht eine kleine Nachttour aufs Land machen würde. Mit seinem schwarzen Köfferchen und den ganzen Tricks, die er bei Verbrennungen auf Lager hatte. Es war zwar nicht sehr weit, aber alles andere als sicher. Er mußte zu seiner eigenen Sicherheit eine Augenbinde tragen. Die Vietcong trauten keinen Europäern, und falls etwas schiefginge und er bei seiner Rückkehr verhört werden würde, konnte er ganz ehrlich sagen, daß er nichts gesehen hatte. Der Reiche wollte ihn einen Teil des Weges begleiten.

Also ist Guy Regnier mit seiner schwarzen Binde vor den Augen in die Nacht hinaus marschiert und in einem kleinen Dorf gelandet, in dem einige junge Männer unter schweren Verbrennungen litten. Es waren eigentlich noch Jungen, aber sie mußten trotzdem hochrangige Guerilleros sein, sonst hätte man nicht nach ihm geschickt. Er half ihnen. Einigen rettete er sogar das Leben. Später auch anderen. Denn er ging wieder dorthin und wurde auch zu anderen Stellen gerufen. Er ging, versuchte, sich kleiner zu machen, und schor sich das Haar kurz, damit nicht so deutlich wurde, wer er war.«

Ich stochere lustlos in meinem Essen herum. »Danke, daß Sie mir diese Geschichte erzählt haben«, sage ich, als das Schweigen zwischen uns zu schwer wird.

Pierre nickt. »Ich war einer dieser Jungen. Also stehe ich bei Guy Regnier in einer besonderen Schuld.«

Ich starre ihn an. Ich möchte ihn berühren, an ihm riechen, herausfinden, ob ich den Duft meines Vaters wahrnehmen kann. »Sie sehen gut aus«, sage ich vollkommen töricht.

Er verzieht die Lippen. »Es ist schon lange her. Aber ich glaube, einige Stellen an meinem Körper möchten Sie trotzdem nicht sehen.« Er blinzelt mir zu. Blinzelt er mir zu? Sein Gesicht ist so schnell wieder ernst, daß ich nicht weiß, ob ich es mir eingebildet habe.

»Sie kannten ihn, bevor er aufs Land ging«, sage ich. »Weil Sie mein Bild in seinem Büro gesehen haben.«

Er nickt. »Jetzt erzählen Sie mir von sich und von Françoise Regnier. Eine Geschichte gegen die andere.«

»Das ist längst nicht so dramatisch«, erwidere ich leise und berichte ihm kurz von meiner Mutter. Vielleicht betone ich ihre guten Taten etwas zu stark oder die Zahl der Anti-Vietnamkrieg-Komitees, in denen sie saß, denn er betrachtet mich merkwürdig.

»Sie hat niemals wieder geheiratet?«

Ich schüttele den Kopf, erzähle ihm von ihrem überraschenden Tod, von meinem Leben in Amerika, meiner Rückkehr hierher. Es gibt nicht viel zu erzählen. Der Frieden gebiert weniger Geschichten als der Krieg.

Wir sind mittlerweile beim Kaffee angelangt, aber ich will nicht, daß Pierre geht. Ich will mehr über diesen Guy Regnier hören, der durch seine Worte Fleisch und Blut annimmt. Ich räuspere mich und schaffe es, die entscheidende Frage zu wiederholen, die Pierre bisher nicht beantwortet hat.

»Wissen Sie, ob mein Vater wieder geheiratet hat? Und vielleicht auch mehr Kinder bekommen hat?«

Er trinkt seinen Kaffee und sieht mich nicht direkt an. »Das glaube ich nicht«, sagt er schließlich.

Vielleicht liegt es daran, daß er sich soviel Zeit für seine Antwort gelassen hat, aber ich wittere, daß er nur höflich ist und keineswegs die Wahrheit sagt. Möglicherweise will er meine Gefühle nicht verletzen. Immerhin sind wir Fremde. Ich lasse seine Bemerkung durchgehen. Ich spiele mit meiner Serviette. Die nächsten Worte bringe ich kaum heraus, aber ich stelle die Frage trotzdem. »Und wissen Sie auch, wie er ums Leben gekommen ist?«

Zum ersten Mal sehe ich so etwas wie eine Gefühlsregung auf Pierres Gesicht.

»Sie wissen es.«

»Nicht ganz genau.« Er schüttelt den Kopf. »Ich weiß nur, daß es auf einer dieser heimlichen nächtlichen Ausfahrten ins Landesinnere passierte. Ich vermute, daß sein Führer nicht rechtzeitig gekommen ist, um ihn in die Stadt zurückzubringen. Dann war es zu spät.« Er hält inne. »Bomben. Man kann wohl sagen, daß seine Tapferkeit ihn umgebracht hat.«

Das Schweigen zwischen uns dauert an. Die Kellnerin wartet. Aber ich will ihn immer noch nicht gehen lassen. Irgendwie kommt es mir vor, als trage er meinen Vater in sich. Schüchtern frage ich ihn, ob er mit zu mir kommen mag oder vielleicht noch in ein Café mit mir geht.

»Maria, hat Ihre Mutter Ihnen jemals erzählt, daß Guy Regnier noch ein Kind hatte?« fragt er mich unterwegs unvermittelt.

Ich bleibe wie angewurzelt stehen. »Noch ein Kind?« wiederhole ich und schüttele den Kopf. »Nach mir? Aber sie sagten doch …«

»Vor Ihnen.«

»Vor mir.« Die Scheinwerfer der vorüberfahrenden Autos sind viel zu hell. Sie blenden mich. Ich möchte in einer ruhigen Ecke verschwinden, darüber nachdenken. Ein anderes Kind, vor mir. Eine andere Frau vor meiner Mutter. Das fehlende Glied, das ich immer geahnt und gesucht habe. »War das auch ein Grund für seine Rückkehr nach Vietnam?« will ich schließlich wissen.

»Ja.«

Ich bin völlig in meine Gedanken versunken. Warum hat meine Mutter mir nie etwas davon erzählt? Ich schiebe es auf ihren Puritanismus. Der Gedanke, daß mein Vater mit einer anderen Frau zusammengewesen war, hätte ihr nicht gefallen, nicht einmal, wenn es vor ihr gewesen ist. Vielleicht eine Prostituierte. Ich denke an Statistiken, die ich gelesen habe. Vielleicht war sie auch einfach nur eifersüchtig, weil sie wußte, daß mein Vater sie nicht nur aus idealistischen Gründen, wegen seiner Arbeit verlassen hatte, sondern zur Mutter seines ersten Kindes zurückging. Schließlich kapiere ich endlich, daß dieses Kind meine Schwester oder mein Bruder ist. Es dauert, als wäre dazu eine Menge Kopfrechnen erforderlich. Diese Tatsache macht mich merkwürdig glücklich. Meine Welt scheint größer geworden zu sein.

»Kennen Sie diese Person?« frage ich.

Pierre antwortet nicht sofort. Vermutlich wägt er seine Antwort sehr sorgfältig ab. Vielleicht ist es ja jemand, den er nicht kennen darf oder will. Er arbeitet immerhin für die Botschaft. Es gibt sicher vieles, über das er mit Fremden nicht reden darf. Vietnam hat sich gerade erst dem Westen gegenüber etwas geöffnet. Dann wiederum kommt mir der Gedanke, daß dieses neue Geschwisterkind vielleicht schon tot ist und er mir das nicht sagen will.

Wir sind in meine Straße eingebogen, und ich frage ihn stockend: »Ist es ein Bruder oder eine Schwester?«

Sein Lachen klingt in der stillen Straße merkwürdig. Dann sagt er so leise, daß ich ihn am liebsten bitten würde, es zu wiederholen: »Ich bin diese Person.«

Wir starren einander an. Wir stehen vor meiner Haustür und starren uns an. »Sie sind mein Bruder?« Ich wiederhole es zweimal und lausche dem Klang nach. »Mein Bruder.« Ich lächle ihn schüchtern an. »Willkommen in meinem Haus ... Bruder.« Ich tippe die Tür auf, gehe zum Aufzug, ohne Pierre aus den Augen zu lassen, und wünsche, ich könnte anhand seiner Blicke seine Gedanken lesen.

»Danke, Schwester«, erwidert er, als ich ihn hereinbitte. »Als ich dich das letzte Mal gesehen habe, warst du ein nerviges kleines Geschöpf, das immer an meiner Hose zerrte und ›Gib mir!‹ schrie. Aber du ähnelst Guy so sehr, daß dies Beweis genug ist. Schwester.«

Ich lache. Ich lache noch, als ich eine der Champagnerflaschen öffne, die Grant mir zur Feier unserer neuen Geschäftsbeziehungen mitgebracht hat. Ich lache, als ich uns die Gläser vollschenke und wir auf uns trinken. Ich lache, während ich ihn beobachte und er mich nun auch offener mustert. Anschließend unterhalten wir uns. Wir sitzen nebeneinander auf dem weißen Sofa und reden bis zum Morgengrauen.

Jetzt erfahre ich viel mehr. Zum Beispiel, daß Pierre mit unserem Vater Ende 1952 nach Frankreich gekommen ist. Damals war er zwei Jahre alt. Seine Mutter, Guys Frau, ist kurz nach seiner Geburt gestorben. Es war damals kein besonders günstiger Zeitpunkt, Franzose in Vietnam zu sein. Der Krieg gegen die Kolonialisten war im vollen Gang. Darüber hinaus erinnerte alles in Saigon Guy an seine Frau, die er anscheinend sehr innig, aber leider viel zu kurz hatte lieben können. Er wollte Pierre nicht bei dessen Großeltern zurücklassen. Sein Großvater hatte Guy jedoch das Versprechen abgenommen, daß er den Jungen nicht zu einem hundertprozentigen Franzosen erziehen würde. Der Krieg würde eines Tages enden, und dann mußte er ihn wieder in sein Land zurückbringen. Als Guy das tat, war Pierre zwölf Jahre alt.

In der Zwischenzeit gab es meine Mutter und mich.

Pierre erinnert sich an meine Mutter. Er weiß noch, daß sie sehr gut zu ihm war, sehr korrekt und manchmal auch sehr streng. Und er erinnert sich daran, daß Guy sich nach meiner Geburt fragte, ob Pierre sich vielleicht ausgeschlossen fühlte. Natürlich fühlte er sich ein wenig so. Die eigentlichen Probleme gab es in der Schule. Er kam zu oft mit einer blutigen Nase nach Hause, und jedesmal machte sich Guy mehr Sorgen. Er und Françoise fingen an, sich zu streiten. Guy wollte uns alle mit nach Vietnam nehmen. Er war dort geboren worden. Und er wurde dort weit mehr gebraucht als in Paris. Françoise konnte unterrichten. Lehrer brauchten sie an allen Ecken und Enden. Außerdem waren da ja noch Pierre und seine blutige Nase. Frankreich war ein rassistisches Land.

Françoise erwiderte, daß sie nicht in ein Land gehen würde, in dem die Form ihrer Augen als ein Zeichen für ihre politische Stellung gewertet werde. Sie wollte nicht mit Kolonialisten identifiziert werden, weder mit heutigen noch früheren. Guy antwortete dann, daß die Tage des französischen Empires zu Ende wären und sie an Pierre denken müßte, der in Vietnam besser leben könnte. Sie dagegen wollte, daß er an mich denken müßte und daran, wie schwierig das alles für mich wäre. Und wie gefährlich. Die Streitereien gingen unaufhörlich weiter, bis zu dem Tag, an dem er uns verließ.

›Deine Stiefmutter ist sehr dickköpfig‹, erklärte Guy Pierre am nächsten Tag. ›Beinahe so dickköpfig wie ich. Aber sie wird schon nachgeben.‹

»Das hat er wohl jahrelang geglaubt«, resümierte Pierre. »Er dachte immer, daß ihr beide irgendwann aus dem nächsten Flieger aus Paris steigen würdet.«

Ich dachte an meine Mutter und war froh, daß sie nicht auf die einfache Art und Weise betrogen wurde, die mein eigenes schlechtes Gewissen mir eingeflüstert hatte.

»Dann hat die Geschichte die Kontrolle übernommen«, fuhr Pierre fort.

Er füllt meine Lücken in dieser Geschichte. Die Schuldgefühle peinigen ihn immer noch, denn irgendwie hält er sich für den Tod meines Vaters für mitverantwortlich. Auch wenn ihm klar ist, daß es nicht anders hätte kommen können. Als der zwölfjährige Pierre in Vietnam ankam, war es für ihn zunächst nicht einfacher als in Paris. Er sprach nicht viel vietnamesisch, und trotz der Form seiner Augen war er mehr Franzose als alles andere. Allmählich fand er sich zurecht, doch je mehr er über sein Land erfuhr, desto weniger wollte er in die südvietnamesische Armee eintreten, was ihm jedoch bevorstand. Also floh er mit siebzehn ins Landesinnere und trat dem Vietcong bei.

»Meinetwegen wollte er niemals nach Frankreich zurück«, sagt Pierre leise. »Er wollte mich nicht allein in Vietnam lassen. Jedesmal wenn er von einem neuen Bombardement las, dachte er an mich. Er sah mich in jedem verletzten Kind und war bereit, mich zu retten. Das tat er auch mehr als einmal. Ich habe ihn besucht, wenn ich konnte, heimlich natürlich, und ihm geraten, nach Hause zu gehen. Er hat mich ernst angesehen und mir gesagt, daß er hier zu Hause ist. Heimat, sagte er, ist ein Ort, den man sich verdient. Er war ein guter Mensch.«

»Ông bâc si tôt lám.« Ich wiederhole die Worte, die ich gelernt habe, und Pierre sieht mich erstaunt an. »Monsieur Tran hat sie mir beigebracht.« Ich lächle. »Der gute Doktor.«

»Ja.«

Wir sitzen da, reden und schweigen abwechselnd. Irgendwann sage ich: »Also warst du dieses ›P‹ in seinen Briefen. Ich dachte, daß ›P‹ eine Geliebte sein könnte.« Ich lachte. »Und dann bist du in den Briefen nicht mehr vorgekommen.«

»Ich habe ihn gebeten, nichts mehr über mich zu schreiben. Diese Briefe könnten von den falschen Menschen gelesen werden und entsprechende Vergeltungsmaßnahmen nach sich ziehen.«

Danach erzähle ich ihm von Françoise, daß sie schwanger war, als er weggegangen ist.

»Das ist traurig«, sagt er. »Sehr traurig. Ich kann mir nicht vorstellen, daß Guy das wußte.«

Ich lächle. »Sie war eine dickköpfige Frau.«

»Wir sind vermutlich alle dickköpfig«, sagt er. Er sieht mich an und steht auf. »Ich muß jetzt wirklich gehen. Die Arbeit wartet morgen früh. Wir treffen uns bald wieder. Schwester.« Er beugt sich unvermittelt vor und küßt mich auf die Stirn. Etwas an dieser Geste berührt mich merkwürdig, und dann fällt es mir ein: Es fühlt sich wie eine Wiederholung an. Wenn ich mich ganz ruhig hinsetze und ganz klein mache, kann ich mich fast daran erinnern. Ein Kuß von einem großen Bruder für seine kleine Schwester.

Ich stelle mich hin und bin so groß wie er. »Sehr bald. Samstag, wenn du willst. Ich koche.«

Er lächelt.

Pierre. Ich liege im Bett und wiederhole das Wort »Bruder«. Zögernd sage ich dann das Wort »Vater« und denke an Pierres Vater und an den, der von den Worten, dem Schweigen und den Gesten meiner Mutter heraufbeschworen wurde. Ich habe wohl einen großen Teil meines Lebens nach männlichen Geschichten gesucht, um diese Lücken in meiner eigenen Geschichte zu füllen.

Ich denke an meine Mutter und meinen Vater und diese

kurze und zerbrechliche kleine Einheit unserer Familie, an ihr Zerbrechen und daß es sich manchmal anfühlt, als wären die Stücke jetzt wieder an Ort und Stelle. Wie eine wunderschöne Porzellanschüssel im asiatischen Design, die im Westen kopiert wurde, zerbrochen ist und wieder zusammengesetzt wurde. Die Risse sind noch zu sehen, aber sie ist wieder ganz. Und ich bin nicht mehr wütend darüber, daß sie zerbrochen ist. Weder auf Françoise noch auf Guy. Dinge gehen kaputt. Man kann es nicht immer verhindern. Es geht dabei nicht um Schuld.

31. Kapitel

Warum ich Freitagmorgen nicht ins Büro stürme, mich Paul an den Hals werfe und froh verkünde, daß er meinen Bruder gefunden hat, liegt an dem, was Mittwoch mit Beatrice passiert ist. Es ist schon schwer genug, ihr nach allem, was er mir erzählt hat, gegenüberzutreten, aber noch schwieriger ist es, ihn mit dem Wissen zu konfrontieren, das sie mir anvertraut hat. Wie ein übergroßer Federball werde ich zwischen den beiden hin- und hergeschlagen, gefangen in einem verzweifelten Spiel, das niemand absichtlich spielt. Dieses Spiel muß sehr bald aufhören.

Mittwoch haben Beatrice und ich wie üblich in der Schule im Dreizehnten Arrondissement unterrichtet. Nach der Stunde kam Vesna zu mir. Sie trug das Kleid, das ich ihr geschenkt hatte, und ich sagte ihr, wie gut es ihr steht. Sie sagte *Merci* auf ihre knappe Art und erklärte dann, daß sie und Jasha weder am Wochenende zu mir noch nächste Woche zum Unterricht kommen würden. Jasha würde operiert. Ich küßte sie auf die Wange, die sie mir steif hinhielt, und wünschte den beiden Glück. Jasha versprach ich, daß ich eine besondere Überraschung für ihn hätte, wenn er das Krankenhaus überstanden hatte.

Beatrice sah die ganze Zeit zu, und als ich mich schließlich zu ihr herumdrehte, sah ich zum ersten Mal eine wirklich finstere Miene an ihr.

»Du solltest nicht zu freundlich zu ihnen sein«, meinte sie.

»Warum denn nicht?«

»Sie werden es dir nicht danken.«

Ich tat es mit einem Achselzucken und der Bemerkung ab, es störe mich nicht, sagte ihr, daß ich Vesna mochte und sie für mich eine Art Antigone wäre, die ihren blinden Sohn aus der Stadt führte. Es war der einzige Weg zu überleben. Was ich Beatrice nicht sagte, war, daß ich mich ein wenig wie Vesna fühlte. Wir hatten beide zuviel vom Leben gesehen, obwohl sie tausendmal Schlimmeres miterlebt hatte und ihr Panzer entsprechend dicker war, sein mußte.

Vesnas Mangel an Dankbarkeit störte mich nicht. Ich kannte das von ihr. Als ich ihr das Kleid schenkte, wollte ich wissen, ob sie gehört hatte, daß während des Winters die französischen Frauen aufgerufen worden waren, sich zusammenzutun. Sie sollten ihren bosnischen Schwestern Dinge schicken, die ihren Lebensmut heben würden. Parfum, schöne Unterwäsche. Sie lachte schallend. Das gefiel ihr. »Sie können uns alles schicken, außer Waffen und Männer, die sie benutzen.« Als ich Beatrice von diesem »Ruf nach Dessous« erzählte, war sie entsetzt. »Sie brauchen Medizin. Und warme Schuhe.«

Ich fürchte, daß ich trotz all meiner Bemühungen immer noch nicht so bin wie Beatrice.

Jedenfalls haben am Mittwoch Beatrice meine Bemerkungen über Vesna keineswegs zufriedengestellt, sondern sie hat die Diskussion fortgesetzt. Und sie hat mich auch gefragt, ob ich noch eine zweite Klasse in einer anderen Schule übernehmen wollte, als wollte sie mir ihren Ärger heimzahlen. Ich stimmte zu, sagte ihr jedoch, daß ich im

Herbst vielleicht nicht so flexibel über meine Zeit verfügen könne.

Anschließend kam sie mit mir auf einen Drink nach Hause, und ihre Stimmung schlug sichtlich um. Sobald wir in der Wohnung waren, ging sie aufgeregt im Wohnzimmer herum. Nachdem sie ein paar Schluck Wein getrunken hatte, drehte sie sich zu mir um und sagte: »Weißt du, ich habe dich neulich nachts gesehen. Wie du dich nackt ausgezogen hast.«

Sie legte eine Hand auf die Lippen, als wollte sie ein Kichern unterdrücken.

»Ach?«

»Und du hast einen Mann geküßt. Einen sehr gutaussehenden Mann.«

Ich hatte gedacht, Paul hätte mir nachspioniert. Beatrice mußte es ihm erzählt haben.

»Ich darf nicht immer vergessen, die Vorhänge vorzuziehen.«

»Oh, mich stört das nicht. Wirklich nicht.«

Sie war ein bißchen atemlos, und ihre Augen waren rund und glänzten. Ich schenkte ihr Wein nach.

»Wie ist das für dich, mit einem Mann zusammen zu sein?« fragte sie mich dann.

»Das kommt wohl auf den Mann an. Manchmal ist es wundervoll, und manchmal …« Ich schnitt eine Grimasse. »Und für dich?« Ich stellte die Frage, weil sie auf etwas zu warten schien.

»Genauso.« Sie drehte sich rasch weg. Ich entnahm ihren Gesten, daß dies nicht die ganze Wahrheit war und sie vermutlich nur einen Mann gehabt hat. Paul. Aber sie hatte mit ihm geschlafen und tat es wahrscheinlich immer noch, ganz gleich, was Paul mir weismachen wollte.

Ich überlegte einen Augenblick, wie es wohl wäre, nur mit einem Mann geschlafen zu haben. Vermutlich würde man die ganze Zeit über all die anderen spekulieren, was

Beatrice wohl auch tat. Wenigstens war es nicht schlecht, daß dieser eine Mann Paul war. Ich fühlte mich mies bei dem Gedanken und lachte etwas zu fröhlich. »Macht es deinem Ehemann etwas aus, wenn du mit anderen schläfst?«

»Ich glaube nicht«, gab Beatrice zurück. »Wir gehen damit sehr erwachsen um.«

Ich kannte meine Beatrice. Mir gefiel nicht, wie sie das sagte, und ich wußte, daß sie diese Worte auswendig gelernt hatte. Paul hatte sie ihr vorgebetet.

Aber ich machte weiter. »Und dich stört es nicht, wenn er das tut? Ich meine, wenn er mit anderen Frauen schläft?«

»Nicht wirklich. Würde dich das stören?«

Ich dachte darüber nach. »Das kommt darauf an«, sagte ich erneut. »Wahrscheinlich schon. Man kann das so schwer verallgemeinern.«

»Ja.« Beatrice nickte begeistert und umarmte mich plötzlich. »Es ist so schwer zu verallgemeinern.« Sie zögerte. »Mich stört nur, wenn er die ganze Nacht wegbleibt. Ich mag es nicht, wenn ich mit den Kindern allein bin und dann plötzlich mitten in der Nacht Lärm höre. Ich möchte gern wissen, wann er kommt.«

»Ja, das kann ich verstehen.«

Beatrice lächelte mich himmlisch an, und ich kam mir wie ein Wurm vor, der die Erde nicht wert ist, die er wendet.

Sie stand auf und ging wieder umher, während ich an Pauls andere Frauen dachte und an alles, was sie durchgemacht haben muß. Dann erschreckte sie mich. »Maria!« Ihre Stimme klang ganz verunsichert. »Glaubst du, ich könnte eines deiner Kleider anprobieren? Ich habe nur dieses eine hier und …«

»Aber natürlich.« In dem Moment hätte ich ihr meine ganze Garderobe gegeben.

Wir durchsuchten meinen Schrank. Ich holte einige Dinge heraus, die ihr vielleicht passen könnten, und sie probierte sie zögernd an. Wir haben eine recht unterschiedliche Figur, aber Beatrice schien geradezu begeistert zu sein, als sie sich in einige meiner Kleider zwängte. Ich sah sie nur zu gern mit ihren Augen. Schließlich entschied sie sich für ein hauchdünnes, fließendes, olivgrünes Kostüm, das nicht einmal so schlecht aussah.

Während sie die Kleider anprobierte, sagte sie zu mir: »Marie-Françoise hat mich gefragt, ob du nicht Lust hättest, mit ihr ein ganzes Wochenende in die Bretagne zu fahren. Um ihre Großmutter zu besuchen.«

»Das geht doch nicht!«

»Sie flößt dir wohl auch Angst ein?« Beatrice lachte. »Aber mach dir keine Sorgen. Paul ist auch da. Er wird dich beschützen.«

Ich konnte kaum atmen.

Beatrice vertraut mir so vollkommen, daß mir selbst jetzt noch, während ich daran denke, der Atem stockt.

Nachdem Beatrice gegangen war, saß ich noch lange regungslos da und hatte Angst. Und diese Furcht muß mich in den Schlaf verfolgt haben, denn ich hatte einen schrecklichen Traum. Er verfolgt mich immer noch. Der Traum handelt von Marie-Françoise. Wir stehen im Wohnzimmer vor den Vorhängen, die sich im Wind bauschen, und ich ziehe mich aus. Marie-Françoise sieht mich an. Ihre Augen sind schwarz und glühen vor Haß. Aber es ist nicht Marie-Françoise, die mich ansieht. Ich bin es selbst, als Kind. Ich erkenne die unordentlichen Zöpfe.

»Starr mich nicht so an«, sage ich zu dem Kind, das wir beide gleichzeitig sind.

»Gut.« Langsam nimmt es seine Augen heraus und reicht sie mir. »Besser so?«

Deshalb kann ich heute Paul nicht umarmen. Am Montag wäre noch alles anders gewesen. Es war anders. Am Montag floß der Strom zwischen uns so stark und reißend, daß er uns ohne Unterbrechung in die Südsee hätte spülen können. Nur das Wissen um die nüchterne Madame Duval einen Herzschlag entfernt hinderte uns daran, uns auf den Boden zu werfen und uns diesem Strom hinzugeben.

Statt dessen arbeiteten wir. Wir machten ein Update für mich, damit ich herausfinden konnte, was ich noch recherchieren mußte. Viel ist es nicht mehr. Vielleicht kürzt Paul etwas ab, weil er weiß, daß ich bis zum Herbst fertig werden muß. Aber er will sowieso den größten Teil des Manuskripts während des Sommers schreiben. Er sagt mir mit diesem unwiderstehlichen Gesichtsausdruck: »Wenn du mitkommen würdest, Maria, dann würde es bestimmt fertig.«

»Und die Kinder?«

»Die sind gut versorgt. Ihre Urlaubspläne stehen fest.« Er zählt auf: ein paar Wochen in der Bretagne, ein Computercamp für Nicolas, und Marie-Françoise fährt an die Küste zu ihren Kusinen.

Und Beatrice? Aber ich will ihren Namen nicht aussprechen, will nicht, daß sie in diesem Augenblick für uns existiert. Also berühre ich seine Hand und sage: »Mal sehen.«

Heute weht der Wind aus einer ganz anderen Richtung. Heute fließt die Strömung zwischen Beatrice und mir. Und auch wenn sie nicht so stark ist, scheint mir, als könnte sie leicht das Haus überfluten.

Also stürme ich nicht ins Büro und rede mit Paul. Statt dessen rufe ich Madame Duval an, erkläre ihr, daß mir etwas dazwischengekommen ist, und bitte sie, Paul auszurichten, daß ich nicht ins Büro komme. Dann gehe ich an die Arbeit. Und träume von Pierre, meinem Vater und meiner Mutter. Am Nachmittag gehe ich spontan zum Cimetière Montparnasse. Diesmal nehme ich Blumen mit. Kein Bukett, weil meiner Mutter diese Verschwendung nicht gefallen würde, sondern eine Rose, eine Topfpflanze, die lange halten wird. Ich rede mit ihr. Jetzt fällt es mir leicht, mit ihr zu sprechen. Ich sage ihr, daß es mir nichts ausmacht, daß sie so eine stolze und eigensinnige Frau war, aber daß sie mir wenigstens hätte sagen können, daß ich einen Bruder hatte. Sie antwortet, daß ich am Anfang zu jung dafür war und es später zu schwierig wurde. Sie sagt mir Dinge, die keine Geheimnisse sind, aber irgendwie nie erzählt wurden. Es liegt in der Natur des Familienlebens. Vielleicht sogar des ganzen Lebens. Aber sie ist glücklich, daß ich jetzt Pierre kennengelernt habe. Wenn nicht Guys Eigensinn gewesen wäre … Ich lache.

Bevor ich gehe, beichte ich ihr noch, daß es schwieriger ist, als ich dachte, Recht von Unrecht zu unterscheiden und danach zu handeln. Sie antwortet nicht sofort. »Versuch es einfach weiter, Maria«, sagt sie dann mit ihrer besten Lehrerinnenstimme. »Dein Vater hat gesagt, das einzige, was er jemals richtig bestimmen konnte, war die Lage der Leber und der Bauchspeicheldrüse«, fährt sie dann leiser fort. »Und das normalerweise erst, wenn der Besitzer tot war. Was den Rest angeht, mogeln wir uns durch, so gut wir können.«

Ich verabschiede mich von ihr und fühle mich merkwürdig friedlich. Ich weiß, daß ich mir ihre Worte nur eingebildet habe, aber sie kamen mir sehr realistisch vor. Vielleicht hat die Erinnerung sie von irgendwoher aufgestöbert.

Knapp zehn Minuten, nachdem ich wieder zu Hause bin, klingelt es an der Tür. Marie-Françoise, denke ich und überlege, ob ich noch Eis im Haus habe. Aber die Stimme in der Sprechanlage gehört Paul. Ich zögere einen Moment. Ich will ihn nicht hier haben. Hier saß ich noch vor zwei Tagen mit Beatrice. Ihr Parfum schwebt immer noch im Raum. Aber ich lasse ihn trotzdem ein. Es gibt Dinge, die man über eine Sprechanlage nicht sagen kann.

Als ich aufmache, lächelt er und strahlt mich unwiderstehlich an. Er umarmt mich, doch ich trete rasch zurück. Meinen Rückzug bemerkt er nicht, sondern lächelt immer noch.

»Entzückend ist es hier«, sagt er, als er mir ins Wohnzimmer folgt. »Es ist das erste Mal, daß ich dich in deiner eigenen Wohnung sehe.« Er betrachtet mich. »Und ich mag auch deine Jeans. Die hast du auch in Cambridge getragen.«

Ich ziehe rasch die Vorhänge zu. Er runzelt die Stirn. »Ich weiß, daß dir das unangenehm ist, aber ich wollte dir nur dies hier geben.« Er legt eine Diskette auf den Tisch. »Du hast gesagt, du wolltest dich beeilen, und ich dachte, du könntest dich vielleicht am Wochenende damit beschäftigen.«

Ich nicke.

»Außerdem wollte ich herausfinden, wie es gestern abend mit dem Mann von der Botschaft gelaufen ist. Darf ich mich setzen?«

»Bitte.«

Er nimmt nicht den Sessel, in dem Beatrice gesessen hat, was irgendwie erleichternd ist. Statt dessen läßt er sich auf das Sofa sinken und macht eine komische Geste. »Würdest du mir vielleicht etwas zu trinken anbieten? Ein Glas Wasser reicht.«

»Selbstverständlich.« Ich bleibe einen Moment stehen und beobachte ihn. Er runzelt die Stirn.

»Was ist los, Maria? Ist etwas passiert?«

»Alles ist passiert.« Meine Stimme klingt schrill.

Er steht sofort neben mir und legt mir einen Arm um die Schultern. Ich schüttele ihn ab.

»Dein Vater? War es so schlimm?«

»Nein. Ja.« Ich stammele, und dann erzähle ich es ihm. Rasch berichte ich von gestern abend, von meinem Vater, meinem Bruder, den ich gefunden habe, ohne je zu wissen, daß ich ihn überhaupt verloren hatte.

»Aber das ist ja wunderbar, Maria. Absolut wundervoll.«

»Und das alles verdanke ich dir.«

Er zuckt mit den Schultern. »Nur ein zufälliger Kontakt.«

»Danke für den Zufall.«

»Hier, ich habe dir etwas mitgebracht. Jetzt paßt es wahrscheinlich noch besser.« Er zieht ein buntes Paket aus seiner Aktentasche und gibt es mir.

Ich schüttele den Kopf. »Du sollst mir nichts schenken.«

»Warum nicht? Ich möchte es.«

»Du solltest es nicht tun.«

Er legt das Paket auf den Tisch, stößt einen leisen Laut aus und sieht mich mit diesen intelligenten Augen prüfend an. »Es ist noch etwas anderes passiert, Maria. Du hast dich wieder verändert. Ich verstehe es nicht.«

»Nichts ist passiert.« Ich gehe auf und ab. »Ich habe einfach nur Beatrice getroffen.«

»Und?« Seine Miene ist wachsam.

»Du hast mich belogen. Du hast mich über euch beide belogen.«

»Ich habe dich nicht belogen.« Er bleibt hart. »Ich lüge dich nicht an. Ich lasse höchstens etwas aus. Ich muß Dinge auslassen, über die zu reden indiskret wäre. Warum glaubst du ihr mehr als mir?«

»Und dann all diese Frauen.« Ich gehe weiter umher. Ich bin wütend wegen Beatrice. So wütend, als hätte er mir Unrecht getan. »Du warst grausam zu ihr. Es ist grausam, ganz gleich, welche Arrangements ihr getroffen habt. Selbst wenn sie bemerkenswert ist. Es gefällt ihr nicht. Beatrice ist keine gebildete New Yorkerin oder Pariserin. Sie hat nachts Angst. Sie ist ein lieber Mensch. Und sie weiß nicht, wie sie es dir sagen soll. Sie hat Angst vor dir. Und vor deiner Mutter.«

Ich mache unaufhörlich weiter und scheine nicht mehr aufhören zu können. Er sitzt da und reibt sich die Stirn, als habe er Schmerzen, die nicht weggehen wollen.

»Ich wünschte, es hätte zwischen uns niemals angefangen. Es wäre letztlich besser gewesen«, stoße ich hervor. Mir wird klar, wieviel Paul mir in den letzten Monaten bedeutet hat. Ich denke daran, daß ich ohne ihn Pierre niemals gefunden hätte, und hole ihm das Mineralwasser. Er sitzt immer noch da, als ich zurückkehre, und reibt sich die Stirn.

»Möchtest du ein Aspirin?«

Er antwortet nicht. »Also glaubst du lieber Beatrice«, sagt er dann plötzlich, »statt mir zu vertrauen?«

Unsere Blicke begegnen sich. »Ich ... Sie ist eine alte Freundin«, protestiere ich. »Sie ist ein guter Mensch.«

»Ja.«

Er geht. Er schlägt die Tür nicht hinter sich zu, aber er sagt auch nicht auf Wiedersehen. Ich sehe ihm nach. Ich kämpfe kurz mit der beinahe übermächtigen Versuchung, den Vorhang hochzuheben und ihm hinterherzublicken. Aber ich wehre mich. Ich werfe mich aufs Bett, schließe fest die Augen und versuche, an andere Dinge zu denken.

Woran ich denke, ist meine alte Weisheit über die Vorteile eines sauberen Bruchs und daß ich schon früh den Wert einer schnellen und klaren Trennung erkannt habe. Kein Bedauern. Keine schmutzigen Grabenkämpfe. Und daß ich immer weniger in der Lage zu sein scheine, saubere Trennungen durchzuziehen. Vielleicht ist das Leben einfach zu schmutzig.

Und es hat auch eine merkwürdige Art, gerade in dem Augenblick weiterzugehen, wenn man glaubt, man kann nicht mehr.

Am Samstag koche ich für mich und meinen Bruder. Er erzählt mir von seiner Frau, den beiden Kindern und daß er nur für drei Monate in Paris ist. Vielleicht kann er zurückkehren. Ich erfahre, daß er für die vietnamesische Regierung arbeitet, ein neues Touristengebiet entwickelt. Steve und Chuck kommen; wir lachen viel, trinken viel und gehen in die Oper. Pauls Mutter ruft an und besteht darauf, daß ich über das Wochenende in die Bretagne komme. Als ich ihr von meinen Gästen und von Pierre erzähle, lädt sie auch sie kurzerhand mit ein. Wir verabreden zögernd das erste Juliwochenende.

In der Zwischenzeit nehme ich Nicolas mit ins Kino und genieße seine Freude. Marie-Françoise ißt einen so gewaltigen Eisbecher, daß sie für das restliche Jahr genug von Eis hat, wie sie mir sagt. Jashas Operation war zumindest ein Teilerfolg. Ich schenke ihm eine Gitarre, die viel zu groß für ihn ist, aber er spielt sie vollkommen verzückt. Vesna erzählt mir, daß sie einen Job für den Sommer gefunden hat. Sie soll ein kleines serbisches Restaurant leiten, während die Besitzer in Urlaub sind. Sie umarmt mich und lädt mich und meine Freunde zum Essen ein. Maître Cournot gibt eine Party zu Ehren von Tanyas Rückkehr in die Staaten, und sie gesteht mir, daß ihre Moral in Frankreich aufgeweicht wurde. Sie fühlt sich dem prüden Mittleren Westen nicht mehr gewachsen. Beatrice sieht strahlender aus als je zuvor, und ich vermute, daß Paul sich jetzt darauf konzentriert, sie glücklich zu machen. Wenn ich jetzt zweimal wöchentlich zu unseren Treffen ins Büro gehe, ist er ruhig und höflich. Wir arbeiten hart und reden nur über die Arbeit. Er berührt mich nicht und sieht mich kaum an. Ich sitze anschließend da, warte auf den Glanz, den Güte doch eigentlich verleihen soll, und sehne mich nach ihm.

Manchmal, spät nachts, hole ich den Anstecker heraus, der in dem Päckchen war, das er mir geschenkt hat. Ich habe es endlich aufgemacht und betaste ihn. Es ist eine Blume, deren Blüten aus Lapislazuli sind, so blau wie die Glockenblumen in unserem Wäldchen. Verloren und wiedergefunden. Paul hat mir viele Dinge wiedergegeben, meinen Vater, meinen Bruder und mich selbst. Und dabei habe ich ihn verloren.

Wir mogeln uns so durch.

Teil fünf

32. Kapitel

Der Zug rast durch die Landschaft. Kühe grasen und verwandeln sich in Schafe, die zu Dörfern werden, die beim nächsten Ausruf verschwinden und einem riesigen Himmel über wogenden Feldern weichen. Es ist meine erste Reise in einem TGV, einem Hochgeschwindigkeitszug. Ich fühle mich so jung wie Marie-Françoise, die neben mir sitzt, bin aber viel aufgeregter. Sie ist eine erfahrene Reisende, ich dagegen bin ein Neuling.

Zwischen den staunenden Rufen spielen wir Karten. Nicolas sitzt ihr gegenüber, und mir gegenüber sitzt Paul. Er hat erst gestern erfahren, daß ich mitkomme, und ich wußte nicht genau, ob er ebenfalls fährt. Er hat mich angerufen, um unser Freitagstreffen abzusagen, weil er vollkommen vergessen hat, daß es der Anfang der Sommerferien war. Er bringt immer die Kinder zu seiner Mutter und wartet ein paar Tage, bis sie sich dort eingewöhnt haben.

»Aber ich komme auch mit«, sage ich.

Pause. Dann ein leises Knurren. »Anscheinend hält keiner es mehr für nötig, mir etwas zu sagen. Nicht einmal meine Mutter.«

»Vielleicht dachte sie, wir hätten darüber geredet.«

»Wahrscheinlich.«

»Es kommen noch mehr Leute mit. Meine Freunde aus New York und mein Bruder.«

Pause. »Schön. Wir nehmen den Zug um drei Uhr zweiundzwanzig. Das Taxi wartet um vierzehn Uhr fünfundvierzig vor dem Haus. Nimm einen Badeanzug mit. Es könnte zur Abwechslung warm werden.«

Steve und Chuck haben beschlossen, selbst zu fahren und dabei ein bißchen Frankreich kennenzulernen. Sie boten Pierre an, ihn mitzunehmen, damit er auch etwas von Frankreich sieht. Ich hätte nicht erwartet, daß er annimmt. Er hat sie einmal getroffen, aber was er von ihnen hält, wußte ich nicht. Ein schwules amerikanisches Paar, das soviel redet, daß es sein Schweigen mehr als wettmacht. Und außerdem gibt es Grenzen, was man einen lange verschollenen Bruder von der anderen Seite des Erdballs fragen kann. Zudem konnte ich mir auch nicht vorstellen, daß seine Botschaft es gern sah. Aber Pierre nahm das Angebot an. Vielleicht glaubt er, daß ihm Steve und Chuck in Zukunft nützlich sein können. Ich habe ihm erzählt, daß die beiden wirklich jeden kennen, den es sich in New York zu kennen lohnt. Vielleicht gefällt ihm einfach die Idee, sich mit dem früheren Feind zusammenzutun, auch wenn er besser als ich wußte, daß viele gar keine Feinde waren.

Abgesehen einmal von der Aufregung, daß ich ihn gefunden habe, mag ich meinen Bruder auch von Tag zu Tag mehr.

Also sind wir nur zu viert im Zug. Paul war während der letzten Stunde so still, daß es eher wirkt, als wären wir zu dritt. Nun murmelt er: »Gin« und legt die Karten auf den Tisch.

»Das ist nicht fair!« ruft Marie-Françoise. »Mir hat nur noch ein Bube gefehlt. Das ist nicht fair.«

»Was meinst du mit: nicht fair!« rufe ich und fange an, sie zu kitzeln, so daß sie sich windet und wehrt und schließlich hell auflacht.

Paul lächelt mich plötzlich strahlend an, so wie früher. »Was hältst du von einem kleinen Spaziergang?« fragt er. »Ich glaube, es wird Zeit für einen anderen Gin.«

»Kriege ich eine Cola, Papa?« Marie-Françoise lächelt ihren Vater charmant an.

»Eine pro Tag.« Paul fährt ihr durchs Haar. »Und Nicolas kann etwas mit den Erwachsenen trinken, wenn er möchte.«

Nicolas wird rot, aber als er aufsteht, sehe ich, daß er

seine Schultern nicht mehr so hängenläßt. Er versteckt sich in den letzten Wochen nicht mehr. Langsam verändert er sich. Vielleicht liegt es am Computercamp. Er hat mir davon erzählt, als wir im Kino waren. Es war mein Einfluß, daß er gehen durfte. Seine Großmutter hatte sich meine Worte zu Herzen genommen und seinem Vater gesagt, daß es vielleicht gar nicht so schlecht wäre. Und Paul war sowieso nicht dagegen. Da er jetzt einen eigenen Computer hat, läßt er sich allmählich überzeugen.

»Und was ist mit deiner Mutter?« fragte ich Nicolas.

»Oh, ihr ist egal, was ich tue, solange ich sie nicht damit behellige«, erwiderte er.

Das könnte ja wohl nicht stimmen, meinte ich, aber er zuckte nur mit den Schultern. Da fiel mir ein, daß Beatrice nie auf ihn achtet, wenn wir zusammen sind. Sie sah ihn nicht einmal an. Das häßliche Entlein der Familie.

Solange man sitzt, mag der Zug ja gemütlich sein, aber wenn man geht, merkt man die Geschwindigkeit. Man stößt sich Beine und Hüften. Paul sieht mich über den Köpfen der Kinder an und sagt lautlos: Autsch. Dann zeigt er mir, wie ich die Hände auf jeden Sitz legen muß, um mein Gleichgewicht zu behalten. Irgend etwas hat ihn aus seinen Gedanken gerissen. Vielleicht ist es einfach nur der Anblick des Meeres, das jetzt dunkelblau in der Ferne leuchtet.

Ich habe Beatrice gefragt, warum sie nicht mitkommen wollte, da wir doch eine ganze Gruppe wären und ihre Schwiegermutter kaum Zeit haben würde, ihr Ärger zu machen. Sie sah mich nur ausdruckslos an. »Du hast es vergessen, Maria. Ich habe es dir doch erzählt. Ich fahre am Montag in Urlaub. Ich brauche ein bißchen Zeit für mich, um mich vorzubereiten.« Sie lächelte verträumt. »Drei Wochen ganz allein auf einer Insel. Was für ein Segen. Vielleicht bleibe ich sogar etwas länger.« Sie lachte. »Ich bin dann wie du.«

Die Vorfreude auf ihren Urlaub stand Beatrice gut. Sie hatte sogar eine Diät gemacht. Doch sie wurde vergeßlich. Sie hatte die Französischklasse letzten Mittwoch vergessen, so daß ich beide Gruppen unterrichten mußte. Dann hatte sie versäumt, Marie-Françoise Turnschuhe für die Ferien zu kaufen, und mich gebeten, am Donnerstag welche abzuholen. Vielleicht waren diese vielen Verpflichtungen tatsächlich zuviel für sie.

Als wir unsere Getränke geleert haben, sind wir fast da und müssen uns beeilen, rechtzeitig zu unseren Plätzen zurückzukommen und unsere Sachen zusammenzupacken. Als die Türen zurückgleiten und wir auf den Bahnsteig treten, ist die Luft feucht, beinahe salzig. Paul atmet tief ein und lächelt. »Gut, Kinder, sucht uns das größte Taxi.«

Wir quetschen uns in ein Auto, dessen Fahrer uns alle mitnimmt, und fahren langsam durch eine üppige, grüne Landschaft, die mich an England erinnert.

»Warst du schon einmal hier?« erkundigt sich Paul.

Ich schüttele den Kopf.

»Ich hoffe, es gefällt dir.«

»Natürlich wird es Maria gefallen. Es ist wunderschön«, antwortet Marie-Françoise für mich.

Das Haus ist groß und weiß getüncht. Es steht auf einem kleinen Hügelkamm am Ende einer gewundenen Straße. Vom Wind geduckte Bäume umgeben es, und als wir auf dem Hügel ankommen, erwartet uns eine Überraschung. Das Meer auf der anderen Seite schlägt gegen die Felsen und bricht sich mit weißer Gischt an einem Kliff. Die Sonne steht am Horizont, ein dicker, gelber Ball, der den Himmel rosa färbt.

»Es gefällt mir«, sage ich leise zu Paul.

Ich dachte schon, daß die letzte Woche die Art Blick ausgelöscht hätte, den er mir jetzt zuwirft. Dann stürzt sich auch schon Madame Arnault auf uns, winkt uns zu, scheucht die Kinder ins Haus und hält einen großen, zappligen Golden Retriever am Halsband fest.

»Rabelais!« Marie-Françoise umarmt den Hund und läßt sich von ihm das Gesicht ablecken.

»Erst deine Großmutter.« Madame Arnault lächelt mich an, bevor sie Marie-Françoise und Nicolas ihre Wange hinhält. »Willkommen.« Sie küßt mich leicht auf die Wangen und umarmt dann ihren Sohn. »Die anderen sind noch nicht angekommen, also könnt ihr euch in aller Ruhe frisch machen, euch das Haus ansehen und etwas trinken. Ich bin so froh, daß ihr da seid.«

Sie sieht weniger Ehrfurcht einflößend aus als in Paris. Vielleicht liegt es an der lässigen Hose und dem braunen Pullover. Vielleicht auch nur, weil wir in ihrem Haus sind.

»Ich habe Sie im Gästezimmer untergebracht, meine Liebe. Weit weg von den Kindern, damit Sie morgens lange schlafen können. Und direkt neben Ihrem Bruder. Ist das nicht aufregend? Sie müssen mir alles darüber erzählen. Aber erst zeigen wir Ihnen alles. Paul, erledigst du das, oder soll ich es machen?«

Paul entscheidet sich für die Kinder.

»Wissen Sie, wir sind alle als Familie hierhergekommen, als meine eigenen Kinder noch klein waren.« Madame Arnault plaudert, während sie mich herumführt. »Als sie größer wurden, sind wir nicht mehr soviel hergekommen, und das Haus ist allmählich verwahrlost. Nachdem mein Ehemann gestorben war, hatte ich genug von Paris. Ich wollte einen Garten, Ruhe, das Meer, Bruchstücke meiner eigenen Kindheit. Und wenn mich jetzt meine Freunde oder meine Kinder besuchen, ist es immer eine besondere Gelegenheit. Wir sind viel mehr zusammen als in der Stadt. Es ist eine gute Lösung für das Alter.«

Ich bewundere die Schönheiten des Hauses. Drinnen wirkt es größer, als von draußen betrachtet. Die Räume sind weder zu überladen noch zu spärlich möbliert. An dem Ausblick aus den Fenstern kann ich mich gar nicht satt sehen. Mein Zimmer hat Eichenmöbel, weiße Wände und ein großes, altmodisches Bett in der Mitte.

»Es knarrt ein bißchen«, meint Madame Arnault mit einem leisen Lächeln, »aber Sie können das Meer sehen.« Sie öffnet das Fenster, so daß ich das Rauschen der Wellen hören kann. »Gefällt es Ihnen?«

»Es ist wunderbar.«

Ich wasche mich in der Ecke. Melancholie überfällt mich plötzlich. Vielleicht liegt es am Rauschen des Meeres. Ich ziehe einen leuchtend blauen Pullover an und eine noch leuchtendere weiße Hose und lache über mich selbst.

Die Kinder essen in der Küche zu Abend und werden von einer dicken, dunkelhaarigen Frau bedient, die Paul als Martine vorstellt. Sie wischt sich die Hände an der Schürze ab, bevor sie meine schüttelt, und sagt etwas. Ihren Akzent kann ich nicht sofort zuordnen.

»Möchtest du auch etwas essen?« übersetzt Paul. »Oder wollen wir spazierengehen?«

»Martine ist eine gute Köchin. Eine viel bessere als meine Mutter«, verkündet Marie-Françoise.

»Na«, tadelt Paul sie.

»Das sagst du doch selbst.« Nicolas kommt seiner Schwester zu Hilfe.

Wir gehen durch eine Hintertür in den Garten, in dem Rhododendron und riesige Hortensienbüsche blühen. Die Pfade sind mit Kieseln bestreut, von Rosengittern gesäumt und weiten sich etwas weiter vom Haus entfernt zu kleinen Wegen, die im Schatten von Bäumen liegen. Paul geht ruhig und abgelenkt neben mir her, bis ich schließlich sage: »Du bist mit deinen Gedanken woanders.«

»Nein. Doch.« Er lächelt. »Ich habe über einen Fall nachgedacht. Es ist merkwürdig. Auf dem Land denke ich immer über den Tod nach. Vielleicht liegt es an der Vegetation. Sieh nur.« Er deutet auf ein Fenster im Giebel des

Hauses. »Dort schreibe ich viel. Vielleicht bin ich deshalb so abgelenkt.« Er hält inne. »Und weil ich dich nicht anfassen darf.«

Es überläuft mich unwillkürlich.

»Ist dir kalt?«

Ich schüttele den Kopf, und er wirft mir einen nachdenklichen Blick zu. »Blau steht dir. Du könntest die Brosche gut dazu tragen.«

Wir gehen weiter. »Ich habe mich noch nicht dafür bedankt. Sie ist wunderschön. Ein Erinnerungsstück.« Meine Stimme bricht.

Er lacht leise. »Sie wäre viel entzückender, wenn wir eine Zukunft hätten, die zu den Erinnerungen paßt.«

Wir hören das Geräusch eines Wagens in der Einfahrt und gehen rasch um das Haus herum. Auf dem Weg versuche ich meine Melancholie abzuschütteln. Es funktioniert nicht ganz. Sie bleibt, während ich Paul und seiner Mutter Steve, Chuck und Pierre vorstelle.

Madame Arnault bemächtigt sich sofort Pierres. Sie fühle sich sehr geehrt, Guy Regniers Sohn kennenzulernen, sagt sie. Pierre scheint sich ebenfalls zu freuen, sie kennenzulernen. Er läßt sich höflich von ihr das Haus zeigen und ergeht sich in Erinnerungen über unseren Vater. Steve beäugt Paul etwas sehr direkt und sagt dann auf englisch: »Sie sind also der Schurke, der mir meine beste Partnerin gestohlen hat.«

Ich glaube nicht, daß Paul seinen Ton sofort versteht, denn er wirft mir einen kurzen Blick zu, bevor er erwidert: »Ich glaube, sie kam freiwillig. Zunächst jedenfalls.«

»Glückspilz.«

»Das stimmt.«

»Sie vergeudet ihre Zeit mit dem Gesetz.« Steve schüttelt traurig den Kopf. »Gut, daß wir hier nicht in Amerika sind. Wir haben dort mehr Anwälte, als der ganze Rest der Welt zusammengenommen.«

»Die brauchen wir auch«, meint Chuck und lacht, was sein Elfengesicht noch mehr betont. »Wir haben eine höhere Kriminalität. Mehr Untaten, über die man richten muß. Und mehr Rechte, um die es sich zu kämpfen lohnt.«

Paul sieht sie beide an und schenkt ihnen plötzlich sein charmantestes Lächeln. »Willkommen in den Außenbezirken von Douarnenez, Gentlemen. Und in Frankreich, dem Geburtsland der Rechte vieler Männer und einiger Frauen.«

Steve verbeugt sich höfisch und legt mir einen Arm um die Taille. »Sie war wirklich die beste PR-Agentin in New York. Jedenfalls was die Beziehungen zur Öffentlichkeit angeht. Bei privaten Beziehungen sind wir da nicht so sicher. Sie sind immer noch für jeden begründeten Zweifel offen.«

»Hör auf, Steve. Du bist hier unter seriösen Menschen.«

»Ach, war denn eben jemand unseriös? Oh, und hier sind noch zwei höchst seriöse Menschen.« Er bückt sich zu Marie-Françoise herunter und hält ihr die Hand hin. *»Enchanté, Mademoiselle. Je suis Steve Nichols, et ça c'est mon ami, Chuck. Comment allez-vous?«* Er sagt das in so einem übertriebenen Schulfranzösisch, daß Marie-Françoise laut kichert.

»Ich bin Marie-Françoise, und das ist mein Bruder Nicolas.« Ihr Schulenglisch spiegelt perfekt Steves Französisch.

Wir lachen.

»Und ich weiß schon, daß wir Freunde werden.« Steve klopft Nicolas auf die Schulter.

Das Speisezimmer hat einen Kamin am Ende, in dem Madame Arnault eine riesige Blumenvase aufgebaut hat. Wir sitzen an dem langen Tisch. Pierre sitzt neben Madame Arnault und ich neben ihm. Ich mache mir Sorgen wegen all der Fragen über Vietnam, die auf ihn hereinbrechen, und merke irgendwann, daß er sehr gut auf sich selbst aufpassen kann. Er ist immer so höflich, daß er jeder direkten Antwort ausweicht, ohne daß es so wirkt. Das freut mich.

Meine Gedanken schweifen ab. Ich überlege, wie die Prüfungen seines Lebens ihn wohl geformt haben müssen. Als ich aus meinen Träumereien erwache, sind die anderen in eine ernsthafte Diskussion über das Gesetz verwickelt.

»Sie haben deshalb so viele Anwälte«, sagt Paul auf Englisch zu Steve, »weil Ihre Gesellschaft auf einem Vertrag beruht. Alles muß diskutiert, unterschrieben und besiegelt werden. Und man kann dagegen klagen, wenn der Vertrag gebrochen wird. Wir haben hier auch Verträge, aber dahinter stehen Traditionen, Sitten, die viele von uns verstehen, auch ohne daß wir Verträge machen müssen. Weil wir schon damals dieselben Menschen waren wie heute. In Amerika haben alle von vorn angefangen. Sie mußten alles aufschreiben, damit all die verschiedenen Menschen mit ihren verschiedenen Sitten sich verstehen konnten.«

»Und jetzt verstehen wir uns noch viel weniger, weil wir so viele Regeln haben, daß keiner mehr weiß, welche er oder sie übertritt oder erfüllt.« Steve knurrt. »Also haben wir Anwälte, die uns das alles ausarbeiten. Und wir erklären sie auch noch zu Helden.« Er schlägt sich mit der flachen Hand gegen die Stirn.

Paul lächelt verdutzt, und ich muß übersetzen, weil ich glaube, daß nur Chuck und ich wissen, was Steve eigentlich meint, ganz gleich, in welcher Sprache er es sagt.

Aber Paul hat seine Zeitungen gelesen. »Ach, Sie meinen diese Flut von Beleidigungsprozessen.«

Chuck lacht. »Wir sind ein sehr heikles, empfindliches Volk.«

»Und so prozeßsüchtig. Was gut für meinen Berufsstand ist, aber vielleicht nicht so gut für die Gesellschaft als Ganzes. Vielleicht können wir es mit dem vergleichen, was in Italien passiert ist. Wenn die Politik versagt, ziehen die Leute auf der Suche nach Gerechtigkeit vor Gericht.«

»Prüfen und Korrigieren.«

»Und wenn die Richter versagen?« frage ich.

»Dann fangen wir wieder von vorn an.«

»Oder ballern herum. Wir erschießen uns einfach.«

»Nach dieser fröhlichen Bemerkung möchte ich den Nachtisch ankündigen.« Madame Arnault steht auf, und einen Augenblick glaube ich, daß wir sie aufgeregt haben. Ich folge ihr in die Küche. Sie hat Tränen in den Augen, wischt sie sich aber ruhig weg. »Danke, daß Sie all diese netten Menschen hergebracht haben«, sagt sie. »Es ist ein bißchen so wie damals, als mein Ehemann noch lebte. Laut und durcheinander.«

Der nächste Morgen ist klar und strahlend. Wir kämpfen mutig gegen die kühle Luft an und gehen an den Strand. Kleine Felsbecken und Flächen mit feinem Sand erwarten uns, und die Möwenschreie dringen schrill durch das Rauschen der Wellen. Ich habe meinen Badeanzug zu lange nicht getragen. Er ist zu weiß und zu winzig. Ich bin verlegen, als ich vor meinem Bruder das Sweatshirt ausziehe.

»Ihre Schwester ist eine wunderschöne Frau.« Paul beobachtet mich.

»Das liegt in der Familie.« Steve lacht. Ich fürchte schon, daß er Pierre beleidigt hat, aber der lächelt nur und spielt mit Nicolas eine Runde Fußball. »Netter Kerl, dein Bruder. Ich habe ihn nach New York eingeladen. Um sich den Dschungel des Feindes anzusehen und Guerilla-Taktiken zu vergleichen. Er hat nicht mal mit der Wimper gezuckt, sondern nur erwidert: ›Ja, eines Tages.‹«

»Er ist eben ein Diplomat.«

Steve und ich liegen nebeneinander in der Sonne, während Paul und Chuck den Strand mit Marie-Françoise und dem immer gegenwärtigen Rabelais absuchen. »Also, dann leg mal los mit der Beichte«, sagt Steve nach einem Moment. »Was läuft zwischen dir und diesem Maître Arnault?«

»Nichts.«

»Heh, ich habe in all den Jahren als dein Berater in Beziehungsfragen gelernt, ›Nichts‹ von ›Allerhand‹ zu unterscheiden. Wenn er mich so ansehen würde, wie er dich ansieht, würde ich Chuck ruckzuck kaltstellen. Na ja, jedenfalls für ein oder zwei Tage.«

»Es ist eine Dreiecksgeschichte«, erwidere ich nach einer Weile.

»Schon wieder?«

»Aber ich mache nicht mehr mit.« Ich drehe mich um und verstecke mein Gesicht in meinen Armen.

»Du kennst seine Mutter, also kennst du auch seine Frau?«

»Sie ist meine älteste Freundin.«

Steve stößt einen Pfiff aus. »Schon mal daran gedacht, lesbisch zu werden? Es ist ein viel einfacheres, saubereres Leben.«

»Was? Damit ich eine Affäre mit seiner Frau haben kann?«

»Das habe ich wohl kaum gemeint. Ist sie nett?«

»Sie ist meine Freundin.«

»Und er ist dein Feind? Merkwürdige Art von Feind. Es wird noch damit enden, daß wir dich mit nach New York zurücknehmen.«

Ich bewerfe ihn mit Sand und stürme dann ins Wasser. Es ist eisig. Ich stürze mich in die Brandung, bis es tief genug ist, daß ich schwimmen kann.

Am Nachmittag quetschen wir uns in zwei Wagen und fahren an eine Stelle, an der die Kinder besonders gern spazierengehen. Die Wälder sind tief, dunkel und voller Farne. Aus dem Nichts tauchen steile Felsen auf. Paul geht mit Pierre voran. Steve und Chuck gehen neben Madame Arnault, und ihr helles Lachen macht mir noch einmal klar, wie unbegründet meine Sorge ist, sie könnte über die beiden schockiert sein. Im Gegenteil. Beim Mittagessen sind sie schon dicke Freunde, und die beiden haben ihr die Geschichte von jedem einzelnen Möbelstück und von jeder Nippesfigur im Haus entlockt. Ganz zu schweigen von den

Einzelheiten ihrer Garderobe während der siebzig Jahre ihres Pariser Lebens.

Die Kinder und ich bilden die Nachhut. Ich bringe ihnen ein Lied bei, das ich vor allem als Kind sehr geliebt habe, wahrscheinlich weil ich es für verrucht hielt und mich die Reime zum Lachen brachten. Sie müssen auch darüber lachen.

»Qui a eu cette idée folle
Un jour d'inventer l'école
C'est ce sacré Charlemagne
Sacré Char-le-magne.
(Wer war dieser dumme Narr,
Der die Schule erfunden hat?
Karl der Große hieß der Herr,
Karl den Großen haben wir satt.)

Die Kinder machen mich merkwürdig fröhlich. Vielleicht weil sie mich vor den Blicken des Vaters bewahren, dem ich schon den ganzen Tag aus dem Weg gehe. Irgendwann ertappe ich mich bei dem Gedanken, daß ich mittlerweile selbst Mutter wäre, wenn ich damals Robinson geheiratet hätte. Ich schwelge ein bißchen in den sentimentalen Gedanken, und als ich wieder hochblicke, geht Paul plötzlich neben mir. Unsere Gruppen haben sich umgeordnet. Ich sehe ihn an. Ihn hätte ich nie kennengelernt, wenn ich bei Robinson geblieben wäre. Ich wäre unglücklich geblieben, wenn ich ihn nicht getroffen hätte. Auch wenn es vielleicht besser gewesen wäre. Und dann denke ich gar nichts mehr, weil er mich anspricht.

»Hoffentlich stört es dich nicht, aber ich habe Pierre eingeladen, ins Büro zu kommen und René kennenzulernen. Er braucht Rat in einer Frage internationaler Geschäftsverträge.«

»Warum sollte mich das stören?«

Paul lacht. »Du beschützt ihn so. Ich habe dich beobachtet. Du scheinst Angst zu haben, daß er zerbricht. Oder daß wir ihn kaputtmachen.«

Ich denke darüber nach. »Er kennt sich noch nicht so gut mit unserer Lebensart aus. Und er hatte ein schweres Leben.«

»Ja.« Er schweigt einen Moment. »Manchmal stellt uns das mit beiden Füßen auf die Erde. Und wir gehen sicherer. Während die Beschützer letztendlich Gefängnisse bauen, in denen niemand herumstolpern will, nicht einmal sie selbst.«

Ich weiß nicht, was er meint, also sage ich nur: »Danke, daß du dich so um Pierre sorgst.«

»Du vertust die ganze Zeit damit, mir zu danken«, knurrt er. »Und verbringst keine Zeit mit mir.«

Nach einem ausgedehnten Frühstück verkünden Steve und Chuck am nächsten Morgen, daß sie aufbrechen und über Land nach Paris zurückfahren wollen, damit sie noch ein bißchen von der Landschaft sehen. Pierre will mitfahren. Ich bin versucht, mich anzuschließen, statt mit der Bahn zu fahren, aber Madame Arnault hält mich zurück.

»Aber nein, Maria, es ist viel zu früh. Ihr könnt nicht alle losfahren und mich allein lassen. Ich habe genug Essen im Haus, um die ganze französische Armee durchzufüttern. Ich hatte gehofft, daß Sie noch ein oder zwei Tage bleiben.«

Ich will nicht, aber sie redet weiter. »Paul bleibt bis Dienstag. Es wäre sicher schöner für Sie, wenn Sie mit ihm zurückfahren können. Es ist sinnlos, ins Büro zu gehen, wenn der Maître nicht da ist.« Sie unterbricht sich. »Es sei denn, sie hätten andere, dringende Verabredungen.«

Noch bevor ich antworten kann, kommt Paul herein. Sie trägt ihm ihren Fall vor. »Sie arbeitet doch schließlich für dich, hab ich recht? Also, dann sag ihr, daß es keinen Grund gibt, zurückzuhetzen.« Sie lacht mädchenhaft.

Paul zögert. »Wenn in Paris nichts Wichtiges auf dich wartet, Maria, wäre es nett, wenn du bleiben würdest. Wir können auch hier arbeiten, wenn du Lust dazu hast.«

»Ich habe meinen Computer nicht dabei.«

»Aber ich.«

»Also abgemacht«, verkündet Madame Arnault strahlend. »Jetzt können wir mit den Kindern an den Strand. Nach dem Essen ist es vielleicht nicht mehr so schön.«

Diesmal kommt sie mit uns an den Strand und meistert den steilen Weg gelassen und mit großer Geschicklichkeit. Ich bleibe bei ihr sitzen, während Paul mit den Kindern Krabben fischt. Ich beobachte, wie sie ihre Beine, ihre Arme und ihr Gesicht mit Sonnencreme einschmiert. Mir fallen ihre wundervoll manikürten Fußnägel auf. Ihr Haar hält sie mit einem schwarzen Samtband im Nacken zusammen.

Sie redet viel mit mir, was ältere Damen oft tun. Ich weiß nicht, ob es das Resultat einer zu langen Einsamkeit ist, aber ich höre ihr höflich zu, während sie über Ehemänner und Kinder redet. Ich hoffe, daß sie ihre Vertraulichkeiten nicht irgendwann bereut. Sie spricht gerade über ihren jüngsten Sohn, dessen Adresse sie Steve gegeben hat. Er lebt in Kalifornien, und er ist wie sie. Hat Paul mir das erzählt? Ja. Sie macht sich Sorgen über ihn, aber was kann man schon tun? Es gibt so wenig, was man da machen kann.

»Ach, sehen Sie nur!« Sie deutet in die Ferne. »Da kommt Danielle.«

Ich sehe eine dunkelhäutige, schwarzhaarige Frau, die Paul umarmt. Er beugt sich herunter und küßt sie. Es hat etwas Vertrautes.

»Ich hatte immer gehofft, daß Paul Danielle heiraten würde. Sie kennen sich seit ihrer Kindheit. Ihre Eltern wohnen gleich nebenan. Er ist Ermittlungsrichter. Aber Paul hat statt dessen Beatrice geheiratet.« Sie wirft mir einen forschenden Blick zu. »Verstehen Sie mich nicht falsch. Ich habe nichts gegen Beatrice. Ich weiß, daß sie Ihre besondere Freundin ist. Aber sie hat Paul nicht glücklich gemacht. Und er ist mein Liebling, wissen Sie. Er wird immer mehr wie sein Vater. Aber ich rede und rede, und Sie denken sicher, daß ich eine debile alte Frau bin.« Sie lacht. »Ich habe einfach nur das Gefühl, daß ich Sie schon ewig kenne. Vielleicht, weil ich Guy kannte. Gehen Sie nur. Sie wollen sicher schwimmen gehen. Oder unterhalten Sie sich mit Danielle. Sie ist ein Schatz.«

Ich entscheide mich für das Schwimmen. Für die schöne Danielle fühle ich mich irgendwie nicht bereit. Und ich weiß auch nicht, was ich mit all den Informationen anfangen soll, die ich eben bekommen habe. Ich gehe ein Stück in die andere Richtung, zu den Felsen, tauche meine Füße in die flachen Becken dazwischen, schlendere zurück, lasse Abdrücke meiner nackten Zehen im Sand zurück. Ich sehe einen alten Mann mit aufgekrempelter Hose vor mir und denke an meinen letzten katastrophalen Ausflug an den Strand. Mein Herz hämmert so laut und heftig, daß ich die Gestalt neben mir zunächst gar nicht bemerke. Es ist ein Mann mit dunklen Locken und Haaren auf der Brust. Er sagt die typischen albernen Dinge, die Männer sagen, wenn sie mit Frauen reden, die allein am Strand sind. Ich fauche ihn an. »Lassen Sie mich in Ruhe.« Heftiger, als nötig wäre, und dann ist auch schon Paul neben mir.

»Hast du einen neuen Freund gewonnen?« Er sagt es auf seine typisch trockene Art.

»Ich gewinne ständig neue Freunde«, erwidere ich. Ich laufe ins Wasser und tauche unter. Wenn das Meer mich doch wegtrüge und an einen Ort spülte, an dem es keine Erinnerungen gibt!

Als ich nach einer Welle auftauche, schwimmt Paul neben mir. Ich versuche ihn abzuschütteln, aber es gelingt mir nicht. Wir schwimmen eine Weile, bis mir die Puste ausgeht und die Wellen uns auf eine Sandbank weit vom Strand entfernt spülen. Paul zieht mich auf einen Felsbrocken. Wir ruhen uns aus und lassen uns die Sonne ins Gesicht scheinen. Als ich meine Augen aufschlage, blickt mich Paul so eindringlich an, daß ich zum ersten Mal seit Wochen seinen

Blick erwidere. Er schiebt mir sanft eine Haarsträhne aus den Augen, und erneut durchflutet mich diese Melancholie. Ich muß weinen und drehe meinen Kopf rasch zum Meer hinaus.

»Es ist zwar nicht das Meer, das ich für uns im Sinn hatte«, murmelt er, »aber es ist besser als nichts.«

»Ich glaube nicht, daß das Meer mich noch liebt«, sage ich. Ich erzähle ihm von dem alten Mann in Marthas Vineyard und meiner Intuition, was Sandro anging. Ich ertrage es nicht sehr gut, aber Paul umarmt mich, hält mich fest und läßt mich weinen. Als ich aufhöre, sagt er: »Ich bin froh, daß du geblieben bist, Maria. Auch wenn es schwer ist.«

Wir bleiben noch eine Weile sitzen und hören den Wellen zu. Dann meint er, wir müßten zurück schwimmen, auch wenn er eigentlich gar keine Lust dazu hat. Aber Nicolas macht sich Sorgen, wie immer, wenn Paul zu lange im Wasser bleibt.

»Warum?«

Er zuckt mit den Schultern. »Ich weiß es nicht. Als Kind hat er einmal etwas Schlimmes erlebt. Vielleicht liegt es daran.«

»Was hat er erlebt?«

»Ach, nichts.« Er tut es mit einer Handbewegung ab. »Er hat zuviel Wasser geschluckt, als niemand hingesehen hat. Ich erzähle es dir ein andermal.«

Ich weiß, daß er jetzt nicht darüber reden will, weil es etwas mit Beatrice zu tun hat. Weil er ahnt, daß ich sie verteidigen werde. Oder er will einfach nicht von ihr reden. Aber als wir uns dem Strand nähern, sehe ich Nicolas schon. Er steht da mit seinen dünnen Armen und Beinen und starrt aufs Meer hinaus. Ich winke und frage ihn, ob er mit mir schwimmen will.

Er schüttelt den Kopf. »Jetzt nicht.«

»Dann morgen. Ich zeige dir meine Rettungstricks. Du kannst mich auch retten. Es ist ganz einfach.«

Als er nickt und mir sein schiefes Lächeln zuwirft, fühle ich mich gleichzeitig wie eine Heilige und wie ein hinterhältiges Miststück.

Am späten Nachmittag gibt es ein plötzliches Gewitter. Martine zündet den Kamin an, und wir setzen uns ins Wohnzimmer. Dort hören wir den Donnerschlägen zu und beobachten, wie die Regentropfen auf glänzende Blätter fallen. Filzstifte und Bücher werden herausgeholt, und als alle zufrieden sind, fragt Paul, ob ich mitkommen und sein Arbeitszimmer besichtigen will.

Ich folge ihm zwei Treppen hinauf durch einen Korridor, wo die Decken niedriger sind. Er öffnet eine Tür zu einem Raum mit großen Balken, der völlig verwinkelt ist und wie eine eigene kleine Welt wirkt. Die Buchregale reichen bis zur Decke. Vom Fenster aus sieht man die stürmische See. Ein großer Schreibtisch steht da, ein Tisch, ein grüner Diwan, Sessel, eine Sammlung von Zeichnungen und Pastellzeichnungen an der Wand. Hinter einem Bogen verstecken sich ein winziger Kühlschrank und eine Kaffeemaschine.

Paul lacht und sieht mich an. »Magst du es? Deshalb komme ich so oft hierher, selbst wenn es nur für ein kurzes Wochenende ist. Es ist mein Versteck.«

»Wovor versteckst du dich?«

»Im Moment vor allem vor mir selbst. Ich mag es nicht, wenn ich darauf stoße.« Er verzieht das Gesicht und lächelt. »Du hast Sommersprossen.«

Ich reibe meine Nase und mache auch eine Grimasse.

»Wenn du möchtest, kannst du morgen mit mir hier arbeiten. Es gibt auch noch ein kleineres Zimmer weiter hinten.«

»Beatrices Zimmer?«

Er sieht weg und schüttelt den Kopf. »Ich habe es dir doch gesagt: Beatrice kommt nie hierher. Sie ist schon seit Jahren nicht mehr dagewesen. Aber da du mir ja nicht zu glauben scheinst, was ich über Beatrice sage, lassen wir das Thema lieber ruhen.« Er geht schnell zur Tür und winkt mich durch.

»Sie kommt nicht her, weil deine Mutter sie nicht mag.«

»Das auch. Meine Mutter ist trotz all ihrer Vorzüge eine schreckliche alte Bourgeoise. Sie haben es beide auf ihre Art versucht, denke ich. Belassen wir es dabei, ja?«

Er schiebt mich in ein anderes Zimmer, in einen anderen Raum, der kleiner und weniger bewohnt scheint. Paul wirkt traurig. Ich habe ihm die Freude genommen, und er reibt sich wieder die Stirn, wie er es neulich in meiner Wohnung getan hat. Ich berühre seine Schulter, und er mustert mich einen Augenblick, dann legt er seine Hand auf meine.

»Schönes Zimmer«, sage ich. »Es ist sehr schön hier. Vor allem für die Kinder. Sie sind freier hier.«

»Ja.« Er lächelt. »Es ist schön für die Kinder.«

Dann arbeiten wir, diskutieren sein vorletztes Kapitel, in dem es um Vatermord geht, das schwerste Verbrechen im Gesetzbuch. Es wird ähnlich schwer geahndet wie Hochverrat. Das Gesetz des Vaters mag vielleicht nicht mehr so stark sein wie früher, aber das Verbrechen hat immer noch sein mystisches Gewicht, das Gefühl, daß die natürliche Ordnung der Dinge umgestoßen worden ist. Vor allem, wenn die Vatermörderin die Tochter ist. Beispiel Lizzie Borden und ihre Axt, die abscheuliche Violette Nozière. Ich sage ihm, daß ich einige recht außergewöhnliche neue Fälle in den USA gefunden habe.

»Aber du willst sicher das Risiko nicht eingehen, so weit abzuschweifen.«

Er sieht mich ernst an und denkt nach. »Das einzige Risiko, das ich im Augenblick eingehen möchte, bist du, Maria.«

Ich starre ihn an, und wieder überkommt mich diese Melancholie, sie legt sich wie ein dicker Mantel auf meine Schultern.

33. Kapitel

Am Montag morgen ist es kalt und windig. Beim Frühstück schlägt Paul mir vor, unseren Plan für den Tag umzustoßen und mit Spaziergängen und dem Strand bis zum Nachmittag zu warten. Er sieht nicht gut aus, als hätte er kaum geschlafen. Ich hoffe, daß ich nicht daran schuld bin, aber aus der Art, wie er mir ausweicht, schließe ich, daß ich es doch sein könnte.

Madame Arnault will mit den Kindern auf den Hof einer Freundin fahren. Er ist einige Meilen entfernt. Sie wollen dort essen, und wir können ungestört arbeiten. Wir verabschieden sie, und dann teilt Paul mir mit, daß er schreiben will. Er habe mir einige Sachen auf den Schreibtisch in dem kleinen Arbeitszimmer hingelegt, wenn ich arbeiten wolle. In der Küche wartet eine Thermoskanne mit Kaffee auf mich.

Eigentlich habe ich keinen Grund dafür, aber irgendwie bin ich beleidigt. Ich nehme mir einen Mantel aus dem Flur und laufe auf dem Grundstück herum, bis meine Schuhe voller Schlamm sind. Genauso gut kann ich auch eine gute Angestellte sein und mir meinen Stundenlohn verdienen.

Auf dem Tisch liegt ein brauner Aktenordner. Er ist abgeschabt und sieht alt aus, als hätte Paul ihn aus irgendeinem staubigen Regal für mich ausgegraben, damit ich ihm nicht in die Quere komme. In dem Ordner befindet sich ein Stapel handschriftlicher Notizen ohne Seitennumerierung. Die Schrift ist auch nicht besonders leicht zu entziffern. Erst als ich einige Seiten willkürlich überflogen habe, dämmert es mir, daß es Pauls Handschrift ist. Es müssen Notizen über einen seiner Fälle sein. Er hat mir gesagt, daß er keinen seiner Fälle in das Buch aufnehmen will, aber vielleicht hat er seine Meinung geändert.

Ich lese weiter und notiere mir auf einem Blatt Papier Fragen. Bisher habe ich selten zu irgendwelchen persönlichen

Akten von Rechtsanwälten Zugang gehabt, und so komme ich nur sehr langsam voran. Ich brauche eine Weile, um herauszufinden, worum es in diesem Fall geht und daß die Seiten fortlaufend geordnet sind. Sie behandeln die Ermittlungen des Richters, die Nachforschungen der Polizei und den Prozeß selbst. Es sind so viele Sprünge und Lücken darin, daß ich irgendwann einmal beinahe frustriert aufgebe. Außerdem scheint es auch keine Namen zu geben. Nur Initialen, und auch die sind nicht klar. Ein A kann genauso gut für Angeklagte stehen wie das S für Staatsanwalt. Aber ich gebe nicht auf, vor allem, weil Paul mich herausgefordert hat. Also rekonstruiere ich den Fall so gut es geht und trinke dabei Unmengen Kaffee.

Anscheinend geht es in dem Fall um eine doppelte Anklage, um Brandstiftung als auch um fahrlässige Tötung. Die Angeklagten sind zwei Mädchen, Schwestern. Die eine ist minderjährig und wird vor einem Jugendstrafgericht verhandelt. Paul verteidigt die ältere Schwester. Der Ermittlungsrichter und die Staatsanwaltschaft behaupten, daß die beiden Mädchen ihr Haus im Randbezirk eines Dorfes angezündet haben. Es war so weit von der nächsten Stadt entfernt, daß Hilfe nicht mehr rechtzeitig eintreffen konnte. Und sie haben vorsätzlich einen Moment gewählt, in dem ihr Vater schlief. Er lag betrunken auf einem Diwan im Wohnzimmer. Die eigentliche Todesursache ist Tod durch Ersticken.

Die Hauptbeweise sind stichhaltig. Man hat Paraffin in einem Schuppen gefunden, der zu weit vom Haus entfernt war, um Feuer zu fangen. Es gibt ein in Paraffin getränktes Seil; Reste davon wurden nicht weit von der Leiche des Vaters im Haus entdeckt. Die Hand- und Fußgelenke des Vaters weisen Schwellungen auf, die ebenfalls von einem Seil stammen könnten, aber die Beweise der Pathologen reichen dafür nicht.

Die Trumpfkarte der Staatsanwaltschaft ist jedoch das Motiv. Nach vielen Verhören hat die jüngere, vierzehnjährige Schwester zugegeben, daß ihr Vater angefangen hat, sie zu mißbrauchen. Sie hat auch behauptet, daß er ihre Schwester systematisch mißbraucht hat, jedenfalls nach dem Tod ihrer Mutter. Die ältere Schwester hatte bei vielen Gelegenheiten versucht, ihre jüngere zu schützen, indem sie sich selbst anbot. Die jüngere erklärt nachdrücklich, daß sie sehr froh ist, daß ihr Vater, der in Wirklichkeit ihr langjähriger Stiefvater war, tot ist. Aber sie betont ebenso nachdrücklich, daß sie selbst nichts damit zu tun hatten und froh sind, dem Feuer lebendig entkommen zu sein.

Die ältere erhebt keinerlei Anschuldigungen gegen ihren Vater. Sie ist erheblich stiller als ihre jüngere Schwester. Sie sagt nur immer wieder, daß die Flammen sehr heiß waren, der Rauch sehr dicht und daß sie froh sind, am Leben zu sein. Sie trauert um den Hund der Familie, der verschwunden ist. Der Hund hat sehr gern auf Seilen gekaut. Vielleicht hat die Polizei deshalb ein Stück Seil in der Nähe des toten Vaters gefunden. Über ihn sagt sie nur, daß er zuviel getrunken hat. Das Problem ist, daß der Arztbefund ergibt, daß sie zur Zeit des Feuers schon im vierten Monat schwanger war. Zur Schwangerschaft selbst macht sie keinerlei Angaben.

Ich bin so in die Rekonstruktion des Falles vertieft, daß ich das Klopfen an der Tür nicht höre, bis Nicolas den Kopf hereinsteckt.

»Mémère sagt, daß Papa ein schrecklicher Gastgeber ist und Sie sofort zum Mittagessen herunterkommen sollen.« Er grinst mich an.

Ich sehe auf meine Uhr und bemerke, daß es schon fast zwei ist. Zögernd folge ich ihm nach unten. Madame Arnault tadelt Paul, während sie und Martine Brot, Pasteten und Käse auf den Tisch stellen. Paul verteilt derweil planlos Besteck und Geschirr.

»Papa war zu dumm, an das Mittagessen zu denken«, verkündet Marie-Françoise, als wäre das seine wichtigste Pflicht.

»Entschuldigung.« Paul sieht mich an, aber sein Lächeln funktioniert nicht ganz. »Ich habe geschrieben.«

»Die Unterlagen, die du mir gegeben hast, sind kaum lesbar.« Ich beschließe, ihm meine Beschwerde auch noch aufzubürden. »Was für ein Fall! Ich verstehe nur nicht …«

»Nicht jetzt, Maria!« Er knurrt mich beinahe an, und erst jetzt bemerke ich, daß er seine Kinder panisch ansieht.

»Natürlich.«

Während Paul und ich essen, erfahren wir, welche Mißerfolge Rabelais bei der Hühnerjagd hat, und obwohl ich lieber weiterarbeiten würde, besteht Madame Arnault darauf, daß wir wenigstens eine Stunde spazierengehen. Wofür sind wir sonst auf dem Land?

Paul holt die Gummistiefel, und wir trotten über den wolkenverhangenen Strand. Wir können uns bei dem Wind und dem Rauschen der Wellen kaum verstehen. Nicht, daß es viel zu hören gäbe. Paul verfällt wieder in sein Schweigen, und Nicolas, der neben mir geht, redet ohnehin nicht viel. Nur Marie-Françoise schreit ab und zu auf, wenn sie eine besonders geformte Muschel aufhebt. Trotzdem ist das Drama von Himmel und Meer großartig, und einmal berühre ich Paul. Er sieht mich zärtlich an und nimmt meine Hand. Ich glaube, ich habe seine Stimmung falsch gedeutet. Er ist einfach nur konzentriert, allerdings nicht auf mich.

Nach unserer Rückkehr lehne ich Tee und Spiele ab und flüchte wieder ins Arbeitszimmer. Der Fall hat mich gepackt. Ich bin bei Pauls Notizen für die Verteidigung angekommen. Er argumentiert, daß alle Beweise für Brandstiftung nur auf Indizien beruhen. Andererseits waren die elektrischen Leitungen in dem Haus sehr alt. In dem Sommer war es zudem ungewöhnlich trocken. Der Vater rauchte, und in seinem betrunkenen Zustand könnte er das Feuer sehr leicht selbst verursacht haben. Der Diwan, auf dem er gelegen hat, bestand aus hoch entzündlichem Schaumstoff. Außerdem haben zwei Zeugen den schlechten Charakter des Vaters bestätigt, der vor allem nach dem Tod der Mutter drei Jahre zuvor immer launischer geworden ist. Andere attestieren, daß er die arme Frau frühzeitig ins Grab getrieben hat. Im Gegensatz dazu waren die beiden Mädchen im Dorf sehr beliebt. Alle Aussagen sind positiv. Vor allem die Ältere hat oft auf andere Kinder im Dorf aufgepaßt, und niemand hat etwas gegen sie gesagt. Bis auf eine einzige Frau, die meinte, daß sie zu oft mit den Kindern auf eine höchst ungewöhnliche Weise gebetet hätte.

Dann wird Pauls Klientin mit kurzen Sätzen beschrieben. Er notiert, wie er sie möglicherweise dazu bringen kann, vor Gericht positiv zu wirken. Er schreibt, daß sie auf eine vollkommen ungewöhnliche Weise wunderschön ist. Sie ist sehr ruhig, aber nicht wie jemand, der unter Schock steht, sondern zeigt eine innere Gelassenheit. Sie habe beinahe etwas Heiliges an sich, eine besondere Schönheit des Blickes. Es kommt ihm so vor, als könne sie nur nach innen sehen.

Ich weiß nicht warum, aber hier höre ich auf zu lesen. Ein unheimliches Gefühl beschleicht mich. Ich lese die Passage noch dreimal, versuche, meine Vorahnungen zu beruhigen, und lese dann weiter.

Paul weiß nicht genau, wie er die Angeklagte am besten im Zeugenstand einsetzen soll. Sie spricht sehr leise, und das wird den Geschworenen gefallen, ebenso wie ihr Benehmen. Er will ihre Schwangerschaft nicht überbetonen, weil das der Staatsanwaltschaft ein Motiv in die Hände spielt. Andererseits haben Geschworene ein weiches Herz für Schwangere, und es würde der Angeklagten nützen, der Jury ihre Schwangerschaft vor Gericht zu verdeutlichen. Doch zunächst scheint sie dieses Ansinnen abzulehnen.

Ich blättere noch einmal zu der Beschreibung der Angeklagten zurück, und wieder läuft es mir eiskalt über den Rücken. Da stürmt Marie-Françoise, ohne zu klopfen, ins Zimmer. Sie ruft, daß ich mich vielleicht für das Abendessen umziehen möchte, weil wir Gäste haben. Fröhlich verrät sie mir noch, daß sie und Nicolas mit uns essen dürfen. Ich nicke ihr zu und überfliege rasch die letzten Seiten des Ordners. Am unteren Rand der vorletzten Seite stoße ich auf einen merkwürdigen Absatz. »Die Angeklagte empfiehlt mir, eine Lehrerin namens Françoise als Zeugin ausfindig zu machen. Aber sie kann oder will mir weder den Familiennamen verraten noch die Schule, in der sie unterrichtet. In der Dorfschule gibt es keine Françoise, und die Françoise in der nächsten Stadt hat die Angeklagte niemals zuvor gesehen.«

Ich sitze ganz ruhig da und fühle, wie das Kribbeln in meinem Rückgrat in glühende Panik umschlägt. Einen Moment kann ich mich nicht bewegen. Dann stehe ich langsam wie eine Schlafwandlerin auf und klopfe an Pauls Tür. Niemand antwortet. Er ist offenbar schon nach unten gegangen. Ich ziehe mich achtlos an, bürste mein Haar, bis meine Kopfhaut schmerzt, und vergesse sogar, Lippenstift aufzulegen.

Unten sind zu viele Menschen, und es ist zu laut. Ich sehe Paul an. Er sitzt in einer Ecke und spricht mit einer dunkelhaarigen Frau. Ich gehe langsam auf ihn zu und suche seinen Blick. Er sieht mich kurz an. »Entschuldigen Sie mich bitte einen Moment«, höre ich ihn sagen. Dann steht er schon neben mir und schiebt mich auf der anderen Seite des Zimmers durch einen Durchgang.

Ich starre ihn an, finde aber keine Worte.

»Du verstehst also«, sagt er.

Ich schüttele den Kopf. Ich verstehe überhaupt nichts.

»Du verstehst. Ich sehe es.« Er drückt kurz meinen Arm und wirkt besorgt und gleichzeitig erleichtert.

»Wir müssen reden.« Meine Stimme ist ein Krächzen.

»Später. Dann haben wir Zeit in Hülle und Fülle.«

Ich weiß nicht, wie ich dieses Abendessen überstehe. Mein Tischnachbar ist ein alter Mann, ein pensionierter Oberst, der unaufhörlich über die Unmöglichkeit redet, Truppen nach Ruanda zu schicken. Paul sitzt zu meiner Linken und sagt kaum etwas. Danielle, die Frau vom Strand, sitzt ihm gegenüber, macht ihm schöne Augen und provoziert ihn zu einem Gespräch. Ich frage mich, ob sie es weiß. Ich sehe mich am Tisch um und überlege, wer es noch wissen könnte. Madame Arnault, die in einem tiefroten Kleid höchst majestätisch wirkt? Die Kinder, die sich tadellos benehmen? Nein, die Kinder nicht. Aber die anderen, die dicke, ältliche Frau, die wohl die Frau des Obersts ist und mit der Madame Arnault wie mit einer guten Freundin spricht? Danielles Ehemann, denn es muß einen Ehemann irgendwo geben, weil da ein dunkeläugiges Mädchen am Tisch sitzt, das mir, wenn ich recht erinnere, als ihre Tochter vorgestellt wurde? Kein Wunder, daß Beatrice nicht hierherkommen wollte. Mein Herz schlägt für Beatrice. Beatrice, die mit der Furcht lebte, mit dem Verdacht. Beatrice, die meine Mutter brauchte, aber sie nicht benennen wollte. Warum nicht? War meine Mutter schon tot? Hatte Beatrice selbst versucht, sie zu erreichen, und keine Antwort erhalten und daher angenommen, daß meine Mutter nichts mehr mit ihr zu tun haben wollte?

Ich verstehe gar nichts. Überhaupt nichts. Ich sehe Paul an, fühle seine Hand auf meinem Knie und versuche, das Essen hinunterzuwürgen.

Wir gehen auf dem Grundstück spazieren. Der Mond steht hoch am Himmel. Er erleuchtet vorüberziehende Wolken und wirft Schatten auf Bäume und Büsche. Und auf Pauls Gesicht. Er hat bisher nichts weiter gesagt als: »Ja, Beatrice.« Er nimmt meine Hand, hält sie fest. Während wir gehen, wird mir klar, daß es nicht leicht für ihn ist, zu reden. Denn Reden bedeutet Verrat. Ein weit größerer Verrat, als mit mir zu schlafen. Ich bin nicht sicher, warum er so empfindet, außer vielleicht, weil Beatrice es mir nicht selbst gesagt hat. Ein Feuer ist schrecklich. Und ein solcher Tod ist schrecklich. Aber sicherlich hat niemand daran eine Schuld.

Plötzlich erinnere ich mich an Sandro und an meine Schuldgefühle wegen seines Todes, auch ohne daß ich diese Qual eines Verfahrens durchgemacht hatte. Dann wird mir klar, daß ich nicht einmal das Ergebnis des Prozesses kenne und daß ich ihn das zuerst fragen muß. Ich breche das Schweigen nicht gern, aber ich tue es dennoch.

»Und das Urteil?«

Er zuckt etwas zusammen, als hätte der Klang meiner Stimme ihn überrascht. »Es gab genügend begründete Zweifel. Und ich glaube, die Geschworenen dachten wohl, daß die Angeklagten schon genug gelitten hatten. Immerhin hatten sie drei Monate hinter Gittern gesessen.«

»Die Angeklagten?«

»Beatrice.« Es fällt ihm schwer, ihren Namen auszusprechen. »Und ihre Schwester.«

Er verfällt wieder in sein Schweigen, und ich will ihn drängen. Außerdem will ich sein Gesicht sehen, nicht diese Schatten. »Wirst du es mir erzählen?« frage ich leise. »Mit deinen eigenen Worten? Die Aufzeichnungen sind sehr bruchstückhaft.«

»Ich kann es versuchen.«

»Sollen wir hineingehen? In dein Arbeitszimmer? Ich möchte dich dabei gern ansehen.«

Wir sitzen uns in diesen Lehnstühlen gegenüber und trinken den Claret, den er unbedingt kredenzen wollte. Er zündet sich eine Zigarette an, bläst den Rauch an die Decke und rutscht dann unbehaglich auf seinem Stuhl herum.

»Ich glaube, ich muß dir erst etwas über mich selbst erzählen. Nur so finden wir in die Geschichte hinein.« Er lacht spöttisch.

»Damals war ich noch jung. Meine Ideale waren so groß, wie meine Brieftasche dünn war. Ich hatte zwei, vielleicht drei Jahre praktiziert. Und war von Paris weggezogen, damit ich nicht im Schatten meines Vaters stand. Also bin ich nach Clermont-Ferrand gegangen, mitten in Frankreich. Ich habe alle Fälle angenommen, die ich bekommen konnte. Meine Klienten waren größtenteils arm. Es waren gewöhnliche Menschen, die aus ihren Wohnungen geworfen worden waren, weil sie die Miete nicht mehr zahlen konnten. Kinder aus schwierigen Verhältnissen, die sich auf Diebstähle oder Drogen einließen. Illegale Einwanderer, Prostituierte. Ich habe damals mehr Zeit im Gefängnis verbracht, als ich es heute in sechs Monaten tue. Ich mußte endlos mit den Angeklagten sprechen, habe ihre Familien kennengelernt, versuchte Dinge zu finden, die die Ermittler übersehen hatten. Und ich habe niemals einen Termin vor dem Ermittlungsrichter versäumt. Genauso gewissenhaft habe ich Dossiers gelesen.« Er blickt auf. »Du weißt, was ich meine. Der Anwalt hoch zu Roß mit blitzendem Schwert. Ich wollte die Welt ändern, indem ich die Rechte des kleinen Mannes verteidigte. Und der kleinen Frau.«

Er wartet darauf, daß ich etwas sage, aber ich schweige, also fährt er fort.

»Diese Brandstiftungs- und Totschlagsgeschichte war ein großer Fall für mich. Es gab genug Beweise, daß es eine echte Herausforderung war, aber ich hatte das Gefühl, daß ich gewinnen könnte, sogar gegen den Ermittlungsrichter, von dem ich wenig wußte, und gegen die Geschworenen.« Seine Stimme senkt sich zu einem Flüstern. »Dabei habe ich mich in Beatrice verliebt. Sie hatte soviel ertragen, soviel durchgemacht. Ihr Stiefvater hatte sie jahrelang mißbraucht, schon zu Lebzeiten ihrer Mutter. Beatrice hatte sie beschützt und in gewisser Weise ihren Platz eingenommen.

Nicht, daß sie jemals davon etwas gesagt hätte. Beatrice hat fast nur geschwiegen. Sie war sehr ruhig und hielt die Hände vor sich gefaltet, wie ein Schulmädchen. Und sie sah mich mit diesen Augen an, und ich dachte: ›Ich kann sie retten, ich kann ihr helfen. Ich mache wieder gut, was sie erlitten hat.‹ Anflüge von Größenwahn, weißt du.«

Er steht auf und geht auf und ab, wobei er aus dem Fenster blickt. »Beatrice hatte einfach soviel mehr Tiefe als die anderen jungen Frauen, die ich bis dahin kennengelernt hatte, Kommilitoninnen, zimperliche, hübsche Pariserinnen. Beatrice empfand tiefer. Als der Prozeß vorbei war und Beatrice nicht wußte, wohin sie gehen sollte, sagte ich ihr, ich hätte noch ein Zimmer frei. Wenn sie wollte, könnte sie dort wohnen. Sie kam. Ich denke, sie erwartete eine Stellung als Haushälterin, denn sie machte die Wohnung sauber, kochte für mich ... Und dann beichtete sie mir, daß sie am allerliebsten ihren Abschluß machen würde. Wir redeten mittlerweile etwas mehr. Sie hatte ihre Studien abbrechen müssen. Also holten wir alle Bücher, die sie brauchte, und sie arbeitete eifrig jeden Tag.

Sie muß damals im siebten oder achten Monat schwanger gewesen sein, aber sie akzeptierte ihre Schwangerschaft immer noch nicht. Wenigstens mir gegenüber. Sie trug weite Röcke, legte nie ihre Hände auf den Bauch, wie es Schwangere tun. Sie sprach auch nie von dem künftigen Leben des Kindes, konnte sich wahrscheinlich nicht vorstellen, daß es je geboren würde. Ich versuchte, mit den Therapeuten darüber zu reden. Sie war in Therapie, weil das Gericht es empfohlen hatte. Aber der Therapeut sagte mir mit dieser wundervollen sanften Professionalität, daß mich das alles nichts anginge.

Dann wurde mir klar, daß Beatrice wahrscheinlich die Existenz des Kindes erst anerkennen würde, wenn sie ordentlich verheiratet war. Also bot ich mich selbst an. Es war kein großes Opfer. Ich wollte mit ihr leben. Ich konnte mir nicht mehr vorstellen, nach Hause zu kommen und nicht ihr seliges Lächeln zu sehen. Ich kann mich noch genau daran erinnern. Ich war gerade im Gefängnis gewesen und hatte einen Klienten besucht. Auf dem Heimweg kaufte ich einen Bund Margeriten und gab ihn Beatrice. Ich führte sie zum Sofa, nahm ihre Hand und sagte, wie in diesen Groschenromanen: ›Beatrice, willst du mich heiraten?‹ Und sie sah mich an, lächelte und erwiderte: ›Ja.‹

Wir warteten nicht allzu lange. Schließlich hatten wir nicht viel Zeit zu verlieren. Sie besorgte sich von irgendwoher ein weißes indisches Kleid und steckte sich das Haar hoch, so daß sie aussah wie eines dieser holländischen Bauernmädchen. Wir gingen ins Rathaus und heirateten. Das Kind wurde etwa drei Wochen später geboren.«

»Das Kind?« krächze ich.

»Ja.« Er sieht mich merkwürdig an.

»Welches Kind?«

»Hast du das nicht erraten? Nicolas. Der arme, liebe Nicolas.«

Ich starre ihn lange an. Dann packe ich seine Hand und halte sie fest, warum, weiß ich nicht. Wir sitzen einige Minuten schweigend da, bis er fragt: »Willst du noch mehr hören?«

Ich nicke.

»Meine Mutter traf sofort nach der Geburt ein. Sie meinte, man habe sie um eine Hochzeit gebracht, aber sie würde sich nicht um ihr erstes Enkelkind bringen lassen. Sie kam an und räumte die Wohnung um, machte aus Beatrices Zimmer ein Kinderzimmer, komplett mit einer Wiege, Spieluhren und bunten Spielsachen.«

»Und sie wußte nicht, daß Nicolas nicht dein Sohn war?«

Paul schüttelt den Kopf. »Das hat sie erst später erfahren. Mein Vater ist darauf gestoßen. Er verfolgte meine Schritte ganz gern, und irgend jemand hat ihm verraten, daß ich in diesen Fall verstrickt war. In der Lokalpresse war darüber berichtet worden. Schließlich hat er es sich zusammengereimt. Natürlich hat er es meiner Mutter erzählt, die mich sofort zur Rede stellte. Ich konnte sie nicht anlügen. Also habe ich ihnen gesagt, es wäre für alle das beste, wenn sie nicht soviel Aufhebens darum machen würden. Das taten sie auch nicht. Aber sonderlich erfreut waren sie auch nicht gerade.« Er lacht leise. »Niemand sonst weiß es. Weder unsere Freunde noch Nicolas.«

Ich schlucke vernehmlich. »Sprich weiter.«

»Der Rest ist komplizierter. Wir sollten es uns lieber für ein andermal aufheben.« Er steht auf und reckt sich. »Es ist schon nach eins.«

»Nein.« Ich schüttele den Kopf. »Wir können sowieso nicht schlafen.«

Er lacht. »Ich würde lieber nicht schlafen, als darüber sprechen.« Er steht wieder am Fenster und sieht hinaus, als könnte er etwas erkennen. Ich gehe zu ihm, umarme ihn und küsse ihn. Er erwidert den Kuß nicht, aber er hält mich fest.

»Bitte«, flüstere ich.

Er zuckt mit den Schultern. »Einverstanden. Aber ich fürchte, daß du mich anschließend verachten wirst. Ich komme dabei nicht so gut weg.«

Ich lache, doch es klingt etwas gekünstelt. »Ich kann dich nicht verachten. Das habe ich schon versucht. Es geht nicht.«

Er lächelt mich schief an und redet weiter. Seine Stimme klingt angespannt und hat einen merkwürdigen Unterton.

»Nach der Geburt veränderte Beatrice sich. Ich konnte es zunächst nicht benennen. Sie lächelte mich immer noch so wundervoll an, aber es kam mir vor, als wende sie viel Energie dafür auf, Dinge zu unterdrücken, die sie sich nicht eingestehen konnte. Die Ärzte sagten, es wäre die übliche Depression, die eine Frau nach einer Geburt überfallen kann; das würde schon vorübergehen. Außerdem ging Beatrice immer noch zu dem Therapeuten. Die Schwierigkeit war nur, daß sie Nicolas' Existenz nicht akzeptieren konnte. Obwohl er jetzt in Fleisch und Blut und mit seinen kräftigen Lungen da war. Selbst wenn sie ihn hielt, was sie manchmal tat, war es, als wäre er nicht da, nicht wirklich. Sie ließ ihn viel zu lange schreien, vergaß, ihn zu füttern oder seine Windeln zu wechseln. Ich suchte bald ein Kindermädchen, das sich um ihn kümmerte, eine ältere Dame, die nur zu gern bei ihm blieb, bis ich nach Hause kam. Beatrice ging derweil auf ein besonderes College und bestand im Frühling ihr Examen. Das machte sie sehr glücklich, und ich glaubte, daß sich jetzt einiges ändern würde.«

Sein Blick weicht mir aus. Ich weiß, was jetzt kommt, und bin nicht sicher, ob ich es hören will.

»Beatrice und ich hatten ein gemeinsames Schlafzimmer. Es war nur noch ein Zimmer in der Wohnung frei. Wir lagen nachts zusammen im Bett. Ich hielt sie im Arm. Aber wenn ich auch nur Anstalten machte, na ja, du weißt schon, was ich meine, dann wurde ihr Blick panisch, und sie versteifte sich. Sie lief nicht weg oder schrie oder sagte mir, ich sollte sie in Ruhe lassen. Sie lag einfach nur panisch da. Sie erwartete wohl eine Wiederholung dessen, was ihr Stiefvater ihr zugefügt hatte.« Paul lacht schmerzerfüllt.

»Ich hatte nicht erwartet, daß es einfach werden würde. Einfach war es bei den anderen Frauen gewesen. Jetzt war ich mit Beatrice zusammen. Ich hatte an der Universität genug psychologische Texte gelesen, um zu wissen, daß diese Dinge Zeit brauchten. Aber die Realität ihrer körperlichen Panik schmerzte. Es war, als wäre ich nicht ich, als könnte sie mich nicht als der erkennen, der ich war.« Er lacht erneut. »Also schlief ich auf dem Sofa im Wohnzimmer. Wir hatten ja Zeit. Ich liebte sie immer noch. Und ich hatte vorher genug Sex gehabt. Es war nur sehr vorübergehend interessant.

Nicolas war erst ein Jahr alt, als mir die Idee kam, daß es

uns allen in Paris besser gehen würde. Beatrice wäre weiter weg vom Schauplatz ihres Unglücks. Also habe ich eine Kanzlei gesucht, die mich nahm. Der Name meines Vaters hat sicherlich nicht geschadet, aber ich war auch kein so schlechter Anwalt. Wir warteten das erste Jahr von Beatrices Referendariat ab und zogen dann um.

Der Umzug tat Beatrice gut. Sie kam etwas aus sich heraus, trat Studentengruppen bei, Komitees. Mit Gruppen kam sie leichter zurecht als mit Individuen. Und ich war auch glücklich. Wir hatten mehr Freunde, einige lukrative Klienten, die halfen, die weniger lukrativen zu finanzieren. Wir kamen gut zurecht und stritten uns nicht. Es ging uns gut. Nur dem armen Nicolas nicht.

Beatrice konnte ihn immer noch nicht ertragen. Sie sah ihn an und blickte einfach durch ihn hindurch. Es wurde ein bißchen besser, als er anfing zu reden. Sie antwortete ihm, manchmal wenigstens. Aber sie berührte ihn nur, wenn sie es nicht vermeiden konnte. Mir wurde klar, daß er für sie irgendwie die Verkörperung all dessen sein mußte, was sie durchgemacht hatte, und daß sie nichts mit ihm zu tun haben wollte. Er existierte für sie nicht als Person. Ich versuchte mit ihr darüber zu reden, aber die Gespräche endeten immer in einer Unterhaltung über Kindergarten, Kindermädchen und Schulen.«

Paul bricht abrupt ab. »Das reicht, Maria. Den Rest kannst du dir vorstellen.«

»Ich will es mir nicht vorstellen. Ich will, daß du es mir erzählst.«

»Nicht jetzt.« Er lächelt traurig.

Er sieht so müde aus, daß ich nicht mehr das Herz habe, ihn weiter zu bedrängen. »Morgen«, sage ich leise. »Bitte, ich …«

Er reicht mir die Hand, und ich nehme sie, lasse mich auf seinen Schoß ziehen. Ich entspanne mich und fühle die Erregung zwischen uns.

»Ich habe darüber noch nie mit jemandem gesprochen, Maria«, gibt er zu. »Es ist nicht einfach. Nicht einmal, es mir selbst zu erzählen.«

»Warum erzählst du es mir dann?«

»Du weißt, warum ich es dir erzähle. Du sollst wissen, daß ich nicht lüge. Ich will, daß du mir vertraust. Und ich spiele mit hohem Einsatz.«

Er küßt mich, und ich glaube, ich weiß vieles. Ich weiß, daß ich ihn jetzt küsse, um ihn für Beatrice zu entschädigen. Ich küsse ihn für Nicolas und den Schmerz, den er empfunden hat. Manchmal aber sind Küsse einfach nicht genug.

34. Kapitel

Es ist später Nachmittag, und wir sitzen wieder im Zug und fahren nach Paris zurück. Nur wir beide.

Es war hell und warm heute morgen, und als ich Nicolas sah, hätte ich ihn am liebsten umarmt und geweint. Also fragte ich ihn, ob er bereit ist für seine Rettungsübungen, und er willigte zögernd ein. Er kann schwimmen. Es sind die Wellen, die er nicht mag. Aber das Meer ist relativ ruhig. Wir sind bis zu der Stelle hinausgeschwommen, wo es am ruhigsten war. Ich habe meine Arme unter seine und um seinen Hals geschlungen. Dann sollte er tun, als läge er in der Badewanne. Ich wollte ihn ziehen. Er schloß die Augen und entspannte sich, nachdem ich ihn eine Weile gezogen hatte. Dann kam eine Welle, und er schlug um sich. Ich schwamm einfach weiter, und als die Welle vorbei war, entspannte er sich wieder und lächelte mich verlegen an. Dann fragte ich ihn, ob er mich ziehen wollte, und das tat er auch. Ein bißchen ängstlich zuerst, aber dann lachte ich und sagte, er dürfe mich nicht loslassen, sonst müßte ich ertrinken. Er ließ auch nicht los, nicht einmal, als uns eine große

Welle hinunterdrückte. Er zog mich bis zum Strand, und ich sagte ihm, noch ein paar Übungen, dann bekäme er eine Medaille. Ich küßte ihn auf die Wange, worauf er ganz furchtbar rot wurde. Dann drohte er Marie-Françoise, an ihr zu üben. Paul meinte, wenn er das geschafft hätte, könnte er es auch an einem richtig großen Fisch wie ihm selbst ausprobieren. Wir lachten.

Paul und ich scherzen immer noch. Wir wissen nicht, ob wir schwierigere Themen anschneiden wollen, aber wir wissen beide, daß wir es irgendwann müssen. Irgendwann weiß ich nichts mehr, also sage ich schließlich: »Gut. Erzähl mir alles bis heute.«

Er tut nicht einmal so, als wüßte er nicht, wovon ich rede. Statt dessen sagt er: »Darf ich meinen Arm um deine Schultern legen?«

»Wenn du diskret bist.« Ich mache immer noch Scherze.

»War ich jemals anders?« flüstert er und zieht mich an sich. »Was kommt als nächstes?« fragt er.

»Marie-Françoise.« Ich bin fröhlich.

»Trotz deiner gelegentlichen Anwandlungen von Fatalismus, Maria, bist du eine unverbesserliche Optimistin. Das ist wohl auch etwas, was ich an dir mag.« Er lacht etwas zu laut. »Aber wir fangen mit Nicolas an, wegen heute morgen, wegen dem, was du getan hast. Das war wichtig.« Er drückt meine Schultern. »Auch wenn ich mich nicht gern daran erinnere.

Weißt du noch, daß ich dir sagte, Beatrice kommt wegen meiner Mutter nicht in die Bretagne? Das ist nur ein Grund. Der andere hat etwas mit Nicolas zu tun. Er war damals beinahe drei Jahre alt. Wir waren zu dritt am Strand. Ich ging schwimmen. Beatrice blieb mit ihm allein. Nach einer Weile blickte ich zurück und sah eine kleine Gruppe an der Stelle, wo ich sie verlassen hatte. Ich bekam plötzlich Angst und schwamm dorthin, so schnell ich konnte. Nicolas lag auf dem Sand, ein Mann massierte seinen Brustkorb.

Nach einem Moment kam er wieder zu sich. Er schlug die Augen auf und schrie, aber er war gesund. Alle wollten mir gleichzeitig erzählen, was passiert war, doch ich weiß es bis heute nicht genau. Anscheinend ist Nicolas zu weit ins Tiefe gegangen und von einer Welle umgeworfen worden. Dann brachen die nächsten über ihn herein, bis ein Junge es bemerkte und ihn zurückzog.

Beatrice stand abseits von der Gruppe. Ich ging mit Nicolas auf dem Arm zu ihr. Sie sah erst ihn an, dann mich und sagte mit einer Miene, die ich nicht beschreiben kann: ›Zu schade.‹ Ihre Stimme war leise und kalt. Ich kannte sie nicht. Da habe ich sie geschlagen, ins Gesicht. Es ist das einzige Mal, daß ich es getan habe.«

Er unterbricht sich; sein Gesicht ist verzerrt.

»Vermutlich meinte sie nur, zu schade, daß es passiert ist«, sage ich leise.

»Das habe ich am nächsten Tag auch gedacht. Aber in diesem Moment dort am Strand ... Ihre Miene ... Ich weiß nicht.« Paul sieht in die Ferne. »Ich habe dir das nur erzählt, um mich für dein Verhalten Nicolas gegenüber zu bedanken.«

»Sprich weiter«, sage ich.

»Ich weiß nicht, wo ich weitermachen soll. Sie kam danach nie wieder mit in die Bretagne. Das war eine unausgesprochene Abmachung. Etwa um diese Zeit habe ich wohl begriffen, daß ich sie nicht mehr liebte. Ich hatte die Hoffnung aufgegeben oder wenigstens meinen Allmachtswahn. Daß ich sie irgendwie für die Vergangenheit entschädigen könnte. Vielleicht war das ja dasselbe.«

»Ihr hattet immer noch nicht miteinander geschlafen?«

Er schüttelt den Kopf. »Wir hatten jetzt getrennte Zimmer, und ich habe es nicht mehr versucht.«

»Warum habt ihr euch nicht getrennt?«

»Das ist mir nie in den Sinn gekommen. Ich glaube, ich fühlte mich verantwortlich für sie. Sie hatte keine echten

Freunde. Und wir kamen im Alltag sehr gut miteinander aus. Wir plauderten über alles mögliche, meistens über ihren Unterricht. Ich glaube, sie hat damals damit angefangen. Ab und zu hatten wir Leute zu Besuch. Wir führten sehr organisierte und ziemlich getrennte Leben. Ich hatte damals eine Freundin. Eine Geliebte.« Er sieht mich an. »Ich weiß nicht, ob Beatrice es wußte. Aber es hätte sie kaum interessiert. Es war ihr lieber, wenn ich es nicht bei ihr versuchte.«

»Woher willst du das wissen?« Ich bin plötzlich wütend wegen Beatrice und rücke von ihm ab.

»Ich weiß es«, erwidert er. »Sie ist nicht wie du, Maria.«

Ich sehe ihn böse an, und er lenkt ein. »Na gut, ich erzähle es dir.« Jetzt klingt seine Stimme wieder verbittert, zynisch und voll bösartiger Ironie, die sich gegen ihn selbst richtet. »Als Nicolas etwa fünf Jahre alt war, hatte ich den Einfall, daß sein Unglück ... denn er war unglücklich, zu ruhig, zu introvertiert und manchmal sogar ein bißchen langsam, daß also dieses Unglück behoben werden könnte, wenn er ein Geschwister hätte, jemand, mit dem er herumtoben könnte. Also machte ich Beatrice den Vorschlag. Es war wirklich blöd, aber ich tat es. Der Fluch der französischen, vernunftbetonten Erziehung. Ich meinte, mir wäre klar, daß sie nicht gern mit mir ins Bett ginge, wegen all der schrecklichen Dinge, die ihr in ihrem eigenen Heim widerfahren wären, aber ich hielt es wirklich für eine gute Idee, wenn wir ein Kind zusammen hätten. Wegen Nicolas und auch um unseretwillen. Sie sah mich freundlich lächelnd an und sagte nichts. Also nahm ich ihr Lächeln als Zustimmung.«

Ich muß Paul zweifelnd angesehen haben, denn er lacht. »Ich habe angefangen, um sie zu werben. Ich habe ihr kleine Geschenke mitgebracht, sie gestreichelt, sie auf die Wange geküßt, zum Essen ausgeführt. Wir sind sogar einmal tanzen gegangen, aber das war kein besonderer Erfolg. Beatrice hat niemals getanzt. Auf jeden Fall habe ich ihr all die Dinge erzählt, die Männer Frauen erzählen, du kennst sie wahrscheinlich ja bis zum Überdruß. Eines Nachts ging ich in ihr Zimmer und versuchte, sie richtig zu küssen. Sofort bekam sie wieder Angst und versteifte sich. Ich tat, als bemerke ich es nicht. Ich machte das Licht aus und streichelte sie, und sie schlug wie wild um sich. Ich wurde so schlaff wie ein feuchter Waschlappen.« Er hält inne. »Und das, meine erfahrene Lady, ist die vollständige Geschichte des Liebeslebens zwischen Beatrice und mir.«

Mir gefällt sein Ton nicht. »Aber Beatrice hat mir gesagt ...« Ich unterbreche mich und überlege, was Beatrice eigentlich genau gesagt hat.

»Was hat sie gesagt? Daß wir unsere ehelichen Pflichten genossen haben?« Er lacht hart. »Gut für sie. Ich glaube nicht, daß es mir gefallen hätte, wenn sie mit dir geredet und dir etwas ganz anderes erzählt hätte.«

»Aber sie hat gesagt ...«

»Glaub ihr ruhig. Aber wenn du denkst, daß Männer herumlaufen, sich Geschichten über ihre schlaffen Schwänze ausdenken und sie nur so aus Spaß wunderschönen Frauen erzählen, dann verfügst du über weit weniger Intelligenz, als ich gedacht habe.«

Wir sitzen eine Weile in gereiztem Schweigen da. Ich versuche, mein Gespräch mit Beatrice zu rekonstruieren. Mir fällt das Zimmer auf dem Dachboden ein, die plüschige, mädchenhafte Atmosphäre. »Vielleicht gibt es da ja jemand anderen.«

Er sieht mich erschrocken an. »Du meinst, Beatrice hat jemand anderen? Das glaube ich nicht. Aber wenn, wäre ich außerordentlich froh darüber.« Er denkt nach. »Sie ist mir wichtig, weißt du. Sie hat einen langen Weg hinter sich.«

»Ich weiß, daß sie dir etwas bedeutet. Ich habe euch beide zusammen gesehen, vergiß das nicht.«

»Das vergesse ich auch nicht.« Er sieht mich an und scheint etwas sagen zu wollen, überlegt es sich dann jedoch anders. »Sie legt in letzter Zeit sehr viel Wert auf sich selbst«, fährt er nach einer Weile nachdenklich fort. »Aber ich dachte, das hätte etwas mit dir zu tun. Vielleicht … Nein, das kann ich nicht glauben.«

Ich zucke mit den Schultern. Wir schweigen wieder. Die Landschaft fliegt vorbei, die Dörfer. Er legt seine Hand auf meinen Arm. »Es tut mir leid. Ich mag diesen Teil meines Lebens nicht.«

Ich nicke. »Und Marie-Françoise?«

»Wir haben uns entschieden, ein Kind zu adoptieren. Wir haben es wohl beide entschieden. Genau weiß ich das nicht mehr. Marie-Françoise ist ein wundervolles kleines Seelchen.«

»Und kommt Beatrice mit ihr besser zurecht?«

»Ja. Sie geht nicht wirklich herzlich mit ihr um, aber sie hat nichts gegen sie. Sie behandelt sie wie eines ihrer Schulkinder, ein wenig streng, etwas distanziert. Vielleicht liegt es daran, daß sie in ihrer Kindheit keine Vorbilder hatte, wie jemand mit Kindern umgeht.« Er runzelt die Stirn.

»Weiß es Marie-Françoise?«

»Daß sie adoptiert ist? Ich habe es ihr gesagt, als sie etwa fünf war. Eigentlich wegen Nicolas. Ich wollte nicht, daß er merkwürdige Vorstellungen bekommt, wo Babys herkommen. Ich habe es ihm gesagt und später auch ihr, daß wir eine besondere Schwester für ihn ausgesucht haben, von einer Agentur, die ein Zuhause für Babys sucht, die keines haben. Nicolas ist danach ein bißchen aus sich herausgekommen, und die beiden mögen sich. Das hast du ja gesehen.«

Er reibt sich wieder die Schläfen, wie er das in letzter Zeit häufiger tut. »Das war noch nicht alles, nein?« frage ich sanft.

»Nein. Es wäre sinnlos.«

Ich warte und sage dann: »Ich glaube, Marie-Françoise ist nach meiner Mutter und mir benannt worden.«

»Beatrice hat den Namen ausgesucht. Ich dachte, es würde sie glücklich machen.«

»Du weißt, daß diese Françoise, diese Lehrerin in den Prozeßunterlagen, wahrscheinlich meine Mutter war? Es war 1979, hab ich recht? Das Feuer und der Prozeß?«

Paul nickt.

»Meine Mutter ist im Jahr davor gestorben. Ich kann mich daran erinnern, daß Beatrice unbedingt das genaue Datum wissen wollte, als wir ihr Grab besucht haben. Jetzt weiß ich warum. Vermutlich hat sie meiner Mutter geschrieben und gedacht, sie habe sie aufgegeben. Ich habe keine Nachsendeadresse hinterlassen, als ich in die Staaten geflogen bin.«

»Du bist ganz gut darin, alles stehen- und liegenzulassen und zu gehen, hm?« Paul betrachtet mich nachdenklich.

»Nicht so gut wie früher, denke ich. Sonst wäre ich schon längst weg.« Ich lache, und er drückt meinen Arm.

Wir nähern uns Paris. Die Wohnblocks der Vorstädte tauchen vor unserem Fenster auf, und der Zug wird langsamer.

»Gehst du mit mir essen, Maria? Beatrice ist nicht da, und ich weiß nicht, was ich nach all dem mit mir anfangen soll.« Er lächelt. »Das ist eine Bitte.«

Ich drücke seine Hand. »Besser nicht. Ich möchte ein bißchen allein sein und nachdenken.«

»Nachdenken? Über was?«

»Über dich. Über Beatrice. Über mich.«

»Du kannst mit mir nachdenken.«

»Wir können uns ein Taxi teilen. Wir haben dieselbe Adresse.«

Ich gehe nach Hause, dusche und denke nach. Ich denke an Beatrice, wie schrecklich sie sich in ihrem Körper fühlen muß. Ich denke daran, wie sie panisch im Bett liegt und darauf wartet, daß Paul nach Hause kommt. Ich denke an ihr gebrochenes Bein damals und die Prellungen und wieviel sie trotz allem aus sich gemacht hat. Ich denke, was für ein Miststück ich gewesen bin, wie ich versucht habe, ihr die Zuneigung meiner Mutter wegzunehmen, und wie ich ihr nun unbeabsichtigt den Ehemann stehle. Dann denke ich an Nicolas und sage mir, daß ich Beatrice nicht mehr länger zu einer Märtyrerin machen darf, denn sie hat auch anderen Schmerzen zugefügt. Ich denke an Paul und daran, daß er auch nicht gerade auf Rosen gebettet war. Warum er mir wohl von seinem schlaffen Schwanz erzählt hat? Ich muß lachen. Dann denke ich ernsthafter darüber nach und komme zu dem Schluß, daß er sich viel Mühe gemacht hat, mir zu beweisen, daß er nicht gelogen hat, was seine Beziehung zu Beatrice angeht.

Danach setze ich mich aufs Sofa, trinke Wasser und sehe das Licht gegenüber. Paul geht hin und her. Ich sehe seine Umrisse deutlich und denke, wie gut er aussieht. Er hat mir sein Vertrauen geschenkt, und ich betrüge ihn in gewisser Weise, nehme seinen Schmerz auf die leichte Schulter. Das hat er mir gegenüber nie getan. Plötzlich stehe ich mit dem Telefon in der Hand da und rufe ihn an. »Ist es einer Dame erlaubt, ihre Meinung zu ändern?«

Wir gehen in die Brasserie Lipp auf dem Boulevard St-Germain, weil sie nah genug ist und so groß, daß wir dort ungestört sind. Paul hat eine große Leinentasche dabei. Ich überlege einen Augenblick, ob er schon verabredet hat, heute abend woanders zu schlafen, weil er nicht mit seinen düsteren Erinnerungen allein sein will.

Wir sitzen da, essen Salat, Lammfleisch und Kartoffelgratin und trinken dazu eine Flasche Bordeaux. Ich bin plötzlich wieder schüchtern, vielleicht auch wegen der Reisetasche unter dem Tisch oder weil ich zuviel weiß. Aber ich weiß noch nicht genug, also frage ich ihn nach dem ersten Schluck Wein: »Beatrices Schwester? Was ist aus ihr geworden?«

»Sie ist in ein Heim gekommen. Es war merkwürdig.

Beatrice wollte sie nach dem Prozeß nicht mehr sehen. Ich habe sie ab und zu gefragt, und sie sagte jedesmal: Nein, besser nicht. Ich habe sie einige Male besucht, als wir noch in Clermont Ferrand gewohnt haben. Sie war ein trauriges Kind, ganz und gar nicht wie Beatrice. Vielleicht hatten sie nicht denselben Vater. Beatrice wollte nicht darüber reden. Nachdem wir nach Paris gegangen sind, habe ich ihr ab und zu geschrieben, bis ich schließlich den Kontakt verloren habe. Hast du sie je kennengelernt?«

»Nein. Ich bin niemals zu Beatrices Wohnung gegangen. Das heißt, niemals hinein.« Ich werde rot, als ich mich daran erinnere, wie Rachel und ich ihr heimlich bis zu ihrer Wohnung gefolgt sind. Ich sage ihm nicht, daß wir ihre Mutter für eine Prostituierte gehalten haben. Statt dessen frage ich: »Und ihr Bruder?«

»Ihr Bruder? Ich wußte nicht, daß sie einen Bruder hat.«

»Ich glaube schon.«

»Nun, als ich sie kennenlernte, muß er schon von zu Hause weggegangen sein. Du kannst sie fragen.«

Ich schüttele den Kopf. »Wenn du sagst, daß sie nicht daran erinnert werden will, ist es wohl auch besser so.«

»An dich und deine Mutter kann sie sich aber noch sehr genau erinnern. Erzähl mir davon.«

Ich schildere es ihm, ein wenig zögernd zuerst, doch dann fließt es aus mir heraus. Ich erzähle ihm Dinge, an die ich mich gar nicht mehr so genau erinnern wollte, Dinge von Beatrice, weil ich mich wegen meiner Hinterlist und wegen meiner Eifersucht schäme. Ich lache, als ich fertig bin. »Wie du siehst, war ich schon damals ein Miststück. Und meine Mutter hat sie vorgezogen. Ich glaube, sie war die bessere Tochter meiner Mutter. Wäre ich nicht so ein Biest gewesen, wäre vielleicht nichts von all dem passiert.«

»Sei nicht albern.« Paul ist ganz ernst. »Alle Kinder sind manchmal grausam. Du solltest mal hören, wie Marie-Françoise über ihre engsten Freundinnen herzieht. Aber deine Mutter und Beatrice ... Sie hat bei ihr Liebe gefunden. Das erklärt eine Menge. Das erklärt auch ...« Er bricht plötzlich ab.

»Red weiter.«

Er schüttelt den Kopf.

»Warum nicht?«

»Es gibt Dinge, die ich nicht einmal dir bei Tageslicht sagen kann.«

»Wann kannst du es mir sagen?«

»Wenn ich dich in meinen Armen halte.« Er lacht nicht.

»Aber ich habe noch nicht entschieden, ob ich wieder in deine Arme kommen werde«, sage ich leise. »Noch weiß ich nicht, was die schlimmste Form von Betrug ist.«

»Zu schade. Ich werde Beatrice nämlich verlassen. Nicht überstürzt. Wir werden alles arrangieren. Vielleicht kannst du dich dann entscheiden, mit mir zu leben.«

Er sieht mich vollkommen ernst an.

»Das kannst du nicht tun«, sage ich.

»Warum nicht? Sie hat gelernt zu gehen, und vielleicht lernt sie auch zu fliegen. Ich habe darüber nachgedacht. Ich habe sie viel zu lange beschützt. Schutz ist auch eine Art Gefängnis. Weißt du noch? Wir haben darüber geredet. Beatrice wird froh sein, diesem Gefängnis zu entkommen. Wahrscheinlich erinnere ich sie an all die Dinge, vor denen ich sie retten wollte. Ich weiß einfach zu viel von ihr.« Er lacht plötzlich auf. »Ich weiß nur nicht, warum ich so lange gebraucht habe, um das zu kapieren.«

»Meine Schuld«, sage ich leise. Ich höre ihm nicht zu. »Schon wieder meine Schuld.« Ich balle die Fäuste und greife dann nach seinen Zigaretten.

»Ich kann nicht behaupten, daß du keine Rolle dabei gespielt hättest. Du hast mich daran erinnert, wie es ist, mit jemandem zusammenzusein, mit dem man reden und den man anfassen kann. Und lieben. Und die Kinder. Ich habe ganz vergessen, wie es ist, normal mit Kindern umzugehen.« Er redet in seinem sachlichen Anwaltston, aber er liebkost mich mit seinen Blicken. »Es war nicht deine Schuld. Du hast es nur ein bißchen beschleunigt. Ich wäre auf jeden Fall an diesen Punkt gelangt. Nur schade, daß du Beatrices Freundin bist.«

»Und was ist mit den Kindern?«

Er zuckt mit den Schultern. »Die nehme ich. Sie sind ohne Beatrice besser dran. Diese Erkenntnis verdanke ich auch dir. Und Beatrice wird erleichtert sein, weil sie sie los ist.«

»Woher weißt du das?«

»Ich glaube, ich kenne sie besser als du. Ich habe schließlich vierzehn Jahre mit ihr gelebt.«

Sein Ton ist scharf. Ich wende den Blick ab. »Arme Beatrice.«

»Ich traue ihr mehr zu als du. Sollen wir gehen? Das hier macht mir keinen Spaß, und ich habe morgen einen harten Tag vor mir.«

»Wohin gehst du?«

»Wie meinst du das?«

»Mit der Tasche.«

Er verzieht das Gesicht. »Ich hatte am Anfang gehofft, daß du mich zu dir einladen würdest. Ich habe dir einige Jurabücher mitgebracht. Aus dem Ersten Semester. Sie stauben bei mir nur ein.«

Paul winkt dem Kellner. Wahrscheinlich hat er recht. Er kennt Beatrice besser als ich. Was weiß ich schon vor ihr außer dem, was ich wissen wollte, nachspioniert durch ein dunkles Fenster?

Wir gehen langsam den Boulevard entlang und berühren uns nicht. Überall um uns herum gehen Paare und die nächtlichen Bettler. Ich gebe mein ganzes Kleingeld weg. Ich brauche den Segen. Wir gehen am Hôtel du Pas de Calais vorbei. Ich bleibe abrupt stehen.

»Bleibst du bei mir, wenn sie ein Zimmer frei haben?« Ich komme mir vor wie das kleine Mädchen von früher, das die Münze in die Luft warf und auf die Magie von Kopf oder Zahl wartete. Wenn mir das Ergebnis nicht gefiel, habe ich fast immer geschummelt.

Er sieht mich an und lacht. »Ein Spiel?«

Ich nicke.

Er lacht erneut. »Sei vorsichtig. Ich fühle mich plötzlich sehr glücklich.«

35. Kapitel

Wir sind beide glücklich.

Wenn wir erst einmal im Bett liegen, weiß ich einfach nicht mehr, warum wir es jemals verlassen haben. Das andere Problem ist, daß ich ihn ganz eindeutig liebe, was das Nachdenken auch nicht gerade fördert. Seine Hände, seine Lippen und der Teil von ihm, der glücklicherweise nicht schlaff ist, sagt mir, daß es ihm genauso geht. Also lieben wir uns, reden wenig und schlafen eng umschlungen in den Armen des anderen ein.

Irgendwann träume ich. Es ist ein widerlicher Traum. Mir ist heiß, sehr heiß, und ich merke irgendwann, daß es um mich herum brennt. Überall sind Flammen; ich kann nicht atmen. Ich scheine mich auch nicht bewegen zu können, und als ich aufblicke, sehe ich Beatrice. Sie hat einen merkwürdigen, unheimlichen Ausdruck auf ihrem Gesicht. »Nein, Beatrice, nein!« schreie ich. Sie lacht, sagt: »Zu schade« und geht weg. Ich schreie immer noch.

»Ruhig.« Paul hält mich fest und streicht mir übers Haar. »Du hast geträumt.«

Ich schalte die Nachttischlampe an, sehe ihn an und wende dann den Blick ab.

»Du hast ›Beatrice‹ gerufen«, sagt er leise.

»Ja.« Ich trinke Wasser, das in einem Glas neben dem Nachttisch steht.

»Weißt du, warum?«

Ich schüttele mich und erzähle es ihm hastig.

»Es sind die Notizen, das Verfahren, alles, worüber wir geredet haben.«

»Aber in dem Traum hat sie es getan. Ich habe sie dazu gebracht, das Feuer zu legen.« Ich überlege mir die nächste Frage. »Hast du jemals geglaubt, daß sie es waren? Die Schwestern?«

Er sieht mich nicht an, sondern starrt auf den leeren Bildschirm des Fernsehgerätes in der Ecke des Zimmers. »Damals nicht«, murmelt er. »Nicht während des Prozesses.«

»Später?« Ich dränge ihn. »Komm schon, du kannst es jetzt nicht einfach zurückhalten.«

Er denkt nach. »Ich weiß nicht, wie du Beatrice noch unter die Augen treten willst, wenn ich es dir erzähle.«

»Ich weiß sowieso nicht, wie ich ihr gegenübertreten soll. Eins nach dem anderen.«

Er mustert mich, schlingt seinen Arm um mich und drückt mich an sich. »Sie hat einmal so etwas gesagt«, gesteht er dann. »Als Marie-Françoise etwa vier Jahre alt war. Marie-Françoise lag auf meinem Bett. Sie hatte gerade gebadet, war ganz rosa, nackt und glänzte. Wir kitzelten uns, und sie schrie und lachte, wie Kinder es tun. Plötzlich hörte ich dieses Geräusch, ein Zischen von der Tür. Es war Beatrice. Ihr Gesicht war so verzerrt, wie ich es noch nie gesehen hatte. Sie sagte leise, eiskalt und voller Haß: ›Sie wird es auch tun, du wirst schon sehen. So wie ich. Dich verbrennen.‹ Dann ging sie weg.«

Ich brauche eine Weile, bis ich das verdaut habe. »Was hast du dann gemacht?«

Paul schüttelt sich. »Ich habe Marie-Françoise in ihren Schlafanzug gesteckt und ins Bett gebracht. Beatrice ist in ihr Arbeitszimmer oben auf dem Dachboden gegangen und an dem Abend nicht mehr heruntergekommen. Am nächsten Tag war sie wie immer, ruhig und lächelnd, und ich dachte, ich hätte mir das eingebildet. Ich habe es gehofft. Aber diese Furcht hat mich nicht mehr verlassen. Ich habe sie nie zu lange mit den Kindern alleingelassen. Das war eigentlich das Schlimmste. Ich kann ihr nicht trauen.«

»Und du hast sie nie zur Rede gestellt? Sie gefragt?«

»Welchen Sinn hätte das? Es wird kein Wiederaufnahmeverfahren geben. Und die Kinder ...«

»Du glaubst also, daß die Schwestern es getan haben?«

»Du hast die Notizen gelesen. Sie hätten es tun können. Gehaßt haben sie ihn dafür genug. Mit Grund.«

»Du findest nicht, daß sie bestraft werden müßten?«

Er sieht mich prüfend an. »Ich habe ganz vergessen, wie scharf du aufs Bestrafen bist. Wahrscheinlich, weil du nicht soviele Gefängnisse besucht hast wie ich.« Er lacht, unterbricht sich dann aber. »Selbst wenn die Schwestern es getan hätten, ist das keines dieser Verbrechen, das man wiederholt. Und vielleicht ist Beatrices Leben Strafe genug. Es kann nicht sehr angenehm sein, mit einer solchen Geschichte leben zu müssen. Wenn du mich als Anwalt fragst, sage ich dir, daß die öffentliche Anerkennung eines Verbrechens wichtig ist. In einem Fall wie diesem auch eine milde Strafe. Zeit, um zu erkennen und die Schuld abzuarbeiten. Von vorn anzufangen.«

Ich denke darüber nach. »Damals hast du mit deinem Buch angefangen, nicht wahr? ›Frauen, die töten‹?«

Er nickt und drückt meine Schulter.

Wir schweigen eine Weile. Schließlich stelle ich ihm die Frage, die mir schon länger im Kopf herumgeht: »Du hast deine Meinung geändert, hab ich recht? Über uns. An dem Abend deiner Geburtstagsparty hast du gesagt, es wäre nicht möglich, und du hast mir die Tür vor der Nase zugeschlagen.«

»Das wollte ich nicht. Das mußt du wissen. Es war nur ... Beatrice und ich hatten einen Streit.« Seine Stimme klingt plötzlich rauh. »Und da wir nicht oft streiten, war es, sagen wir, ziemlich dramatisch. Und ich habe nicht logisch gedacht, schon seit Wochen nicht mehr. Es war kurz, bevor die ersten Gäste kamen. Meine Mutter hatte die Kinder zum Essen ausgeführt, und wir waren allein. Beatrice kam in mein Zimmer. Das tut sie selten, und sie fing an, von dir zu sprechen. Sie sagte mir, daß du ihre engste, älteste Freundin wärst, wieviel du ihr bedeutetest, daß du sie für einen guten Mensch hieltest und wie sie dich bewunderte.

Dann sagte ich, daß ich dich ebenfalls wundervoll fand und wie gut wir zusammenarbeiteten. Vielleicht gefiel ihr mein Ton nicht, denn sie wurde sichtlich angespannter. Sie sagte, daß du deshalb so wundervoll seist, weil du keinen Vater hattest. Und dann machte ich meinen zweiten schweren Fehler. Ich sagte, nicht alle Väter wären wie ihr Vater; sie dürfe das nicht verallgemeinern. Da explodierte sie. Nein, das ist falsch. Sie bekam wieder diese Miene, die ich nicht beschreiben kann, diese kalte Hitze und Feindseligkeit. Wenn ich dir jemals etwas davon erzählte, sagte sie, würde sie etwas Schreckliches tun. Ich wüßte ja, was sie meinte.

Sie ging weg, bevor ich etwas sagen konnte. Ich glaube, ich habe am ganzen Leib gezittert. Ich erinnere mich noch, daß ich nicht einmal in der Lage war, meine Krawatte zu binden. Als die Kinder zurückkehrten, habe ich meine Mutter gebeten, bei Nicolas zu bleiben, bis alle am Tisch saßen. Ich hatte Angst um ihn. Dann kamen die Gäste, und ich konnte nicht mehr klar denken. Ich weiß nicht einmal, was ich zu dir gesagt habe. Was ich noch erinnere, ist die Panik, als Beatrice hereinkam und ihr mit Monsieur Tran geredet habt. Ich dachte, wenn sie das Wort ›Vater‹ hört, könnte sie es mißverstehen. Auf jeden Fall war es ein Alptraum, der nicht aufhören wollte. Obwohl Beatrice ganz glücklich zu sein schien und mir die ganze Zeit erzählte, wie sie dies und das mit dir gemacht hatte. Und wieder hatte ich dieses merkwürdige Gefühl, als hätte ich mir alles nur eingebildet.«

Er dreht sich zu mir um, sucht meinen Blick, streichelt mich zärtlich. »Und plötzlich saß ich zwischen euch beiden in der Falle wie ein stümperhafter Bär. Ich habe versucht, dir aus dem Weg zu gehen. Das war noch schlimmer als damals, als du in England geblieben bist. Du warst auf der anderen Straßenseite, und ich habe dich mit diesem Mann gesehen und gedacht: Du mußt verrückt sein, du verlierst sie. Was machst du da? Also wollte ich mit dir reden und es irgendwie klären. Und dann hast du mir das alles wieder um die Ohren gehauen, und ich saß wieder in der Falle. Und du auch.«

Er wartet, ob ich etwas dazu sagen will. Als ich schweige, spricht er weiter. »Dann bin ich aufgewacht. Urplötzlich. Es war auf der Fahrt in die Bretagne. Wir haben Karten gespielt, und du hast etwas gemacht, Marie-Françoise gekitzelt. Es war so einfach, so natürlich. Da ist mir klargeworden, daß ich all die Jahre in einem Gefängnis gelebt habe. Eines, bei dessen Errichtung ich auch noch mitgeholfen habe. Ob aus Ehrgefühl, Gewohnheit oder Angst, weiß ich nicht. Die Kinder habe ich auch eingesperrt und vermutlich auch Beatrice. Nun dachte ich, es würde Zeit, den Schlüssel umzudrehen und herauszukommen. Ich mußte einfach den Sprung wagen und dir vertrauen.«

»Und da sind wir«, sage ich.

»Da sind wir.«

»Und jetzt?«

»Jetzt werde ich dich so gründlich lieben, daß du ohne mich nicht mehr leben kannst.«

Er hält Wort. Während der nächsten Wochen macht er genau das. Mir schwindelt, und ich muß mich kneifen, um mich davon zu überzeugen, daß das Leben kein Traum ist.

Wir treffen uns nie bei einem von uns zu Hause. Es ist weder vorbereitet noch besprochen; wir tun es einfach nicht. Es ist eine Art Spiel. Urlaub. Freizeit vom Leben. Ich war früher sehr gut darin und scheine diese Fähigkeit wiedergefunden zu haben. Wir treffen uns zum Essen, gehen ins Kino, verlassen spätabends das Büro zusammen, und dann bleiben wir in irgendeinem Hotel, das wir völlig willkürlich auswählen. Es hängt davon ab, wo wir gerade sind. In einer Nacht blicken wir von hinten auf Notre Dame, wo die Strebepfeiler majestätisch in den Fluß ragen. In einer anderen Nacht finden wir uns mitten auf der Ile St-Louis wieder. Wir besuchen das Heim meiner Jugend in den Marais und steigen in einer winzigen Pension an der Ecke Rue des Lions-St-Paul ab. Wir bewegen uns wie Fremde durch unsere eigene Stadt und machen uns zu Fremden, damit wir uns immer wieder finden können.

Eines Abends ziehe ich meine besten Kleider an und lade ihn ins Crillon ein, weil ich weiß, daß ich einen fetten Scheck von Grant bekommen werde. Wir liegen in einem gewaltigen Bett mitten in der vergoldeten Pracht des achtzehnten Jahrhunderts und amüsieren uns.

»Nach all dem wird das Zusammenleben sehr langweilig werden«, erklärt Paul.

»Ich habe noch nicht gesagt, daß ich es tun werde«, erwidere ich leise. »Ich muß erst mit Beatrice reden.«

Wir haben seit diesem Traum nicht mehr von ihr gesprochen.

»Ich suche bereits eine neue Wohnung«, sagt Paul. »Wenn du möchtest, kannst du mir helfen. Ich möchte alle Vorbereitungen erledigt haben, wenn die Kinder wieder in die Schule müssen.«

»Und Beatrice?« Meine Stimme klingt piepsig.

Er sieht mich an. »Ich habe versucht sie in ihrem Hotel zu erreichen. Entweder bekommt sie die Nachrichten nicht, oder sie antwortet einfach nicht.«

Ich sage nichts mehr, weil ich eigentlich nicht möchte, daß diese Ferien jemals zu Ende gehen.

An einem Abend führen wir Steve und Chuck zum Essen aus, kurz bevor sie Paris verlassen wollen. Wir reden und lachen viel, und anschließend gehen wir an den Quais entlang. Steve ist an meiner Seite. »Das Dreieck hat sich aufgelöst, wie ich sehe«, sagt er. »Du hast die Frau umgebracht.«

»Steve!« Mir stockt der Atem.

»Entschuldige. War nur ein Scherz.«

»Außerdem ist es viel wahrscheinlicher, daß sie mich umbringt.«

»Weil ihr Ehemann so glücklich aussieht? Er hat sich sehr verändert, seit ich ihn in der Bretagne gesehen habe. Das kannst du dir anrechnen, Mädchen.« Er lacht ein bißchen bedauernd. »Und ich hätte viel Geld darauf gesetzt, daß ich dich im Herbst wieder in New York habe.«

»Ich werde darüber nachdenken.«

»Du siehst ehrlich gesagt nicht so aus, als würdest du im Augenblick viel zum Denken kommen.«

Am nächsten Abend gehe ich mit Pierre in ein Konzert. Ich beobachte ihn verstohlen, während wir Bach lauschen. Als wir anschließend bei mir zu Hause ein spätes Abendessen einnehmen, betrachte ich ihn genauer. Er ist wirklich ein Fremder, auch wenn er mein Bruder ist. Dann fasse ich mir ein Herz und sage: »Pierre, wärst du entsetzt, wenn ich dir verraten würde, daß ich Paul liebe? Und er mich«, füge ich beinahe trübsinnig hinzu.

Er sieht mich etwas verständnislos an, vielleicht auch ein wenig traurig. Schließlich legt er mir den Arm um die Schultern, was er in letzter Zeit häufiger tut. »Schwester«, sagt er. »Liebe entsetzt mich nie. Nur das Gegenteil.«

Später will er wissen, ob ich ihn in Vietnam besuchen, seine Frau und meine Nichte und Neffen kennenlernen wolle. Bei den Worten »Nichte« und »Neffe« muß ich lächeln und erwidere: »Sobald du wieder da bist, dich eingelebt hast und mich einlädst.«

Er nickt, und ich glaube, er freut sich.

Vesna kommt am nächsten Tag mit Jasha und seiner Gitarre zu ihrer Französischstunde. Die Schule ist während des Sommers zwar geschlossen, aber wir wollen weitermachen, wenn auch etwas unregelmäßig. Jasha spielt mir zwei neue französische Lieder vor, die er gelernt hat, und Vesna sieht stolz zu.

Nach der Stunde verkündet sie auf englisch: »Ich habe einen Mann kennengelernt. Er ist vielleicht schon ein bißchen alt. Aber er ist sehr nett. Komisch, nicht?« Sie grinst und wickelt ihr langes, dunkelblondes Haar um einen Finger. »Er ist ein bißchen wie du. Er erwartet nicht wie die anderen, daß ich immer gut bin und mich bei jedem Atemzug bedanke.«

Ich lächle über meine Charakterisierung.

Sie lächelt auch und flüstert dann komisch: »Und er findet mich wunderschön.«

»Das bist du auch.«

»Ich mit meinen dünnen Beinen und dem Gesicht mit den tausend Falten? Ich sehe aus wie eine vertrocknete alte Paprika.« Sie lacht schallend. »Jasha, deine Mutter ist eine alte Paprika, hm?«

Wir lachen, und dann lädt sie uns in ihr Restaurant ein. Wir sollen unbedingt heute kommen, denn sie haben einen neuen Koch. Und der ist nur eine Woche wirklich gut, bevor er faul wird.

Ich führe Paul aus. Das Restaurant liegt hinter der Bastille, eine Gegend, die ich immer noch meide, aber ich halte mich an seinem Arm fest, als wir die Kreuzung überqueren, auf der meine Mutter getötet wurde. Dann erzähle ich es ihm. Er küßt mich auf die Nase und sagt: »Arme kleine Maria.« Und als wir das Restaurant betreten, fügt er noch hinzu: »Ich leihe dir meine.«

Vesna bedient uns wie Könige auf Besuch und setzt uns derartige Mengen vor, daß wir sie unmöglich aufessen können. Irgendwann legt sie ihren Arm um mich und flüstert dramatisch: »Den hast du also immer versteckt?«

Ich antworte nicht, und sie dreht sich zu Paul um, stützt ihre Hand auf die Hüfte und sagt in ihrem nicht gerade perfekten Französisch: »Ich hoffe, daß Sie sehr gut zu ihr sind. Maria ist meine besondere Freundin.«

Sie klingt wie eine knallharte Barfrau, die jemanden zurechtstutzt. Paul lacht und antwortet, daß er es schon sehr, sehr stark versucht, aber daß er sich jetzt noch viel mehr anstrengen will.

Als wir gehen, küßt er sie auf die Wangen. Auf der Straße sagt er zu mir, daß er sie mag, und will wissen, welchen Status sie hier hat und ob sie bei ihren Papieren Hilfe braucht. Ich schäme mich, gestehen zu müssen, daß ich es nicht weiß, verspreche aber, es herauszufinden.

Wir gehen ein Stück weiter, dann dreht er sich zu mir um und sagt: »Ich weiß, daß es schon etwas spät ist, Maria. Aber heute ist dieser Bericht aus England gekommen. Ich würde ihn gern mit dir durcharbeiten. Würde es dir etwas ausmachen, wenn wir noch kurz ins Büro gehen? Dort können wir einfacher arbeiten als in einem Hotelzimmer.«

Meine Antwort überrascht mich selbst. »Wäre es nicht einfacher, zu mir zu gehen?«

Er sieht mich an, als hätte er mich nicht richtig verstanden. Und dann küßt er mich mitten auf der Bastille.

Ich hoffe, daß es meine Mutter nicht stört.

Am nächsten Tag kommt die Postkarte von Beatrice. Ich starre lange auf das Foto und wage nicht, sie umzudrehen. Das Bild zeigt eine Brandung, felsige, baumbestandene Klippen und einen sehr blauen Himmel. Darüber steht: »Ile de la Réunion«. Ich weiß nicht, warum sie ausgerechnet dorthin gefahren ist. Vielleicht, weil es der am weitesten von Paris entfernte Ort ist, an dem man noch französisch sprechen kann.

Schließlich drehe ich die Karte herum.

Beatrice schreibt:

Liebe, liebe Maria. Ich bin so glücklich. Ich fühle mich so frei, so frei, wie Du es bist. Vielleicht werde ich ja auch ein bißchen wie Du. Keine Pflichten, keine Kinder, keine Komitees, kein Ehemann!!! Es ist ein wahrer Segen. Du bist meine Lehrerin, genau wie Deine Mutter. Ich bleibe vielleicht noch eine Woche länger.

Deine Freundin
Beatrice.

Ich mustere die Handschrift auf der Karte sehr sorgfältig, um sicherzugehen, daß sie wirklich von Beatrice stammt. Ich weiß es und kann es doch kaum glauben. Die Beatrice, die sich in meinem Verstand eingenistet hat, die Beatrice aus Pauls Erzählungen, ist nicht diese Person. Ich verstaue die Karte vorsichtig in einer Schublade. Ich erzähle Paul nichts davon. Vielleicht, weil sie offensichtlich an mich gerichtet ist und es ein weiterer Betrug wäre. Vielleicht aber auch, weil es ihn nur in seiner Überzeugung stärken würde, daß Beatrice glücklicher außerhalb des Gefängnisses wäre, das sie sich gegenseitig gebaut haben.

Dafür fliege ich mit ihm in die Bretagne. Ich wollte eigentlich nicht mitkommen, aber nach Beatrices Karte fühle ich mich etwas berechtigter, meine Ferien zu genießen. Und er möchte so gern, daß ich mitkomme. Ich habe ihm gesagt, daß ich besser nicht dabeisein sollte, wenn er mit den Kindern reden wollte. Da hat er mich vollkommen verdutzt angesehen und gemeint, er wüßte nicht warum. Außerdem wollte er jetzt noch nicht mit ihnen reden. Er wollte warten, bis er mehr Zeit für sie hätte. Zudem wäre es fair, zuerst mit Beatrice zu sprechen. Bis jetzt konnte er sie noch nicht erreichen.

»Sie wird nächste Woche auf jeden Fall zurückkommen«, sagt er. »Dann klären wir alles.« Als ich zusammenzucke, nimmt er mich in den Arm und beruhigt mich und verspricht, daß alles gut wird.

Also fliegen wir in die Bretagne. Wir spielen mit den Kindern und bereiten sie auf ihre Ferienlager vor. Nachts schleicht Paul sich in mein Zimmer, und wenn ich von Familienmoral spreche, lacht er und erwidert, daß seine Mutter welterfahren ist, die Kinder nie nachts aufwachen und wir sowieso viel leiser wären als alle anderen.

36. Kapitel

Beatrice kommt jedoch nicht zum erwarteten Zeitpunkt zurück. Paul macht sich Sorgen, und ich erwähne so beiläufig wie möglich, daß ich eine Karte von ihr erhalten habe und sie vielleicht eine Woche länger bleibt.

»Warum hast du mir das denn nicht gesagt?«

Ich erröte und murmele, daß ich Beatrice schon genug hintergangen hätte.

»Hat sie noch etwas geschrieben, das ich wissen sollte?«

Manchmal denke ich, daß Paul ein amerikanischer Anwalt hätte werden sollen. Er liebt ganz offensichtlich Kreuzverhöre.

»Daß sie sich prächtig amüsiert.«

»Sehr schön«, antwortet er. Mir ist klar, daß er noch mehr fragen will, aber er überlegt es sich anders.

Er hat sich Urlaub genommen und schreibt jeden Tag zu Hause an seinem Buch. Er druckt mir die ersten Kapitel und die Titelseite aus, und mir bleibt die Luft weg, als ich meinen Namen neben seinem sehe.

»Das ist nicht richtig«, sage ich. »Ich habe nichts geschrieben.«

»O doch. Dieses Buch besteht aus mehr als nur den Worten auf der Seite. Denk nur an all deine Stunden. Außerdem wird es dir bei deinem zukünftigen Beruf helfen.« Er zwinkert mir zu.

»Es ist trotzdem nicht richtig.«

»Na gut«, knurrt er, nimmt einen Stift, streicht das ›und‹ zwischen unseren Namen weg und ersetzt es durch ein ›mit‹.

»Besser?« fragt er lachend.

»Ein bißchen.« Ich lache auch.

Ende der folgenden Woche ist uns das Lachen allerdings vergangen. Beatrice ist immer noch nicht zurückgekehrt. In der nächsten Woche machen wir uns ernsthaft Sorgen. Paul ruft das Hotel an, in dem sie abgestiegen war, und erfährt, daß sie schon lange ausgecheckt und keine Adresse hinterlassen hat. Er ruft die Fluglinie an, doch dort sagt man ihm nur, daß sie ihren Flug nicht umgebucht hat.

Ich will zur Polizei gehen, aber er ist sich dessen nicht so sicher. Wenn es Beatrice gut geht, dann wird sie einen höllischen Schreck bekommen, wenn die Polizei nach ihr fahndet. Paul faxt eine Anwaltskanzlei auf der Insel an und bittet sie, diskrete Nachforschungen über Unfälle oder Krankenhauseinlieferungen zu machen. Wir warten. Wir sind beide nervös.

»Ich habe sie wirklich nicht umgebracht«, meint Paul irgendwann im Scherz. »Ich liebe dich nur bis zur Verzweiflung, nicht bis zum Wahnsinn.« Aber der Witz zündet nicht so richtig. Dann teilt er mir mit, daß er eine Wohnung gefunden hat, und will, daß ich sie mir ansehe. Ich möchte erst mit Beatrice reden. »Wenn sie in einer Woche nicht kommt und wir keine Nachrichten von ihr erhalten, fliege ich hin«, sagt er.

Ich setze mich an mein Fenster zum Haus gegenüber und denke an Beatrice. Meine Blicke gleiten über die leeren Fenster hinauf zum Bodenfenster, und ich überlege, was Beatrice wohl gerade macht. Dann erinnere ich mich wieder an dieses Paar, das sich umschlungen hielt. Das Paar, von dem ich vor vielen Monaten dachte, es wären Beatrice und ihr Ehemann. Ich denke an Beatrices Postkarte und merke, wie sich meine Lippen zu einem unwillkürlichen Lächeln verziehen.

*

Ich weiß, daß Sie jetzt glauben, ich hätte das erfunden, damit ich glücklich sein darf, Paul bekomme und ihn auch den ganzen Tag behalten kann. Daß Beatrice in Wirklichkeit da oben in ihrer Dachstube hockt und mit Giftpfeilen auf mich schießt. Aber so ist es nicht.

An dem Tag, an dem Paul fliegen wollte, habe ich einen Brief von ihr erhalten. Beatrice hat ihn wirklich geschrieben. Und auf dem Umschlag fehlte der Absender.

»Meine liebe, liebe Maria,
ich bin wie Du geworden. Wirklich, und es ist einfach wundervoll. Ich wollte es Dir vorher nicht erzählen, weil ich nicht wußte, wie ich es anstellen sollte, aber ich will nicht zurückkommen. Ich bin verliebt. Ist schon komisch. Ich habe ihn im Winter auf einer Lehrerkonferenz kennengelernt, kurz nachdem wir uns wiedergefunden haben, Du und ich. Ich glaube, Du hast mir den Mut für ihn gegeben. Er ist eine Weile geblieben, und wir haben uns ein bißchen kennengelernt. Jetzt kennen wir uns besser. Er ist viel jünger als ich, und das gefällt mir. Du weißt doch noch, wie Du gesagt hast: ›Es kommt darauf an.‹ Er ist sehr, sehr nett, und wir sind sehr glücklich zusammen. So einfach. So wie Du. Er liebt Dein Kleid, auch wenn ich ihm nicht verraten habe, daß es eigentlich Dir gehört.

Er stammt von hier, und deshalb werden wir hier bleiben. Ich fühle mich hier so frei. Ich kann alles tun, zu jeder Person werden.

Du sagst es Paul, ja? Tu mir den Gefallen. Es wird ihm nichts ausmachen. Er wird nicht wütend, jedenfalls nicht sehr oft. Und er wird es auch den Kindern erklären. Sie werden mich nicht vermissen, das weiß ich genau. Ich kann nicht besonders gut mit ihnen umgehen. Paul ist viel besser darin. Ich habe nur so getan. Und Du wirst Dich ab und zu um sie kümmern. Ich würde es gern sehen, daß Du mit ihnen zusammen bist.

Ich danke Dir für alles. Danke, daß Du zurückgekommen bist und es mir gezeigt hast. Ich glaube nicht, daß ich vorher wußte, wie ich eine Frau sein kann.

Deine Freundin auf immer,

Beatrice«

Ich zeige Paul den Brief und hole auch die Postkarte hervor. Er liest beides. Als er mich ansieht, sind seine Augen sehr blau und träumerisch. Er umarmt mich und sagt: »Sie kann fliegen. Sie hat erst gelernt zu gehen, und jetzt hat sie gelernt zu fliegen.«

Da haben wir also unser Happy End. Allerdings spazieren wir selten im schmeichelnden Licht der Morgensonne untergehakt in eine vielversprechende Zukunft. Außer wir sind zusammen mit den Kindern unterwegs. Und die Vergangenheit läßt uns auch nicht los. Ich sehe sie jeden Tag in Nicolas. Aber weil ich das alles durchlebt habe, habe ich gelernt, daß es besser ist, nicht zu versuchen, die Vergangenheit auszulöschen.

Wir leben in einer Wohnung mit Blick auf den Jardin du Luxembourg. Ich bin sehr froh, daß uns gegenüber kein Haus steht. Ich habe aufgehört, den Menschen in die Fenster zu schauen.

Als wir dort einzogen und die Kinder kamen, hat mich Marie-Françoise gefragt: »Glaubst du, daß Maman uns haßt? Ist sie deshalb weggegangen?«

»Nein«, habe ich geantwortet. »Ich glaube, sie wollte nur anders leben.«

Marie-Françoise nickte altklug. Aber sie sah auch ein bißchen traurig aus. »Hoffentlich geht es ihr gut«, sagte sie.

»Vermißt du sie sehr?« erkundigte ich mich.

Darüber dachte sie nach. »Ich weiß nicht genau. Ich glaube, ich bin glücklich. Und ich mag dich.« Dabei schmiegte sie sich an mich. »Aber etwas merkwürdig ist es schon.« Sie schwieg eine Weile, und dann sagte sie mit tieferer Stimme, irgendwie erwachsener: »Aber immerhin ist Papa wohl glücklicher.«

»Hoffen wir, daß er es bleibt.« Ich mußte lachen.

»Oh, er ist leicht zu erfreuen«, beruhigte sie mich. »Du mußt ihn nur ein bißchen unter dem Kinn kitzeln. Etwa so.« Sie zeigte es mir.

Ich habe es ausprobiert, und es scheint zu funktionieren. Und jetzt habe ich einen ganzen Schwung neuer Sorgen, die ich vorher nicht hatte. Manchmal werde ich unruhig, wenn ich sehe, wie Frauen meinen attraktiven Partner auf eine ganz bestimmte Art anschauen. Ich bin beunruhigt, wenn Nicolas abends zu spät nach Hause kommt oder ich mich nach meinen Kursen verspäte. Gewöhnliche, ganz alltägliche Kümmernisse.

Am meisten Sorgen jedoch mache ich mir um Beatrice. Es beunruhigt mich, daß sie wie ich geworden ist. Sie ist jetzt so allein. Was ist, wenn ihre Vergangenheit über sie hereinbricht oder ihr Mann sie verläßt?

Außerdem habe ich Angst, daß sie eines Tages kommen und zurückfordern könnte, was ihr gehört. Ich möchte ihr klarmachen, daß dies kein Diebstahl war, eher eine Art Tausch. Das ist doch fair, oder nicht? Das Gesetz erlaubt Tauschgeschäfte. Wir sind einfach durch das Fenster der anderen getreten, hinein in unseren Traum von der anderen. Vielleicht ein bißchen blindlings, aber auch wer sieht, nimmt längst nicht immer alles wahr.

Also ist dieses Buch eigentlich für Beatrice. Um ihr zu erklären, daß wir die Plätze getauscht haben. Vielleicht ist das ja alles, was wir jemals wollten.

Lisa Appignanesi

In der Stille des Winters

Roman

Aus dem Englischen
von Wolf-Dietrich Müller

412 Seiten. Gebunden
ISBN 3-351-02878-4

Kanada im Winter 1989: Die einstmals gefeierte Schauspielerin Madeleine Blais wird erhängt in der Scheune ihrer Großmutter aufgefunden. Alles deutet auf Selbstmord hin. Madeleines Großmutter überredet einen alten Freund und Liebhaber Madeleines nach einem Motiv für Mord zu suchen, da sie nicht an einen Selbstmord glaubt. Der Versuch, das Rätsel um Madeleines Tod zu lösen, wird für Pierre zu einer Reise in die Vergangenheit …

So poetisch und geheimnisvoll wie eine Winterlandschaft, so voller Klang und Sehnsucht wie ein Liebeslied: Lisa Appignanesis Debüt ist ein psychologischer Krimi von seltener Eindringlichkeit, ein Roman der uns die Obsession an der eigenen Vergangenheit vor Augen führt – und der den Leser von der ersten Seite an fesselt.

Aufbau-Verlag